# LA LUMIÈRE DE LA NUIT

# DU MÊME AUTEUR AUX ÉDITIONS ACTES SUD

*La Maison où je suis mort autrefois* (prix Polar international de Cognac), 2010 ; Babel noir n⁰ 50.
*Le Dévouement du suspect X*, 2011 ; Babel noir n⁰ 70.
*Un café maison*, 2012 ; Babel noir n⁰ 97.
*La Prophétie de l'abeille*, 2013 ; Babel noir n⁰ 128.
*L'Équation de plein été*, 2014 ; Babel noir n⁰ 157.
*La Lumière de la nuit*, 2015.
*La Fleur de l'illusion*, 2016.

Titre original :
*Byakuyakō*
Éditeur original :
Shueisha Inc., Tokyo
© Keigo Higashino, 1999
Traduction française publiée avec l'accord de Shueisha Inc., Tokyo
représenté par Japan Foreign-Rights Center/Aitken Alexander Associates

© ACTES SUD, 2015
pour la traduction française
ISBN 978-2-330-07263-6

# KEIGO HIGASHINO

# LA LUMIÈRE
# DE LA NUIT

roman traduit du japonais
par Sophie Refle

BABEL NOIR

I

1

Il sortit de la gare Kintetsu-Fuse et suivit les voies de chemin de fer vers l'ouest. L'air était encore chaud et moite en ce début d'octobre mais chaque camion qui passait soulevait des tourbillons de poussière. Il grimaça et frotta ses yeux irrités.

Le pas de Sasagaki Junzō n'était pas léger. Il était en congé et avait prévu de passer sa journée à lire le dernier roman de Matsumoto Seichō qu'il avait gardé pour une telle occasion.

Il aperçut un square sur la droite, grand comme un terrain d'entraînement de base-ball, avec une balançoire et un toboggan dans son aire de jeux. Une pancarte indiquait que l'endroit, vaste pour le quartier, s'appelait parc Masumi.

Rien dans l'apparence de l'immeuble de six étages qui se dressait de l'autre côté ne laissait deviner qu'il était vide. Sasagaki le savait car il avait travaillé au commissariat de Fuse-Ouest, dont dépendait ce secteur, avant sa nomination au quartier général de la police de la préfecture d'Osaka.

Un attroupement de curieux s'était déjà formé autour des quelques voitures de police garées devant le bâtiment.

Il ne continua pas jusqu'à l'immeuble mais tourna à droite, juste avant le square, dans la rue où se trouvait un stand qui vendait des crêpes à la seiche. Assise derrière le réchaud qu'elle utilisait pour les faire griller, une quinquagénaire corpulente lisait le journal. Elle n'avait pas d'autre client dans la petite échoppe qui vendait aussi des friandises pour enfants.

— Une crêpe, s'il vous plaît, demanda Sasagaki.

— Tout de suite, répondit la femme qui mit son journal de côté et se leva.

Il sortit une cigarette, l'alluma et lut le gros titre de la première page : "Selon le ministère de la Santé, la consommation de poissons est sans risques."

Le tribunal de Kumamoto avait rendu en mars son jugement sur la maladie de Minamata\*, qui suivait ceux des années précédentes sur la maladie de Minamata de Niigata, l'asthme causé par la pollution atmosphérique à Yokkaichi, et la maladie *itai itai*, due à la pollution au cadmium. Les firmes à l'origine de ces problèmes de santé avaient toutes été reconnues coupables. Sensibilisés aux questions environnementales par ces grands procès, les Japonais redoutaient que le poisson ne soit pollué au mercure ou aux PCB (polychlorobiphényles).

Sasagaki se mit soudain à douter de la seiche qu'il s'apprêtait à manger.

L'odeur qu'elle dégageait en cuisant dans sa pâte de farine et d'œufs aiguisait son appétit.

La femme eut un peu de mal à la détacher une fois qu'elle fut à point. Elle l'enduisit de sauce Worcester, l'enveloppa dans un papier brun, et la lui tendit.

Il paya la somme de quarante yens indiquée sur le menu. Elle le remercia aimablement et se rassit pour reprendre sa lecture.

Il quitta le stand au moment où une femme d'âge mûr passait devant l'échoppe, un panier à la main. Elle salua la marchande.

---

\* Il s'agit de mars 1973, lorsque la société Chisso fut reconnue coupable de la pollution au mercure à l'origine de la maladie de Minamata. *(Toutes les notes sont de la traductrice.)*

— Il y en a du monde, là-bas ! Il a dû arriver quelque chose de grave, commenta-t-elle en pointant l'immeuble du doigt.

— Oui, à en juger par le nombre de voitures de police qui sont passées. J'imagine qu'un enfant s'est fait mal, répondit la femme corpulente dans le même dialecte d'Osaka que son interlocutrice.

Sasagaki se retourna.

— Un enfant ? Les enfants vont dans cet immeuble ?

— Ils en ont fait leur terrain de jeu. Ça fait longtemps que je me dis qu'il y en a un qui finira par se blesser, et ça a dû se produire, répondit-elle, sans accent cette fois-ci.

— Mais à quoi ils jouent là-bas ?

Il avait posé sa question en dialecte d'Osaka.

— J'en sais rien. Je ne comprends pas que personne ne fasse rien pour les empêcher d'y entrer. C'est dangereux !

Sasagaki finit sa crêpe et se dirigea vers l'immeuble en sentant le regard de la commerçante sur lui. Elle devait le prendre pour un quadragénaire curieux.

Il passa sous la corde qui avait été mise en place pour tenir le public à l'écart et répondit au regard courroucé que lui lança un des policiers en tenue en posant le doigt sur la poche de son veston, pour lui faire comprendre que sa carte de police s'y trouvait. L'homme hocha la tête.

L'architecte avait sans doute prévu que l'accès à l'immeuble se ferait par une porte en verre, mais pour le moment il n'y avait que des planches dont l'une avait été enlevée pour permettre le passage.

Sasagaki salua l'agent en faction. Il faisait sombre à l'intérieur. L'air sentait la poussière et le moisi. Il resta immobile quelques instants pour permettre à ses yeux de s'acclimater à l'obscurité et entendit un bruit de voix.

Au bout de quelques instants, il commença à distinguer ce qu'il y avait autour de lui : deux portes métalliques qui signifiaient qu'il était à côté de l'ascenseur, ainsi que des matériaux de construction et du matériel électrique empilés sur le sol.

L'ouverture carrée percée dans le mur devant lui ne laissait pas passer assez de lumière pour qu'il vît ce qui se trouvait de l'autre côté. Peut-être était-ce ce qui deviendrait le parking.

Quelqu'un, probablement un des ouvriers du chantier, avait écrit à la craie : "Défense d'entrer" sur le panneau en aggloméré qui servait de porte à la pièce sur sa gauche.

Les deux hommes qui en sortirent s'arrêtèrent en voyant Sasagaki. Il les connaissait bien car ils travaillaient dans son service.

— Tu es là aussi ? C'est pas de chance, un jour de repos, fit le plus âgé des deux en utilisant le dialecte d'Osaka.

Il avait deux ans de plus que Sasagaki, tandis que le deuxième n'avait été affecté à la police judiciaire qu'un an auparavant.

— J'ai eu un mauvais pressentiment ce matin, et j'aurais préféré qu'il ne signifie rien. Le vieux est de quelle humeur aujourd'hui ? ajouta-t-il en baissant la voix.

Son interlocuteur fit une grimace et agita la main de côté pendant que son jeune collège esquissait un sourire gêné.

— Hum. C'est vrai qu'il nous avait dit qu'il avait envie de tranquillité. Et que se passe-t-il à l'intérieur ?

— Le docteur Matsuno vient d'arriver.

— Je vois.

— On va faire un tour dehors.

— D'accord, répondit Sasagaki qui les regarda partir en pensant qu'ils avaient dû recevoir l'ordre d'enquêter dans le voisinage.

Il enfila des gants et ouvrit doucement la porte. Il faisait moins sombre, car la pièce d'une trentaine de mètres carrés avait des fenêtres.

Les enquêteurs étaient rassemblés du côté du mur opposé à la porte. Ceux qu'il ne connaissait pas venaient sans doute du commissariat de Fuse-Ouest. Parmi les autres qui ne lui étaient que trop familiers, le premier à remarquer sa présence fut Nakatsuka, le chef de sa section. Les cheveux coupés court, il portait des lunettes cerclées de fer dont la partie supérieure était teintée en violet. Même lorsqu'il souriait, les rides verticales qui barraient son front ne disparaissaient pas.

Nakatsuka le salua et ne lui fit aucun reproche à propos de son arrivée tardive. Il vint à sa rencontre après lui avoir intimé du menton de s'approcher.

La pièce ne comptait que quelques meubles, dont un canapé en skaï noir près du mur, assez grand pour que trois personnes puissent s'y asseoir.

C'est là que le corps était allongé. Le mort était de sexe masculin.

Matsuno Hideomi, professeur de l'université de médecine du Kinki et médecin légiste de la police de la préfecture d'Osaka depuis plus de vingt ans, était en train de l'examiner.

Sasagaki tendit le cou pour mieux voir.

L'homme qui devait avoir entre quarante-cinq et cinquante ans mesurait moins d'un mètre soixante-dix. Il avait un léger embonpoint sans être véritablement gros. Il portait un veston marron de bonne qualité mais n'avait pas de cravate. Une tache rouge d'une dizaine de centimètres de diamètre était visible sur sa poitrine. Il avait d'autres blessures, mais ne paraissait pas avoir perdu beaucoup de sang.

Il n'avait pas dû se battre car ni ses vêtements ni ses cheveux coiffés en arrière n'étaient en désordre.

Le professeur, un homme de petite taille, se redressa et se tourna vers les policiers.

— C'est un meurtre, sans aucun doute, déclara-t-il d'un ton tranchant. Le corps porte cinq blessures à l'arme blanche, deux à la poitrine, trois à l'épaule. Celle qu'il a sur le côté gauche du thorax est probablement la cause de la mort. La lame est passée entre les côtes à quelques centimètres du sternum et l'a probablement touché au cœur.

— Il serait mort sur le coup ? demanda Nakatsuka.

— En moins d'une minute, je pense. Le sang qui a jailli de l'artère coronaire a fait pression sur le cœur, et la victime est probablement morte d'une tamponnade péricardique.

— Le sang aurait pu gicler sur le meurtrier ?

— Je ne pense pas.

— Et l'arme ?

Le professeur avança la lèvre inférieure avec une expression dubitative.

— Une lame petite et acérée, probablement plus fine que celle d'un couteau à fruits. En tout cas pas un couteau de cuisine ni un couteau d'alpiniste.

Sasagaki en déduisit que l'arme du crime n'avait pas été retrouvée.

— Combien de temps s'est-il écoulé depuis sa mort ? lança-t-il.

— La rigidité cadavérique est complète et il n'y a aucune tache cadavérique. La cornée est très opaque. Je dirais entre dix-sept et vingt-quatre heures. L'autopsie permettra sans doute de le préciser.

Sasagaki consulta sa montre. Il était quatorze heures quarante. La victime avait donc été tuée entre quinze et vingt-deux heures la veille.

— Pouvons-nous vous l'envoyer immédiatement pour l'autopsie ?

— Oui, répondit le médecin légiste à Nakatsuka.

Koga, un jeune inspecteur, fit son apparition.

— La femme de la victime est arrivée.

— Enfin ! Commençons par lui demander d'identifier le corps. Fais-la entrer.

Koga hocha la tête et quitta la pièce.

— On sait déjà qui c'est ? demanda tout bas Sasagaki à un de ses collègues, qui acquiesça de la tête.

— Il avait son permis de conduire et des cartes de visite sur lui. C'est un prêteur sur gages du quartier.

— Un prêteur sur gages ? On lui a volé quelque chose ?

— On ne le sait pas, mais son portefeuille a disparu.

Il y eut du bruit, et Koga revint. Il invita la personne derrière lui à entrer. Les policiers reculèrent de quelques pas pour s'écarter du corps.

Une femme apparut. Sasagaki remarqua d'abord la couleur orange. Juchée sur des talons de presque dix centimètres de haut, elle portait une robe à carreaux orange et noirs. Ses longs cheveux bien coiffés donnaient l'impression qu'elle sortait de chez le coiffeur.

Elle tourna de grands yeux très maquillés vers le canapé, porta ses deux mains à sa bouche, poussa un cri qui ressemblait à un hoquet, et resta figée sur place quelques secondes. Les enquêteurs la regardaient en silence parce qu'ils savaient qu'il n'aurait servi à rien de lui parler.

Elle s'approcha ensuite lentement du corps, s'arrêta devant le canapé et baissa les yeux vers le visage de l'homme. Sasagaki remarqua que son menton tremblait.

— C'est votre mari ? demanda Nakatsuka.

Elle ne répondit pas mais se cacha le visage des deux mains. Elle s'accroupit sur le sol. Sasagaki eut l'impression qu'elle jouait la comédie.

Elle se mit à sangloter.

## 2

Le mort était un certain Kirihara Yōsuke qui tenait un établissement de prêts sur gages du même nom dans la maison où il vivait avec sa famille, à un kilomètre environ de l'immeuble où il avait été trouvé.

Les techniciens de la police mirent sur un brancard le corps que Mme Kirihara venait de formellement identifier. Sasagaki les aida et quelque chose arrêta son regard.

— Il a été tué après avoir mangé, murmura-t-il.

Debout à côté de lui, Koga lui demanda de répéter ce qu'il venait de dire. Sasagaki lui fit remarquer que la ceinture avait été desserrée de deux crans. Koga hocha la tête.

De marque Valentino, elle était en cuir marron. Le troisième cran était usagé, son trou plus grand : la victime avait donc coutume de l'utiliser, mais l'ardillon était à présent dans le cinquième.

Sasagaki demanda à un jeune technicien de la prendre en photo.

La plupart des policiers s'en allèrent après le départ du corps afin d'aller poser des questions dans le voisinage mais Sasagaki et Nakatsuka restèrent avec les techniciens.

Debout au milieu de la pièce, Nakatsuka en fit à nouveau le tour des yeux, la main gauche posée sur la hanche, et la droite sous son menton, comme à son habitude quand il réfléchissait.

— Tu en penses quoi, Sasa ? Tu vois le tueur comment ?

— Pour l'instant, je ne le vois pas, répondit son subordonné en observant la pièce. La seule chose qui me paraît certaine est que la victime le connaissait.

Il en était convaincu car rien n'indiquait que la victime s'était défendue. De plus, les coups avaient été portés de face.

Nakatsuka hocha la tête. Il semblait d'accord.

— Tout le problème est de savoir ce que la victime et l'assassin faisaient ici, dit-il.

Sasagaki examina à nouveau la pièce des yeux. Elle avait dû servir de bureau pendant que l'immeuble était en chantier. Le canapé devait dater de cette époque. Le bureau en métal, les deux chaises métalliques et la table pliante posée contre le mur étaient couverts de poussière. Cela faisait deux ans et demi que le chantier était à l'arrêt.

Son regard s'arrêta sur un point du mur à côté du canapé, une ouverture carrée destinée à laisser passer une conduite juste en dessous du plafond, qui aurait dû être protégée par une grille mais ne l'était pas.

Sans elle, le corps n'aurait pas été découvert aussi rapidement. L'enfant qui l'avait trouvé était arrivé par là.

Un policier du commissariat de Fuse-Ouest lui avait appris qu'il avait neuf ans et fréquentait l'école voisine. C'était un samedi, les élèves n'avaient cours que le matin. Il était venu dans le bâtiment avec quatre camarades sitôt les cours finis, non pas pour jouer au ballon, mais pour s'amuser dans le labyrinthe des conduites. Progresser à quatre pattes dans les passages étroits était probablement une aventure excitante pour de jeunes garçons.

Sasagaki ignorait les règles de leur jeu, mais l'auteur de la découverte n'avait pas suivi les autres et s'était égaré. Il était entré dans cette pièce à la recherche d'une sortie. Il n'avait pas tout de suite compris que l'homme allongé sur le canapé était mort. Quand il l'avait aperçu, il avait eu peur de se faire gronder. Mais l'homme n'avait pas réagi. Intrigué, il s'en était approché craintivement et avait immédiatement remarqué les taches de sang.

Il était rentré chez lui un peu avant treize heures et en avait parlé à sa mère. Il lui avait fallu une vingtaine de minutes pour la convaincre qu'il disait la vérité. Le registre du commissariat de Fuse-Ouest indiquait qu'elle avait appelé à treize heures trente-trois.

— Un prêteur sur gages… grommela Nakatsuka. Je me demande ce qui a pu l'amener à donner rendez-vous à quelqu'un ici.

— Il ne voulait pas être vu avec cette personne, ou ne devait pas être vu avec elle.

— Même dans ce cas, pourquoi venir ici ? Il y a beaucoup d'endroits discrets aux alentours. Il aurait aussi pu choisir un lieu plus éloigné de chez lui.

— C'est vrai, reconnut Sasagaki en grattant son menton qu'il n'avait pas eu le temps de raser avant de partir de chez lui.

— Sa femme est sacrément voyante, reprit son supérieur en parlant de Kirihara Yaeko. Elle doit avoir à peine trente ans. Et lui, cinquante-deux. Un bel écart.

— Elle devait travailler dans un bar avant, répondit Sasagaki à voix basse.

Nakatsuka hocha la tête pour exprimer son accord.

— Les femmes sont vraiment extraordinaires. Elle habite tout près d'ici, mais elle s'est quand même maquillée pour venir. Et qu'est-ce qu'elle a pleuré en le voyant…

— D'une manière aussi ostentatoire que son maquillage ?

— Je n'ai pas dit ça, fit Nakatsuka avec un sourire, avant d'ajouter, le visage à nouveau sérieux : J'imagine qu'ils ont fini de l'interroger. Sasa, je peux te demander de la ramener chez elle ?

— Oui, chef.

Il se dirigea vers la porte.

Dehors, il y avait moins de curieux que tout à l'heure, mais les journalistes avaient fait leur apparition, et parmi eux des gens de la télévision.

Sasagaki tourna les yeux vers les voitures de police et vit que Kirihara Yaeko était assise sur le siège arrière de la deuxième la plus proche de l'entrée, à côté de Kobayashi, un de ses collègues. Koga était devant, au volant. Sasagaki s'en approcha et tapa à la vitre de la fenêtre arrière. Kobayashi ouvrit la portière et descendit.

— Alors ?

— Nous avons fini de l'interroger. Elle est encore sous le choc, répondit Kobayashi en se cachant la bouche de la main.

— Vous lui avez fait vérifier le contenu de ses poches ?

— Oui. Il aurait dû avoir son portefeuille sur lui. Et un briquet.

— Un briquet ?

— Un briquet Dunhill, cher.

— Hum. Et il avait disparu depuis quand ?

— Il est sorti de chez lui hier après-midi entre deux et trois heures, sans dire où il allait. Elle s'est inquiétée quand il n'est pas rentré ce matin. Elle voulait attendre encore un peu avant de nous signaler sa disparition, mais nous lui avons appris sa mort avant qu'elle ait eu le temps de le faire.

— Son mari avait rendez-vous avec quelqu'un ?

— Elle l'ignore. Elle ne se souvient pas s'il a reçu un coup de fil avant de sortir.

— Il était comment quand il est parti ?

— Comme d'habitude, apparemment.

Sasagaki se gratta le menton de l'index. Elle ne leur avait fourni aucune indication utile.

— J'ai l'impression qu'on va avoir du mal à retrouver le coupable.

Son collègue acquiesça, embarrassé.

— Vous lui avez demandé si elle savait quelque chose à propos de ce bâtiment ?

— Oui. Elle connaissait son existence, mais rien de plus. Jusqu'à aujourd'hui, elle n'y avait jamais mis les pieds, et son mari ne lui en a jamais parlé.

Sasagaki esquissa un sourire peiné.

— Si je comprends bien, elle ne vous a rien appris.

— J'en suis désolé.

— Ce n'est pas ta faute. Je vais la raccompagner chez elle, Koga conduira, d'accord ? demanda-t-il en donnant une petite tape sur l'épaule de son subordonné.

— Très bien.

Sasagaki monta dans la voiture, et indiqua leur destination à Koga.

— N'y va pas directement. Les journalistes ne savent peut-être pas que la victime habite tout près.

— Bien, répondit son jeune collègue.

Sasagaki se tourna vers sa voisine et se présenta. Elle lui répondit d'un hochement de tête. Elle n'avait visiblement aucune intention de se souvenir de son nom.

— Il n'y a personne chez vous ?

— Si, l'employé du magasin. Et mon fils, qui est rentré de l'école, répondit-elle sans relever la tête.

— Vous avez un fils ? De quel âge ?

— Il est en cinquième année d'école primaire.

Ce qui signifiait dix ou onze ans, calcula Sasagaki. Il la regarda d'un autre œil. Il devina quelques rides sous son maquillage et vit que sa peau n'était pas très fine. Elle pouvait avoir un enfant de cet âge.

— Hier, quand il est sorti, votre mari ne vous a rien dit, n'est-ce pas ? Il faisait cela souvent ?

— Parfois. Il lui arrivait d'aller ensuite boire un verre. C'est ce que j'ai pensé hier soir, et je ne me suis pas inquiétée.

— Passer la nuit dehors, il le faisait souvent ?

— Non, c'était extrêmement rare.

— Il ne vous téléphonait pas dans ces cas-là ?

— Quasiment jamais. Je lui demandais toujours de m'appeler s'il rentrait tard, il me répondait, "d'accord, d'accord" mais n'en faisait jamais rien. Je m'y suis habituée. Mais je n'aurais jamais pensé qu'il serait tué… répondit-elle en portant la main à la bouche.

La voiture qui avait roulé au hasard dans le quartier s'arrêta près d'un poteau électrique où il était écrit : "Ōe 3-chōme". La rue était bordée de petites maisons collées les unes aux autres.

— C'est là-bas, fit Koga en désignant une maison à une vingtaine de mètres devant eux.

Un panneau indiquait qu'il s'agissait du prêteur sur gages Kirihara. Les journalistes n'avaient pas encore découvert l'identité de la victime, car il n'en vit pas dans la rue.

— Je vais raccompagner madame, tu n'as pas besoin de m'attendre, dit Sasagaki.

Le rideau de fer de la devanture du magasin était abaissé jusqu'à la hauteur de son visage. Il passa dessous après la femme de la victime. Divers objets s'alignaient dans la vitrine. "Kirihara", était-il écrit en caractères dorés sur la porte en verre opaque.

Yaeko la poussa et Sasagaki la suivit à l'intérieur.

— Vous êtes rentrée, s'exclama un homme debout derrière le comptoir.

Âgé d'une quarantaine d'années, mince, il avait un menton pointu. Une raie de côté séparait ses cheveux d'un noir de jais.

Yaeko soupira et s'assit sur un fauteuil sans doute destiné à la clientèle.

— Alors… commença l'homme, le visage sombre, les sourcils froncés. C'était bien lui…

Elle fit oui de la tête.

— Mais pourquoi ? Pourquoi ?

L'homme se cacha la bouche de la main et baissa les yeux comme pour rassembler ses pensées. Il regarda le policier.

— Sasagaki, de la police judiciaire de la préfecture d'Osaka. Je vous présente mes condoléances.

Il tendit à l'inconnu son livret avant de lui demander qui il était.

— Mon nom est Matsuura, et je travaille ici, expliqua son interlocuteur en prenant une carte de visite dans un tiroir.

Sasagaki le remercia. Il remarqua que l'homme, dont il lut qu'il s'appelait Matsuura Isamu et qu'il était le responsable du magasin, portait une bague en platine au petit doigt de la main droite. Cela lui parut prétentieux.

— Vous travaillez ici depuis longtemps ?
— Euh… cinq ans.

Donc, depuis relativement peu de temps, se dit Sasagaki qui aurait aimé savoir ce qu'il avait fait avant cela et comment il était arrivé ici. Il décida cependant de ne rien lui demander pour le moment. Il aurait l'occasion de revenir.

— M. Kirihara est sorti hier après-midi ?
— C'est exact, vers deux heures et demie.
— Il ne vous a pas dit où il allait ?
— Non. M. Kirihara avait un côté autoritaire, et me demandait rarement mon avis.
— Vous n'avez rien remarqué de particulier quand il est sorti hier ? Je ne sais pas, par exemple la façon dont il était vêtu ? Ce qu'il a emporté avec lui ?
— Non, rien de spécial, répondit Matsuura, en se passant la main derrière la tête. Sauf qu'il semblait être préoccupé par l'heure.
— Par l'heure…
— J'ai l'impression qu'il regardait sa montre. Mais je peux me tromper.

Sasagaki fit discrètement le tour du magasin des yeux. La cloison coulissante derrière son interlocuteur était fermée. Il y avait sans doute un salon à la japonaise derrière elle. Deux marches y montaient, précédées par un espace où se déchausser. Elles donnaient probablement accès à la maison. Une autre porte se trouvait en haut des marches à gauche, ce qui lui parut un drôle d'emplacement pour un débarras.

— Jusqu'à quelle heure étiez-vous ouvert hier ?
— Eh bien… commença Matsuura en regardant l'horloge accrochée au mur. Normalement, nous fermons à dix-huit heures, mais hier, il y avait beaucoup à faire, ce qui fait qu'il était presque dix-neuf heures quand j'ai tiré le rideau.
— Vous étiez seul ?
— Oui, comme je l'étais en général lorsque M. Kirihara s'absentait.
— Qu'avez-vous vous fait après la fermeture ?
— Je suis rentré chez moi.
— Vous habitez où ?
— À Teradamachi.
— Teradamachi ? Vous venez en voiture ?
— Non, en train.

En train, cela signifiait environ une demi-heure de transport, avec un changement. S'il était parti d'ici après dix-neuf heures, il avait dû arriver chez lui avant vingt heures.

— Vous vivez avec votre famille ?
— Non, je suis seul depuis mon divorce, il y a six ans.
— Hier vous étiez seul chez vous ?
— Oui.

Il n'a donc aucun alibi, se dit Sasagaki, sans changer d'expression. Il se tourna vers Yaeko qui n'avait pas quitté son fauteuil.

— Et vous, madame, vous ne vous occupez pas des clients, en général ?
— Non, je ne connais pas le métier, répondit-elle d'une petite voix.
— Et vous êtes sortie, hier ?
— Non, je suis restée à la maison toute la journée.
— Vous n'êtes même pas allée faire des courses ?
— Non, fit-elle avant de se lever en chancelant, comme si elle allait s'évanouir. Cela vous dérangerait si j'allais m'allonger ? Je ne me sens pas bien.

23

— Non, pas du tout, allez vous reposer.

Elle ôta ses chaussures en s'appuyant d'une main sur le côté. Il aperçut un escalier lorsqu'elle ouvrit la porte. Cela ne le surprit pas.

Il l'entendit le monter malgré la porte fermée. Une fois que le bruit des pas cessa, il vint se placer devant Matsuura.

— C'est ce matin que vous avez appris que M. Kirihara n'était pas rentré ?

— Oui. Madame et moi trouvions cela bizarre. Ensuite, nous avons reçu un appel de la police et…

— Vous avez dû être surpris.

— Cela va sans dire, répondit Matsuura. J'ai du mal à y croire. Je n'arrive pas à m'empêcher de penser qu'il s'agit d'une erreur, que M. Kirihara ne peut pas avoir été assassiné.

— Donc vous ne soupçonnez personne ?

— Non, absolument pas.

— Pourtant, dans ce genre de travail, vous recevez toutes sortes de clients, non ? Votre patron n'a jamais eu de conflit avec l'un d'eux, à propos d'argent ?

— Je n'irais pas jusqu'à dire que cela n'arrive jamais. Les clients sont parfois bizarres. On leur prête de l'argent, et ils nous en veulent. Mais de là à tuer le patron… répondit-il avec l'accent d'Osaka, en le regardant droit dans les yeux, tout en secouant la tête. Je ne peux pas l'imaginer.

— Je comprends que vous ne puissiez pas dire du mal de vos clients, mais nous avons besoin de plus d'informations pour avancer dans notre enquête. Cela nous aiderait si vous pouviez nous montrer le registre de vos clients récents, par exemple, fit le policier en utilisant lui aussi le dialecte.

— Le registre des clients… répéta Matsuura d'un ton hésitant.

— Vous devez bien en avoir un, pour savoir à qui vous avez prêté de l'argent, et ce qu'on vous a remis.

— Bien sûr que nous en avons un.

— Laissez-moi vous l'emprunter, dit Sasagaki en agitant la main. J'en ferai faire une copie au bureau et je vous le rapporterai tout de suite. Il va sans dire que nous ne le montrerons à personne.

— Je ne peux pas décider de cela tout seul…

— Dans ce cas, je vais vous attendre ici pendant que vous allez demander l'autorisation à madame.

— Ah… Les sourcils froncés, l'homme réfléchit quelques instants, avant de hocher la tête. Très bien, je vous le prête, mais je compte sur vous pour qu'il n'y ait pas de fuites.

— Je vous remercie. Vous n'avez pas besoin d'en informer Mme Kirihara ?

— Ce n'est pas la peine. Je lui dirai plus tard. C'est vrai que maintenant que M. Kirihara n'est plus là…

Matsuura fit pivoter sa chaise d'un quart de tour et ouvrit le placard à côté de lui. Sasagaki aperçut plusieurs registres.

Au moment où l'employé se penchait pour le prendre, Sasagaki aperçut du coin de l'œil la porte qui menait à l'escalier s'ouvrir sans bruit. Il tourna son regard dans cette direction, et tressaillit.

Un garçon d'une dizaine d'années, mince, vêtu d'un sweat-shirt et d'un jean, se tenait là.

Le policier avait sursauté car il n'avait entendu aucun bruit dans l'escalier. Son regard croisa celui de l'enfant, et il fut surpris par la noirceur qu'il recelait.

— C'est toi, le fils ?

L'enfant ne répondit pas, mais Matsuura se retourna.

— Exactement.

Le petit garçon qui continuait à se taire enfila des chaussures de sport. Son visage était inexpressif.

— Et tu vas où, Ryō ? Tu ferais mieux de rester à la maison aujourd'hui.

L'enfant sortit sans prendre la peine de lui répondre.

— Le pauvre, il doit être sous le choc, dit Sasagaki.
— Probablement. Mais c'est un garçon un peu particulier.
— Comment cela ?
— C'est un peu difficile à dire, répondit Matsuura en posant un registre devant le policier. C'est le plus récent.
— Vous permettez ? demanda Sasagaki.

Il commença à en tourner les pages où s'alignaient des colonnes de noms en pensant au regard sombre de l'enfant.

3

La cellule d'enquête créée au sein du commissariat de Fuse-Ouest reçut le rapport d'autopsie le lendemain de la découverte du corps. Son contenu confirmait les hypothèses du professeur Matsuno tant sur l'heure du décès que ses causes.

La seule chose qui surprit Sasagaki fut le paragraphe relatif à l'estomac de la victime.

"Présence d'éléments non digérés de pâtes au sarrasin, de poireau, et de hareng. La mort est survenue deux heures à deux heures trente après leur ingestion", était-il écrit.

— Si c'est exact, comment expliquer cette histoire de ceinture? s'interrogea Sasagaki en regardant Nakatsuka qui était assis, les bras croisés.

— De ceinture?

— Il avait desserré sa ceinture de deux crans. Normalement, on fait ça après le repas. Deux heures après, il aurait dû la resserrer, non?

— Il a dû oublier. Cela arrive, non?

— Oui, mais il portait un pantalon un peu lâche à la ceinture. Il devait avoir du mal à marcher sans que son pantalon ne glisse si la ceinture n'était pas serrée.

— Hum, fit son supérieur qui étudiait le document posé sur la table, les sourcils froncés. Et à ton avis, pourquoi sa ceinture était-elle desserrée?

Sasagaki jeta un coup d'œil circulaire et approcha son visage de celui de Nakatsuka.

— La victime a dû avoir une raison pour ouvrir son pantalon là où on l'a trouvé. Et quand il l'a refermé, il a desserré sa ceinture de deux crans. Je ne sais pas si c'est lui qui l'a fait ou celui qui l'a tué.

— Pourquoi aurait-il ouvert son pantalon ? demanda Nakatsuka en regardant son subordonné par en dessous.

— Pour le baisser, bien évidemment, répondit ce dernier avec un sourire.

Nakatsuka s'appuya au dossier de sa chaise. Le métal grinça.

— Pourquoi est-ce qu'un homme de son âge serait allé dans un endroit aussi sale et poussiéreux pour un rendez-vous amoureux ?

— Je reconnais que cela paraît peu naturel.

Nakatsuka rejeta cette hypothèse en agitant la main comme pour chasser une mouche.

— L'idée est intéressante, mais plutôt que de te laisser emporter par ton imagination, je voudrais que tu t'intéresses à ce qu'il a fait avant d'arriver dans l'immeuble. Je te charge de l'établir. Commence par identifier ce restaurant de pâtes de sarrasin.

C'était un ordre, et Sasagaki ne pouvait qu'y obéir. "Oui, chef", dit-il avant de quitter la pièce.

Il n'eut aucun mal à trouver l'établissement. Selon sa veuve, Kirihara allait souvent chez Arigano, un restaurant situé dans la rue commerçante en face de la gare de Fuse. Un enquêteur s'y rendit, et le propriétaire confirma que le prêteur sur gages y était venu vendredi vers seize heures.

Il y avait mangé un bol de nouilles de sarrasin au hareng. Cela permit d'établir qu'il était mort entre dix-huit et dix-neuf heures. La plage horaire fut élargie à dix-sept heures – vingt heures pour vérifier les alibis.

Matsuura Isamu et la femme de la victime avaient cependant indiqué que Kirihara était sorti de chez lui autour de deux heures et demie. Comment avait-il passé le laps de quatre-vingt-dix minutes avant son arrivée au restaurant ? Même en marchant très lentement, il fallait au maximum dix minutes pour aller de son domicile à Arigano.

La réponse à cette question fut connue le lundi. Un appel au commissariat de Fuse-Ouest dissipa le mystère. Il émanait d'une jeune employée de la succursale de Fuse de la banque Sankyō où Kirihara Yōsuke était passé vendredi juste avant la fermeture.

Sasagaki et Koga s'y rendirent immédiatement. Elle était située à la sortie sud de la gare de Fuse, de l'autre côté de la rue.

La jeune femme qui avait téléphoné travaillait au guichet. Elle avait un joli visage rond et des cheveux coupés court qui lui allaient bien. Sasagaki et son collègue l'interrogèrent dans un espace destiné à la clientèle, isolé par une cloison.

— Hier, quand j'ai lu le journal, je me suis tout de suite demandé s'il s'agissait de M. Kirihara. Ce matin, j'ai vu que le prénom correspondait, j'en ai parlé à mon supérieur et je me suis décidée à vous appeler, expliqua-t-elle, le dos bien droit.

— Quelle heure était-il lorsque M. Kirihara est passé à la banque ?

— Un peu avant quinze heures.

— Qu'était-il venu faire ?

Elle marqua une hésitation. Peut-être se demandait-elle si elle pouvait le leur dire. Mais elle se remit à parler.

— Il voulait débloquer un compte à terme et retirer de l'argent.

— Combien ?

Elle hésita à nouveau, se passa la langue sur les lèvres et reprit tout bas, après avoir jeté un coup d'œil vers son supérieur.

— Un million de yens.

Sasagaki ne dissimula pas son étonnement. Ce n'était pas un petit montant.

— M. Kirihara ne vous a pas expliqué pourquoi il en avait besoin ?

— Non. Il ne m'en a rien dit.

— Et où a-t-il mis cet argent ?

— Je crois me souvenir qu'il s'est servi d'une enveloppe de la banque, répondit-elle avec un certain embarras.

— Cela était-il déjà arrivé à M. Kirihara de débloquer des fonds placés sur des comptes à terme ?

— Pour autant que je sache, c'était la première fois. Je m'occupe de ses affaires depuis la fin de l'année dernière.

— Quelle impression vous a-t-il faite à ce moment-là ? Vous a-t-il paru regretter de devoir le faire, ou plutôt content ?

— Eh bien… commença-t-elle d'un ton peu assuré. Je n'ai pas eu le sentiment qu'il regrettait ce qu'il faisait. Il a dit quelque chose comme : "Je vous rapporterai bientôt la même somme."

— Bientôt…

Sasagaki transmit cette information à la cellule d'enquête puis repartit avec son jeune collègue chez le prêteur sur gages, afin de demander à Yaeko et à Matsuura s'ils étaient au courant de ce retrait. Mais ils s'immobilisèrent lorsqu'ils arrivèrent à proximité de l'établissement en voyant des gens vêtus de noir devant la boutique.

— Ah… Les obsèques ont lieu aujourd'hui.

— Ça m'est sorti de la tête. Pourtant je me souviens que je l'ai entendu ce matin.

Les deux hommes observèrent à une certaine distance ce qui se passait. Le cercueil sortait précisément de la maison devant laquelle était garé le corbillard.

La porte du magasin était ouverte. Kirihara Yaeko apparut la première. Plus pâle que l'autre jour, elle lui sembla aussi plus petite, mais également plus fascinante. Était-ce lié à l'aspect étrangement érotique de son kimono de deuil noir ?

Elle savait comment porter un kimono et il eut l'impression qu'elle s'efforçait de se mouvoir le plus gracieusement possible. Elle est parfaite dans le rôle de la jeune veuve éplorée, pensa-t-il avec une certaine hargne. Il savait à présent qu'elle avait travaillé autrefois dans un bar du prestigieux quartier de Kita-Shinchi.

Le fils de la victime la suivait, serrant dans ses bras une photo de son père. Sasagaki connaissait à présent son prénom, Ryōji, mais il n'avait encore jamais entendu sa voix.

Il ne lut aucune émotion sur son visage ni dans ses yeux sombres tournés vers les pieds de sa mère.

Les deux policiers revinrent chez les Kirihara le même soir. Comme l'autre jour, le rideau de fer était à moitié ouvert. Mais la porte était fermée à clé. Ils appuyèrent sur la sonnette, et l'entendirent retentir à l'intérieur.

— Ils sont peut-être sortis, fit Koga.

— Dans ce cas, le rideau serait baissé, répondit Sasagaki.

Il y eut un bruit de clé, la porte s'entrouvrit d'une vingtaine de centimètres, et le visage de Matsuura apparut.

— Bonsoir messieurs, dit-il, légèrement surpris.

— Nous aimerions vous poser quelques questions. Ce serait possible maintenant ?

— Eh bien… Je vais demander à madame, si vous voulez bien m'attendre ici, répondit-il avant de refermer la porte.

Les deux policiers échangèrent un regard. Koga paraissait dubitatif.

La porte se rouvrit.

— Madame est d'accord. Entrez, je vous prie.

Les deux hommes s'exécutèrent. L'air sentait l'encens.

— La cérémonie s'est bien passée ? s'enquit Sasagaki qui se souvenait que Matsuura figurait parmi les porteurs.

— Oui mais je suis un peu fatigué, répondit l'homme en se passant la main dans les cheveux.

Il n'avait pas quitté son costume noir, mais avait enlevé sa cravate. Les deux premiers boutons de sa chemise étaient ouverts.

La cloison coulissante derrière le comptoir s'ouvrit et Yaeko entra. Elle ne portait plus son kimono noir mais une robe bleu marine. Son chignon était défait et ses cheveux flottaient sur ses épaules.

— Nous sommes désolés de vous déranger à un moment pareil, déclara Sasagaki en inclinant la tête.

— Ne vous en faites pas pour cela, répondit-elle. Il y a du nouveau ?

— Nous collectons des informations et nous aimerions vous poser quelques questions au sujet d'une chose qui nous paraît intéressante. Mais avant cela, continua-t-il en pointant du doigt la cloison coulissante, nous permettriez-vous d'offrir de l'encens au défunt ? Nous aimerions lui rendre hommage.

Yaeko sembla prise au dépourvu. Elle tourna les yeux vers Matsuura puis les reposa sur Sasagaki.

— Bien sûr, bien sûr.

— Nous vous en remercions.

Il avança jusqu'à la marche et défit ses chaussures. Avant de franchir le seuil, il tourna les yeux vers la porte qui se trouvait juste à côté. Elle dissimulait l'escalier. Un verrou était fixé au-dessus de la poignée. L'ouvrir depuis l'escalier était impossible.

— Pardonnez mon indiscrétion, mais à quoi sert ce verrou ?

— Eh bien... à empêcher qu'un voleur entre ici depuis l'étage.

— Depuis l'étage ?

— Les maisons dans ce quartier sont proches les unes des autres, et il arrive que des cambrioleurs passent par les toits. C'est ce qui s'est passé chez un horloger du voisinage. Voilà pourquoi mon mari a fait poser ce verrou.

— Ce serait gênant qu'un voleur descende au rez-de-chaussée ?

— Oui, parce que c'est là que se trouve le coffre, expliqua Matsuura qui était derrière lui. Nous y mettons les objets confiés par nos clients.

— Vous voulez dire que la nuit, il n'y a personne en haut ?

— Exactement. Mon fils aussi dort en bas.

— Je vois, fit Sasagaki en hochant la tête. Je comprends la raison de ce verrou, mais pourquoi est-il fermé maintenant ? Il vous arrive de sortir pendant la journée ?

— Eh bien… commença-t-elle en venant le rejoindre et l'ouvrir. C'est une habitude. Je le ferme toujours.

— Je vois.

Il en déduisit qu'il n'y avait personne à l'étage.

Une pièce de six tatamis se trouvait de l'autre côté de la cloison. Il y en avait apparemment une autre, en enfilade, mais la porte coulissante qui y menait était fermée. Sasagaki devina qu'il devait s'agir de la chambre des Kirihara. Elle venait de lui dire que son fils dormait avec ses parents. Mais dans ce cas, comment faisait le couple pour avoir une vie conjugale ?

L'autel bouddhique était placé contre l'autre mur. Le visage souriant du défunt apparaissait dans un petit cadre. La photo devait dater de quelques années, car il avait l'air plus jeune. Sasagaki alluma un bâtonnet d'encens et se recueillit une dizaine de secondes devant l'autel.

Yaeko revint avec une théière et des gobelets sur un plateau. Le policier la remercia et tendit la main vers un gobelet. Koga en fit autant.

Sasagaki lui demanda si elle s'était souvenue de quelque chose à propos de ce qui était arrivé. Elle fit non de la tête. Matsuura qui était resté dans le magasin garda le silence.

Le policier expliqua que le défunt avait retiré un million de yens de son compte. Yaeko et l'employé ne dissimulèrent pas leur surprise.

— Mon mari ne m'en a rien dit.
— Je n'étais pas au courant non plus, ajouta Matsuura. M. Kirihara décidait de tout tout seul, mais d'ordinaire, je pense qu'il m'aurait parlé d'une somme pareille.
— Votre mari n'avait pas de passion qui lui coûtait cher ? Il ne jouait pas ?
— Jamais. Et il n'avait aucune véritable passion.
— Il vivait pour son travail, compléta Matsuura.
— Dans ce cas-là, eh bien... reprit Sasagaki d'un ton embarrassé. Du côté de...
— Du côté de quoi ? demanda Yaeko en fronçant les sourcils.
— Des femmes, je veux dire, bien sûr.
— Ah... fit-elle en hochant la tête, sans paraître particulièrement choquée. Je ne pense pas qu'il ait eu de maîtresse. Il n'aurait pas pu, continua-t-elle d'un ton assuré.
— Vous lui faisiez confiance.
— Je ne suis pas sûre que je dirais les choses comme ça, dit-elle avant de s'interrompre et de baisser la tête.

Les deux hommes posèrent encore quelques questions avant de se lever. Leur visite n'avait pas été fructueuse.

Au moment de remettre ses chaussures, Sasagaki remarqua qu'il y avait aussi une paire de chaussures de sport fatiguées. Ce devait être celles du petit garçon qui était probablement à l'étage.

Sasagaki regarda la porte verrouillée et se demanda ce qu'il faisait là-haut.

4

Les progrès de l'enquête permirent d'établir ce qu'avait fait la victime avant d'être tuée.

Sorti de chez lui vers quatorze heures trente, Kirihara Yōsuke avait d'abord retiré un million de yens dans la succursale de Fuse de la banque Sankyō, puis il était allé manger des nouilles de sarrasin dans le restaurant Arigano qu'il avait quitté à seize heures trente.

La suite était moins certaine. Un employé du restaurant croyait se souvenir qu'il avait marché dans la direction opposée à la gare, sans en être certain. S'il ne se trompait pas, Kirihara n'avait sans doute pas pris le train. Il était venu du côté de la gare pour aller chercher de l'argent.

Les enquêteurs poursuivirent leurs efforts et découvrirent la trace du prêteur sur gages dans un endroit inattendu.

Il s'était d'abord arrêté à la pâtisserie Harmony, dans la rue commerçante, qui faisait partie de la chaîne du même nom. Il avait demandé à une vendeuse si elle avait "ce flan avec plein de fruits dessus". Cela désignait sans doute le flan aux fruits qui était la spécialité de la maison.

Comme le magasin de Fuse n'en avait malencontreusement plus, ce client qui était probablement Kirihara avait demandé s'il pourrait en acheter dans une autre succursale.

La vendeuse lui avait dit qu'il en trouverait peut-être dans le Harmony de la rue du bus et lui avait expliqué où il se situait.

Elle se souvenait que le client avait dit : "Si j'avais su qu'il y en avait un là-bas, j'y serais allé directement. C'est tout près de là où je vais. J'aurais dû y penser plus tôt."

La pâtisserie se trouvait dans le quartier d'Ōe-nishi. Les enquêteurs qui s'y étaient rendus avaient établi qu'un homme correspondant à la description de Kirihara Yōsuke y était passé vendredi en fin de journée. Il avait acheté quatre flans aux fruits. Mais on ne savait pas encore ce qu'il avait fait ensuite.

Les quatre flans aux fruits permettaient de supposer qu'il n'avait pas rendez-vous avec un homme. Les enquêteurs supposaient qu'il était allé voir une femme.

Ils furent bientôt à même de lui donner un nom : Nishimoto Fumiyo. Elle figurait dans le registre du prêteur sur gages et habitait Ōe-nishi.

Sasagaki et Koga furent chargés d'aller la voir.

Le petit immeuble où elle vivait se trouvait dans un quartier de maisons en bois construites à la va-vite, aux toits couverts de tôle ondulée. Ses murs noircis étaient parsemés de fissures.

Nishimoto Fumiyo occupait l'appartement 103, un rez-de-chaussée très sombre car proche des maisons voisines. Des bicyclettes rouillées étaient garées dans le passage humide qui y menait.

Sasagaki et Koga cherchèrent sa porte en évitant les machines à laver qui se trouvaient près de chaque porte. L'aîné des deux policiers frappa à la troisième porte où était collée une feuille de papier qui indiquait "Nishimoto".

Il entendit une petite fille répondre "oui?" mais la porte ne s'ouvrit pas. La même voix demanda qui était là.

L'enfant était apparemment seule.
— Ta maman n'est pas là ? demanda-t-il.
Au lieu de lui répondre, la petite voix répéta sa question. Sasagaki adressa un sourire embarrassé à son collègue. Elle devait avoir pour consigne de ne pas ouvrir aux gens qu'elle ne connaissait pas, ce qui n'était pas une mauvaise chose en soi.
— Nous sommes de la police et nous aimerions parler à ta maman, expliqua-t-il, assez fort pour qu'elle l'entende, et assez doucement pour que les voisins ne puissent le faire.
Il attribua le silence qui suivit à l'hésitation de l'enfant. D'après sa voix, elle avait une dizaine d'années, un âge où le mot "police" éveille la crainte.
La clé tourna et la porte s'ouvrit. La chaîne de sécurité était mise, et il aperçut par l'entrebâillement d'une dizaine de centimètres le visage d'une petite fille. Elle avait de grands yeux, et sa peau blanche délicate lui fit penser à de la porcelaine.
— Ma mère n'est pas encore rentrée, dit-elle d'un ton qui méritait le qualificatif de résolu.
— Elle est partie faire des courses ?
— Non, elle est au travail.
— Elle rentre à quelle heure d'habitude ? s'enquit-il en regardant sa montre où il vit qu'il était un peu après dix-sept heures.
— Je pense qu'elle ne va pas tarder.
— Dans ce cas, nous allons l'attendre ici.
Elle fit oui de la tête et referma la porte. Sasagaki prit une cigarette dans la poche intérieure de son veston.
— Une petite fille sérieuse, souffla-t-il à son collègue.
— C'est vrai, et…
Il s'arrêta car la porte venait de s'ouvrir à nouveau.
— Je pourrais voir votre euh…
— Notre quoi ?
— Votre carte de police.

— Ah, fit Sasagaki qui ne put s'empêcher de sourire en comprenant ce qu'elle voulait. La voici, continua-t-il en l'ouvrant pour lui montrer la photo.

Elle la regarda, vérifia qu'elle lui correspondait, et ouvrit plus grande la porte en l'invitant à entrer.

Sasagaki était un peu surpris.

— Non, on va attendre dehors.

Elle secoua la tête.

— Si vous restez là, les voisins vont trouver cela bizarre, reprit-elle en parlant sans aucun accent d'Osaka.

Sasagaki échangea à nouveau un regard avec son collègue, en se retenant de sourire.

Il entra dans l'appartement. Comme il s'y attendait, il était petit pour une famille. L'entrée donnait sur une pièce de moins de dix mètres carrés, au sol en plancher avec un évier sur le côté. La pièce du fond, à tatamis, était probablement un peu plus grande.

La petite fille les invita à s'asseoir sur les deux chaises qui entouraient la table de la première pièce. Elle vivait apparemment seule avec sa mère. La nappe à carreaux roses et blancs en plastique qui recouvrait la table portait des brûlures de cigarettes.

La petite fille s'assit sur les tatamis de l'autre pièce, en s'appuyant à un placard, et commença à lire un livre dont la couverture indiquait qu'il venait d'une bibliothèque.

— Tu lis quoi ? demanda Koga.

Sans répondre, elle lui tendit le livre. Il le regarda et poussa un cri de surprise.

— Ce n'est pas un livre facile, dis donc !

— C'est quoi ? fit son collègue.

— *Autant en emporte le vent*.

Sasagaki était aussi étonné que Koga.

— Moi, j'ai vu le film.

— Moi aussi. Il m'a plu mais je n'ai jamais eu envie de lire le livre.

— Ces derniers temps, je ne lis plus du tout.

— Moi non plus. Depuis la fin d'*Ashita no Joe*, je ne lis même plus de manga.
— Je ne savais même pas que c'était fini.
— Si, depuis mai dernier. Maintenant qu'*Ashita no Joe* et *Kyojin no hoshi*\* sont terminés, je n'ai plus rien à lire.
— C'est plutôt une bonne chose, non ? Tu es trop vieux pour lire des mangas.
— Tu n'as pas tort.

La petite fille ne leva pas les yeux de son livre pendant tout le temps de cet échange en dialecte d'Osaka entre les deux policiers. Peut-être se disait-elle que les adultes aiment perdre du temps à discuter de bêtises.

Koga eut peut-être le même sentiment car il se tut et se mit à pianoter du bout des doigts sur la table. Il cessa lorsque la petite fille lui adressa un regard irrité.

Sasagaki regarda discrètement autour de lui et ne vit que des objets indispensables au quotidien, sans rien de superflu. Le téléviseur posé devant la fenêtre était un vieux modèle, avec une antenne terrestre. Il était probablement en noir et blanc et l'image parcourue de zébrures devait mettre du temps à apparaître quand on l'allumait.

L'appartement était non seulement chichement meublé, mais dépourvu de quoi que ce soit qui indique qu'une petite fille y habitait. L'impression sombre qu'il procurait n'était pas seulement due au vieux tube luminescent qui l'éclairait.

Deux cartons étaient posés près de lui. Il les ouvrit du bout des doigts et inspecta l'intérieur du regard. Ils étaient remplis de grenouilles en plastique, ces jouets reliés par un tuyau à une petite poire, qui, lorsqu'on presse dessus, fait sauter la grenouille. On les vend dans les festivals de temples. Nishimoto Fumiyo devait les assembler à domicile pour gagner des revenus supplémentaires.

---

\* Autre manga de Kajiwara Ikki, l'auteur d'*Ashita no Joe*, publié en feuilleton à la même époque.

— Et comment s'appelle la petite demoiselle ?

D'ordinaire, il n'aurait pas dit "la petite demoiselle", mais cela lui semblait s'imposer pour cette petite fille.

— Nishimoto Yukiho, répondit-elle sans lever les yeux de son livre.

— Yukiho ? Avec quels caractères ?

— La neige pour *Yuki*, et l'épi pour *ho*.

— Je vois. C'est un beau nom, hein, dit-il en recherchant l'assentiment de Koga.

— Tout à fait, fit celui-ci, mais la petite fille garda le silence.

— Dis-moi, Yukiho, est-ce que tu connais un prêteur sur gages du nom de Kirihara ? s'enquit Sasagaki.

Elle ne répondit pas tout de suite mais se passa d'abord la langue sur les lèvres.

— Maman y va de temps en temps.

— Oui, j'étais au courant. Tu connais le monsieur qui le tient ?

— Oui.

— Il est déjà venu ici ?

— Je crois, oui, répondit-elle d'un ton qui manquait de conviction.

— Il n'est jamais venu quand tu étais ici ?

— Peut-être, mais je ne m'en souviens pas.

— Il venait faire quoi ?

— Je ne sais pas.

Sasagaki se dit que continuer à la questionner n'était pas nécessairement une bonne idée. Il avait l'impression qu'il aurait l'occasion de le faire à l'avenir.

Il regarda à nouveau autour de lui, sans but particulier. Mais il écarquilla les yeux en voyant ce qu'il y avait dans la poubelle à côté du réfrigérateur. Elle contenait un papier d'emballage où il reconnut la marque de la pâtisserie Harmony.

Il tourna son regard vers Yukiho. Elle le remarqua et détourna les yeux pour continuer à lire.

Il eut l'intuition qu'elle avait vu ce qu'il venait de découvrir.

Quelques instants plus tard, elle releva soudain la tête pour fermer son livre et regarder l'entrée.

Sasagaki tendit l'oreille. Il perçut un bruit de pas traînant. Koga qui l'avait aussi remarqué entrouvrit la bouche.

Les pas se rapprochèrent et s'arrêtèrent devant la porte. Il y eut un grincement métallique, probablement celui d'une clé.

Yukiho alla à la porte.

— Le verrou n'est pas mis.

— Pourquoi ? C'est dangereux, fit la voix derrière la porte, en dialecte d'Osaka contrairement à la petite fille.

La porte s'ouvrit, et une femme qui portait un chemisier bleu clair entra. Âgée de trente-cinq ans environ, elle avait de longs cheveux noués en queue de cheval.

Nishimoto Fumiyo s'aperçut immédiatement de la présence des deux hommes. Ses yeux stupéfaits passèrent des deux inconnus à sa fille.

— Ces messieurs sont des policiers, dit celle-ci en utilisant pour la première fois le parler d'Osaka.

— Des policiers... répéta sa mère, de l'effroi dans la voix.

— Mon nom est Sasagaki et j'appartiens à la police de la préfecture. Voici mon collègue, Koga, dit Sasagaki en se levant, comme le fit Koga.

Le trouble de la jeune femme était visible. Le visage pâle, elle paraissait hésiter sur la conduite à tenir. Pétrifiée, elle n'eut même pas l'idée de fermer la porte ou de poser le sac en papier qu'elle portait.

— Nous enquêtons sur une affaire et nous sommes venus vous voir pour vous en parler. Toutes nos excuses pour être entrés chez vous en votre absence.

— Mais de quelle affaire s'agit-il ?

— Je crois que c'est à propos du prêteur sur gages, indiqua Yukiho.

Fumiyo en eut le souffle coupé. En la voyant, Sasagaki eut la conviction que la mère et la fille étaient au courant de son décès et en avaient parlé entre elles.

Koga se leva et offrit sa chaise à Fumiyo. Elle s'assit en face de Sasagaki, le visage pâle.

Elle est jolie, pensa-t-il. Elle avait quelques rides autour des yeux, mais bien maquillée, elle deviendrait sans aucun doute une beauté. Une beauté froide. Sa fille lui ressemblait.

Un homme d'âge mûr pourrait tomber éperdument amoureux d'elle, se dit-il. Kirihara Yōsuke avait cinquante-deux ans. Il n'y aurait rien eu d'étonnant à ce que ce soit son cas.

— Excusez-moi de vous demander cela, mais votre mari…

— Il est mort il y a sept ans. Dans un accident, à l'usine où il travaillait.

— Je comprends. C'est affreux. Et vous travaillez où maintenant ?

— Dans un restaurant de nouilles d'Imazato.

Elle ajouta qu'il s'appelait Kikuya et qu'elle y était employée du lundi au samedi, de onze à seize heures.

— On y sert de bonnes nouilles ?

Koga posa la question en souriant, probablement pour la mettre à l'aise.

— Eh bien… se contenta de répondre Fumiyo, avec une expression dubitative.

— Vous savez que M. Kirihara est mort, n'est-ce pas ? demanda Sasagaki pour en venir au fait.

— Oui, fit-elle d'une petite voix. Quelle surprise…

Yukiho passa derrière sa mère et retourna dans la pièce à tatamis où elle se rassit et s'adossa à nouveau au placard. Sasagaki la suivit des yeux puis il regarda à nouveau sa mère.

— Il est vraisemblable que la mort de M. Kirihara n'ait pas été accidentelle, et nous enquêtons actuellement sur ce qu'il a fait vendredi dernier après avoir quitté son domicile en début d'après-midi. Nous croyons qu'il est peut-être venu chez vous.

— Non, euh… chez nous…

— Le prêteur sur gages est passé, maman, non ? lança sa fille comme pour l'empêcher de continuer. Ce n'est pas lui qui a apporté les flans de chez Harmony ?

L'embarras de sa mère parut tangible à Sasagaki. Ses lèvres tremblèrent.

— Oui, il est venu. M. Kirihara est passé ici vendredi.

— Vers quelle heure ?

— Eh bien, il était… commença Fumiyo en regardant le profil de Sasagaki.

Un réveil était posé sur le réfrigérateur à côté duquel il était assis.

— Il me semble que c'était un peu avant dix-sept heures. Je venais juste de rentrer.

— Quelle était la raison de sa visite ?

— Rien de particulier, je pense. Il m'a dit qu'il avait à faire dans le quartier. M. Kirihara se rendait compte que ce n'est pas facile pour une veuve comme moi d'élever sa fille, et il venait de temps en temps me voir, pour me donner des conseils.

— Il était dans le quartier ? Cela me paraît bizarre, dit Sasagaki en pointant du doigt le papier de la pâtisserie Harmony visible dans la poubelle. M. Kirihara vous a apporté des gâteaux, n'est-ce pas ? Il a d'abord essayé de les acheter dans le magasin Harmony de la gare de Fuse. Donc il avait déjà l'intention de venir vous voir. Fuse, ce n'est pas tout près d'ici, pourtant. Voilà pourquoi nous pensons qu'il avait prévu de venir vous voir.

— C'est possible, mais à moi, il m'a dit qu'il était venu parce qu'il était dans le quartier, répliqua Fumiyo, la tête baissée.

— D'accord, je vous crois. Il est resté chez vous jusqu'à quelle heure ?

— Il est parti un peu avant six heures, il me semble.
— Six heures. Vous en êtes sûre ?
— Oui, je ne pense pas me tromper.
— M. Kirihara a donc passé environ une heure ici. De quoi avez-vous parlé ?
— Eh bien… De choses et d'autres.
— Vous pourriez être plus précise ? Vous avez parlé du temps ? D'argent ?
— Euh… eh bien… On a parlé de la guerre.
— De la guerre ? Du Pacifique ?

Kirihara avait combattu pendant la Seconde Guerre mondiale et Sasagaki crut qu'il s'agissait de celle-là. Mais Fumiyo fit non de la tête.

— Non, de l'autre, à l'étranger. M. Kirihara disait qu'elle risquait de faire augmenter le prix du pétrole.
— Ah, de la guerre au Moyen-Orient.

La quatrième guerre là-bas avait débuté le mois dernier.

— Il m'a dit qu'elle risquait de perturber l'économie japonaise. Le prix du pétrole allait grimper, il pourrait devenir si cher que plus personne ne pourrait en acheter, et on arriverait à un monde dans lequel l'argent dominerait tout. Ce genre de choses.
— Je vois.

En l'écoutant parler les yeux baissés, Sasagaki pensa qu'elle disait probablement la vérité. La véritable question était de savoir pourquoi Kirihara était venu lui raconter tout cela.

Il voulait sans doute lui faire comprendre qu'il avait de l'argent et donc du pouvoir, et qu'elle ferait mieux de lui obéir. Rien dans les registres du prêteur sur gages ne montrait qu'elle avait retiré un des objets qu'elle avait gagés. Il était très possible qu'il ait voulu tirer parti de sa faiblesse.

Il jeta un coup d'œil à Yukiho.
— Et où était votre fille à ce moment-là ?

— À la bibliothèque… n'est-ce pas ? lui demanda-t-elle.
— Oui.
— Je comprends, c'est à cette occasion que tu as emprunté le livre que tu lis maintenant. Tu y vas souvent, à la bibliothèque ?

Il décida de poser directement la question à la petite fille.
— Une ou deux fois par semaine.
— Après l'école ?
— Oui.
— Toujours le même jour ? Par exemple le lundi et le vendredi. Ou le mardi et le vendredi.
— Non, ça dépend.
— Mais alors, ta mère doit se faire du souci, non ? Parce qu'elle ne peut pas savoir si la petite demoiselle est à la bibliothèque quand elle ne la trouve pas à la maison à son retour.
— Elle rentre toujours pour six heures, fit sa mère.
— Vendredi aussi, tu étais là à six heures ? demanda Sasagaki en se tournant à nouveau vers la petite fille.

Elle fit oui de la tête sans rien répondre.
— Après le départ de M. Kirihara, vous êtes restée à la maison ?
— Non, je suis allée faire des courses. Chez Marukane-ya.

C'était un supermarché à quelques minutes à pied de l'appartement.
— Vous y avez vu quelqu'un que vous connaissez ?

Fumiyo réfléchit plusieurs secondes.
— J'y ai rencontré la mère d'une camarade de classe de Yukiho, Mme Kinoshita, répondit-elle.
— Vous avez ses coordonnées ?
— Oui, je crois.

Elle prit la liste des élèves de la classe de sa fille, qui était posée à côté du téléphone et l'ouvrit sur la table. Elle montra le nom.

— Les voici.

Sasagaki reprit ses questions pendant que son collègue les notait dans son carnet.

— Votre fille était rentrée quand vous êtes sortie faire des courses ?

— Non, elle n'était pas encore là.

— Et à quelle heure êtes-vous revenue ?

— Un peu après sept heures et demie, je crois.

— Votre fille était là ?

— Oui.

— Et vous n'êtes plus ressortie, ce jour-là ?

— Non.

Sasagaki leva les yeux vers Koga pour voir s'il avait d'autres questions. Son collègue fit discrètement non de la tête.

— Désolés de vous avoir dérangée aujourd'hui. Nous aurons peut-être d'autres questions à vous poser, et je vous remercie d'avance de bien vouloir y répondre, fit-il en se levant de sa chaise.

Ils sortirent de l'appartement. Fumiyo les raccompagna jusqu'à l'extérieur. Comme Yukiho était restée à l'intérieur, Sasagaki décida de lui poser une dernière question.

— Ne le prenez pas mal, madame, mais il faut que je sois certain d'une chose.

— Et de quoi ? répliqua Fumiyo, visiblement inquiète.

— M. Kirihara vous a-t-il jamais invitée à dîner, ou à le rencontrer à l'extérieur ?

Elle fronça les sourcils et fit ensuite vigoureusement non de la tête.

— Non, jamais.

— Ah bon. Je me demandais juste pourquoi il était si gentil avec vous.

— Comme je vous l'ai dit, je pense qu'il avait de la sympathie pour moi. Dites, monsieur le policier, vous me soupçonnez de l'avoir tué ?

— Non, absolument pas, mais nous devons tout vérifier.
Il lui dit au revoir et s'éloigna avec son collègue.
— C'est louche, souffla-t-il à Koga une fois qu'ils ne voyaient plus l'immeuble.
— Je suis d'accord.
— Quand je lui ai demandé si Kirihara était venu vendredi, elle a commencé par le nier. J'ai l'impression qu'elle ne l'aurait pas reconnu si Yukiho n'avait pas parlé des gâteaux. Je crois que la petite fille elle-même aurait préféré le cacher mais que quand elle a vu que j'avais remarqué le papier, elle a compris que ce n'était pas une bonne idée.
— Oui, elle me fait l'effet de comprendre ce genre de choses malgré son âge.
— Fumiyo nous a dit qu'elle revenait en général de son travail vers dix-sept heures, et que c'est à cette heure-là que Kirihara était venu. Yukiho était à la bibliothèque, et elle est rentrée une fois qu'il n'était plus là. La coïncidence est troublante.
— Fumiyo était la maîtresse de Kirihara. Quand elle le recevait, sa fille s'arrangeait pour ne pas être à la maison.
— C'est possible. Mais dans ce cas, il devait l'aider financièrement. Elle n'aurait pas dû avoir à prendre du travail à la maison.
— Peut-être Kirihara n'avait-il pas encore réussi à la séduire.
— C'est envisageable.
Ils se hâtèrent de rentrer à la cellule d'enquête qui était installée dans le commissariat de Fuse-Ouest.
— Elle a peut-être tué sur une pulsion, conclut Sasagaki après avoir terminé son rapport. À mon avis, il a dû montrer à Fumiyo l'argent qu'il était allé chercher à la banque.
— Elle l'aurait tué pour le prendre ? Mais si cela s'est passé chez elle, comment aurait-elle pu emmener le corps jusqu'à l'endroit où on l'a trouvé ? demanda Nakatsuka.

— Ils ont dû se donner rendez-vous là-bas, pour une raison ou une autre. Je pense qu'on peut exclure l'idée qu'ils y soient allés ensemble à pied.
— D'après le légiste, les coups auraient pu être portés par une femme.
— Kirihara ne se serait pas méfié de Fumiyo.
— Occupons-nous d'abord de son alibi à elle, avança prudemment Nakatsuka.

Fumiyo avait fait très mauvaise impression à Sasagaki. Ses manières peureuses lui paraissaient suspectes. Etant donné que Kirihara avait été tué entre dix-sept et vingt heures, elle aurait pu le faire.

Mais l'enquête prit un tour qui surprit ceux qui la menaient. Nishimoto Fumiyo avait un alibi quasiment parfait.

# 5

Il y a un espace vert devant le supermarché Marukaneya, trop petit pour qu'on puisse y jouer au ballon mais juste assez grand pour une balançoire, un toboggan et un tas de sable. Les ménagères qui viennent faire leurs courses y laissent souvent leurs enfants pendant qu'elles sont à l'intérieur.

Elles s'y arrêtent aussi pour bavarder avec des connaissances et savent qu'il y en aura généralement une pour surveiller leur progéniture. C'est une des raisons de la popularité du magasin.

Kinoshita Yumie n'habitait pas loin. Lorsqu'elle était arrivée au supermarché vendredi vers dix-huit heures trente, elle avait croisé Nishimoto Fumiyo qui s'apprêtait à passer à la caisse. Elles avaient échangé quelques mots avant de se séparer.

Yumie sortit du magasin à dix-neuf heures passées, posa ses courses dans le panier de sa bicyclette, et aperçut Fumiyo, qui était assise sur la balançoire, plongée dans ses pensées.

Le policier qui l'interrogea lui demanda si elle était sûre qu'il s'agissait bien de Fumiyo. Elle répondit qu'elle n'avait aucun doute.

Il s'avéra que l'homme qui tenait le stand de boulettes au poulpe devant le supermarché l'avait aussi remarquée sur la balançoire. Il s'en souvenait parce qu'il avait trouvé bizarre que cette jeune femme y reste presque jusqu'à l'heure de la fermeture du magasin, à vingt heures. La description qu'il en fit correspondait précisément à Fumiyo.

Les enquêteurs découvrirent une autre information à propos de ce qu'avait fait Kirihara vendredi en fin de journée. Un pharmacien qui le connaissait l'avait vu passer devant sa boutique aux alentours de dix-huit heures. Il ne l'avait pas salué, car Kirihara paraissait pressé. La pharmacie était située à mi-chemin entre l'appartement de Nishimoto Fumiyo et l'immeuble où son corps avait été découvert.

Kirihara était probablement mort entre dix-sept et vingt heures. Elle aurait pu le tuer si elle s'était hâtée jusqu'à l'immeuble abandonné après être descendue de sa balançoire, ce qui paraissait peu vraisemblable à la plupart des enquêteurs. Le contenu de l'estomac de la victime permettait en effet de préciser l'heure de sa mort. Il arrive qu'il soit possible de la déterminer à la minute près, mais dans le cas de Kirihara, la seule certitude à ce sujet était qu'il était mort entre dix-huit et dix-neuf heures.

Le manque de lumière sur les lieux du crime conduisait les enquêteurs à estimer que le crime avait eu lieu avant dix-neuf heures trente. La pièce où gisait le corps n'était pas éclairée. Sombre pendant la journée, l'obscurité y était complète après le coucher du soleil. Tant qu'il y avait de la lumière dans l'immeuble voisin, il y régnait une pénombre qui pouvait suffire à reconnaître quelqu'un à condition qu'il s'agisse d'une connaissance. Le vendredi du crime, l'immeuble voisin avait été éclairé jusqu'à dix-neuf heures trente. Fumiyo aurait pu commettre le crime à condition d'avoir une lampe de poche, mais Kirihara n'aurait pas manqué de se méfier si elle en avait eu une.

Elle était suspecte aux yeux des enquêteurs mais il était hautement improbable qu'elle ait commis le crime elle-même.

Les enquêteurs en étaient là lorsque le registre des emprunteurs leur révéla un fait nouveau. Une cliente était venue mettre en gage un objet le jour où le prêteur avait été tué, en fin d'après-midi.

Cette femme habitait à quelques kilomètres de là, dans le quartier de Tatsumi. Veuve depuis la mort de son mari deux ans auparavant, elle faisait régulièrement appel aux services de Kirihara, car la boutique était située assez loin de chez elle pour qu'elle n'y croise pas de connaissances, expliqua-t-elle. Le jour du crime, elle y était arrivée vers cinq heures et demie, avec deux montres qu'elle et son mari avaient autrefois achetées.

Le rideau de fer n'était pas baissé, mais la porte était fermée à clé. Personne n'était venu lui ouvrir lorsqu'elle avait sonné. Elle était allée faire ses courses pour le dîner dans le quartier avant de repasser chez le prêteur sur gages, une heure plus tard.

Elle avait à nouveau trouvé porte close et elle était repartie sans même sonner. Trois jours après, elle avait engagé les deux montres chez un autre prêteur. N'étant pas abonnée au journal, elle avait appris la mort de Kirihara Yōsuke de la bouche des policiers venus l'interroger.

Ce nouvel élément conduisit naturellement les enquêteurs à s'intéresser de plus près à l'épouse du défunt et à son employé, Matsuura Isamu leur ayant affirmé que l'établissement avait été ouvert jusqu'aux alentours de dix-neuf heures le jour du meurtre.

Sasagaki et Koga retournèrent les voir avec deux autres collègues.

Matsuura ouvrit de grands yeux en les voyant.

— De quoi s'agit-il ?
— Mme Kirihara est là ? demanda Sasagaki.
— Oui, bien sûr.
— Pourriez-vous lui demander de venir ?

L'air soupçonneux, Matsuura entrouvrit la cloison coulissante.

— Des policiers souhaitent vous parler.

Il y eut du bruit, et la cloison s'ouvrit un peu plus. Yaeko apparut, vêtu d'un jean et d'un pull blanc. Elle dévisagea les deux hommes.

— C'est à quel sujet ?

— Nous aimerions vous poser quelques questions. Nous n'en aurons pas pour longtemps, expliqua Sasagaki.

— D'accord, mais pourquoi ?

— Nous voudrions que vous nous accompagniez dans un café tout près d'ici, précisa un troisième policier. Nous ne vous garderons pas longtemps.

— Très bien, fit-elle avec une expression légèrement mécontente.

Elle descendit la marche et enfila ses sandales. Le rapide regard inquiet qu'elle adressa à Matsuura n'échappa pas à Sasagaki.

Après le départ de ses deux collègues et de Yaeko, Koga et lui restèrent seuls avec Matsuura.

Sasagaki s'approcha du comptoir.

— Nous avons aussi quelques questions pour vous, dit-il.

— Lesquelles ? répondit l'employé avec un sourire aimable.

— C'est à propos du jour du crime. Certaines de vos déclarations nous paraissent légèrement incohérentes, expliqua Sasagaki lentement.

— Incohérentes ? répéta son interlocuteur sans cesser de sourire, les traits plus tendus.

L'enquêteur lui parla du témoignage de la femme qui habitait à Tatsumi. Le sourire de Matsuura s'effaça graduellement.

— Je ne comprends pas très bien, puisque vous nous aviez raconté que vous n'aviez fermé qu'à dix-neuf heures. Or cette femme nous dit qu'entre dix-sept heures trente et dix-huit heures trente, il n'y avait personne ici. Cela paraît bizarre, vous en conviendrez, dit Sasagaki en le regardant droit dans les yeux.

Matsuura détourna les siens et regarda le plafond.

— Eh bien, c'est que… commença-t-il les bras croisés, avant de soudain frapper une fois des mains. Ah, ça me revient. J'avais à faire dans le coffre-fort.

— Le coffre-fort?

— Il se trouve à l'arrière de la maison. Je vous en ai déjà parlé, c'est là que nous gardons les objets confiés par nos clients, surtout ceux qui ont de la valeur. Je vous le montrerai tout à l'heure, c'est comme un entrepôt fermé à clé. J'y suis allé pour vérifier quelque chose. De l'intérieur, on n'entend pas la sonnette.

— Dans ce cas-là, vous ne laissez personne au comptoir?

— D'ordinaire, le patron est là, mais ce jour-là, il était sorti, et j'ai fermé la porte à clé.

— Mais où étaient Mme Kirihara et son fils?

— Ils étaient ici tous les deux.

— Donc ils ont dû entendre que quelqu'un sonnait.

— Oui mais… Matsuura s'interrompit et resta la bouche ouverte pendant quelques secondes. Ils regardaient la télévision dans la pièce du fond, et il est possible qu'ils n'aient pas entendu.

Sasagaki scruta son visage aux pommettes saillantes. Puis il se tourna vers Koga.

— Va appuyer sur la sonnette, s'il te plaît.

— Oui, répondit ce dernier avant de sortir.

La sonnerie retentit au-dessus de la tête de Sasagaki. Elle était si puissante qu'il eut le sentiment qu'elle résonnait à l'intérieur de ses oreilles.

— Elle est plutôt forte, commenta-t-il. J'ai du mal à imaginer qu'on ne l'entende pas à cause de la télévision, même si ce qu'on regarde est passionnant.

Matsuura esquissa une grimace embarrassée. Mais il recommença à sourire presque immédiatement.

— Madame ne s'occupe pas du tout de ce qui se passe ici. Elle ne salue même pas toujours les clients. Et le petit

Ryōji ne se montre jamais ici non plus. Même s'ils ont entendu sonner, ils n'ont pas dû réagir.

— Vous croyez, hein? dit Sasagaki en pensant que ni Yaeko ni son fils ne lui avaient fait l'impression d'être prêts à donner un coup de main.

— Vous me soupçonnez? Vous croyez que j'ai tué M. Kirihara?

— Pas du tout… s'empressa de répondre le policier. Une des règles de base dans une enquête est de trouver une explication à chaque incohérence, c'est tout. Je pense que vous pouvez le comprendre.

— Ah bon… Si vous jugez nécessaire de me soupçonner, je ne peux pas vous en empêcher, répondit son interlocuteur avec un sourire déplaisant qui fit voir ses dents tachées de nicotine.

— Nous ne vous soupçonnons pas, mais nous voulons avoir des certitudes. Pouvez-vous prouver d'une manière irréfutable que vous étiez au magasin ce jour-là de dix-huit à dix-neuf heures?

— De dix-huit à dix-neuf heures… Le témoignage de madame ou du petit Ryō ne suffit pas?

— L'idéal en matière de témoin, c'est qu'il s'agisse de personnes extérieures.

— À vous entendre, on croirait que ce sont mes complices, dit Matsuura en roulant des yeux.

— Dans notre métier, nous devons tout envisager, répliqua Sasagaki d'un ton léger.

— Ça n'a pas de sens. Qu'aurais-je eu à y gagner? M. Kirihara avait de l'argent dehors, mais pas grand-chose ici.

Sasagaki se contenta de sourire en silence, parce que cela ne l'aurait pas dérangé que Matsuura s'irrite et se montre plus loquace. Mais il n'en fit rien.

— De dix-huit à dix-neuf heures… Cela vous aiderait de savoir que j'ai parlé au téléphone à quelqu'un?

— Au téléphone? Avec qui?

— Quelqu'un du syndicat à propos de la réunion du mois prochain.
— C'est vous qui l'avez appelé ?
— Euh… Non, j'ai reçu l'appel.
— Il était quelle heure ?
— Vers six heures la première fois, puis une demi-heure plus tard.
— Il y a eu deux appels ?
— Oui.

Sasagaki fit rapidement le calcul dans sa tête. Si c'était vrai, Matsuura aurait un alibi à dix-huit heures et à dix-huit heures trente. Cela lui laissait-il le temps de commettre le crime ?

Il aurait eu du mal, se dit-il.

Il lui demanda le nom et les coordonnées de son interlocuteur. Matsuura sortit un registre et se mit à les chercher.

La porte qui menait à l'escalier s'ouvrit pendant qu'il le faisait. Le visage d'un enfant s'inscrivit dans l'entrebâillement.

Lorsque Sasagaki le regarda, il referma la porte et remonta l'escalier, à en juger par le bruit de pas.

— Le petit garçon est à la maison.
— Hein ? Oui, il est rentré de l'école tout à l'heure.
— Je peux monter ? demanda le policier en désignant l'escalier du doigt.
— À l'étage ?
— Oui.
— Eh bien… oui, je pense.

Sasagaki demanda à Koga de noter le nom et le numéro de téléphone de l'association puis de jeter un coup d'œil sur le coffre-fort, et il se déchaussa.

Il ouvrit la porte et regarda l'escalier sombre qui sentait le crépi. Les marches luisaient d'un éclat noir à force d'avoir été utilisées. Il le gravit prudemment en se tenant à la rampe.

L'escalier menait à un couloir étroit entre deux pièces, dont l'une était fermée par une cloison opaque, et l'autre par une porte semi-transparente. La porte au bout du couloir devait être celle d'un cagibi ou de toilettes.

— Ryōji, je suis de la police et j'aimerais te poser quelques questions, dit-il debout dans le couloir.

Il n'eut pas immédiatement de réponse. Au moment où il s'apprêtait à répéter sa question, il entendit un bruit qui venait de la pièce fermée par une cloison opaque.

Il l'ouvrit et vit le petit garçon, qui était assis à son bureau et lui tournait le dos.

— Je peux entrer?

Sans attendre la réponse, il pénétra dans la pièce d'une douzaine de mètres carrés, au sol de tatamis. Elle était lumineuse car elle donnait au sud-ouest.

— Je ne sais rien, moi, fit le petit garçon sans se retourner.

— Cela ne me dérange pas. Je veux juste m'informer. Je peux m'asseoir? demanda-t-il en montrant du doigt un coussin posé par terre.

Le petit garçon lui jeta un regard et répondit oui.

Sasagaki s'y assit en tailleur.

— Je suis désolé pour ton père, dit-il en levant les yeux vers lui.

Ryōji, immobile, ne réagit pas.

Le policier regarda autour de lui. La pièce était bien rangée. Elle était presque un peu terne pour une chambre d'écolier. Aucun poster de chanteuses célèbres comme Yamaguchi Momoe ou Sakurada Junko ne la décorait, ni aucune petite voiture. Il n'y avait pas de magazine de manga sur l'étagère, mais une encyclopédie et des livres scientifiques pour enfants, sur la télévision ou les automobiles.

Le seul cadre contenait un bateau en papier blanc, découpé très soigneusement. Pas un cordage ne manquait. Sasagaki se rappela les démonstrations de papier découpé qu'il avait vues. Ce bateau était encore plus détaillé.

— C'est impressionnant ! C'est toi qui l'as fait ?

Le petit garçon se retourna vers lui rapidement et fit oui de la tête.

— Tu es fort ! s'exclama le policier avec une admiration qui n'était pas feinte. Tu es très adroit. Tu sais que tu pourrais le vendre, si tu voulais ?

— Que vouliez-vous me demander ? s'enquit l'enfant qui n'avait visiblement aucune envie de bavarder avec un inconnu.

Sasagaki se redressa. Si l'enfant le prenait ainsi, cela ne le dérangeait pas.

— Tu n'es pas sorti ce jour-là ?
— Ce jour-là ?
— Le jour où ton père est mort.
— Euh… Non, je ne suis pas sorti.
— Qu'as-tu fait entre six et sept heures du soir ?
— Entre six et sept heures ?
— Tu as oublié ?

L'enfant fit non de la tête.

— Je regardais la télé en bas.
— Tout seul ?
— Avec maman.
— Hum, fit Sasagaki.

Le petit garçon parlait d'un ton calme, sans utiliser le parler d'Osaka.

— Tu ne voudrais pas me regarder, s'il te plaît ?

Ryōji soupira et fit lentement tourner sa chaise. Le policier s'attendait à voir un visage boudeur, mais il se trompait. Son regard détaché lui fit penser à celui d'un scientifique et il eut l'impression d'être un objet.

— Tu regardais quelle émission ? demanda-t-il en s'efforçant de parler d'un ton léger.

Le petit garçon cita le nom d'une émission, une série pour enfants.

Sasagaki lui demanda de lui raconter l'épisode de ce jour-là, ce qu'il fit après un court silence. Son récit était précis et structuré. Le policier ne connaissait pas le feuilleton mais il comprit tout.

— Tu as regardé jusqu'à quelle heure ?
— Sept heures et demie, je crois.
— Et ensuite ?
— J'ai dîné avec maman.
— Ah… Vous deviez être inquiet puisque ton père n'était pas là.
— Oui, glissa l'enfant, avant de soupirer et de regarder par la fenêtre.

Sasagaki l'imita et vit que le ciel était rouge.
— Désolé de t'avoir dérangé. Travaille bien à l'école, dit Sasagaki qui s'était levé pour lui donner une tape amicale sur l'épaule.

Les deux policiers retournèrent ensuite à la cellule d'enquête où ils retrouvèrent leurs collègues qui avaient interrogé Yaeko. Ils comparèrent leurs notes et ne remarquèrent aucune différence significative entre les informations qu'ils avaient recueillies. Mme Kirihara avait expliqué qu'elle et son fils regardaient la télévision lorsque la cliente avait fait retentir la sonnette. Elle ne se souvenait pas de l'avoir entendue, ce qu'elle avait expliqué en disant qu'elle n'y faisait jamais attention car ce n'était pas son travail. Elle ignorait aussi ce qu'avait fait Matsuura pendant ce temps. Ce qu'elle avait dit de l'émission qu'elle avait regardée concordait avec les déclarations de son fils.

Yaeko et Matsuura auraient aisément pu s'entendre pour mentir, mais il paraissait plus difficile de penser que le petit garçon les ait aidés. Les enquêteurs étaient pour la plupart convaincus que les adultes ne mentaient pas.

La preuve leur en fut apportée peu après. La personne dont Matsuura avait dit qu'il avait reçu deux appels le confirma. Cet employé du syndicat des prêteurs sur gages déclara l'avoir appelé.

L'enquête repartit de zéro. Bon nombre de clients ayant engagé des objets auprès du prêteur furent interrogés. Le temps passa. Les Yomiuri Giants remportèrent le championnat de la ligue centrale de base-ball pour la neuvième fois consécutive, Esaki Reona reçut le prix Nobel de physique pour avoir découvert l'effet tunnel. Le prix du pétrole continua à grimper sous l'influence du conflit au Moyen-Orient. Le pessimisme s'empara du Japon.

L'enquête piétinait lorsqu'une nouvelle information fut découverte par un des policiers qui enquêtait sur Nishimoto Fumiyo.

# 6

Kikuya, le restaurant où elle travaillait, était petit et propret. Son nom figurait sur la bannière accrochée à l'entrée et il avait un certain succès : les clients commençaient à y affluer avant midi, et il était généralement plein à treize heures.

Une camionnette blanche sur laquelle il était écrit "Société Ageba" s'arrêta à proximité de Kikuya vers treize heures trente.

L'homme qui en descendit était âgé d'une quarantaine d'années. Plutôt petit et trapu, il portait une chemise blanche sans cravate sous son blouson gris. Il pressa le pas vers le restaurant.

— Quelle ponctualité ! Il est tout juste une heure et demie, s'exclama Sasagaki en regardant sa montre.

Il était assis avec un collègue du nom de Kanemura dans un café en face du restaurant.

— Je sais déjà ce qu'il va commander, répondit ce dernier en dialecte d'Osaka, comme Sasagaki. Des pâtes accompagnées de tempura, ajouta-t-il avec un sourire qui fit voir qu'il lui manquait une dent.

— Tu en es sûr ?
— Je suis prêt à parier ! C'est ce que Terasaki a pris chaque fois que j'y étais.
— Hum. Il n'en a pas marre ?

Sasagaki tourna à nouveau les yeux vers le restaurant. Parler de pâtes lui avait donné faim.

Même si la police avait pu vérifier l'alibi de Nishimoto Fumiyo, elle continuait à la soupçonner, parce qu'elle était la dernière personne à avoir rencontré Kirihara Yōsuke.

Si elle était impliquée dans ce meurtre, elle devait avoir un complice. Il n'était pas invraisemblable qu'elle ait un ami, et les enquêteurs s'étaient mis à sa recherche. C'est ainsi qu'ils avaient trouvé Terasaki Tadao.

Grossiste en produits pour coiffeurs, shampoings et autres, il ne livrait pas les salons, mais les clients qui lui passaient commande. Il était le propriétaire et l'unique employé de la société Ageba dont le nom figurait sur sa camionnette.

Les enquêteurs avaient découvert son existence lorsqu'ils avaient posé des questions dans le quartier de Fumiyo. Une de ses voisines leur avait raconté avoir vu à de nombreuses reprises un homme qui conduisait une camionnette blanche lui rendre visite. Elle ne se souvenait pas du nom de la société qui figurait sur le véhicule.

Des policiers avaient surveillé l'immeuble de Fumiyo, sans jamais voir la camionnette. Mais elle était apparue ailleurs : un homme qui en conduisait une venait manger presque chaque jour dans le restaurant où elle travaillait.

Ils avaient pu l'identifier rapidement grâce au nom de la société.

— Ah, il a fini, dit Koga.

Terasaki sortit du restaurant mais au lieu de remonter dans son véhicule, il s'arrêta devant la devanture du restaurant. Cela aussi correspondait à la description faite par Kanemura.

Quelques instants plus tard, Fumiyo apparut. Elle portait un tablier blanc.

Elle retourna à l'intérieur après avoir échangé quelques mots avec lui, et il se dirigea vers la camionnette. Ni lui ni elle ne semblaient craindre d'attirer l'attention.

— Bon. On y va ? lança Sasagaki qui se leva après avoir écrasé sa cigarette dans le cendrier.

Koga adressa la parole à Terasaki au moment où il ouvrait sa portière. Celui-ci réagit en ouvrant de grands yeux. Son visage se ferma quand il aperçut Sasagaki et Kanemura.

Lorsque les policiers lui dirent qu'ils souhaitaient lui parler, il accepta sans hésitation. Ils lui demandèrent s'il préférait aller dans un café, mais il leur répondit qu'il serait mieux dans son véhicule. Les quatre hommes y montèrent, Terasaki à la place du conducteur, Sasagaki à côté de lui, Koga et Kanemura derrière.

Sasagaki commença par lui demander s'il savait qu'un prêteur sur gages du quartier d'Ōe avait été assassiné. Terasaki fit oui de la tête.

— Je l'ai lu dans le journal ou entendu à la télévision. En quoi ça me regarde ?

— Nishimoto Fumiyo est la dernière personne à qui il a rendu visite avant d'être assassiné. Vous la connaissez, n'est-ce pas ?

Il avala sa salive en réfléchissant à ce qu'il allait dire.

— Mme Nishimoto… Vous voulez dire la jeune femme qui travaille dans ce restaurant. Oui, je sais qui c'est.

— Nous pensons qu'elle est peut-être mêlée à cette affaire.

— Elle ? C'est idiot, commenta-t-il en grimaçant un sourire.

— Idiot ? Comment ça ?

— Comment pourrait-elle y être mêlée ?

— Vous nous avez dit que vous saviez qui elle était, mais vous cherchez à la protéger.

— Pas du tout.

— Une camionnette blanche est souvent arrêtée près de chez elle. Et l'homme qui la conduit va fréquemment la voir. C'est de vous qu'il s'agit, n'est-ce pas ?

— Je la vois uniquement pour le travail, répondit-il, après s'être passé la langue sur les lèvres, visiblement surpris.

— Pour le travail ?

— Je viens lui livrer ses commandes, des produits de beauté ou des lessives. C'est tout.

— Monsieur Terasaki, cessez de mentir. Parce que vous mentez. Un témoin nous a dit que vous veniez souvent chez elle, reprit Sasagaki en passant au dialecte d'Osaka alors qu'il s'était exprimé jusque-là en japonais standard. Pourquoi aurait-elle eu besoin de tant de livraisons, hein ?

L'homme croisa les bras et ferma les yeux, sans doute pour réfléchir.

— Si vous mentez maintenant, ce sera sans fin, continua Sasagaki en repassant au japonais standard. Nous serons obligés de vous surveiller de près. Jusqu'à ce que vous vous décidiez à la revoir. Vous ferez quoi, vous ? Vous êtes prêt à ne jamais la revoir ? demanda-t-il à nouveau avec l'accent d'Osaka. Vous y arriverez ? Dites-nous la vérité. Vous avez une relation avec elle, n'est-ce pas ?

Terasaki s'entêta dans son silence. Sasagaki décida de ne rien dire de plus et de voir comment il allait réagir.

L'homme soupira et rouvrit les yeux.

— Qu'est-ce que ça peut vous faire, dit-il en utilisant lui aussi le dialecte. Je suis célibataire, et elle est veuve, alors…

— Vous admettez que vous avez une liaison avec elle.

— Je ne m'en cache pas, répondit-il d'un ton un peu pointu.

— Depuis combien de temps ? demanda Sasagaki en japonais standard.

— Je dois vraiment vous le dire ?

— De préférence, pour que nous le sachions, dit Sasagaki avec un sourire.

— Environ six mois, fit Terasaki d'un ton contrarié.

— Comment avez-vous fait connaissance ?

— Je viens souvent manger ici, et nous avons sympathisé.

— Vous a-t-elle parlé de M. Kirihara ?
— Non, elle m'a juste dit que c'était un prêteur sur gages chez qui elle allait.
— Elle ne vous a pas dit qu'il venait parfois la voir ?
— Si, elle m'a dit que cela arrivait.
— Qu'en avez-vous pensé ?
Terasaki réagit à cette question en fronçant les sourcils.
— Que voulez-vous dire ?
— Vous ne vous êtes pas dit qu'il avait des vues sur elle ?
— Pourquoi l'aurais-je fait ? Fumiyo n'est pas une femme de ce genre.
— Pourtant M. Kirihara s'occupait bien d'elle, apparemment. Il n'est pas impossible qu'il l'ait aidée financièrement. Dans ce cas, il lui aurait été difficile de dire non.
— Elle ne m'a jamais dit que c'était arrivé. Qu'êtes-vous en train d'essayer de me dire ?
— Nous nous imaginons ce qui aurait pu se produire, c'est tout. Un homme vient souvent voir la femme avec qui vous avez une relation. Elle n'est pas tout à fait libre vis-à-vis de cet homme, puisqu'elle en est l'obligée. Il lui demande des faveurs. Si son ami vient à le découvrir, il pourrait se fâcher, non ?
Sasagaki était repassé au dialecte d'Osaka.
— Je me serais fâché et je l'aurais tué ? Ça n'a ni queue ni tête, s'exclama Terasaki à nouveau avec l'accent d'Osaka. Je ne suis pas bête à ce point, jeta-t-il en haussant le ton.
— Ce n'est qu'une supposition. Je vous présente mes excuses si elle vous a blessé. D'autre part, pourriez-vous me dire ce que vous faisiez le 12 octobre entre dix-huit et dix-neuf heures ?
— Vous voulez savoir si j'ai un alibi, c'est ça ? demanda Terasaki, le regard courroucé.
— Exactement, répondit le policier en esquissant un sourire.

Une série télévisée en vogue avait popularisé le mot "alibi".

Terasaki sortit un petit agenda et le consulta.

— Le 12 en fin de journée, j'avais à faire à Toyonaka. Une livraison chez un client, dit-il en revenant au japonais standard comme le fit le policier.

— À quelle heure ?

— Je suis arrivé là-bas un peu avant six heures, je crois.

— Et vous avez pu faire votre livraison ?

— Non, il y a eu un petit problème, expliqua l'homme soudain mal à l'aise. La cliente n'était pas chez elle. J'ai laissé ma carte dans la boîte aux lettres.

— Elle ne vous attendait pas ?

— Je croyais pourtant l'avoir prévenue. J'avais téléphoné pour lui dire que je viendrais le 12. Mais elle n'a pas dû avoir mon message.

— Donc vous êtes reparti sans avoir vu personne.

— Oui, mais j'ai laissé ma carte.

Sasagaki hocha la tête en pensant que cela pouvait être vrai ou faux.

Il lui demanda le nom et les coordonnées de cette cliente, et les policiers partirent.

Lorsqu'ils revinrent à la cellule d'enquête, Nakatsuka lui demanda, comme il s'y attendait, quelle impression Terasaki lui avait faite.

— Ni bonne ni mauvaise, répondit-il franchement. Il a un mobile, et aucun alibi. Il aurait aisément pu commettre le crime avec la complicité de Fumiyo. Mais s'ils sont coupables, leur conduite actuelle est irrationnelle. Normalement, ils auraient dû éviter de se voir jusqu'à ce que les choses se calment, alors que Terasaki continue à venir manger tous les jours dans le restaurant où elle travaille. C'est incompréhensible.

Le silence de Nakatsuka signifiait qu'il était d'accord avec lui.

La police continua son enquête à propos de Terasaki. Célibataire depuis son divorce par consentement mutuel cinq ans auparavant, il vivait dans un appartement de l'arrondissement de Hirano.

Ses clients appréciaient sa rapidité et sa bonne volonté. Il pratiquait des prix raisonnables et rendait service aux commerçants avec qui il traitait. Cela ne permettait pas de conclure qu'il était incapable de commettre un crime. Selon certains de leurs informateurs, son négoce fonctionnait au jour le jour, et cela attira l'attention des enquêteurs.

— On peut penser qu'il ait eu envie de tuer Kirihara qui poursuivait Fumiyo de ses ardeurs, et il n'est pas impossible que cette envie soit devenue plus forte en voyant le million de yens en liquide de Kirihara, déclara un des policiers pendant une réunion.

Ses collègues en convinrent.

Ils savaient tous que Terasaki n'avait pas d'alibi. La personne qu'il devait livrer le 12 avait déclaré aux policiers venus la voir qu'elle s'était absentée ce jour-là pour raisons familiales et n'être revenue qu'après vingt-trois heures. Elle avait trouvé à son retour la carte de Terasaki, mais rien n'indiquait l'heure à laquelle il l'avait déposée. Lorsqu'ils lui avaient demandé si elle ne savait pas qu'il devait passer le 12, elle avait répondu qu'il lui avait dit qu'il passerait sans se souvenir de la date convenue. Elle avait ajouté qu'il lui semblait lui avoir dit au téléphone que le 12 était exclu.

Cette remarque parut importante aux enquêteurs. Si Terasaki le savait, il aurait pu choisir d'y laisser sa carte précisément dans le but d'avoir un alibi.

Ils étaient presque convaincus de sa culpabilité.

Mais ils n'avaient aucune preuve matérielle. Aucun des cheveux recueillis sur le lieu du crime ne correspondait aux siens, ni aucune empreinte digitale. Personne ne l'avait vu à proximité de l'immeuble. Si Terasaki et

Nishimoto Fumiyo étaient complices, ils auraient dû communiquer, mais la police ne parvint pas à prouver qu'ils l'avaient fait. Quelques enquêteurs aguerris suggérèrent de l'interpeller pour l'interroger dans les règles, mais la police ne disposait pas des éléments nécessaires pour le faire.

# 7

Novembre arriva sans que l'enquête n'avance. Les policiers qui avaient travaillé vingt-quatre heures sur vingt-quatre depuis le meurtre purent rentrer chez eux. Cela permit à Sasagaki de retourner dans l'appartement où il vivait avec sa femme Katsuko, à proximité de la gare de Yao, dans la banlieue d'Osaka. Elle avait trois ans de plus que lui et ils n'avaient pas d'enfants.

Il fut réveillé par du bruit un peu après sept heures au matin de la première nuit qu'il avait passée chez lui. Sa femme était en train de s'habiller.

— Qu'est-ce qui t'arrive ce matin ? Il est encore tôt, dit-il sans se lever.

— Désolée de t'avoir réveillé. Il faut que j'aille faire des courses.

— Des courses ? À cette heure-ci ?

— Même en partant maintenant, je ne suis pas sûre de ne pas arriver trop tard, expliqua sa femme qui s'exprimait comme lui en dialecte d'Osaka.

— Tu n'es pas sûre de ne pas arriver trop tard… répéta-t-il. Tu veux acheter quoi ?

— Ça va de soi, non ? Du papier hygiénique.

— Du papier hygiénique ?

— J'y suis allée hier aussi. Ils ne donnent qu'un paquet par personne et si je pouvais, je te demanderais de venir aussi.

— Pourquoi tiens-tu à acheter tant de papier hygiénique ?

— Je n'ai pas le temps de t'expliquer. J'y vais, répondit-elle en quittant la chambre, son sac à la main.

Sasagaki était perplexe. Il avait été tellement pris par son travail qu'il n'avait pas suivi ce qui se passait dans le monde en ce moment. Il avait entendu parler de la pénurie de pétrole mais il ne comprenait pas ce besoin de faire des réserves de papier hygiénique. Et de partir de si bon matin.

Il referma les yeux en pensant qu'il demanderait des explications à sa femme quand elle reviendrait.

Le téléphone sonna peu de temps après. Il se leva à moitié et tendit la main vers le gros appareil noir posé tout près de son oreiller. Il entrouvrit les yeux car il avait un peu mal à la tête.

— Sasagaki à l'appareil.

Une dizaine de secondes plus tard, il était debout et parfaitement réveillé.

Il venait d'apprendre la mort de Terasaki Tadao.

L'accident s'était produit sur l'autoroute urbaine qui relie Osaka à Kobe. Terasaki avait raté son virage et heurté de plein fouet le mur de protection. Il avait dû s'endormir au volant.

Sa fourgonnette était remplie de savons et de détergents. Après s'être rués sur le papier hygiénique qui allait venir à manquer, selon certaines rumeurs, les consommateurs japonais faisaient à présent des réserves de ces produits, et la police établit ultérieurement que Terasaki travaillait en ce moment jour et nuit pour fournir ses clients.

Sasagaki et ses collègues effectuèrent une perquisition chez lui à la recherche d'indices de son implication dans l'assassinat de Kirihara Yōsuke, avec le sentiment d'effectuer un travail inutile. Ils savaient que le suspect n'était plus de ce monde.

L'un des enquêteurs fit une découverte importante dans la boîte à gants de la fourgonnette : un briquet Dunhill, de forme rectangulaire, aux angles acérés. Les policiers n'avaient pas oublié que celui de Kirihara Yōsuke avait disparu de sa poche.

Mais cet objet ne portait aucune empreinte digitale du prêteur sur gages, ni aucune autre, car il avait été essuyé au chiffon.

Ils le montrèrent à sa veuve. L'air embarrassé, elle leur expliqua qu'il ressemblait à celui de son mari mais qu'elle n'était pas certaine que ce fût le sien.

Nishimoto Fumiyo fut convoquée par les enquêteurs qui avaient hâte d'en finir avec cette affaire. L'inspecteur qui l'interrogea lui laissa entendre que le briquet avait été identifié comme appartenant à Kirihara.

— C'est vraiment bizarre que Terasaki l'ait eu en sa possession. À moins que vous ne l'ayez volé à M. Kirihara et donné à votre amant, ou alors qu'il le lui ait pris. C'est l'un ou l'autre. À vous de nous le dire, dit-il en dialecte d'Osaka.

Elle continua cependant à nier en bloc. Elle ne paraissait nullement ébranlée. La mort de Terasaki avait dû la choquer, mais elle ne paraissait aucunement douter de lui.

Quelque chose ne colle pas. Nous faisons fausse route, pensa Sasagaki qui assista à l'interrogatoire.

8

Le journal que lisait Tagawa Toshio lui fit se souvenir du match de la veille et le mit de mauvaise humeur.

Il pouvait accepter une défaite des Yomiuri Giants. Mais pas de cette façon.

Nagashima, la star de l'équipe, n'avait pas marqué un seul point. La performance moyenne du frappeur clé de l'équipe ne pouvait qu'irriter les spectateurs, habitués à être impressionnés par l'élégance de ses frappes. Hier, il les avait vivement déçus.

Nagashima n'avait pas été bon cette saison.

Dire qu'il baissait depuis deux ou trois ans aurait été plus juste. Mais ses fans refusaient de l'admettre. Leur idole ne pouvait pas décliner. Aujourd'hui, même Tagawa qui l'aimait depuis son enfance ne pouvait continuer à nier l'évidence. Personne n'échappe au vieillissement, et tous les athlètes quittent un jour le stade.

Ce sera peut-être la dernière saison de Nagashima, se dit-il en regardant sa photo dans le journal. Elle venait juste de commencer, mais à ce rythme, il serait probablement question de retraite pour son idole avant l'été. Si la coupe échappait aux Yomiuri Giants, cela deviendrait probablement une certitude. Cela va être une mauvaise année, pensa Tagawa, saisi d'un mauvais pressentiment. D'ailleurs toute l'équipe qui avait remporté le championnat pour la neuvième fois consécutive lors de la saison passée donnait des signes de fatigue. Nagashima n'était que la partie émergée de l'iceberg.

Il referma le journal après avoir lu en diagonale un article sur la victoire des Chūnichi Dragons. L'horloge murale indiquait qu'il était un peu après seize heures. Peut-être n'aurait-il plus de clients aujourd'hui. Demain était jour de paie, et il ne croyait pas que quelqu'un viendrait régler son loyer ce soir.

Il bâilla et aperçut au même moment une silhouette de l'autre côté de la devanture recouverte d'annonces. Il comprit immédiatement qu'il ne s'agissait pas d'une adulte en voyant ses chaussures, des tennis. C'est sans doute une écolière qui regarde les annonces en revenant de l'école, se dit-il.

Quelques secondes plus tard, la porte en verre de l'agence s'ouvrit. Une petite fille d'une dizaine d'années qui portait un gilet sur son chemisier blanc lui adressait un regard craintif. Elle avait de très beaux yeux qui lui firent penser à un chat de race.

— Que veux-tu ?

Il n'aurait assurément pas utilisé ce ton très aimable avec un de ces enfants mal fagotés, au visage chafouin, si nombreux dans le quartier.

— Mon nom est Nishimoto, dit la petite fille.
— Nishimoto ? Et tu habites où ?
— Dans l'immeuble Yoshida.

Sa bonne élocution plut à Tagawa. Les enfants qu'il connaissait parlaient tous d'une manière qui révélait leur manque d'éducation et leur faible intelligence.

— L'immeuble Yoshida… euh…

Il prit un registre sur l'étagère.

Huit familles y logeaient. Les Nishimoto qui louaient l'appartement 103, celui du milieu au rez-de-chaussée, n'avaient pas payé leur loyer depuis deux mois. Il avait prévu de leur en parler.

— Et donc euh… commença-t-il en posant à nouveau les yeux sur la petite fille. Tu es la fille Nishimoto ?
— Oui, répondit-elle en rentrant le menton.

Tagawa consulta son registre et vit que Nishimoto Fumiyo vivait seule avec sa fille Yukiho. Le mari de Fumiyo, Hideo, y avait emménagé avec elles dix ans auparavant, mais il était mort peu de temps après.

— Tu es venue payer le loyer ?

Yukiho baissa les yeux et fit non de la tête, ce qui ne surprit pas Tagawa.

— Tu es là pourquoi, alors ?

— Je voudrais que vous m'ouvriez la porte.

— T'ouvrir la porte ?

— Je ne peux pas rentrer car maman ne m'a pas laissé de clé.

— Ah, fit-il en comprenant le sens des paroles de la petite fille. Ta maman est sortie et elle a fermé la porte à clé.

Yukiho acquiesça du chef. Elle le regarda par en dessous, d'une manière qui lui parut tellement séduisante qu'il faillit en oublier l'âge qu'elle avait.

— Tu ne sais pas où elle est ?

— Non. Elle m'avait dit qu'elle serait à la maison... C'est pour cela que je suis sortie sans prendre ma clé, répondit-elle en japonais standard, alors qu'il avait utilisé le dialecte d'Osaka.

— Ah bon.

Tagawa regarda à nouveau l'horloge en se demandant que faire. Il était encore un peu tôt pour fermer l'agence. Son père qui en était le gérant était parti rendre visite à des cousins depuis la veille. Il ne serait de retour que tard dans la soirée.

Mais il ne pouvait confier le double de clé à l'enfant, car le contrat avec le propriétaire de l'appartement stipulait qu'il ne devait être utilisé qu'en présence d'un employé de l'agence.

Normalement, il se serait contenté de recommander à l'enfant d'attendre encore un peu. Mais il n'avait pas envie de dire cela à cette charmante petite fille.

— Écoute, je vais t'ouvrir. On va y aller ensemble, dit-il en se levant pour aller chercher la clé dans le coffre.

L'immeuble Yoshida se trouvait à une dizaine de minutes à pied de l'agence. Tagawa Toshio fit le trajet en suivant dans les rues aux revêtements divers la petite silhouette de Nishimoto Yukiho. Elle ne portait pas de cartable sur son dos mais avait une serviette en skaï rouge à la main.

Parfois, quand elle bougeait, il entendait le son d'un grelot. Il eut beau écarquiller les yeux pour voir d'où il venait, il ne le trouva pas.

Vue de près, elle n'était pas habillée comme une petite fille de bonne famille. Ses tennis étaient usagés, et son gilet pelucheux était troué par endroits. Le tissu de sa jupe à carreaux était fatigué.

Il émanait cependant de la petite fille une atmosphère raffinée comme Tagawa en avait rarement croisé, et qui l'intriguait. Il connaissait sa mère, une femme triste et effacée, qui avait quelque chose de vulgaire dans le regard comme la plupart des gens qui vivaient par ici. Qu'une petite fille élevée par une telle mère produise cet effet était inexplicable.

— Tu vas où à l'école ?
— À Ōe, répondit-elle sans s'arrêter, en faisant un peu la grimace.
— Ça alors…

C'est normal, se dit-il, la plupart des enfants du quartier y vont. Chaque année, des élèves de cette école se faisaient prendre en train de voler à l'étalage et d'autres disparaissaient soudainement parce que leurs parents avaient déménagé à la cloche de bois. Quand il passait devant l'après-midi, il remarquait la puanteur des poubelles remplies des restes de la cantine et des hommes louches, le vélo à la main, qui espéraient arracher quelques pièces aux enfants. Mais les écoliers du quartier n'étaient pas du genre à se laisser attendrir.

Il lui avait posé la question parce qu'elle ne lui faisait nullement l'effet d'y aller. Tout bien pensé, sa mère n'avait pas les moyens de la mettre dans le privé.

Ses camarades de classe doivent la trouver différente, se dit-il.

Arrivé devant la porte de l'appartement 103, il y toqua et appela ensuite : "Madame Nishimoto, madame Nishimoto" mais n'obtint pas de réponse.

— On dirait que ta maman n'est pas encore rentrée, dit-il en se retournant vers Yukiho.

Elle fit oui de la tête. La clochette tintinnabula à nouveau.

Il mit le double dans la serrure, tourna vers la gauche et entendit le verrou s'ouvrir.

Au même moment, il eut une impression bizarre, quelque chose comme un mauvais pressentiment. Mais il tourna le bouton de la porte et la tira à lui.

Il fit un pas à l'intérieur et aperçut immédiatement une femme allongée sur les tatamis de la pièce du fond. Vêtue d'un pull jaune et d'un jean, elle paraissait dormir. Il ne voyait pas son visage, mais il reconnut Nishimoto Fumiyo.

Elle est donc là, pensa-t-il en percevant soudain une odeur étrange.

— Ça sent le gaz! Attention!

Il empêcha la petite fille de pénétrer dans l'appartement, ferma la bouche et se pinça le nez. Il se tourna vers le réchaud à gaz. Une casserole était posée sur l'un des feux, dont la manette était ouverte, mais il n'y avait pas de flamme.

Il ferma l'arrivée du gaz et ouvrit la fenêtre qu'il y avait au-dessus. Il alla ensuite dans la pièce du fond dont il ouvrit la fenêtre en regardant Fumiyo du coin de l'œil. Il respira très fort l'air extérieur. Son visage le picotait.

Il se retourna vers la locataire. En voyant la teinte violacée de son visage et sa peau inerte, il comprit immédiatement qu'ils étaient arrivés trop tard.

Un téléphone noir était posé dans un coin. Il souleva le combiné. Il ne souvenait plus du numéro qu'il fallait composer dans un tel cas.

Était-ce le 15 ou le 17 ?

Il hésita. Le seul cadavre qu'il ait jamais vu était celui de son grand-père.

Il penchait pour le 15 lorsque l'enfant demanda :

— Elle est morte ?

Il se retourna et la vit debout dans l'entrée. Comme la porte était ouverte, elle était à contre-jour et il ne pouvait distinguer son expression.

— Elle est morte ? répéta-t-elle avec des larmes dans la voix cette fois-ci.

— Je n'en suis pas sûr, répondit-il en composant le 15.

II

1

Quelques minutes après la sonnerie, il y eut un bruit de voix.

Akiyoshi Yūichi regarda dehors, penché en avant, sans lâcher son appareil photo reflex. Comme il s'y attendait, des élèves du collège Seika commencèrent à sortir. Il prit son appareil pour être prêt à s'en servir et scruta le visage de chacune.

Il était caché sous la bâche du plateau d'un camion garé à une cinquantaine de mètres de l'entrée du collège, un emplacement idéal pour ce qu'il se proposait de faire aujourd'hui, car la majorité des collégiennes devaient passer devant. S'il arrivait à prendre de bonnes photos, cela compenserait amplement son absence à la dernière heure de cours.

L'uniforme d'été de Seika se composait d'un chemisier blanc à col bleu clair et d'une jupe plissée de cette couleur. Plusieurs jeunes filles qui le portaient arrivèrent à la hauteur du camion. Certaines étaient aussi petites que des élèves du primaire, d'autres avaient presque l'air adulte. Il résista à l'envie d'en photographier, de peur de ne plus avoir de pellicule pour celle qu'il attendait.

Il aperçut la silhouette de Karasawa Yukiho au bout d'une quinzaine de minutes. Il prit son appareil et suivit ses mouvements.

Comme d'habitude, elle était accompagnée d'une amie à lunettes, maigre, au menton pointu et à la peau boutonneuse, qu'il n'avait aucune envie de photographier.

Les cheveux mi-longs de Karasawa Yukiho, d'un noir qui tirait sur le brun, brillaient comme s'ils étaient vernis. Elle y passa ses longs doigts fins, à l'image du reste de son corps, avec des hanches et une poitrine féminines qui étaient pour ses fans son attrait numéro un.

Ses yeux qui ressemblaient à ceux d'un chat de race étaient dirigés vers son amie et un sourire charmant flottait sur sa bouche plaisamment charnue.

Il attendit qu'elle soit tout près. Il avait envie de prendre son visage en gros plan. Il aimait particulièrement son nez.

Sa maison bâtie il y a une trentaine d'années était la première d'un groupe qui donnait sur une ruelle. Il n'aimait pas l'odeur de soupe au miso et de sauce au curry qui imprégnait la cuisine située à gauche de l'entrée. Il la trouvait typique des quartiers populaires.

— Ton ami Kikuchi est là, dit sa mère avec l'accent d'Osaka.

Elle était en train de préparer le dîner. Un regard sur ce qu'elle coupait lui fit deviner qu'il y aurait ce soir aussi des pommes de terre au menu et il en fut irrité. Depuis que sa grand-mère qui habitait la campagne leur en avait envoyé un gros carton, ils en mangeaient deux soirs sur trois.

Il monta dans sa chambre et y trouva Kikuchi Fumihiko, assis sur les tatamis, en train de lire la brochure du film *Rocky* qu'il était allé voir il y a quelques jours.

— Il était bien, ce film ? demanda Kikuchi.

La brochure était ouverte sur une photo du visage de Sylvester Stallone.

— Oui, plutôt. J'étais ému.

— Hum. Tout le monde dit ça.

Kikuchi reprit sa lecture. Yūichi commença à se changer en pensant qu'il voulait peut-être la lui emprunter.

Il n'avait aucune intention de la prêter. Kikuchi n'avait qu'à aller au cinéma s'il en voulait une.

— Mais le cinéma, c'est cher.
— Oui, répondit Yūichi.

Il sortit son appareil photo de son sac de sport et le posa sur son bureau avant de s'asseoir à l'envers sur sa chaise, la poitrine contre le dossier. Kikuchi était un bon copain, mais il n'aimait pas parler d'argent avec lui. Kikuchi n'avait pas de père, et ses vêtements montraient qu'il était pauvre. Au moins, son père à lui travaillait, pensa-t-il. Il était employé des chemins de fer.

— Tu as encore fait des photos, remarqua Kikuchi avec un sourire gras.

Il avait dû deviner de quoi il retournait.

— Ouais, répondit-il avec le même sourire.
— Elles sont bonnes ?
— Je ne sais pas encore. Mais je crois que oui.
— Elles vont te rapporter ?
— Pas beaucoup. Les pellicules coûtent cher, le développement aussi et j'aurai de la chance si je n'y perds pas.
— Je t'envie ton talent.
— Je n'en ai aucun. Je ne sais pas utiliser mon appareil, je prends des photos comme je peux et les développe de la même manière. De toute façon, mon équipement n'est pas neuf.

La chambre qui était à présent celle de Yūichi avait été occupée par le jeune frère de son père qui aimait la photo. Il possédait plusieurs appareils et le matériel pour développer en noir et blanc. Il avait quitté la maison quand il s'était marié et avait tout laissé à son neveu.

— Tu as eu de la chance d'avoir eu tout ça sans rien payer.

L'envie qu'il crut entendre dans la voix de Kikuchi l'attrista. Il aurait préféré parler d'autre chose. Mais son ami faisait souvent allusion à sa pauvreté.

Ce ne fut pas le cas ce jour-là.

— Tu te souviens des photos prises par ton oncle que tu m'as montrées ?
— Des photos prises en ville ?
— Oui. Tu les as encore ?
— Oui.

Il tendit la main vers un album posé sur l'étagère, qui lui venait de son oncle et contenait de nombreuses photos. Il le passa à son ami qui se mit à les étudier attentivement.

— Qu'est-ce qui t'intéresse là-dedans ? demanda-t-il à Kikuchi qui était un garçon un peu grassouillet.
— Ben… euh… répondit-il avant de détacher une des photos. Je peux t'emprunter celle-ci ?
— C'est laquelle ?

Yūichi se pencha pour la voir. Elle montrait un paysage urbain. Une rue étroite qui lui rappelait quelque chose, dans laquelle marchait un couple. Un poster déchiré pendait d'un poteau électrique et un chat était assoupi sur un seau en plastique au premier plan.

— Tu comptes en faire quoi, de cette photo ? demanda-t-il.
— Eh bien… je voudrais la montrer à quelqu'un.
— Et à qui ?
— Je te le dirai plus tard.
— Hum.
— Allez, prête-la-moi. Ça ne te dérange pas, non ?
— Je veux bien, mais je trouve ça bizarre, dit-il en regardant son ami qui la rangea précautionneusement dans son sac.

Après le dîner, Yūichi développa les photos qu'il avait prises dans la journée. Son placard lui servait de chambre noire. Lorsqu'il avait placé le film dans le récipient destiné à cet usage, il pouvait continuer à la lumière. Il le sortit une fois qu'il était fixé et commença à le rincer dans la salle de bains au rez-de-chaussée. L'idéal aurait été de le laisser dans l'eau courante toute une soirée, mais sa mère le gronderait s'il le faisait.

Pendant qu'il le rinçait, il le regarda par transparence et fut heureux de retrouver le luisant des cheveux de Karasawa Yukiho. Il se réjouit en pensant que ses clients seraient satisfaits.

## 2

Kawashima Eriko écrivait son journal chaque soir avant de se coucher. Elle avait commencé à le faire en cinquième année d'école primaire. Elle avait d'autres habitudes, comme arroser les plantes du jardin chaque matin avant de partir au collège, ou nettoyer sa chambre le dimanche matin.

Après cinq ans de pratique, elle savait qu'il ne fallait pas rechercher le sensationnel dans son journal mais composer des phrases sans prétention. "Rien de particulier aujourd'hui" suffisait souvent.

Mais ce soir-là, elle avait beaucoup à y consigner, parce qu'elle était allée chez Karasawa Yukiho après les cours.

Eriko la connaissait de vue depuis son entrée au collège, mais cette année, leur dernière, elles étaient pour la première fois dans la même classe.

Yukiho avait un visage intelligent et elle était toujours bien habillée. Il y avait chez elle quelque chose qu'elle ne retrouvait pas chez ses autres amies, et qui la séduisait. Cela faisait longtemps qu'elle voulait devenir son amie.

Elle avait été très heureuse de découvrir qu'elles étaient dans la même classe et elle lui avait demandé d'être son amie dès le jour de la rentrée.

Yukiho avait immédiatement accepté.

— Si tu veux bien de moi, avait-elle répondu en lui adressant un sourire encore plus radieux que celui qu'espérait Eriko, qui lui avait fait sentir que Yukiho partageait son désir.

— Moi, c'est Kawashima Eriko.

— Et moi, Karasawa Yukiho, avait répondu sa nouvelle amie en la saluant d'un hochement de tête.

Par la suite, Eriko avait remarqué qu'elle faisait ce geste chaque fois qu'elle affirmait quelque chose.

De près, Karasawa Yukiho était encore une plus belle "femme" que ce qu'Eriko ne s'était imaginé en la regardant de loin. Sa sensibilité était si grande qu'Eriko ne voyait plus son environnement comme avant. Elle avait aussi un véritable don pour la conversation et Eriko avait l'impression d'avoir fait des progrès à cet égard grâce à elle. Il lui arrivait d'oublier qu'elles avaient le même âge, et c'est ce qui l'amenait à parler souvent d'elle comme d'une "femme" dans son journal.

Elle était très fière de sa nouvelle amie, d'autant plus que l'amitié de Yukiho était très recherchée au collège. Cela éveillait au demeurant une certaine jalousie chez Eriko qui craignait qu'on ne lui vole une chose essentielle pour elle.

Plus déplaisante encore était l'attention que lui portaient les garçons d'un collège voisin, qui passaient leur temps à la poursuivre comme si elle était une chanteuse à la mode. L'autre jour, des garçons s'étaient accrochés à la clôture métallique du terrain de sport pour la regarder pendant le cours d'EPS, faisant des commentaires vulgaires à chacune de ses apparitions.

Quand elles avaient quitté le collège ensemble aujourd'hui, un garçon caché dans un camion avait pris son amie en photo. Elle lui avait jeté un coup d'œil, il était boutonneux, l'air malsain. L'idée que la photo de son amie allait servir à le faire rêver lui avait donné la nausée, mais Yukiho avait paru ne pas s'en préoccuper.

— Mieux vaut l'ignorer. Il finira par se lasser, avait-elle dit en soulevant ses cheveux comme si elle voulait les montrer au garçon qu'Eriko avait vu se hâter d'appuyer sur le déclencheur.

— Tu ne trouves pas répugnant qu'il prenne ta photo comme ça ? lui avait-elle demandé avec l'accent d'Osaka que son amie n'avait pas.

— Si, bien sûr, mais si je le lui dis, j'aurais besoin de lui adresser la parole, et ça me dégoûterait encore plus.

— Ce n'est pas faux.

— Donc, le mieux, c'est de l'ignorer.

Yukiho était passée à côté du camion en regardant droit devant elle. Eriko était restée à côté d'elle, avec l'espoir de gêner la photo.

Tout de suite après, elles avaient décidé qu'Eriko passerait chez Yukiho. C'est-à-dire que Yukiho lui avait proposé de venir chercher un livre qu'elle lui avait emprunté une semaine auparavant et oublié de lui rapporter. Eriko aurait pu attendre mais elle avait immédiatement accepté, car elle ne voulait pas rater cette occasion.

Elles avaient pris le bus, en étaient descendues au cinquième arrêt et avaient ensuite marché deux minutes. Karasawa Yukiho habitait une petite maison de style japonais, entourée d'arbres, dans un quartier résidentiel paisible.

Elle y vivait seule avec sa mère. Eriko fut un peu étonnée en la voyant. Son visage distingué correspondait à la maison, mais elle paraissait si vieille qu'elle aurait pu être la grand-mère de son amie. Ce n'était pas seulement dû au sobre kimono qu'elle portait.

Eriko s'était souvenue d'une rumeur déplaisante qu'elle avait entendue récemment à propos des origines de son amie.

— Mettez-vous à l'aise, lui recommanda la mère de Yukiho d'un ton agréable en quittant la pièce.

Elle lui fit l'impression d'être de santé fragile.

— Elle a l'air gentille, ta maman, dit Eriko lorsqu'elles furent à nouveau seules.

— Elle est très gentille.

— J'ai remarqué le panneau de l'école de thé Urasenke sur le portail. Elle enseigne la cérémonie du thé ?

— Et aussi l'ikebana. Et elle pourrait donner des cours de koto.

— Dis donc ! s'écria Eriko en se redressant. C'est une vraie *superwoman* ! Et toi aussi, tu sais faire tout ça ?

— Elle m'apprend la cérémonie du thé et l'ikebana.

— Je t'envie ! En plus, ça ne te coûte rien.

— Oui, mais elle est sévère, ajouta Yukiho en versant du lait dans la tasse de thé que lui avait servie sa mère.

Eriko l'imita. Le thé sentait bon. Ce ne devait pas être un sachet.

— Je voulais te demander quelque chose, commença Yukiho en la regardant droit dans les yeux. Tu as entendu la rumeur ?

— La rumeur ?

— Sur moi, sur l'école primaire où je suis allée.

— Euh… eh bien… hésita Eriko.

— Je vois que tu es au courant, réagit son amie avec un petit sourire.

— Non, pas vraiment, enfin, un peu.

— Tu n'as pas besoin de me le cacher. Ça ne me touche pas.

Eriko baissa les yeux. Elle était incapable de mentir.

— Tout le monde en parle ?

— Non, je ne crois pas. Au contraire, presque personne n'est au courant. C'est ce que m'a dit la fille qui me l'a racontée.

— Oui, mais qu'elle l'ait fait montre qu'elle se répand.

Elle n'avait pas d'argument à lui opposer.

— Dis, commença Yukiho en posant sa main sur le genou d'Eriko. Qu'est-ce qu'elle t'a dit, cette fille ?

— Pas grand-chose, tu sais. Rien d'intéressant, en tout cas.

— Que j'étais très pauvre, et que j'habitais dans un appartement minable dans le quartier d'Ōe ?

87

Eriko continua à se taire.

— Et que ma vraie mère était morte dans d'étranges circonstances ? reprit son amie.

Eriko releva la tête, indignée.

— Je n'y accorde aucune foi !

Son insistance parut amuser Yukiho qui sourit.

— Tu n'as pas besoin de tout nier avec une telle conviction. Cette rumeur n'est pas entièrement mensongère.

— Quoi ? s'écria Eriko en la regardant. Vraiment ?

— J'ai été adoptée avant d'entrer au collège. La femme que tu as vue n'est pas ma vraie mère, expliqua-t-elle calmement, sans que cela paraisse lui peser.

— Ah bon !

— C'est aussi vrai que j'habitais à Ōe. Et que j'étais pauvre. Mon père est mort quand j'étais toute petite. Et c'est vrai que ma mère est morte dans d'étranges circonstances, quand j'étais en sixième année d'école primaire.

— Dans quelles étranges circonstances ?

— Elle est morte asphyxiée. Au gaz. On a parlé de suicide, parce que nous étions très pauvres, mais c'était un accident.

— Ah oui ?

Eriko ne savait comment réagir. Son amie n'avait pas l'air de penser qu'elle était en train de lui confier un secret. Elle s'exprimait probablement de cette manière par égard pour elle, afin que cela ne lui pèse pas. Eriko lui en fut reconnaissante.

— Ma mère adoptive est une cousine de mon père, que je venais voir de temps en temps autrefois et qui m'a toujours gâtée. Quand je me suis retrouvée seule au monde, elle m'a tout de suite prise chez elle. Elle devait se sentir seule ici.

— Je comprends. Ça n'a pas dû être facile.

— Non. Mais j'ai eu de la chance. Sans elle, j'aurais été à l'orphelinat.

— Peut-être mais…

Eriko avait envie de lui exprimer sa sympathie, mais elle s'interrompit. Elle avait l'impression qu'elle risquait de s'attirer le mépris de Yukiho, quoi qu'elle dise. Comment aurait-elle pu comprendre ce qu'avait vécu son amie, alors qu'elle avait toujours eu une vie facile ?

Elle n'en était que plus impressionnée par l'aisance de Yukiho qui avait eu à surmonter de tels événements. Était-ce pour cela qu'elle lui paraissait briller de l'intérieur ?

— Et qu'est-ce qu'elle dit d'autre, cette rumeur ?
— Je ne sais pas. Je n'ai pas fait attention.
— J'imagine qu'elle mêle le vrai et le faux.
— N'y pense pas. Celles qui la font courir sont jalouses de toi, c'est tout.
— Je n'y pense pas particulièrement. Mais je me demande qui l'a lancée.
— Je ne sais pas, mais probablement une idiote, dit Eriko d'un ton intentionnellement peu amène, car elle avait envie de passer à autre chose.

On lui avait aussi raconté que la vraie mère de Yukiho avait été la maîtresse d'un homme qui avait été assassiné, et que la police l'avait soupçonnée d'avoir commis le crime. Elle se serait suicidée parce qu'elle était sur le point d'être arrêtée. Cela lui paraissait excessif.

Elle n'en dit rien à Yukiho. Il s'agissait évidemment d'un tissu de mensonges inventé par une fille jalouse d'elle.

Son amie lui montra ensuite des coussins et des trousses en patchwork qu'elle avait faits elle-même. Depuis quelque temps, elle se passionnait pour cette technique, et ses créations reflétaient son sens des couleurs. L'une d'entre elles qui n'était pas encore finie, une pochette, n'utilisait que des tissus sombres, noir et bleu marine. Les compliments que lui fit Eriko étaient sincères.

3

La professeur de japonais n'avait d'yeux que pour le manuel et le tableau. Elle faisait son cours mécaniquement en donnant l'impression de prier pour que ces quarante-cinq minutes d'enfer passent le plus vite possible. Elle ne demandait pas aux élèves de lire et ne leur posait aucune question.

Les élèves de la troisième 8 du collège d'Ōe étaient divisés en deux groupes. Ceux des premiers rangs avaient plus ou moins l'intention de suivre les cours, tandis que ceux du fond passaient leur temps à faire ce qui leur plaisait, jouant aux cartes, discutant à haute voix, ou dormant pour certains.

Les enseignants qui avaient essayé les deux premiers mois de les remettre dans le droit chemin avaient cessé de le faire car ils avaient compris que cela n'était pas sans risques. Un professeur d'anglais qui avait arraché l'album de bandes dessinées que lisait un élève pendant un cours et lui avait ensuite tapé sur la tête avait été agressé quelque temps après. Il avait eu deux côtes cassées. C'était évidemment une vengeance, mais l'élève en question avait un alibi. Une jeune enseignante de mathématiques avait hurlé en apercevant une capote remplie de sperme dans la boîte à craies du tableau, peu de temps après avoir fait des remontrances à un élève. Elle était enceinte et avait été tellement choquée qu'elle avait failli faire une fausse couche. Elle était à présent en congé maladie et ne reviendrait sans doute pas avant la fin de l'année scolaire.

Akiyoshi Yūichi était assis à peu près au milieu de la classe, un emplacement qui lui permettait d'écouter le cours s'il en avait envie, et de ne rien faire dans le cas contraire. Cette ambivalence lui convenait.

Muta Shūki fit son entrée à peu près à la moitié du cours. Il ouvrit grande la porte de la classe et se dirigea d'un pas assuré vers sa place habituelle, tout au fond de la classe, à côté de la fenêtre, sans regarder personne. L'enseignante eut l'air de vouloir lui dire quelque chose, mais elle y renonça quand elle vit qu'il s'asseyait.

Muta posa ses pieds sur la table et sortit un magazine érotique de son sac. Un de ses camarades lui recommanda à voix haute de ne pas se branler en classe et un sourire mauvais apparut sur le visage buriné de Muta.

Yūichi s'approcha de Muta à la fin du cours et sortit une grande enveloppe de son sac. Les jambes croisées sur la table, les mains dans les poches, Muta lui tournait le dos. Yūichi ne voyait pas son expression, mais à en juger par le visage souriant des autres élèves, il ne devait pas être de mauvaise humeur. Ils parlaient des jeux vidéo qui commençaient tout juste à apparaître. Il entendit le mot *Breakout*. Peut-être allaient-ils sécher le reste des cours pour aller jouer sur des machines dans un salon de jeu.

Le garçon assis en face de Muta regarda Yūichi, et ce dernier dut le remarquer car il se tourna vers lui. Il avait des yeux petits et enfoncés sous ses sourcils rasés qui repoussaient, mais son regard était vif.

— Voilà, fit Yūichi en lui tendant l'enveloppe.
— C'est quoi ?
Sa voix était enrouée, son haleine sentait la cigarette.
— Je les ai prises au collège Seika hier.

L'enveloppe contenait les photos de Karasawa Yukiho. Il s'était levé tôt ce matin pour les tirer. Il était content du résultat. Elles étaient en noir et blanc, mais elles rendaient suffisamment la couleur de sa peau et de ses cheveux.

Muta jeta un coup d'œil à l'intérieur de l'enveloppe avec une expression salace, et un demi-sourire de mauvais augure apparut sur son visage.

— Elles sont plutôt pas mal, dit-il en dialecte d'Osaka.
— N'est-ce pas? Ça n'a pas été facile, répondit Yūichi, soulagé de voir que son client était content.
— Mais il n'y en a pas beaucoup. Juste trois !
— Parce que je n'étais pas sûr qu'elles te plairaient.
— Tu en as encore combien ?
— Cinq ou six de correctes.
— Apporte-les-moi toutes demain, fit Muta en posant l'enveloppe devant lui.

Il n'avait visiblement aucune intention de les rendre à Yūichi.

— C'est trois cents yens l'une, donc neuf cents yens en tout, dit ce dernier.

Muta fronça les sourcils et le fixa d'un regard provocateur qui fit apparaître la cicatrice qu'il avait sous un œil.

— Je te filerai le fric une fois que tu me les auras toutes données. D'accord ?

Il laissait clairement entendre que si ce n'était pas le cas, l'affaire se réglerait à coups de poing. Yūichi ne fit pas d'objection.

— D'accord, dit-il avant de se diriger vers la sortie.
— Attends un peu, fit la voix de Muta dans son dos. Tu connais Fujimura Miyako ?
— Fujimura ? Non, répondit-il en accompagnant sa réponse d'un geste de dénégation.
— Elle est aussi à Seika, mais dans une autre classe que Karasawa.
— Je ne la connais pas, répéta Yūichi.
— Je veux que tu prennes une photo d'elle. Je te paierai pareil.
— Mais je ne sais pas qui c'est.

— Violon.
— Violon ?
— Elle fait du violon après les cours. Ça devrait te suffire.
— Je ne suis pas sûr d'arriver à la voir dans la salle de musique.
— C'est pas mon problème, jeta Muta qui se retourna vers ses camarades pour lui signifier qu'il en avait fini avec lui.

Yūichi s'éloigna parce qu'il le savait capable de s'énerver s'il ajoutait quelque chose.

Cela faisait plusieurs mois que Muta s'intéressait aux collégiennes de la célèbre école privée Seika. Les mauvais garçons de son collège avaient pris l'habitude de rechercher leur compagnie mais il ignorait si leurs efforts étaient couronnés de succès.

Il avait pris l'initiative de les prendre en photo et d'en offrir à Muta, parce qu'il l'avait entendu dire qu'il aimerait en avoir. Cela l'arrangeait parce qu'il avait besoin d'argent pour son hobby, la photo.

Karasawa Yukiho était la première collégienne qu'avait mentionnée Muta. Elle devait vraiment lui plaire car il lui achetait même les photos qui n'étaient pas réussies.

Yūichi avait donc été stupéfait de l'entendre mentionner un autre nom. Peut-être comprenait-il qu'il avait peu de chances avec Yukiho. De toute façon, cela ne regardait que lui.


Yūichi avait fini son déjeuner et rangeait la boîte vide dans son sac lorsque Kikuchi vint le trouver, une grande enveloppe à la main.
— Tu ne veux pas venir avec moi sur le toit ?
— Sur le toit ? Pourquoi ?
— Pour parler de ce que tu sais, dit-il en ouvrant l'enveloppe pour lui montrer ce qu'elle contenait – la photo qu'il lui avait empruntée la veille.

— Hum, fit-il, intéressé. D'accord.
— Allons-y.
Yūichi se leva.
Il n'y avait personne sur le toit. Les mauvais garçons qui y fumaient jusqu'à il y a peu n'y venaient plus depuis qu'un enseignant y passait régulièrement.
La porte d'accès s'ouvrit quelques minutes plus tard, et un élève de leur classe les rejoignit. Yūichi ne lui avait jamais parlé et ne le connaissait que de nom.
Kirihara n'était proche de personne. Très discret, il parlait très peu en classe. Il passait les récréations et la pause de midi à lire un livre, tout seul. Yūichi le trouvait sinistre.
Kirihara s'approcha de Kikuchi et lui et les dévisagea successivement. L'intensité de son regard surprit Yūichi.
— Tu me voulais quoi ? demanda Kirihara avec un fort accent d'Osaka.
Kikuchi lui avait apparemment donné rendez-vous ici.
— Te montrer quelque chose, répondit ce dernier.
— Quoi ?
— Ça, fit Kikuchi en sortant la photo de l'enveloppe.
Kirihara la prit prudemment. Il y jeta un coup d'œil et écarquilla les yeux.
— Tu veux quoi avec ça ?
— Je pensais que ça pourrait te servir. En rapport avec ce qui s'est passé il y a quatre ans.
Yūichi regarda son camarade du coin de l'œil. Que s'était-il passé quatre ans auparavant ?
— De quoi tu parles ? reprit Kirihara en lui jetant un regard mauvais.
— Je ne sais pas. Mais c'est bien ta mère sur la photo, non ?
Yūichi ne put retenir un cri de surprise. Kirihara le tança des yeux puis les retourna vers Kikuchi.
— Non, ce n'est pas ma mère.

— Comment ça ? Regarde bien ! C'est ta mère. Et l'homme avec qui elle est, c'est celui qui travaillait chez vous, avant, poursuivit Kikuchi en s'échauffant.

Kirihara considéra à nouveau la photo, puis il fit lentement non de la tête.

— Je ne comprends rien à ce que tu racontes. Ce n'est certainement pas ma mère. Ne dis pas n'importe quoi.

Il rendit la photo à Kikuchi et s'éloigna posément.

— Mais c'est tout près de la gare de Fuse, pas loin de chez toi, lança ce dernier. Et le poster du poteau électrique montre que la photo a été prise il y a quatre ans, puisque c'est celui de *Johnny s'en va-t-en guerre*.

Kirihara s'arrêta. Il n'avait visiblement pas l'intention de discuter avec Kikuchi.

— Tu me casses les oreilles, lâcha-t-il en se retournant. Ça n'a rien à voir avec moi.

— C'est par pure gentillesse de ma part, répliqua Kikuchi, mais cela ne lui valut qu'un mauvais regard de l'autre qui recommença à marcher.

— Moi qui pensais avoir trouvé un indice, souffla Kikuchi lorsque Kirihara eut disparu.

— Un indice de quoi ? Il s'est passé quoi il y a quatre ans ?

Son camarade fit une grimace étrange, puis il hocha la tête.

— C'est vrai que tu étais dans une autre école et que tu n'es pas au courant.

— Et que s'est-il passé ? répéta-t-il impatiemment.

— Tu connais le parc Masumi ? Près de la gare de Fuse, commença Kikuchi après s'être assuré qu'ils étaient seuls sur le toit.

— Le parc Masumi… Euh… Oui, j'y suis allé une fois, il y a longtemps.

— Tu te souviens de l'immeuble qu'il y a à côté ? Un immeuble qui n'a jamais été terminé.

— Non, je ne vois pas. Il a quelque chose de particulier, cet immeuble ?

— Le père de Kirihara y a été assassiné il y a quatre ans.
— Hein ?
— On lui avait volé son argent, et ce serait pour ça qu'il aurait été tué. Je m'en souviens encore, le quartier était plein de policiers.
— Et l'assassin a été arrêté ?
— Je crois que la police avait deviné qui c'était, mais on n'en a jamais su plus. Parce que le suspect est mort.
— Il est mort ? Assassiné ?
— Non, fit Kikuchi. Il a eu un accident de voiture. Mais la police a trouvé sur lui le même briquet que celui du père de Kirihara.
— Le même briquet, hein… cela constituait une preuve ?
— Non, pas vraiment. Il était identique à celui du père de Kirihara, mais rien ne prouvait que c'était le sien. Le vrai problème, c'est ce qui s'est passé ensuite, ajouta Kikuchi en baissant la voix. Une drôle de rumeur a commencé à circuler peu après.
— Quelle rumeur ?
— Que ce serait sa femme qui l'aurait assassiné.
— Sa femme ?
— La mère de Kirihara. Elle aurait eu une liaison avec leur employé, et ils auraient décidé de se débarrasser du père.

D'après Kikuchi, le père de Kirihara était prêteur sur gages. Il avait un employé. Toute cette histoire lui paraissait aussi irréelle qu'un feuilleton télévisé.

— Et qu'est-ce qui s'est passé ? demanda-t-il pour encourager son camarade à continuer.
— La rumeur a couru assez longtemps, mais comme rien ne l'étayait, elle a fini par disparaître. Moi aussi, je l'avais presque oubliée. Jusqu'à cette photo, reprit Kikuchi en la lui montrant. Regarde, ce qu'on voit derrière eux, c'est l'enseigne d'un hôtel de rendez-vous. Ils ont l'air d'en sortir, non ?

— Et cette photo change quoi ?

— Ça se comprend, non ? Elle prouve que la mère de Kirihara trompait son mari avec l'employé. Et par conséquent, qu'ils avaient un mobile pour tuer son père. Voilà pourquoi je l'ai montrée à Kirihara.

Kikuchi passait beaucoup de temps à la bibliothèque. Ce devait être la raison pour laquelle il employait des mots comme "mobile".

— Oui, mais Kirihara ne peut quand même pas soupçonner sa mère ! rétorqua Yūichi.

— Peut-être, mais tu ne crois pas qu'il y a des cas où il faut en avoir le cœur net ? s'écria son camarade d'un ton enflammé avant de pousser un petit soupir. Ce n'est pas grave. Je vais prouver que c'est bien sa mère sur cette photo. Si j'y arrive, il ne pourra plus faire comme si elle n'existait pas. Si je l'apportais à la police, ils seraient obligés de rouvrir l'enquête. Je connais d'ailleurs un des inspecteurs qui s'en est occupé. Je vais lui montrer la photo.

— Pourquoi t'intéresses-tu tant à cette histoire ?

Cela intriguait Yūichi.

— C'est mon petit frère qui a découvert le corps.

— Ton petit frère ? C'est vrai ?

— Oui, fit son camarade en hochant la tête. Il m'en a parlé et je suis allé le voir. Il n'avait pas menti et je l'ai dit à ma mère qui a prévenu la police.

— Je comprends mieux.

— Je me suis fait interroger plusieurs fois par la police puisque c'est moi qui avais trouvé le corps. Mais les enquêteurs ne s'intéressaient pas seulement aux circonstances de la découverte.

— Comment ça ?

— Ils savaient que de l'argent avait été dérobé à la victime. *A priori* par l'assassin mais peut-être aussi par celui qui avait découvert le corps.

— Par celui qui avait découvert le corps…

— À ce qu'il paraît, cela arrive assez fréquemment, expliqua Kikuchi en esquissant un sourire. Et ce n'est pas tout. Les policiers envisageaient même qu'une personne ait pu l'assassiner et qu'elle se soit ensuite arrangée pour que ses enfants découvrent le corps.

— Non !

— Ça semble incroyable, hein ? Pourtant, c'est la vérité. Nous avons été immédiatement soupçonnés parce que nous sommes pauvres. Que ma mère ait engagé des objets chez Kirihara n'a rien arrangé aux yeux de la police.

— Mais finalement, elle a été blanchie, non ?

— Ouais, fit Kikuchi avant d'ajouter que cela ne changeait rien.

Yūichi serra les poings car il ne trouvait rien à dire après ces confidences.

Au même moment, la porte qui menait sur le toit s'ouvrit et un professeur d'âge moyen entra. Il fronça les sourcils en les voyant.

— Que faites-vous là tous les deux ?

— Rien de spécial, répondit Kikuchi innocemment.

— C'est quoi, ce que tu as à la main, dit le professeur en regardant l'enveloppe. Montre-moi ça.

Il devait penser qu'il s'agissait de photos érotiques. Kikuchi la lui tendit sans enthousiasme. Le professeur l'ouvrit et son visage se détendit. Une expression surprise apparut dans ses yeux.

— C'est quoi, cette photo ? demanda-t-il d'un ton soupçonneux.

— Une vieille photo. Je l'ai empruntée à Akiyoshi.

Le professeur se tourna vers lui.

— C'est vrai ?

— Oui, monsieur, répondit Yūichi.

L'enseignant le regarda, puis il reposa les yeux sur la photo avant de la remettre dans l'enveloppe.

— Tu ne dois pas apporter au collège des choses sans rapport avec les cours.

— Oui, monsieur.

Il regarda ensuite le sol du toit en terrasse, probablement à la recherche de mégots. Heureusement, il n'y en avait aucun. Il rendit l'enveloppe à Kikuchi sans rien dire.

La sonnerie qui signalait la fin de la pause du déjeuner retentit.

Ce jour-là, Yūichi retourna au collège Seika après les cours. Mais son but n'était pas Karasawa Yukiho.

Il longea quelque temps l'enceinte du collège.

Il s'arrêta lorsqu'il entendit de la musique. Plus précisément le son d'un violon.

Il regarda autour de lui pour s'assurer qu'il n'y avait personne et grimpa à la clôture. Il se trouvait devant un bâtiment gris, en face d'une fenêtre. Elle était fermée, mais les rideaux ouverts lui permettaient de bien voir l'intérieur.

Une collégienne était assise au piano, le dos tourné à la fenêtre.

"Bingo", se dit Yūichi. Il avait trouvé la salle de musique.

Il changea de position et tendit la tête en avant. Une autre collégienne se tenait près du piano. Elle jouait du violon.

Était-ce Fujimura Miyako ?

Plus petite que Karasawa Yukiho, elle avait des cheveux coupés assez court. Il ne voyait pas bien son visage, car il faisait sombre dans la pièce. Il était aussi gêné par un reflet.

Au moment où il essayait de mieux voir, le son du piano s'arrêta, et il vit la jeune fille marcher vers la fenêtre.

Elle s'ouvrit et la collégienne apparut, le regard mauvais. Il n'avait pas eu le temps de descendre de la grille.

"Vermine !" hurla cette fille qui devait être Fujimura Miyako. Il sauta de la grille, réussit à retomber sur ses pieds, et commença à courir.

Ce n'est qu'à ce moment-là qu'il comprit ce qu'elle lui avait dit.

# 4

Le mardi et le jeudi soir, Kawashima Eriko suivait un cours d'anglais avec Karasawa Yukiho.

Il avait lieu de dix-neuf heures à vingt heures trente dans un institut privé situé à une dizaine de minutes à pied du collège. Eriko, qui rentrait chez elle après les cours, dînait avant d'y aller, tandis que Yukiho, qui restait au collège pour le club de théâtre, y venait sans repasser chez elle. Eriko aurait aimé en faire partie mais elle s'y était prise trop tard pour les inscriptions.

Ce mardi soir, elles revenaient toutes les deux à pied après l'anglais lorsque Yukiho annonça, au moment où elles passaient devant une cabine téléphonique, qu'elle devait appeler sa mère. Eriko regarda sa montre et vit qu'il était presque vingt et une heures. Comme à leur habitude, les élèves s'étaient attardées à bavarder après le cours.

— Désolée de t'avoir fait attendre, fit Yukiho en sortant de la cabine. Ma mère m'a dit de rentrer le plus vite possible.

— Eh bien, dépêchons-nous, alors !

— Tu ne crois pas qu'on pourrait prendre le raccourci ?

— Si, bien sûr.

Au lieu de rester sur l'avenue où passait le bus, elles s'engagèrent dans une petite rue qui leur faisait gagner du temps parce qu'elle était l'équivalent du long côté du triangle formé par l'institut, le collège et leurs domiciles. Mal éclairée et peu fréquentée à cette heure tardive, elle passait entre des entrepôts et des parkings, et les deux collégiennes la prenaient rarement. Les quelques maisons qui s'y trouvaient dataient d'avant la construction de ces bâtiments.

Yukiho s'arrêta soudain en poussant un cri, les yeux fixés sur le hangar le plus proche d'elles.

— Qu'y a-t-il?

— On dirait un chemisier de notre école, dit Yukiho, en pointant du doigt une chose blanchâtre qui gisait au pied de planches posées contre le mur.

— Tu ne crois pas que c'est un chiffon?

— Non, c'est un chemisier de notre école, répondit-elle en le ramassant. Regarde, j'avais raison!

Elle ne mentait pas. Le vêtement déchiré avait le col bleu ciel de l'uniforme de leur collège.

— Comment a-t-il pu atterrir ici? s'interrogea Eriko.

— Je ne sais pas… Ah, s'écria Yukiho alors qu'elle l'étudiait des yeux.

— Que se passe-t-il?

— Regarde, lança-t-elle en lui montrant l'étiquette fixée par une épingle de sûreté.

Eriko vit qu'il était écrit "Fujimura" et sentit une peur irraisonnée l'envahir. Elle frissonna. Elle aurait voulu prendre ses jambes à son cou.

Son amie, elle, observait attentivement les alentours, le chemisier à la main. Remarquant qu'un des vantaux du petit portail de l'entrepôt était ouvert, elle s'en approcha et regarda à l'intérieur.

Au moment où Eriko ouvrait la bouche pour dire : "Partons d'ici!", son amie poussa un cri, puis couvrit sa bouche de la main.

— Qu'est-ce qui t'arrive? demanda Eriko d'une voix tremblante.

— Il y a quelqu'un par terre… Elle est peut-être morte, dit Yukiho.

La jeune fille qui gisait là était Fujimura Miyako, une élève de troisième année de leur collège. Elle était vivante. Pieds et poings liés, elle s'était évanouie à cause de son bâillon, mais elle revint rapidement à elle une fois qu'on le lui enleva.

Persuadées qu'elle était morte, les deux collégiennes prévinrent la police mais n'osèrent plus revenir près d'elle. Elles attendirent les secours en tremblant de peur.

La poitrine dénudée, Fujimura Miyako ne portait plus que sa jupe. Ses vêtements avaient été jetés non loin d'elle, à côté d'un sac en plastique noir.

L'ambulance qui apparut quelques minutes plus tard se chargea de Miyako qui n'était pas en état de parler. Ses deux camarades de classe, choquées, avaient le regard vide.

Elles furent conduites au commissariat de police le plus proche où elles furent brièvement interrogées. C'était la première fois qu'Eriko montait dans une voiture de police, mais après ce qu'elle venait de vivre, elle n'était pas en état de trouver cela plaisant.

Le policier qui leur posa des questions était un homme d'âge mûr. Avec ses cheveux blancs coiffés avec une raie sur le côté, il ressemblait vaguement à un cuisinier de sushis mais dégageait une telle impression d'autorité qu'Eriko se tassa sous son regard intense.

Il leur demanda de raconter en détail les circonstances de leur découverte et voulut aussi savoir si elles n'avaient pas d'hypothèses sur ce qui avait pu arriver. Eriko expliqua du mieux qu'elle put comment les choses s'étaient passées en sollicitant de temps en temps Yukiho du regard. Le policier ne lui fit pas l'impression de douter de ce qu'elle disait mais ni elle ni Yukiho n'avaient d'hypothèse à lui offrir. Le collège recommandait à ses élèves, lorsqu'elles y restaient tard en raison de leurs activités au sein des clubs, de ne jamais se déplacer seules et de suivre l'avenue, mais à leur connaissance, aucune élève n'avait jamais eu de problème.

— Vous n'avez jamais aperçu de gens louches dans le quartier le soir? Des personnes qui guettaient dans le noir par exemple? Ou entendu vos camarades parler d'incidents de ce genre? demanda la policière assise à côté de l'homme qui avait parlé jusque-là.

— Non, jamais, répondit Eriko.

— Euh… commença Yukiho. Il y a bien ces garçons qui viennent parfois nous espionner à l'école, ou nous attendre à la sortie pour prendre des photos en cachette. Elle se tourna vers sa camarade : Tu sais de quoi je parle, n'est-ce pas?

Eriko acquiesça du menton. Cet épisode lui était sorti de la tête.

— C'est toujours les mêmes?

— Il y en a plusieurs qui nous épient au collège, mais pour ce qui est de celui qui prend des photos, je ne suis pas sûre, répondit Eriko.

— Je crois qu'ils viennent de la même école, fit Yukiho.

— De la même école? Ce sont des garçons d'âge scolaire? s'enquit la policière d'un ton surpris.

— Ils me semblent qu'ils viennent du collège d'Ōe, répondit Yukiho, d'un ton définitif, ce qui lui valut un regard interrogatif d'Eriko.

— D'Ōe? Vous en êtes sûre?

— J'habitais là-bas autrefois, et j'ai reconnu l'insigne du collège.

Les deux policiers échangèrent un regard.

— Vous vous souvenez d'autre chose? demanda le policier.

— Je connais le nom de celui qui m'a prise en photo l'autre jour, parce que j'ai pu lire l'étiquette sur son uniforme.

— Comment s'appelle-t-il? s'enquit-il immédiatement, l'œil vif.

— Akiyoshi, je ne l'ai pas oublié.

Eriko était stupéfaite. L'autre jour, Yukiho avait fait comme si elle ne le voyait pas, mais en réalité, elle avait eu la présence d'esprit de diriger les yeux vers le nom de l'intrus.

— Akiyoshi…

L'homme chuchota quelque chose à l'oreille de sa collègue qui se leva.

— Pour finir, je voulais vous montrer quelque chose, reprit-il en prenant un sac plastique qu'il posa devant les deux collégiennes. Ce sac a été retrouvé près de votre camarade. Vous l'avez déjà vu ?

Le porte-clés qu'il leur tendait était orné d'une petite figure de Dharma, dont il manquait un morceau.

— Non, jamais, répondit Eriko.

Yukiho le confirma.

5

— Ta chaîne est cassée, remarqua Yūichi en regardant le portefeuille que Kikuchi sortit au moment de payer les sandwichs qu'ils étaient tous les deux venus acheter à la boulangerie en face du collège.

La petite figure de Dharma qui y était d'ordinaire attachée avait disparu.

— Oui, je m'en suis rendu compte hier soir, répondit Kikuchi, l'air triste. Je l'aimais bien, mon petit Dharma.

— Il a dû tomber.

— Probablement. Je ne comprends pas comment la chaîne a pu rompre si facilement.

Yūichi se retint juste à temps de dire qu'elle ne valait pas grand-chose. Ce genre de plaisanterie était exclu avec Kikuchi.

— Tu sais, commença celui-ci sur un autre ton, hier, je suis allé voir *Rocky*.

— Tant mieux pour toi ! répondit son camarade en se souvenant qu'il n'y a pas si longtemps, il lui avait dit qu'il n'avait pas les moyens d'aller au cinéma.

— J'ai pu y aller car j'ai eu un billet gratuit, reprit Kikuchi comme s'il avait deviné ce que pensait Yūichi. Grâce à une cliente de ma mère, expliqua-t-il.

— Ah oui ? Tu as eu de la chance.

Il se souvenait que la mère de Kikuchi travaillait dans un marché couvert non loin du collège.

— En fait, elle l'a eu hier, et je me suis rendu compte qu'il n'était valable que jusqu'à hier. J'ai réussi à arriver à temps à la séance, mais c'était juste. Enfin, j'imagine que c'est pour ça que la cliente de ma mère le lui a donné.

— Ça se peut. Et le film t'a plu ?

— Et comment !

Ils continuèrent à en parler quelques minutes.

Lorsqu'ils retournèrent au collège, un camarade de classe s'approcha de Yūichi et lui apprit que le professeur principal voulait le voir.

Il alla à la salle des professeurs où l'attendait M. Kumazawa, le professeur de physique-chimie. Son visage était grave.

— Des policiers du commissariat de Tennōji sont là pour te voir.

— Mais pourquoi ? demanda le collégien, ébahi.

— Ils disent que tu as pris des photos de collégiennes de Seika, déclara Kumazawa en le fixant de ses yeux globuleux.

— Euh… non… bégaya Yūichi, pris au dépourvu, dans ce qui ressemblait à un aveu.

— C'est intolérable, fit le professeur en se levant. Tu ne te rends pas compte qu'en faisant une bêtise pareille, tu salis tout le collège !

Il l'invita à le suivre d'un signe de tête.

Trois hommes les attendaient dans le foyer du collège, dont le professeur qui l'avait surpris sur le toit l'autre jour, qui lui jeta un regard courroucé.

Il ne connaissait pas les deux autres hommes en costumes sombres, l'un assez jeune et l'autre plus âgé. Ce devait être les policiers.

Pendant que Kumazawa le présentait, ils le dévisagèrent ostensiblement de la tête aux pieds.

— C'est toi qui t'amuses à prendre en photo des collégiennes de Seika ? demanda le plus âgé des deux, en dialecte d'Osaka, d'une voix paisible mais remplie d'une autorité qui fit se recroqueviller Yūichi intérieurement.

— Non… euh… bredouilla-t-il.

— Une élève de Seika a pu lire ton nom sur l'étiquette de ton uniforme. Elle s'en est souvenue, parce qu'il n'est pas si courant.

Yūichi douta de ses oreilles.

— Alors? Tu ferais mieux de nous dire toute la vérité. C'est bien toi qui as pris des photos, n'est-ce pas?

Le policier plus jeune le fixait d'un regard mauvais, et le professeur qui l'avait surpris sur le toit était visiblement embarrassé.

— Oui, répondit le jeune garçon en baissant la tête.

Kumazawa soupira de manière audible.

— Tu n'as pas honte, gronda l'autre enseignant, les joues rouges de colère.

— Restons calmes, suggéra le policier d'âge mûr avant de reposer les yeux sur Yūichi. Tu savais qui tu allais prendre?

— Oui.

— Tu connaissais son nom?

— Oui, bredouilla-t-il d'une voix faible.

— Écris-le ici, fit le policier en lui tendant une feuille blanche et son stylo.

"Karasawa Yukiho", écrivit-il. L'adulte parut satisfait.

— Il n'y en a pas d'autres, par hasard? Juste celle-là?

— Non, il n'y en a pas d'autres, répondit Yūichi en utilisant le japonais standard.

— Elle te plaît, si je comprends bien, dit le policier avec un sourire narquois.

— Euh… plutôt à un de mes amis qu'à moi. C'est pour ça que je l'ai prise en photo.

— À un de tes amis? Tu es gentil, dis donc.

Yūichi rentra le cou en se mordant les lèvres. Le policier le remarqua.

— Ah… commença-t-il d'un ton amusé. Ces photos, tu les vends?

Percé à jour, le jeune garçon se tortilla sur sa chaise.

— Mais quel véritable idiot tu fais ! cracha Kumazawa d'un ton rageur.

— Il n'y a que toi qui as pris des photos ? Ou bien êtes-vous plusieurs à le faire ?

La question venait du policier plus âgé.

— Je n'en suis pas sûr mais je ne crois pas qu'il y en ait d'autres.

— Et c'est toi aussi qui es allé épier les élèves de Seika ? Des élèves de là-bas nous ont dit que cela arrivait souvent.

Yūichi releva la tête.

— Non, ce n'est pas moi. Je n'y suis allé que pour prendre des photos.

— Mais alors qui est-ce ? Ça te dit quelque chose ?

Ce devait être Muta et ses copains, mais il garda le silence. Il préférait ne pas penser à ce qui lui arriverait s'il le leur révélait et que Muta le découvre.

— À mon avis, tu as ton idée, mais tu ne veux pas nous le dire. Ton silence ne peut que t'attirer des ennuis. Mais fais comme tu veux. Tu peux nous dire ce que tu as fait hier après les cours ?

— Hein ?

— Ce que tu as fait hier après les cours. Tu ne veux pas nous en parler ?

— Il s'est passé quelque chose ?

— Akiyoshi ! rugit Kumazawa. Réponds à la question qu'on t'a posée.

— Mais non, mais non, intervint le policier plus âgé comme pour calmer l'enseignant, en esquissant un sourire ironique à l'intention de Yūichi. Une collégienne de Seika a failli être violée tout près de Seika.

Le visage de l'adolescent se crispa.

— Je n'y suis pour rien.

— Personne ne t'accuse. Mais des élèves de Seika nous ont parlé de toi, alors... poursuivit le policier du même ton paisible, laissant cependant sous-entendre que dans l'état actuel des choses il était leur suspect numéro un.

— Je ne sais rien. Je ne vous mens pas… souffla Yūichi en secouant la tête.

— Dans ce cas, tu ferais mieux de nous dire ce que tu as fait hier après les cours.

— Hier… Je suis passé à la librairie et au magasin de disques, expliqua-t-il en se rappelant qu'il était ensuite rentré chez lui pour ne plus ressortir.

— Et chez toi, tu étais seul ?

— Oui, seul avec ma mère. Mon père est rentré vers vingt et une heures.

— Il n'y avait personne d'autre que ta famille, donc.

— Non… répondit-il en se demandant si le témoignage de ses parents serait pris en compte.

— On fait quoi, nous, maintenant, chuchota le plus âgé des policiers à son collègue. Ce jeune homme reconnaît qu'il a pris les photos, mais dit que ce n'était pas pour lui. Rien ne prouve qu'il ne ment pas, hein ?

— C'est vrai, approuva le second policier avec un demi-sourire désagréable.

— Les photos, c'était vraiment pour un copain.

— Il faudrait que tu nous donnes son nom, fit le plus vieux des deux.

— Quoi ?

Yūichi, conscient que son silence le rendrait suspect, hésitait.

C'est ce moment que choisit le policier pour déclarer :

— Ne t'en fais pas, nous ne parlerons de toi à personne.

Le jeune garçon eut l'impression qu'il lisait ses pensées, et cela acheva de le convaincre.

Il leur donna d'une voix craintive le nom de Muta. Le visage de l'enseignant du toit s'assombrit, probablement parce que cet élève était de tous les problèmes.

— Ce Muta, il fait partie de ceux qui épient les collégiennes de Seika ? demanda le même policier.

— Je ne sais pas, répondit Yūichi en passant sa langue sur ses lèvres sèches.

— Il ne t'a demandé des photos que de cette demoiselle Karasawa ? Il n'y en avait pas d'autres ?

— Euh… eh bien… commença le jeune garçon d'un ton hésitant, avant de se dire que mieux valait tout dire, étant donné la situation dans laquelle il s'était mis. Récemment, il m'a parlé d'une autre fille.

— Comment s'appelle-t-elle ?

— Fujimura Miyako. Je ne la connaissais pas.

Yūichi perçut la tension qui s'installait dans la pièce. Les deux policiers changèrent d'expression.

— Et tu l'as fait ?

— Non, pas encore.

— Ah, fit le policier le plus âgé.

— Et tu ne le feras pas, lança Kumazawa d'une voix remplie de colère. Sinon, tu te transformeras définitivement en suspect.

L'adolescent hocha la tête en silence.

— Nous voulions te demander une autre chose, reprit le policier en sortant un sac plastique. Tu as déjà vu cet objet ?

Il s'agissait d'un petit Dharma. Yūichi fut surpris de voir la statuette qui ornait le porte-clés de Kikuchi.

— Tu le reconnais, hein ?

Sa réaction n'avait pas échappé au policier.

Le jeune garçon était troublé. S'il leur disait que l'objet appartenait à Kikuchi, quelles conséquences cela aurait-il ? Serait-il soupçonné ? Mais mentir risquait de le mettre lui-même en mauvaise posture. D'ailleurs, même s'il se taisait, les policiers finiraient probablement par comprendre que la figurine était à Kikuchi…

— Alors ? fit le policier en pianotant des doigts sur la table en produisant des sons qui s'enfoncèrent comme des aiguilles dans le cœur de Yūichi.

Il avala sa salive et leur donna tout bas le nom de son ami.

# 6

Le surlendemain de l'agression, toutes les élèves du collège Seika reçurent une nouvelle consigne : elles devaient quitter le collège au plus tard à dix-sept heures, quelle que soit la raison pour laquelle elles y restaient après les cours. Les professeurs principaux de chaque classe en parlèrent à leurs élèves.

Cela paraissait couler de source à Kawashima Eriko. Après ce qui s'était passé l'avant-veille, elle aurait trouvé encore plus sage de demander aux élèves de quitter l'établissement sitôt les cours terminés.

Mais la nouvelle consigne mécontenta ses camarades. Personne ne savait ce qui était arrivé car il n'y avait eu aucune fuite.

Certaines des hypothèses émises par les collégiennes sur les raisons qui la motivaient étaient proches de la vérité, notamment celle qui affirmait qu'un satyre avait fait du mal à une de leurs camarades à proximité de l'établissement. Mais elle résultait probablement d'une réflexion sur la possible cause de cet ordre. Eriko ne croyait pas qu'un enseignant l'avait émise, et ni elle ni Yukiho n'avaient parlé. Par conséquent, personne ne pouvait savoir qu'elles avaient découvert toute l'affaire.

Si elle était restée muette à propos de l'agression, ce n'était pas parce qu'elle avait reçu l'instruction de garder le silence. Étant donné la lenteur de la réaction du collège, elle aurait eu tout le temps de le faire, et tout le monde serait à présent au courant.

Karasawa Yukiho lui avait dit qu'il ne fallait pas que l'affaire s'ébruite. Elle lui avait téléphoné le soir même.

— Fujimura Miyako a subi un choc considérable. Si jamais cela se sait à l'école, elle pourrait se suicider. Notre devoir à toutes les deux est de garder le silence le plus complet, d'accord ?

Elle avait raison. Eriko lui avait dit qu'elle n'avait pas l'intention d'agir autrement.

Fujimura Miyako était dans sa classe l'année précédente. C'était une bonne élève, respectée par ses camarades pour ses qualités de leader. Mais elle était très susceptible et se fâchait sitôt qu'elle avait l'impression qu'on lui manquait de respect. Ce travers déplaisait à Eriko, d'autant qu'il avait pour revers une certaine morgue. Elle n'était pas seule à trouver cette attitude désagréable et elle était convaincue que l'histoire de sa mésaventure se répandrait comme une traînée de poudre dans le collège si elle venait à s'ébruiter.

Eriko et Yukiho déjeunèrent ensemble ce jour-là, assises près de la fenêtre, un peu à l'écart de leurs camarades.

— Apparemment, le collège a fait savoir que Miyako a eu un accident et qu'elle sera absente quelques jours, chuchota Yukiho.

— Ah bon.

— Personne n'a l'air de trouver ça étrange. Pourvu que cela ne change pas !

— Oui, vraiment, acquiesça Eriko.

Après avoir fini son repas, son amie regarda par la fenêtre en sortant son matériel de patchwork.

— Je ne vois personne de bizarre aujourd'hui, dit-elle.

— De qui parles-tu ?

— Tu sais, ce garçon qui vient nous épier de l'autre côté de la grille.

— Ah, répondit Eriko, qui constata l'absence de ce collégien dont l'apparence lui faisait penser à un gecko. Peut-être qu'à cause de ce qui s'est passé, on lui a intimé d'arrêter.

— Ce n'est pas impossible.

— Je me demande si lui ou les autres sont impliqués, dit-elle tout bas.

— Je ne sais pas.

— Le collège d'où ils viennent a très mauvaise réputation, n'est-ce pas ? ajouta Eriko en faisant la grimace. Moi, je ne voudrais surtout pas y aller.

— Tu ne crois pas qu'il y a aussi des garçons qui y sont parce qu'ils n'ont pas le choix ?

— Vraiment ?

— À cause de leur famille, par exemple.

— Je peux le concevoir, concéda Eriko qui sourit en voyant que l'ouvrage apporté par son amie était la trousse qu'elle avait remarquée chez elle l'autre jour. Elle est presque terminée ! s'exclama-t-elle.

— Oui. Il ne reste que les finitions.

— Tu as brodé les initiales RK. Pourquoi ? Toi, c'est YK, non ?

— C'est pour ma mère. Son prénom, c'est Reiko.

— Je comprends. Hum. Tu es vraiment une bonne fille, commenta Eriko en suivant des yeux les doigts de son amie qui maniait adroitement l'aiguille.

# 7

Yūichi était certain que la police soupçonnait Kikuchi Fumihiko d'être responsable de ce qui était arrivé à cette collégienne de Seika. Il avait été convoqué par les policiers dans le parloir jeudi matin mais ne lui avait pas dit ce qu'on lui avait demandé, ni ce qu'il leur avait raconté. Il était ensuite revenu en cours, le visage fermé. Personne ne lui avait posé de questions. La venue de policiers deux jours de suite au collège faisait comprendre à tous les élèves qu'il s'était passé quelque chose de grave.

Yūichi était mal à l'aise avec son ami. Il se sentait coupable d'avoir révélé aux policiers que le petit Dharma lui appartenait.

Kikuchi fut à nouveau convoqué pendant un cours le vendredi. Il sortit de la salle de classe en évitant le regard de ses camarades.

— À ce qu'il paraît, une fille de Seika a été agressée, fit l'un des élèves après le départ de Kikuchi. J'ai entendu dire qu'on avait retrouvé sur place quelque chose qui lui appartenait, et cela fait de lui un suspect.

— Qui t'a dit ça ? demanda Yūichi en utilisant comme lui le dialecte d'Osaka.

— Quelqu'un qui a entendu un des profs le dire. L'affaire serait grave.

— Qu'est-ce que ça veut dire, qu'elle a été agressée ? Elle a été violée ? demanda un autre, les yeux brillants de curiosité.

— Sans doute. En plus, on lui a volé de l'argent, répondit celui qui avait commencé à évoquer l'affaire, en parlant plus bas.

Yūichi eut l'impression qu'aucun de ses camarades n'était surpris. Tout le monde savait que la famille de Kikuchi était pauvre.

— Mais rien ne prouve qu'il est coupable, lança-t-il. Je crois qu'il était au cinéma quand cela s'est passé.

Quelqu'un dit que cela paraissait louche et les autres approuvèrent en hochant la tête. Une autre voix ajouta qu'il n'avait aucune raison d'avouer.

Lorsqu'il remarqua que Kirihara faisait partie du groupe qui s'était formé, il fut surpris, car il ne s'attendait pas à ce qu'il se mêle à ce genre de discussions. Serait-ce parce que Kikuchi avait attiré son attention l'autre jour avec la photo ?

Il le dévisageait en se posant cette question lorsque Kirihara leva les yeux vers lui. Il ne détourna le regard qu'au bout d'une à deux secondes et s'éloigna ensuite des autres.

# 8

Le samedi suivant, quatre jours après l'incident, Eriko et Yukiho allèrent voir Miyako, à l'initiative de Yukiho.

Elles ne purent la rencontrer. Sa mère leur expliqua d'un ton désolé que sa fille n'était pas encore prête à voir qui que ce soit.

— Ses blessures la font souffrir? s'enquit Eriko.

— Non, pas tant que cela mais… elle a été très choquée, expliqua sa mère en soupirant.

— Le coupable a été arrêté? demanda Yukiho. La police nous a posé beaucoup de questions.

La mère de leur camarade secoua la tête.

— Pas encore. Cela m'ennuie que vous ayez dû avoir affaire à la police.

— Ne vous en faites pas pour cela… Miyako a-t-elle pu voir son agresseur? ajouta Yukiho tout bas.

— Non, parce qu'il l'a attaquée par-derrière et lui a mis un sac plastique sur la tête. Ensuite, il l'a frappée, et elle s'est évanouie, répondit sa mère aussi bas, en se couvrant la bouche d'une main, les yeux rouges. Elle rentrait tous les jours tard, à cause des préparatifs de la fête du collège, et je me faisais du souci pour elle. Comme elle est responsable du club de musique, elle était toujours la dernière à partir.

Mal à l'aise, Eriko avait l'impression que Mme Fujimura était sur le point de fondre en larmes. Elle avait hâte de s'en aller. Son amie dut le deviner.

— Dans ce cas, nous allons vous laisser, dit-elle.
— Oui, excusez-nous, ajouta Eriko en s'apprêtant à repartir.
— Je suis vraiment navrée que vous vous soyez déplacées pour rien.
— Cela n'a aucune importance. Nous espérons que Miyako va se remettre vite, conclut Yukiho.
— Merci… Euh… commença la mère de leur amie en écarquillant les yeux. Je voulais juste vous dire que même si vous l'avez trouvée presque nue, il ne s'est rien passé. Vous devez me croire.

Eriko comprenait parfaitement ce qu'elle souhaitait leur communiquer. Mais elle était tellement surprise qu'elle échangea un regard avec Yukiho. Lorsqu'elles parlaient toutes les deux de cette agression, elles présumaient tacitement que leur camarade avait été violée.

— Bien sûr, répondit son amie, comme si l'idée ne lui avait jamais effleuré l'esprit.
— Je sais que vous n'en avez rien dit à personne et je voudrais vous demander de continuer à garder le silence. L'avenir de Miyako est en jeu, si cela venait à se savoir, cela ne pourrait qu'être la source de médisances.
— Naturellement, réagit Yukiho. Nous n'en parlerons à personne. Et si jamais une telle rumeur devait circuler, nous n'aurions qu'à affirmer que ce n'est pas vrai. Dites-le à Miyako, s'il vous plaît. Elle peut compter sur nous.
— Merci. Elle a de la chance d'avoir des amies comme vous. Je vais lui dire de ne jamais l'oublier, ajouta-t-elle en écrasant une larme.

9

Le samedi suivant, Kikuchi fut apparemment blanchi de tout soupçon, mais Yūichi ne le découvrit que le lundi, lorsqu'il entendit pendant la matinée la rumeur selon laquelle Muta avait été interrogé par les enquêteurs.

Quand il posa directement la question à Kikuchi, celui-ci commença par lui jeter un regard rempli d'hésitation, avant de poser les yeux sur le tableau noir.

— Je ne fais plus partie des suspects. Toute cette histoire ne me concerne pas, lâcha-t-il, utilisant comme son camarade le dialecte d'Osaka.

— Tant mieux, se réjouit Yūichi. Comment as-tu pu les convaincre ?

— Je n'ai rien fait, moi. J'ai simplement prouvé que j'étais au cinéma ce jour-là.

— Comment ?

— Qu'est-ce que ça peut te faire ? soupira Kikuchi en croisant les bras. Tu aurais préféré qu'ils m'arrêtent ?

— Pourquoi tu dis ça ? Tu crois que c'est ce que je voulais ?

— Écoute, je n'ai pas envie de discuter de tout ça. Y penser me donne des boutons, continua son ami sans quitter le tableau des yeux.

Il lui en voulait, c'était visible. Il s'était probablement rendu compte que c'était Yūichi qui avait identifié la mascotte.

Ce dernier chercha un moyen de dissiper le malaise.
— Tu sais, pour cette photo, je suis prêt à t'aider si tu veux en savoir plus.
— De quoi parles-tu?
— Tu sais bien… La photo où l'on voit la mère de Kirihara avec un homme. Ça pourrait être intéressant.

La réaction de Kikuchi ne fut pas à la hauteur de ses espérances.
— Ah, ça… glissa-t-il en faisant la grimace. J'ai décidé de laisser tomber.
— De laisser tomber?
— Ça ne m'intéresse plus. Tout bien réfléchi, je n'en ai rien à faire. C'est de l'histoire ancienne, plus personne ne s'en souvient.
— Oui, mais toi…
— Et puis… commença Kikuchi en cherchant ses mots. J'ai perdu la photo.
— Tu l'as perdue?
— Elle a dû tomber quelque part. Ou alors je l'ai jetée par mégarde l'autre jour quand j'ai rangé chez moi.

Yūichi renonça à dire que ce n'était pas malin en voyant le visage fermé de son camarade. Il n'avait pas le moins du monde l'air d'être désolé d'avoir perdu une photo importante, mais lui faisait plutôt l'impression de lui signifier qu'il ne lui devait aucune excuse.
— Ça t'embête pas, j'imagine, ajouta Kikuchi en le regardant, ou plutôt en le fixant droit dans les yeux.
— Euh… non, pas spécialement, ne put que répondre Yūichi.

Kikuchi se leva et s'éloigna, comme pour lui faire comprendre qu'il n'en dirait pas plus.

Il le suivait des yeux avec perplexité quand il sentit le regard de quelqu'un sur lui. C'était Kirihara qui l'observait d'un œil glacial. Il frissonna.

Cela ne dura qu'une seconde. Kirihara détourna les yeux et se mit à lire un livre. Une pochette en patchwork était posée sur sa table. Les initiales RK étaient brodées dessus.


Ce jour-là, alors qu'il rentrait chez lui à pied, il sentit soudain une main s'abattre sur son épaule. Il se retourna et confronta le regard courroucé de Muta, accompagné de deux garçons qui semblaient partager sa colère.

— Viens par ici, gronda Muta.

Il n'avait pas parlé fort, mais son ton était assez menaçant pour que le cœur de Yūichi batte plus vite.

Ils l'emmenèrent dans une ruelle où Muta se mit en face de lui pendant que ses acolytes l'encadraient.

Muta l'agrippa par le col des deux mains et le souleva du sol. Yūichi, qui n'était pas grand, était sur la pointe des pieds.

— Alors comme ça, Akiyoshi, tu m'as balancé.

Yūichi secoua vigoureusement la tête. Il était terrifié.

— Ne mens pas! cracha Muta en rapprochant son visage du sien. Il n'y a que toi qui aies pu le faire!

— Je n'ai rien dit, fit Yūichi en continuant à faire non de la tête.

— Tu mens, connard! cria le garçon qui était à sa droite. Tu vas voir ce que tu vas voir.

— Dis la vérité, intima Muta en le secouant.

Il le poussa contre le mur. Le béton était froid contre son dos.

— C'est la vérité. Je ne mens pas. Je n'ai rien dit.

— Tu en es sûr?

— Oui, fit Yūichi en rejetant la tête en arrière.

Muta scruta son visage pendant quelques instants, puis le lâcha. Le garçon sur sa gauche claqua de la langue.

Yūichi porta une main à sa gorge, et avala sa salive, en se croyant sauvé.

La seconde suivante, Muta grimaça. Yūichi se retrouva à quatre pattes sans comprendre ce qui lui était arrivé.

Son visage était douloureux. C'est ainsi qu'il réalisa qu'il avait été frappé.

— Ça ne peut être que toi, cria Muta, et quelque chose vint heurter la bouche de Yūichi.

Il ne devina qu'ensuite que c'était la chaussure de l'un des trois. Le goût du sang dans sa bouche lui rappela celui d'une pièce de dix yens, et il ressentit immédiatement après une douleur intense. Il se couvrit la figure des mains, recroquevillé sur le sol.

Les trois garçons se mirent à lui donner des coups de pied.

III

1

Il poussa la porte, ce qui fit sonner une clochette au-dessus de sa tête.

Le café où il avait rendez-vous était minuscule et ne comptait, outre le petit comptoir, que deux tables, dont l'une était occupée.

Sonomura Tomohiko se dirigea vers celle qui était libre après une seconde d'hésitation, car il avait reconnu le garçon qui y était assis. Il ne lui avait jamais parlé mais savait qu'il s'appelait Murashita et fréquentait le même lycée que lui. Il était maigre, et son visage avait quelque chose d'exotique. Il frisait ses cheveux longs, peut-être parce qu'il appartenait à un groupe de rock. Il portait un gilet en cuir sur sa chemise, et un jean étroit qui mettait en valeur ses longues jambes minces.

Murashita, qui lisait un magazine de bandes dessinées, avait brièvement levé les yeux vers lui quand il était entré dans le café pour immédiatement reprendre sa lecture. Il ne devait pas avoir rendez-vous avec la même personne que lui. Une cigarette allumée fumait dans le cendrier rouge à côté de sa tasse de café. Les professeurs chargés de surveiller les lycéens à l'extérieur de l'établissement ne venaient sans doute pas ici. Le café était d'ailleurs situé à deux stations de métro du lycée.

Le patron qui était seul à faire le service lui apporta un verre d'eau en lui souriant.

Tomohiko commanda un café sans prendre la peine de consulter le menu.

Le patron retourna derrière le comptoir.

Il porta le verre à ses lèvres et regarda encore une fois autour de lui. Murashita continuait à lire, mais il faisait la grimace maintenant que la musique qui sortait de la radiocassette derrière le comptoir n'était plus une chanson d'Olivia Newton-John mais le thème du dessin animé *Galaxy Express 999*. Peut-être préférait-il la musique occidentale.

Murashita est peut-être ici pour le même rendez-vous que moi, se dit Tomohiko.

Contrairement à la plupart des cafés du Japon à cette époque, il n'y avait pas de borne d'arcade *Space Invaders*. Cela ne dérangeait pas Tomohiko qui s'était lassé du jeu parce qu'il avait compris comment le manipuler pour obtenir le score maximum. La programmation du jeu était la seule chose qui l'intéressait encore, mais il la maîtrisait quasiment.

Il ouvrit le menu pour meubler son attente et découvrit que le petit établissement offrait des cafés de plus d'une dizaine d'origines différentes. Il regretta de n'avoir pas spécifié lequel il voulait. Mais un café de Colombie ou un moka lui aurait coûté cinquante ou cent yens de plus et ses fonds étaient bas en ce moment. Il ne serait jamais entré dans un café s'il n'avait pas eu rendez-vous ici.

Cette veste avait décidément été une erreur, se dit-il. Il y a deux semaines, il était allé dans une boutique avec un camarade afin d'en voler une, mais le vendeur s'en était rendu compte. La manière dont il avait procédé était trop simple : il était allé essayer un jean dans une cabine où il avait aussi emporté la veste qu'il avait mise dans son sac. Au moment où il s'éloignait du rayon où il venait de rapporter le jean, le vendeur s'était approché de lui. Son cœur avait fait un bond dans sa poitrine.

Heureusement, ce vendeur cherchait plutôt à arrondir son chiffre d'affaires qu'à arrêter des voleurs. Il avait mentionné la veste que les deux jeunes clients avaient mise par erreur dans leur sac. Cela leur avait évité d'avoir affaire à la police, mais il avait dû l'acheter pour vingt-trois mille yens. Comme ils n'avaient pas ce montant sur eux, le vendeur avait gardé leurs cartes de lycéen pendant qu'ils allaient chercher l'argent. Tomohiko était revenu avec les quinze mille yens qui constituaient la totalité de ses économies, et son ami lui avait prêté huit mille yens.

Voilà comment il était devenu propriétaire d'une veste à la mode. Ce n'était pas en soi une mauvaise chose, mais elle ne lui plaisait pas au point de l'acheter. Il l'aurait choisie plus attentivement s'il avait su qu'il allait devoir la payer.

Il regretta encore une fois ces vingt-trois mille yens. Il aurait pu en faire bien d'autres choses, aller au cinéma par exemple. Le seul revenu qu'il avait à présent était l'argent que sa mère lui donnait tous les jours pour s'acheter à déjeuner. Et il devait huit mille yens à son ami.

Il goûta le café que le patron qui approchait de la soixantaine venait de lui apporter et le trouva délicieux.

Pourvu qu'il s'agisse vraiment d'une "bonne proposition", comme l'avait décrite Kirihara Ryōji, pensa-t-il en regardant l'horloge murale. Celui-ci arriva à cinq heures pile, l'heure fixée pour le rendez-vous.

Il dirigea d'abord ses yeux vers lui, puis vers Murashita, et il rit sous cape.

— Alors comme ça, vous ne vous êtes pas assis ensemble, lança-t-il en dialecte d'Osaka.

Tomohiko comprit que Murashita était là pour la même raison que lui.

Il le vit lever les yeux de son magazine, se passer la main dans les cheveux avant de se gratter le menton.

— Je m'en doutais, mais comme je n'en étais pas sûr, j'ai préféré faire semblant de rien et continuer à lire.

Lui aussi avait remarqué Tomohiko.

— C'est pareil pour moi, fit ce dernier.

— J'aurais dû vous dire que vous ne seriez pas seuls, fit Kirihara en s'asseyant en face de Murashita. Un café du Brésil, s'il vous plaît, ajouta-t-il à l'intention du patron.

L'homme hocha la tête en silence. Kirihara venait ici souvent, se dit Tomohiko qui prit sa tasse et vint les rejoindre. Il s'assit à côté de Murashita comme Kirihara l'invita à le faire du regard.

Kirihara les dévisagea de ses yeux en amande en tapotant la table de l'index, comme pour les évaluer du regard, et cela mit Tomohiko légèrement mal à l'aise.

— Vous n'avez pas mangé d'ail ? demanda Kirihara.

— D'ail ? répéta Tomohiko en fronçant les sourcils. Non, pourquoi ?

— Parce que ça peut faire quelque chose. Si tu n'en as pas mangé, c'est bon. Et toi, Murashita ?

— J'ai mangé des raviolis chinois il y a quatre jours.

— Approche-toi, s'il te plaît.

— Comme ça ? s'enquit Murashita en se penchant vers Kirihara.

— Souffle !

Murashita s'exécuta sans plus de façon, mais Kirihara lui dit de souffler plus fort. Il renifla profondément son haleine, hocha la tête et sortit un chewing-gum à la menthe de la poche de son pantalon en coton.

— Ça devrait aller, mais je préfère que tu mettes ça dans ta bouche une fois qu'on partira d'ici.

— Je veux bien, mais tu pourrais nous dire ce qu'on va faire. C'est presque inquiétant, reprit Murashita d'un ton légèrement irrité.

Tomohiko comprit qu'il n'en savait pas plus que lui.

— Je te l'ai dit, non ? Je vais vous emmener rencontrer des femmes quelque part. C'est tout.

— Comment ça, c'est tout…

Murashita s'interrompit parce que le patron revenait avec le café de Kirihara qui porta la tasse à sa bouche et en aspira le parfum avant d'en boire une gorgée.

— Il est toujours aussi bon.

Le patron retourna derrière le comptoir en souriant des yeux.

Kirihara se tourna à nouveau vers les deux garçons.

— Ça n'a rien de compliqué. Et je vous ai contactés parce que j'ai pensé qu'avec vous deux, ça pourrait marcher.

— Qu'est-ce qui pourrait marcher ? demanda Murashita.

Sans répondre, Kirihara sortit un paquet de Lark de sa poche et prit une cigarette. Il l'alluma avec un briquet Zippo.

— Vous leur plairez, glissa-t-il en esquissant un sourire.

— Donc, il y aura des femmes, fit Murashita en baissant la voix.

— Oui. Mais ne te bile pas, elles ne sont ni moches à vomir, ni vieilles et ridées. Elles sont normales, juste un peu vieilles.

— Et le travail que tu nous proposes, c'est de discuter avec elles ? s'enquit Tomohiko.

Kirihara souffla de la fumée en le regardant.

— Exactement. Il y en a trois.

— Je ne suis pas sûr de comprendre. Donne-nous plus de détails. Ces femmes, on va les voir où ? Qui sont-elles ? De quoi devrons-nous leur parler ? reprit Tomohiko, en élevant légèrement le ton.

— Tu le comprendras vite là-bas. D'ailleurs, je ne sais pas moi-même de quoi on va discuter. On verra bien. Vous n'aurez qu'à leur raconter ce que vous aimez faire. Je suis sûr que ça leur plaira, répondit Kirihara avec un demi-sourire.

Tomohiko le dévisagea en essayant de comprendre. Ces explications étaient insuffisantes.

— Je ne vais pas venir, lança soudain Murashita.

— Ah bon, réagit Kirihara sans paraître particulièrement surpris.

— J'y comprends rien. Ça ne me dit rien. Et puis ça me paraît louche, reprit le garçon en se levant.

— Peut-être mais ça rapporte 3 000 yens de l'heure, dit Kirihara en prenant sa tasse de café. Plus exactement 3 300 yens. 10 000 yens en trois heures. Des jobs comme ça, tu en connais d'autres ?

— Non, mais ça doit être dangereux. J'ai pour principe dans la vie d'éviter le risque.

— Ça n'a rien de dangereux. Si tu n'en parles pas, tu n'auras aucun ennui. Je m'en porte garant. Et je garantis aussi que tu m'en seras reconnaissant. Un job comme ça, tu auras beau chercher, tu n'en trouveras pas. N'importe qui aurait envie de le faire, mais tout le monde n'en est pas capable. Vous avez de la chance tous les deux parce que je vous ai choisis.

— Oui mais… commença Murashita en regardant Tomohiko comme pour deviner ce qu'il en pensait.

Les conditions proposées, 3 300 yens de l'heure, 10 000 yens en trois heures, étaient séduisantes, se disait ce dernier.

— Moi, je suis d'accord, fit-il. À une condition.
— Laquelle ?
— Je voudrais que tu me dises où on va et qui on va rencontrer. Pour que je m'y prépare.

— Je ne crois pas que ce soit nécessaire, répondit Kirihara en écrasant sa cigarette dans le cendrier. OK, je te le dirai une fois qu'on sera dehors. Mais j'ai besoin de deux personnes. Si Murashita se défile, tout tombe à l'eau.

Tomohiko leva les yeux vers Murashita qui paraissait embarrassé par cette responsabilité soudaine.

— Tu es sûr que ce n'est pas dangereux ? demanda-t-il encore une fois.

— Ne t'en fais pas pour ça. Ça ne le sera pas, à condition que vous soyez raisonnables.

Cette déclaration lourde de sous-entendus ne parut pas dissiper l'inquiétude de Murashita. Mais il finit par accepter, peut-être parce qu'il remarqua l'irritation de Tomohiko.

— Bon, d'accord. Je viens aussi.

— Sage décision, commenta Kirihara qui se leva en sortant un portefeuille marron de sa poche. Je vous dois combien ?

Le patron le regarda avec une expression interrogative en pointant l'autre table du doigt.

— Je paie pour tout le monde.

L'homme vieillissant hocha la tête et vint lui apporter la note.

Tomohiko le regarda sortir deux billets de mille yens en pensant que s'il avait su qu'il serait invité, il aurait commandé un sandwich.

2

Le lycée Shūenkan que fréquentait Sonomura Tomohiko n'imposait pas d'uniforme à ses élèves. La lutte menée pour son abolition par ceux qui y étaient à l'époque du mouvement étudiant avait été couronnée de succès. Même si le règlement recommandait aux élèves de le porter, à peine vingt pour cent d'entre eux s'y conformaient. À partir de la deuxième année, presque personne ne le mettait. Le règlement interdisait aussi aux élèves d'avoir les cheveux permanentés, mais il ne serait venu à personne l'idée de le respecter. Les filles n'avaient pas non plus le droit de se maquiller, mais elles le faisaient toutes. Certaines ressemblaient à des gravures de mode et dégageaient une odeur de produits de beauté, mais tant qu'elles suivaient en classe, les professeurs ne leur faisaient pas de reproches.

Comme les lycéens y allaient vêtus à leur guise, ils n'avaient pas non plus à craindre d'être dérangés en ville une fois les cours finis. Si par hasard le tenancier d'un café leur disait qu'ils étaient trop jeunes pour consommer, il leur suffisait de répondre qu'ils étaient étudiants. Ce vendredi-là, il faisait très beau, et rares étaient les élèves qui avaient choisi de rentrer directement chez eux après les cours.

Normalement, Tomohiko aurait suivi ses amis dans leur recherche de filles dans les quartiers fréquentés par les gens de son âge, ou dans un centre de jeux électroniques.

Mais le manque d'argent et la dette engendrée par la fameuse veste l'en avaient empêché.

Il lisait un numéro de *Playboy* dans une salle de classe lorsqu'il avait senti un regard sur lui. En levant les yeux, il avait vu Kirihara qui le regardait, un étrange sourire aux lèvres.

Ils étaient dans la même classe mais ne s'étaient presque pas parlé depuis la rentrée, deux mois plus tôt. Tomohiko qui n'était pas timide avait déjà sympathisé avec la plupart des élèves de sa classe, mais Kirihara avait quelque chose de distant.

— Tu as du temps, aujourd'hui? avait-il demandé tout de go.

Il avait répondu par l'affirmative, et Kirihara lui avait dit qu'il avait une proposition intéressante à lui faire.

— Il s'agit de discuter avec des femmes. Ça peut rapporter jusqu'à dix mille yens. C'est pas mal, non?

— Il s'agit juste de discuter?

— Écoute, si tu es intéressé, viens dans ce café à dix-sept heures, avait répondu Kirihara en lui tendant un bout de papier.

Il s'agissait de celui où ils s'étaient retrouvés.


— Elles sont trois, et en principe elles nous attendent là-bas, leur expliqua Kirihara sans presque desserrer les lèvres.

Ils avaient pris le métro à la sortie du café. Le wagon était presque vide, mais Kirihara était resté debout près d'une porte, apparemment parce qu'il n'avait pas envie que quelqu'un puisse les entendre.

— Qui sont-elles? D'où viennent-elles?

— Je ne peux pas vous donner leurs vrais noms. Disons Ran, Sue, et Miki, répondit-il avec un léger sourire, en utilisant les prénoms des membres du groupe Candies, qui s'était dissous un an auparavant, en 1978.

— Tu te moques de nous ? Tu t'es engagé à nous le dire, non ?

— Je ne me suis pas engagé à vous donner leurs vrais noms ! Vous ne leur direz pas les vôtres non plus. C'est dans l'intérêt de tout le monde. D'ailleurs, il ne faut surtout pas qu'elles le découvrent, ni celui du lycée, précisa-t-il avec dans les yeux un éclat menaçant qui inquiéta fugitivement Tomohiko.

— Si elles nous le demandent, on leur dit quoi ? voulut savoir Murashita.

— Vous n'aurez qu'à dire que le nom du lycée est secret. Et vous servir d'un faux nom. Mais je ne pense pas que ce sera nécessaire. Elles ne vous le demanderont pas.

— Il s'agit de quel genre de femmes ? s'entêta Tomohiko en changeant d'approche.

— De femmes au foyer, répondit Kirihara, soudain plus détendu.

— De femmes au foyer ?

— D'épouses qui s'ennuient, pourrait-on dire. Elles ne travaillent pas, n'ont pas de hobby, et elles en ont assez d'être enfermées chez elles à longueur de journée. Leurs maris ne s'occupent pas d'elles. D'où leur envie de se distraire en bavardant avec des jeunes hommes.

Ces précisions le firent penser à un film érotique de Nikkatsu qui avait eu un grand succès quelque temps auparavant, même s'il ne l'avait pas vu.

— Elles vont nous payer dix mille yens rien que pour nous parler ? Ça me paraît un peu bizarre, dit-il.

— Le monde est rempli de gens bizarres. Ne t'en fais pas pour ça. Si c'est ce qu'elles sont prêtes à nous donner, le mieux à faire est de l'accepter.

— Pourquoi as-tu choisi Murashita et moi ?

— À cause de votre look. C'est évident, non ? Et je suis sûr que vous en êtes conscients.

Tomohiko ne savait comment réagir face à cette franchise. Il se considérait comme plutôt beau, et se disait qu'il pourrait faire carrière à la télévision. Il avait confiance en son physique.

— Vous savez tout maintenant. Ce n'est pas un job qui peut convenir à tout le monde, dit Kirihara en hochant la tête avec conviction.

— Ce n'est quand même pas des vieilles peaux ?

Murashita n'avait apparemment pas oublié ce qui avait été dit au café, et il cherchait une garantie.

Kirihara sourit.

— Des vieilles peaux, non. Mais elles n'ont plus vingt ans. Plutôt la trentaine.

— Qu'est-ce qu'on va bien pouvoir leur raconter… s'interrogea tout haut Tomohiko avec une inquiétude non feinte.

— Ne t'en fais pas pour ça. De toute façon, ça n'a aucune importance. Écoute, plutôt que de te préoccuper de ça, je voudrais que tu te recoiffes une fois qu'on descendra du métro. Tu ferais bien d'utiliser de la laque, d'ailleurs.

— J'en ai pas sur moi.

Kirihara ouvrit son sac de sport et lui fit voir la brosse à cheveux et la bombe de laque qu'il contenait. Il y avait même un sèche-cheveux.

— Il est important que vous fassiez tous les deux bonne impression, ajouta Kirihara avec un demi-sourire.

Ils changèrent à Namba pour prendre la ligne Sennichi-mae et descendirent à Nishi-Nagabori. Tomohiko connaissait le quartier parce que la bibliothèque centrale s'y trouvait. En été, les lycéens font la queue devant ses portes pour s'assurer d'une place dans ses salles de travail.

Ils passèrent devant elle et continuèrent à marcher quelques minutes. Puis Kirihara s'arrêta devant un immeuble à trois étages et leur dit qu'ils étaient arrivés.

Tomohiko leva les yeux et regarda la façade. Il était tendu au point d'avoir un peu mal au ventre.

— Ne fais pas cette tête-là ! Relaxe-toi, lui lança Kirihara d'un ton amusé qui fit que Tomohiko porta la main à son visage.

Il n'y avait pas d'ascenseur, et les trois garçons prirent l'escalier jusqu'au deuxième étage. Kirihara appuya sur la sonnette de l'appartement 304.

— Oui ? fit une voix féminine.
— C'est moi, répondit-il.

La porte s'ouvrit, et une femme qui portait un chemisier noir dont les premiers boutons étaient déboutonnés et une jupe à carreaux gris et blancs apparut. Le visage menu, les cheveux courts, elle n'était pas grande.

— Bonjour, la salua Kirihara avec un sourire.

La femme lui rendit son salut. Ses yeux étaient très maquillés, et elle avait de grosses boucles d'oreilles rouges. Elle voulait faire jeune, mais de petites rides autour des yeux montraient qu'elle n'avait plus vingt ans.

Elle regarda les trois garçons d'une manière qui fit penser Tomohiko à la lumière d'un photocopieur quand il éclaire l'image à reproduire.

— Ce sont des amis ?
— Oui. De beaux gosses, hein ?

Elle pouffa de rire et leur dit d'entrer.

Tomohiko suivit Kirihara à l'intérieur. Le vestibule donnait sur la salle à manger meublée d'une table et de chaises, ainsi que d'étagères. Un four à micro-ondes était posé sur le réfrigérateur, mais l'appartement ne semblait pas être habité. Tomohiko devina qu'il n'était pas loué pour cela.

La femme ouvrit une cloison au fond de la pièce, révélant une pièce rectangulaire à tatamis, assez vaste. Un lit métallique était posé au fond.

Il y avait aussi un téléviseur, devant laquelle deux femmes étaient assises. L'une, plutôt maigre, les cheveux teints en châtain, portait une robe en tricot qui mettait sa poitrine en valeur, et l'autre avait une mini-jupe et une chemise en jean. Le visage rond, les cheveux longs jusqu'aux épaules, elle était moins maquillée que les deux autres qui l'étaient presque trop.

— Vous nous avez fait attendre! s'exclama la femme aux cheveux courts avec l'accent d'Osaka.

— Désolé, il m'a fallu un peu de temps pour tout arranger, répondit Kirihara en utilisant le japonais standard, avec un sourire confus.

— Arranger quoi? Il fallait expliquer quel genre de femmes nous sommes, c'est ça?

— Mais non, mais non, répondit Kirihara en entrant dans la deuxième pièce.

Il invita du regard ses deux camarades à le suivre.

Ils s'assirent tous les trois, mais Kirihara se releva presque immédiatement. La femme aux cheveux courts prit sa place. Tomohiko et Murashita étaient à présent seuls avec elles.

— Vous voulez une bière?

La question de Kirihara était adressée aux trois femmes qui l'acceptèrent volontiers.

— Vous aussi, ça vous va, hein?

Sans attendre leur réponse, il alla dans la cuisine. Il y eut un bruit de bouteilles.

— Tu bois souvent de l'alcool? demanda la femme qui avait une queue de cheval à Tomohiko.

— De temps en temps.

— Tu le tiens bien?

— Non, sourit-il.

Il remarqua les regards qu'elles échangèrent sans en comprendre la signification. Il était sûr qu'elles n'étaient pas mécontentes des deux lycéens que leur avait amenés Kirihara.

Les volets étaient fermés et la pièce n'était éclairée que par une seule lampe avec un abat-jour en rotin. Peut-être est-ce pour dissimuler leur âge, se dit-il. Vue de près, la peau de la femme qui lui avait adressé la parole n'avait rien à voir avec celle des filles de son âge.

Kirihara revint avec un plateau sur lequel étaient disposés cinq verres et trois bouteilles de bière, ainsi qu'une assiette pleine de biscuits apéritifs. Il les plaça sur la table et retourna dans la cuisine. Il réapparut ensuite avec une grande pizza.

— Vous avez faim, non ? demanda-t-il avec l'accent d'Osaka à ses deux camarades.

Les femmes remplirent les verres des deux garçons et trinquèrent avec eux. Kirihara qui était retourné dans la cuisine cherchait quelque chose dans son sac. Tomohiko se demanda s'il allait aussi boire avec eux.

— Tu as une petite amie ? lui demanda la même femme.
— Pas pour l'instant.
— C'est vrai ? Et pourquoi tu n'en as pas ?
— Pourquoi... je ne sais pas, mais je n'en ai pas.
— Des filles mignonnes, ton lycée en est plein, non ?
— C'est à voir, répondit-il d'un ton sceptique.
— Je comprends. Tu es trop exigeant.
— Non, certainement pas.
— Pourtant tu ne devrais avoir aucun mal à trouver quelqu'un, toi. Montre-toi plus audacieux !
— Vous savez, des vraiment belles, il n'y en a presque pas.
— Ah bon... dommage pour toi, fit la femme à la queue de cheval en posant la main droite sur la cuisse du jeune garçon.

Comme leur avait expliqué Kirihara, elles ne parlèrent de rien et leur tinrent des propos sans queue ni tête. L'idée qu'il allait être payé pour cela paraissait de plus en plus étrange à Tomohiko.

La femme aux cheveux courts et celle à la queue de cheval tenaient le crachoir, tandis que la troisième semblait se contenter d'écouter. Même quand elle riait, son expression gardait quelque chose de tendu.

Les deux autres encourageaient les deux garçons à boire. Tomohiko vidait sans arrêt son verre. Avant qu'ils n'arrivent dans l'appartement, Kirihara leur avait recommandé de ne refuser ni cigarette ni boisson, dans la mesure du possible.

Il vint les rejoindre au bout d'une demi-heure environ.

— Je vois que vous vous entendez bien. On pourrait peut-être regarder un petit film, suggéra-t-il.

Tomohiko se sentait ivre.

— Tu en as un nouveau ? s'enquit la femme aux cheveux courts, en lui décochant un regard émoustillé.

— Oui. Je ne sais pas s'il vous plaira.

Tomohiko avait remarqué qu'il était en train de monter dans la cuisine un petit projecteur et il était justement sur le point de lui demander ce qu'il comptait en faire.

— C'est quoi comme film ?

— Tu verras bien, répondit Kirihara avec un sourire, tout en mettant l'appareil en marche.

Une forte lumière illumina le mur blanc qui devint un écran improvisé. Kirihara lui demanda d'éteindre la lumière.

Il s'exécuta, et le film commença au même moment.

De format 8 mm, il était en couleurs, mais sans son. Tomohiko devina vite le type du film en voyant apparaître des corps dénudés. La caméra en dévoilait tous les angles, même ceux que l'on ne voit jamais. Le cœur du lycéen battit plus vite. Il avait déjà vu des photos de ce genre mais jamais de film.

— Ouah ! C'est fort !

— Je ne savais pas qu'on pouvait s'y prendre comme ça.

Les femmes parlaient d'une voix excitée, peut-être pour cacher leur embarras. Leurs commentaires étaient avant tout destinés aux deux jeunes garçons. Celle qui avait une queue de cheval lui souffla à l'oreille :

— Tu as déjà fait ça, toi ?

— Non, répondit-il avec un trémolo dans la voix qui l'embarrassa.

Le premier film dura environ dix minutes, et Kirihara se hâta d'en monter un nouveau sur le projecteur. Pendant l'intervalle, la femme aux cheveux courts dit soudain qu'elle avait trop chaud et commença à défaire son chemisier. Elle ne portait qu'un soutien-gorge en dessous. Sa chair blanche luisait dans la lumière du projecteur.

Immédiatement après, la jeune femme habillée en jean se leva.

— Euh… je… commença-t-elle avant de s'arrêter, incapable de trouver ses mots.

— Vous nous quittez, demanda Kirihara qui était en train de préparer le deuxième film.

Elle fit oui de la tête.

— C'est dommage.

Ils la regardèrent se diriger vers la porte. Tomohiko se dit que c'était surtout pour éviter de croiser les yeux de quelqu'un d'autre.

Kirihara referma la porte derrière elle et revint.

— C'était trop excitant pour elle, gloussa la femme aux cheveux courts.

— Elle se sentait de trop, parce qu'elle a deviné que Ryō ne veut jamais jouer avec nous, commenta d'un ton dédaigneux la femme à la queue de cheval en parlant le dialecte d'Osaka.

— J'ai l'impression que ce n'était pas pour elle, ajouta Kirihara.

— Ce n'était pas une bonne idée de l'inviter, dit l'autre femme.

— Ce n'est pas grave. Bon, on continue ?

— Oui, tout de suite, répondit Kirihara en lançant la projection.

La femme à la queue de cheval ôta sa robe pendant le deuxième film et vint se coller à Tomohiko.

— Tu peux toucher, tu sais, lui souffla-t-elle à l'oreille.

Il avait une érection mais il n'aurait su dire si elle était due au film ou à la présence à ses côtés de cette femme quasiment nue. Il n'avait cependant plus aucun doute sur la nature du job qu'attendait de lui Kirihara.

Il était inquiet. Mais il était trop tard pour reculer. Il ne savait pas s'il arriverait à bien faire ce qui était attendu de lui.

Il était encore puceau.

3

Tomohiko habitait près de la gare de Bishōen sur la ligne JR Hanwa, dans une maison tout à fait ordinaire, en bois, à un étage. Elle se trouvait juste après la rue commerçante en face de la gare.

— Bonsoir ! Il est tard. Tu as mangé ? lui demanda sa mère, Fusako.

Il était près de vingt-deux heures. Depuis qu'il était lycéen, sa mère ne lui faisait quasiment plus de reproches quand il rentrait tard.

— Oui, répondit-il avant de filer dans sa chambre, l'ancien cagibi du rez-de-chaussée qui avait été réaménagé pour lui quand il était entré au lycée.

Il s'assit sur sa chaise et brancha l'appareil posé devant lui comme il le faisait chaque fois qu'il revenait chez lui.

C'était un ordinateur personnel. Une telle machine coûtait alors près de un million de yens, mais il n'avait pas eu à l'acheter. Son père, qui travaillait chez un fabricant de produits électroniques, se l'était procuré à bon prix grâce à ses contacts, dans le but de se familiariser avec cette nouvelle technologie. Il ne s'en était servi que deux ou trois fois avant de s'en désintéresser. Tomohiko, qui en avait hérité, avait appris à l'utiliser en lisant divers ouvrages. Il était à présent capable de le programmer.

Il le mit en marche, alluma le magnétophone à cassettes voisin, et se mit à pianoter sur le clavier. Bientôt le haut-parleur du magnétophone gargouilla des sons électroniques.

Les cassettes du magnétophone où étaient enregistrés les longs programmes transformés en signaux magnétiques fonctionnaient comme mémoire. Chaque fois qu'il allumait l'ordinateur, il lui fallait faire appel à ces cellules de stockage. Les cassettes étaient bien plus pratiques que le papier utilisé avant elles, mais il trouvait la mise en marche de la machine trop lente.

Une fois que l'ordinateur avait fini de les lire, Tomohiko se mit à tapoter sur le clavier. Les mots *West World* apparurent sur l'écran noir et blanc de 14 pouces, suivis par la commande : "PLAY ? YES = 1 NO = 0." Il appuya sur la touche "1" puis sur la touche "retour".

*West World* était le premier jeu informatique qu'il avait créé, inspiré par le film du même nom avec Yul Brynner*. Il cherchait sans cesse à améliorer ce jeu dont le but était d'échapper aux poursuivants en cherchant à sortir d'un labyrinthe. Cela lui procurait à la fois du plaisir en tant que joueur et en tant que concepteur. Il interrompait son jeu pour modifier le programme chaque fois qu'il avait une idée et il en retirait une joie qui ressemblait à celle que l'on a quand on élève une chose vivante.

Il pianota quelque temps sur le clavier numérique qui contrôlait les personnages sans réussir à se concentrer et s'en lassa rapidement. Il commettait des erreurs stupides mais cela lui était égal.

Il soupira et cessa de jouer. Appuyé au dossier de sa chaise, il regarda le poster punaisé sur le mur, qui représentait une chanteuse à la mode en maillot de bain. Ses yeux se posèrent sur ses seins et ses cuisses. Il imagina le toucher de cette peau couverte de gouttes d'eau sous ses doigts et sentit qu'il allait avoir une érection malgré

---

* Ce film de science-fiction américain, réalisé par Michael Crichton, est sorti en France en 1973.

l'étrange expérience qu'il avait faite si peu de temps auparavant.

Les mots "étrange expérience" lui paraissaient appropriés. Il se remémora ce qui lui était arrivé et qui lui semblait presque irréel à présent. Mais il savait que ce n'était ni un rêve ni une illusion, mais la réalité.

Après le troisième film, le sexe avait commencé. Tomohiko s'était laissé guider par la femme à la queue de cheval sur le lit et Murashita par celle aux cheveux courts, sur la literie posée à même le sol. Les deux lycéens avaient ainsi connu leur première expérience sexuelle. Murashita avait admis qu'il était aussi puceau quand ils avaient quitté l'appartement.

Tomohiko avait éjaculé deux fois à l'intérieur de sa partenaire. La première fois, il n'avait pas compris ce qui lui arrivait, mais la seconde fois, il s'était mieux contrôlé. Envahi d'une sensation que la masturbation ne lui avait jamais procurée, il avait eu une éjaculation massive.

Les deux femmes avaient à un moment envisagé d'échanger leur partenaire mais cela ne s'était pas fait car la femme à la queue de cheval n'en avait pas envie.

À un certain moment, Kirihara avait suggéré qu'il était temps de mettre fin à la rencontre. Tomohiko avait vu en regardant sa montre que trois heures s'étaient écoulées depuis leur arrivée dans l'appartement.

Kirihara n'avait pas participé à leurs ébats. Les femmes ne l'avaient pas invité à se joindre à eux, ce devait être convenu d'avance. Mais il était resté sur place, assis sur une chaise de la cuisine pendant leurs étreintes. Tomohiko avait jeté un coup d'œil dans sa direction après sa première éjaculation et l'avait vu fumer une cigarette, les yeux tournés vers le mur.

Il les avait ensuite emmenés dans un café proche de l'appartement et leur avait donné à chacun 8 500 yens. Ils avaient tous les deux protesté : il leur avait parlé de 10 000 yens.

— 10 000 yens moins ce que j'ai dépensé pour la nourriture et la boisson. Vous avez mangé de la pizza et bu de la bière, non ? 1 500 yens pour ça, c'est pas beaucoup, avait-il dit en dialecte d'Osaka.

Murashita avait paru se contenter de cette explication et Tomohiko n'avait pas insisté, d'autant plus qu'il n'était pas encore remis des sensations fortes qu'il venait de vivre.

— On pourra recommencer, si ça vous dit. J'ai comme l'impression que vous leur avez plu, et il se peut qu'elles vous redemandent, avait ajouté Kirihara d'un ton satisfait. Vous ne devez en aucun cas les rencontrer seul à seul, avait-il continué, le visage sévère. Pour ce genre d'affaires, plus on est sérieux, moins on risque d'avoir de problèmes. Si vous croyez que vous pouvez vous débrouiller sans moi, vous en aurez immédiatement. Donnez-moi votre parole de ne pas le faire.

— Tu as la mienne, avait immédiatement répondu Murashita.

— Et la mienne aussi, avait dit Tomohiko en pensant qu'il n'avait pas le choix, étant donné l'attitude de Murashita.

Kirihara avait acquiescé, soulagé.

Tomohiko enfonça sa main dans la poche de son pantalon en repensant à son expression et en sortit un papier qu'il posa sur son bureau.

Un numéro de téléphone à sept chiffres y était écrit, suivi du nom "Yūko".

La femme à la queue de cheval le lui avait glissé juste avant qu'il ne quitte l'appartement.

4

Elle était un peu ivre. À quand remontait la dernière fois qu'elle avait bu seule ? Elle n'aurait su le dire exactement mais cela faisait longtemps. Et aucun homme ne lui avait adressé la parole, se dit-elle avec dépit.

De retour chez elle, elle alluma la lumière et aperçut son reflet dans la porte en verre de l'autre côté de la pièce. Elle n'avait pas fermé les rideaux quand elle était partie. Nishiguchi Namie s'en approcha, le cœur lourd. Sa minijupe et sa veste en jean, son tee-shirt rouge ne lui allaient pas du tout. Elle avait ressorti ces vêtements qu'elle mettait autrefois avec l'espoir d'avoir l'air plus jeune, mais ils la faisaient paraître ridicule. C'est ce qu'avaient dû penser ces deux lycéens.

Elle ferma le rideau et se déshabilla rageusement avant de s'asseoir devant sa coiffeuse.

Elle vit une femme à la peau terne, aux yeux sans éclat, qui allait vers la vieillesse en vivant un quotidien ennuyeux.

Elle sortit ses cigarettes et son briquet de son sac, en alluma une et souffla de la fumée vers le miroir. Son reflet parut moins net. Si seulement elle pouvait toujours être vue à travers un nuage de fumée qui rendrait ses premières rides invisibles !

Les images obscènes du film de l'après-midi lui revinrent.

— Tu ne veux pas venir une fois pour voir ? Je te garantis que tu ne le regretteras pas. Ce n'est pas bon pour toi de faire tous les jours la même chose. Tu verras, tu seras contente d'avoir accepté. Des contacts avec des garçons tout jeunes, ça fait rajeunir ! lui avait dit deux jours plus tôt d'un ton excité Kawada Kazuko, une collègue plus âgée.

En temps normal, elle aurait immédiatement refusé. Mais depuis quelques semaines, la crainte de regretter pendant le restant de ses jours de n'avoir pas tenté de changer sa vie l'obsédait et elle avait accepté l'invitation formulée d'un ton excité par Kazuko.

Au final, elle avait pris la fuite, incapable de se laisser entraîner dans ce monde anormal. La vision de ces deux femmes adultes exhibant leur féminité devant ces lycéens lui avait presque donné la nausée.

Elle ne les jugeait pas. Ce genre d'expérience apportait une énergie nouvelle à certaines femmes. Elle n'en faisait pas partie.

Elle regarda le calendrier accroché au mur. Elle recommençait à travailler le lendemain. Elle avait gâché un de ses rares jours de congé à faire une chose qui n'en valait pas la peine. Elle imagina les questions lourdes de sous-entendus que ne manqueraient pas de lui poser ses collègues sur son rendez-vous de la veille et son cœur se serra. Demain, elle s'arrangerait pour arriver la première au bureau. Les autres la trouveraient absorbée dans son travail et n'oseraient pas la déranger. Elle allait régler son réveil plus tôt que d'ordinaire.

Elle commença à se brosser les cheveux et s'interrompit en pensant à sa montre. Elle ouvrit son sac, mais ne la vit pas dedans.

Zut.

Elle se mordit les lèvres. Elle l'avait oubliée. Dans un endroit gênant.

Ce n'était pas une montre chère et elle la mettait toujours en pensant que cela ne lui ferait rien de la perdre. À force de la voir à son poignet, elle s'y était attachée.

C'est après que je suis allée aux toilettes, pensa-t-elle. Elle l'avait probablement enlevée devant le lavabo pour se laver les mains et avait oublié de la remettre.

Elle tendit la main vers le téléphone. Il ne lui restait qu'à demander à Kawada Kazuko de s'en assurer. Elle n'avait pas d'autre moyen de prendre contact avec ce garçon du nom de Ryō.

Elle n'avait aucune envie d'appeler sa collègue qui ne manquerait pas de commenter la manière dont elle avait pris la fuite. Mais elle n'avait pas le choix. Elle prit son répertoire dans son sac, et composa le numéro.

Kazuko était chez elle.

— Quelle surprise, répondit-elle d'un ton où Namie entendit de l'ironie.

— Désolée pour tout à l'heure, dit-elle. Je ne me sentais pas à ma place.

— Ce n'est pas grave, fit Kazuko d'un ton léger. Je savais que ce ne serait pas évident pour toi. C'est moi qui te dois des excuses.

Namie eut le sentiment que sa collègue la traitait de peureuse.

— Euh… en fait, commença-t-elle avant de lui demander si elle n'avait pas vu sa montre qu'elle croyait avoir oubliée sur le lavabo.

— Non, répondit Kazuko. Si quelqu'un l'avait trouvée, je pense qu'il me l'aurait dit et me l'aurait donnée.

— Ah bon…

— Tu es sûre de l'avoir oubliée là-bas ? Je peux demander…

— Non, ce n'est pas la peine. Je peux me tromper. Je vais d'abord vérifier les autres endroits où je pourrais l'avoir laissée.

— D'accord. Préviens-moi si tu ne la retrouves pas.

— Très bien. Désolée de t'avoir importunée avec ça.

Elle raccrocha et soupira. Que faire…

Le mieux aurait été de renoncer à cette montre dont elle avait toujours pensé qu'elle pouvait la perdre. Elle l'aurait fait si elle l'avait oubliée ailleurs.

Mais cela l'ennuyait de l'avoir laissée là-bas. Surtout cette montre-là. Namie s'en voulut d'avoir choisi de la mettre aujourd'hui, alors qu'elle en avait d'autres.

Après avoir tiré plusieurs fois sur sa cigarette, elle l'éteignit et fixa le vide.

Il y avait un moyen. Elle y réfléchit. N'était-ce pas trop téméraire ? Elle arriva à la conclusion que cela devait être faisable, et que ce ne serait pas trop dangereux.

Elle regarda le réveil posé sur sa coiffeuse. Il était un peu après vingt-deux heures trente.


Elle sortit de chez elle une demi-heure plus tard. Plus l'heure avançait, moins elle risquait de rencontrer quelqu'un, mais si elle attendait trop longtemps, elle n'aurait plus de métro pour rentrer. La station la plus proche de son appartement était Hanazono-chō sur la ligne Yotsubashi, et elle devrait changer à Namba.

Le métro était presque vide. Elle se vit dans la vitre en face d'elle. En jean et sweat-shirt gris, avec ses lunettes cerclées de noir, elle avait indiscutablement l'air d'une femme de trente-cinq ans. Elle se préférait dans cette tenue.

Elle descendit à la station de Nishi-Nagabori, et suivit le même trajet que plus tôt dans la journée, avec Kawada Kazuko qui s'était demandé d'un ton excité quel genre de garçons viendraient aujourd'hui. Namie avait fait de grands efforts pour partager son enthousiasme, consciente de son manque de sincérité.

Elle retrouva facilement l'immeuble, monta l'escalier jusqu'au deuxième et s'arrêta devant la porte de l'appartement 304. Elle appuya sur la sonnette, le cœur battant.

Personne ne répondit. Elle recommença, sans plus de résultat.

Une nouvelle tension remplaça l'éphémère soulagement qu'elle ressentit. Elle regarda autour d'elle puis ouvrit la porte du compteur d'eau. Elle se souvenait que Kawada Kazuko y avait pris la clé cet après-midi.

— Je sais où elle est parce que je viens souvent! s'était-elle écriée.

Elle sentit bientôt la clé sous ses doigts et en fut rassurée.

Elle ouvrit le verrou et poussa craintivement la porte. Il y avait de la lumière à l'intérieur, mais pas de chaussures dans l'entrée. Il n'y avait donc personne mais elle prit garde à ne pas faire de bruit.

La table de la salle à manger n'était plus vide comme tout à l'heure, mais couverte de petites pièces électroniques qui devaient venir d'une stéréo ou d'un projecteur, se dit-elle.

Peu importe. La seule chose certaine était que quelqu'un s'était interrompu en plein travail. Elle devait retrouver sa montre avant son retour.

Elle alla dans le cabinet de toilette, inspecta le lavabo. Sa montre n'était pas là où elle était certaine de l'avoir laissée. Quelqu'un l'avait-il remarquée? Dans ce cas, pourquoi ne l'avait-il pas confiée à Kazuko?

L'inquiétude l'envahit. Serait-ce l'un des deux lycéens? Qui n'en aurait pas parlé intentionnellement, parce qu'il voulait la garder et en retirer quelque chose en la portant chez un prêteur sur gages?

Namie eut soudain chaud. Que faire?

Elle s'exhorta au calme et inspira profondément. Elle pouvait s'être trompée. Elle croyait l'avoir posée sur le lavabo, mais elle avait pu la rapporter dans la pièce sans la remettre à son poignet.

Elle quitta le cabinet de toilette, et entra dans la pièce à tatamis, qui était à présent bien rangée. Serait-ce ce garçon appelé Ryō qui y avait remis de l'ordre ? D'ailleurs, qui était-il, celui-là ?

La cloison coulissante entre les deux pièces qui avait été ouverte pendant la journée était fermée, et elle ne pouvait voir l'intérieur de la pièce où se trouvait le lit. Elle l'ouvrit doucement.

La première chose qu'elle remarqua était l'écran de la télévision. Ou plutôt les images inhabituelles qu'il montrait. Elle s'en approcha.

Des motifs géométriques se déplaçaient sur l'écran. Elle crut d'abord qu'ils se mouvaient de façon aléatoire mais elle vit en regardant de plus près qu'il y avait au centre de l'image une espèce de fusée qui ne cessait de monter en évitant les différentes formes qui tombaient du haut de l'écran.

Ce doit être un genre de jeu vidéo, se dit-elle. Elle avait joué au jeu *Space Invaders* une ou deux fois.

Les formes sur l'écran ne se déplaçaient pas avec la même fluidité que celle de ce jeu. Mais l'adresse stupéfiante dont faisait preuve la fusée pour les éviter la fascina. Elle ne pouvait en détacher ses yeux et elle ne remarqua pas le bruit de la porte qui s'ouvrait.

— Ça vous plaît, on dirait, fit soudain une voix derrière elle.

Elle poussa un petit cri et se retourna. Le jeune homme qui répondait au nom de Ryō était debout derrière elle.


— Je suis confuse. Je me suis rendu compte que j'avais oublié quelque chose ici, et comme j'avais vu où Mme Kawada avait pris la clé… bredouilla-t-elle, éperdue.

Il ne dut pas l'entendre car il la poussa de côté et alla s'asseoir devant l'écran. Il prit le clavier posé à proximité et commença à y pianoter des deux mains.

L'image changea aussitôt. Les obstacles bougeaient maintenant plus rapidement, et ils étaient plus variés.

Ryō continua à se servir du clavier. La fusée réussissait à éviter tous les projectiles.

Namie était comme ensorcelée par son mouvement qui n'était plus automatique mais contrôlé par le jeune homme.

Un gros projectile rond entra bientôt en collision avec elle. Son apparence devint celle de la lettre $x$, et les mots GAME OVER flottèrent sur l'écran.

Il claqua de la langue.

— La vitesse est insuffisante. Mais je ne peux pas faire mieux, dit-il avec l'accent d'Osaka.

Namie ne comprit pas de quoi il parlait. Elle n'avait qu'une seule envie, quitter les lieux.

— Bon, je vais partir, dit-elle en se relevant.

— Tu as trouvé ce que tu avais oublié? demanda-t-il sans la regarder.

— Euh… j'ai dû me tromper, je l'ai perdue ailleurs. Désolée…

— Bon.

— Eh bien, bonsoir.

Elle se dirigea vers l'entrée.

— "Dix ans de service/Succursale Shōwa banque Daitō", hein… Une employée modèle, déclara-t-il dans son dos.

Elle s'immobilisa. Il se leva au moment où elle se retournait vers lui.

Il lui tendit la montre de la main droite.

— C'est ce que tu as oublié, non?

L'idée de faire semblant de ne pas comprendre lui traversa l'esprit, mais elle finit par l'accepter.

— Merci.

Ryō alla vers la salle à manger sans rien dire. Il s'y assit et sortit du sac plastique qui s'y trouvait à présent deux canettes de bière et une boîte-repas.

— C'est ton dîner?

Au lieu de lui répondre, il prit une des canettes et lui demanda si elle avait soif.

— Non merci.
— Ah bon.

Il tira sur la languette et de la mousse jaillit. Il la but avant que le liquide ne déborde. Elle se sentait de trop.

— Tu n'es pas fâché… osa-t-elle. Que je sois entrée sans permission.

Il la dévisagea.

— Ce n'est pas grave, lâcha-t-il avant de s'attaquer à son repas.

Namie aurait pu partir, mais quelque chose la retenait. Il savait où elle travaillait mais elle ignorait tout de lui. Ce n'était pas tout. Elle avait le sentiment que si elle partait maintenant, elle s'en voudrait de ne pas avoir osé poser de questions.

— Tu n'es pas non plus fâché que je ne sois pas restée ?

— Pas restée ? Ah… Non. Ça arrive des fois.

Il parlait en dialecte d'Osaka, tandis qu'elle utilisait le japonais standard.

— Ce n'est pas que j'aie eu peur. Dès le départ, ça ne me disait pas grand-chose. Mais elle a insisté.

Elle n'avait pas encore fini de parler quand il s'arrêta de manger et agita ses baguettes de côté.

— Tu me barbes avec tes histoires. Tais-toi.

Elle le dévisagea, interloquée.

Il recommença à manger comme si elle n'était pas là.

— Je peux prendre une bière ? demanda Namie.

Il fit oui de la tête, comme pour lui faire comprendre que cela lui était égal. Elle s'assit en face de lui, ouvrit la boîte et but une gorgée.

— Tu habites ici ?

Il continua à manger.

— Tu n'habites pas avec tes parents ?

— Que de questions ! lâcha-t-il d'un ton amusé.

Il n'avait visiblement aucune intention d'y répondre.

— Tu fais ça pour quoi ? Pour l'argent ?

— Tu vois autre chose ?
— Tu ne participes jamais ?
— Si, quand c'est nécessaire. Si tu étais restée, je me serais occupé de toi.
— Tu as dû être content de ne pas avoir à te farcir une vieille comme moi.
— Non, j'ai perdu de l'argent, c'est tout.
— Quel culot ! Alors que tu n'es qu'un gamin.
— Comment ? dit-il en lui lançant un regard mauvais. Répète, si tu oses.

Elle avala sa salive, prise au dépourvu par la menace visible dans ses yeux. Mais elle ne voulait pas le laisser penser qu'elle avait peur de lui.

— Servir de jouet à des femmes mariées te fait plaisir, non ? Je ne suis pas certaine que tu arrives toujours à les combler, parce qu'à ton âge, l'éjaculation précoce fait des ravages.

Il but sa bière sans répondre. À l'instant où il la reposa sur la table, il se leva d'un bond et se jeta sur elle.

— Arrête !

Il la traîna jusqu'à la pièce à tatamis, et la renversa. Elle avait tellement mal au dos qu'elle respirait à grand-peine.

Elle tenta de se relever et il la plaqua à nouveau sur le tatami. Son jean était déjà baissé. Il saisit son visage entre ses deux mains et lui colla son pénis sous le nez.

— Essaie donc de me faire jouir ! Avec les mains ou la bouche, comme tu veux. Tu crois que je ne sais pas me retenir, hein ? Donc tu devrais y arriver sans problème.

Son membre durcissait à vue d'œil. Namie repoussa ses deux cuisses de toutes ses forces en détournant le visage.

— Qu'est-ce qui t'arrive ? Tu as peur de la quéquette d'un petit garçon ?

— Arrête, geignit-elle, les yeux fermés.

Quelques secondes plus tard, il s'écarta. Elle rouvrit les yeux et le vit se diriger vers la table en remontant son pantalon. Il s'assit et recommença à manger. Seul le mouvement de ses baguettes indiquait son énervement.

Namie reprit son souffle et se passa la main dans les cheveux. Son cœur battait toujours à grands coups.

Elle aperçut l'écran de la télévision dans la pièce voisine où les mots *GAME OVER* continuaient à s'afficher.

— Mais pourquoi… commença-t-elle. Des jobs, il y en a d'autres, non ?

— Je vends ce qui s'achète, voilà tout.

— Ce qui s'achète… Elle se leva et se dirigea vers l'entrée. Je ne comprends pas. Je dois être trop vieille.

— Hé ! lança-t-il lorsqu'elle y était presque arrivée.

Namie était en train d'enfiler sa deuxième chaussure. Elle s'immobilisa et se retourna vers lui.

— J'ai une proposition intéressante. Tu ne veux pas l'entendre ?

— Une proposition intéressante ?

— Oui. Il s'agit de vendre quelque chose qui devrait s'acheter.

## 5

Les vacances d'été étaient proches. C'était le mardi de la deuxième semaine de juillet.

En regardant la copie d'anglais qu'il venait de recevoir, il eut envie de fermer les yeux. Il savait qu'il avait raté mais ne s'attendait pas à l'avoir fait à ce point. Ses notes à tous les examens de cette fin du premier semestre étaient désastreuses.

Il n'avait pas besoin de réfléchir pour comprendre pourquoi : il n'avait absolument pas étudié. Il n'était pas bon élève et fauchait parfois dans les magasins, mais d'ordinaire, il travaillait avant les examens. En tout cas, il l'avait toujours fait jusqu'à ce semestre.

D'ailleurs, ce semestre, il avait essayé, en s'accordant quelques impasses.

Mais son esprit était tellement préoccupé par autre chose qu'il n'y était pas arrivé. Chaque fois qu'il avait tenté de se concentrer, il n'avait réussi qu'à penser à une seule chose.

Il mit la feuille dans son sac en se disant qu'il ne fallait pas que sa mère la découvre.

Après les cours, il se rendit au café de l'hôtel Shin-Nikkū, dans le quartier de Shinsaibashi, un endroit plaisant qui donnait sur un patio arboré.

Assise à la même table que d'habitude, Hanaoka Yūko lisait un livre de poche, un chapeau blanc sur la tête, des lunettes de soleil sur le nez.

— Pourquoi te caches-tu comme ça ? lui demanda-t-il en s'asseyant en face d'elle.

Le garçon arriva avant qu'elle n'ait eu le temps de répondre.

— Je ne veux rien, merci, dit-il.

— Si, prends quelque chose. J'ai à te parler, fit-elle, d'un ton nerveux qui le surprit.

— Un café glacé, s'il vous plaît.

Yūko tendit la main vers son Campari soda et vida le tiers qui restait.

— Tu as cours jusqu'à quand déjà ?

— Jusqu'à la fin de la semaine.

— Tu vas travailler pendant les vacances d'été ?

— Travailler ? Tu veux dire faire un job d'étudiant ?

— Bien sûr, répondit-elle en esquissant un sourire.

— Je n'en ai pas l'intention pour le moment. Les jobs d'été, ça ne rapporte presque rien et ça fatigue beaucoup.

— Hum.

Elle sortit un paquet de cigarettes de son sac, en prit une entre les doigts, sans l'allumer. Il eut l'impression qu'elle était énervée.

Il but la moitié du café glacé que l'on venait de lui servir. Il avait très soif.

— Pourquoi ne veux-tu pas monter tout de suite dans la chambre comme d'habitude ?

Elle alluma sa cigarette, en tira quelques bouffées et l'éteignit alors qu'elle n'en avait même pas fumé un centimètre.

— Il y a un petit problème, dit-elle.

— Lequel ?

Elle ne répondit pas immédiatement. Cela l'inquiéta.

— Mais enfin, que se passe-t-il ? demanda-t-il en se penchant au-dessus de la table.

Elle jeta un coup d'œil circulaire puis reposa les yeux sur lui.

— Le vieux a remarqué quelque chose.

— Le vieux ?
— Mon mari, dit-elle en haussant les épaules, dans une vaine tentative de s'en moquer.
— Ton mari est au courant ?
— Pas complètement, non, mais presque.
— Comment ça… glissa Tomohiko stupéfait.
Il avait soudain très chaud.
— C'est ma faute, je n'ai pas été assez prudente, alors qu'il fallait l'être absolument.
— Comment a-t-il pu s'en rendre compte ?
— Apparemment, quelqu'un nous a vus ensemble.
— Quelqu'un nous a vus ensemble ?
— Oui, quelqu'un qui me connaît et qui est allé lui raconter qu'il m'avait vue en train de discuter avec un très jeune homme.

Tomohiko regarda autour de lui, soudain conscient des autres clients du café. Yūko eut un sourire peiné.

— Mon mari a dit que j'étais bizarre ces derniers temps. Il trouve que j'ai changé. Ça se peut, d'ailleurs. Je me sens différente depuis qu'on se voit. J'aurais dû m'en rendre compte, mais je ne l'ai pas fait.

Elle se gratta la tête en l'agitant de côté.

— Il t'a demandé quoi ?
— Il voulait savoir de qui il s'agissait. Avoir un nom.
— Tu le lui as donné ?
— Bien sûr que non. Je ne suis pas bête à ce point.
— Je le sais mais…

Il finit son café glacé puis vida son verre d'eau d'une seule traite, car il avait encore soif.

— J'ai fait l'idiote et il n'a pas insisté. Je ne pense pas qu'il ait de preuves pour l'instant. Mais ce n'est peut-être qu'une question de temps. Il est capable de faire appel à un détective privé.

— Ce serait dangereux.
— Oui, reconnut-elle. Et puis il y a autre chose qui me préoccupe.

— Quoi donc ?
— Mon carnet d'adresses.
— Ton carnet d'adresses ?
— J'ai l'impression qu'il l'a consulté sans me le dire. Je le cache dans un tiroir de ma commode. Il n'y a que lui qui ait pu le déplacer.
— Mon nom y est ?
— Non, pas ton nom. Mais ton numéro de téléphone. Il se peut qu'il l'ait remarqué.
— Je me demande s'il peut retrouver mon nom et mon adresse à partir de ça.
— Euh… C'est peut-être possible, si on le veut vraiment. De plus, il connaît du monde et…

Ce qu'elle lui avait dit de son mari en faisait une personne à craindre aux yeux de Tomohiko. Il n'avait pas une seule seconde envisagé d'être en butte à la haine d'un homme adulte.

— Qu'est-ce qu'on va faire ?
— Le mieux serait de ne pas se voir pendant quelque temps.

Il hocha mollement la tête. Elle avait raison, même un lycéen en deuxième année comme lui le comprenait.

— Bon, on monte dans la chambre ? dit-elle après avoir vidé son verre de Campari, en s'emparant de la note posée sur la table.


Ils se voyaient depuis leur rencontre dans cet appartement, environ un mois plus tôt. La femme à la queue de cheval s'appelait Hanaoka Yūko.

Il n'était pas tombé amoureux mais il ne pouvait oublier le plaisir que lui avait procuré sa première expérience amoureuse. Pendant les jours qui avaient suivi, il s'était beaucoup masturbé en revoyant toujours la femme à la queue de cheval, incapable d'imaginer quelque chose de plus intense que ce qui lui était arrivé alors.

Il avait fini par l'appeler trois jours après leur rencontre. Elle en avait paru ravie et lui avait proposé de se revoir tous les deux. Il avait accepté.

Elle lui avait dit qu'elle avait trente-deux ans et donné son vrai nom quand ils étaient au lit à l'hôtel. Il lui avait donné le sien, celui de son lycée, et son numéro de téléphone. Il s'était efforcé de chasser de sa mémoire la promesse faite à Kirihara. La technique de cette femme adulte lui faisait perdre toute faculté de raisonnement.

— Mon amie, tu sais, celle qui a des cheveux courts, m'a offert de l'accompagner à une fête où il y aurait des jeunes hommes. J'y suis allée en me disant que ça pouvait être intéressant. Elle, ce n'était pas la première fois, mais moi, si. J'étais drôlement excitée ! Quelle chance j'ai eue de tomber sur un garçon aussi gentil que toi, lui avait-elle déclaré avant de se nicher dans ses bras.

La femme adulte qu'elle était savait s'y prendre.

Il avait été stupéfait d'apprendre qu'elle avait payé vingt mille yens à Kirihara. Il lui avait par conséquent rapporté plus de dix mille yens. Rien d'étonnant à ce que son camarade se soit donné tant de mal.

Depuis, ils se rencontraient deux ou trois fois par semaine. Son mari était un homme très occupé et cela lui était égal qu'elle rentre tard de temps en temps. Chaque fois qu'ils quittaient l'hôtel, elle lui donnait un billet de cinq mille yens, en guise d'argent de poche, disait-elle.

C'est ainsi qu'il fréquentait une femme mariée, en ayant conscience de sa transgression. Obsédé par son corps, il n'arrivait plus à se concentrer sur son travail scolaire, malgré la proximité des examens de fin de semestre. Ses notes le montraient.

— L'idée de ne plus se voir pendant quelque temps ne me plaît pas du tout, lâcha-t-il, allongé sur elle.

— C'est pareil pour moi.

— Il n'y a pas moyen de faire autrement ?

— Je ne sais pas. Pour l'instant, ce serait mieux.

— On se verra quand, alors ?
— Je ne sais pas. Le plus vite possible. Si on attend trop, je serai encore plus vieille.

Il enlaça son corps mince et l'attaqua opiniâtrement. Ignorant quand il pourrait la revoir, il y mit toute sa juvénile énergie pour n'avoir aucun regret. Elle gémit plusieurs fois, le corps tendu comme un arc, bras et jambes étirés.

L'inattendu se produisit après leur troisième étreinte.

— Il faut que j'aille aux toilettes, dit-elle d'une voix alanguie, comme elle le faisait chaque fois.

— Je t'en prie, répondit-il en s'écartant d'elle.

Elle se leva à demi, mais retomba en poussant un petit gémissement. Tomohiko pensa qu'elle avait eu un vertige. Ce n'était pas la première fois.

Mais elle resta immobile. Il se dit qu'elle dormait et la toucha de la main. Elle ne réagit pas.

Une idée envahit son esprit. Une idée sinistre. Il se leva, et lui picota craintivement les paupières du bout des doigts. Aucune réaction.

Il fut saisi d'un frisson incontrôlable. Il refusait de croire qu'une chose aussi terrible ait pu se produire aussi simplement.

Il mit sa main sur sa poitrine menue. Comme il s'y attendait, il ne perçut aucun battement de cœur.

# 6

Tomohiko était presque arrivé chez lui lorsqu'il se rendit compte que la clé de la chambre était dans sa poche. Il se mordit les lèvres, certain que les gens de l'hôtel ne pourraient que trouver bizarre qu'elle ne soit pas dans la chambre.

Il secoua la tête, désespéré. De toute façon, il était perdu.

La première chose qui lui vint à l'esprit quand il comprit que Hanaoka Yūko était morte fut d'appeler les secours. Mais s'il le faisait, il devrait reconnaître qu'il avait été avec elle. Il ne s'en sentait pas capable. De toute façon, il n'y avait plus rien à faire pour elle, puisqu'elle était morte.

Il se rhabilla en toute hâte et quitta la chambre avec toutes ses affaires. Il s'enfuit de l'hôtel en prenant garde à ce que personne ne le remarque.

Dans le métro, il comprit que cela ne résolvait rien, puisque quelqu'un était au courant de sa relation avec elle, son mari, l'homme dont il avait le plus à craindre. Il devinerait certainement, étant donné les circonstances, qu'elle était dans cette chambre en compagnie de Sonomura Tomohiko, un lycéen. Il en parlerait à la police qui n'aurait aucun mal à établir sa présence sur les lieux.

Ma vie est foutue, pensa-t-il. Complètement. Lorsque toute l'histoire serait connue, il n'aurait plus d'avenir.

Sa mère et sa petite sœur étaient en train de dîner quand il arriva chez lui. Il leur dit qu'il avait déjà mangé et alla directement dans sa chambre.

Il s'assit devant son bureau et pensa à Kirihara Ryōji.

Si la police découvrait Hanaoka Yūko, il n'aurait d'autre choix que de leur parler de l'appartement. Kirihara aurait des ennuis. Ce qu'il faisait équivalait à du proxénétisme.

Je dois le prévenir, se dit-il.

Il sortit de sa chambre et souleva le combiné du téléphone posé dans le couloir en entendant le son de la télévision. Pourvu que sa mère et sa sœur soient en train de regarder un programme passionnant!

Kirihara le surprit en décrochant directement. Il sembla étonné de l'entendre.

— Que t'arrive-t-il? demanda-t-il d'un ton posé, peut-être parce qu'il avait deviné quelque chose.

— Je suis dans la merde, dit Tomohiko qui s'arrêta parce qu'il ne voyait pas comment continuer.

— Comment ça?

— Je peux pas en parler au téléphone. Ça serait trop long.

Kirihara se tut, probablement pour réfléchir.

— Tu ne vas pas me dire que ça concerne une femme pas jeune, quand même, dit-il avec un accent d'Osaka plus prononcé.

Qu'il l'ait compris si vite étonna tellement Tomohiko qu'il poussa un cri de surprise. Il entendit le soupir de Kirihara.

— Je ne me trompe pas? Il s'agit de cette femme qui avait une queue de cheval, non?

— Oui.

Kirihara soupira à nouveau.

— Je comprends mieux pourquoi je ne la vois plus ces derniers temps. Tu as passé un contrat individuel avec elle?

— Non, je n'ai pas de contrat.
— Hum. Et alors ?

Ne sachant que répondre, il se frotta les lèvres.

— Bon, parler de tout ça au téléphone n'est pas malin. Tu es où ?
— Chez moi.
— Je vais venir te voir. Je serai là dans vingt minutes, dit-il avant de raccrocher.

Tomohiko retourna dans sa chambre en se demandant ce qu'il pouvait faire. Mais il était tellement bouleversé qu'il n'arrivait pas à penser. Les minutes passèrent.

Kirihara arriva exactement vingt minutes après avoir raccroché. Tomohiko découvrit en allant l'accueillir qu'il avait une moto. Il exprima sa surprise.

— J'en ai rien à faire, lui renvoya froidement son camarade.

Les deux garçons allèrent dans la chambre, et Tomohiko prit la chaise. Kirihara s'assit à même le sol, à côté de l'appareil grand comme une petite télévision recouvert par un tissu bleu. Tomohiko n'avait pas le cœur à l'exhiber fièrement comme il en avait l'habitude.

— Je t'écoute.
— D'accord. Mais je ne sais pas par où commencer...
— Dis-moi tout. Je me doute que tu m'as trahi, et le mieux serait de commencer par ça.

Kirihara avait indiscutablement raison et Tomohiko n'avait rien à lui opposer. Il s'éclaircit la voix et entreprit de tout lui raconter dans l'ordre.

Son camarade ne changea quasiment pas d'expression mais son attitude lui fit comprendre que ce qu'il lui racontait le mettait en colère. Il fit craquer ses doigts, frappa le tatami des poings. Mais sa physionomie s'altéra lorsqu'il entendit ce qui était arrivé aujourd'hui.

— Elle est morte ? Tu en es sûr ?
— Oui. Je l'ai vérifié plusieurs fois et cela ne fait aucun doute.

Kirihara claqua de la langue.
— C'était une alcoolique.
— Une alcoolique ?
— Ouais. Et elle était vieille. Son cœur a sans doute lâché après tout ce que ta jeunesse lui a fait voir.
— Tu dis vieille, mais elle avait juste un peu plus de trente ans, non ?

Sa question fit sourire Kirihara.
— Qu'est-ce que tu racontes ! Elle avait plus de quarante ans !
— C'est impossible.
— C'est la vérité. Je le sais parce que j'ai vu de nombreuses fois cette vieille qui aimait la chair fraîche. Tu étais le sixième mec que je lui ai présenté.
— Quoi… mais je…
— Sois choqué un autre jour ! lança Kirihara d'un ton las, en fixant Tomohiko d'un regard sombre, les sourcils froncés. Et elle est où ?

Tomohiko lui raconta brièvement ce qui s'était passé. Il ajouta qu'il n'avait presque aucune chance de ne pas être interrogé par la police.

Son camarade réagit d'abord par un grognement.
— J'ai compris. Si son mari connaît ton nom, mentir est quasiment exclu. Tu n'as pas le choix. Bon courage pour les interrogatoires, reprit-il d'un ton détaché.
— J'ai l'intention de dire la vérité. Il faudra que je leur parle de l'appartement.

Kirihara fit la grimace et se frotta les tempes.
— Je ne pense pas que ce soit une bonne idée. Il ne s'agira plus simplement des jeux dangereux d'une femme d'âge mûr.
— Oui, mais si je ne leur parle pas de ça, je ne vois pas comment leur expliquer où je l'ai rencontrée.
— Raconte n'importe quoi. Tu n'auras qu'à leur dire qu'elle t'a adressé la parole quand tu te promenais dans le quartier de Shinsaibashi.

— Je ne suis pas sûr d'arriver à mentir à la police. S'ils insistent, j'ai peur de tout leur dire.

— Si tu devais le faire, commença Kirihara en rapprochant son visage de celui de Tomohiko, et en serrant les poings, les gens qui m'aident ne pourront pas rester sans réagir.

— Les gens qui t'aident ?

— Tu ne t'imagines quand même pas que je mène mes affaires seul ?

— Tu veux dire… des yakuzas ?

— Eh bien…

Kirihara hocha la tête à droite et à gauche, en faisant craquer ses articulations.

La seconde suivante, il agrippa Tomohiko par le col.

— Écoute-moi bien. Si tu tiens à ta peau, ne leur raconte que le strict nécessaire. Dans la vie, il y a des choses bien plus terrifiantes que la police, ajouta-t-il d'un ton si menaçant que Tomohiko en resta sans voix.

Kirihara dut se dire qu'il n'avait pas besoin d'en faire plus, car il se releva.

— Kirihara…

— Quoi ?

— Euh… commença Tomohiko, la tête baissée.

Kirihara renifla et se retourna, ce qui fit tomber le tissu bleu qui recouvrait l'objet carré. L'ordinateur personnel dont Tomohiko était si fier apparut.

— Dis donc ! souffla Kirihara en écarquillant les yeux. C'est à toi ?

— Oui. Pourquoi ?

— C'est une bonne machine, fit Kirihara qui s'était accroupi pour le regarder de plus près. Tu sais programmer ?

— Oui, avec Basic.

— Et Assembleur, tu t'en sers ?

— Un peu, répondit Tomohiko, surpris que Kirihara paraisse s'y connaître, puisqu'il lui avait mentionné deux langages de programmation.

— Tu aurais un programme que tu as fait toi-même ?
— J'ai un jeu, si ça t'intéresse.
— Montre-le-moi.
— Maintenant ?
— Oui, maintenant, fit Kirihara d'un ton impérieux.
Tomohiko n'eut d'autre choix que de sortir son dossier, les feuilles sur lesquelles il avait noté les diagrammes et les commandes. Il le tendit à Kirihara qui l'étudia attentivement avant de le reposer et de fermer les yeux. Il resta quelques secondes sans bouger. Tomohiko renonça à lui demander ce qui lui arrivait. Les lèvres de Kirihara remuaient.
— Sonomura… dit-il à voix haute. Tu veux que je t'aide ?
— Hein ? réagit Tomohiko, surpris.
— Je veux bien t'aider si tu m'obéis. Tu ne seras pas convoqué par la police. Je m'arrangerai pour qu'aucun lien ne soit établi entre la mort de cette femme et toi.
— Tu peux faire ça ?
— Tu m'obéiras ?
— Oui. Pour tout, fit Tomohiko en hochant la tête de haut en bas.
— Groupe sanguin ?
— Groupe sanguin ?
— Quel est ton groupe sanguin ?
— Euh… O.
— O… parfait. Tu t'es servi d'une capote ?
— Tu veux dire d'un préservatif ?
— Oui.
— Oui.
— Très bien, dit Kirihara avant de se relever et de tendre la main vers lui. Donne-moi la clé.

# 7

Le surlendemain soir, deux policiers vinrent trouver Tomohiko. Le plus âgé des deux portait une chemise sans cravate, et l'autre un polo bleu clair. Leur visite ne pouvait que signifier que le mari de Yūko était au courant de leur relation.

— Nous voudrions poser quelques questions à votre fils, dit le plus vieux à sa mère.

Il ne précisa pas à quel sujet, mais sa mère était bouleversée.

Ils l'emmenèrent dans un square du quartier. Le soleil déclinait, mais le banc sur lequel le policier le plus âgé le fit s'asseoir à côté de lui était encore chaud. Le policier en polo resta debout devant lui.

Tomohiko n'avait presque rien dit pendant le trajet. Comme le lui avait conseillé Kirihara, il ne leur cacha pas son inquiétude.

— Si un lycéen comme toi n'est pas troublé parce qu'il a la visite de policiers, ce sera bizarre, lui avait-il expliqué.

Le plus jeune lui montra d'abord une photo.

— Tu connais cette femme ? lui demanda-t-il d'un ton neutre.

Yūko souriait sur cette photo qui avait dû être prise pendant un voyage, car on voyait la mer à l'arrière-plan. Elle avait les cheveux plus courts.

— C'est Mme Hanaoka, non ?

— Tu ne connais pas son prénom ?

Le policier lui posa cette question avec l'accent d'Osaka.

— Si. C'est Yūko, non ?

Tomohiko l'imita.

— Exactement. Hanaoka Yūko, répondit le policier en rangeant la photo. Tu la connais comment ?

— Comment ça, comment ? Je la connais, c'est tout, fit Tomohiko d'un ton idiot.

— Je te demande quel genre de relations tu as avec elle, expliqua le policier avec une certaine irritation.

— Dis-nous la vérité, ajouta celui qui était debout avec un sourire provocateur.

— Elle m'a adressé la parole un jour que je me promenais à Shinsaibashi. C'était il y a un mois à peu près.

— De quelle manière ?

— Elle m'a demandé si j'avais le temps d'aller boire un verre avec elle.

Les deux policiers échangèrent un regard.

— Et tu l'as fait ?

La question venait du plus jeune.

— Oui, parce qu'elle m'a dit qu'elle me l'offrait.

Le même policier renifla.

— Vous avez bu un verre et ensuite ?

— Ensuite rien. Je suis rentré chez moi, c'est tout.

— Ah bon. C'est la seule fois où tu l'as rencontrée ?

— Non, je l'ai revue deux fois.

— Ah ! Dans quelles circonstances ?

— Elle m'a téléphoné pour me dire qu'elle était à Minami et m'inviter à venir la retrouver pour boire un verre.

— C'est ta mère qui a répondu ?

— Non, il se trouve que les deux fois, c'était moi.

Les réponses de Tomohiko ne durent pas plaire aux policiers car ils firent la moue.

— Et tu y es allé ?

— Oui.

— Et que s'est-il passé ? Tu ne vas pas me dire que tu n'as fait que boire un verre avec elle.

— Si. J'ai pris un café glacé, nous avons bavardé, et je suis rentré chez moi.

— Il ne s'est rien passé d'autre ?

— Non, rien d'autre. Je n'aurais pas dû ?

— Ce n'est pas ce que je veux dire, répondit le policier assis à côté de lui en se frottant le cou, sans quitter Tomohiko des yeux, comme s'il essayait de déchiffrer son expression. Ton lycée est mixte, non ? Ce qui veut dire qu'il y a des filles. Pourquoi aller rencontrer une femme aussi âgée ?

— Je n'avais rien d'autre à faire.

— Hum, fit le policier sans paraître convaincu. Elle t'a donné de l'argent ?

— Je n'en ai pas voulu.

— Ça veut dire quoi ? Elle t'en a offert, et tu ne l'as pas accepté ?

— Exactement. La deuxième fois que nous nous sommes rencontrés, elle a voulu me glisser un billet de cinq mille yens, mais je ne l'ai pas pris.

— Pourquoi pas ?

— Parce que... Il n'y avait aucune raison qu'elle m'en donne.

Le policier en chemise hocha la tête et leva les yeux vers son collègue qui était debout.

— Dans quel café était-ce ? demanda ce dernier.

— Celui de l'hôtel Shin-Nikkū, à Shinsaibashi.

Il dit vrai sur ce point, car il savait qu'une connaissance du mari de Yūko les y avait vus ensemble.

— Dans un hôtel ? Et vous n'avez vraiment fait qu'y prendre un verre ? Vous n'êtes pas montés dans une chambre ensuite ? insista le plus jeune, sur un ton qui faisait comprendre son mépris pour les lycéens qui rencontrent des femmes d'âge mûr.

— Nous avons bavardé un peu, mais c'est tout.

Le policier fit la grimace et renifla bruyamment.

— Et avant-hier en fin de journée, reprit l'autre. Tu es allé quelque part après les cours ?

— Avant-hier… commença Tomohiko qui se passa la langue sur les lèvres, car l'instant crucial était arrivé. Je suis allé à la librairie Asahi-ya de Tennōji, et après je suis rentré.

— Quelle heure était-il ?

— Environ sept heures et demie.

— Tu es resté chez toi ensuite ?

— Oui.

— Tu n'as rencontré personne à part les membres de ta famille ?

— Euh… Un copain est passé me voir vers huit heures du soir. Kirihara, il est dans ma classe.

— Kirihara ? Ça s'écrit avec quels caractères ?

Il leur indiqua, et le policier le plus âgé le nota dans son calepin.

— Il est resté jusqu'à quelle heure ?

— Jusque vers neuf heures.

— Et ensuite tu as fait quoi ?

— J'ai regardé la télé, j'ai parlé au téléphone avec un copain…

— Au téléphone ? Avec qui ?

— Un copain qui s'appelle Murashita. Nous étions ensemble au collège.

— C'était à quelle heure ?

— Il était onze heures quand il a appelé. Et je crois que nous avons discuté jusqu'à minuit.

— C'est lui qui t'a appelé ? Tu en es sûr ?

Ce n'était pas arrivé par hasard. Il avait appelé Murashita, en sachant qu'il ne serait pas là car il avait un job d'été, et avait demandé à sa mère de lui dire de le rappeler à son retour, dans le but de se donner un alibi, en suivant les instructions de Kirihara.

Le policier fronça les sourcils, et lui demanda le numéro de Murashita. Tomohiko qui le connaissait par cœur le lui donna.

171

— Quel est ton groupe sanguin ?

La question venait du policier en polo.

— Mon groupe sanguin ? O.

— O ? Tu en es sûr ?

— Oui. Mes parents sont O tous les deux.

Il sentit immédiatement que les deux policiers ne lui montraient plus le même intérêt sans comprendre pourquoi. Kirihara lui avait posé la même question sans la justifier.

— Euh… commença Tomohiko d'un ton hésitant. Il est arrivé quelque chose à Mme Hanaoka ?

— Tu ne lis pas le journal ? répondit le plus jeune des deux d'un ton las.

— Non.

Il savait qu'il y avait eu un entrefilet à son sujet dans l'édition du soir de la veille, mais il avait décidé de prétendre l'ignorer.

— Elle est morte. Avant-hier soir, à l'hôtel.

— Quoi ? s'écria le jeune homme en feignant la surprise, le seul moment où il joua la comédie devant eux. Comment est-ce arrivé…

— Ça, on ne le sait pas, répondit le plus vieux des deux en se levant du banc. Merci. Ton témoignage nous est utile. Il est possible que nous ayons besoin de te parler encore une fois, et nous comptons sur toi.

— Euh… Oui.

— On y va ? lança le policier à son jeune collège.

Ils quittèrent le parc sans se retourner une seule fois vers Tomohiko.

Les policiers ne furent pas les seuls à venir le trouver.

Quatre jours après leur visite, quelqu'un vint lui taper sur l'épaule à quelques pas du lycée dont il venait de sortir. Il se retourna et vit un homme d'âge moyen, les cheveux coiffés en arrière, qui lui adressait un sourire artificiel.

— Tu es bien Sonomura Tomohiko, n'est-ce pas ?
— Oui.

L'homme lui tendit sa carte de visite de la main droite. "Hanaoka Ikuo" était-il écrit.

Tomohiko se sentit pâlir. Il s'exhorta au calme sans parvenir à se détendre.

— Je voudrais te demander quelque chose. Tu as une minute ?

L'homme n'avait presque aucun accent d'Osaka. Sa voix était grave.

— Oui, répondit Tomohiko.

— Dans ce cas, allons dans ma voiture, suggéra l'homme en montrant une voiture gris métallisé garée le long du trottoir.

Tomohiko s'assit à côté de l'homme.

— Tu as eu la visite de policiers du commissariat de Minami, non ?
— Oui.

— C'est moi qui leur ai parlé de toi. Parce qu'elle avait ton numéro de téléphone dans son carnet d'adresses. Cela t'a peut-être causé de l'embarras, mais il y a tant de choses qui me paraissent bizarres dans cette histoire…

Tomohiko n'eut pas l'impression qu'il regrettait de lui avoir causé des problèmes. Il garda le silence.

— Les policiers m'ont dit que tu l'avais rencontrée plusieurs fois, reprit l'homme d'un ton guilleret, mais le regard sérieux.

— Pour boire un verre avec elle dans un café, c'est tout.

— C'est ce qu'on m'a dit. Et c'est elle qui t'avait abordée, n'est-ce pas ?

Le jeune homme acquiesça en silence. Hanaoka rit tout bas.

— Elle était un peu paumée, et elle avait un faible pour les jeunes hommes. Quand elle regardait la télé, elle s'excitait devant les jeunes chanteurs. Tu es plutôt mignon, tu as dû lui plaire.

Tomohiko serra les poings. La voix de Hanaoka avait quelque chose de collant. Et il y percevait aussi de la jalousie.

— Tu es sûr que tu n'as rien fait d'autre que lui parler ?

— Absolument.

— Elle ne t'a pas proposé autre chose ? Comme aller à l'hôtel ?

L'homme s'efforçait de parler sur le ton de la plaisanterie, mais sa voix n'avait rien de gai.

— Non, jamais.

— Tu me dis la vérité ?

— Oui, fit Tomohiko en hochant la tête.

— Je voulais aussi te demander autre chose. Est-ce qu'elle voyait d'autres garçons que toi ?

— D'autres garçons que moi… Euh… répondit-il d'un ton perplexe.

— Tu n'en vois pas ?

— Non.

— Pff…

Les yeux baissés, Tomohiko sentait peser sur lui le regard de Hanaoka. Un regard perçant, qui le mettait mal à l'aise.

Soudain on frappa à la vitre de la portière du côté où il était assis. Il tourna la tête et vit le visage de Kirihara Ryōji. Il ouvrit la portière.

— Sonomura, qu'est-ce que tu fais ici ? Il y a un prof qui veut te voir !

— Hein ?

— Il t'attend dans la salle des profs. Grouille-toi !

— D'accord. Un regard lui avait suffi pour comprendre le but de la manœuvre. C'est tout ce que vous vouliez me demander ? fit-il en se retournant vers Hanaoka.

Ce dernier n'eut pas d'autre choix que de le laisser partir puisqu'il était convoqué par un enseignant.

— Oui, à peu près, dit-il à contrecœur.

Tomohiko descendit de voiture et repartit vers le lycée aux côtés de Kirihara.

— Qu'est-ce qu'il voulait savoir ?
— Si je la connaissais, et comment, répondit-il à voix basse comme son camarade.
— Tu as fait l'idiot, n'est-ce pas ?
— Oui.
— Bon. C'est très bien comme ça.
— Kirihara, comment as-tu fait pour que ça se passe de cette manière ?
— Tu n'as pas besoin de le savoir.
— Pourtant…

Sans lui laisser le temps de continuer, Kirihara le prit par l'épaule.

— Le bonhomme est peut-être en train de nous regarder, alors retourne au lycée maintenant. Et quitte-le par la porte arrière, dit-il quand ils arrivèrent devant l'entrée.
— D'accord, fit Tomohiko.
— Bon, ben salut hein !

Kirihara s'éloigna. Tomohiko le suivit des yeux avant de rentrer dans l'établissement comme il le lui avait ordonné.

Ni le mari de Hanaoka Yūko ni la police ne revinrent le voir.

8

Un dimanche à la mi-août, en compagnie de Kirihara, Tomohiko retourna dans le vieil appartement où il avait perdu son pucelage.

Contrairement à la dernière fois, Kirihara ouvrit la porte grâce à une des nombreuses clés qui pendaient à son porte-clés.

— Entre, fit-il à Tomohiko en enlevant ses tennis.

Ce dernier eut l'impression que la salle à manger et la cuisine américaine n'avaient guère changé depuis l'autre jour. Les deux pièces étaient meublées d'une table et de chaises bon marché, d'un réfrigérateur, et d'un four à micro-ondes. La seule différence était qu'il ne retrouva quasiment pas l'odeur de produits de beauté qu'il y avait perçue la fois précédente.

Kirihara l'avait appelé la veille pour lui dire qu'il avait quelque chose à lui montrer et voulait le voir le lendemain. Lorsqu'il lui avait demandé ce que c'était, Kirihara avait ri de bon cœur en disant que c'était un secret. Tomohiko ne l'avait jamais entendu si gai.

Lorsqu'il comprit qu'ils allaient dans cet appartement, il fit la grimace. Il n'en gardait pas un bon souvenir.

— Ne t'en fais pas. Je ne vais pas te demander de te prostituer cette fois-ci, dit Kirihara en dialecte d'Osaka, sans doute parce qu'il avait deviné la raison de son trouble, accompagnant cette déclaration d'un sourire qui n'avait rien de chaleureux.

Kirihara ouvrit la cloison qui avait été enlevée lors de la première visite de Tomohiko. Elle donnait sur la pièce à tatamis où étaient alors assises Hanaoka Yūko et les deux autres femmes. Aujourd'hui, cependant, il n'y avait personne. Quand il vit ce qui s'y trouvait, Tomohiko poussa un cri.

— Tu ne t'y attendais pas, hein ?

Kirihara paraissait satisfait de son effet. La réaction de Tomohiko devait être conforme à ses attentes.

Quatre ordinateurs personnels étaient posés sur les tatamis, ainsi qu'une dizaine de périphériques.

— Comment tu les as eus ?
— Je les ai achetés. Ça va de soi, non ?
— Tu sais t'en servir ?
— Plus ou moins. Mais j'ai besoin de ton aide.
— De mon aide ?
— C'est pour ça que je t'ai demandé de venir.

La sonnette retentit au même moment. Tomohiko se raidit, car il ne croyait pas qu'il puisse s'agir d'une visite impromptue.

— Ça doit être Namie, fit Kirihara en se levant.

Tomohiko s'approcha des cartons empilés dans un coin de la pièce et regarda ce qu'il y avait à l'intérieur de celui en haut de la pile. Il était rempli de cassettes vierges. Il se demanda à quoi elles allaient servir.

Il entendit la porte d'entrée s'ouvrir et quelqu'un entrer. Sonomura est là, annonça Kirihara au visiteur. Ah bon, répondit une voix féminine.

Sa propriétaire entra dans la pièce. Âgée d'une trentaine d'années, elle avait un visage ordinaire qui lui disait vaguement quelque chose.

— Cela faisait longtemps, lui dit-elle.
— Hein ?

Elle rit en voyant qu'il ne comprenait pas à quoi elle faisait allusion.

— C'est elle qui est partie tôt l'autre jour, expliqua Kirihara.

— L'autre jour… Ah… s'écria Tomohiko qui la regarda à nouveau, surpris.

Il comprit alors qu'elle était la femme qui portait une minijupe en jean l'autre jour. Moins maquillée, elle paraissait plus âgée. Il se dit que ce devait être son apparence habituelle.

— Tout ce que tu as besoin de savoir est qu'elle s'appelle Namie, et qu'elle s'occupe de la comptabilité, fit Kirihara.

— De la comptabilité…

Kirihara sortit un papier de sa poche, le déplia et le tendit à Tomohiko qui y lut : "Société Mugen Kikaku – ventes de jeux sur ordinateur", écrit au feutre

— C'est le nom de notre société. On va commencer par vendre des jeux sur ordinateur. On les enregistrera sur des cassettes qu'on vendra.

— Des jeux sur ordinateur… répéta Tomohiko. Ça devrait marcher.

— Ça marchera, c'est sûr, déclara Kirihara d'un ton convaincu.

— Mais le problème, à mon avis, c'est les logiciels.

Kirihara s'approcha d'une imprimante et ramassa la feuille de papier qui venait d'en sortir pour la tendre à Tomohiko.

— Voilà notre produit phare.

Le logiciel entier y était écrit. Intitulé *Submarine*, il était d'une telle longueur et d'une si grande complexité que Tomohiko se dit qu'il ne pourrait pas tout comprendre.

— C'est toi qui l'as fait?

— Qu'est-ce que ça peut faire? Namie, tu as réfléchi à un nom?

— Oui, mais je ne sais pas s'il va te plaire, répondit-elle sans l'accent d'Osaka.

— C'est quoi?

— *Marine Clash*, dit-elle timidement. Qu'en penses-tu?

— *Marine Clash*, répéta-t-il, les bras croisés. D'accord, fit-il ensuite en approuvant de la tête.

Elle sourit, visiblement soulagée de la manière dont il avait accueilli sa suggestion.

Il regarda sa montre et se leva.

— Je vais voir l'imprimeur.

— L'imprimeur ? Pourquoi ? demanda Tomohiko.

— Quand on lance une affaire, il faut faire beaucoup de préparatifs, répondit Kirihara en enfilant ses tennis.

Assis en tailleur sur les tatamis, Tomohiko étudiait le logiciel. Mais il cessa sitôt qu'il vit Namie s'asseoir au bureau en face de la calculatrice.

— Je ne le comprends absolument pas, lui dit-il.

Elle interrompit son travail.

— Comment ça ?

— Au lycée, il ne se fait pas du tout remarquer. Et il n'est proche de personne. Mais il fait des trucs comme ici.

Namie le dévisagea.

— Le lycée, ce n'est qu'un moment dans la vie, non ?

— Peut-être, mais il n'y a personne que je comprenne aussi peu que lui.

— Je te conseille de ne pas trop fouiner à son sujet.

— Je n'en ai pas du tout l'intention. Je le trouve bizarre, c'est tout. Par rapport à l'autre jour, par exemple… dit-il, sans savoir jusqu'à quel point il pouvait se confier à Namie.

— Tu veux dire, par rapport à Hanaoka Yūko ? demanda-t-elle sans changer de ton.

— Oui, exactement, fit-il, soulagé de savoir qu'elle était au courant. Je me sens complètement dépassé. Je n'ai aucune idée de la manière dont il s'y est pris pour arranger toute l'affaire.

— Ça te préoccupe ?

— Évidemment !

Elle fronça les sourcils et se frotta les tempes du bout de son stylo.

— D'après ce que je sais, le corps a été découvert vers deux heures de l'après-midi le lendemain du jour où Hanaoka Yūko avait pris la chambre. L'heure à laquelle elle devait la libérer était dépassée, mais elle n'avait ni pris contact avec la réception ni répondu quand on l'avait appelée. Les gens de l'hôtel se sont inquiétés et sont allés jusqu'à la chambre. La porte était verrouillée, ils y sont entrés en utilisant leur passe-partout. Elle gisait nue sur le lit.

Il hocha la tête. Il n'avait aucun mal à imaginer la scène.

— La police est arrivée très vite, mais n'a rien trouvé qui puisse faire penser qu'il s'agisse d'un homicide. Ils pensent qu'elle a dû mourir d'une crise cardiaque pendant l'acte sexuel. La mort remontait sans doute à la nuit précédente, vers vingt-trois heures.

— Vingt-trois heures ? répéta-t-il, la voix remplie de doute. Mais c'est impossible…

— Un employé de l'hôtel lui avait parlé à cette heure-là.

— Un employé de l'hôtel ?

— Une femme avait appelé de la chambre pour dire qu'il n'y avait pas de shampoing dans la salle de bains. L'employé est allé en apporter, et Hanaoka Yūko lui a ouvert.

— Ça me paraît bizarre. Quand j'ai quitté l'hôtel…

Il s'interrompit, en la voyant faire non de la tête.

— L'employé de l'hôtel était formel. Il est sûr d'avoir donné une bouteille de shampoing à la femme qui occupait la chambre vers vingt-trois heures. Ce ne pouvait qu'être Hanaoka Yūko.

— Hum.

Il comprenait ce qu'elle lui disait. Quelqu'un avait prétendu être Hanaoka Yūko. Ce jour-là, elle portait des lunettes de soleil. Si la femme qui avait ouvert la porte avait des cheveux longs comme Yūko, le garçon d'hôtel pouvait tout à fait ne pas se rendre compte de sa méprise.

Qui avait prétendu être Hanaoka Yūko ?
Il regarda Namie.
— C'était vous ?
Elle rit et fit non de la tête.
— Non, ce n'était pas moi. Je n'aurais jamais osé. Je n'y serais pas arrivée.
— Mais alors…
— Je te conseille d'oublier tout ça, dit-elle d'un ton sec. Ryō est le seul à le savoir. Quelqu'un t'a tiré d'affaire. Ça devrait te suffire.
— Mais…
— Ce n'est pas tout, ajouta-t-elle, en levant l'index. La police est venue te trouver parce que le mari de Yūko leur a parlé de toi. Mais ils ne t'ont pas soupçonné longtemps. Tu sais pourquoi ? Parce qu'ils ont trouvé dans la chambre des traces de sang du groupe AB.
— AB ?
— À partir du sperme, dit-elle sans ciller des yeux. On a retrouvé sur le corps du sperme d'un homme dont le groupe sanguin était AB.
— Mais… c'est bizarre.
— Tu veux probablement dire que c'est impossible, mais pourtant c'est la réalité. Ce sperme venait de son vagin.
Tomohiko sursauta.
— Le groupe sanguin de Kirihara, c'est quoi ?
— AB, répondit Namie.
Tomohiko porta sa main à la bouche. Il avait presque envie de vomir. Il frissonna, malgré la température estivale.
— Il aurait… dans un cadavre…
— Je t'interdis de faire des suppositions sur ce qui a pu se passer, lui intima-t-elle d'une voix qui le fit sursauter, les sourcils froncés.
Interloqué, il se rendit compte qu'il tremblait.
Au même moment, la porte d'entrée s'ouvrit.

— Je me suis occupé de la publicité, annonça Kirihara en entrant dans la pièce. Regarde, c'est comme dans le devis, non ? demanda-t-il à Namie en lui donnant une feuille de papier.

Elle la prit avec un sourire qui parut artificiel à Tomohiko.

Kirihara dut se rendre compte de l'atmosphère tendue. Il les dévisagea l'un après l'autre, et s'approcha de la fenêtre, une cigarette à la main.

— Qu'est-ce qui vous arrive ?

Il posa la question en l'allumant avec un briquet.

— Euh… commença Tomohiko, qui s'interrompit pour avaler sa salive. Je suis prêt à faire tout ce que tu me demanderas. Tout, vraiment tout.

Kirihara scruta son visage avec curiosité, et regarda ensuite Namie. Elle hocha imperceptiblement le menton.

Kirihara reposa les yeux sur Tomohiko. Il souriait à présent en tirant sur sa cigarette.

— Ça va de soi, je trouve, commenta-t-il en regardant le ciel brumeux.

IV

# 1

La fine pluie d'automne était trop légère pour justifier l'usage d'un parapluie, mais elle mouillait ses cheveux et ses vêtements. Le ciel nocturne qui apparaissait parfois entre les nuages gris fit se souvenir Nakamichi Masaharu que sa mère lui avait appris que l'on disait que cela arrive lorsque des renards se marient.

Il avait pensé au parapluie qu'il gardait dans son vestiaire à l'université après l'avoir déjà quittée et il avait décidé de ne pas revenir sur ses pas.

Il marchait vite. La montre à affichage à cristaux liquides dont il était si fier indiquait qu'il était dix-neuf heures cinq, ce qui signifiait qu'il était déjà en retard. Mais la personne qu'il allait voir ne se fâcherait probablement pas. Non, s'il se dépêchait, c'était parce qu'il avait hâte d'arriver à destination.

Il se protégeait la tête avec le journal sportif qu'il avait acheté au kiosque de la station de métro. L'année dernière, il avait pris l'habitude de l'acheter le lendemain de chaque victoire des Yakult, l'équipe de base-ball de Tokyo dont il était fan car il avait habité à Tokyo jusqu'au collège. L'an passé, elle avait remporté le championnat et il le lisait presque tous les jours.

Ses résultats étaient fort différents cette année. Elle était dernière au classement en ce mois de septembre et Masaharu n'achetait presque jamais le journal. Par chance, il avait eu à le faire aujourd'hui.

Quelques minutes plus tard, il était devant la maison qui était son objectif. Il appuya sur la sonnette à côté de laquelle il était écrit : "Karasawa."

La porte à claire-voie s'ouvrit, et le visage de Karasawa Reiko apparut. Elle portait une robe violette dans laquelle elle paraissait frêle, peut-être parce que son tissu était fin. Il se demanda quand elle se déciderait à remettre des kimonos. Quand il était venu dans cette maison pour la première fois en mars, elle en portait un, de couleur gris foncé, en pongé, mais depuis un peu avant la saison des pluies elle s'habillait à l'occidentale.

— Toutes mes excuses, dit-elle, visiblement embarrassée. Yukiho vient de m'appeler pour me dire qu'elle serait en retard d'une demi-heure environ parce que les préparatifs de la fête du lycée l'obligent à rester là-bas plus tard que prévu. Je lui ai demandé de rentrer le plus vite possible.

— Je comprends, fit Masaharu, soulagé. Vous me rassurez. Je suis moi-même un peu en retard.

— Je suis vraiment désolée que vous vous soyez dépêché pour rien.

— Eh bien… Comment vais-je faire, s'interrogea-t-il tout haut en regardant sa montre.

— Vous n'avez qu'à entrer et l'attendre à l'intérieur. Je vais vous apporter quelque chose à boire.

— Je vous remercie, c'est très gentil à vous, répondit-il en entrant dans la maison.

Elle le fit asseoir dans le salon du rez-de-chaussée, une pièce à tatamis meublée de fauteuils en rotin et d'une petite table. Il n'y était pas venu depuis sa première visite chez les Karasawa, six mois plus tôt.

Sa mère lui avait dit que Karasawa Reiko, sa professeur de cérémonie du thé, cherchait quelqu'un pour donner des cours de mathématiques à sa fille qui allait entrer en première. Elle avait immédiatement pensé à lui.

Masaharu, qui était élève ingénieur, avait découvert au lycée qu'il était bon en maths. Jusqu'à ce printemps, il avait donné des cours particuliers dans cette matière et en physique à un lycéen de terminale, qui venait d'être accepté par l'université de son choix. Il voulait trouver un nouvel élève. Cette proposition de sa mère était tombée à point nommé.

Il lui en était profondément reconnaissant, non seulement pour l'argent que cela lui rapportait chaque mois, mais aussi parce que cette visite chez les Karasawa chaque mardi était devenue un de ses plus grands plaisirs.

Il était assis dans un des fauteuils lorsque Reiko revint avec un plateau sur lequel étaient posés deux verres de thé froid de céréales. La première fois, elle lui avait servi un bol de thé en poudre battu, comme pendant la cérémonie du thé. Il avait été très embarrassé car il ignorait la manière correcte de le consommer, mais il n'aurait pas ce souci aujourd'hui.

Elle prit place en face de lui et l'invita à se servir. Il s'exécuta immédiatement car il avait très soif, et apprécia la fraîcheur du thé.

— Je suis vraiment confuse de vous faire attendre ainsi. Je ne comprends pas pourquoi elle doit rester pour ces préparatifs. Elle aurait dû s'arranger pour se libérer.

Les excuses réitérées de Reiko indiquaient que le retard de sa fille lui causait un réel embarras.

— Ne vous inquiétez pas pour moi. C'est important d'avoir de bons rapports avec les camarades de lycée, répondit Masaharu en se sentant adulte.

— C'est exactement ce qu'elle m'a dit. D'ailleurs, elle prépare cette fête non pas en tant que lycéenne, mais dans le cadre du club auquel elle participe. Les élèves de troisième année y attachent une telle importance qu'elle se sent obligée de les aider.

— Je comprends.

Yukiho lui avait expliqué qu'elle faisait partie du club d'anglais et elle lui avait dit quelques mots dans cette langue. Elle suivait des cours de conversation anglaise depuis le collège et il avait été impressionné par son aisance. Il n'avait pu que constater qu'elle lui était de loin supérieure dans ce domaine.

— Normalement, les élèves de terminale n'ont pas le temps de faire de grands efforts pour la fête du lycée. Mais dans ce lycée-là, ce n'est pas pareil car les élèves sont soumises à moins de pression. Vous étiez dans un lycée dont les élèves réussissent à entrer dans de très bonnes universités, et j'imagine que les terminales n'avaient pas de temps à consacrer à ce genre de choses.

— Pas du tout, dans mon lycée aussi, il y avait des terminales qui ne pensaient qu'à ça. C'était une bonne occasion de faire autre chose que de bachoter. J'ai moi-même profité de cette diversion.

— Vraiment ? Je suis sûre que vous étiez si bon élève que vous n'aviez pas de souci à vous faire pour les examens d'entrée.

— Vous vous trompez sur mon compte !

Karasawa Yukiho était passée du collège Seika au lycée Seika.

Elle comptait d'ailleurs y faire ses études supérieures, lui avait-elle expliqué. Les lycéennes qui avaient de bons résultats avaient la possibilité d'entrer à l'université Seika en passant un simple entretien oral au lieu d'un examen écrit.

Le niveau exigé d'elles variait selon les matières étudiées. Yukiho souhaitait s'inscrire en anglais, la section la plus recherchée, et il lui faudrait donc être parmi les meilleures élèves de son année.

Ses notes étaient excellentes dans la plupart des matières, hormis les mathématiques, d'où la décision de sa mère de lui faire prendre des cours particuliers.

Elle souhaitait permettre à sa fille de rejoindre les meilleures élèves de sa classe en mathématiques d'ici le premier semestre de terminale. Les notes dans cette matière seraient en effet prises en compte au moment de déterminer si elle pouvait s'inscrire en anglais à l'université Seika.

— Si Yukiho était restée dans le public au collège, elle aurait eu une année de terminale beaucoup plus difficile. Je suis vraiment contente de l'avoir mise à Seika dès le collège, fit Reiko d'un ton convaincu en tendant la main vers son verre.

— Vous avez raison. Mieux vaut éviter le bachotage quand on peut, déclara-t-il parce qu'il le pensait vraiment, et parce que c'est ce que disaient tous les parents des adolescents à qui il avait donné des cours particuliers. D'ailleurs beaucoup de parents choisissent aujourd'hui de mettre leurs enfants dans le privé dès l'école primaire.

Reiko hocha la tête.

— C'est certainement la meilleure façon d'agir. Je la recommande à mes nièces et neveux. Quand on peut permettre à un enfant de ne passer qu'un seul examen, il faut le faire. C'est moins difficile d'entrer dans un bon établissement quand on est très jeune.

— Tout à fait, approuva Masaharu, qui attendit quelques instants avant d'oser une question sur un sujet qui l'intriguait. Yukiho est allée dans une école primaire publique, n'est-ce pas? Vous ne vouliez pas lui faire passer d'examen?

Reiko inclina la tête de côté, pensive, comme si elle hésitait à continuer.

— Je l'aurais certainement fait si elle avait été chez moi à ce moment-là. Mais je la voyais peu à cette époque-là. Et puis, vous savez, Osaka, ce n'est pas comme Tokyo, tous les parents n'ont pas l'idée de mettre leurs enfants dans le privé dès l'école primaire. De plus, les circonstances faisaient qu'il était difficile d'envisager de la mettre dans le privé.

— Ah bon…

Masaharu regrettait un peu d'avoir abordé ce sujet délicat.

Il avait appris que Yukiho n'était pas la fille biologique de Karasawa Reiko lorsqu'il avait commencé à lui donner des cours. Mais il ignorait tout des circonstances dans lesquelles elle avait été adoptée. C'était la première fois qu'ils en parlaient.

— Le père de Yukiho était mon cousin. Il est mort dans un accident quand elle était petite, et cela n'a pas été facile pour sa mère ensuite. Elle travaillait, mais élever seule un enfant, ce n'est pas simple.

— Et que lui est-il arrivé ?

Le visage de Reiko s'assombrit un peu plus.

— Elle aussi est morte accidentellement. Yukiho venait de commencer sa sixième année d'école primaire. Oui, c'était en mai…

— Il s'agissait d'un accident de la circulation ?

— Non, d'une intoxication au gaz.

— Au gaz…

— Apparemment, elle s'est endormie alors qu'elle avait une casserole sur le feu. Son contenu a fini par déborder et éteindre la flamme, elle ne s'en est pas rendu compte et ne s'est jamais réveillée. Elle devait être très fatiguée, expliqua-t-elle, les sourcils froncés, l'air grave.

De tels accidents ne sont pas rares, se dit Masaharu. Le gaz naturel utilisé à présent pour le gaz de ville exclut ce genre d'intoxications, mais les accidents étaient nombreux autrefois.

— Le plus triste, c'est que c'est Yukiho qui a découvert sa mère morte. Chaque fois que je pense au choc qu'elle a dû subir, j'en ai le cœur serré, continua Reiko qui hocha la tête.

— Elle était seule quand elle l'a trouvée ?

— Non, avec une personne de l'agence immobilière où elle était allée parce qu'elle n'avait pas la clé de l'appartement. Donc je ne pense pas qu'elle y soit entrée seule.

— Une personne de l'agence immobilière… répéta-t-il en se disant que cela avait dû être un choc pour elle aussi. Si je comprends bien, c'est ainsi qu'elle est devenue orpheline, reprit-il.

— Exactement. Je suis allée à l'enterrement de sa mère et quand j'ai vu Yukiho qui sanglotait à côté du cercueil, je n'ai pas pu ne rien faire.

Elle cligna des yeux, peut-être parce qu'elle revoyait cet instant.

— Et vous avez décidé de l'adopter, si je comprends bien.

— Oui.

— Parce que vous étiez la personne la plus proche d'elle ?

— Pour être tout à fait honnête, je ne voyais pas souvent sa mère. Nous n'habitions pas très loin l'une de l'autre, mais pas assez près pour pouvoir y aller à pied. Je voyais bien plus Yukiho qui me rendait souvent visite.

— Ah bon…

Masaharu trouvait un peu étrange qu'une petite fille qui avait encore sa mère aille seule chez une cousine de son père. Son visage dut le montrer, car Reiko ajouta :

— J'ai fait connaissance avec Yukiho à l'occasion du service célébré pour le septième anniversaire de la mort de son père. Nous nous sommes parlé et elle m'a posé beaucoup de questions sur la cérémonie du thé. Comme cela semblait l'intéresser, je lui ai proposé de venir me voir pour que je lui fasse une démonstration. Je crois que c'était un ou deux ans avant la mort de sa mère. Quelque temps après, elle m'a surprise en venant sonner à ma porte. Je ne m'attendais pas du tout à la voir. Mais son envie d'apprendre la cérémonie du thé était réelle, et j'ai décidé de lui donner des cours parce que je vivais seule et que cela m'amusait. À partir de ce moment-là, elle a commencé à venir toutes les semaines ou presque, seule, en bus. Lorsque nous buvions le thé que nous avions préparé, elle me parlait de son école. Très vite, ses visites sont devenues pour moi le meilleur moment de la semaine. J'étais triste quand elle ne pouvait pas venir.

— Donc elle étudie la cérémonie du thé depuis cette époque ?

— Oui. Elle m'avait vue faire de l'ikebana et cela l'intéressait aussi. Elle m'a même demandé de lui enseigner la manière dont mettre un kimono.

— Tout ce qu'on dit qu'une jeune fille doit savoir avant son mariage, si je comprends bien.

— Ce n'est pas faux. Mais elle n'était encore qu'une enfant et pour elle, il s'agissait plutôt de jouer à la jeune fille qui se prépare au mariage ! Elle imitait jusqu'à ma façon de parler. Quand je lui ai dit de cesser, elle m'a répondu qu'elle se rendait compte à présent que sa mère parlait mal, et qu'elle m'imitait parce qu'elle voulait s'améliorer.

C'est de là que viennent ses manières raffinées, si rares chez les lycéennes d'aujourd'hui, se dit-il. Elles résultaient d'un effort conscient de sa part.

— D'ailleurs, elle n'a presque pas l'accent du Kansai, commenta-t-il.

— Comme vous, j'ai habité dans le Kantō, et je suis quasiment incapable de parler le dialecte d'Osaka. Yukiho pense que c'est une très bonne chose.

— Moi non plus, je n'arrive pas à utiliser le dialecte d'Osaka.

— Yukiho trouve d'ailleurs que c'est plus facile de vous parler pour cette raison. Elle m'a expliqué que quand elle est avec des gens qui ont l'accent d'Osaka, elle fait en permanence des efforts pour ne pas être contaminée !

— Pourtant, elle est née ici…

— Si vous saviez à quel point elle le regrette !

— Vraiment ?

— Oui, répondit Karasawa Reiko en serrant les lèvres, ce qui la fit paraître presque vieille. En toute franchise, je me fais parfois un peu de souci pour elle. Peut-être parce que j'ai l'âge que j'ai, elle me semble trop raisonnable pour le sien, presque un peu éteinte. Cela m'ennuierait qu'elle se conduise mal, mais j'aimerais bien qu'elle s'amuse un peu plus. Si vous en avez envie, je vous serai reconnaissante de faire des sorties avec elle.

— Ah… Si vous pensez que je peux faire l'affaire.

— J'en suis certaine. Si c'est avec vous, je ne me ferai aucun souci.

— Eh bien… Je le lui proposerai.

— Ce serait vraiment gentil de votre part. Je suis sûre qu'elle s'en réjouira.

Son interlocutrice se tut et il tendit la main vers son verre. La conversation l'avait intéressé. Il était heureux d'en savoir plus sur Yukiho.

Sa mère adoptive ne savait pas tout de sa fille qui n'était pas aussi à l'ancienne qu'elle le croyait. Elle n'était pas non plus trop sage.

Il le pensait à cause d'un fait précis, en juillet dernier. Il bavardait avec elle en buvant le café que Mme Karasawa leur avait comme toujours apporté à la fin des deux heures de cours, probablement de la vie étudiante car il avait compris que c'était le sujet de prédilection de Yukiho.

Cinq minutes environ après le début de leur discussion, le téléphone avait sonné. Reiko était revenue pour apprendre à Yukiho que l'appel venait de l'organisateur du concours de rhétorique anglaise.

Sa fille était descendue prendre l'appel. Masaharu qui avait fini son café s'était levé pour descendre à son tour. La jeune fille était debout au téléphone qui se trouvait dans le couloir. Son visage avait une expression grave mais elle lui avait adressé un sourire quand il lui avait fait signe qu'il partait.

— Yukiho va participer au concours de rhétorique anglaise ? C'est stupéfiant, avait-il dit à Reiko qui l'avait accompagné dans l'entrée.

— Je n'étais pas au courant, vous savez, avait-elle dit, le visage perplexe.

Il s'était ensuite arrêté dans un restaurant de nouilles non loin de la station de métro de Shitennōji où il avait dîné rapidement de raviolis japonais et de riz cantonais en regardant la télévision, comme il le faisait tous les mardis après son cours.

Il avait détourné un instant son regard de l'écran pour regarder dehors, au moment précis où une jeune fille passait devant le restaurant au petit trot. Il avait douté de ses yeux en reconnaissant Yukiho.

Intrigué par son expression tendue, il était instinctivement sorti du restaurant et l'avait vue monter dans un taxi.

Sa montre indiquait qu'il était après vingt-deux heures et il s'était dit qu'il avait dû lui arriver quelque chose.

Inquiet, il avait utilisé le téléphone public du restaurant pour appeler la maison des Karasawa. Reiko avait fini par décrocher. Sa voix était calme quand elle lui avait demandé la raison de son appel.

— Oui, votre fille…
— Yukiho ? Vous voulez lui parler ? Je vais vous la passer.
— Elle est avec vous ?
— Non, elle est dans sa chambre. Elle doit faire quelque chose avec son club tôt demain matin et elle voulait se coucher tôt. Mais je ne pense pas qu'elle dorme déjà.

Sa réponse lui avait fait réaliser qu'il était sur le point de commettre un impair.

— Non, non, ce n'est pas la peine. Je lui parlerai de ce que je voulais lui dire la prochaine fois. Ce n'est pas urgent.
— Vous en êtes sûr ?
— Tout à fait. Laissez-la se reposer, s'il vous plaît.
— Bon. Dans ce cas, je lui dirai demain matin que vous avez appelé.
— Je vous en remercie. Je suis vraiment confus de vous avoir dérangée si tard, avait-il déclaré avant de raccrocher, les aisselles trempées de sueur.

Yukiho était visiblement sortie en cachette de sa mère. Le coup de téléphone qu'elle avait reçu tout à l'heure y était sans doute pour quelque chose. Il aurait beaucoup aimé savoir où elle était allée, mais il ne voulait pas lui causer de problèmes.

Pourvu que sa mère ne découvre pas le pot aux roses, se dit-il.

Yukiho lui téléphona le lendemain matin et il comprit que cela n'avait pas été le cas.

— Ma mère m'a dit que vous aviez téléphoné hier soir. Je suis désolée de ne pas avoir pu vous parler mais je m'étais couchée tôt parce que j'avais rendez-vous au lycée avant les cours pour mon club.

— Je n'avais pas de raison particulière de t'appeler. Sinon que j'étais juste un peu inquiet.

— Inquiet ?

— Je t'ai vue prendre un taxi et tu avais l'air préoccupée.

Il l'entendit soupirer.

— Vous m'avez vue ? demanda-t-elle en parlant plus bas.

— Oui, parce que j'étais au restaurant de nouilles, répondit-il en riant.

— Vraiment ? Mais vous n'en avez rien dit à ma mère.

— Je ne voulais pas te causer de problèmes.

— Merci de ne lui avoir rien dit.

Il n'eut pas l'impression que cela aurait été si grave s'il l'avait fait.

— Que s'est-il passé ? Je me suis dit que c'était lié au coup de fil que tu as eu.

— Quelle perspicacité ! C'est exactement cela, glissa-t-elle presque dans un murmure. En fait, une de mes amies voulait se suicider.

— Vraiment ?

— Oui, parce que son petit ami l'avait plaquée. Nous sommes vite allées la voir, avec d'autres amies. Je ne voulais pas en parler à ma mère.

— Je comprends. Et ton amie ?

195

— Elle va mieux. Elle s'est ravisée en nous voyant.
— Tant mieux.
— C'est stupide de vouloir mourir pour un garçon !
— C'est vrai.
— Voilà pourquoi je ne voulais pas en parler à ma mère et j'aimerais bien que vous ne lui racontiez pas.
— Cela va de soi !
— Bon, eh bien, à mardi prochain, avait-elle conclu avant de raccrocher.

Masaharu riait jaune chaque fois qu'il repensait à cet épisode. Il ne se serait jamais attendu à l'entendre dire que c'était stupide de vouloir mourir pour un garçon. Elle lui avait fait comprendre que les jeunes filles sages peuvent cacher des pensées inimaginables.

Il aurait voulu dire à la femme vieillissante en face de ne pas trop s'en faire quant à la fragilité de sa fille.

Il venait de finir son verre de thé glacé lorsqu'il entendit la porte d'entrée s'ouvrir.

— Je crois qu'elle est rentrée, dit Reiko en se levant.

Il l'imita et vérifia que ses cheveux n'étaient pas en désordre en regardant son reflet dans la porte-fenêtre.

Quel crétin je fais d'être tout ému, s'admonesta-t-il.

## 2

Nakamichi Masaharu appartenait au sixième laboratoire d'électrotechnique de la faculté des sciences de l'ingénieur et il avait choisi comme sujet de mémoire de diplôme la commande de robots grâce à la théorie des graphes. Concrètement, cela signifiait faire faire des conjectures à un ordinateur sur l'aspect tridimensionnel d'une chose en utilisant seulement la perception visuelle à sens unique.

Il était en train de modifier son logiciel assis à son bureau lorsque Minobe, un étudiant chercheur de son groupe, lui adressa la parole.

— Nakamichi, viens voir ça !

Assis en face d'un ordinateur personnel Hewlett-Packard, Minobe regardait l'écran noir et blanc.

Masaharu se mit derrière lui et vit qu'il était divisé en trois et montrait des sous-marins.

Il reconnut le jeu que lui et ses camarades appelaient *Submarine*. Son objectif était de couler le plus rapidement possible les sous-marins ennemis. Le joueur devait déduire la position de l'adversaire des informations fournies par trois coordonnées. Tirer sur une cible exposait au risque de dévoiler ses propres coordonnées et d'être donc torpillé par l'adversaire.

Les étudiants du sixième laboratoire l'avaient élaboré pendant leur temps libre en travaillant ensemble à sa programmation. C'était en quelque sorte leur projet de recherche clandestin.

— Quel est le problème ?

— Regarde bien, c'est un peu différent de notre *Submarine*, dit son camarade en dialecte d'Osaka.

— Hein ?

— Oui par exemple, le dessin de la cible n'est pas tout à fait pareil. Et le sous-marin n'a pas non plus exactement la même forme.

— Ah oui ? s'exclama Masaharu en observant l'écran. Tu as raison.

— C'est bizarre, non ?

— Oui. Quelqu'un a modifié le programme ?

— Figure-toi que non.

Minobe arrêta le jeu et sortit la cassette. Le lecteur de cassettes qu'il utilisait n'était pas destiné à écouter de la musique mais à servir de périphérique à l'ordinateur. IBM avait déjà mis sur le marché des disquettes, mais la majorité des ordinateurs personnels continuaient à fonctionner avec des cassettes.

— Voilà ce que c'est, dit-il en la lui tendant.

Une étiquette imprimée indiquait : *Marine Clash*.

— *Marine Clash* ? C'est quoi, ce truc-là ?

— Nagata du laboratoire n° 3 m'a prêté la cassette.

— Comment est-ce possible ?

— C'est ce que je me demande.

Minobe sortit son portefeuille de son jean et en tira un papier plié en quatre. C'était une page de magazine. Il la déplia et Masaharu lut : "Nous vendons des jeux sur ordinateur."

La liste qui figurait sous ce titre comportait une trentaine de titres de jeux accompagnés par une description sommaire et leur prix, entre mille et cinq mille yens.

Le nom *Marine Clash* apparaissait en gras au milieu de la liste, avec une appréciation qui accordait quatre étoiles au jeu. Trois autres titres étaient mentionnés en gras, mais *Marine Clash* était le seul à avoir obtenu quatre étoiles. Il ne faisait aucun doute que le vendeur, une société du nom de Mugen Kikaku, dont Masaharu n'avait jamais entendu parler, cherchait à le mettre en avant.

— Tu la connais, cette société ?

— Je vois son nom depuis quelque temps. Je n'y ai jamais prêté attention mais Nagata la connaissait. Il a remarqué la ressemblance entre leur *Marine Clash* et notre *Submarine* et m'en a parlé. Il l'avait emprunté à une de ses connaissances qui l'avait acheté. Il en a été tellement étonné qu'il m'a mis au courant.

Masaharu grogna. Il ne comprenait pas du tout comment cela était possible.

— Mais qu'est-ce que ça veut dire ?

— Eh bien, commença Minobe en s'appuyant au dossier de sa chaise métallique qui grinça. Nous avons inventé *Submarine*, ou plus exactement, nous l'avons créé à partir d'un jeu développé par des étudiants du Massachusetts. Mais nous l'avons conçu sous sa forme actuelle. Je ne crois pas que quelqu'un d'autre ait pu par hasard aboutir exactement au même résultat.

— Donc…

— La seule explication, c'est que l'un d'entre nous a communiqué notre jeu à cette société Mugen Kikaku.

— Mais c'est impossible !

— Tu as une autre explication ? Notre groupe est le seul à avoir le programme, et nous ne le prêtons quasiment jamais.

Masaharu n'avait rien à lui répondre car Minobe avait raison. Cela seul pouvait expliquer que leur jeu ait été copié et soit vendu par correspondance.

— Il faudrait qu'on en discute tous, avança-t-il.

— Je suis d'accord avec toi. Retrouvons-nous ici après le déjeuner. On essaiera de comprendre ce qui est arrivé. À condition que tout le monde dise la vérité, dit Minobe en relevant la branche de ses lunettes du doigt, le visage sévère.

— Je ne crois pas une minute que l'un d'entre nous ait pu décider de le vendre à quelqu'un d'autre.

— Libre à toi de faire confiance à tout le monde. Mais il est presque certain que l'un d'entre nous a trahi les autres.

— Cela pourrait être à son insu.

Minobe leva un sourcil.

— Comment ça ?

— Quelqu'un aurait pu voler le programme, non ?

— Ce qui voudrait dire que le coupable ne serait pas l'un de nous, mais une de ses connaissances.

— Exactement, approuva Masaharu bien qu'il ne soit pas d'accord avec le mot "coupable".

— De toute façon, il faut qu'on se voie tous et qu'on en parle, dit Minobe en croisant les bras.

Leur groupe de six étudiants se réunit pendant la pause de midi dans le laboratoire n° 6.

— Aucun d'entre nous n'a pu être stupide à ce point, puisque de toute façon, cela ne pouvait que se savoir, remarqua un étudiant de quatrième année.

— Si nous avions voulu le vendre, nous l'aurions fait nous-mêmes. En en discutant entre nous. Cela aurait rapporté plus.

Minobe leur demanda s'ils n'avaient pas prêté le jeu. Trois des membres du groupe reconnurent l'avoir fait, pour une courte durée, afin de permettre à des amis d'y jouer. Ils ajoutèrent que ces amis ne l'avaient fait qu'en leur présence, et qu'ils n'auraient pas matériellement pu copier le programme.

— La seule chose que l'on puisse envisager est que quelqu'un ait mis la main sur le programme à notre insu, conclut Minobe, qui demanda ensuite à chacun de lui dire la manière dont ils conservaient la cassette chez eux.

Aucun d'entre eux ne l'avait égarée.

— Réfléchissez-y bien, parce que quelqu'un de notre entourage doit avoir mis la main sur *Submarine* et l'avoir communiqué à cette société qui n'hésite pas à le vendre par correspondance, reprit Minobe, le visage sévère.

Masaharu revint à son bureau à la fin de la réunion, et il parvint à la conclusion, en repensant à toute l'affaire, que ce ne pouvait être lui. Il gardait la cassette du jeu dans sa chambre, dans le même tiroir que ses autres cassettes, et il ne s'en séparait jamais quand il l'apportait à l'université. Il ne l'avait jamais laissée dans le laboratoire. La copie n'avait pas été faite à partir de son exemplaire.

Cet épisode lui fit comprendre que ce programme qu'ils avaient mis au point pour le plaisir pouvait être vendu. Il entrevoyait à présent les possibilités commerciales de leurs efforts auxquelles il n'avait encore jamais songé.

# 3

Une quinzaine de jours plus tard, Masaharu se souvint de ce que Reiko lui avait appris des origines de Karasawa Yukiho. Il se trouvait à la bibliothèque de la préfecture d'Osaka à Nakanoshima où il avait accompagné Kakiuchi, un camarade de l'équipe de hockey, qui avait besoin de consulter des vieux journaux afin de rédiger un dossier.

— Ah oui, je me souviens de cette époque, murmura celui-ci en dialecte d'Osaka en regardant les classeurs qui rassemblaient les journaux de juillet 1973 à juin 1974. Ma mère m'a envoyé acheter du papier hygiénique je ne sais combien de fois.

Masaharu jeta un coup d'œil à l'article que lisait Kakiuchi. Daté du 2 novembre 1973, il racontait comment trois cents personnes avaient pris d'assaut un supermarché de la ville nouvelle de Senri pour en acheter.

C'était à l'époque du choc pétrolier. Kakiuchi devait lire ce genre d'articles car son dossier portait sur la demande en électricité.

— C'était pareil à Tokyo? Il y a eu des ruées comme ça?

— Je crois que oui. Mais là-bas, d'après mon cousin, c'était plutôt pour des détergents que pour du papier hygiénique.

— Je viens de lire un article qui disait qu'une ménagère de la banlieue de Tokyo avait dépensé quarante mille yens en détergents. Ne me dis pas que c'était ta tante !

— Arrête tes bêtises, rétorqua Masaharu en riant.

Il essaya de se souvenir de ce qu'il faisait en 1973. Il était en première année de lycée et il avait du mal à s'acclimater à Osaka où sa famille avait déménagé moins d'un an auparavant.

Il se demanda soudain en quelle classe était alors Yukiho et fit le calcul mentalement. Elle était probablement en cinquième année d'école primaire. Il n'arrivait pas à s'imaginer à quoi elle ressemblait quand elle était écolière.

Immédiatement après, il se souvint du récit de Reiko : "Yukiho venait de commencer sa sixième année d'école primaire. Oui, c'était en mai…"

Elle parlait de la mère de Yukiho. Si elle était en sixième année, cela s'était passé en 1974.

Il sélectionna le registre de mai 1974, et l'ouvrit.

La Diète avait approuvé la révision de la loi sur la lutte contre la pollution atmosphérique, et des féministes avaient manifesté pour s'opposer à la modification de la loi de protection eugénique. L'Union des consommateurs japonais avait été créée, et la première supérette 7-Eleven avait ouvert ses portes dans l'arrondissement de Kōtō à Tokyo.

Il consulta la page des faits divers de chaque numéro et ne tarda pas à découvrir un petit article intitulé : "Une femme meurt intoxiquée au gaz dans l'arrondissement d'Ikuno à Osaka."

"Le 22 mai vers dix-sept heures, Nishimoto Fumiyo, trente-six ans, a été découverte inanimée dans son appartement du quartier d'Ōe de l'arrondissement d'Ikuno. Les secours arrivés rapidement sur place n'ont pu que constater le décès. Le commissariat d'Ikuno indique que la victime serait morte d'une intoxication au gaz en s'endormant alors qu'elle avait laissé une casserole sur le feu."

Masaharu eut la conviction qu'il s'agissait de la mère de Yukiho, car les circonstances correspondaient au récit de Karasawa Reiko, dont le nom n'apparaissait pas, probablement parce qu'elle était mineure.

— Qu'est-ce que tu lis avec tant d'intérêt ?

— Rien d'important, répondit Masaharu qui lui montra l'article en expliquant qu'il avait pour élève la fille de la victime.

— Dis donc, c'est incroyable que ce vieil article ait quelque chose à voir avec toi.

— Il n'a rien à voir avec moi !

— Si, puisque cette fille est ton élève !

— Certes, mais…

Kakiuchi relut l'article et parut plus intrigué.

— Le quartier d'Ōe… Ce ne doit pas être loin de chez Naitō.

— De chez Naitō ? Tu en es sûr ?

Naitō qui avait un an de moins qu'eux faisait aussi partie du club de hockey.

— Je pourrai lui en parler la prochaine fois que je le vois, dit Masaharu en notant l'adresse de l'appartement dans son carnet.

Il n'eut l'occasion de le faire que deux semaines plus tard. Comme il était en quatrième année, il ne participait plus aux entraînements de hockey sur glace et ne rencontrait les autres joueurs que rarement. Mais il se décida à aller à la patinoire car il manquait d'exercice et avait grossi.

Naitō patinait très bien mais il était petit et maigre. Son faible gabarit l'empêchait de jouer physique et ce n'était donc pas un très bon hockeyeur. Il avait cependant un rôle important dans la gestion de l'équipe grâce à son excellent caractère.

Masaharu lui adressa la parole pendant la pause.

— Oui, oui, je me souviens de cette histoire. C'était en quelle année déjà ? demanda Naitō en essuyant son visage. C'est arrivé tout près de chez moi. Pas juste à côté, mais pas loin à pied.

— On en a parlé dans le quartier ?

— Oui, une rumeur bizarre a circulé à ce sujet.

— Une rumeur bizarre ?

— Elle disait qu'il ne s'agissait pas d'un accident, mais d'un suicide.

— La victime aurait provoqué l'intoxication au gaz ?

— Exactement, répondit Naitō en dévisageant Masaharu. Mais pourquoi t'intéresses-tu à cette histoire ?

— Parce qu'elle concerne quelqu'un que je connais.

Il lui précisa de quelle manière, et Naitō écarquilla les yeux.

— C'est incroyable ! Quel drôle de hasard !

— Pas vraiment, non. Mais j'aimerais bien savoir pourquoi on a parlé de suicide à l'époque.

— Je n'en sais rien, j'étais lycéen à l'époque, répondit Naitō qui réfléchit quelques instants. Il est possible que ce bonhomme soit au courant.

— De qui parles-tu ?

— Du gérant de l'agence immobilière où je loue ma place de parking. Je me rappelle l'avoir entendu dire qu'un locataire des appartements qu'il gérait s'était suicidé au gaz. Peut-être s'agissait-il de la même affaire.

— Un employé d'une agence immobilière ? répéta Masaharu en se souvenant que c'était la profession de la personne qui avait découvert la victime. Ce pourrait être l'homme qui l'a trouvée morte.

— Tu crois ?

— C'est possible, étant donné les circonstances. Tu penses que tu pourrais vérifier ?

— Euh… oui, pourquoi pas.

— Je te remercie d'avance. J'aimerais bien en savoir plus.

— D'accord.

L'ancienneté joue un grand rôle dans les clubs à l'université. Masaharu était en quatrième année et Naitō en troisième. Cette mission délicate ne lui plaisait visiblement pas mais il l'accepta, en se grattant la tête.

Le lendemain soir, Masaharu était assis dans la Toyota que Naitō avait achetée à son cousin pour trois cent mille yens.

— Je t'ai demandé un truc embêtant et je te remercie d'avoir accepté de m'aider.

— Ce n'est pas si difficile. Et c'est tout près de chez moi, répondit aimablement Naitō.

Il avait immédiatement tenu son engagement et téléphoné le jour même à l'agent immobilier pour lui demander si c'était lui qui avait découvert cinq ans plus tôt la victime de l'intoxication au gaz. L'homme lui avait répondu qu'il ne s'agissait pas de lui mais de son fils qui avait aujourd'hui sa propre agence à Fukaebashi dans l'arrondissement de Higashinari, au nord de celui d'Ikuno. Naitō avait proposé à Masaharu de l'y emmener en voiture.

— Tu es vraiment sérieux, Nakamichi. Tu veux en savoir plus parce que cette jeune fille est ton élève et que cela t'aidera à mieux la comprendre, et donc à mieux faire ton travail. Je ne crois pas que je me donnerais autant de mal. Mais je n'en sais rien, parce que je ne donne pas de cours, raisonna Naitō d'un ton rempli de conviction.

Masaharu garda le silence. Il ne comprenait pas lui-même sa motivation. Il était conscient de l'attraction qu'exerçait Yukiho sur lui mais il ne ressentait aucun désir de tout savoir sur elle. Son passé ne l'intéressait pas particulièrement.

Peut-être était-ce parce qu'elle était mystérieuse à ses yeux. Il la voyait régulièrement et parlait avec elle de choses et d'autres, mais il percevait chez elle quelque chose de lointain qui l'intriguait, sans qu'il soit capable de dire ce que c'était. Cela l'irritait un peu.

Naitō se mit à lui parler des nouveaux membres de l'équipe.

— Ils sont tous petits, et en majorité débutants. Il va falloir qu'ils travaillent dur cet hiver, expliqua-t-il, avec une expression préoccupée qui montrait qu'il se souciait plus de l'équipe tout entière que de lui-même.

Ils quittèrent la grande avenue pour une rue et arrivèrent devant l'agence immobilière, non loin de la sortie Takaida-Higashi Osaka de l'autoroute urbaine.

Un homme mince écrivait quelque chose dans un dossier, assis à son bureau. Il était seul.

— Bonsoir. Vous cherchez un appartement? leur demanda-t-il.

Naitō expliqua qu'ils étaient là pour lui parler d'un accident arrivé cinq ans auparavant.

— Le monsieur de l'agence d'Ikuno nous a dit que c'était le directeur de cette agence qui avait fait la découverte.

— C'est exact, répondit Tagawa en leur décochant un regard méfiant. Mais pourquoi cette affaire vous intéresse-t-elle? demanda-t-il en dialecte d'Osaka, comme Naitō l'avait fait.

— Vous étiez accompagné d'une petite fille, n'est-ce pas? Une certaine Nishimoto Yukiho, enfin c'est comme ça qu'elle s'appelait alors, expliqua Masaharu.

— C'est exact. Vous êtes apparenté aux Nishimoto?

— Non, mais je donne des cours à Yukiho.

— Des cours? Vous êtes enseignant, alors, fit Tagawa en hochant la tête avec conviction. Vous êtes bien jeune, dites donc, ajouta-t-il en regardant Masaharu.

— Je lui donne des cours particuliers.

— Des cours particuliers? Ah, je vois… fit-il sur un ton condescendant. Qu'est-elle devenue, cette petite? Après la mort de sa mère, elle était seule au monde, non?

— Elle a été adoptée par une parente. Du nom de Karasawa.

— Hum, réagit Tagawa qui ne semblait pas souhaiter en savoir plus. Et elle va bien ? Je ne l'ai jamais revue.

— Elle va très bien. Elle est en deuxième année de lycée.

— Déjà ? Le temps passe vite.

Il prit une cigarette dans son paquet de Mild Seven et l'alluma. Masaharu se dit qu'il devait faire partie des gens qui suivent la mode. Ils étaient les seuls à apprécier cette marque de cigarettes lancée un an plus tôt. La plupart de ses amis en fumaient.

— Et elle vous a parlé de ce qui était arrivé ? demanda Tagawa en crachant de la fumée, d'un ton toujours aussi dédaigneux.

— Elle m'a dit qu'elle vous devait beaucoup.

C'était bien sûr un mensonge. Elle n'avait jamais rien déclaré de tel. Pourquoi l'aurait-elle fait ?

— Je n'irais pas jusque-là. Qu'est-ce que j'ai été surpris, cette fois-là !

Appuyé au dossier de sa chaise, Tagawa croisa ses deux mains derrière son crâne. Il se mit à raconter de façon assez détaillée la manière dont il l'avait découverte. Peut-être n'avait-il rien de mieux à faire pour meubler son ennui. Grâce à lui, Masaharu put se faire une idée assez précise des circonstances de l'accident.

— En fait, le plus pénible a été la suite. La police m'a posé des tas de questions, dit Tagawa, avec une expression contrariée.

— Quel genre de questions ?

— À propos de l'état de l'appartement quand nous y sommes entrés. Ils m'ont demandé quels objets j'avais touchés à part la fenêtre que j'avais ouverte, et la conduite de gaz que j'avais fermée. Je ne sais pas ce qu'ils cherchaient, mais ils voulaient aussi savoir si j'avais touché à la casserole et si la porte était vraiment fermée à clé. Ils m'ont interrogé longtemps.

— La casserole posait problème ?

— Je n'en sais rien. D'après eux, si la soupe au miso avait vraiment débordé, il y en aurait eu plus sur la cuisinière. Mais je n'y pouvais rien, moi ! Le feu était éteint parce qu'elle avait débordé, c'est tout.

Masaharu essaya de se représenter la situation. Il lui était arrivé d'oublier une casserole de nouilles sur le feu, et il s'en était aperçu en voyant des nouilles sur presque toute la gazinière.

— Mais si elle a été adoptée par une famille qui lui paie des cours particuliers, c'est plutôt bien pour elle, au final, non ? Sa vie aurait été plus dure si elle était restée avec sa mère, à mon avis.

— Sa mère n'était pas une bonne personne ?

— Je n'en sais rien, mais elle était pauvre. Elle travaillait dans un restaurant, je crois, et elle avait toujours du mal à payer le loyer. D'ailleurs, elle était en retard au moment de sa mort, expliqua-t-il en soufflant de la fumée.

— Vraiment ?

— La petite Yukiho avait quelque chose de très adulte, peut-être parce qu'elle n'avait pas la vie facile. Elle n'a même pas pleuré en découvrant sa mère. Ça m'a un peu surpris.

— Ah bon…

Masaharu posa sur lui un regard étonné. Reiko lui avait pourtant parlé des sanglots de Yukiho pendant l'enterrement.

— Si je me souviens bien, on a aussi parlé de suicide à l'époque, non ? intervint Naitō.

— C'est vrai.

— Et pourquoi ?

— Parce qu'il y avait plusieurs éléments qui rendaient cette possibilité vraisemblable. Du moins c'est ce que m'ont dit les policiers qui sont venus me voir à plusieurs reprises.

— De quels éléments s'agissait-il ?

— Eh bien… C'était il y a longtemps, je ne me rappelle pas, répondit Tagawa en faisant pression des doigts sur ses tempes. Ça me revient, Mme Nishimoto avait pris une forte dose de médicament contre le rhume.

— De médicament contre le rhume ? Comment ça ?

— Elle en avait pris bien plus que la dose normale. Cinq fois plus, d'après les sachets retrouvés chez elle. Je crois d'ailleurs que l'autopsie l'a confirmé.

— Cinq fois la dose habituelle… C'est bizarre.

— Les policiers se disaient qu'elle l'avait fait pour être sûre de dormir. Prendre des somnifères et ensuite ouvrir le gaz, c'est une façon de se suicider, non ? Comme elle n'en avait pas, elle se serait servie de médicament contre le rhume.

— À la place de somnifères…

— Il me semble qu'elle avait aussi bu pas mal d'alcool. On a retrouvé trois petites bouteilles de saké dans sa poubelle. Alors que c'était une femme qui ne buvait quasiment pas d'ordinaire. Cela aussi, elle aurait pu le faire pour être sûre de ne pas se réveiller.

— C'est vrai.

— Et puis, il y avait aussi cette histoire de fenêtre, dit Tagawa d'un ton plus animé comme si cela venait de lui revenir à l'esprit.

— De fenêtre ?

— Oui, les fenêtres de l'appartement étaient fermées. Cela paraissait bizarre qu'elle ait décidé de faire cuire quelque chose sur le gaz de sa cuisine sans ouvrir la fenêtre, alors qu'il n'y avait pas de ventilateur.

Masaharu hocha la tête. La remarque était sensée.

— Elle aurait pu aussi oublier de l'ouvrir, objecta-t-il.

— Ce n'est pas faux. Personne n'a dit que le suicide était prouvé. On peut expliquer le médicament et le saké autrement. D'autant plus qu'il y avait le témoignage de sa fille.

— De sa fille ?

— De la petite Yukiho.
— Que disait-elle ?
— Rien de spécial, sinon que sa mère était effectivement enrhumée, et qu'il lui arrivait de boire du saké quand elle avait froid.
— Je comprends.
— Les policiers trouvaient étrange qu'elle ait pris autant de médicaments, mais au final, personne ne peut savoir dans quel but elle l'avait fait. Et si elle avait vraiment voulu se suicider, elle n'aurait probablement pas mis à cuire de la soupe au miso. Voilà pourquoi la police a conclu à un accident.
— Vous voulez dire qu'ils ont douté du suicide à cause de la casserole qui avait débordé ?
— Je n'en sais rien. De toute façon, quelle importance ? fit Tagawa en écrasant sa cigarette dans le cendrier. D'après les policiers, elle aurait pu être sauvée si elle avait été trouvée une demi-heure plus tôt. Moi, je pense que c'était son destin de mourir, à cette femme, qu'il s'agisse d'un suicide ou d'un accident.

Des clients firent leur entrée dans l'agence à peu près au moment où il finissait sa phrase. Il s'agissait d'un couple d'âge moyen à qui Tagawa adressa un sourire commercial. Masaharu fit signe à Naitō des yeux que Tagawa n'avait sans doute plus de temps à leur consacrer.

## 4

Les longs cheveux d'un noir tirant vers le brun tombèrent et cachèrent la moitié du visage de Yukiho. Elle les releva du majeur derrière l'oreille, mais il en resta quelques-uns sur sa joue. Masaharu aimait beaucoup ce geste. Depuis la première fois qu'il l'avait vue le faire, pendant la toute première leçon qu'il lui avait donnée, il avait chaque fois envie de déposer un baiser sur sa joue.

Elle était en train de résoudre une équation linéaire. Il lui avait appris comment faire, et elle avait compris la méthode. Elle écrivait presque sans s'interrompre.

Elle lui annonça qu'elle avait terminé bien avant la fin du temps imparti et Masaharu vérifia soigneusement sa réponse. Elle n'avait fait aucune erreur.

— C'est parfait. Je n'ai rien à redire, lui annonça-t-il en la regardant.

— Vraiment ? Que je suis contente ! s'écria-t-elle en battant des mains.

— Tu as bien compris les coordonnées dans l'espace. Si tu arrives à résoudre ce genre de problèmes, tu n'auras plus qu'à appliquer ce que tu sais.

— On peut peut-être faire une pause, non ? J'ai acheté un nouveau thé.

— D'accord. Tu dois être fatiguée.

Elle sourit, se leva et quitta la pièce.

Il resta assis et regarda autour de lui, comme il le faisait chaque fois qu'elle allait préparer du thé pendant leur pause. C'était pour lui un moment inconfortable.

Il aurait aimé fouiner dans sa chambre, ouvrir les tiroirs de la commode, lire les cahiers empilés sur les étagères, savoir quelle marque de produits de beauté elle utilisait. Mais s'il s'aventurait à passer à l'acte et qu'elle remarque sa curiosité, elle le mépriserait à coup sûr. Voilà pourquoi il ne pouvait rien faire d'autre que rester cloué sur sa chaise.

J'aurais dû prendre le magazine masculin que j'ai acheté ce matin, se dit-il. Mais il l'avait laissé dans le sac de sport qu'il avait posé dans l'entrée. Sale et volumineux, c'était celui dont il se servait quand il faisait du hockey sur glace. Masaharu avait l'habitude de ne pas le monter dans la chambre de Yukiho.

La seule chose qu'il pouvait faire était de regarder la pièce autour de lui. Il remarqua une petite radiocassette rose sur une étagère, à côté de laquelle se trouvaient plusieurs cassettes.

Il se leva pour voir leurs étiquettes et lut le nom de chanteurs folk comme Yūmin ou les Off Course.

Il se rassit. Les cassettes lui firent penser à tout autre chose : le jeu *Submarine*.

Aujourd'hui aussi, Minobe avait convoqué les membres du groupe pour échanger les informations qu'ils avaient recueillies, mais cela n'avait pas fait progresser leur enquête. Le coup de téléphone qu'avait passé Minobe à cette mystérieuse société Mugen Kikaku ne lui avait rien appris.

— Je leur ai demandé comment ils s'étaient procuré le programme de leur jeu et ils m'ont répondu que cela ne me regardait pas. J'ai voulu parler au responsable technique mais on ne me l'a pas passé. Je suis sûr qu'ils l'ont volé. Comme tous les autres titres de leur catalogue.

— On pourrait aller les voir, avait suggéré Masaharu.
— Ça ne servirait probablement à rien, avait rétorqué Minobe. Si on leur annonce qu'on les soupçonne d'être des voleurs, ils n'accepteront pas de nous parler.
— Et si on leur montrait notre jeu, *Submarine*?
Minobe avait fait non de la tête.
— On ne peut pas prouver qu'il est antérieur à leur *Marine Clash*. Ils nous répondraient à coup sûr que c'est nous qui l'avons copié.
Masaharu n'avait pas résisté à son envie de se gratter la tête.
— Tu veux dire qu'il suffit de voler pour se lancer dans ce genre de commerce?
— Exactement, avait répondu froidement Minobe. Il faudra bien établir des droits d'auteur dans ce secteur un jour. J'ai parlé de ce qui nous arrive à un de mes amis qui s'y connaît en droit. Il m'a dit que même si nous arrivions à prouver que le programme nous a été volé et que nous faisions un procès, nous ne pourrions recevoir aucun dédommagement. Ou en tout cas que c'était quasiment impossible, parce qu'il n'existe aucune jurisprudence.
— Ah bon…
— C'est pour ça que je voudrais au moins connaître l'identité du coupable. Nous pourrions prendre notre revanche! lança Minobe d'un ton déterminé.
L'idée d'aller donner quelques coups de poing au voleur ne procurait guère de satisfaction à Masaharu. Il passa mentalement en revue le visage de ses camarades en se demandant qui avait été assez stupide pour se faire voler le programme. Il aurait aimé lui dire le fond de sa pensée.
Un programme, c'est en fait un bien, se répéta-t-il une fois de plus. Il n'en avait pris conscience que récemment. Il avait fait attention à celui du jeu parce qu'il y tenait, sans envisager une seconde que quelqu'un pourrait le voler.
Minobe avait suggéré que chacun d'entre eux fasse une liste de tous les gens à qui ils avaient montré le jeu,

et une de ceux à qui ils en avaient parlé. Il fallait au moins connaître l'existence du programme pour le voler.

Ils avaient donné les noms de toutes les personnes auxquelles ils pouvaient penser. Cela faisait quelques dizaines au total, camarades du laboratoire ou des clubs auxquels ils appartenaient, et amis du lycée.

— L'un d'entre eux doit avoir un rapport avec cette société Mugen Kikaku, déclara Minobe en scrutant la liste avant de soupirer.

Masaharu comprenait ce soupir. Même si Minobe avait raison, il était difficile de déterminer de qui il s'agissait. Le coupable pouvait aussi être une connaissance de ces connaissances.

— Bon, maintenant, chacun d'entre nous doit vérifier ce qu'il en est auprès de chaque personne. Nous devrions trouver qui a volé le programme.

Ils avaient tous approuvé de la tête, même si Masaharu n'était pas du tout certain que Minobe ait raison.

Pour sa part, il n'avait parlé à quasiment personne de leur jeu qu'il considérait comme un aspect de ses travaux de recherche. Il ne pouvait pas imaginer qu'un sujet aussi technique pût intéresser quelqu'un. De plus, même si leur jeu l'amusait, il était prêt à reconnaître qu'il était de loin inférieur à *Space Invaders*.

Il l'avait signalé une seule fois à quelqu'un qui n'avait rien à voir avec ce qu'il étudiait. Yukiho lui avait demandé ce sur quoi il travaillait à l'université.

Il avait commencé par évoquer le sujet de son mémoire de diplôme. Mais ni la résolution graphique ni la théorie des graphes n'avait le potentiel d'intéresser une élève de première. Elle ne lui avait pas montré à quel point cela l'ennuyait, mais il l'avait perçu. Il avait commencé à lui parler du jeu pour raviver son intérêt, et ses yeux s'étaient instantanément illuminés.

— C'est drôlement intéressant, dites donc ! Il est comment votre jeu ?

Masaharu avait dessiné l'écran, et lui avait expliqué son principe. Elle l'avait écouté attentivement.

— Ouah ! C'est super. Je n'en reviens pas que vous sachiez faire cela.

— Je ne suis pas tout seul ! Je fais ça avec mes camarades de laboratoire.

— Oui, mais vous comprenez comment ça marche.

— Effectivement.

— J'ai raison, c'est super !

L'enthousiasme qu'il avait perçu dans son regard l'avait rendu très heureux. Rien ne pouvait lui faire plus plaisir qu'un compliment de sa part.

— J'aimerais bien y jouer une fois.

Il aurait voulu le lui permettre, mais il n'avait pas d'ordinateur personnel, et il ne pouvait pas non plus la faire venir au laboratoire. Il le lui avait dit, et elle avait semblé déçue.

— C'est vraiment dommage.

— Il faudrait un ordinateur personnel. Mais aucun de mes amis n'en a. Cela coûte trop cher.

— Avec un ordinateur personnel, je pourrais y jouer aussi ?

— Bien sûr. Il suffirait d'y insérer la cassette.

— La cassette ?

— Oui, une cassette tout à fait normale.

Il lui avait expliqué qu'elles servaient de support de mémoire sans s'attendre à ce que cela l'intéresse.

— Vous pourriez me la montrer un jour, cette cassette ?

— La cassette ? Volontiers, mais je ne vois pas à quoi cela servira. C'est une cassette tout à fait banale, identique à celles que tu as.

— Mais j'aimerais tant la voir !

— Hum. Bon, je veux bien.

Elle devait penser qu'une cassette qui pouvait être utilisée dans un ordinateur personnel était différente. La semaine suivante, il la lui avait apportée en sachant qu'elle serait probablement déçue.

— C'est vraiment une cassette normale, avait-elle dit en la prenant dans ses mains, le visage perplexe.

— Je te l'avais dit, non?

— Je ne savais pas du tout que les cassettes pouvaient aussi servir à cela. Merci, avait-elle dit en la lui rendant. Celle-ci a beaucoup de valeur pour vous, n'est-ce pas? Vous feriez mieux de la ranger dans votre sac pour être sûr de ne pas la perdre.

— Tu as raison, avait-il répondu, sincère, avant de quitter la pièce pour la mettre dans son sac au rez-de-chaussée comme elle l'avait suggéré.

Yukiho n'avait pas eu d'autre contact avec la cassette. Elle ne lui avait pas non plus reparlé du jeu, et il ne l'avait pas non plus mentionné en sa présence.

Il n'avait pas cru nécessaire d'informer Minobe de cet échange. Le risque qu'elle lui ait dérobé le jeu était proche de zéro. D'ailleurs, il n'y avait même pas pensé.

Elle aurait pu, ce jour-là, la prendre dans son sac. Il lui aurait suffi de prétendre avoir besoin d'aller aux toilettes. Mais à quoi cela lui aurait-il servi? Elle ne pouvait pas la lui voler. La seule chose qu'elle aurait pu faire, si elle ne voulait pas qu'il s'aperçoive qu'elle l'avait empruntée, était de la copier pendant les deux heures où il était resté chez elle. Cela aurait été possible, si elle avait disposé du matériel nécessaire. Mais il ne croyait pas qu'il y ait chez elle un ordinateur personnel. Un magnétophone à cassettes ne permettait pas de copier cette cassette-là.

Il sourit à l'idée qu'elle l'ait fait.

La porte se rouvrit à ce moment-là.

— Qu'est-ce qui vous fait sourire? demanda-t-elle en rentrant, un plateau à la main.

— Rien, rien, répondit-il. Ce thé sent bon.

— C'est du Darjeeling.

Il prit une des tasses. Au moment de la reposer, il fit un faux mouvement et en renversa un peu sur son jean.

— Que je suis maladroit!

Il sortit en toute hâte son mouchoir de la poche de son pantalon. Un papier plié en quatre en tomba.

— Ça va ?

Yukiho posa cette question d'un ton inquiet.

— Mais bien sûr. Ce n'est rien.

— Tenez, c'est tombé, dit-elle en ramassant le papier.

Elle lut ce qu'il y avait écrit, et ses yeux s'agrandirent.

— Qu'y a-t-il ?

Elle lui tendit le papier où apparaissaient un numéro de téléphone et un plan, ainsi que le nom "Agence immobilière Tagawa". Masaharu avait sorti de sa poche la feuille que Naitō avait reçue de l'autre agence immobilière Tagawa.

J'ai fait une bêtise, s'admonesta-t-il intérieurement.

— L'agence immobilière Tagawa, dans l'arrondissement d'Ikuno ? demanda-t-elle, le visage tendu.

— Non, dans celui de Higashinari. Tu vois bien qu'il y a écrit Fukaebashi, là, répondit-il en lui montrant la carte.

— Oui, mais ce doit être une succursale de l'agence Tagawa d'Ikuno. L'homme qui la tenait avait un fils qui travaillait avec lui. Ce doit être lui qui tient celle de Higashinari.

Elle avait raison. Masaharu s'efforça de dissimuler son embarras.

— Ah bon ?

— Pourquoi y êtes-vous allé ? Vous cherchez un appartement ?

— Non, j'y ai juste accompagné un ami.

— Ah bon… glissa-t-elle, le regard vague. Ça me fait penser à de drôles de choses.

— De drôles de choses ?

— Autrefois j'habitais à Ōe dans cet arrondissement. L'appartement était géré par l'agence Tagawa d'Ikuno.

— Ah… fit Masaharu en reprenant sa tasse.

— Vous savez comment ma mère est morte, n'est-ce pas ? Je veux dire, ma vraie mère, demanda-t-elle d'un ton calme, mais plus grave que d'ordinaire.

— Non, je l'ignore, répondit-il en faisant un signe de dénégation.

Elle sourit.

— Vous n'êtes pas doué pour la comédie.

— Euh…

— Je suis au courant. L'autre jour, quand je suis arrivée en retard, vous avez bavardé avec ma mère, n'est-ce pas ? Et elle vous en a parlé.

— Euh… non… enfin, oui, un peu.

Il avait reposé sa tasse et se grattait la tête.

Elle prit la sienne, but deux ou trois gorgées et poussa un long soupir.

— C'était le 23 mai. Le jour où ma mère est morte. Je ne l'oublierai jamais.

Masaharu se tut. La seule chose qu'il put faire fut de hocher la tête en silence.

— Ce jour-là, il faisait frais, et j'avais mis un gilet qu'elle m'avait tricoté pour aller à l'école. Je l'ai toujours, continua-t-elle en tournant les yeux vers sa commode qui devait renfermer d'autres souvenirs douloureux.

— Tu as dû être très choquée, dit-il, parce qu'il se sentait obligé de dire quelque chose, mais il regretta immédiatement la banalité de son commentaire.

— J'ai eu l'impression de vivre un rêve, je veux dire un cauchemar. Elle s'interrompit pour rire innocemment mais retrouva vite son expression triste. Ce jour-là, j'étais allée chez une amie après la classe. Si je ne l'avais pas fait, je serais rentrée une heure plus tôt.

Masaharu devinait ce qu'elle voulait dire. Cette heure aurait pu tout changer.

— Oui, si j'étais rentrée plus tôt… reprit-elle avant de s'interrompre pour se mordre les lèvres. Elle ne serait pas morte. Quand j'y pense…

Masaharu, mal à l'aise, entendit des larmes dans sa voix. Il se demanda s'il devait lui tendre un mouchoir mais n'osa pas.

— Parfois je me dis que c'est comme si je l'avais tuée, ajouta-t-elle.

— Tu n'as pas le droit de penser cela. Tu n'as pas fait exprès de rentrer tard !

— Ce n'est pas ce que je veux dire. Ma mère se donnait énormément de mal pour moi. Ce jour-là aussi, elle était épuisée, et c'est pour ça qu'elle a fait ce qu'elle a fait. Si je lui avais donné moins de mal, tout ça ne serait jamais arrivé.

De grosses larmes coulèrent sur les joues pâles de Yukiho. Masaharu la regardait, le souffle coupé. Il mourait d'envie de la serrer dans ses bras, mais savait qu'il ne pouvait pas le faire.

Je ne suis qu'un imbécile, se dit-il. Depuis qu'il avait entendu Tagawa, l'idée qu'elle était peut-être pour quelque chose dans la mort de sa mère le tourmentait.

Il était presque arrivé à la conclusion qu'il s'agissait en réalité d'un suicide.

Les sachets de médicament vides, les bouteilles de saké de la poubelle, les fenêtres fermées, tout cela avait un sens s'il s'agissait d'un suicide. La casserole de soupe était l'unique élément contradictoire.

Mais selon la police, les traces de débordement étaient insuffisantes.

Masaharu pensait qu'il s'agissait d'un suicide, tout en croyant que quelqu'un avait pu renverser de la soupe sur la cuisinière pour faire croire à un accident domestique.

Ce quelqu'un ne pouvait être que Yukiho, car ce qu'elle avait dit du médicament et de l'alcool allait dans le même sens.

Pourquoi aurait-elle voulu faire croire à un accident domestique ? La seule explication était qu'elle était préoccupée par le qu'en-dira-t-on. Être la fille d'une mère qui s'était suicidée aurait nécessairement une influence négative sur la suite de sa vie.

Cette idée lui faisait entrevoir une possibilité plus terrible encore.

Sa mère était-elle déjà morte la première fois qu'elle l'avait découverte? Ou était-il encore possible de la sauver?

Tagawa avait dit qu'elle aurait pu l'être si on l'avait trouvée une demi-heure plus tôt.

Karasawa Reiko était déjà présente dans la vie de Yukiho à l'époque. Peut-être s'était-elle dit que s'il devait arriver quelque chose à sa mère, elle serait recueillie par cette femme raffinée. Comment aurait-elle réagi si elle avait découvert sa mère inconsciente?

C'était précisément l'origine des pensées qui l'avaient tourmenté. Il s'était efforcé de cesser de faire des conjectures à ce sujet, parce que cela lui était insupportable. Mais il n'y était pas arrivé.

En voyant ses larmes, il avait douloureusement pris conscience d'avoir l'esprit terriblement mal tourné. Comment une petite fille aurait-elle pu faire des choses aussi terribles?

— Ce n'est pas ta faute. Que tu dises des choses pareilles doit faire souffrir ta mère, où qu'elle soit aujourd'hui.

— Je n'arrive pas à m'ôter de la tête que tout aurait été différent si j'avais eu ma clé ce jour-là. Parce que j'aurais pu rentrer dans l'appartement sans avoir à aller chercher l'agent immobilier. Et je l'aurais trouvée plus tôt.

— Tu n'as pas eu de chance.

— C'est pour cela qu'aujourd'hui, j'ai toujours ma clé sur moi. Je vais vous la montrer.

Elle se leva et la sortit de sa veste d'uniforme de lycéenne, qui était posée sur un cintre.

— Il n'est pas neuf, ton porte-clés, remarqua Masaharu en le voyant.

— C'est vrai. Je m'en servais déjà quand tout est arrivé. Mais ce jour-là, je l'avais laissé à la maison, expliqua-t-elle en le remettant à sa place.

Le petit grelot qui y était accroché tinta.

V

1

Le tohu-bohu commença à la sortie des tourniquets de la gare.

Les étudiants rivalisaient d'efforts pour leur tendre des prospectus. Une voix éraillée implorait les étudiantes de s'inscrire au club de tennis de leur université.

Kawashima Eriko réussit à sortir de la gare sans avoir pris une seule brochure. Elle échangea un sourire avec son amie, Karasawa Yukiho.

— C'est incroyable, dit Eriko. Il y a même des étudiants d'autres universités !

— Pour eux, c'est probablement le jour le plus important de l'année, répondit Yukiho. Mais ne nous laissons pas impressionner. Ceux qui distribuent les brochures n'ont aucun pouvoir dans les clubs, ajouta-t-elle en relevant ses longs cheveux.

L'université féminine Seika se trouve dans un quartier résidentiel de Toyonaka, au milieu des vieilles maisons de maître du quartier. Elle ne comporte que trois facultés, lettres, arts ménagers, et sports. La rue qui y mène n'est pas en général remplie d'étudiants, mais calme, puisque Seika est une université féminine. Ce jour-là, ce n'était pas le cas, et Eriko se dit que les riverains regrettaient probablement qu'elle soit si proche. Les étudiants de l'université masculine Eimei qui entretient d'étroites relations avec Seika étaient présents en grand nombre pour vanter leurs clubs sportifs et culturels et ils abordaient toutes les jeunes filles qu'ils voyaient, les prenant pour des étudiantes.

"Chez nous, vous pouvez être des membres fantômes, pourvu que vous veniez à nos fêtes. Et dans notre club, il n'y a pas de cotisations." Tel était approximativement le message qu'ils leur transmettaient tous.

Les deux amies mirent vingt minutes pour arriver à l'université au lieu de cinq en temps normal. Eriko savait qu'il lui aurait fallu moins de temps si elle n'avait pas été en compagnie de Yukiho qui attirait irrésistiblement les jeunes hommes. Elle y était habituée, car elles étaient amies depuis le collège.

Le campus était plus calme. Les deux jeunes filles se rendirent dans le gymnase où avait lieu la cérémonie qui ouvrait la nouvelle année universitaire.

Un carton indiquait le nom de chaque département au début de chaque rangée de chaises métalliques, et elles s'assirent dans celle de la section d'anglais qui comptait une quarantaine d'étudiantes en première année, dont seule une vingtaine était présente. La participation à la cérémonie était en effet facultative, et Eriko se dit que les autres arriveraient plus tard, à temps pour la présentation des clubs.

La cérémonie fut brève. L'allocution du président de l'université et des doyens de chaque faculté fut si ennuyeuse qu'Eriko eut du mal à garder les yeux ouverts. Elle réprima à grand-peine son envie de bâiller.

Les deux amies quittèrent ensuite le gymnase et passèrent devant les tables des différents clubs dont les membres vantaient les mérites. Il y avait parmi eux quelques étudiants, sans doute de l'université Eimei, car les deux établissements partageaient quelques clubs.

— Tu comptes entrer dans un club ?

— Peut-être, répondit Yukiho en regardant les différentes affiches avec intérêt.

— Il s'agit surtout de ski et de tennis.

Il y en avait plusieurs dont le but n'était pas la compétition, mais la pratique ludique de ces deux sports.

— Ni le ski ni le tennis ne me tente, lâcha Yukiho.
— Pourquoi ?
— Parce que je ne veux pas bronzer.
— Je comprends…
— Tu sais que la peau a une mémoire étonnante ? Elle se souvient de tous les ultraviolets qu'elle a absorbés. La peau de quelqu'un qui a beaucoup été exposé au soleil jeune s'abîmera plus vite avec l'âge et aura beaucoup de taches. On dit souvent qu'il faut profiter du soleil quand on est jeune, mais c'est l'inverse qui est vrai.
— Ah bon !
— Mais je ne t'empêcherai pas de faire du ski ou du tennis, si tu en as envie.
— Ça ne me dit rien.

Yukiho avait la peau très blanche et Eriko comprenait son désir de la protéger.

Les garçons tournoyaient autour d'elles, telles des mouches autour de gâteaux, leur proposant du tennis, du ski, du golf, du surf, activités qui toutes exposaient aux rayons du soleil. Eriko eut envie de sourire car Yukiho ne risquait pas de s'y intéresser.

Bientôt, elle s'immobilisa, fixant ses yeux de chat sur l'affiche d'un club.

Eriko suivit son regard. Deux jeunes filles, sans aucun doute des nouvelles comme elles, discutaient avec les membres de ce club, qui n'étaient pas en tenue de sport comme les autres. Les filles et les garçons en veste sombre qui étaient assis à cette table paraissaient plus adultes que les étudiants des autres tables, et plus raffinés.

"Club de danse" disait l'affiche qui précisait : "en association avec l'université Eimei".

Les étudiants masculins ne pouvaient rester indifférents à la beauté de Yukiho. L'un d'eux, au visage bien dessiné et plutôt bien fait de sa personne, s'approcha d'elle.

— La danse vous intéresse ?
— Un peu. Mais je n'en ai jamais fait. Je n'y connais rien.
— Il faut un début à tout dans la vie. Ne vous en faites pas, au bout d'un mois, vous saurez danser.
— Est-il possible d'assister à une séance d'essai ?
— Naturellement, répondit le jeune homme en la conduisant au registre des inscriptions.

Il la présenta à l'étudiante de Seika qui le tenait, avant de revenir vers Eriko.

— Et vous, cela vous intéresse ?
— Non, moi, ce n'est pas la peine.
— Ah bon.

Il n'avait dû lui adresser la parole que par politesse car il s'empressa de retourner vers Yukiho, probablement pour éviter que quelqu'un d'autre ne l'accapare. Trois autres étudiants l'entouraient.

Eriko, qui l'attendait, fut surprise d'entendre une voix masculine lui dire : "Pourquoi ne pas venir voir ce que c'est, au moins une fois ?" Elle tourna la tête de côté et vit un étudiant de haute taille qui baissait les yeux vers elle.

— Euh… non… moi, ce n'est pas la peine, répéta-t-elle en accompagnant sa réponse d'un geste de dénégation de la main.

— Et pourquoi ? demanda-t-il en lui souriant.

— Euh… La danse, ce n'est pas pour moi. Mes parents se moqueraient de moi si je leur annonçais que j'avais décidé d'en faire.

— Comment ça ? Ton amie va venir à la séance d'essai, n'est-ce pas ? Pourquoi ne l'accompagnerais-tu pas ? Cela ne te coûtera rien et tu ne seras pas forcée de t'inscrire au club pour autant.

— C'est très gentil de votre part, mais non merci.

— Tu n'as pas envie de danser.

— Non, ce n'est pas ça. J'aimerais beaucoup au contraire. Mais ce n'est pas pour moi. J'en suis sûre.

— Et pourquoi donc ? s'entêta-t-il en prenant une expression perplexe que démentait le sourire de ses yeux.
— Parce que je suis tout de suite malade.
— Malade ?
— Oui, en voiture et en bateau.
— Je ne vois pas le rapport avec la danse, dit-il en fronçant les sourcils.
— Pourtant, quand on danse, on tourne, n'est-ce pas ? Comme Scarlett O'Hara dans les bras de Rhett Butler dans *Autant en emporte le vent*. Et moi, j'ai le mal de mer rien qu'à les regarder, expliqua-t-elle en baissant la voix.

L'étudiant ne put étouffer son fou rire.
— J'ai déjà entendu beaucoup d'arguments pour refuser d'essayer, mais jamais celui-ci !
— Je ne plaisante pas. J'ai vraiment peur.
— Vraiment ?
— Oui.
— Dans ce cas, j'ai une idée. Pourquoi ne pas venir vérifier si cette peur est justifiée ? suggéra-t-il, en la prenant par le bras pour l'amener devant le registre.

Yukiho venait de terminer de s'inscrire et plaisantait avec trois étudiants. Elle parut surprise de voir Eriko et le nouvel arrivant.
— Inscris-la aussi à la séance d'essai, dit-il à la jeune fille qui prenait les inscriptions.
— D'accord, Kazunari, murmura-t-elle.
— J'ai l'impression qu'elle se méprend gravement sur ce qu'est la danse, ajouta-t-il en adressant un sourire radieux à Eriko.

2

À la fin de la séance d'essai du club de danse qui s'acheva à dix-sept heures précises, plusieurs étudiants d'Eimei invitèrent les nouvelles recrues qui leur avaient tapé dans l'œil à boire un café. C'était la principale raison pour laquelle ils appartenaient au club.

Shinozuka Kazunari termina la soirée dans la chambre d'un grand hôtel d'Osaka. Il alla s'asseoir sur le canapé placé près de la fenêtre et ouvrit un cahier.

La séance d'essai avait attiré vingt-trois nouveaux participants. Il était plutôt satisfait. Ce n'était pas énorme, mais plus que l'année précédente et il espérait que la plupart d'entre eux s'inscriraient.

— Il y avait plus de garçons que les autres années.

Allongée dans le lit, Kurahashi Kanae alluma une cigarette et souffla de la fumée. Ses épaules étaient nues, mais la couverture cachait ses seins. La lumière tamisée de la lampe de chevet projetait des ombres sur son visage aux traits exotiques.

— Tu crois ?
— Tu n'en as pas eu l'impression ?
— Non, pas spécialement.

Kanae secoua la tête, et ses longs cheveux bougèrent.

— Pourtant il y en avait beaucoup aujourd'hui. Juste à cause de cette fille.
— Cette fille ?

— Tu sais, celle qui s'appelle Karasawa. Elle s'est inscrite, non?

— Karasawa? Ah oui, son prénom est Yukiho et elle étudie l'anglais, lut-il sur la liste.

— Tu ne vois pas qui c'est? J'ai du mal à le croire!

— Non, je me souviens vaguement d'elle, mais je ne sais pas quelle tête elle a. Il y avait tellement de monde aujourd'hui!

Kanae rit.

— C'est vrai qu'elle n'est pas ton genre.

— Comment ça?

— Elle fait très jeune fille de bonne famille. Toi, tu préfères celles qui ont un côté un peu canaille. Comme moi, par exemple.

— Je ne suis pas sûr que tu aies raison. Tu trouves vraiment que cette Karasawa fait jeune fille de bonne famille?

— Nagayama était dans un état! Il n'arrêtait pas de dire qu'il était sûr qu'elle était vierge, continua-t-elle en gloussant.

— Quel idiot, celui-là, rit Kazunari avant de mordre dans le sandwich qu'il avait fait apporter dans la chambre.

Il repensa à la séance d'essai.

Il ne mentait pas en disant ne pas se rappeler précisément Karasawa Yukiho. Il savait qu'elle était jolie. Mais c'était tout. Il aurait été incapable de la décrire. Ils avaient échangé quelques mots, si brièvement qu'il n'avait même pas remarqué son air de jeune fille de bonne famille. Il avait perçu l'excitation de Nagayama sans en comprendre la cause.

Kazunari se souvenait bien mieux de Kawashima Eriko, l'amie de cette Karasawa, une jeune fille simple, pas du tout maquillée, aux vêtements discrets.

Il l'avait remarquée pendant que Yukiho écrivait ses coordonnées dans le registre, le jour de la présentation des clubs. Eriko l'attendait, un peu à l'écart des autres, plongée dans son monde intérieur, à peine consciente de ce qui se passait autour d'elle, mais visiblement heureuse d'être là. Elle lui avait fait penser à une fleur sauvage qui oscille dans le vent au bord du chemin, une petite fleur discrète dont il avait oublié le nom.

Il lui avait adressé la parole, dans l'état d'esprit qu'il aurait eu en cueillant cette fleur. L'accueil des nouveaux ne faisait pas partie de ses responsabilités en tant que président du club.

Kawashima Eriko était une jeune fille unique. La manière dont elle avait réagi à ce qu'il lui avait dit était totalement inattendue, et sa fraîcheur lui avait paru extraordinaire.

Pendant la séance d'essai, il avait été en permanence conscient de sa présence. Il ne l'avait pas quittée des yeux, pour une raison qu'il comprenait mal lui-même.

Peut-être était-ce le sérieux de son regard. Elle était restée debout tout le temps, alors que les autres nouveaux s'étaient tous assis. Peut-être trouvait-elle impoli de s'asseoir.

Il lui avait adressé la parole au moment où elle s'apprêtait à partir car il voulait connaître ses impressions.

— Cela m'a beaucoup plu, avait-elle répondu en serrant ses mains contre sa poitrine. L'idée d'un club de danse me semblait démodée, mais savoir danser comme ça, c'est merveilleux. Je crois pourtant que c'est destiné à des gens triés sur le volet.

— Pas du tout !
— Vous n'êtes pas d'accord ?
— Les gens qui font de la danse ne sont pas triés sur le volet. Ils ont choisi d'en faire afin de pouvoir danser si l'occasion se présente.

— Vraiment... avait-elle répondu, avec autant d'attention que si elle entendait les paroles d'un prêtre. C'est magnifique, avait-elle ajouté d'un ton convaincu.

— N'exagérons pas, j'ai juste dit quelque chose que je pense en le formulant pour épater.

— Non, non, je vais m'en souvenir. Et je vais essayer d'être à la hauteur, avait aussitôt déclaré Eriko.

— Si je comprends bien, tu as décidé de t'inscrire dans notre club.

— Oui, avec mon amie. Merci de nous y accueillir, avait-elle dit en la regardant.

— Avec plaisir, avait-il dit en tournant à son tour les yeux vers son amie.

— Merci, vraiment, avait-elle fait à son tour en scrutant le visage de Kazunari.

Cela avait été la première fois qu'il la voyait de face. Elle avait un visage plaisant, aux traits réguliers.

Il s'était dit qu'elle avait des yeux de chat. Il s'en souvint et pensa qu'elle n'était probablement pas une simple jeune fille de bonne famille.

Il avait perçu quelque chose d'acéré dans son regard et il ne croyait pas que c'était parce qu'il l'avait offensée en s'intéressant plus à son amie qu'à elle. Non, l'éclat de ses yeux lui paraissait d'une autre nature, plus dangereux, recelant une certaine bassesse. Les yeux d'une vraie jeune fille de bonne famille n'auraient jamais brillé ainsi.

# 3

Deux semaines s'étaient écoulées depuis le début de l'année universitaire.

Les cours terminés, Eriko partit avec Yukiho et d'autres camarades pour l'université Eimei, à environ une demi-heure de train de leur université. Les entraînements mixtes du club de danse avaient lieu les mardis et les vendredis, et ce serait leur quatrième.

— Pourvu que je réussisse à danser aujourd'hui, soupira Eriko dans le train.

— Tu te débrouilles bien, fit Yukiho.

— Pas du tout ! Mes jambes ne font que ce qu'elles veulent. J'ai toujours peur de trébucher.

— Ne dis pas ça, tu risques de désespérer Shinozuka Kazunari qui a tellement fait pour que tu t'inscrives.

— Ce n'est pas gentil de dire ça.

— Tu es la seule qu'il soit allé chercher et il te réserve un traitement de VIP. Montre-toi à la hauteur, ajouta Yukiho en lui décochant un regard glacial.

— Ne me parle pas comme ça, s'il te plaît. Tu sais très bien que je ne supporte pas la pression. Je me demande vraiment pourquoi il est venu me chercher.

— Probablement parce que tu lui plais.

— C'est impossible ! Je comprendrais s'il s'agissait de toi. Et puis il sort avec cette fille qui s'appelle Kurahashi.

— J'ai l'impression qu'ils sont ensemble depuis longtemps.

— D'après ce garçon qui s'appelle Nagayama, cela date de leur entrée à l'université. C'est elle qui aurait fait le premier pas mais je ne sais pas si c'est vrai.

— Je suis prête à le croire, fit Yukiho, qui ne semblait pas particulièrement surprise.

Eriko avait découvert leur relation pendant le premier entraînement. Kurahashi Kanae était la seule à tutoyer le président du club, et elle s'était ostensiblement collée à lui quand ils avaient dansé ensemble, comme pour bien faire comprendre aux nouveaux ce qu'il en était. Le silence des anciens à ce sujet ne faisait que confirmer la relation qui existait entre eux.

— Elle a probablement voulu que les choses soient claires à nos yeux, dit Yukiho.

— Que les choses soient claires ?

— Elle voulait nous montrer qu'il lui appartenait.

— Ah… glissa Eriko en hochant la tête, parce que cela lui paraissait possible et qu'elle n'était pas sans comprendre la motivation de Kanae.

Son cœur battait plus vite quand elle pensait à Shinozuka Kazunari. Était-elle amoureuse ? Elle devait admettre qu'elle avait ressenti une légère déception en les voyant danser ensemble. Peut-être était-ce le but recherché par Kanae.

Des élèves de deuxième année lui avaient expliqué qu'il était le fils du directeur général de la société pharmaceutique Shinozuka Yakuhin, une des plus grandes du Japon, dont son oncle était le PDG, et elle s'était dit qu'avoir des sentiments pour lui était ridicule. C'était en d'autres termes un héritier et Eriko avait du mal à croire qu'elle le connaissait. Son intérêt pour elle ne pouvait relever que d'un caprice.

— Je suis désolée, mais aujourd'hui, je dois partir un peu tôt et je te laisserai seule, dit Yukiho.

— Ah bon.

Depuis quelque temps, son amie faisait parfois des choses sans elle. Eriko avait renoncé à lui demander où elle allait. Le jour où elle avait insisté pour le savoir, Yukiho l'avait punie en refusant de la voir pendant quelque temps. Cela avait été la première ombre sur leur amitié qui avait commencé de nombreuses années plus tôt.

— On dirait qu'il va pleuvoir, murmura Yukiho en regardant les nuages qui s'amoncelaient dans le ciel.

# 4

Plongé dans ses réflexions, il ne remarqua les gouttes de pluie qui tombaient sur le pare-brise que lorsqu'il ne vit presque plus. Il tendit la main gauche pour mettre les essuie-glaces en route, mais la reposa immédiatement sur le volant pour le faire de la main droite. La commande se trouvait à gauche dans les voitures japonaises, mais à droite dans la Golf Volkswagen qu'il avait achetée le mois précédent. Cette voiture allemande n'était pas faite pour rouler à gauche.

Des étudiants qui n'avaient pas de parapluie marchaient sur le trottoir en se protégeant comme ils le pouvaient de la pluie.

Il aperçut Kawashima Eriko. Elle avançait de son habituel pas tranquille, comme si elle ne craignait pas de mouiller sa veste blanche. Aujourd'hui, elle n'était pas avec Karasawa Yukiho.

Kazunari ralentit, rapprocha sa voiture du trottoir et avança à la même vitesse qu'elle. Elle continua sans le remarquer, un léger sourire aux lèvres, comme si elle pensait à quelque chose d'agréable.

Ce ne fut que lorsqu'il appuya légèrement sur le klaxon à deux reprises qu'elle tourna la tête vers la voiture.

Il baissa la vitre.

— Tu es trempée. Tu n'as pas envie de te mettre à l'abri ?

Au lieu d'accueillir son invitation avec un sourire, elle pressa le pas, comme si elle était fâchée. Kazunari accéléra.

— Pourquoi prends-tu la fuite ?

Elle ne s'arrêta pas mais marcha encore plus vite sans même le regarder. Il comprit qu'elle se méprenait sur lui.

— Hé, Kawashima Eriko, c'est moi !

Elle s'immobilisa et se retourna, visiblement surprise.

— Je ne drague que par beau temps. Je ne veux pas abuser de l'avantage que me donne la pluie.

— C'est vous… souffla-t-elle en écarquillant les yeux, avant de se cacher la bouche de la main.

Elle sortit un mouchoir blanc parsemé de petites fleurs pour essuyer son visage, ses mains, puis son cou. Elle enleva sa veste trempée, la plia et la posa sur ses genoux. Il lui suggéra de la mettre sur la banquette arrière mais elle refusa car elle ne voulait pas salir sa voiture.

— Je suis vraiment confuse. Il fait sombre, et je ne vous ai pas reconnu.

— Ce n'est pas grave ! La manière dont je t'ai abordée pouvait prêter à confusion, dit Kazunari, bien décidé à la raccompagner jusque chez elle.

— Vous savez, il arrive de temps en temps que des conducteurs me fassent ce genre de propositions.

— Tu as du succès, dis donc !

— Non, euh… Cela ne se produit que lorsque je suis avec Yukiho, c'est pour elle.

— Mais aujourd'hui, elle n'est pas avec toi. Pourtant elle est venue à l'entraînement, non ?

— Oui, mais elle avait à faire et elle est partie avant la fin.

— Je vois. C'est pour ça que tu es toute seule, mais quand même… fit Kazunari en la regardant du coin de l'œil. Pourquoi est-ce que tu marchais ?

— Pourquoi est-ce que je marchais ?

— À l'instant, je veux dire.

— Il faut bien que je rentre chez moi, non ?

— Bien sûr, mais pourquoi ne courais-tu pas comme les autres ?

— Je ne suis pas particulièrement pressée.

— Mais il pleut fort.

— Quand on court, la pluie tombe encore plus fort sur la tête, non ? Comme elle le fait sur le pare-brise, dit-elle en le montrant du doigt.

La pluie était plus soutenue et les balais des essuie-glaces peinaient à chasser toutes les gouttes.

— Peut-être, mais quand on court, on est exposé à la pluie moins longtemps.

— Dans mon cas, cela n'aurait presque pas fait de différence. Pourquoi courir pour gagner deux ou trois minutes ? J'aurais pu glisser et tomber.

— Tomber ? Quand même pas, rit-il.

— Je suis sérieuse, je tombe souvent. D'ailleurs, j'ai trébuché aujourd'hui pendant l'entraînement. J'ai buté contre le pied de mon partenaire. Il a été gentil et m'a dit que je ne lui avais pas fait mal mais… expliqua-t-elle en frottant de la main droite ses jambes qui sortaient de sa jupe plissée.

— Tu progresses ?

— Un peu, mais je suis vraiment mauvaise. Je suis la pire de toutes les nouvelles. Yukiho, elle, s'en sort très bien, répondit-elle avant de soupirer.

— Ne t'en fais pas, ça va venir.

— Vous croyez ? J'espère que vous avez raison.

Kazunari profita d'un feu rouge pour regarder son profil. Elle n'était pas maquillée, mais dans la lumière des réverbères, sa peau était aussi lisse que de la porcelaine. Elle sursauta quand il tendit la main pour relever quelques cheveux mouillés qui s'étaient collés à sa joue.

— Excuse-moi… je voulais juste ôter tes cheveux.

— Ah ! s'exclama-t-elle avant de le faire en rougissant légèrement.

Le feu passa au vert.

— Tu te coiffes comme ça depuis longtemps ?
— Comme ça ? Depuis un peu avant que je finisse le lycée.
— Ça ne m'étonne pas. Tu n'es pas la seule nouvelle à avoir cette coupe à la mode, qui convient à Matsuda Seiko mais pas à tout le monde.

Il n'aimait pas la manière dont cette nouvelle star de la chanson portait ses cheveux mi-longs repoussés en arrière.

— Ça ne me va pas ? demanda Eriko d'un ton craintif.
— Eh bien... répondit-il en changeant de vitesse pour prendre un virage. En toute honnêteté, je ne pense pas que ce soit bien pour toi, reprit-il ensuite.
— Ah bon... glissa-t-elle en se passant la main dans les cheveux.
— Cette coupe te plaît ?
— Pas particulièrement, mais Yukiho m'a dit que ça m'allait bien.
— Encore elle... J'ai l'impression que tu lui obéis pour tout.
— Je ne crois pas.

Il remarqua qu'elle avait baissé les yeux. Une idée lui vint. Il regarda sa montre et vit qu'il était un peu avant dix-neuf heures.

— Tu as quelque chose de prévu, maintenant ?
— Non, rien.
— Dans ce cas, tu ne veux pas venir avec moi ?
— Où ça ?
— Tu verras. N'aie pas peur, je ne vais pas t'emmener dans un endroit louche, répondit-il avant d'accélérer.

Il s'arrêta en route pour passer un coup de fil d'une cabine téléphonique, sans rien expliquer à Eriko. Elle paraissait un peu inquiète et cela lui plaisait.

Il se gara devant un immeuble. Sa destination était un magasin situé au premier étage. Quand elle vit ce que c'était, Eriko se cacha la bouche de la main.

— Pourquoi m'emmenez-vous dans un salon de coiffure ?

— J'y vais depuis des années. Ils coupent très bien, rassure-toi, répondit-il avant de l'y faire entrer.

L'homme moustachu d'une trentaine d'années qui tenait le salon avait obtenu de nombreux prix dans des concours de coiffure. Il salua Kazunari.

— Désolé de venir si tard, dit celui-ci.

— Cela ne fait rien. Je suis disponible à n'importe quelle heure pour vous et vos amis.

— Je voudrais que vous lui coupiez les cheveux, expliqua-t-il. D'une manière qui lui aille.

— Très bien.

L'œil inquisiteur avec lequel l'homme étudia son visage intimida Eriko.

— Et puis… reprit Kazunari en regardant l'assistante du coiffeur, je voudrais aussi que vous la maquilliez un peu, afin de mettre en valeur sa nouvelle coupe.

— Très bien, répondit l'assistante, une jeune femme aux yeux brillants.

— Mais… Monsieur Shinozuka, bégaya Eriko, d'un ton embarrassé. Je n'ai pas beaucoup d'argent sur moi aujourd'hui. Et je ne me maquille presque pas…

— Ne t'inquiète pas pour ça. Reste assise tranquillement, et tout ira bien.

— Je n'ai pas dit à ma mère que j'allais me faire couper les cheveux, et elle va se demander pourquoi je ne rentre pas.

— Tu as raison, dit Kazunari qui se tourna vers l'assistante. Je peux emprunter votre téléphone ?

— Bien sûr, répondit-elle en lui apportant le combiné qui se trouvait sur le comptoir.

Il avait un fil très long, probablement pour permettre aux clients de l'utiliser pendant qu'ils se faisaient coiffer. Kazunari le tendit à Eriko.

— Appelle ta mère. Elle ne va pas se fâcher si tu lui dis que tu rentreras tard parce que tu es passée chez le coiffeur ?

Comprenant qu'elle n'avait pas le choix, Eriko le prit avec l'air d'une petite fille au bord des larmes.

Kazunari attendit assis sur le canapé qui se trouvait dans un coin du salon. Une jeune employée qui devait être lycéenne lui apporta un café. Ses cheveux très courts le surprirent, mais son regard se fit vite admiratif. Cela lui allait bien. Ce devait être une nouvelle tendance.

Il était impatient de voir la transformation d'Eriko, qui, il en était sûr, soulignerait sa beauté latente.

Il ne comprenait pas lui-même ce qui le poussait à agir ainsi. Elle avait attiré son attention dès leur première rencontre mais il aurait été incapable de dire ce qui lui plaisait chez elle. La seule chose dont il avait conscience était que personne ne la lui avait présentée et qu'elle n'avait fait aucun effort pour attirer son attention. Il l'avait découverte sans l'aide de qui que ce soit. Il en était heureux parce que toutes les jeunes filles qu'il avait fréquentées jusqu'alors lui avaient été présentées ou s'étaient jetées à sa tête.

Tout bien réfléchi, cela ne s'appliquait pas seulement à ses connaissances féminines. Tout lui avait toujours été donné depuis son plus jeune âge, à commencer par ses jouets et ses vêtements. Il n'avait jamais rien eu à chercher par lui-même, à se procurer lui-même. La plupart du temps, il n'avait même pas le temps de se demander ce qu'il voulait car tout lui arrivait avant qu'il ait le temps de le désirer.

Il avait toujours su qu'il étudierait dans cette université, parce que tous les Shinozuka le faisaient, en choisissant l'économie, comme lui.

Le club de danse ne relevait pas non plus d'un choix personnel. Son père ne souhaitait pas qu'il appartienne à un club, parce que cela le détournerait de ses études, mais il avait fait une exception pour le club de danse, parce que cela lui serait utile plus tard.

Quant à Kurahashi Kanae, elle avait jeté son dévolu sur lui, car elle avait conscience d'être la plus belle étudiante de sa promotion. Elle lui avait demandé d'être son partenaire en première année pour le spectacle annuel auquel les étudiants accordaient une grande importance.

Il avait été flatté qu'elle le choisisse. À force de danser dans les bras l'un de l'autre, leur relation avait changé de nature.

Il n'était pas certain d'en être amoureux. Il aimait sortir avec une fille aussi belle et appréciait son corps, mais cela n'allait pas plus loin. Il n'hésitait jamais à sacrifier un rendez-vous avec elle s'il trouvait quelque chose de plus intéressant à faire et ne souffrait pas quand il ne la voyait pas. Il lui téléphonait tous les jours, comme elle l'exigeait, il le faisait mais cela lui pesait.

Il n'était pas non plus convaincu que Kanae l'aime. Il savait qu'elle voulait avoir le meilleur dans la vie et espérait qu'ils se marieraient, mais son sentiment était qu'elle souhaitait avant tout entrer dans la famille Shinozuka.

Il avait l'intention de rompre avec elle. Aujourd'hui encore, elle s'était collée à lui pendant la séance d'entraînement, afin de souligner qu'ils étaient ensemble, et cette attitude lui déplaisait.

Telles étaient ses réflexions lorsque l'assistante vint le trouver.

— Nous avons terminé, annonça-t-elle avec un sourire.

— Alors ?

— À vous de juger, répondit-elle avec un regard entendu.

Eriko était assise sur la chaise la plus éloignée de lui. Il s'en approcha lentement et eut le souffle coupé en voyant le reflet de son visage dans le miroir.

Ses cheveux ne touchaient pas ses épaules, le lobe de ses oreilles était visible, mais cela soulignait sa féminité au lieu de lui donner une apparence garçonne. Le maquillage rehaussait la blancheur de sa peau et la beauté de ses yeux en amande.

— Je n'en reviens pas, murmura-t-il, la voix nouée par l'émotion.
— J'ai l'air bizarre ? demanda Eriko d'un ton inquiet.
— Pas du tout, s'exclama-t-il. Bravo, lança-t-il en regardant le coiffeur.
— Je n'ai rien fait, répondit celui-ci en souriant.
— Lève-toi, s'il te plaît, demanda Kazunari à la jeune fille.
Elle lui obéit timidement, en le regardant par en dessous.
Il l'observa avant de lui poser une question.
— Tu as quelque chose de prévu demain ?
— Demain ?
— C'est samedi. Tu as cours le matin, et c'est tout, non ?
— Euh… moi, je n'ai pas cours.
— C'est encore mieux. Tu comptais faire quoi ? Tu dois voir quelqu'un ?
— Non, je n'ai rien prévu.
— Bien. Dans ce cas, je te demande de me consacrer ta journée. J'aimerais t'emmener dans différents endroits.
— Où ?
— Tu verras demain !
Il la regarda à nouveau dans le miroir. Le résultat dépassait ses attentes. Il réfléchissait déjà aux boutiques dans lesquelles elle trouverait des vêtements qui mettraient en valeur sa beauté originale.

5

Lorsque Eriko descendit les gradins de l'amphithéâtre pour retrouver Yukiho, son amie lui lança un regard étonné. Elle était stupéfaite.

— Mais… que t'est-il arrivé… commença-t-elle d'un ton hésitant, inhabituel chez elle.

— Il s'est passé beaucoup de choses, répondit Eriko en s'asseyant à côté d'elle.

L'expression surprise avec laquelle la dévisageaient plusieurs étudiantes qu'elle connaissait lui fit plaisir.

— Tu t'es coupé les cheveux quand ?

— Vendredi, le jour où il a plu.

Elle lui raconta comment les choses s'étaient passées. D'ordinaire impassible, Yukiho ne cacha pas son étonnement mais retrouva rapidement le sourire.

— C'est fantastique ! Tu vois, j'avais raison, tu lui plais.

— Tu crois ? demanda Eriko en entortillant une mèche autour du doigt.

— Et samedi, tu as fait quoi ?

— Eh bien… reprit Eriko.

Shinozuka Kazunari l'avait conduite dans une luxueuse boutique où il avait visiblement l'habitude de faire ses achats. Il avait demandé à la patronne de trouver des vêtements pour elle.

Cette femme élégante s'était donné beaucoup de peine. Elle lui avait fait apporter de nombreuses tenues et Eriko avait passé un temps considérable dans la cabine d'essayage.

Lorsqu'elle avait compris où Kazunari l'emmenait, elle s'était dit qu'elle pouvait s'offrir une belle robe, mais les prix affichés sur les étiquettes l'avaient choquée. Elle n'avait pas autant d'argent sur elle, et elle n'aurait pas voulu dépenser autant pour un vêtement si elle l'avait eu.

Elle le lui avait chuchoté.

— Ne te préoccupe pas de cela. Je veux te faire un cadeau, avait-il répondu.

— Il n'en est pas question. C'est beaucoup trop cher.

— Refuser un cadeau d'un garçon n'est pas une bonne idée. Ne t'inquiète pas, je n'exigerai rien en échange. Je veux simplement te voir habillée de quelque chose qui t'aille bien.

— Mais hier déjà, je vous ai laissé payer le coiffeur…

— Cela va de soi, parce que tu as accepté de te laisser couper les cheveux pour moi. Je ne voulais pas être avec une fille coiffée comme Seiko alors que cela ne lui va pas. Et je ne veux pas que tu sois habillée comme une représentante de compagnie d'assurances.

— Je m'habille si mal…

— Hélas, oui.

Eriko s'était sentie très bête. Elle faisait toujours des efforts pour être bien mise.

— J'ai l'impression que tu es enfin en train de filer ton cocon, avait-il dit debout près de la cabine d'essayage. Tu n'es absolument pas consciente de ta propre beauté. Je ne fais que te donner un coup de main.

— Et si ce qui sort du cocon est pareil que ce qu'il y avait avant…

— Cela n'arrivera pas, dit-il en lui tendant un nouveau vêtement avant de refermer le rideau de la cabine.

Elle l'avait laissé lui acheter une seule robe et refusé fermement qu'il en prenne plusieurs comme il le voulait. Sa mère avait été très surprise de ses cheveux courts et elle se demandait comment elle allait expliquer sa nouvelle tenue.

— Tu n'auras qu'à lui dire qu'il y avait une foire aux vêtements d'occasion à la fac, avait-il suggéré en riant. Elle te va très bien, tu sais ! Tu ressembles à une actrice, avait-il ajouté.

— C'est impossible, avait-elle répondu, en se regardant timidement dans le miroir et en constatant que ce n'était pas entièrement faux.

Lorsqu'elle se tut, Yukiho secoua la tête avec une expression incrédule.

— On croirait entendre l'histoire de Cendrillon. Je suis ébahie, je ne sais que te dire.

— J'ai l'impression de vivre un rêve mais je ne sais pas si j'ai eu raison d'accepter.

— Il te plaît, non ?

— Euh… je n'en suis pas complètement sûre.

— À voir ton sourire, j'ai du mal à te croire, dit Yukiho d'un ton enjoué.

Le lendemain était un mardi, jour d'entraînement du club de danse à l'université Eimei, et la transformation d'Eriko ne passa pas inaperçue. Elle lui valut de nombreux regards étonnés.

— C'est fou ce qu'une coupe de cheveux et un maquillage bien appliqué peuvent transformer quelqu'un. Je devrais peut-être essayer.

— Ça a marché sur elle parce qu'elle avait un potentiel. Quand on n'en a pas…

— Tu exagères !

Jusqu'à ce jour, Eriko n'avait jamais été au centre de l'attention. Elle avait toujours été le témoin de celle que suscitait Yukiho qui, ce jour-là, se tenait un peu à l'écart et observait la situation, le sourire aux lèvres.

Sa métamorphose lui valut l'intérêt des garçons du club dont plusieurs vinrent la trouver et lui demander ce qui lui était arrivé pour changer à ce point. Était-ce lié à une raison sentimentale ? Son petit copain l'avait-il plaquée ? Ou au contraire, avait-elle rencontré quelqu'un ?

Elle découvrit à quel point il est agréable d'être remarquée et en ressentit de l'envie pour Yukiho qui y était habituée.

Sa transformation ne réjouit pas tout le monde. Certaines étudiantes plus âgées l'ignorèrent ostensiblement. Kurahashi Kanae lui jeta un regard méchant et murmura de façon audible qu'il lui faudrait encore longtemps avant de pouvoir séduire. Elle n'avait visiblement pas compris que son ami était responsable de cette métamorphose.

Une étudiante de deuxième année convoqua Eriko avant le début de l'entraînement.

— Fais le bilan des recettes et des dépenses du club, ordonna-t-elle en lui tendant une grande enveloppe brune. Tu trouveras là-dedans le cahier de bord et tous les reçus et les factures de l'année dernière. Range-les par dates et inscris-les chronologiquement. Tu as compris ?

— J'ai combien de temps pour le faire ?

— Jusqu'à la fin de l'entraînement d'aujourd'hui, répondit l'étudiante. C'est un ordre de Kurahashi Kanae.

— Ah... Très bien.

L'étudiante s'éloigna et Yukiho vint trouver Eriko.

— C'est injuste ! Tu n'auras pas le temps de danser aujourd'hui. Je vais t'aider.

— Non, je vais y arriver, ne t'en fais pas pour moi.

Elle regarda ce que contenait l'enveloppe. Le cahier de bord n'avait pas été mis à jour pendant la précédente année universitaire.

Elle l'ouvrit et une carte plastique en tomba.

— Mais c'est une carte de retrait ! s'exclama Yukiho. Probablement celle du compte du club. Comment peut-on la laisser traîner comme ça ? Si quelqu'un la volait...

— Oui, mais sans le code, elle ne sert à rien, répondit Eriko qui savait que son père qui en avait une depuis quelque temps ne l'avait encore jamais utilisée, car il ne faisait pas confiance aux machines.

— Tu as raison mais… répondit Yukiho comme si elle voulait ajouter quelque chose.

Eriko lut ce qui était écrit sur la carte. Elle était émise par la banque Sankyō.

Elle se mit immédiatement au travail, mais cela lui prit plus longtemps qu'elle ne le pensait. Yukiho vint l'aider, mais l'entraînement était terminé lorsqu'elle arriva au bout de sa tâche.

Les deux jeunes filles quittèrent le gymnase ensemble pour remettre l'enveloppe à Kurahashi Kanae, qu'elles croyaient trouver au vestiaire. La plupart des membres du club étaient déjà partis.

— Je ne sais pas pourquoi on est venues aujourd'hui, soupira Yukiho.

Au moment où elles allaient entrer dans le vestiaire, elles entendirent une voix dire : "Il ne faudrait quand même pas me prendre pour une idiote !"

Eriko s'immobilisa. Elle avait reconnu la voix de Kurahashi Kanae.

— Je ne te prends pas pour une idiote. C'est justement parce que j'ai du respect pour toi que je veux tout t'expliquer.

— Comment ça, tu as du respect pour moi ! Tu me prends pour une idiote, c'est tout !

La porte s'ouvrit brusquement et Kanae en jaillit, les sourcils froncés. Elle ne dut pas les voir car elle partit à grands pas dans le couloir sans leur adresser la parole. Ni Eriko ni Yukiho n'osèrent le faire.

Shinozuka Kazunari apparut. Il esquissa un sourire gêné en les voyant.

— Vous étiez là ! Je crains que vous n'ayez eu à entendre des paroles désagréables.

— Vous ne comptez pas la rattraper ? demanda Yukiho.

— Non. Vous partez aussi, n'est-ce pas ? Je vais vous raccompagner en voiture.

— Je vous remercie mais j'ai quelque chose à faire, répondit immédiatement Yukiho. Je vous confie Eriko.
— Yukiho…
— Je rendrai l'enveloppe à Mlle Kurahashi la prochaine fois, ajouta-t-elle en la prenant des mains d'Eriko.
— Tu es sûre que tu n'as pas besoin que je te ramène ? insista Kazunari.
— Non, ce n'est pas la peine, répéta-t-elle avant de partir dans la même direction que Kurahashi Kanae.

Kazunari soupira.

— On dirait qu'elle veut nous laisser seuls, lâcha-t-il.
— Vous êtes sûr que vous ne voulez pas rattraper Mlle Kurahashi ?
— Oui. N'en parlons plus, répondit-il en mettant la main sur l'épaule d'Eriko. Tout est fini entre nous.

# 6

Une jeune fille en minijupe noire lui souriait dans le miroir. Jusqu'à il y a quelques jours, Eriko n'aurait jamais osé en mettre une aussi courte. Elle pivota lentement sur elle-même. Cela devrait lui plaire.

La vendeuse vint lui demander si le vêtement lui convenait. En la voyant, elle lui fit un grand sourire et s'exclama qu'il lui allait très bien, d'un ton qui lui parut sincère.

— Je vais la prendre, dit Eriko.

La jupe n'était pas d'une grande marque, mais elle était à son goût.

Il faisait déjà nuit quand elle quitta le magasin. Elle se dirigea vers la gare d'un pas pressé.

Mai allait bientôt s'achever. C'était le quatrième vêtement qu'elle achetait depuis le début du mois. Ces derniers temps, elle faisait souvent du shopping seule. C'était plus facile. Elle prenait du plaisir à passer des heures à chercher quelque chose qui plairait à Kazunari. Elle ne pouvait demander à Yukiho de l'accompagner. D'ailleurs, elle se serait sentie mal à l'aise avec elle.

Elle passa devant la devanture d'un grand magasin et regarda son reflet dans la vitrine. Celle qu'elle était il y a deux mois ne se serait pas reconnue dans ce qu'elle vit.

Eriko s'intéressait à présent beaucoup à son apparence. Elle était en permanence soucieuse de l'image qu'elle avait pour les autres, et particulièrement pour Kazunari. Elle faisait des essais de maquillage, cherchait la meilleure façon de s'habiller. Quand elle se regardait dans le miroir et qu'elle constatait une amélioration, elle en était contente.

— Tu as beaucoup embelli, Eriko. Tu fais beaucoup de progrès. J'ai l'impression d'assister à l'éclosion d'un papillon, lui avait dit Yukiho.

— Ne me dis pas ça ! Tu m'embarrasses !

— Mais c'est la vérité, avait répondu son amie.

Elle n'avait pas oublié le mot "cocon" que Kazunari avait utilisé. Elle voulait sortir de ce cocon et devenir une vraie femme.

Ils avaient déjà eu dix rendez-vous. Il lui avait demandé de devenir son amie le jour où il s'était disputé avec Kurahashi Kanae, lorsqu'il l'avait ramenée chez elle en voiture.

— Vous voulez sortir avec moi parce que vous vous êtes séparé d'elle ? lui avait-elle demandé.

Il avait fait non de la tête.

— J'avais l'intention de la quitter. Et tu es apparue. Cela m'a décidé.

— Elle sera probablement très en colère si elle apprend que nous nous voyons.

— Il suffit que nous gardions notre relation secrète pendant quelque temps. Si nous n'en parlons pas, personne ne le saura.

— C'est impossible. Quelqu'un finira par le découvrir.

— Nous aviserons à ce moment-là. Je veillerai à ce que tu n'aies pas d'ennuis.

— Mais… avait commencé Eriko sans trouver les mots pour finir sa phrase.

Il avait garé la voiture le long du trottoir. Deux minutes après, il l'embrassait.

Depuis cet instant, Eriko avait l'impression de vivre un rêve éveillé. Elle osait à peine y croire.

Personne au sein du club de danse ne semblait avoir remarqué qu'ils étaient ensemble. Yukiho était la seule à le savoir. D'ailleurs, deux étudiants du club de danse lui avaient demandé de sortir avec eux dans les deux semaines qui venaient de s'écouler. Elle avait naturellement refusé, même si elle n'avait jusqu'alors jamais reçu de telles invitations.

Mais elle continuait à être préoccupée par Kurahashi Kanae.

L'étudiante n'avait participé qu'à deux séances d'entraînement depuis le début du mois, probablement parce qu'elle n'avait aucune envie de voir Kazunari, mais Eriko ne pouvait s'empêcher de penser que Kanae savait qu'ils sortaient ensemble. Lorsqu'elles se croisaient à l'université, Kanae lui lançait des regards assassins. Eriko se sentait néanmoins obligée de la saluer, car elle était plus âgée qu'elle, mais Kanae ne répondait pas.

Elle n'en avait pas encore parlé à Kazunari, mais pensait le faire tôt ou tard.

Sans cette préoccupation, son bonheur qui la conduisait souvent à sourire, même quand elle était seule, aurait été complet.

Le paquet à la main, elle marchait. Elle n'était plus qu'à quelques minutes de chez elle.

Elle leva la tête et vit des étoiles dans le ciel. Il ferait beau demain. Elle verrait Kazunari et comptait mettre sa nouvelle jupe.

Elle se rendit compte qu'elle souriait à nouveau et en fut tout embarrassée.

# 7

La mère d'Eriko décrocha à la troisième sonnerie.
— Bonjour madame Kawashima, mon nom est Shinozuka, et j'aurais aimé parler à Eriko, dit Kazunari.
— Elle est sortie pour l'instant, répondit sa mère après un court silence.
Il n'en fut pas surpris.
— Et à quelle heure reviendra-t-elle ?
— Eh bien… je ne sais pas exactement.
— Pourriez-vous me dire où elle est allée ? Elle n'est jamais là quand j'appelle, se permit-il, parce que c'était la troisième fois qu'il essayait depuis le début de la semaine.
— Vous n'avez pas de chance, c'est tout. Elle est allée rendre visite à de la famille, répondit sa mère d'une voix qui manquait d'assurance.
— Dans ce cas, pourriez-vous lui demander de me rappeler à son retour ? reprit-il, légèrement irrité. Je pense qu'elle saura de qui il s'agit si vous lui donnez mon nom.
— Vous êtes monsieur Shinozuka, c'est bien cela ?
— Oui, et je vous remercie d'avance.
— Euh…
— Oui ?
La mère d'Eriko recommença à parler après un silence de quelques secondes.
— Je suis vraiment navrée d'avoir à vous dire cela, mais je vous prie de ne plus l'appeler.
— Quoi ?

— Je sais que vous vous êtes vus pendant quelque temps, mais elle est encore trop jeune, et je vous demande de ne plus chercher à la voir. C'est ce qu'elle souhaite.

— Comment ça ? Que voulez-vous dire ? C'est elle qui le souhaite ? Elle ne veut plus me voir ?

— Non, ce n'est pas cela mais… elle ne peut pas continuer à vous voir. J'en suis désolée. Voilà la situation, et je vous serai reconnaissante de ne pas me poser plus de questions. Merci.

— Euh… mais…

Elle raccrocha, sans prêter attention à ses protestations.

Kazunari sortit de la cabine téléphonique. Il n'y comprenait rien.

Cela faisait plus d'une semaine qu'il n'avait plus de nouvelles d'Eriko. La dernière fois qu'il lui avait parlé remontait au mercredi de la semaine précédente. Elle lui avait annoncé qu'elle irait acheter une jupe qu'il verrait quand elle viendrait à la séance d'entraînement du lendemain mais elle n'y était pas venue.

Karasawa Yukiho avait appelé le club pour dire qu'elle ne pourrait pas y participer car un de leurs professeurs lui avait confié un travail urgent.

Il avait appelé Eriko le même soir. Comme aujourd'hui, sa mère lui avait dit qu'Eriko était chez des parents et ne rentrerait pas ce soir-là.

Il avait à nouveau téléphoné le lendemain. Elle n'était pas à la maison, lui avait dit sa mère, la voix embarrassée. Il avait compris que ses appels la gênaient.

Chaque fois qu'il avait essayé depuis, il avait eu la même réponse et demandé qu'Eriko le rappelle. Le message ne lui avait peut-être pas été transmis, car elle ne lui avait pas téléphoné.

Ni elle ni Karasawa Yukiho n'étaient revenues au club de danse. Il n'avait donc pas pu s'informer auprès de cette dernière. Ce vendredi, les deux jeunes filles étaient à nouveau absentes à l'entraînement dont il s'était éclipsé rapidement pour appeler à nouveau le domicile des Kawashima.

Kazunari ne voyait rien dans sa conduite qui pût justifier le désir d'Eriko de rompre. Les paroles de sa mère ne lui en avaient pas non plus donné l'impression. Elle lui avait dit : "Voilà la situation." De quoi parlait-elle ?

Il revint dans le gymnase en y réfléchissant. Une étudiante accourut à sa rencontre.

— Il y a quelqu'un de bizarre au téléphone qui veut vous parler.

— Quelqu'un de bizarre ?

— Oui, quelqu'un qui demande le responsable du club de danse de l'université féminine Seika. Quand j'ai dit que Kurahashi Kanae n'était pas là, cet homme a demandé à parler au responsable du club de danse de l'université Eimei.

— Qui est-ce ?

— Il ne m'a pas dit son nom.

— D'accord.

Kazunari se rendit dans le bureau qui se trouvait à l'étage. Le combiné du téléphone qui se trouvait devant la loge du gardien était décroché. Il le prit.

— Allô ?

— C'est vous le responsable du club ? demanda une voix masculine qu'il prit pour celle d'un homme plutôt jeune.

— Oui. Que puis-je pour vous ?

— Il y a une fille de Seika qui s'appelle Kurahashi Kanae, hein, demanda la voix anonyme avec un fort accent d'Osaka.

— Oui, et alors ? fit Kazunari qui décida d'utiliser le même registre que son interlocuteur.

— J'ai un message pour elle. Elle est retard sur le paiement.

— Le paiement ?

— Le paiement de la seconde moitié. Tout s'est passé comme sur des roulettes, et maintenant il faut payer. On avait dit cent vingt mille yens pour la première moitié, et cent trente mille pour la seconde. Dis-lui de faire fissa. Elle est bien responsable du club de danse de Seika, non ?

— Mais qu'est-ce qu'elle doit payer ? Qu'est-ce qui s'est passé comme sur des roulettes ?

— Ça ne te regarde pas.

— Dans ce cas, pourquoi me demander de lui transmettre le message ? demanda Kazunari, ce qui causa l'hilarité de son interlocuteur.

— C'est parce que le mieux, c'est que ce soit toi qui lui en parles.

— Comment ça ?

— T'aimerais le savoir, hein ! répliqua l'homme en raccrochant.

Kazunari se résigna à en faire autant. Il se hâta de quitter les lieux sous le regard suspicieux du gardien, un homme âgé.

Cent vingt mille yens pour la première moitié, cent trente mille pour la seconde...

Que pouvait lui avoir demandé Kurahashi Kanae pour une si grosse somme ? D'après sa voix, son interlocuteur n'était pas un homme recommandable. Il se demanda aussi pourquoi il lui avait dit que le mieux serait que ce soit lui qui en parle à Kanae.

Le cœur lourd, il se dit qu'il allait devoir l'appeler pour en savoir plus. Il ne lui avait pas parlé une seule fois depuis leur rupture. Il était entièrement préoccupé par Eriko.

Il rentra chez lui en voiture après l'entraînement. Il avait son propre casier à lettres dans sa chambre. L'employée de maison y mettait les enveloppes qui lui étaient destinées. Il en contenait trois, deux de publicité, et une troisième, arrivée par porteur spécial. Le nom de l'expéditeur n'était pas indiqué, et l'adresse écrite d'une manière inhabituelle.

Il la prit, s'assit sur son lit, et l'ouvrit avec un mauvais pressentiment.

Elle ne contenait qu'une photo.

Il ressentit un choc énorme en la voyant.

## 8

Karasawa Yukiho arriva avec cinq minutes de retard. Kazunari lui fit signe de la main. Elle vint immédiatement le retrouver.

— Je suis désolée d'être en retard.

— Ce n'est pas grave, je viens d'arriver.

Yukiho commanda un thé au lait à la serveuse. La brasserie était déserte en cet après-midi de semaine.

— Merci d'avoir accepté ce rendez-vous.

— Il n'y a pas de quoi, répondit-elle. Mais comme je vous l'ai dit au téléphone, je ne peux pour l'instant rien vous dire au sujet d'Eriko.

— Je sais. J'imagine qu'elle a un lourd secret.

Elle baissa ses longs cils. Certains membres du club de danse la trouvaient jolie comme une poupée. Il aurait pu être d'accord avec eux si elle avait eu des yeux plus ronds.

— Me dire cela n'aurait de sens que si je ne savais rien.

— Comment ça ? demanda-t-elle en le regardant.

— J'ai reçu une photo, reprit-il. D'un expéditeur anonyme, par porteur spécial.

— Une photo ?

— J'aurais préféré ne pas te la montrer, dit-il en mettant la main dans sa poche.

— Un instant, répliqua Yukiho. Elle a été prise sur… la plateforme d'un camion ?

— Exactement. Et elle représente…

— Eriko ?
— Oui, fit-il, sans ajouter qu'elle était nue comme un ver.

Yukiho se cacha la bouche de la main. Elle semblait sur le point de fondre en larmes, mais elle réussit à se dominer parce que la serveuse apportait son thé. Kazunari en fut soulagé. Il n'avait pas envie de la voir pleurer ici.

— Cette photo, tu l'as vue aussi ?
— Oui.
— Où ?
— Chez elle. Ses parents aussi l'ont reçue. J'étais stupéfaite. Dans cet état…

Elle se tut, la gorge nouée.

— Comment cela a-t-il pu arriver ? demanda-t-il en serrant les poings.

Les paumes moites, il regarda par la fenêtre afin de ne pas perdre son calme. Un fin crachin tombait. Juin venait de débuter, la saison des pluies avait peut-être commencé. Il se souvint qu'il pleuvait le jour où il avait emmené Eriko chez le coiffeur.

— Tu ne veux pas me dire ce dont il s'agit ?
— Eh bien… C'est simple. Elle a été agressée.
— Tu ne m'aides pas à comprendre. C'était où ? Quand ?
— Tout près de chez elle. Cela fera deux semaines jeudi prochain.
— Tu en es sûre ?
— Oui.

Il sortit son agenda, et vérifia la date. Il ne s'était pas trompé. C'était le lendemain du jour où elle l'avait appelé pour la dernière fois, pour lui dire qu'elle comptait s'acheter une jupe.

— Elle a porté plainte ?
— Non.
— Pourquoi ?

— Les parents d'Eriko pensent que s'ils le font, il y a un risque que l'affaire s'ébruite et que cela lui nuira. Je suis d'accord avec eux.

Kazunari frappa du poing sur la table. Il ressentait de la colère mais comprenait la position des parents d'Eriko.

— S'il a envoyé des photos à ses parents et à moi, son agresseur est un malade. Tu en es consciente ?

— Oui. Mais qui peut faire une chose pareille ?

— J'ai mon idée là-dessus.

— Ah oui ?

— À propos d'une personne spécifique.

— Ce ne serait pas…

— Si, se contenta-t-il de dire en la regardant.

— Mais… Une fille ne pourrait pas faire cela, fit-elle comme si elle avait lu dans son esprit.

— Si, à condition de louer les services de quelqu'un. D'un homme assez vil pour faire une chose pareille.

Il lui raconta brièvement la conversation téléphonique qu'il avait eue la semaine passée avec un inconnu.

— J'ai reçu la photo le même jour et je me suis dit que cet appel avait un rapport avec elle. Je n'avais pas oublié qu'étrangement, cet inconnu savait que Kanae était la responsable du club de danse.

Yukiho retint son souffle.

— Cela me paraissait difficile à croire, et j'ai décidé de vérifier.

— Vous avez demandé directement ce qu'il en était à Mlle Kurahashi ?

— Non, ça, je n'ai pas pu. Mais j'avais un autre moyen. Comme j'avais le numéro du compte, j'ai décidé d'interroger la banque pour savoir s'il y a eu des sorties d'argent.

— Mais c'est elle qui a le livret, n'est-ce pas ?

— Certes, mais j'avais un autre moyen.

Kazunari hésita. Il avait tout simplement demandé au responsable de la banque Sankyō chargé des affaires de sa famille de bien vouloir le vérifier.

— J'ai appris que mardi il y a deux semaines, cent vingt mille yens ont été prélevés avec la carte du club. Et que ce matin, une somme de cent trente mille yens avait été retirée.

— Quelqu'un d'autre aurait pu le faire, non ?

— J'ai mené ma petite enquête. Personne d'autre qu'elle n'a eu la carte ces trois dernières semaines. Tu es la dernière personne à l'avoir eue en main à part elle, ajouta-t-il en tendant le doigt vers elle.

— C'était le jour où Eriko a dû mettre à jour le journal de bord. Je l'ai rendu avec la carte à Mlle Kurahashi deux ou trois jours plus tard.

— Et depuis, c'est elle qui a la carte. Les choses sont claires. Elle a payé quelqu'un pour agresser Eriko.

Yukiho poussa un long soupir avant de dire qu'elle avait du mal à y croire.

— Moi aussi, fit-il.

— Ce ne sont que des suppositions de votre part. Vous n'avez pas de preuves. Peut-être a-t-elle eu besoin de retirer ces montants pour une autre raison.

— Tu crois vraiment que de telles coïncidences sont possibles ? Je pense que je devrais porter plainte. Si la police enquête là-dessus, elle aura sans doute des ennuis.

Il comprit en regardant Yukiho que cela ne lui paraissait pas une bonne idée.

— Comme je vous l'ai dit tout à l'heure, les parents d'Eriko veulent éviter que l'affaire ne s'ébruite. Même si la police devait s'en mêler et identifier le coupable, cela ne soulagerait pas Eriko, dit-elle sitôt qu'il eut fini de parler.

— Mais je ne peux quand même pas rester sans rien faire. Cela m'est insupportable.

— C'est votre problème, non ? réagit Yukiho en le regardant droit dans les yeux.

Incapable de trouver un argument à lui opposer, il respira profondément et la fixa à son tour.

— Si j'ai accepté de vous rencontrer aujourd'hui, c'est aussi pour vous donner un message d'Eriko.
— Un message ?
— Adieu, merci pour tout, voilà ce qu'elle m'a chargée de vous dire, annonça-t-elle d'un ton administratif.
— Comment ça ? Il faut que je la voie au moins une fois !
— Ne demandez pas l'impossible. Essayez plutôt de vous mettre à sa place, lança Yukiho en se levant alors qu'elle n'avait bu qu'une gorgée de son thé au lait. Je n'avais aucune envie de faire le messager. Je n'ai accepté que parce que c'était elle. Je vous demande de le comprendre.
— Mais…
— Au revoir, dit-elle avant de se diriger vers la sortie du café.

Elle s'arrêta, et se retourna vers lui.

— Ah oui, je tiens à vous dire que je n'ai aucune intention d'arrêter la danse. Eriko se sentirait coupable si je le faisais.

Elle repartit et quitta le café.

Kazunari soupira et regarda par la fenêtre. La pluie n'avait pas cessé.

9

Il n'y avait rien d'autre à voir à la télévision que des émissions inintéressantes. Eriko prit le Rubik's Cube qui traînait sur son lit. L'objet qui avait connu un énorme succès l'année précédente était oublié de tous aujourd'hui, parce que sa difficulté n'était qu'apparente. Même un écolier pouvait y arriver si on lui en apprenait le secret. Malgré les conseils que lui avait donnés Yukiho quand elle le lui avait apporté quatre jours plus tôt, Eriko ne l'avait pas encore découvert et elle ne faisait aucun progrès.

Je ne suis bonne à rien, se répéta-t-elle une fois de plus.

On frappa à sa porte. Puis elle entendit la voix de sa mère lui annoncer la visite de Yukiho. Elle répondit qu'elle voulait bien la voir.

Quelques secondes plus tard, il y eut un bruit de pas et la porte s'ouvrit lentement. Yukiho apparut.

— Tu dormais ?

— Non, je jouais avec ça, répondit Eriko en lui montrant le Rubik's Cube.

Yukiho entra en souriant. Avant de s'asseoir, elle lui tendit une boîte de choux à la crème. Eriko la remercia.

— Ta mère m'a dit qu'elle allait nous apporter du thé.

— Ah bon. Et… tu l'as rencontré ? demanda Eriko d'une voix craintive.

— Oui.

— Et… tu lui as donné mon message ?

— Oui. Cela n'a pas été facile.
— Je suis désolée d'avoir dû te demander cela.
— Ce n'est rien, répondit Yukiho en lui serrant gentiment la main. Comment te sens-tu aujourd'hui ? Tu n'as plus mal à la tête ?

Le chloroforme utilisé par son agresseur lui avait causé des maux de tête pendant plusieurs jours. Le médecin qu'elle avait consulté avait expliqué qu'ils étaient aussi d'origine psychosomatique.

Ce soir-là, sa mère, inquiète de ne pas la voir revenir, était partie à la gare à sa rencontre. En chemin, elle avait découvert Eriko, allongée sur la plateforme d'un camion, dans un état de semi-conscience. Sa fille n'oublierait jamais le choc qu'elle avait ressenti lorsqu'elle avait repris connaissance et avait vu sa mère, debout à côté d'elle, en larmes.

Quelques jours plus tard, elle avait reçu une lettre anonyme sans aucun message, à part cette horrible photo. La noirceur des intentions de la personne qui la lui avait envoyée avait ajouté à son trouble.

Elle avait décidé sur-le-champ qu'elle mènerait désormais une vie discrète et ne ferait plus jamais rien qui puisse attirer l'attention. Comme avant. C'était ce qui lui convenait.

Elle avait vécu une chose épouvantable, mais une seule idée la réconfortait. Si étrange que cela puisse paraître, son agresseur ne l'avait pas violée. Il l'avait entièrement déshabillée et l'avait photographiée nue. Ce devait être son véritable but.

C'était la raison pour laquelle ses parents avaient décidé de ne pas porter plainte. Ils ne voulaient pas que quelqu'un sache ce qu'avait subi leur fille, parce que les gens ne manqueraient pas d'en conclure qu'elle avait été violée.

Eriko se souvenait d'un épisode semblable quand elle était au collège. Une de ses camarades avait été agressée alors qu'elle rentrait chez elle. Yukiho et elle l'avaient découverte à moitié nue dans la rue.

"Heureusement, l'agresseur lui a juste enlevé ses vêtements, c'est tout", leur avait expliqué la mère de Fujimura Miyako. À l'époque, elle avait eu du mal à y croire, mais elle savait à présent que c'était possible. Elle n'en était pas moins convaincue que si quelqu'un apprenait ce qui lui était arrivé, il aurait du mal à croire qu'elle n'avait pas perdu sa virginité.

— J'espère que tu vas vite te remettre, et je ferai tout pour t'aider, dit Yukiho en serrant plus fort sa main.

— Merci. Tu es mon seul soutien.

— Tu vas voir. Tu t'en sortiras, avec moi.

Au même moment, elle prêta l'oreille à ce que disait le présentateur des nouvelles télévisées :

"Nous venons d'apprendre qu'un habitant de Tokyo a été victime d'une escroquerie bancaire d'un nouveau type. Lorsqu'il a voulu retirer de l'argent sur son compte dans la succursale de sa banque ce 10 juin, il a découvert que son compte avait été siphonné des deux millions de yens qui s'y trouvaient. L'enquête a établi que cela résultait de sept prélèvements effectués par carte dans une succursale de Fuchū au mois d'avril. La victime ne s'était encore jamais servie de la carte de prélèvement que lui avait recommandée la banque en 1979 et la gardait dans un tiroir à son domicile. La police pense qu'il est possible que cette carte ait été reproduite frauduleusement, et..."

Yukiho éteignit la télévision.

VI

1

La porte automatique s'ouvrit et Sonomura Tomohiko entra après avoir discrètement pris une profonde inspiration.

Il luttait contre l'envie de porter sa main à la tête. Il avait en permanence l'impression que sa perruque allait glisser. Or Kirihara Ryōji lui avait signifié qu'il devait absolument éviter ce geste et ne pas non plus toucher ses lunettes. Cela risquait de faire comprendre qu'il était déguisé.

L'agence de Tamatsukuri de la banque Sankyō comportait deux guichets automatiques dont l'un était utilisé par une femme d'âge moyen vêtue d'une robe violette. Peut-être ne savait-elle pas bien s'en servir car elle était très lente. Elle jetait de temps à autre des coups d'œil autour d'elle, probablement dans l'espoir de croiser le regard d'un employé prêt à l'aider. Mais il était après seize heures et l'agence était vide.

Tomohiko craignait qu'elle ne lui demande de l'aide, ce qui le contraindrait à renoncer à ce qu'il comptait faire aujourd'hui.

Il n'y avait pas d'autres clients, et il ne pouvait pas trop s'attarder. Devait-il tourner les talons ? Mais il avait très envie de faire un essai.

Il s'approcha posément du second guichet en espérant que la femme un peu corpulente qui continuait à fixer l'appareil d'un œil perplexe s'en irait.

Il ouvrit son sac, mit une main à l'intérieur, et toucha la carte du bout des doigts. Il la prit pour la sortir.

— Excusez-moi… fit la femme au même instant. J'essaie de déposer de l'argent, mais ça ne marche pas, expliqua-t-elle avec l'accent d'Osaka.

Il remit immédiatement la carte dans son sac et agita l'avant-bras de côté pour faire comprendre qu'il ne pouvait pas l'aider.

— Vous ne savez pas comment faire ? Je me suis laissé dire que c'était à la portée de tout un chacun, s'obstina-t-elle.

Tomohiko continua à agiter le bras. Il ne fallait surtout pas qu'elle entende sa voix.

— Mais qu'est-ce que tu fabriques ? Dépêche-toi, sinon on va être en retard.

La voix venait de derrière lui. Ce devait être l'amie de l'autre, qui l'attendait. Son accent d'Osaka était tout aussi prononcé.

— Elle est bizarre, cette machine. Je n'arrive pas à m'en servir. Tu en as déjà utilisé une, toi ?

— Non, non. Je ne veux même pas essayer.

— Je n'arrive à rien.

— Tu ferais mieux de revenir demain quand il y aura quelqu'un au guichet. Tu n'es pas pressée, non ?

— Non, pas spécialement. Je me suis fait faire une carte parce que l'employé qui s'occupe de mes affaires m'a dit que c'était très pratique, expliqua la femme ronde en remettant la carte dans son sac.

— Tu t'es fait avoir ! Ces cartes ne sont pas pratiques pour les clients, mais pour la banque, car elles leur permettent d'avoir moins d'employés.

— Tu l'as dit. Que ça m'énerve ! Les cartes, c'est l'avenir, qu'ils disent.

Elle se dirigea lentement vers la porte.

Tomohiko poussa un petit soupir, et remit la main dans son sac qui lui avait été prêté. Il ignorait si ce genre de sacs à main était à la mode et se demandait si ses habits féminins n'étaient pas bizarres. Selon Kirihara, beaucoup de femmes s'habillaient encore plus mal.

Il sortit prudemment sa carte qui avait la même taille qu'une carte de retrait de la banque Sankyō mais ne portait aucun logo. Elle comportait cependant une bande magnétique. Il fallait donc prendre garde à ce que la caméra de l'appareil ne la filme.

Il regarda le guichet automatique et appuya sur la touche "retrait". Le message "Veuillez insérer votre carte" s'afficha sur l'écran, une lumière clignota. Il s'exécuta, le cœur battant.

La machine l'avala sans aucune difficulté et un nouveau message apparut : "Composez votre code confidentiel."

L'instant de vérité, se dit-il.

Il composa 4126 sur le clavier et valida.

Il y eut un blanc qui lui parut terriblement long. Si la machine ne réagissait pas normalement, il devrait immédiatement quitter les lieux.

Mais rien de ce genre ne se produisit. Le prochain message lui demanda combien il souhaitait retirer. Il eut envie de sauter de joie, et tapa "200 000 yens".

Quelques secondes plus tard, il avait en main vingt billets de dix mille yens. Il récupéra sa carte blanche et quitta les lieux d'un pas pressé.

Il avait du mal à se mouvoir à cause de sa longue jupe plissée qui lui battait les mollets, mais il s'appliqua à le faire le plus normalement possible. La circulation était dense sur l'avenue devant la banque, mais heureusement pour lui peu de piétons marchaient sur le trottoir. Ses traits étaient tendus sous le fond de teint qui couvrait son visage.

La portière passager de la fourgonnette garée à une vingtaine de mètres de la banque s'ouvrit lorsqu'il arriva à sa hauteur. Il releva légèrement sa jupe pour y monter, en espérant que personne ne le regardait.

Kirihara Ryōji referma le magazine de manga qu'il était en train de lire. Tomohiko l'avait acheté car il contenait la série *Lamu*, dont il aimait le héros.

— Alors ? interrogea Kirihara en tournant la clé de contact.

— Regarde ! répondit Tomohiko en lui montrant l'enveloppe remplie des vingt billets.

Kirihara fit démarrer la fourgonnette en passant une vitesse, sans presque changer d'expression.

— Notre méthode de résolution était la bonne, on dirait, lâcha-t-il d'un ton égal, sans aucune trace d'excitation. Je n'en doutais pas vraiment.

— Moi non plus, mais j'ai quand même eu un frisson quand ça a marché, dit Tomohiko en se frottant le mollet.

Le collant qu'il portait le grattait.

— Tu as fait attention aux caméras ?

— Oui, je n'ai pas levé la tête une seule fois. Mais…

— Mais quoi ? demanda Kirihara en le regardant du coin de l'œil.

— Cette bonne femme a failli faire tout rater.

— Il y avait une bonne femme ?

— Oui.

Tomohiko lui raconta ce qui s'était passé dans l'agence.

Le visage de Kirihara s'assombrit instantanément. Il freina et arrêta la fourgonnette au bord du trottoir.

— Sonomura, je t'avais dit que tu devais immédiatement tout abandonner s'il y avait quelqu'un d'autre, non ?

— Oui, mais j'ai pensé que ce n'était pas grave… répondit-il d'une voix tremblante.

Kirihara l'attrapa par le col du chemisier qu'il portait.

— Tu ne dois rien décider tout seul mais suivre mes ordres. Si tu es arrêté, je le serai aussi, ajouta-t-il en lui lançant un regard furibond.

— Elle n'a pas vu ma tête, insista Tomohiko d'une voix geignarde. Et je ne lui ai pas parlé. Je suis sûr qu'elle serait incapable de me reconnaître.

Kirihara serra les lèvres. Il relâcha Tomohiko.

— Tu es un crétin, lança-t-il dans le dialecte d'Osaka.

— Hein ?

— À ton avis, pourquoi es-tu si piteusement déguisé ?

— Pour qu'on ne puisse pas me reconnaître, non ?

— Exactement. Plus exactement, pour que ni la police ni la banque ne puisse t'identifier. Une fois qu'ils comprendront que quelqu'un s'est servi d'une fausse carte, ils ne manqueront pas d'étudier de près l'enregistrement vidéo. Quand ils te verront, ils croiront tous que c'était une femme, OK ? Tu as les traits fins, au lycée, tu étais tellement connu pour ta beauté que tu avais des fans, hein ?

— Donc la vidéo…

— Sur la vidéo, on verra aussi la bonne femme dont tu parles, non ? Admettons que la police la retrouve. Ça ne sera pas difficile. Une fois qu'ils sauront de qui il s'agit, ils la questionneront. Ils lui demanderont si elle se souvient de quelque chose à propos de la femme qui était dans l'agence au même moment qu'elle. Que se passera-il si elle dit qu'elle a eu l'impression que c'était un homme déguisé en femme ? Ton déguisement n'aura servi à rien.

— Mais je suis sûr qu'elle ne s'en est pas rendu compte. J'en suis certain.

— Comment peux-tu dire ça ? Les femmes sont des créatures qui observent les gens pour le plaisir. Celle-là pourrait par exemple se souvenir du genre de sac à main que tu avais.

— Quand même pas…

— Je te dis juste que c'est possible. Si jamais elle n'a rien remarqué, tu auras eu de la chance, et c'est tout. Et quand on fait ce qu'on fait, on ne peut pas compter sur la chance. Cela n'a rien à voir avec la fois où tu avais volé une veste dans une boutique autrefois.

— J'ai compris, et je présente mes excuses, glissa Tomohiko en courbant la tête.

Kirihara inspira et passa une vitesse. La voiture repartit.

— Mais… reprit timidement Tomohiko, je crois vraiment qu'il n'y a pas de souci à se faire pour cette bonne femme. Elle ne pensait qu'à ce qu'elle faisait.

— Même si tu as raison, il n'empêche que le déguisement n'avait plus de sens.

— Comment ça ?

— Tu ne lui as pas parlé du tout, n'est-ce pas ?

— Oui, donc…

— Donc quoi ? fit Kirihara sans élever la voix. Comment peux-tu imaginer qu'une femme se taise dans une telle situation ? La police en déduira qu'il y avait une raison pour que tu gardes le silence et pensera nécessairement qu'il pouvait s'agir d'un homme grimé en femme. Voilà ce que je veux dire.

Tomohiko n'avait rien à opposer aux arguments de Kirihara qui avait indiscutablement raison. Il regrettait à présent de ne pas avoir fait demi-tour tout à l'heure. Ce que disait Kirihara n'était pas compliqué. Il aurait dû y penser et il s'en voulait de ne pas l'avoir fait.

— Toutes mes excuses, répéta-t-il en regardant Kirihara.

— Je ne te le répéterai pas deux fois.

— Je l'ai bien compris, dit Tomohiko.

Il savait parfaitement que Kirihara ne tolérait pas que quelqu'un fasse deux fois la même erreur.

Il était si mince qu'il put se glisser dans l'espace entre les deux sièges pour passer à l'arrière de la fourgonnette. Il prit le sac qui contenait ses propres vêtements et commença à se changer. Ôter le collant lui procura un étrange soulagement.

Kirihara lui avait fourni les vêtements, les chaussures, le sac à main, la perruque, les lunettes et le maquillage, tout ce dont il avait besoin pour se transformer en femme sans rien lui dire de leur provenance. Tomohiko ne lui avait pas demandé. Il avait appris à ses dépens qu'il y avait des questions qu'il ne fallait pas lui poser.

Il venait de finir de se rhabiller et de se démaquiller lorsque la fourgonnette s'arrêta à côté d'une bouche de métro. Il était prêt à en descendre.
— Passe au bureau en fin de journée, dit Kirihara.
— Je comptais le faire, répondit-il en ouvrant la portière.
Il regarda le véhicule s'éloigner et commença à descendre les marches. Il aperçut l'affiche pour le dernier film *Mobile Suit Gundam*\* et pensa qu'il devait le voir.

\* Ce film est sorti en 1982.

## 2

Il eut sommeil pendant le cours sur les hautes tensions. Une dizaine d'étudiants seulement étaient assis dans la salle de cours qui était assez vaste pour en accueillir une cinquantaine. Selon la rumeur, ce professeur ne faisait pas l'appel et il était facile de tricher à l'examen. Assis au deuxième rang, Tomohiko luttait contre l'assoupissement en prenant des notes sur les explications du professeur, un homme aux cheveux blancs, à propos de la décharge en arc et la décharge luminescente. Il n'avait aucun doute que s'il cessait, il s'endormirait immédiatement.

Dans la section génie électrique de l'université Shinwa, il avait la réputation d'être un étudiant sérieux. Il ne manquait jamais les cours auxquels il était inscrit. Les seuls qu'il séchait parfois étaient ceux du domaine général, comme droit, esthétique ou psychologie, c'est-à-dire ceux qui n'avaient rien à voir avec le génie électrique. Il n'était qu'en deuxième année et avait encore plusieurs cours de ce type.

La raison principale pour laquelle il se montrait si assidu était que Kirihara Ryōji le lui avait ordonné, dans l'intérêt de leurs affaires.

C'était d'ailleurs avant tout sous son influence qu'il avait choisi d'étudier le génie électrique. Au lycée, il était bon en sciences et hésitait entre des études de physique ou d'ingénieur. L'avenir appartient aux ordinateurs, disait Kirihara, et cela l'aiderait s'il accumulait des connaissances dans ce domaine.

À l'époque, Kirihara continuait à vendre des jeux par correspondance, avec un certain succès, et Tomohiko lui donnait un coup de main pour la mise au point des logiciels. Ce devait être ce qu'il entendait quand il lui avait dit que cela l'aiderait.

Les notes de Kirihara en sciences étant aussi bonnes que les siennes, il lui avait suggéré de se lancer dans les mêmes études.

— Si je pouvais continuer, je n'aurais pas besoin de faire ce genre de trucs, lui avait répondu son camarade avec un sourire forcé.

Ce n'est qu'à ce moment que Tomohiko avait compris que Kirihara n'avait pas la possibilité de faire des études supérieures. Il avait immédiatement décidé d'étudier l'informatique. La perspective d'entamer des études avec un but clair lui paraissait préférable à ne pas savoir à quoi cela lui servirait.

Il lui faudrait longtemps pour rembourser la dette qu'il avait à l'égard de Kirihara. La blessure que lui avait laissée ce qui était arrivé pendant l'été de sa deuxième année de lycée était loin d'être cicatrisée.

Voilà pourquoi il suivait le plus attentivement possible ses cours de génie électrique. Il montrait ensuite ses notes à Kirihara qui les lisait avec une passion qui ne cessait de l'étonner. Kirihara n'avait jamais mis les pieds à l'université, mais Tomohiko était certain qu'il comprenait mieux les cours de génie électrique que n'importe quel étudiant.

Depuis quelque temps, Kirihara se passionnait pour les cartes magnétiques, du type de celles que l'on utilise en tant que cartes de retrait ou de crédit.

Il avait commencé à s'y intéresser peu de temps après le début de la première année universitaire de Tomohiko, lorsque celui-ci lui avait parlé d'un appareil qu'il avait vu là-bas, un lecteur-encodeur de cartes à piste magnétique, qui permettait de lire et d'encoder des informations sur leur piste magnétique.

Les yeux de Kirihara avaient brillé.

— Une telle machine devrait permettre de reproduire des cartes de retrait, non ? avait-il demandé.

— Je pense que oui, avait répondu Tomohiko. Mais je ne vois pas à quoi ça servirait, si on n'a pas le code de la carte. C'est pour ça que ce n'est pas grave de perdre sa carte, non ?

— Le code, hein, avait réagi Kirihara avant de s'enfermer dans un silence songeur.

Deux ou trois semaines plus tard, il était arrivé au bureau avec un carton de la taille d'une radiocassette, qui contenait un lecteur-encodeur de cartes à piste magnétique.

— Mais comment te l'es-tu procuré ? avait demandé Tomohiko d'un ton admiratif.

Kirihara avait ri en haussant les épaules.

Quelques jours plus tard, Kirihara avait fabriqué sa première copie de carte de retrait. Tomohiko ignorait à qui appartenait l'original, car Kirihara n'en avait disposé que pendant quelques heures.

Grâce à cette copie, il avait pu retirer en deux fois plus de deux cent mille yens. Tomohiko avait été étonné d'apprendre que la piste magnétique contenait aussi le code secret.

En réalité, Kirihara avait étudié les pistes magnétiques avant de faire l'acquisition de l'encodeur et il avait percé leur secret. Il le lui avait montré une seule fois. C'était comme l'œuf de Colomb.

Il avait saupoudré la piste de la carte d'une poudre magnétique et de fines rayures qui formaient un motif étaient apparues quelques secondes plus tard. Tomohiko avait poussé un cri de surprise.

— Finalement, c'est comme du morse, avait dit Kirihara. Je m'en suis rendu compte en appliquant ce traitement à des cartes dont je connaissais le code secret. Je n'avais plus qu'à faire le contraire. Le motif qui apparaît permet de déduire le code secret.

— Ce qui veut dire qu'on peut le faire avec des cartes trouvées ou volées ?

— Exactement.

— Ça alors… s'était écrié Tomohiko, époustouflé.

Il avait dû faire une drôle de tête, car Kirihara avait ri de bon cœur, ce qui lui arrivait rarement.

— C'est marrant, hein ! Les banques vantent la sécurité de ce système, mais il est tout sauf sûr ! Elles recommandent aussi de ne pas garder au même endroit le livret de compte et le sceau personnel, mais leurs cartes de retrait, c'est comme un coffre avec la clé dessus.

— Tu crois qu'elles sont satisfaites de ce système ?

— À mon avis, seule une partie des employés en connaît la faille. Les banques doivent avoir la trouille, mais elles ne peuvent plus revenir en arrière.

Kirihara n'avait pourtant pas immédiatement mis à profit cette découverte, d'abord parce que la fabrication de logiciels de jeux ne lui en laissait pas le temps, et ensuite parce qu'il n'était pas si simple de se procurer des cartes de retrait. Il n'en avait copié qu'une seule, dont Tomohiko ignorait la provenance, peu de temps après avoir fait l'acquisition de l'encodeur.

Au début de l'année, Kirihara l'avait à nouveau surpris.

— Tout compte fait, en réalité, on n'a pas besoin de cartes de retrait, déclara-t-il un jour en buvant une tasse de café en poudre au bureau.

— Comment ça ?

— La seule chose nécessaire, c'est d'avoir le numéro de comptes existants. Le code secret est inutile. Cela va de soi, quand on y réfléchit.

— Je ne suis pas sûr de te suivre, avait réagi Tomohiko.

— Voici ce que je veux dire, avait commencé Kirihara en mettant les pieds sur son bureau avant de ramasser une carte de visite qui y traînait. Admettons que ce soit une carte de retrait. L'automate dans lequel on l'introduit lit les informations de la piste magnétique, à savoir le numéro de compte et le code secret. La machine ne sait évidemment pas si la personne qui a mis la carte en est le détenteur. Elle lui demande de composer le code confidentiel pour s'en assurer. Si c'est le même que celui de la piste magnétique, elle crache la somme demandée sans poser plus de questions. Par conséquent, si on enregistre un numéro de compte et un code sur une piste vierge et un code, cela devrait marcher, non ?

— Mais oui !

— Une carte fabriquée de cette manière n'aura pas le même contenu qu'une vraie. Mais la machine ne le saura pas, parce que tout ce qui la préoccupe, c'est que le code composé soit celui qui est gravé sur la piste magnétique.

— Autrement dit, si on a des vrais numéros de compte…

— On peut fabriquer autant de fausses cartes qu'on veut. Avec lesquelles on pourra se procurer de l'argent, avait répondu Kirihara en faisant un sourire en coin.

Tomohiko qui comprenait ce qu'il venait de dire avait eu la chair de poule.

Ils se lancèrent dans la fabrication de fausses cartes de retrait.

Ils commencèrent par analyser les codes enregistrés sur la piste magnétique, ce qui leur permit d'établir l'emplacement de la marque, du code d'identité, du code de reconnaissance, du code secret, et du code de la banque.

Puis ils ramassèrent des relevés de compte laissés par les utilisateurs dans les corbeilles à papier des guichets automatiques et transformèrent en une chaîne de soixante-sept chiffres et lettres de l'alphabet les numéros nécessaires et le code qu'ils leur attribuaient.

Il ne leur restait plus qu'à les graver sur des pistes magnétiques grâce à l'encodeur avant de les coller à des cartes en plastique.

La carte avec laquelle Tomohiko avait réussi à retirer de l'argent était la première qu'ils avaient produite.

Ils avaient choisi le compte le plus fourni parmi tous les relevés qu'ils avaient ramassés, parce que Kirihara pensait que le détenteur mettrait plus de temps à s'apercevoir de leur opération. Tomohiko était d'accord avec lui.

Il s'agissait sans aucun doute d'un vol, mais il ne se sentait absolument pas coupable, probablement parce qu'il avait vécu la mise au point de la carte comme un jeu et que la victime du vol était invisible à ses yeux. Plus encore que cela, il était marqué par quelque chose que Kirihara disait souvent : "C'est quoi, la différence entre quelqu'un qui ramasse quelque chose par terre et quelqu'un qui se fait voler quelque chose ? Celui qui se fait voler une sacoche pleine d'argent qu'il a oubliée dans un endroit public n'a pas cherché ce qui lui arrive ? Dans la vie, les gens qui montrent leurs faiblesses sont perdants."

Il ressentait un frisson d'excitation et de plaisir chaque fois que Kirihara le répétait.

3

Sitôt le dernier cours terminé, Tomohiko se rendit au bureau. Aucun panneau sur la porte de l'appartement qui se trouvait dans un immeuble d'habitation défraîchi n'indiquait sa présence.

Il y avait toutes sortes de souvenirs. La première fois qu'il y avait mis les pieds, il n'aurait jamais pu imaginer qu'il le fréquenterait aussi assidûment.

Il ouvrit la porte de l'appartement 304 grâce à son double de clé. L'entrée donnait sur la cuisine-salle à manger où Kirihara était assis à la table de travail.

— Tu viens tôt aujourd'hui, dit-il en se retournant vers Tomohiko.

— Je ne me suis pas arrêté en route, répondit-il en se déchaussant. Il y avait trop de monde au stand de nouilles.

Un ordinateur personnel était posé sur la table. C'était un NEC PC 8001, à l'écran vert.

— Tu te sers du traitement de texte ? demanda Tomohiko en lisant par-dessus son épaule.

— Oui, j'ai reçu la puce et le logiciel tout à l'heure.

Kirihara tapait en utilisant les deux mains. Lorsque les lettres latines qui apparaissaient sur l'écran se transformèrent en caractères du syllabaire, il appuya sur la barre d'espacement. Il y eut un bruit de claquement, indiquant que la connexion avec le lecteur de disquettes était faite. Les deux caractères pouvant correspondre à la prononciation indiquée s'affichèrent, et il appuya sur celui qui convenait. Il continua ensuite avec un autre caractère. Un mot composé de deux caractères nécessitait une dizaine de secondes.

— On va plus vite à la main, soupira Tomohiko.

— C'est normal, parce que le traitement de texte doit chercher les caractères dans la disquette. S'ils étaient situés dans la mémoire de l'ordinateur, cela serait beaucoup plus rapide, mais ce n'est pas possible avec celui-ci. Tu reconnaîtras quand même que les disquettes, c'est super !

— Elles sont promises à un bel avenir, hein !

— Certainement.

Tomohiko regarda le lecteur de disquettes qui représentaient un progrès considérable par rapport aux cassettes. Leur lecture prenait beaucoup de temps, et leur capacité de mémoire était réduite.

— Le problème, ce sont les logiciels, lâcha Kirihara.

Tomohiko acquiesça du chef et prit une disquette 5 pouces. Il comprenait parfaitement ce que Kirihara venait de dire.

Mugen Kikaku avait fait de très bonnes affaires grâce à la vente par correspondance de jeux sur ordinateur. Les enveloppes recommandées contenant l'argent\* correspondant à des commandes de jeux avaient afflué pendant toute une période. Kirihara avait vu juste en prédisant le succès.

Cela avait duré quelque temps. Leurs profits n'avaient pas été négligeables. Mais ces derniers temps, leurs affaires stagnaient d'abord à cause de la concurrence accrue, mais plus encore à cause des droits d'auteur.

Des signes donnaient à penser qu'il ne serait bientôt plus possible de vendre des versions piratées des jeux les plus populaires en utilisant le même nom que l'original. Le marché des logiciels de jeu commençait à être

---

\* Au Japon, il est possible d'envoyer en recommandé de l'argent dans des enveloppes destinées à cet usage.

plus contrôlé. Plusieurs sociétés avaient déjà fait l'objet de poursuites, et Mugen Kikaku avait reçu son lot d'avertissements.

Selon Kirihara, les auteurs de contrefaçons n'avaient aucune chance de gagner un procès. La loi régissant la propriété intellectuelle avait été amendée aux États-Unis en 1980, et elle établissait à présent que "les logiciels qui traduisent l'activité créatrice de la pensée scientifique de leur créateur constituent une propriété intellectuelle".

Si la vente de logiciels piratés n'était plus autorisée, la seule façon de continuer à gagner de l'argent était d'en développer de nouveaux. Mais Tomohiko et Kirihara ne disposaient ni des fonds ni des connaissances nécessaires.

— Ah oui... Tiens, voilà, avant que j'oublie, dit Kirihara en sortant une enveloppe de sa poche comme s'il venait d'y penser.

Tomohiko la prit et l'ouvrit : elle contenait huit billets de dix mille yens.

— C'est ta part pour aujourd'hui.

Tomohiko sortit les billets pour les mettre dans sa poche et jeta l'enveloppe.

— Et comment on va faire à propos de ça ?
— De quoi parles-tu ?
— Tu sais bien...
— Des cartes de retrait ?
— Oui.
— Eh bien... fit Kirihara en croisant les bras. On a intérêt à faire vite si on veut gagner de l'argent avec elles. Ils ne vont pas tarder à prendre des contre-mesures.
— Des contre-mesures... tu veux dire les cartes sans code ?
— Oui.
— Oui, mais ces cartes-là coûtent plus cher. La plupart des banques ne sont pas pour...
— Tu crois qu'on est les seuls à avoir remarqué le défaut des cartes de retrait actuelles ? Bientôt il y aura

partout au Japon des gens qui feront ce qu'on a fait aujourd'hui. Les banques sont peut-être près de leurs sous mais elles en dépenseront pour passer aux cartes sans code.

— Ah oui… soupira Tomohiko.

Le circuit magnétique de ces cartes ne comprenait pas le code secret enregistré dans l'ordinateur de la banque. Chaque fois qu'un utilisateur procédait à un retrait, le distributeur interrogeait l'ordinateur pour savoir si le code utilisé était le bon. Un tel système aurait empêché Tomohiko de prélever de l'argent et rendu impossible la fabrication des fausses cartes.

— De toute façon, répéter ce que nous avons fait aujourd'hui n'est pas sans risques. Même si on a réussi à tromper la caméra de surveillance, rien ne garantit que ça marchera à tous les coups.

— Et aujourd'hui, quelqu'un qui voit que son compte a baissé à son insu portera nécessairement plainte.

— Au final, on aura de la chance si on ne se fait pas prendre.

À peine Kirihara avait-il fini de parler que la sonnette retentit. Il échangea un regard avec Tomohiko.

— Tu crois que c'est Namie ? demanda ce dernier.

— Il n'est pas prévu qu'elle vienne ici aujourd'hui. En plus, à cette heure-ci, elle est encore au travail, dit Kirihara en consultant sa montre, le visage perplexe. Va voir qui c'est.

Tomohiko alla jusqu'à la porte d'entrée, regarda par le judas et vit un homme en bleu de travail, âgé d'une trentaine d'années.

Il entrouvrit la porte sans ôter la chaîne de sécurité.

— Que désirez-vous ?

— C'est pour l'inspection du ventilateur.

— Maintenant ?

L'inconnu hocha la tête en silence. Tomohiko referma la porte en pensant qu'il n'avait pas l'air aimable, ôta la chaîne de sécurité et ouvrit à nouveau.

Deux autres hommes se tenaient à présent devant celui qu'il avait vu. Le plus grand portait un complet-veston bleu marine, et le deuxième, plus jeune, un costume vert. Tomohiko perçut instantanément un danger et tenta de refermer la porte. Mais l'homme de haute taille l'en empêcha.

— On a à vous causer, dit-il en dialecte d'Osaka.
— Et de quoi ? répondit Tomohiko.

Sans répondre, l'inconnu le bouscula et pénétra dans l'entrée. Il avait des épaules très larges, et une odeur d'agrumes émanait de ses vêtements.

L'homme en vert le suivit. Il avait une cicatrice sous le sourcil droit.

Kirihara resta assis mais leva la tête vers eux.

— Qui êtes-vous ?

Il n'obtint pas de réponse. L'homme ne se déchaussa pas pour passer dans la pièce à vivre. Il regarda autour de lui avant de tirer à lui la chaise qu'avait occupée Tomohiko.

— Namie est là ?

Ses yeux avaient un éclat cruel, et ses cheveux noirs gominés étaient coiffés en arrière.

— Eh bien… répondit Kirihara en penchant la tête de côté. Dites-moi d'abord qui vous êtes.
— Elle est où, Namie ?
— Je ne sais pas. Que lui voulez-vous ?

L'homme continua à l'ignorer. Il fit un signe des yeux à son comparse en costume vert, qui entra à son tour sans enlever ses chaussures. Il alla vers la pièce du fond.

Le premier tourna les yeux vers l'ordinateur et désigna l'écran du menton pour voir ce qu'il y avait dessus.

— C'est quoi, ce truc ?
— Un traitement de texte japonais, répondit Kirihara.
— Hum, fit l'homme comme si cela ne l'intéressait pas. Et ça rapporte, ton business ? demanda-t-il ensuite en faisant le tour de la pièce des yeux.
— Quand ça marche.

La réponse de Kirihara le fit rire.

— On dirait que ça marche pas terrible, hein ?

Kirihara et Tomohiko échangèrent un regard.

L'homme en vert fouillait les cartons de l'autre pièce dans laquelle ils gardaient l'argent.

— Si vous voulez voir Mlle Nishiguchi, vous devriez revenir samedi ou dimanche. Elle ne vient pas ici en semaine, déclara Kirihara en utilisant le nom de famille de Namie.

— Je suis au courant.

L'homme sortit un paquet de Dunhill de sa poche, en prit une et l'alluma avec un briquet de la même marque.

— Elle a appelé ? demanda-t-il en soufflant de la fumée.

— Non, pas aujourd'hui. Je peux me charger d'un message pour elle ?

— Non.

Il s'apprêta à faire tomber sa cendre sur la table. Kirihara tendit immédiatement la main gauche pour la recueillir.

— Tu fais quoi ? interrogea l'homme en levant un sourcil.

— Nous avons beaucoup de matériel électronique, et je vous serais reconnaissant de ne pas faire tomber de cendre dessus.

— Donne-moi un cendrier.

— Je n'en ai pas.

— Bon, t'en feras office, alors, continua-t-il en joignant le geste à la parole.

Kirihara ne réagit pas.

Cela déplut à l'inconnu.

— Il me plaît, ce cendrier, reprit-il en y écrasant sa cigarette.

Tomohiko vit que son ami bandait ses muscles. Mais il réussit à ne presque pas changer d'expression, ne poussa pas un cri, et ne retira pas sa main. Il continua à fixer l'inconnu droit dans les yeux.

— Tu crois que tu m'impressionnes ?

— Non.
— Suzuki ! T'as trouvé quelque chose ? fit l'homme à l'intention de son comparse qui était dans l'autre pièce.
— Non, il n'y a rien ici.
— Ah bon.

L'inconnu remit ses cigarettes et son briquet dans la poche. Il saisit un des stylos qui se trouvaient sur le bureau et griffonna quelque chose sur un coin du manuel du traitement de texte.

— Si Namie donne de ses nouvelles, appelle ce numéro. Dis que c'est l'électricien, et je saurai que c'est toi.
— Puis-je vous demander votre nom ?
— Ça te servirait à quoi ? répliqua l'homme en se levant.
— Et si je ne vous appelle pas ?

L'homme s'esclaffa.

— Pourquoi t'appellerais pas ? Tu crois que ce serait dans ton intérêt ?
— Il se peut que Mlle Nishiguchi ne se manifeste pas.
— Écoute bien, commença l'homme en tendant le doigt vers Kirihara. Qu'elle appelle ou pas ne te rapportera rien. Mais si tu ne téléphones pas, tu auras des ennuis. Des ennuis que tu risques de regretter pendant le restant de tes jours. Tu comprends ce qu'il te reste à faire ?

Kirihara scruta son visage quelques instants, et finit par dire : "oui" en baissant la tête.

— Je vois que tu n'es pas bête.

Il fit signe des yeux à celui qu'il avait appelé Suzuki de quitter l'appartement. Puis il sortit son portefeuille et en tira deux billets de dix mille yens qu'il tendit à Tomohiko.

— Pour soigner sa brûlure.

Tomohiko les accepta en silence, d'une main tremblante. L'homme dut le remarquer car il lui adressa un sourire narquois.

Tomohiko verrouilla la porte et remit la chaîne sitôt qu'il fut parti. Puis il se retourna vers Kirihara.

— Ça va ?

Kirihara ne répondit pas et alla dans la pièce du fond dont il ouvrit le rideau.

Tomohiko le rejoignit et regarda dehors. Une Mercedes sombre était garée devant l'immeuble. Les trois hommes apparurent au bout de quelques secondes. Le plus grand et celui qu'il avait appelé Suzuki montèrent à l'arrière, et le troisième à la place du chauffeur.

Une fois que la voiture eut démarré, Kirihara lui ordonna d'appeler Namie.

Tomohiko revint dans la pièce à vivre et composa le numéro de son domicile. Personne ne décrocha. Il raccrocha et secoua la tête.

— Ils ne seraient pas venus ici si elle était chez elle, dit Kirihara.

— Elle ne doit pas non plus être au travail.

Namie travaillait dans une succursale de la banque Daito.

— Elle a peut-être pris un jour de congé, fit Kirihara en ouvrant la porte du frigo pour en sortir le bac à glaçons qu'il renversa dans l'évier pour en serrer un dans sa main gauche.

— Ta brûlure, ça va?

— Ce n'est rien.

— C'étaient qui, ces mecs? On aurait dit des yakuzas.

— Je ne pense pas que tu te trompes.

— Mais pourquoi cherchaient-ils Namie…

— Je n'en sais rien. Pour l'instant, rentre chez toi. Je t'appellerai si j'en sais plus, continua-t-il en serrant un nouveau glaçon dans sa paume.

— Tu vas faire quoi, toi?

— Je vais dormir ici. Namie appellera peut-être.

— Je peux rester si tu veux.

— Non, rentre chez toi, répondit immédiatement Kirihara. L'appartement est peut-être surveillé. Si on reste ici tous les deux, ça paraîtra bizarre.

Il avait raison. Tomohiko décida de lui obéir.

— Je me demande s'il y a eu quelque chose à la banque.
— Va savoir... souffla Kirihara en touchant sa blessure de la main droite.
Cela dut lui faire mal car il grimaça de douleur.

# 4

Lorsque Sonomura Tomohiko arriva chez lui, sa famille avait déjà fini de dîner. Son père qui travaillait dans une usine de produits électroniques regardait un match de base-ball dans le séjour de style japonais, et sa sœur, qui était encore lycéenne, était dans sa chambre.

Ses parents ne se mêlaient plus de ce qu'il faisait. Ils étaient heureux qu'il ait réussi à entrer dans une bonne université. Contrairement à la plupart des étudiants, il la fréquentait assidûment et avait de bons résultats. Il leur avait présenté le travail qu'il faisait pour Kirihara comme un job dans une boutique d'informatique et ils ne s'y étaient naturellement pas opposés.

Sa mère était en train de faire la vaisselle. Elle s'interrompit pour lui servir du poisson grillé, des légumes cuits et de la soupe au miso. Tomohiko prit du riz et mangea en se demandant comment Kirihara se débrouillerait pour le dîner.

Depuis trois ans, il passait beaucoup de temps en sa compagnie mais savait très peu de chose sur ses origines et sa famille, sinon que son père qui avait été prêteur sur gages était mort et qu'il était probablement fils unique. Sa mère était toujours vivante, mais il n'était pas certain que Kirihara vive avec elle. Kirihara n'avait pas, à sa connaissance, d'amis proches.

Il ne savait pas grand-chose de Nishiguchi Namie non plus. Elle s'occupait de la comptabilité mais ne parlait presque jamais d'elle. Elle travaillait dans une banque mais il ignorait ce qu'elle y faisait.

Elle était recherchée par des yakuzas…

Comment était-ce possible ? Il revit son petit visage rond.

Au moment où il passait par le couloir pour aller dans sa chambre après avoir fini son repas, il entendit une partie des informations à la télévision. Le match était apparemment terminé.

"Vers huit heures ce matin, un passant a découvert un homme gisant dans son sang dans une rue du quartier de Shōwa-machi. Alertés, les secours ont transporté l'homme à l'hôpital où il est décédé peu après. La victime, un employé de banque du nom de Makabe Mikio, âgé de quarante-six ans, avait reçu plusieurs coups de couteau. La police recherche à présent un individu que des témoins ont vu, un couteau à la main, peu de temps avant, non loin de l'endroit où M. Makabe a été agressé alors qu'il se rendait à son lieu de travail, la succursale Shōwa de la banque Daito."

Tomohiko avait commencé à écouter en pensant qu'il s'agissait d'un nouveau meurtre commis dans la rue comme il y en avait eu plusieurs ces derniers temps. Il sursauta en entendant le nom de la succursale. C'était celle où travaillait Nishiguchi Namie.

Il alla jusqu'au téléphone du couloir et composa un numéro à toute vitesse.

Kirihara ne décrocha pas, même au bout de dix sonneries. Il raccrocha.

Il rejoignit son père parce qu'il savait qu'il regarderait les informations de vingt-deux heures.

Il lui fallut d'abord regarder la télévision avec lui. Il fit semblant d'être passionné par l'émission pour éviter que son père ne lui parle de son avenir, comme à son habitude.

Le journal télévisé n'aborda le meurtre du quartier Shōwa qu'en dernier, sans rien ajouter à ce qu'il avait déjà entendu. Selon le présentateur, il devait s'agir de l'acte d'un déséquilibré.

Le téléphone sonna peu de temps après la fin du journal. Tomohiko eut le réflexe de se lever en disant qu'il y répondrait.

Il décrocha et entendit, comme il s'y attendait, la voix de Kirihara.

— C'est moi.
— Je t'ai appelé tout à l'heure.
— Ah bon. Tu as vu les nouvelles ?
— Oui.
— Moi aussi, je viens de les regarder.
— Comment ça ?
— Ça serait trop long de t'expliquer. Je préférerais le faire de vive voix.
— Hein ? Maintenant ? demanda-t-il en se retournant vers la pièce à vivre.
— Oui.
— Je vais m'arranger.
— Alors viens. J'ai à te parler. Au sujet de Namie.
— Elle t'a appelé ?

Il serra le combiné plus fort.

— Elle est avec moi.
— Comment ça ?
— Je te le dirai plus tard. Viens. Pas au bureau. À l'hôtel.

Il lui donna le nom de l'hôtel et le numéro de la chambre. Tomohiko tressaillit. C'était celui où avait eu lieu ce qui s'était passé quand il était encore au lycée.

— D'accord. J'arrive, dit-il après avoir répété le numéro de la chambre pour être sûr de l'avoir bien noté.

Il expliqua à sa mère qu'il devait aller régler un problème à la boutique d'informatique. Elle ne douta pas un instant de ce qu'il venait de lui dire et lui recommanda de faire attention à lui.

Comme il s'était dépêché, les trains circulaient encore. Il refit le chemin qu'il avait pris plusieurs fois pour aller voir Hanaoka Yūko et changea dans les mêmes stations en se souvenant avec une nostalgie douloureuse de ce qu'il avait vécu avec cette femme mariée qui lui avait offert sa première expérience amoureuse. Depuis sa mort, et jusqu'à l'année dernière quand il avait couché avec une étudiante qu'il avait rencontrée dans une fête, il n'avait pas eu d'autres relations sexuelles, ni même embrassé une fille.

Il y pensait encore quand il arriva à l'hôtel où il prit directement l'ascenseur jusqu'à la chambre. Il connaissait les lieux.

Il en descendit au vingtième étage et chercha la chambre 2015 qu'il trouva au bout du couloir. Tomohiko frappa à la porte.

— Qui est-ce ?

C'était la voix de Kirihara.

— L'*alien* de Heiankyō, répondit-il en donnant le nom d'un jeu vidéo.

La porte s'ouvrit et Kirihara, le visage bleui par la barbe, lui dit d'entrer.

La chambre était double, avec deux lits. Il y avait aussi une table, et deux chaises. Nishiguchi Namie était assise sur l'une des deux, vêtue d'une robe à carreaux.

— Bonsoir, dit-elle.

Elle lui sourit, mais son visage rond était défait. Son menton paraissait pointu.

— Bonsoir, répondit Tomohiko avant de regarder autour de lui et de s'asseoir sur le lit dont le couvre-lit n'avait pas encore une seule ride. Bon, et alors… reprit-il en regardant Kirihara. Que se passe-t-il ?

Kirihara, les mains enfoncées dans les poches de son pantalon de toile, était assis sur le bureau collé au mur.

— Namie a appelé environ une heure après ton départ.

— Et alors ?

— Elle ne pourra plus nous aider et voulait me rendre tous les documents comptables en sa possession.

— Elle ne pourra plus nous aider ?

— Elle veut prendre le large.

— Pourquoi ? s'exclama-t-il en la regardant avant de se souvenir de ce qu'il avait vu à la télévision. Cela a à voir avec le meurtre de cet homme qui travaillait dans la même banque qu'elle ?

— En gros, oui, répondit Kirihara. Mais ce n'est pas elle qui l'a tué.

— Je ne l'ai jamais pensé.

Il s'était en réalité posé la question.

— Ce sont les gens qui sont passés au bureau qui l'ont fait.

Tomohiko en eut le souffle coupé.

— Mais pourquoi...

Tête baissée, Namie se taisait. Kirihara le remarqua et retourna les yeux vers Kirihara.

— Apparemment, elle entretenait le grand yakuza qui portait une veste bleu foncé. Il s'appelle Enomoto.

— Elle l'entretenait... Tu veux dire qu'elle lui donnait de l'argent ?

— Cela peut vouloir dire autre chose ? Mais cet argent ne lui appartenait pas.

— Donc, si je comprends bien...

— Il s'agissait de l'argent de la banque, dit Kirihara en rentrant le menton. Elle se servait du système informatique pour en virer sur le compte d'Enomoto.

— Combien ?

— Elle ne connaît pas elle-même le total. Il lui arrivait d'en virer vingt millions à la fois. Elle l'a fait pendant plus d'un an.

— On peut faire ça ? demanda Tomohiko à Namie.

Mais elle ne releva pas la tête et continua à garder le silence.

— Ça doit être possible, puisqu'elle dit qu'elle l'a fait. Mais quelqu'un a fini par s'en rendre compte. Ce Makabe.

— Celui dont on a parlé aux informations...

Kirihara hocha la tête.

— Il n'a pas compris que c'était elle, mais il lui a fait part de ses doutes. Et elle a prévenu Enomoto que ça sentait le roussi. Il n'était pas content de perdre sa poule aux œufs d'or et il a ordonné à un de ses potes ou à ses sous-fifres de liquider le banquier.

Tomohiko avait à présent la gorge sèche. Son cœur battait à grands coups.

— C'était ça...

— Mais Namie n'avait aucune raison de se réjouir. Makabe est mort à cause d'elle.

Elle se mit à sangloter.

— Tu pourrais dire les choses autrement, dit Tomohiko par sympathie pour elle.

— Je ne vois pas à quoi enjoliver les faits servirait.

— Mais...

— Il a raison, fit Namie, dont les yeux gonflés avaient une expression déterminée. C'est la vérité. Il ne ment pas.

— Peut-être mais...

Tomohiko s'interrompit parce qu'il ne voyait pas comment continuer. Il regarda Kirihara en attendant la suite.

— Namie m'a dit qu'elle voulait mettre un terme à sa relation avec Enomoto, reprit ce dernier en montrant les deux grands sacs de voyage posés dans un coin de la chambre.

— Je comprends maintenant pourquoi ils la cherchaient comme ça. Si elle disparaît, le meurtre de Makabe n'a plus de sens.

— Il n'y a pas que ça. Enomoto a besoin d'une grosse somme tout de suite et il s'attendait à ce qu'elle la lui vire hier.

— Oui, il a plusieurs affaires en cours, et à ma connaissance, aucune ne marche, murmura Namie.

— Mais pourquoi l'avez-vous aidé...

— Ça sert à quoi de parler de ça maintenant ? lança Kirihara d'un ton sec.

— À rien, peut-être, mais… fit Tomohiko en se grattant la tête. Alors maintenant, on fait quoi ?
— On va l'aider à s'enfuir, c'est évident, non ?
— Oui.
Tomohiko comprit qu'elle ne pouvait probablement pas se livrer à la police.
— Pour l'instant, elle ne sait pas encore où aller. Si elle reste longtemps ici, ils finiront par la retrouver. Ensuite, elle pourra peut-être échapper à Enomoto, mais ce sera plus dur avec la police. Je vais chercher demain et après-demain un endroit où elle pourra rester plus longtemps.
— Tu vas y arriver ?
— Il faudra bien, répondit Kirihara avant d'ouvrir le petit réfrigérateur de la chambre pour y prendre une canette de bière.
— Je suis désolée de vous causer tous ces ennuis. Même si la police me retrouve, je ne leur dirai pas un mot de vous, dit Namie d'une voix embarrassée.
— Et tu as de l'argent ?
— Oui, de quoi voir venir, en tout cas, répondit-elle d'un ton évasif.
— Elle n'est pas si bête, Namie. Elle ne s'est pas laissé complètement manipuler par Enomoto, fit Kirihara, la canette à la main, puisqu'elle s'est créé cinq comptes. Je t'admire d'y avoir pensé, et de les avoir approvisionnés en douce.
— Vraiment ? s'exclama Tomohiko.
— Je n'en suis pas fière, dit Namie en portant une main à son front.
— Mieux vaut avoir de l'argent que de ne pas en avoir, fit Tomohiko.
— Exactement, approuva Kirihara en buvant une gorgée de bière.
— Et moi, que dois-je faire ? demanda Tomohiko en les regardant alternativement.

— Je veux que tu passes les deux prochains jours ici avec Namie.
— Hein…
— Elle ne peut pas sortir. Il faut que quelqu'un aille faire ses courses. Et il n'y a qu'à toi à qui je puisse le demander.
— Je vois…

Il se passa la main dans les cheveux et regarda Namie qui lui adressa un regard implorant.

— Pas de problème. Tu peux compter sur moi, dit-il d'une voix vigoureuse.

5

Tomohiko rapporta dans la chambre d'hôtel les deux boîtes-repas qu'il venait d'acheter dans le rayon alimentation d'un grand magasin. L'une contenait du riz et du poisson grillé, l'autre des beignets de poulet. Il prépara ensuite du thé avec les sachets de thé fournis par l'hôtel et mit la table pour le dîner.

— Je suis désolée de t'imposer un tel régime, dit Namie d'un ton sincère. Tu aurais pu manger dehors, tu sais !

— Cela me convient très bien. Je n'aime pas manger seul, répondit Tomohiko en prenant une bouchée de poisson. Et cette boîte-repas est plutôt bonne.

— Elle est délicieuse, fit Namie en souriant.

Il sortit ensuite du petit réfrigérateur les deux flans qu'il avait achetés pour le dessert. Namie manifesta une joie de petite fille.

— Tu es très attentionné, Tomohiko. Tu feras un bon mari.

— Ce n'est pas sûr, répliqua-t-il d'un ton timide.

— Tu n'as pas de copine ?

— Non. J'en ai eu une l'année dernière, mais cela n'a pas duré. Je me suis fait larguer.

— Pourquoi ?

— Elle m'a dit que je n'étais pas drôle. Je suis trop terne.

— Elle ne comprend rien aux hommes, celle-là, dit Namie en hochant la tête avec conviction. Je ne suis pas vraiment bien placée pour dire ça, ajouta-t-elle une seconde plus tard avant de s'attaquer à son dessert.

Tomohiko avait envie de lui poser une question, mais il décida de ne pas le faire. Cela ne servirait à rien.

Elle dut comprendre ce qui se passait dans son esprit.

— Tu t'interroges sur Enomoto, non ? Tu dois te demander comment je l'ai rencontré et pourquoi je lui ai donné de l'argent pendant plus d'un an, n'est-ce pas ?

— Pas vraiment…

— Je comprends que tu veuilles savoir. C'est une histoire vraiment bête, dit Namie en posant sa cuillère sur la table. Tu aurais une cigarette ?

— J'ai des Mild Seven.

— Ça me va très bien.

Elle alluma une cigarette avec le briquet jetable qu'il lui tendit et tira avec avidité dessus. L'air s'emplit de fumée blanche.

— Il y a un an et demi environ, j'ai eu un petit accident en voiture, commença-t-elle en regardant par la fenêtre. Je suis rentrée dans une autre voiture. Enfin, elle n'était qu'un peu éraflée et je ne croyais pas que c'était ma faute. Mais je n'ai pas eu de chance avec l'autre conducteur.

— C'était un yakuza ? devina Tomohiko.

Elle hocha la tête.

— Ils étaient plusieurs, j'ai cru que je ne m'en sortirais pas. C'est à ce moment qu'Enomoto est arrivé en voiture. Il connaissait apparemment les autres. Et il s'est arrangé pour que je les rembourse le lendemain.

— Ils ont dû vous demander beaucoup d'argent, non ?

Elle secoua la tête.

— Pas tant que ça. Cent mille yens, je crois. Et Enomoto s'est excusé de ne pas avoir mieux négocié. Tu me croiras ou pas, mais il s'est conduit en gentleman.

— Je n'y crois pas.

— Il était habillé normalement et il m'a assuré qu'il n'était pas yakuza. Il m'a dit qu'il avait plusieurs affaires et m'a donné plusieurs cartes de visite.

Elle précisa qu'elle les avait toutes jetées.

— Et vous en êtes tombée amoureuse ?

Elle ne répondit pas tout de suite mais tira quelques bouffées sur sa cigarette qu'elle recracha en suivant la fumée des yeux.

— Tu vas penser que je cherche à me justifier, mais il était vraiment gentil avec moi. J'ai vraiment cru qu'il m'aimait. J'ai presque quarante ans mais jamais personne ne m'a rendue aussi heureuse.

— Et vous avez eu envie de faire quelque chose pour lui, c'est ça ?

— Pas tout à fait. J'avais surtout peur qu'il n'ait plus envie de me voir et je voulais lui montrer que je pouvais lui être utile.

— C'est pour ça que vous lui avez donné de l'argent ?

— Je suis vraiment bête, hein ? Je l'ai cru quand il m'a expliqué qu'il en avait besoin pour lancer un nouveau business.

— Pourtant vous aviez compris que c'était un yakuza, non ?

— Bien sûr. Mais cela m'était égal à ce moment-là.

— Comment ça ?

— Peu m'importait ce qu'il était.

— Hum… lâcha Tomohiko en regardant le cendrier posé sur la table, car il ne voyait pas quoi dire.

— Au final, je me suis fait avoir. Je n'ai jamais eu de chance avec les hommes.

— Cela vous était déjà arrivé ?

— Et comment ! Je peux te demander une autre cigarette ?

Elle prit celle qu'il lui tendit.

— Avant lui, je sortais avec un barman qui changeait sans arrêt de travail et jouait. Il a dépensé toutes mes économies, et il m'a quittée une fois qu'il ne restait plus rien sur mon compte.

— C'était quand ?

— Euh… Il y a trois ans.

— Trois ans…
— Oui, c'était à l'époque à laquelle tu penses. Lorsque j'ai fait connaissance avec toi. Cette histoire m'a fait perdre l'envie de vivre, c'est pour ça que j'ai accepté cette drôle d'invitation.
— Hum.

Elle faisait sans doute allusion à ces rendez-vous avec de très jeunes hommes.

— J'ai tout raconté à Ryō il y a longtemps. Voilà pourquoi il n'attend plus rien de moi, ajouta-t-elle en prenant le briquet pour allumer une nouvelle cigarette.
— Comment ça ?
— J'ai refait la même erreur, et c'est ce qu'il déteste le plus.
— C'est vrai, fit Tomohiko qui en était convaincu. Je peux vous poser une question ?
— Quoi ?
— C'est facile de détourner de l'argent dans une banque ?
— La question est complexe, dit-elle en croisant les jambes avant de tirer à nouveau sur sa cigarette pour se donner le temps de réfléchir.

Elle recommença à parler quand elle l'eut presque entièrement fumée.

— Tout compte fait, ce n'était pas difficile. Mais il y avait quand même un piège.
— Comment ça ?
— Pour dire les choses simplement, je n'ai eu qu'à fabriquer de faux ordres de virement, expliqua-t-elle en se frottant la tempe d'une main, la cigarette dans l'autre. Je mettais la somme et le numéro de compte du destinataire sur l'ordre de virement, et le responsable de ma section et de mon service devaient y apposer leur sceau. Le chef de service s'absentait souvent, et ce n'était pas compliqué de se servir de son sceau à son insu. Pour le responsable de ma section, j'avais fait faire une copie de son sceau.

— Personne ne s'en est rendu compte ? Personne ne vérifiait les ordres de virement ?

— La comptabilité vérifie chaque jour le journal des opérations, mais j'ai pu faire des faux en écriture grâce au sceau du vérificateur. Cela m'a permis d'éviter les problèmes dans un premier temps.

— Dans un premier temps ?

— Cette méthode fait baisser les fonds de règlement, et je savais que ce serait découvert tôt ou tard. Voilà pourquoi j'ai décidé de détourner des paiements temporaires.

— Qu'est-ce que c'est ?

— Quand une banque vire de l'argent à une autre, celle qui reçoit le virement avance temporairement le montant au client, avant de l'avoir reçu de l'autre banque. C'est ce qu'on appelle un paiement temporaire. Toutes les banques ont un fonds destiné à cela. Je m'en suis servie.

— Ça me paraît compliqué.

— Seul un employé expérimenté est capable de le faire car il faut avoir des connaissances spécialisées pour manipuler ce genre de paiements. Dans ma succursale, c'est moi qui m'en occupais. J'étais donc responsable de tout. En principe, le service comptable ou celui de la vérification doivent tout vérifier, mais dans la pratique, je m'occupais de tout.

— Si je comprends bien, votre succursale ne respectait pas les règles.

— Ce n'est pas entièrement faux. Par exemple, dans ma succursale, on ne peut effectuer la demande informatique d'un virement qui dépasse un million de yens qu'après avoir inscrit le destinataire et le montant concerné dans le registre des comptes du cadre responsable, puis emprunté la clé avec l'approbation du chef de service. La transaction doit apparaître dans le journal de bord du lendemain, et le chef de service doit vérifier que cela a bien été fait. Dans la pratique, cette procédure de vérification n'est presque jamais respectée. Grâce à cela, j'ai pu cacher les faux ordres de virement et le journal de bord, en ne montrant au chef de service que les vrais, et les extraits du journal de bord où les faux n'apparaissaient pas. Voilà pourquoi personne ne s'est aperçu de rien.

— J'ai l'impression que ce n'était pas si facile que ça, mais aussi que vos supérieurs ne faisaient pas bien leur travail, non ?

— Tu n'as pas tort. Mais… Namie s'interrompit et poussa un long soupir. J'ai toujours su que quelqu'un finirait par s'en rendre compte, comme l'a fait M. Makabe.

— Mais vous avez continué.

— Oui. C'était comme une drogue, dit-elle en faisant tomber la cendre de sa cigarette dans le cendrier. J'arrivais à faire bouger des sommes considérables simplement en tapant sur le clavier de l'ordinateur. C'était comme une baguette magique. Mais ce n'était qu'une illusion.

Elle s'interrompit à nouveau quelques instants.

— Il faut savoir s'arrêter à temps si l'on veut tromper un système informatique, conclut-elle.

Tomohiko avait prévenu ses parents qu'il allait devoir passer la nuit sur son lieu de travail pendant quelques jours. Il avait décidé de dormir dans un des deux lits jumeaux. Il alla prendre une douche, mit le peignoir de l'hôtel et alla se coucher. Namie utilisa ensuite la salle de bains. La chambre n'était plus éclairée que par la veilleuse.

Il l'entendit en sortir et se mettre au lit. Il crut déceler une odeur de savon dans l'air.

Immobile dans l'obscurité, les nerfs à vif, il se dit qu'il ne réussirait pas à dormir, peut-être parce qu'il savait qu'il devait aider Namie à s'enfuir. Kirihara n'avait pas donné de nouvelles aujourd'hui.

— Tomohiko… fit la voix de Namie derrière lui. Tu dors ?

— Non, répondit-il sans ouvrir les yeux.

— Tu n'arrives pas à dormir ?
— Non.

Il n'y avait rien d'étrange à ce qu'elle ne trouve pas le sommeil, puisqu'elle était sur le point de se lancer dans une fuite dont elle ignorait l'issue.

— Dis… Tu penses encore à elle ? demanda-t-elle.
— À qui ?
— À Hanaoka Yūko.
— Ah…

Ce nom ne lui serait jamais indifférent.

— J'y pense parfois, répondit-il en s'efforçant de dissimuler son émotion.
— Cela ne m'étonne pas, fit-elle d'un ton convaincu. Tu l'aimais ?
— Je ne sais pas. J'étais jeune.

Elle rit.

— Tu l'es encore.
— C'est vrai.
— Ce jour-là, je me suis enfuie.
— C'est vrai.
— Tu as dû me trouver bizarre. Parce que je suis venue et je suis partie.
— Non…
— Je le regrette parfois.
— Vous le regrettez ?
— Oui. J'aurais peut-être mieux fait de rester. Ma vie aurait peut-être changé si j'avais laissé les choses se faire.

Tomohiko ne répondit pas. Il saisissait qu'elle venait de lui dire quelque chose d'important. Il ne pouvait pas se contenter d'une réponse banale.

— Il est trop tard maintenant ? demanda-t-elle dans le silence pesant.

Il comprenait le sens de sa question. Il commençait à le penser lui-même.

— Namie, vous voulez bien ? osa-t-il.

Elle ne répondit pas. Il se dit qu'il aurait mieux fait de se taire. Mais elle lui posa une autre question.

— Une vieille comme moi, ça ne te dégoûte pas ?

— Vous n'avez pas changé depuis trois ans, répondit-il.

— Tu veux dire que j'étais déjà vieille il y a trois ans ?

— Non, pas du tout.

Il l'entendit sortir de son lit. Une seconde plus tard, elle se glissa dans le sien.

— Ça serait bien si ça pouvait changer ma vie, lui souffla-t-elle à l'oreille.

# 6

Kirihara vint la chercher le lundi matin. Il n'avait pas encore trouvé une bonne planque pour elle et voulait qu'elle se cache pour le moment dans un hôtel de Nagoya.

— Ce n'est pas du tout ce que tu m'as dit hier, dit Tomohiko.

Kirihara avait téléphoné la veille pour dire qu'il avait trouvé un lieu sûr et qu'elle devait être prête à partir le lendemain.

— Mon plan est tombé à l'eau tôt ce matin. Mais ça s'arrangera vite, et je te demande de patienter un peu.

— Cela me va très bien. J'ai vécu à Nagoya, je connais un peu la ville.

— Je m'en suis souvenu et c'est pour ça que j'ai choisi Nagoya, dit Kirihara.

Une Toyota blanche était garée dans le parking souterrain de l'hôtel. Kirihara expliqua que c'était une voiture de location, parce qu'il avait peur qu'Enomoto ne le suive s'il utilisait sa propre fourgonnette.

— Voici ton billet de train. Et le plan pour aller à l'hôtel.

Il lui tendit une enveloppe et une feuille blanche.

— Merci de t'être occupé de tout.

— Il faut aussi que je te donne ça, ajouta-t-il en lui tendant un sac en papier.

— Mais… s'exclama-t-elle en regardant ce qu'il y avait à l'intérieur, l'air embarrassé.

Tomohiko vit qu'il contenait une perruque frisée, des lunettes de soleil, et un masque.

— Il faudra que tu te serves d'une carte de retrait pour retirer de l'argent, non ? Dans la mesure du possible, déguise-toi avec ça. Et fais attention à ne pas montrer ton visage à la caméra de sécurité, même si cela te demande un effort.

— Tu penses à tout ! Merci. Je m'en servirai, dit-elle en mettant le sac en papier dans son sac de voyage déjà bien rempli.

— Appelle quand tu seras arrivée, demanda Tomohiko.

— D'accord, répondit-elle en lui souriant.

Kirihara fit démarrer la voiture.

Ils revinrent tous les deux au bureau après l'avoir mise dans le train.

— Pourvu qu'elle réussisse à ne pas se faire prendre, lança timidement Tomohiko.

Kirihara ne répondit pas mais lui posa une question.

— Elle t'a parlé d'Enomoto ?
— Oui.
— Elle est vraiment conne, elle !
— Comment ça ?
— Il l'avait repérée dès le début. Il savait qu'elle travaillait dans une banque et il a arrangé l'accident et les yakuzas qui l'ont embêtée. Elle est si bête qu'elle s'est fait avoir chaque fois qu'elle est tombée amoureuse.

Tomohiko était interloqué. Son estomac lui parut soudain aussi lourd que s'il avait avalé du plomb. Kirihara et lui ne voyaient pas les choses de la même façon.

Il rentra chez lui ce soir-là et attendit en vain l'appel de Namie.

Quatre jours plus tard, le cadavre de Nishiguchi Namie fut retrouvé dans une chambre d'hôtel de Nagoya. Elle avait été tuée à coups de couteau et sa mort remontait à plus de soixante-douze heures.

Elle avait informé son employeur qu'elle serait absente pendant deux jours. Comme elle n'était pas revenue le troisième, la banque effectua une enquête interne.

Les cinq livrets de banque qu'elle avait dans son casier étaient crédités de plus de vingt millions de yens. Lorsque son cadavre fut identifié, ils étaient vides.

La banque établit qu'elle avait détourné de l'argent pendant plusieurs années, et que les cinq livrets lui servaient à cela.

La police arrêta Enomoto Hiroshi à qui elle avait viré des sommes importantes. Elle l'interrogea aussi au sujet du meurtre.

L'argent de ses cinq comptes ne fut jamais retrouvé. Elle l'avait retiré elle-même comme le montrèrent les vidéos des caméras de surveillance où l'on voyait une femme déguisée. La police retrouva dans ses affaires la perruque, les lunettes de soleil et le masque qu'elle avait utilisés.

Lorsqu'il eut fini de lire tout cela dans le journal, Tomohiko se rua dans les toilettes pour vomir.

VII

1

Le document, une demande de brevet relatif à un instrument permettant de découvrir les défauts des tubes de radiateur, était intitulé "Bobines de contrôle par courants de Foucault". Une fois terminée la conversation téléphonique avec l'ingénieur qui l'avait rédigée, Takamiya Makoto se leva et regarda les quatre terminaux d'ordinateur alignés le long du mur et les quatre opératrices qui lui tournaient le dos. Une seule portait l'uniforme de la société Tōzai Densō. Les trois autres venaient d'une agence d'intérim.

Le transfert sur disquettes des informations se rapportant aux brevets de Tōzai Densō enregistrées sur microfilm était en cours. Elles seraient plus aisément consultables ainsi. La tâche avait été confiée à une agence d'intérim. Il en existait depuis quelque temps au Japon et les entreprises faisaient de plus en plus souvent appel à leurs services. Une nouvelle loi, dont l'adoption avait fait couler beaucoup d'encre, garantissait à leurs employés une protection sociale suffisante.

Makoto s'approcha d'elles, ou plus précisément de celle assise en face de l'ordinateur le plus à gauche. Il savait que ses longs cheveux étaient noués en queue de cheval pour éviter qu'ils ne tombent sur son clavier. Elle le lui avait expliqué.

Les yeux de Misawa Chizuru allaient sans cesse du document à son écran. Comme ses deux collègues, elle tapait à une vitesse stupéfiante avec un bruit qui lui faisait penser à une chaîne de production.

— Mademoiselle Misawa, lui dit-il en la regardant de côté.

Ses mains s'immobilisèrent immédiatement, telle une machine dont on aurait coupé l'alimentation et elle se retourna vers lui avec un léger décalage. Son regard prit une expression soupçonneuse derrière ses lunettes cerclées de noir, peut-être parce qu'elle fixait l'écran depuis longtemps. Ses yeux s'adoucirent lorsqu'elle le reconnut. Ses lèvres maquillées d'un rose qui seyait à sa peau laiteuse formèrent un sourire. Son visage rond avait quelque chose d'enfantin, mais il avait appris au cours d'une de leurs conversations qu'elle n'avait qu'un an de moins que lui.

— Je voudrais vous demander de me donner la liste de toutes les demandes de brevet concernant la détection par courants de Foucault que nous avons.

Elle ne parut pas comprendre et il lui montra le titre du document qu'il avait en main. Elle le nota sur un papier.

— Je vais vérifier, puis je l'imprimerai et vous l'apporterai, dit-elle d'un ton plein d'allant.

— Je suis désolé de vous imposer cette tâche supplémentaire.

— Ne le soyez pas, cela fait partie du travail, répondit-elle en lui adressant un sourire.

"Cela fait partie du travail" était une phrase qu'elle employait souvent, peut-être parce qu'elle était intérimaire. Makoto n'ayant jamais adressé la parole aux deux autres, il ne pouvait en avoir la certitude.

Lorsqu'il revint à son bureau, un de ses supérieurs lui demanda s'il ne voulait pas partir en pause avec lui. Le règlement de Tōzai Densō interdisait de demander aux employées féminines de servir le thé, hormis lorsque les cadres de la société recevaient des visiteurs. Les distributeurs de boissons permettaient aux employés de se rafraîchir à leur guise. Makoto le remercia, mais lui dit qu'il prendrait la sienne plus tard.

Takamiya Makoto travaillait dans le service des brevets du siège de Tōzai Densō à Tokyo depuis trois ans. La société produisait des pièces détachées pour automobiles, notamment des starters et des bougies. Le service des brevets qui gérait l'ensemble des droits afférents à ses produits avait pour rôle d'assister les ingénieurs dans la rédaction des demandes de brevets pour les technologies mises au point dans le cadre de leur travail, et de prendre les mesures nécessaires en cas de conflits avec d'autres sociétés dans le domaine des brevets.

Misawa Chizuru lui apporta un document de plusieurs pages quelques minutes plus tard.

— C'est ce que vous vouliez ?

— Oui, merci, dit-il après l'avoir parcouru. Vous avez déjà pris votre pause ?

— Non, pas encore.

— Dans ce cas, je vous invite, dit-il en se levant.

Il se retourna pour s'assurer qu'elle le suivait.

Le distributeur était dans le couloir. Makoto sélectionna un café qu'il alla ensuite boire debout près de la fenêtre. Chizuru le rejoignit, un gobelet de thé au citron à la main.

— Vous travaillez dur ! Le soir, vous n'avez pas mal aux épaules ?

— Aux épaules, non, mais j'ai les yeux fatigués à force de regarder l'écran toute la journée.

— J'imagine que ce n'est pas très bon pour les yeux, ce travail.

— Non, d'ailleurs ma vue a baissé depuis que je le fais. Avant, je ne portais pas de lunettes.

— Hum… c'est un genre de maladie professionnelle, n'est-ce pas ?

Elle ne mettait des lunettes que pour travailler. Quand elle ne les avait pas, ses yeux paraissaient encore plus grands.

— Ce doit être fatigant, mentalement et physiquement, de passer d'une société à l'autre.

— Oui. Mais mon travail est bien plus facile que celui des informaticiens de mon agence. Ils ne disposent que d'un temps limité pour chaque mission et doivent parfois travailler toute la nuit. Ils ne peuvent vérifier que de nuit les systèmes qu'ils ont installés, puisque des gens s'en servent le jour. Je connais quelqu'un dans mon agence qui a travaillé cent soixante-dix heures supplémentaires en un mois.

— C'est énorme !

— Imprimer l'ensemble d'un système peut prendre trois heures. Dans ces cas-là, ils apportent des sacs de couchage et dorment devant l'écran. Ce qui m'étonne le plus, c'est qu'ils se réveillent lorsque l'imprimante ne fait plus de bruit.

— Les pauvres ! Ils gagnent bien leur vie, j'imagine ?

Chizuru esquissa un sourire embarrassé.

— Les entreprises font appel aux agences d'intérim parce que cela leur revient moins cher. Nous sommes l'équivalent des briquets jetables.

— Je vous admire de résister à tout cela.

— Je n'ai pas le choix. Il faut bien vivre, dit-elle en buvant son thé au citron.

Il regarda discrètement ses jolies lèvres rondes.

— Et ici, c'est comment pour vous ? Vous êtes mal payée ?

— Nous sommes très bien chez vous. Vous avez de beaux bureaux. Mais j'ai presque fini ma mission, ajouta-t-elle en fronçant les sourcils.

— Vraiment ?

Makoto qui l'ignorait était surpris.

— Nous devrions avoir terminé ce que nous avons à faire en milieu de semaine prochaine. La mission devait durer six mois, et nous l'aurons achevée au plus tard dans quinze jours même si nous revérifions tout.

— Ah !

Il écrasa son gobelet en carton dans sa main. Il aurait aimé dire quelque chose, mais rien ne lui vint à l'esprit.

— Je me demande où sera ma prochaine mission, murmura Chizuru qui regardait par la fenêtre en esquissant un sourire.

2

Le même soir, elle dîna dans un restaurant italien d'Aoyama avec Ueno Akemi, une collègue qui travaillait pour la même agence. Célibataires toutes les deux, elles avaient le même âge et sortaient souvent ensemble.

— On arrive enfin au bout de cette mission chez Tōzai Densō. J'en suis épatée quand je pense à l'extraordinaire quantité de brevets que nous avons liquidée, commenta Akemi qui but une gorgée de vin blanc avant de prendre une bouchée de salade de céleri.

La franchise avec laquelle elle s'exprimait, qu'elle attribuait à ses origines populaires, détonnait avec son apparence ultra-féminine.

— On y était plutôt bien traitées, non ? En tout cas, bien mieux que dans la société de sidérurgie de notre précédente mission, répondit Chizuru.

— Ceux-là, ils étaient dans une catégorie à part. Les chefs étaient tous des imbéciles, lâcha Akemi en faisant la grimace. Ils nous considéraient comme leurs esclaves. Ils nous ont bien exploitées ! En nous payant trois fois rien.

Chizuru l'approuva de la tête, et but du vin. Parler avec Akemi la détendait.

— Tu vas faire quoi ensuite ? Tu comptes continuer l'intérim ? reprit-elle un peu plus tard.

— Je voudrais bien, mais je crois que je vais devoir arrêter, répondit Akemi en enfonçant sa fourchette dans un beignet de courgette.

— Vraiment ?
— À cause de lui, continua-t-elle, l'air contrarié. Il dit que cela ne le gêne pas que je travaille, mais je ne crois pas que ce soit tout à fait vrai. Il a peur que cela nous empêche de vivre au même rythme, et je me demande si ça vaut la peine que je me batte pour ça. Il a très envie d'avoir des enfants, et je ne pourrai de toute façon pas continuer une fois qu'on en aura. J'ai l'impression que je ferais aussi bien d'arrêter tout de suite.

Chizuru l'écouta en hochant la tête.

— Cela me paraît une bonne idée. De toute façon, ce n'est pas un travail qu'on peut continuer longtemps.

— Ce n'est pas faux, dit Akemi en prenant une bouchée de courgette.

Elle allait se marier le mois suivant avec un homme qui avait cinq ans de plus qu'elle et travaillait pour une grande société.

On leur servit les pâtes qu'elles avaient commandées, des spaghettis à la crème d'oursins pour Chizuru, et des *pepperoncini* pour Akemi dont un des principes était qu'on ne pouvait pas manger de bonnes choses si on craignait de sentir l'ail.

— Et toi, tu comptes continuer ?
— Je ne sais pas encore, répondit Chizuru en enroulant des spaghettis autour de sa fourchette. Je vais peut-être rentrer quelque temps chez mes parents, ajouta-t-elle avant de les porter à sa bouche.

Originaire de Sapporo, elle avait fait ses études à Tokyo où elle avait ensuite commencé à travailler. Depuis qu'elle vivait dans la capitale, elle n'avait jamais pris le temps de retourner là-bas tranquillement.

— À partir de quand ?
— Je n'ai pas encore décidé, mais probablement à la fin de cette mission.
— Tu veux dire samedi ou dimanche en quinze ?

Elle s'interrompit pour manger.

— C'est ce dimanche-là que Takamiya se marie, je crois.
— Ah bon ?
— Oui, c'est ce qu'on m'a dit.
— Il se marie avec quelqu'un de la société ?
— Non. D'après ce que je sais, sa fiancée est une fille avec laquelle il sort depuis qu'il est étudiant.
— Je vois.

Chizuru avala une bouchée de pâtes qui lui parut terriblement fade.

— Je ne sais pas qui est l'heureuse élue, mais elle s'est bien débrouillée. Les hommes aussi bien que lui sont rares.
— Comment peux-tu dire une chose pareille, toi qui vas te marier très bientôt ! Dois-je comprendre que Takamiya correspond à ton idéal ? demanda Chizuru en faisant l'idiote.
— Il s'agit moins d'idéal que de conditions. Tu sais qu'il est issu d'une famille de propriétaires terriens ?
— Non, je l'ignorais.

Elle n'en avait pas la moindre idée car ils ne s'étaient jamais parlé de leur vie privée.

— Ce sont des gens riches. D'abord, ils habitent à Seijō où ils possèdent beaucoup de terrain. Et ils sont aussi propriétaires d'appartements. Il me semble que son père est mort, et il pourrait tout à fait vivre sans travailler. La fille qui va l'épouser a décidément beaucoup de chance, elle n'aura pas de beau-père.
— Tu es bien informée, glissa Chizuru à son amie en lui adressant un regard admiratif.
— Tous les gens du service des brevets sont au courant. Beaucoup de filles de Tōzai Densō auraient aimé faire sa conquête mais aucune n'a réussi à l'emporter sur la fille avec qui il sort depuis l'université.

Chizuru décela une note d'amertume dans la voix de son amie. Elle regrettait peut-être qu'il ne lui ait pas donné sa chance.

— Ce n'est pas seulement parce qu'il est riche qu'il plaît. Il est beau, bien élevé, et se conduit comme un vrai gentleman avec nous, osa-t-elle.

Akemi fit non de la main.

— Tu me déçois, Chizuru ! C'est un vrai gentleman parce qu'il est né riche. Et il est beau et bien élevé pour la même raison.

— Tu as peut-être raison, répondit-elle en riant.

Elles cessèrent de parler de Takamiya Makoto lorsqu'on leur apporta leur plat principal, du poisson.

Il était un peu après vingt-deux heures lorsque Chizuru revint chez elle. Akemi lui avait proposé d'aller boire un verre après le restaurant, mais elle était fatiguée et avait refusé.

Elle entra dans son deux-pièces, alluma la lumière, et se sentit encore plus lasse en voyant le désordre qui y régnait. L'appartement où elle s'était installée quand elle était en deuxième année à l'université avait été le témoin de toutes ses déceptions.

Elle s'écroula sans se déshabiller sur son lit qui grinça. Le mobilier avait vieilli, comme elle.

Le visage de Takamiya flotta devant ses yeux.

Elle avait entendu ses collègues féminines dire qu'il avait quelqu'un dans sa vie. Mais elle n'avait pas saisi qu'il était sur le point de se marier. Elle n'avait pas osé leur poser de questions à son sujet et cela n'aurait de toute façon rien changé.

Le seul avantage de son statut d'intérimaire était la possibilité de rencontrer beaucoup d'hommes. Chaque fois qu'elle entamait une mission dans une nouvelle entreprise, elle espérait y rencontrer l'homme qu'il lui fallait.

Cela n'était encore jamais arrivé. La plupart du temps, elle n'avait même pas la possibilité de rencontrer des jeunes hommes, comme si les entreprises tenaient à garder toutes les chances pour leurs employées.

Les choses ne s'étaient pas passées ainsi chez Tōzai Densō. Elle était tombée sur quelqu'un qui correspondait à son idéal dès le premier jour.

Elle avait d'abord été attirée par son physique. Mais il y avait aussi la manière dont il se conduisait. Il était attentif aux autres, et cela faisait sentir que sa préoccupation principale n'était pas de faire bonne impression.

Elle aurait pu envisager de se marier avec lui.

Elle était au demeurant certaine de ne pas lui être indifférente. Il ne lui avait jamais dit mais son attitude avec elle, la manière dont il la regardait, l'en avaient convaincue.

Elle s'était fait des illusions. Elle se souvint de la pause qu'ils avaient prise ensemble le jour même et rougit rétrospectivement. Elle avait frôlé le ridicule.

Lorsqu'il lui avait proposé de lui offrir un café, elle s'était attendue à ce qu'il l'invite enfin à prendre un verre ensemble après le travail mais il n'en avait rien fait. Voilà pourquoi elle lui avait appris que sa mission était presque achevée, en espérant que cela l'inciterait à agir.

Il n'avait dû se rendre compte de rien puisqu'il s'était contenté de lui souhaiter bonne chance pour la suite.

Elle comprenait mieux son attitude à la lumière de ce que lui avait appris Akemi. Un homme qui doit se marier deux semaines plus tard n'a aucune raison de s'intéresser à une intérimaire. Il avait été gentil avec elle parce qu'il avait une bonne nature.

Elle décida de l'oublier. Elle se releva à moitié, et prit le téléphone. Elle allait appeler ses parents à Sapporo. Elle ne savait pas comment ils réagiraient lorsqu'elle leur dirait qu'elle avait décidé de venir les voir, alors qu'elle n'était même pas rentrée pour le Nouvel An.

3

Le vent qui entrait par la fenêtre avait un parfum d'automne. Takamiya Makoto se souvint de sa première visite dans l'appartement trois mois plus tôt, avant la fin de la saison des pluies.

— Il fait un temps idéal pour déménager, dit Yoriko en s'arrêtant de frotter le parquet. J'avais peur que la météo ne soit pas favorable au déménagement, mais ce n'est heureusement pas le cas.

— Les déménageurs sont des pros. Qu'il pleuve ou qu'il vente leur est égal.

— Détrompe-toi ! Il y avait un typhon lorsque Mlle Yamashita a réceptionné les meubles de sa dot, et cela a beaucoup compliqué les choses.

— Les typhons, ce n'est pas pareil. On est déjà en octobre et leur saison est terminée.

— Il pleut parfois très fort en octobre.

Yoriko se remettait au travail quand on sonna à l'interphone.

— Je me demande qui c'est.

— Yukiho ?

— Elle a sa clé, dit Makoto en allant au combiné accroché au mur du séjour. Oui ?

— C'est moi, Yukiho.

— C'était bien toi ! Tu as oublié ta clé ?

— Non mais…

— Bon, je t'ouvre.

Il appuya sur le bouton et alla l'attendre dans l'entrée.

Il entendit l'ascenseur s'arrêter, et des pas qui se rapprochaient. Bientôt il vit apparaître Karasawa Yukiho, vêtue d'un cardigan vert clair et d'un pantalon blanc. Elle tenait son gilet à la main car il faisait chaud.

— Salut, dit-il en lui souriant.

— Désolée... Je faisais des courses et j'ai oublié l'heure, expliqua-t-elle en lui montrant ses paquets dans lesquels il vit des gants en caoutchouc, des détergents, et des éponges.

— Le ménage a été fait la semaine dernière.

— Oui, mais c'était il y a une semaine et je me suis dit que le déménagement allait tout salir.

Il secoua la tête.

— Les femmes disent toutes la même chose. Ma mère a apporté de quoi nettoyer.

— Je vais vite aller l'aider, s'écria-t-elle en enlevant ses tennis.

Makoto ne l'avait jamais vue autrement qu'avec des talons hauts. C'était aussi la première fois qu'elle était en pantalon. Il le lui dit.

— Je n'allais quand même pas mettre une jupe et des escarpins pour emménager. Je n'aurais rien pu faire !

— C'est bien vrai, fit Yoriko qui s'approcha, les manches de son chemisier relevées. Bonjour Yukiho !

— Bonjour, répondit celle-ci en lui adressant une courbette.

— Makoto est irrécupérable. Il n'a jamais fait le ménage de sa vie et n'a pas la moindre idée sur la manière de procéder. Vous n'allez pas avoir la vie facile !

— Ne vous en faites pas pour cela.

Les deux femmes allèrent dans la salle à manger et se répartirent le travail. Makoto retourna à la fenêtre en les écoutant et regarda dehors. Le camion du marchand de meubles ne devrait plus tarder. Celui du magasin d'électroménager était prévu une heure après.

Dans deux semaines, je serai marié, pensa-t-il. Il avait du mal à y croire et ressentait aussi une certaine tension.

Yukiho mit un tablier et commença à passer la serpillière dans la pièce à tatamis. Sa tenue de ménagère n'ôtait rien à sa beauté qui était réelle.

Cela fait quatre ans que nous sommes ensemble, se dit-il.

Il était étudiant en quatrième année à l'université Eimei lorsque Yukiho était entrée dans le club de danse commun à Eimei et à l'université féminine Seika.

Avec son visage aux traits réguliers, son corps bien proportionné, son apparence de gravure de mode, c'était la plus brillante des nouvelles de cette année-là. Tous les garçons du club, Makoto compris, en étaient tombés amoureux dès qu'ils l'avaient vue.

Les circonstances avaient fait qu'il avait pu tenter sa chance avec elle. Sans cela, il n'aurait même pas essayé. Il savait qu'elle avait envoyé promener plusieurs de ses camarades et redoutait de connaître le même sort.

Elle était venue le trouver pour lui demander de lui apprendre un pas difficile qu'elle n'arrivait pas à maîtriser. Il n'avait pas laissé passer cette occasion de devenir le partenaire attitré de celle qui faisait tourner toutes les têtes.

À force de danser ensemble, il avait pris conscience du fait qu'il ne lui faisait pas mauvaise impression. C'est ce qui lui avait donné le courage de l'inviter un jour.

Elle l'avait longuement scruté avant de lui demander où il comptait l'emmener.

"Où tu voudras", s'était-il empressé de répondre, le cœur battant.

Ce jour-là, ils avaient dîné dans un restaurant italien avant d'aller voir une comédie musicale. Il l'avait ensuite ramenée chez elle.

Quatre ans s'étaient écoulés depuis.

Rien ne serait arrivé entre eux si elle ne lui avait pas demandé son aide. Il savait qu'il finirait ses études le printemps suivant et n'aurait plus l'occasion de la voir. Oui, il avait vraiment eu de la chance.

Le départ abrupt du club de danse d'une autre nouvelle avait aussi joué un rôle. Cette jeune fille, Kawashima Eriko, n'avait pas la beauté éblouissante de Yukiho mais il se sentait à l'aise en sa compagnie.

Yukiho, qui était son amie, avait déclaré qu'elle ignorait pourquoi Eriko avait soudain cessé de venir au club de danse.

Que se serait-il passé si Eriko avait continué ? Même en admettant qu'elle ne lui ait pas accordé de rendez-vous, il n'aurait sans doute jamais tenté sa chance avec Yukiho. Tout aurait été différent. Il ne serait pas à deux semaines de son mariage avec elle.

La vie réserve bien des surprises, pensa-t-il.

— Pourquoi as-tu sonné alors que tu as une clé ? demanda-t-il à Yukiho qui passait le chiffon dans la cuisine.

— Je n'allais quand même pas entrer comme ça, s'exclama-t-elle sans s'arrêter.

— Pourquoi pas ? C'est à cela que sert une clé.

— Mais nous ne sommes pas encore mariés.

— Ça change quoi ?

— C'est une question de limite, intervint sa mère, prenant parti pour celle qui allait devenir sa belle-fille.

Yukiho exprima son assentiment d'un hochement de tête.

Makoto soupira et regarda à nouveau dehors. Sa mère avait dès le début été favorable à Yukiho.

Il se dit que le destin voulait probablement les unir. Et que tout irait sans doute bien s'il s'y conformait.

Pourtant...

Malgré tous ses efforts, il n'arrivait pas à chasser de son esprit le visage d'une autre.

Il secoua la tête, envahi par un sentiment proche de la panique.

Le camion du marchand de meubles arriva quelques secondes plus tard.

# 4

Le lendemain soir à dix-neuf heures, il était assis dans un café non loin de la gare de Shinjuku.

À la table voisine, deux hommes qui avaient l'accent du Kansai discutaient de base-ball. Ils parlaient bien sûr des Hanshin Tigers, cette équipe d'Osaka qui était sur le point de remporter le titre pour la première fois après des années de résultats médiocres. Les natifs de cette région s'en réjouissaient énormément, et le chef du service de Makoto qui avait jusqu'alors caché son affection pour l'équipe avait soudain lancé un fan-club qui célébrait chacune de leurs victoires. Cela irritait Makoto qui était depuis toujours un supporter des Tokyo Giants, et il lui en voulait un peu.

Il n'était cependant pas mécontent d'entendre le dialecte de l'Ouest. Il avait fait ses études à Osaka où il avait vécu pendant quatre ans. Il venait de boire sa deuxième gorgée de café lorsque l'ami avec lequel il avait rendez-vous arriva. Il portait un élégant costume gris.

— Quel effet cela fait de vivre ses derniers jours de célibataire ? demanda Shinozuka Kazunari avec un sourire en s'asseyant en face de lui.

Il commanda un espresso à la serveuse.

— Merci d'avoir trouvé si vite le temps de me voir.

— Je t'en prie. Le lundi, j'ai du temps, en général, répondit son ami en croisant ses longues jambes.

Ils avaient fait leurs études ensemble et étaient tous les deux des anciens du club de danse. Shinozuka en avait été président, et Takamiya, vice-président.

Les clubs de danse des universités japonaises attirent surtout des jeunes gens bien nés, comme Shinozuka qui travaillait aujourd'hui au siège de la firme pharmaceutique familiale dirigée par son oncle.

— Je suis sûr que tu es plus occupé que moi en ce moment. Tu as fort à faire, non ?

— Oui, plutôt. Hier, on nous a livré les meubles et l'électroménager dans le nouvel appartement. Je compte y dormir à partir de ce soir.

— Tout est prêt pour ta nouvelle vie, si je comprends bien. Il ne manque plus que la mariée.

— Ses affaires arrivent samedi prochain.

— Hum, tu y es presque...

— Oui, répondit Makoto en détournant les yeux pour boire une gorgée de café.

L'enthousiasme de son ami l'embarrassait.

— Et de quoi voulais-tu me parler ? Ta voix était tellement grave hier soir que j'étais presque inquiet.

— Euh...

Il l'avait appelé en rentrant chez lui et lui avait dit qu'il voulait le voir pour lui parler de quelque chose qu'il ne pouvait pas lui expliquer par téléphone.

— Tu ne vas quand même pas me dire que tu regrettes déjà ta vie de célibataire, jeta son ami d'un ton taquin.

Makoto n'eut pas envie de rire. Son ami avait deviné juste. Il dut le comprendre, car il se pencha vers lui, les sourcils froncés.

— Takamiya, quand même...

Comme la serveuse arrivait au même moment avec son espresso, il se redressa sans le quitter des yeux.

— Tu plaisantes, reprit-il sitôt qu'elle eut quitté leur table.

— Non. Pour être tout à fait honnête, je ne sais pas quoi faire, répondit Takamiya qui croisa les bras en le regardant droit dans les yeux.

Shinozuka eut l'air ébahi. Puis il concentra à nouveau son attention sur Makoto.

— Comment ça, tu ne sais pas quoi faire ?

— Eh bien… Je ne sais pas si je dois me marier ou pas.

Shinozuka le dévisagea. Puis il hocha lentement la tête.

— Ne t'affole pas. À ce qu'il paraît, la plupart des hommes hésitent juste avant de sauter le pas. Parce qu'ils comprennent soudain la gravité de ce qu'est le mariage. Tu n'es pas seul dans ton cas, si ça peut te rassurer.

Reconnaissant à son ami de se montrer si compréhensif, Makoto fit cependant lentement non de la tête.

— Malheureusement, ce n'est pas de cela qu'il s'agit.

— Mais de quoi, alors ?

Il n'osa pas le regarder droit dans les yeux, parce qu'il craignait que son ami ne le méprise s'il s'ouvrait à lui. Mais il n'avait personne d'autre à qui demander conseil.

Il vida d'un seul trait le verre d'eau posé sur la table et décida de se lancer.

— En fait, je suis attiré par quelqu'un d'autre.

Shinozuka ne réagit pas immédiatement. Il resta impassible. Makoto se dit qu'il s'était mal exprimé. Il allait devoir reformuler ce qu'il venait de dire et il inspira profondément.

Mais Shinozuka le devança.

— De qui s'agit-il ?

Son visage était grave.

— De quelqu'un qui travaille chez nous en ce moment.

— En ce moment ?

Makoto parla de Misawa Chizuru à son ami qui paraissait mal à l'aise. La société de Shinozuka avait aussi recours aux agences d'intérim et il comprit immédiatement de quoi il retournait.

— Si je comprends bien, tu ne l'as vue que dans le cadre du travail, et jamais dehors.

— Non, je ne pouvais pas l'inviter, puisque je dois me marier.

— Ça se comprend mais tu ne sais donc pas ce qu'elle pense de toi.

— Non.

— Dans ce cas, commença Shinozuka en faisant un demi-sourire, tu ferais mieux de l'oublier, non ? J'ai l'impression qu'il ne s'agit que d'une toquade.

Makoto esquissa un sourire à son tour.

— Je savais que tu me dirais quelque chose de ce genre. J'aurais fait pareil à ta place.

— Désolé, réagit immédiatement Shinozuka. S'il s'était agi de cela, tu n'aurais pas eu besoin de m'en parler. Tu l'as fait, ce doit être plus grave.

— C'est parfaitement stupide de ma part, j'en suis conscient.

Son ami hocha la tête, comme s'il en était convaincu. Il but son espresso qui avait un peu refroidi.

— Cela fait combien de temps ?

— Que quoi ?

— Que tu as remarqué cette fille.

— Ah… Depuis avril, répondit-il après un temps de réflexion. Depuis la première fois que je l'ai vue.

— Presque six mois, hein ? Pourquoi n'as-tu pas essayé de faire quelque chose plus tôt ?

Makoto perçut une certaine irritation dans la voix de son ami.

— Je me sentais impuissant. Nous avions fait la réservation pour le mariage, la dot avait été transmise. Plus encore que cela, je n'arrivais pas à croire ce que je ressentais. J'ai essayé de me persuader que ce n'était qu'une passade. Je me suis exhorté à la surmonter.

— Mais tu n'as pas réussi, c'est ça ?

Shinozuka soupira et se gratta les cheveux qu'il portait à présent coupés très court et non plus permanentés comme lorsqu'il était étudiant.

— Quand même, ce que tu me racontes est bien embêtant à deux semaines de la cérémonie.

— Je suis gêné de te déranger avec mes histoires mais tu es la seule personne à qui je puisse en parler.

— Ne te fais pas de souci pour ça, répondit Shinozuka, le visage songeur. Il n'empêche que tu ignores ce qu'elle pense. Je me trompe ?

— Non, tu as raison.

— Dans ce cas… J'espère que tu ne m'en voudras pas de te dire ça, mais toute la question est de savoir ce que tu penses, toi.

— Je n'arrive pas à décider si c'est une bonne chose de se marier dans un tel état d'esprit. Ou pour dire les choses encore plus clairement, je n'ai pas envie de me marier avec ça dans la tête.

— Je l'imagine. Du moins, je le crois, dit Shinozuka avant de pousser un nouveau soupir. Mais Karasawa, tu en penses quoi ? Tu ne l'aimes plus ?

— Non, je ne dirai pas cela. Même aujourd'hui, je continue…

— Mais plus à cent pour cent ?

Makoto ne sut que répondre. Il finit l'eau qui restait dans son verre.

— Au risque de paraître irresponsable, il me semble que se marier dans ces conditions ne serait pas une bonne chose. Ni pour toi, ni pour elle.

— Tu ferais quoi, à ma place ?

— Moi, si j'avais décidé de me marier, je ne regarderais plus aucune autre femme.

Makoto rit parce qu'il avait reconnu l'humour particulier de son ami. Mais au fond de lui-même, il n'avait pas envie de rire.

— Tu veux dire, si malgré cela j'étais attiré par quelqu'un avant cela ? Kazunari s'interrompit pour dévisager à nouveau son ami. Je pense que je renoncerais à me marier.

— Même deux semaines avant la date fixée ?

— Même un jour avant.

Makoto se tut pour digérer ce que son ami venait de dire.

Ce dernier sourit, comme pour l'apaiser.

— Je m'exprime de cette manière peut-être parce que ce n'est pas de moi qu'il s'agit. Je comprends que ce ne soit pas si simple. Je ne sais pas ce que tu ressens et je ne peux pas deviner tes sentiments pour elle.

Makoto hocha la tête de haut en bas pour indiquer son assentiment.

— Ce que tu dis m'aide.

— Nous avons chacun notre propre sens des valeurs et je ne te critiquerai pas quelle que soit ta décision.

— Je te tiendrai au courant.

— Si tu en as envie, dit Shinozuka en souriant.

5

D'après le plan qu'elles avaient reçu, le restaurant occupait un immeuble derrière le grand magasin Isetan de Shinjuku.

— Ils auraient quand même pu choisir un endroit un peu plus chic, ronchonna Akemi en descendant de l'ascenseur.

— Tu sais bien que c'est un vieux qui s'est occupé de tout, répondit Chizuru.

— C'est vrai, acquiesça son amie d'un ton mécontent.

La porte automatique s'ouvrit. Il n'était que dix-neuf heures mais des voix masculines éméchées parvinrent à leurs oreilles.

Elles entrèrent et entendirent quelqu'un crier : "On est ici !" Leurs collègues du service des brevets de Tōzai Densō étaient attablés à une grande table, les joues déjà rougies par l'alcool.

— S'ils veulent qu'on remplisse leurs verres, je renverse la table et je me barre, souffla Akemi à l'oreille de Chizuru.

Dans la plupart des cas, les hommes attendaient de leurs collègues féminines qu'elles le fassent. Chizuru ne croyait pas que cela se produirait aujourd'hui, car la fête était organisée en leur honneur.

Elle répondit comme il convenait aux toasts de rigueur en pensant que cela aussi faisait partie du travail. Elle n'avait pas envie de voir ses collègues féminines se tenir mal et elle redoutait plus encore l'ivresse du personnel masculin. Elle savait d'expérience qu'il leur arrivait d'avoir des gestes déplacés vis-à-vis des intérimaires qu'ils ne reverraient plus.

Takamiya Makoto était assis à côté de la personne qui lui faisait face. Il mangeait et portait régulièrement son demi à ses lèvres. Peu bavard de nature, il était encore plus taciturne ce soir-là.

Elle sentit qu'il la regardait et leva les yeux vers lui, mais il détourna les siens. Du moins le crut-elle.

Tu vois que tu t'es trompée à son sujet, se répéta-t-elle.

Il fut bientôt question du prochain mariage d'Akemi. Le chef de section dit qu'elle avait eu de nombreux soupirants, une plaisanterie habituelle après ce genre d'annonces.

— Je ne sais pas si j'ai choisi la bonne année pour me marier. L'année du Tigre, les Hanshin Tigers qui gagnent... Si j'ai un garçon, je lui ferai faire du base-ball, déclara Akemi qui avait déjà vidé quelques verres.

— Mais vous aussi, vous allez vous marier, osa lancer Chizuru à Makoto, faisant attention à parler d'un ton neutre.

— Euh... c'est exact, répondit-il gauchement.

— Oui, après-demain. Après-demain ! fit Narita qui était assis en face de Chizuru, en donnant une bourrade à son collègue. Après-demain, c'en sera fini de sa belle vie de célibataire.

— Félicitations, dit Chizuru.

— Merci, répondit Makoto d'une petite voix.

— Cet homme a tellement de la chance dans la vie que ce n'est pas la peine de le féliciter, lâcha Narita d'une voix légèrement pâteuse.

— Je n'en ai pas particulièrement, répondit Takamiya avec un sourire embarrassé.

— Bien sûr que si. Tu en as trop et je vais vous dire pourquoi, mademoiselle Misawa. Il a deux ans de moins que moi, mais il est déjà propriétaire de sa maison. Ça vous paraît normal ?

— Ce n'est pas une maison !
— Comment ça ? Tu n'as pas à payer de loyer pour ton appartement, non ? Donc tu es propriétaire, s'enflamma Narita.
— Il appartient à ma mère qui me laisse y habiter. C'est tout.
— Vous voyez que j'ai raison ! Sa mère possède l'appartement. Pas mal, hein ? continua Narita en recherchant l'assentiment de Chizuru.

Il remplit son propre verre, le vida et recommença à parler.

— Il parle d'appartement, mais sa mère est propriétaire de tout l'immeuble. Et elle lui en cède un appartement. Vous trouvez ça juste, vous ?
— On parle d'autre chose, d'accord ?
— Non, on continue. En plus, il va épouser une vraie beauté !
— Narita !

Makoto, qui paraissait à présent profondément embarrassé, se mit à remplir le verre de son collègue afin de le faire taire.

— Elle est belle à ce point ?

Chizuru adressa sa question à Narita. Le sujet l'intéressait.

— Oui, absolument. Elle pourrait faire du cinéma. En plus, elle maîtrise la cérémonie du thé et l'ikebana, hein, répondit-il en se tournant vers son collègue.
— Oui, à peu près.
— C'est pas rien, hein ? Et elle parle parfaitement anglais. C'est vraiment injuste que tu sois le seul à avoir autant de chance dans la vie. Pourquoi ? Pourquoi ?
— Du calme, Narita ! Ne t'en fais pas, la chance ne dure pas éternellement. La roue tourne et ton heure arrivera, sois-en certain, lança le chef de service, assis en bout de table.
— Vous croyez ? Et vous voyez ça quand ?

— Je pense que ça sera fait au milieu du XXIe siècle.

— Quoi ? Dans cinquante ans ? Vous êtes sûr que je serai encore là ?

Toute la tablée rit, y compris Chizuru qui regarda Makoto à la dérobée. Leurs yeux se croisèrent. Elle eut l'impression qu'il essayait de lui dire quelque chose, mais elle pensa qu'elle se faisait des illusions.

La fête se termina vers vingt et une heures. Chizuru s'approcha de Makoto en sortant du restaurant.

— Je voulais vous donner ce cadeau de mariage, dit-elle en sortant de son sac un petit paquet qu'elle avait acheté la veille. Je n'ai pas pu le faire aujourd'hui au bureau.

— Merci… Vous n'auriez pas dû, répondit-il en l'ouvrant.

Il contenait un mouchoir bleu.

— Je le garderai précieusement.

— Merci pour les six mois qui viennent de s'écouler, dit-elle en lui adressant une courbette.

— Tout le plaisir était pour moi ! Et qu'allez-vous faire à présent ?

— Je vais aller me reposer quelque temps chez mes parents. Je rentre à Sapporo après-demain.

— Hum… souffla Makoto en regardant le mouchoir.

— La réception aura lieu dans un hôtel d'Akasaka, n'est-ce pas ? Moi, je serai déjà à Hokkaidō.

— Ce qui veut dire que vous partirez de bon matin.

— Oui, j'ai réservé une chambre à Shinagawa pour demain soir.

— Dans quel hôtel ?

— Le Parkside.

Makoto eut l'air de vouloir ajouter quelque chose, mais une voix l'en empêcha.

— Takamiya, tu fais quoi ? Tout le monde t'attend en bas !

Il lui fit au revoir de la main, et s'éloigna. Elle le suivit des yeux en pensant qu'elle ne le reverrait plus.

# 6

Après la fête, Makoto rentra dans la maison où vivaient sa mère et ses grands-parents.

Ses grands-parents étaient les parents de sa mère. Son père avait pris le nom de sa femme quand il l'avait épousée. Elle était l'unique héritière de la fortune des Takamiya.

— Plus que deux jours, n'est-ce pas ? J'ai tellement de choses à faire demain. Il faut que j'aille chez le coiffeur, et que je passe ensuite chercher un bijou que j'ai commandé. Je vais devoir me lever tôt, dit Yoriko, sa mère.

Assise à la table de la salle à manger, elle était en train d'éplucher une pomme, un journal sous les yeux. En face d'elle, Makoto faisait semblant de lire un magazine. Il jeta discrètement un coup d'œil à sa montre. Il attendait vingt-trois heures pour passer un appel.

— Ton fils se marie, il est normal que tu te fasses belle, commenta son grand-père, Jinichi, depuis le canapé où il était assis le dos bien droit, en face de sa table-échiquier, une pipe à la main. À plus de quatre-vingts ans, il avait encore toute sa tête.

— Oui, et l'occasion ne se représentera pas puisque je n'ai pas d'autre enfant. Je peux bien faire quelques frais, non ?

Sa question s'adressait à sa mère, la grand-mère de Makoto. Toute à son tricot, elle ne répondit pas à sa fille.

Il l'avait toujours vue un ouvrage à la main, de la même façon que son grand-père écoutait toujours d'une oreille distraite le bavardage de sa fille en jouant aux échecs. Leur routine était inchangée à deux jours de son mariage. Cette permanence lui convenait parfaitement.

— Tu vas te marier et je vais sans doute rapidement devenir un arrière-grand-père gâteux, dit Jinichi d'un ton ému.

— Je n'arrive pas à m'ôter de la tête que tu es trop jeune, mais je sais que je me trompe. Vous êtes ensemble depuis quatre ans et cela n'aurait aucun sens d'attendre plus longtemps, soupira sa mère.

— Je suis sûre que Yukiho sera une excellente épouse, la rassura sa grand-mère.

— Moi aussi. Elle est jeune, mais elle sait se tenir, fit son grand-père.

— Elle m'a plu dès que tu nous l'as présentée, Makoto. Elle est vraiment bien élevée, ajouta Yoriko tout en disposant les quartiers de pomme sur une assiette.

Il se souvint de leur rencontre. Sa mère avait d'abord aimé la façon dont elle s'habillait, puis elle avait été émue d'apprendre que Yukiho vivait seule avec sa mère adoptive. Lorsqu'elle avait su que cette dernière lui avait enseigné l'art du thé et celui de l'ikebana, son intérêt pour elle avait redoublé.

Makoto se leva après avoir mangé deux quartiers de pomme. Il était presque vingt-trois heures.

— Je monte dans ma chambre, annonça-t-il.

— N'oublie pas que nous dînons demain avec Yukiho et sa mère.

— Nous dînons avec elles ?

— Oui, je les ai invitées puisqu'elles passeront la nuit à l'hôtel.

— Pourquoi ne m'en as-tu rien dit ? demanda Makoto d'un ton mécontent.

— Je n'aurais pas dû ? Tu avais prévu de voir Yukiho demain soir, non ?

— Ce sera à quelle heure ?

— J'ai réservé une table pour sept heures dans le restaurant français de leur hôtel. Il a bonne réputation.

Makoto quitta la pièce et monta l'escalier qui menait à l'étage où se trouvait sa chambre. Elle n'avait pas changé depuis son adolescence. Il s'assit à son bureau et prit le téléphone. Il disposait de sa propre ligne téléphonique.

Il composa un numéro. Son correspondant décrocha à la deuxième sonnerie, d'une voix qui manquait d'entrain, peut-être parce qu'il était en train de se détendre en écoutant de la musique classique après une longue journée de travail.

— Shinozuka ? C'est moi.

— Ah... qu'est-ce qui t'arrive ? fit son interlocuteur d'un ton plus vif.

— Je ne te dérange pas ?

— Pas du tout.

Shinozuka habitait seul à Yotsuya.

— J'ai quelque chose d'important à te dire. Ça ne te surprendra probablement pas, mais je te demande de m'écouter.

Shinozuka devina de quoi son ami voulait lui parler et ne répondit pas tout de suite. Makoto n'ajouta rien mais prit conscience de la friture sur la ligne. Depuis trois mois environ, elle fonctionnait mal, au point qu'il était parfois difficile d'entendre ce que son correspondant disait.

— Tu veux me parler de ce que tu m'as dit l'autre jour, je pense, finit par dire Shinozuka.

— Tu ne te trompes pas.

— Eh bien...

Makoto eut l'impression qu'il riait mais il se dit qu'il se trompait.

— Tu te maries après-demain, non ?

— Tu m'as bien dit que dans mon cas, tu n'hésiterais pas à tout annuler, même la veille.

— Oui, répondit Shinozuka en inspirant profondément. Tu ne plaisantes pas ?

— Pas du tout. Je vais lui faire part de mes sentiments demain, ajouta-t-il après avoir pris une profonde inspiration.

— Tu parles bien de cette jeune femme de l'agence de travail temporaire ? Celle qui s'appelle Misawa ?

— Oui.

— Que comptes-tu faire ? Lui offrir le mariage ?

— Je n'ai pas réfléchi si loin. Je veux simplement lui dire les sentiments que j'ai pour elle. Et lui demander quels sont les siens pour moi. C'est tout.

— Et si elle n'en a pas pour toi ?

— Je l'accepterai.

— Et tu te marieras avec Karasawa comme prévu ?

— Je sais que je suis un lâche.

— Non, répondit Shinozuka après un blanc. Il faut parfois ruser, dans la vie. L'important, c'est que tu choisisses une voie qui exclue les regrets.

— Merci de me dire ça.

— Le problème se posera si elle éprouve les mêmes sentiments que toi, continua son ami d'un ton plus grave. Tu feras quoi ?

— Eh bien…

— Tu es prêt à tout abandonner.

— Oui.

Il l'entendit soupirer.

— Takamiya, ce sera tout sauf facile. J'imagine que tu le sais. Tu causeras de l'embarras à beaucoup de gens, et tu en blesseras gravement certains. En particulier Karasawa…

— Je la dédommagerai. Autant qu'elle le voudra.

Ils se turent tous les deux. La friture sur la ligne était intense.

— Bon. Je vois que tu sais ce que tu fais. Je n'ai rien d'autre à ajouter.

— Je suis désolé de t'importuner.

— Ne t'en fais pas pour moi. Pense plutôt à ce qui pourrait arriver après-demain. J'en ai la chair de poule.

— Et moi, j'avoue que je suis tendu.
— Ça ne m'étonne pas.
— J'ai encore une faveur à te demander. Tu es libre demain soir ?

# 7

Il se mit à pleuvoir dès le matin de cette journée décisive. Makoto prit son petit-déjeuner assez tard et regagna ensuite sa chambre où il regarda la pluie tomber. Il avait très mal dormi et souffrait d'un violent mal de tête.

Il se demandait comment joindre Misawa Chizuru qui devait passer la nuit dans un hôtel de Shinagawa. Il pourrait aller la voir là-bas le soir, mais il aurait aimé lui parler pendant la journée.

Il n'avait aucun moyen de la contacter. Ni son adresse ni son numéro de téléphone ne figuraient sur les listes de l'entreprise puisqu'elle n'y avait été qu'intérimaire.

Peut-être le chef de service ou le chef de section les connaissaient-ils, mais il n'avait aucune raison valable de les leur demander. Rien ne garantissait d'ailleurs qu'ils aient ces informations chez eux.

La seule façon de tenter de les trouver était d'aller au bureau où plusieurs de ses collègues travaillaient probablement ce samedi. Ils ne seraient pas surpris de voir Makoto.

Il se leva. Il n'avait pas une minute à perdre. La sonnette retentit au même moment et il eut un mauvais pressentiment.

Une minute plus tard, il reconnut le pas de sa mère dans l'escalier et sut qu'il avait deviné juste.

— Makoto, Yukiho est là, annonça-t-elle sans ouvrir sa porte.

— Ah bon... J'arrive.

Il la trouva en train de boire un thé avec ses grands-parents et sa mère. Elle portait une robe brun foncé.

— Yukiho nous a apporté des gâteaux. Tu en veux un ? lui demanda sa mère.

— Non merci. Et qu'est-ce qui t'amène, Yukiho ?

— J'ai oublié d'acheter plusieurs choses dont j'aurai besoin pour notre voyage de noces et je me suis dit que nous pourrions nous en occuper ensemble, répondit-elle d'un ton enjoué en le regardant, les yeux brillants.

Elle semble transfigurée par son mariage, pensa-t-il douloureusement.

— Ah... C'est un peu compliqué, je dois passer au bureau.

— Mais pourquoi ? s'écria sa mère en fronçant les sourcils. Il faut que tu travailles la veille de ton mariage ? Je n'en reviens pas.

— Ce n'est pas tout à fait ça. Il y a un document que je n'ai pas encore eu le temps de lire et...

— On pourra y passer après les courses, si tu veux. Je peux t'accompagner, non ? Tu m'as dit un jour que les samedis et les dimanches les personnes extérieures à la société pouvaient y venir.

— Oui, mais...

Il ne s'attendait pas du tout à ce qu'elle le lui propose.

— Je trouve ton dévouement au travail un peu excessif, commenta sa mère d'un ton boudeur. Qu'est-ce qui compte le plus pour toi dans la vie, au juste ?

— D'accord, j'ai compris. Ce n'est pas si urgent que ça, et je n'irai pas aujourd'hui.

— Comme tu veux. Moi, ça ne me dérange pas, tu sais, dit Yukiho.

— Non, ce n'est pas la peine, répondit-il en lui souriant.

Il était à présent résolu à attendre le soir pour parler à Chizuru.

Il demanda à Yukiho de l'attendre pendant qu'il se changeait et retourna dans sa chambre d'où il téléphona immédiatement à Shinozuka.

— C'est moi. Tu es toujours d'accord ?

— Oui. Je compte être là-bas pour vingt et une heures. Tu as pu la joindre ?

— Non, je n'ai pas ses coordonnées. Et il faut que j'aille faire des courses avec Yukiho.

Il entendit son ami soupirer.

— Je te plains.

— Je suis désolé de t'entraîner dans cette histoire.

— Ce n'est pas ta faute. À tout à l'heure.

— Merci.

Il raccrocha, se changea, ouvrit sa porte et découvrit Yukiho qui le dévisageait debout en face de sa chambre. Il sursauta. Elle esquissa un sourire qui lui parut sardonique.

— Tu mettais tellement de temps que je suis venue voir ce qui t'arrivait.

— Désolé. Je ne savais pas quoi mettre.

Il la suivit dans l'escalier.

— Toujours d'accord pour quoi ? demanda-t-elle en se retournant vers lui.

— Tu m'écoutais ?

— Je t'ai entendu.

— Cela concerne mon travail.

Il eut peur qu'elle ne lui pose d'autres questions mais elle n'en fit rien.

Ils allèrent dans plusieurs grands magasins de Ginza. Elle avait parlé d'achats pour le voyage, mais il eut l'impression qu'elle ne savait pas ce qu'elle voulait. Il le lui dit, elle haussa les épaules et lui tira la langue.

— J'avais surtout envie de passer du temps tranquillement avec toi. C'est notre dernier jour en tant que célibataires ! Cela te déplaît ?

Il soupira discrètement, incapable de lui dire son mécontentement.

Tout en la regardant faire du lèche-vitrine, il repensa aux quatre années qu'ils avaient passées ensemble en s'efforçant d'être le plus honnête possible avec lui-même.

Ils avaient continué à se fréquenter jusqu'à aujourd'hui parce qu'il avait des sentiments pour elle. Mais quel avait été le facteur qui l'avait décidé à l'épouser? Son amour pour elle?

Malheureusement non, se dit-il. Il avait commencé à l'envisager sérieusement deux ans plus tôt, pour une raison précise.

Un matin, elle lui avait demandé de venir la rejoindre dans un petit hôtel de la capitale. Il comprit plus tard pourquoi elle l'avait choisi.

Elle l'avait accueilli, la mine sombre, avec une expression qu'il ne lui connaissait pas.

— Il faut que je te montre quelque chose, expliqua-t-elle en pointant du doigt la table où était posé un tube grand comme la moitié d'une cigarette, rempli d'un peu de liquide. N'y touche pas, mais regarde-le, ajouta-t-elle.

Il lui avait obéi et il avait remarqué deux petits cercles rouges concentriques dans le bas du tube. Elle lui tendit ensuite une feuille de papier où il était écrit : "Mode d'emploi du test de grossesse." Deux cercles concentriques signifiaient une réponse positive, lut-il.

— Le mode d'emploi précise qu'il faut faire le test avec la première urine du matin. C'est pour cela que je suis venue dans cet hôtel, parce que je voulais te montrer le résultat.

Il comprit au son de sa voix qu'elle était enceinte.

Il ne dut pas avoir l'air content car elle ajouta immédiatement d'un ton détendu qu'elle n'avait aucune intention d'avoir cet enfant et qu'elle ferait le nécessaire seule.

— Cela ne te dérange pas?
— Non. Je n'ai pas envie d'avoir un enfant maintenant.

Il devait reconnaître qu'il en avait été soulagé. Il n'avait pas imaginé devenir père si vite et ne se sentait pas prêt.

Elle s'était occupée de tout seule. Il ne l'avait pas vue pendant une semaine, puis elle avait réapparu, aussi pleine d'entrain qu'avant. Elle ne lui en avait jamais reparlé. Lorsqu'il avait essayé d'en savoir plus, elle avait toujours refusé de répondre à ses questions en lui disant qu'elle ne voulait plus en parler, que la page était tournée.

C'est à partir de ce moment-là qu'il avait commencé à penser au mariage. Il se voyait comme un homme responsable et avait l'intention de faire son devoir.

À présent, il se demandait s'il n'avait pas oublié alors quelque chose de plus important encore.

8

Makoto regarda discrètement sa montre en faisant semblant de boire une gorgée de café. Il était un peu après vingt et une heures.

Le dîner avec Yukiho et sa mère, Karasawa Reiko, une femme intelligente et distinguée, avait commencé environ deux heures plus tôt. Yoriko avait assuré l'essentiel de la conversation. Reiko, qui l'avait écoutée en souriant, lui avait donné la réplique quand il le fallait. Makoto eut mauvaise conscience en pensant au choc qu'elle subirait peut-être de son fait le lendemain.

Ils quittèrent le restaurant un quart d'heure plus tard. Comme il s'y attendait, sa mère suggéra qu'ils aillent prendre un verre.

— Pourquoi ne pas aller au café de l'hôtel ? Il y aura moins de monde, suggéra Makoto.

Karasawa Reiko qui ne buvait pas d'alcool y était favorable.

Ils prirent l'ascenseur pour le rez-de-chaussée et se dirigèrent vers le café. Il consulta à nouveau sa montre et vit qu'il était vingt et une heures vingt.

Au moment où ils y entrèrent, une voix appela : "Takamiya !"

Makoto se retourna et vit Shinozuka qui venait vers lui.

— Tu es en retard. J'ai cru que tout était annulé, lui souffla-t-il.

— Le repas a traîné. Merci d'avoir attendu.

Ils échangèrent quelques autres phrases, puis Makoto retourna vers Yukiho et les deux mères.

— Mes amis d'Eimei m'attendent apparemment dans un bar non loin d'ici. Je vais aller leur dire bonjour.

— Est-ce vraiment nécessaire ? demanda sa mère sans dissimuler son déplaisir.

— Moi, je n'y vois pas d'inconvénient. Les amis, c'est important, glissa Karasawa Reiko.

— Je suis désolé, s'excusa Makoto.

— Ne rentre pas trop tard, recommanda Yukiho en le regardant droit dans les yeux.

— D'accord.

Il quitta le café et retrouva Shinozuka qui l'attendait dehors au volant de sa Porsche.

— Si je me fais arrêter pour excès de vitesse, je compte sur toi pour payer l'amende !

L'hôtel Parkside se trouve à cinq minutes environ de la gare de Shinagawa. Ils y arrivèrent un peu avant vingt-deux heures. Makoto descendit seul de la voiture.

Il alla à la réception, et demanda si Misawa Chizuru était arrivée. Le réceptionniste en uniforme lui dit qu'elle était attendue mais n'était pas encore là. Il ajouta qu'elle avait indiqué qu'elle arriverait une heure plus tôt.

Makoto le remercia, regarda autour de lui et s'assit ensuite sur une banquette du lobby.

Son cœur battait très fort à l'idée de la revoir d'une minute à l'autre.

# 9

Il était vingt et une heures cinquante lorsque Chizuru arriva à la gare de Shinagawa. Il lui avait fallu plus de temps que prévu pour ranger son appartement et préparer ses affaires.

Il y avait encore beaucoup de monde dans la rue quand elle traversa l'avenue qui passe devant la gare.

L'accès piétonnier au Parkside se fait par une allée qui passe par le jardin plaisamment éclairé de l'hôtel mais sa lourde valise l'empêcha d'en apprécier toute la beauté.

En arrivant à proximité de l'entrée principale, elle vit qu'un carrousel de taxis y déposait des voyageurs. J'aurais eu meilleure allure si j'en avais pris un, se dit-elle. Le chasseur de l'hôtel l'ignora.

Elle allait franchir la porte de verre lorsqu'elle entendit quelqu'un lui dire : "Excusez-moi, mademoiselle." Elle se retourna et vit un jeune homme qui portait un complet sombre.

— Puis-je me permettre de vous demander si vous avez réservé une chambre ici ?

— Oui, c'est le cas, répondit-elle, méfiante.

— J'appartiens à la police, continua-t-il en sortant de sa poche un carnet qu'il lui montra fugitivement, et je voudrais vous demander une faveur.

— À moi ?

Elle était surprise. Elle ne voyait pas du tout pourquoi la police s'intéressait à elle.

— Vous voulez bien me suivre ? reprit l'homme.
Elle obéit, n'osant refuser.
— Vous êtes seule ?
— Oui, mais…
— Vous tenez à passer la nuit dans cet hôtel ? Celui qui se trouve juste derrière celui-ci ne vous conviendrait pas ?
— Peut-être, mais j'ai une réservation ici et…
— Je comprends. C'est d'ailleurs la raison pour laquelle je vous ai abordée.
— Que voulez-vous dire ?
— Il se trouve que des personnes que nous surveillons ont pris des chambres ici. Malheureusement, l'hôtel est plein ce soir, et nous n'avons pas pu avoir de chambre.

Chizuru comprit ce qu'il essayait de dire.
— Et vous voudriez ma chambre ?
— Exactement. Il aurait été difficile de demander cela à quelqu'un déjà installé dans l'hôtel, et nous voulons éviter que les suspects ne nous remarquent. J'ai donc ordre de demander aux gens qui arrivent ici s'ils accepteraient d'aller ailleurs.
— Je vois… fit-elle en le regardant.

Il avait l'air très jeune. Peut-être venait-il de débuter dans la police. Mais il était bien habillé et le sérieux de sa voix inspirait confiance.
— Si vous êtes d'accord, nous paierons votre chambre dans l'autre hôtel et je vous y conduirai, continua l'homme qui avait un léger accent du Kansai.
— Vous parlez du Queen Hotel, n'est-ce pas ?

L'établissement était d'une classe supérieure au Parkside.
— Nous avons réservé une chambre à quarante mille yens, précisa-t-il comme s'il avait lu dans ses pensées.

Elle n'aurait jamais eu les moyens de se la payer, et cela acheva de la convaincre.
— J'accepte volontiers.
— Je vous remercie de votre coopération. Je vais vous emmener là-bas, dit-il en tendant la main vers sa valise.

# 10

Il était vingt-deux heures trente et Misawa Chizuru n'était toujours pas arrivée.

Makoto, un journal abandonné par un voyageur ouvert sur ses genoux, ne quittait pas le comptoir de la réception des yeux. Il avait encore plus envie de la voir que de lui faire part de ses sentiments. Son cœur battait à grands coups.

Une jeune femme s'approcha du comptoir. Il sursauta, mais vit qu'elle ne lui ressemblait pas du tout. Déçu, il baissa les yeux.

— Je n'ai pas réservé, mais auriez-vous encore une chambre de libre? demanda-t-elle.
— Vous êtes seule?
— Oui.
— Une chambre simple vous conviendrait?
— Oui.
— Dans ce cas, c'est possible. Nous en avons à douze, quinze et dix-huit mille yens. Laquelle vous conviendrait?
— Celle à douze mille yens.

Makoto se dit qu'il n'était pas nécessaire d'avoir une réservation. Le Parkside n'était pas complet ce soir.

Il tourna à nouveau les yeux vers l'entrée avant de les reposer sur le journal qu'il lut distraitement.

Un article attira cependant son attention. Il concernait une affaire d'écoutes téléphoniques.

Plusieurs membres du parti communiste avaient découvert que la police les avait placés sur écoute depuis l'année dernière. Cette affaire suscitait la controverse.

Ce n'était pas l'aspect politique qui l'intéressait mais la manière dont ces écoutes avaient été découvertes.

Les membres du parti communiste avaient contacté NTT, la compagnie publique de téléphone, car la friture sur leurs lignes était si forte qu'ils entendaient mal leurs correspondants.

Il se demanda avec une légère inquiétude si le phénomène qu'il avait constaté sur la sienne depuis quelque mois signifiait que quelqu'un l'épiait. Il se rassura en pensant que personne n'avait de raison de le faire.

Le réceptionniste s'approcha de lui au moment où il refermait son journal.

— C'est Mlle Misawa que vous attendez, n'est-ce pas ?

— Oui, répondit-il en se levant.

— Nous venons de recevoir un appel de sa part. Elle a annulé sa réservation.

— Elle a annulé ? s'écria-t-il en sentant une soudaine chaleur l'envahir. Mais où est-elle ?

— Je l'ignore. L'appel ne venait pas de Mlle Misawa, mais d'un homme.

— Un homme ?

— Oui.

Makoto se leva. La tête lui tournait. Il ne savait que faire. En tout cas, l'attendre ici n'avait pas été vain, se dit-il.

Il sortit de l'hôtel, monta dans le taxi en tête de file et lui donna son adresse.

Le rire s'empara de lui, car il percevait le ridicule de sa situation.

Ce n'était pas leur destin d'être réunis. Comme il est très rare que quelqu'un annule une réservation d'hôtel à la dernière minute, il conclut à l'intervention d'une force surnaturelle.

À bien y réfléchir, il avait eu plusieurs fois l'occasion de lui faire part de ses sentiments. Son erreur avait peut-être été d'attendre la dernière minute.

Il sortit son mouchoir et essuya les gouttes de transpiration sur son visage. Au moment de le remettre dans sa poche, il se rendit compte que c'était celui qu'elle lui avait donné.

Il ferma les yeux en pensant aux détails de la cérémonie qui l'attendait le lendemain.

VIII

# 1

Juste avant la fermeture du magasin à dix-huit heures, un homme de petite taille, âgé d'une cinquantaine d'années, entra en compagnie d'un garçon maigre qui avait l'allure d'un lycéen. Le fils est avec son père aujourd'hui, se dit Sonomura Tomohiko qui avait déjà vu plusieurs fois l'adolescent dans la boutique. Il convoitait du regard le plus bel ordinateur personnel en vente et repartait sans rien acheter. Il n'était d'ailleurs pas le seul à agir ainsi. Tomohiko avait l'habitude de ne pas adresser la parole à ces clients potentiels, de peur de les effaroucher et de leur ôter l'envie de revenir. Kirihara Ryōji, le directeur du magasin, avait pour politique de réserver bon accueil à ces curieux qui reviendraient peut-être acheter le jour où ils auraient une rentrée d'argent imprévue ou lorsque leurs parents décideraient de leur faire un cadeau.

Le père qui portait des lunettes fit d'abord le tour du magasin des yeux et s'intéressa à l'ordinateur personnel que son fils désirait depuis longtemps. Ils discutèrent un moment, puis le père sursauta. Tomohiko l'entendit s'écrier : "Quoi ?" Il avait dû lire le prix sur l'étiquette. Il ajouta, à l'intention de son fils, que c'était beaucoup trop cher. Celui-ci lui dit qu'il se trompait et entreprit de lui expliquer pourquoi.

Assis devant l'écran de son ordinateur, Tomohiko les observait attentivement en s'efforçant de ne pas le montrer. Le père contemplait les ordinateurs et les périphériques avec le regard qu'il aurait eu pour un paysage étranger. Il ne connaissait probablement rien à l'informatique. Ses cheveux poivre et sel coupés court, le gilet qu'il portait sur un pull à col roulé, tout indiquait qu'il devait travailler pour une grande société. Il était probablement venu en voiture.

Nakajima Hiroe qui vérifiait le contenu de cartons jeta un coup d'œil à son collègue, comme si elle le trouvait trop passif. Il lui adressa un petit signe de tête pour lui faire comprendre qu'il savait ce qu'il faisait.

Au moment qui lui parut propice, il se leva pour aller à leur rencontre en souriant.

— Vous cherchez quelque chose ?

Quoique légèrement intimidé, le père le regarda comme s'il voyait apparaître le sauveur qui le tirerait d'affaire. Le fils eut l'air contrarié et tourna les yeux vers les logiciels en vente. Peut-être n'aimait-il pas parler aux inconnus.

— Mon fils veut un ordinateur, mais je n'ai aucune idée de ce qui serait bien pour lui.

— Quel usage comptez-vous en faire ? s'enquit Tomohiko en les dévisageant alternativement.

— Tu t'en serviras pour quoi ? demanda le père en se tournant vers son fils.

— Pour faire du traitement de texte, communiquer avec d'autres utilisateurs, et puis…

— Jouer ? osa Tomohiko.

Le fils hocha timidement la tête. Il continuait à ne pas sourire, peut-être parce qu'il aurait préféré ne pas avoir à être avec son père.

— Quel est votre budget ?

— Eh bien… nous avions parlé d'autour de cent mille yens.

— Je t'ai dit qu'on ne trouverait rien à ce prix-là, jeta le fils avec dépit.

— Un instant, s'il vous plaît.

Tomohiko retourna à son bureau, et tapa sur son clavier. La liste des appareils en stock apparut sur l'écran.

— Nous avons un 88 qui correspond parfaitement à ce que vous cherchez.

— Un 88 ? répéta le père en fronçant les sourcils.

— Un NEC 88, un modèle sorti en octobre dernier, qui coûte environ cent mille yens. Mais je pense que nous pourrons vous faire un meilleur prix. C'est un bon produit, vous savez. Le CPU a une fréquence d'horloge de 14 mégahertz, et une mémoire vive de 64 kilo-octets. Nous pouvons descendre jusqu'à cent vingt mille yens, avec le moniteur.

Tomohiko prit un catalogue sur l'étagère et leur montra. Le père le prit, en tourna les pages et le passa à son fils.

— Vous n'avez pas besoin d'imprimante ?

Les clients parurent hésiter.

— Si, je pense, répondit le fils presque dans un murmure.

Tomohiko vérifia à nouveau les stocks.

— Nous avons une imprimante thermique à 69 800 yens, annonça-t-il.

— Donc en tout, 190 000 yens, dit le père, le visage sévère. C'est beaucoup plus que ce que j'avais prévu.

— Je suis désolé de vous apprendre que vous aurez aussi besoin de logiciels.

— De logiciels ?

— Les programmes dont vous aurez besoin pour faire fonctionner votre machine. Sans eux, elle sera inutilisable. Bien sûr, si vous savez les faire vous-même, vous n'en aurez pas besoin.

— Hum.

— Si vous n'ajoutez qu'un traitement de texte au nécessaire de base, continua Tomohiko tout en se servant de sa calculatrice qui aboutit à un total de 169 800 yens, voilà ce que cela fera en tout, fit-il en montrant le résultat au père. Cela vous conviendrait ? Je suis certain que vous ne trouverez pas mieux ailleurs.

Le père fit la grimace. Ce montant dépassait de loin son budget. Le fils avait autre chose en tête.

— Le 98, cela ferait beaucoup plus ?
— Oui, autour de trois cent mille yens pour la machine elle-même. Et avec le reste vous arrivez à plus de quatre cent mille yens.
— C'est hors de question. C'est beaucoup trop pour un jouet, déclara le père en secouant la tête. Le 88 est déjà assez cher comme ça.
— Il existe des machines qui correspondraient à votre budget original. Il faut que vous sachiez cependant qu'elles n'ont pas du tout les mêmes fonctions. Ce sont des modèles plus anciens.

Perplexe, le père regardait son fils. Il finit par succomber à ses yeux suppliants.

— Je vais prendre ce 88, dit-il à Tomohiko.
— Je vous remercie. Vous allez l'emporter ?
— Oui, ce devrait être possible, puisque nous sommes venus en voiture.
— Attendez-moi ici, je vais vous apporter l'ensemble.

Il quitta le magasin, laissant Nakajima Hiroe s'occuper du règlement. Le "magasin" était en réalité un appartement réaménagé, et seule une enseigne sur la porte où il était écrit "Mugen" indiquait son statut. L'appartement voisin servait de réserve.

Tomohiko y entra et vit Kirihara assis derrière le bureau en face d'un homme qui s'appelait Kaneshiro. Tous deux levèrent les yeux vers lui.

— On a vendu un 88, annonça-t-il à Kirihara en lui montrant la fiche. Avec un moniteur et une imprimante, pour 169 800 yens.

— On s'en débarrasse enfin ! Heureusement, dit ce dernier en lui adressant un sourire en coin. Le 88 est mort, vive le 98 !

— Je suis bien d'accord avec toi.

Des cartons remplis d'ordinateurs et de périphériques s'entassaient au fond de la pièce.

Tomohiko alla prendre ce qu'il lui fallait.

— Elle marche, votre affaire, on dirait, à coups de clients qui viennent cracher cent mille yens chez vous… commenta Kaneshiro d'un ton moqueur.

Tomohiko qui était au milieu des cartons ne voyait pas son visage, mais il n'avait aucun mal à l'imaginer. Il était probablement en train de sourire en plissant les yeux. Kaneshiro lui faisait penser à un squelette. Le complet gris qu'il portait flottait sur lui comme s'il était accroché à un cintre.

— C'est très bien comme ça, répondit Kirihara. *Low return, low risks.*

Tomohiko entendit le rire étouffé de Kaneshiro.

— T'as oublié l'année dernière? C'était plutôt une bonne chose, non? Tu n'aurais jamais pu ouvrir ce magasin sans ça. Tu n'as pas envie de remettre ça? ajouta-t-il avec un accent d'Osaka prononcé.

— Si j'avais su à quel point cette histoire était dangereuse, je ne m'y serais pas lancé les yeux fermés. Un pas de travers, et tout était fini.

— Pourquoi tu dis ça? Tu me prends pour un idiot? Tout était balisé, il fallait juste faire un peu attention à là où on mettait les pieds. Et puis tu savais à qui tu avais affaire, non? Ne me dis pas que tu croyais qu'il n'y avait pas de risques.

— Quoi qu'il en soit, je ne veux pas vous suivre sur ce coup-là. Désolé.

Tomohiko se demanda de quoi il était question. Il envisageait plusieurs possibilités et pensait connaître le genre de projets que pouvait apporter Kaneshiro.

Il trouva vite les trois cartons qu'il cherchait, ceux de l'ordinateur, du moniteur, et de l'imprimante. Il les transporta l'un après l'autre, en passant chaque fois devant Kirihara et Kaneshiro qui s'observaient en silence, et n'apprit rien de plus.

Au moment d'emporter le troisième carton, il demanda à Kirihara s'il pouvait fermer le magasin.

— Oui, merci de le faire, répondit-il d'une voix absente.

Kaneshiro ne daigna même pas lui accorder un regard.

Une fois qu'il eut remis les marchandises au client, Tomohiko ferma le magasin. Puis il invita Nakajima Hiroe à dîner avec lui.

— Il est avec quelqu'un, n'est-ce pas ? Avec cet homme aux joues creuses, qui a l'air d'un squelette ?

Tomohiko rit. Cela l'amusait qu'elle le voie de la même façon que lui. Elle l'imita mais retrouva vite son sérieux.

— Je me demande de quoi ils discutent tous les deux. D'abord, c'est qui, ce bonhomme ? Tu le sais, toi ?

— À peu près, je te raconterai, répondit Tomohiko en enfilant son manteau.

Ça prendra du temps, pensa-t-il.

Ils marchaient dans la rue côte à côte. Décembre venait de commencer, mais la ville était déjà décorée pour les fêtes de fin d'année. Tomohiko n'avait pas encore décidé ce qu'il ferait pour Noël. L'an passé, ils étaient allés dans un restaurant français, mais il était à court d'idées pour cette année. La seule chose dont il était certain était que ce serait son troisième Noël avec Hiroe.

Il l'avait rencontrée dans un magasin d'électronique discount où il travaillait à mi-temps comme vendeur au rayon ordinateurs quand il était en deuxième année à l'université. Le personnel qualifié en informatique était plus rare qu'aujourd'hui et ses connaissances étaient appréciées. Il lui arrivait d'aller installer des ordinateurs chez des clients.

Il avait pris ce job parce que Mugen Kikaku, la première société créée par Kirihara, avait été mise en sommeil. La concurrence s'était intensifiée dans le secteur des logiciels de jeux, et le grand nombre de ceux de mauvaise qualité avait fini par décourager les clients. Mugen Kikaku avait disparu dans le ressac de ses premiers succès.

Mais ce revers de fortune lui avait permis de rencontrer Nakajima Hiroe. Elle travaillait au même étage que lui, dans le rayon des téléphones et des télécopieurs. Tomohiko l'avait invitée à dîner un mois après ses débuts dans le magasin, et il ne leur avait pas fallu longtemps pour devenir un couple.

De petite taille, Hiroe avait de petits yeux, un nez camus et un visage rond. Fluette comme une adolescente, ce n'était pas une beauté classique mais il émanait d'elle une douceur plaisante. En sa compagnie, son anxiété disparaissait et il comprenait que ses problèmes n'étaient pas graves.

Il ne l'avait fait souffrir qu'une seule fois. Deux ans plus tôt, elle avait dû avorter parce qu'il n'avait pas pris toutes les précautions nécessaires.

Elle avait pleuré le soir de l'opération et lui avait demandé de passer la nuit à l'hôtel avec elle car elle ne voulait pas être seule. Elle habitait un petit appartement, travaillait le jour et suivait des cours le soir. Tomohiko avait bien sûr accepté. Elle avait sangloté dans ses bras toute la nuit. Il ne lui connaissait que ces larmes.

Depuis ce jour-là, il gardait dans son portefeuille un petit tube transparent, grand comme la moitié d'une cigarette, où l'on voyait à une extrémité deux cercles rouges concentriques. C'était grâce à ce test de grossesse qu'elle avait découvert son état. Les deux ronds qui indiquaient qu'il était positif étaient apparus dans le test quand elle l'avait utilisée, et il les avait ensuite reproduits au marqueur rouge sur le tube.

Il le conservait pour se remémorer la souffrance qu'il lui avait infligée. Il ne voulait plus jamais lui faire subir de nouveaux tourments et il avait toujours des préservatifs sur lui.

Un jour, il avait prêté à Kirihara son étrange talisman. Lorsqu'il le lui avait montré en lui expliquant ce que c'était, Kirihara lui avait demandé s'il pouvait le lui emprunter.

Tomohiko avait voulu savoir à quelle fin mais il s'était contenté de lui répondre que c'était pour le montrer à

363

quelqu'un. Il le lui avait rendu en faisant ce commentaire, d'un ton amusé : "Les hommes sont faibles. Surtout quand on leur parle de grossesse. Ça les terrasse."

Tomohiko n'en savait pas plus.

## 2

Hiroe et lui entrèrent dans un petit restaurant où il ne restait plus qu'une table. Il s'assit en face d'elle, et posa son manteau sur la chaise voisine. La télévision accrochée au-dessus de leur table diffusait une émission de variétés.

Il commanda à la serveuse deux bières, du sashimi, des légumes et une omelette, plats qui étaient excellents ici.

— J'ai rencontré ce Kaneshiro pour la première fois au printemps de l'année dernière, commença Tomohiko. Kirihara m'a appelé pour me le présenter. Il n'était pas aussi maigre qu'aujourd'hui.

— Tu veux dire qu'il lui restait un peu de chair sur ses os.

Tomohiko rit.

— Exactement. Il faisait le gentil. Il était venu voir Kirihara pour lui demander son aide pour un logiciel de jeu.

— Un logiciel de jeu ? Quel genre de jeu ?

— Un jeu de golf.

— Ah bon ? Il voulait qu'il en conçoive un ?

— En quelque sorte. Enfin, pas tout à fait, c'est un peu plus compliqué que ça, répondit-il en vidant sa chope de bière.

En réalité, l'affaire lui avait d'emblée paru louche. Kaneshiro avait montré à Tomohiko un descriptif du jeu et un programme inachevé en lui demandant s'il pouvait le terminer en deux mois.

Tomohiko avait voulu savoir pourquoi la personne qui avait commencé le travail ne pouvait le mener à bien et Kaneshiro lui avait répondu avec une douceur inhabituelle chez lui. Comme cet homme était mort subitement et qu'aucun de ses collègues n'était capable de finir le travail, Kaneshiro les avait contactés, Kirihara et lui, parce que la date de livraison approchait.

— Qu'en penses-tu ? lui avait demandé Kirihara. Le logiciel n'est pas terminé mais le système l'est presque. Tout ce qu'on a à faire, c'est de boucher les trous. Deux mois suffiront, à ton avis ?

— Tout dépend des bugs. Un mois devrait être assez pour terminer le programme, mais je ne suis pas certain qu'on puisse le lisser entièrement en un mois seulement.

— Je compte sur vous. Je n'ai personne d'autre, avait dit Kaneshiro d'un ton suppliant que Tomohiko ne lui avait plus entendu depuis.

Ils avaient fini par accepter parce que les conditions étaient très favorables. Kirihara pourrait relancer Mugen Kikaku si tout se passait bien.

Le jeu offrait une version très réaliste du golf. Le joueur pouvait choisir le club et le swing qu'il voulait utiliser suivant les situations dans lesquelles il se trouvait. Kirihara et Tomohiko avaient dû apprendre beaucoup de choses sur ce sport qu'ils connaissaient mal.

Pour Kaneshiro, ce jeu destiné à être joué dans des cafés et des centres de jeux avait le potentiel de devenir un aussi grand succès que *Space Invaders*.

Tomohiko ne savait pas grand-chose de Kaneshiro, car Kirihara avait été avare de confidences. Mais il avait deviné qu'il était lié à Enomoto Hiroshi, l'amant de Nishiguchi Namie, sa collègue chez Mugen Kikaku.

Le meurtrier de la jeune femme n'avait pas été identifié. La police soupçonnait Enomoto d'avoir bénéficié de l'argent qu'elle avait détourné mais elle manquait visiblement de preuves contre lui. Le détournement était litigieux, et l'enquête stagnait puisque la protagoniste de l'affaire était décédée.

Tomohiko avait la conviction qu'Enomoto l'avait assassinée et savait aussi que quelqu'un devait l'avoir informé de sa présence à Nagoya.

Il connaissait aussi le nom de l'informateur, mais ne l'avait jamais prononcé tout haut.

Il raconta à Hiroe toute l'histoire du jeu de golf sans mentionner Nishiguchi Namie, s'interrompant lorsque la serveuse apportait leurs plats.

— Nous avons réussi à terminer le projet dans les délais et le jeu a commencé à être livré dans tout le Japon un mois plus tard.

— Il s'est bien vendu ?

— Oui. Pourquoi ?

— Je le connais, ce jeu. J'y ai joué. L'approche et le putter étaient difficiles, n'est-ce pas ?

Tomohiko ne s'attendait pas à entendre Hiroe parler golf.

— Je voudrais pouvoir te dire que je suis heureux que nous ayons réussi à satisfaire les joueurs, mais rien ne garantit que le jeu auquel tu as joué était le nôtre.

— Hein ? Comment ça ?

— Le jeu s'est vendu à dix mille exemplaires au Japon. Mais nous n'en avons fabriqué que la moitié.

— Plusieurs sociétés ont fabriqué des jeux semblables comme pour *Space Invaders* ?

— Non, pas tout à fait. Pour *Space Invaders*, une première société a lancé le jeu, il a eu un grand succès, puis d'autres sociétés l'ont copié. Dans le cas du jeu de golf, Megabit Entreprises qui est un grand acteur du secteur en a sorti un en même temps qu'une version piratée.

— Ah oui ? s'écria Hiroe qui était sur le point de mettre un morceau d'aubergine grillée dans sa bouche. En même temps… Ce n'était pas un hasard ?

— Un hasard comme ça n'existe pas. En réalité, quelqu'un a dû se procurer le logiciel avant le lancement du jeu.

— Il faut que je te pose une question, pour en avoir le cœur net. Tu as travaillé sur l'original ou sur la version piratée ? demanda-t-elle en le regardant par en dessous.

Il poussa un soupir.

— J'imagine que tu connais la réponse à ta question.

— Euh… oui, peut-être.

— J'ignore comme Kaneshiro s'était procuré le programme inachevé. Le jeu n'était pas terminé, nous l'avons fini.

— Vous avez eu de la chance de ne pas être attrapés.

— C'est vrai. J'ai entendu dire que Megabit s'est donné beaucoup de mal pour trouver la fuite, sans y arriver. Kaneshiro a dû utiliser des circuits complexes.

Il aurait été plus rapide de reconnaître que cela n'aurait pu se faire sans passer par la pègre japonaise, mais Tomohiko n'était pas prêt à le dire à Hiroe.

— Tu n'as jamais eu peur des conséquences ? demanda-t-elle d'un ton soucieux.

— Si, mais pour l'instant, il n'y en a pas eu. Si jamais la police devait m'interroger, je répondrais que je n'étais au courant de rien. En plus, c'est la vérité.

— Oui. Tu as pris de grands risques, dit-elle en le dévisageant avec dans les yeux de l'étonnement et de l'affection mais aucun mépris.

— Je continue à avoir peur.

Il ne dit pas à Hiroe qu'il était presque certain que Kirihara connaissait les dessous de l'affaire dès le départ. Lui qui était si vif ne pouvait avoir cru à l'histoire que lui avait racontée Kaneshiro. Kirihara n'avait montré aucune surprise lorsqu'il avait compris qu'il avait contribué à la version piratée.

Tomohiko ne se faisait pas d'illusions sur lui. Il savait d'expérience ce dont il était capable. Fabriquer une version pirate d'un jeu n'était peut-être rien à ses yeux.

Lorsqu'il s'était autrefois enthousiasmé pour les fausses cartes de retrait et en avait fabriqué, Tomohiko l'avait aidé.

Il ne connaissait pas le montant précis que cela avait rapporté à son ami, mais le chiffrait à plusieurs millions de yens.

Le dernier dada de Kirihara était les écoutes téléphoniques. Tomohiko ignorait s'il s'y intéressait à la demande de quelqu'un ou pour pouvoir écouter une personne précise, mais il l'avait consulté à ce sujet à plusieurs reprises.

Il avait cependant l'impression que la boutique d'informatique était ce sur quoi Kirihara voulait à présent se concentrer. Tomohiko espérait que Kaneshiro ne parviendrait pas à l'en détourner. Il savait mieux que personne que Kirihara ne se laissait pas aisément influencer.

Il raccompagna Hiroe jusqu'à la station de métro et décida de retourner au magasin. Kirihara qui louait un appartement dans le même immeuble s'y trouvait peut-être encore.

En arrivant à proximité de l'immeuble, il vit qu'il y avait de la lumière à la fenêtre de l'appartement du premier étage où se trouvait la boutique.

Il monta l'escalier et ouvrit la porte avec sa clé. Kirihara était assis devant un ordinateur, une boîte de bière à la main.

— Tu es revenu ?

— Oui, parce que quelque chose me préoccupait, répondit-il à Kirihara en s'asseyant sur une des chaises métalliques. Que te voulait Kaneshiro ?

— Ce que tu penses. Il n'a pas oublié ce qu'a rapporté le jeu de golf, répondit-il en ouvrant une seconde boîte de bière.

Il y avait toujours une douzaine de Heineken dans le petit réfrigérateur posé à ses pieds.

— De quoi est-il question cette fois-ci ?

— D'une histoire à haut risque. Je suis prêt à en prendre mais pas au point de me lancer dans ce qu'il me propose. C'est totalement exclu, dit-il avec un accent d'Osaka plus prononcé que d'ordinaire.

Tomohiko comprit qu'il s'agissait d'une proposition dangereuse. Il remarqua que les yeux de Kirihara brillaient avec l'éclat particulier qu'ils prenaient lorsqu'il réfléchissait. Il n'avait pas envie d'accepter la proposition de Kaneshiro, mais l'idée l'intéressait. Tomohiko était de plus en plus intrigué. De quoi avait pu lui parler le squelette ambulant ?

— Tu ne veux pas me dire ce que c'est ?

Kirihara le regardant en souriant.

— Mieux vaut pour toi que tu ne le saches pas.

— Ce ne serait quand même pas… commença Tomohiko avant de se passer la langue sur les lèvres.

Il ne voyait qu'une seule explication à la tension de Kirihara.

— Tu ne vas pas me dire qu'il s'agit de "Fantômes"…

Kirihara leva sa boîte de bière, comme s'il voulait boire à sa bonne réponse.

Tomohiko inclina la tête de côté, sidéré.

"Fantômes" était le nom par lequel ils désignaient un jeu et son succès phénoménal.

*Super Mario Bros.*, un jeu développé par Nintendo pour sa console de jeux, dont le héros, Mario, devait libérer une princesse, s'était déjà vendu à plus de deux millions d'exemplaires depuis son lancement en septembre. Il offrait non seulement une progression linéaire mais aussi différents détours qui permettaient de contourner des obstacles et de remporter des trésors. Sa popularité était si grande qu'il existait déjà des livres et des magazines expliquant les différentes façons de progresser. Noël était proche, et les ventes ne cessaient de croître. Tomohiko et Kirihara ne doutaient pas qu'elles continueraient l'année prochaine.

— Il veut faire quoi avec *Mario* ? Quand même pas sortir une version pirate ?

— Si, justement, répondit Kirihara, comme s'il trouvait cela drôle. Il m'a demandé si je n'avais pas envie de m'en occuper. Il pense que ça ne devrait pas être si compliqué.

— Techniquement, c'est possible, étant donné qu'on peut acheter le produit et donc copier le circuit intégré. À condition d'être équipé pour.

Kirihara hocha la tête.

— C'est exactement ce que Kaneshiro voudrait que nous fassions. Il m'a dit qu'il avait déjà trouvé une imprimerie dans la préfecture de Shiga pour fabriquer l'emballage et le mode d'emploi.

— Dans la préfecture de Shiga ? Ce n'est pas tout près.

— Le propriétaire de cette imprimerie doit probablement de l'argent aux yakuzas auxquels Kaneshiro est lié, expliqua Kirihara comme si cela allait de soi.

— Oui, mais comment être prêt pour Noël ?

— Ce n'est pas son but. Lui et ses acolytes ont plutôt dans le collimateur les étrennes que reçoivent les enfants pour le Nouvel An. N'importe comment, si on commence maintenant, il faut compter au moins un mois et demi avant la mise sur le marché. Les enfants auront peut-être dépensé tout leur argent d'ici là !

— Même en admettant que ce soit possible, comment compte-t-il s'y prendre pour les vendre ? Il faudrait passer par les grossistes qui paient comptant…

— Ce serait dangereux. Ils trouveraient louche qu'on leur propose soudain ce jeu en quantité alors qu'il est en rupture d'approvisionnement et ne manqueraient pas de contacter Nintendo. Tout serait foutu.

— Tu le vendrais ici, alors ?

— Non, il faudrait un réseau de vente clandestin. Et ce ne serait pas comme avec le jeu de golf ou *Space Invaders*, puisque les clients sont des enfants.

— J'imagine que tu as refusé.

— Ça va de soi. Je ne suis pas suicidaire.

— Me voilà rassuré, dit Tomohiko en prenant une Heineken dans le frigo.

Il tira sur la languette de la canette et de la mousse blanche jaillit de l'ouverture.

# 3

Le visiteur se présenta au magasin le lundi suivant. Kirihara était allé voir un fournisseur et Tomohiko était seul pour accueillir les clients. Nakajima Hiroe était là mais elle était chargée de répondre au téléphone. Le magasin qui passait des annonces dans les magazines recevait beaucoup d'appels et de commandes par téléphone. Lorsqu'il avait ouvert un peu plus d'un an auparavant, Tomohiko et Kirihara avaient souvent été débordés avant qu'elle ne les rejoigne en avril. Tomohiko avait parlé d'elle à Kirihara qui avait immédiatement voulu l'embaucher. Elle s'était lassée de son travail dans le magasin où elle avait fait connaissance avec lui et avait envie de changement.

Le visiteur arriva dans la boutique juste après le départ d'un client qui avait acheté un ordinateur personnel d'un modèle ancien vendu à moitié prix. De taille et de corpulence moyennes, la quarantaine, le front légèrement dégarni, les cheveux coiffés en arrière, il portait un pantalon en velours blanc et un blouson en daim dont la poche de poitrine contenait une paire de lunettes de soleil cerclées de métal doré. Il n'avait pas bonne mine et ses yeux avaient quelque chose de maladif. La manière dont il serrait les lèvres le faisait paraître de mauvaise humeur. Leurs coins tombants firent penser Tomohiko à un iguane.

L'homme le dévisagea avant de tourner les yeux vers Hiroe qui était au téléphone. Il passa deux fois plus de temps à étudier son visage. Elle le remarqua et cela dut lui déplaire, car elle fit faire un quart de tour à sa chaise de bureau.

Il regarda ensuite les ordinateurs et les périphériques alignés sur les étagères. Tomohiko comprit à son expression qu'il n'avait nullement l'intention d'acheter, et que les ordinateurs ne l'intéressaient pas.

— Vous ne vendez pas de jeux ? demanda-t-il d'une voix rauque.

— Quel jeu cherchez-vous ? répondit Tomohiko.

— *Mario*. Enfin quelque chose comme *Super Mario*, un jeu marrant, quoi. Vous n'en avez pas ?

— Non, nous ne vendons pas ce genre de produits.

— C'est dommage, fit l'homme qui ne parut pas spécialement déçu.

Il resta immobile au milieu du magasin en faisant un sourire bête.

La voix de Hiroe résonnait : "Si c'est ce que vous cherchez, vous pourriez être intéressé par un traitement de texte. On peut aussi utiliser les ordinateurs pour cela, mais ce n'est pas très pratique… NEC par exemple fabrique de très bonnes machines de traitement de texte, comme le Bungo 5V ou le 5N. Elles utilisent des disquettes. Les machines les moins chères ont un petit écran, ce qui n'est pas pratique… Pour écrire, mieux vaut prendre un équipement un peu plus cher…"

Elle parlait plus vite que d'ordinaire et Tomohiko comprit que c'était pour faire comprendre qu'ils étaient trop occupés pour accorder de l'attention à un client aussi bizarre.

Il s'interrogea sur l'identité de l'inconnu qui lui inspirait de la méfiance. Il devinait que ce n'était pas un simple client. L'évocation du jeu *Super Mario* avait éveillé son inquiétude. L'homme aurait-il des liens avec Kaneshiro ?

Hiroe raccrocha. L'inconnu scruta son visage puis celui de Tomohiko, comme s'il se demandait à qui adresser la parole. Ses yeux retournèrent sur elle.

— Et Ryō, il est où ?

— Ryō ? répéta Hiroe d'une voix hésitante, en regardant Tomohiko.

— Ryōji. Kirihara Ryōji, précisa l'homme d'un ton détaché. C'est lui le patron de la boutique, non ? Il est sorti ?

— Oui, il s'est absenté pour le travail, répondit Tomohiko.

L'homme se tourna vers lui.

— Il reviendra quand ?

— Je ne sais pas exactement. Sans doute tard.

Il mentait. Kirihara ne devrait pas tarder. Mais Tomohiko avait le sentiment qu'il ne fallait pas que l'inconnu le voie. Ou du moins, pas de cette façon. La seule autre personne qui avait jamais fait allusion à lui en disant "Ryō" était Nishiguchi Namie.

L'homme poussa un soupir et dévisagea Tomohiko, comme s'il lisait dans ses pensées. Le jeune homme lutta contre l'envie de détourner les yeux.

— Si c'est comme ça, je vais l'attendre ici. Sauf si ça vous dérange.

— Non, pas du tout, fit-il, parce qu'il ne pouvait pas refuser.

Il se dit que Kirihara ne manquerait pas de faire rapidement partir l'inconnu et s'irrita de son incapacité à en faire autant.

L'homme s'assit sur une des chaises métalliques. Il sortit un paquet de cigarettes de sa poche mais remarqua probablement le panonceau "interdit de fumer", car il l'y remit immédiatement. Il portait une bague en platine à l'auriculaire.

Tomohiko l'ignora et commença à classer des factures. Hiroe, le dos tourné à l'homme, vérifiait le contenu de commandes.

— J'ai l'impression qu'il s'en tire pas mal. Elle est plutôt chouette, sa boutique, déclara l'homme en regardant autour de lui. Il va bien, le petit Ryō ?

— Très bien, merci, répondit Tomohiko sans interrompre son travail.

— Je suis heureux de l'apprendre. C'est vrai qu'il n'a jamais eu de problèmes de santé, lui.

Tomohiko releva la tête, intrigué par ce "jamais".

— Vous le connaissez depuis longtemps, monsieur ?

— Depuis très longtemps, répondit l'homme en souriant. Depuis son enfance. Et je connais aussi ses parents.

— Vous faites partie de sa famille ?

— Non. Mais c'est presque pareil, répondit-il, en hochant la tête avec conviction. Il est toujours aussi triste ? demanda-t-il ensuite.

— Pardon ?

— Est-ce qu'il a toujours son côté triste ? Tout petit déjà, il avait quelque chose de sombre. On ne pouvait jamais savoir ce qu'il pensait. Cela a dû s'améliorer, j'imagine.

— Il n'est pas particulièrement triste. Il est normal.

— Normal, hein ?

Cela dut lui paraître drôle, car il rit.

— Normal. Voilà une bonne nouvelle.

Même si c'est un parent de Kirihara, je n'ai aucune envie d'avoir des relations avec lui, pensa Tomohiko.

L'homme consulta sa montre, se tapa sur les cuisses et se leva.

— J'ai comme l'impression qu'il ne va pas rentrer de sitôt. Je reviendrai.

— Je peux lui transmettre un message, si vous voulez.

— Non, c'est pas la peine. Je lui dirai tout de vive voix.

— Laissez-moi au moins votre nom, s'il vous plaît.

— J'ai dit que ce n'était pas la peine, fit l'homme qui lui lança un regard mauvais avant de se diriger vers la porte.

Tomohiko décida de ne pas insister. Kirihara devinerait de qui il s'agissait quand il le lui décrirait. Il était soulagé de le voir partir.

— Au plaisir de vous revoir, dit-il à l'homme qui tendit la main vers la poignée de porte sans lui répondre.

La poignée tourna avant qu'il ne l'atteigne, la porte s'ouvrit et Kirihara entra. Il eut l'air surpris, peut-être parce qu'il ne s'attendait pas à ce qu'il y ait quelqu'un derrière elle.

Lorsqu'il comprit qui était là, son expression se transforma. Il parut d'abord étonné puis il esquissa une grimace. La seconde suivante, ses traits se figèrent, comme si son visage était soudain pétrifié. Il avait l'air sombre, ses yeux étaient ternes et ses lèvres, crispées. Tomohiko qui ne lui avait jamais vu cette tête se demanda ce qui lui arrivait.

Cela ne dura qu'un instant. Immédiatement après, il sourit.

— Mais c'est monsieur Matsuura, s'exclama-t-il.
— Oui, répondit l'homme avec un sourire.
— Ça faisait un bail… Vous allez bien ?
Ils se serrèrent la main.

# 4

Le visiteur s'appelait Matsuura. Kirihara le connaissait depuis longtemps. Il l'emmena dans l'appartement qui servait de réserve sans rien dire de plus à ses deux employés.

Tomohiko se mit à réfléchir. Le sourire de Kirihara semblait indiquer que ces retrouvailles ne lui déplaisaient pas. Son instinct l'aurait-il trompé?

Il était d'ailleurs plus préoccupé par l'expression fugitive de Kirihara que par son sourire. Elle n'avait pas duré, mais son intensité l'avait frappé. Il n'arrivait pas à comprendre le lien entre elle et le sourire qui avait suivi. Il en vint à se demander s'il se l'était imaginée sans parvenir à le croire.

Hiroe revint de l'appartement voisin où elle était allée apporter du thé.

— Alors?

Elle pencha la tête de côté, pensive.

— Ils discutaient paisiblement. Quand je suis arrivée, ils plaisantaient et riaient. Kirihara venait de faire un mauvais jeu de mots. C'est incroyable, non?

— Oui.

— Et pourtant, c'est la vérité. J'en ai douté de mes oreilles, expliqua-t-elle en mettant le doigt dans son oreille droite.

— Tu as compris pourquoi ce Matsuura était venu le voir?

Elle fit non de la tête, l'air désolé.

— Ils n'ont parlé de rien pendant que j'étais là, comme s'ils ne voulaient pas que je les entende discuter.
— Hum.
Tomohiko aurait aimé en avoir le cœur net. De quoi les deux hommes pouvaient-ils bien parler ?

Au bout d'une demi-heure environ, il entendit la porte voisine s'ouvrir. Quelques secondes plus tard, Kirihara passa la tête par celle du magasin.
— Je vais raccompagner M. Matsuura.
— Il s'en va ?
— Oui. On a bien parlé.

Matsuura apparut à son tour et dit : "au revoir", en agitant la main.

La porte se referma. Tomohiko et Hiroe se regardèrent.
— Je n'y comprends rien, fit-il.
— Je n'ai jamais vu Kirihara faire une telle tête, déclara-t-elle en écarquillant les yeux.

Kirihara finit par revenir. Il ouvrit la porte, demanda à Tomohiko de venir le voir à côté et la referma sans attendre sa réponse.

Lorsque celui-ci pria Hiroe de s'occuper des éventuels clients, elle le regarda avec une expression dubitative mais il ne vit rien à ajouter. Il connaissait Kirihara depuis longtemps mais savait peu de chose à son sujet.

Les fenêtres de l'appartement voisin étaient ouvertes. Il comprit immédiatement pourquoi. L'air sentait la fumée de cigarette. Kirihara, pour autant que Tomohiko le sache, n'avait jamais laissé personne fumer ici. Une barquette en aluminium vide avait fait office de cendrier.

— Je lui dois beaucoup, et c'est pour ça que je l'ai laissé fumer, dit Kirihara avec l'accent d'Osaka, probablement à cause du regard interrogateur de Tomohiko, pris au dépourvu par cette confidence qui sonnait comme une tentative de se justifier.

Kirihara referma la fenêtre lorsque le froid envahit la pièce.

— Si Hiroe te demande de quoi nous avons parlé, commença-t-il en s'asseyant sur le sofa, dis-lui que M. Matsuura voulait me demander de lui céder deux ordinateurs personnels au prix de gros. Je suis sûr que tu as deviné ce dont nous avons vraiment discuté.

— Je ne crois pas que ce soit d'ordinateurs. Mais de choses qu'elle ne doit pas savoir.

— En gros, oui.

— Ce monsieur est lié à ce projet ?

— En quelque sorte.

Tomohiko se passa la main dans les cheveux.

— Je ne sais pas comment te dire ça, mais il ne me plaît pas. D'ailleurs, je ne sais pas qui il est.

— C'était un employé.

— Hein ?

— Il travaillait chez nous. Je t'ai déjà raconté que mon père était prêteur sur gages, non ? Matsuura était son employé.

— Ah bon… lâcha Tomohiko, ébahi.

— Il est resté après la mort de mon père. Ce qui revient à dire que c'est grâce à lui que ma mère et moi avons pu nous en sortir. S'il n'avait pas été là, nous aurions tout perdu.

Tomohiko était déconcerté. Il était stupéfait d'entendre Kirihara parler comme un personnage de roman-feuilleton. Ces retrouvailles l'ont affecté, pensa-t-il.

— Et que te veut à présent cet homme à qui tu dois tant ? D'ailleurs, comment a-t-il fait pour te retrouver ? Ou bien est-ce toi qui as pris contact avec lui ?

— Non. Il est venu ici parce qu'il était au courant pour le magasin.

— Comment le savait-il ?

— C'est tout le problème, répondit Kirihara en se mordant les lèvres. Kaneshiro lui a tout raconté.

— Kaneshiro ? s'exclama Tomohiko avec un mauvais pressentiment.

— Tu sais, ce dont je t'ai parlé l'autre jour, quand tu m'as demandé comment on pourrait vendre une version pirate de *Super Mario* si on en fait une. Kaneshiro a trouvé un moyen.

— Il a un stratagème ?

— Je n'utiliserais pas ce mot, répondit-il en haussant les épaules. C'est un système très simple. Apparemment les gosses ont quelque chose qui ressemble à un marché noir.

— Comment ça ?

— Matsuura connaît des intermédiaires spécialisés dans les commerces hasardeux, tenus par des gens prêts à vendre n'importe quoi, à condition que cela rapporte. Ces derniers temps, ces gens-là s'intéressent aux jeux vidéo. Étant donné que les distributeurs officiels de *Super Mario* sont en rupture de stock, ce jeu se vend très cher.

— Mais comment les vendeurs se les procurent-ils ? Ils ont des liens spéciaux avec Nintendo ?

— Non. Mais ils ont une source d'approvisionnement particulière, expliqua Kirihara avant de lui adresser un beau sourire. À savoir les enfants. Ils viennent voir Matsuura pour leur apporter des jeux à vendre. Tu sais comment ils se les procurent ? Tu vas rire. Ils les volent dans des magasins ou à d'autres gamins. Matsuura m'a dit qu'il avait une liste de trois cents garnements qui viennent de temps en temps lui apporter le fruit de leurs rapines. Il leur achète pour un prix qui va de dix à trente pour cent du prix de vente habituel et les revend à d'autres à soixante-dix pour cent du prix officiel.

— Si je comprends bien, les versions pirates seraient vendues dans son magasin.

— Matsuura a un réseau de gens qui sont dans le même business. Selon lui, ce réseau pourrait écouler cinq à six mille copies sans problème.

— Kirihara, commença Tomohiko en agitant la main droite. Tu m'avais dit que tu ne voulais pas te lancer dans cette aventure. Tu étais d'accord avec moi pour dire que c'était trop dangereux, non ?

Il ne sut déchiffrer le sourire peiné qui apparut sur le visage de Kirihara.

— Kaneshiro a parlé de moi à Matsuura. Il a compris qui j'étais, et il est venu pour essayer de me convaincre.

— Tu ne vas pas me dire qu'il a réussi ? s'entêta Tomohiko.

Kirihara poussa un profond soupir avant de se pencher vers lui.

— Je m'occuperai de cette affaire tout seul. Je ne veux pas que tu y sois mêlé. Tu resteras en dehors de ça. Et débrouille-toi pour que Hiroe ne se rende compte de rien.

— Kirihara... dit Tomohiko en secouant la tête. C'est dangereux. Très dangereux.

Le désespoir le gagna en voyant la gravité du regard de Kirihara. Il comprit qu'il n'arriverait pas à le convaincre.

— Dans ce cas... je t'aiderai.

— Je ne veux pas.

— Mais c'est dangereux... murmura tout bas Tomohiko.

# 5

Mugen ne ferma ses portes que le 31 au soir, ce que Kirihara justifia en disant que des gens qui écrivaient leurs cartes de vœux à la dernière minute viendraient peut-être acheter ce jour-là un appareil de traitement de texte pour se faciliter la tâche, comme pourraient le faire ceux qui remarqueraient que leur ordinateur fonctionnait mal en faisant leurs comptes le dernier jour de l'année.

Les clients étaient cependant rares depuis Noël, hormis quelques écoliers et collégiens qui croyaient y trouver des consoles de jeux. Tomohiko et Hiroe tuaient le temps en jouant aux cartes. Ils se dirent que les générations futures ne sauraient peut-être plus jouer à la bataille et aux autres jeux de cartes destinés aux enfants.

Il n'y avait presque pas de clients, mais Kirihara était très occupé, probablement parce qu'il travaillait à la version pirate de *Super Mario Bros*. Tomohiko eut besoin de faire appel à toute son imagination pour inventer des explications à l'usage de Hiroe.

Matsuura revint le 29 décembre. Tomohiko était seul au magasin, car Hiroe était chez le dentiste.

Il lui trouva le même aspect maladif et le même regard terne, dissimulé cette fois-ci derrière des lunettes de soleil légèrement teintées.

En entendant que Kirihara était absent, Matsuura annonça comme l'autre jour qu'il l'attendrait et s'assit sur une chaise.

Il était vêtu d'un blouson de cuir avec un col en fourrure qu'il enleva et posa sur le dossier de sa chaise.

— Le magasin reste ouvert jusqu'au 31 ?

— Oui, répondit Tomohiko.

Matsuura s'esclaffa discrètement.

— Ce doit être dans ses gènes. Son père aussi fermait tard dans la nuit du 31 sous prétexte que c'était un bon jour pour acheter des choses à bon prix.

Tomohiko n'avait jamais entendu personne, à part Kirihara lui-même, parler de Kirihara père.

— Vous connaissez les circonstances de sa mort ?

Matsuura le dévisagea.

— Ryō n'en parle pas ?

— Non, il ne m'a pas donné de détails. Il m'a juste dit qu'il a été poignardé dans la rue…

Kirihara l'avait mentionné quelques années auparavant, sans plus de précisions, et Tomohiko n'avait pas osé lui poser plus de questions malgré son envie d'en savoir plus. Il avait senti la réticence de Kirihara.

— Je ne sais pas si les choses se sont vraiment passées comme ça. L'assassin n'a jamais été identifié.

— Vraiment ?

— Kirihara père a été tué dans un immeuble du quartier de coups de couteau à la poitrine. La police a conclu qu'il s'agissait d'un crime crapuleux parce qu'elle n'a pas retrouvé une somme d'argent qu'il aurait dû avoir sur lui. Selon elle, l'assassin devait être quelqu'un qui le connaissait bien et le savait.

Il s'interrompit et sourit bizarrement.

Tomohiko devina pourquoi.

— Vous aussi avez été soupçonné, si je comprends bien.

— On peut le dire.

Matsuura s'interrompit, le visage sombre. Sa mine patibulaire le devint plus encore. Puis il sourit à nouveau et reprit :

— La mère de Ryō était belle, elle n'avait qu'une trentaine d'années. J'étais le seul employé du magasin, et la police a tout de suite pensé qu'il y avait anguille sous roche.

Tomohiko lui lança un regard étonné. Devait-il comprendre que la police l'avait soupçonné d'être son amant ?

— Et qu'en était-il en réalité ?
— Comment ça ? Je ne l'ai pas tué, moi !
— Non, je veux dire, vous et la mère de Ryō…
— Ah… Il s'arrêta pour se frotter le menton. Il n'y avait rien. Rien du tout, répondit-il.
— Ah bon.
— Vous ne me croyez pas ?
— Si.

Tomohiko jugea plus sage de ne pas s'appesantir sur ce sujet.

Mais son opinion était faite. Il devait y avoir eu quelque chose entre eux. Cela ne lui permettait pas de se faire une idée sur un possible lien avec l'assassinat du père de Kirihara.

— Vous aviez un alibi ?
— Naturellement. Les policiers étaient obstinés, ils ne se sont pas laissé convaincre facilement. Mais j'ai eu de la chance, car quelqu'un m'avait téléphoné au moment où le crime était commis. L'appel n'avait pas été convenu d'avance et ils ont fini par se désintéresser de moi.
— Ah bon…

Tomohiko pensa que c'était comme dans un roman policier.

— Et comment les choses se sont-elles passées pour Kirihara ?
— Ryō ? Tout le monde a eu pitié de lui parce que son père avait été assassiné. Au moment des faits, il était censément avec sa mère et moi.
— Censément ? Que voulez-vous dire ? demanda-t-il, intrigué.

— Rien de particulier, répondit Matsuura en lui montrant ses dents jaunes. Et Ryō, qu'est-ce qu'il a raconté sur moi ? Que je travaillais chez son père ?

— Eh bien… Il m'a dit qu'il vous devait beaucoup. Que vous l'aviez élevé.

— Vraiment ? pouffa Matsuura. Ça me plaît. Il me doit beaucoup, sans aucun doute. C'est pour ça qu'il ne me contredit pas.

Tomohiko s'apprêtait à lui poser une autre question lorsqu'il entendit soudain la voix de Kirihara.

— Tout ça, c'est de la vieille histoire, lança-t-il depuis le seuil de l'appartement, et pas particulièrement intéressante, non ? ajouta-t-il en ôtant son cache-nez.

— Si, si, parce que je ne connaissais pas ces détails. Je dois dire que je suis plutôt surpris.

— On parlait de mon alibi pour ce fameux jour, dit Matsuura. Tu te souviens de ce policier qui s'appelait Sasagaki ? Il était sacrément obstiné, celui-là. Il a vérifié et revérifié nos alibis, à ta mère, à toi et à moi. J'en avais vraiment assez de répéter la même chose.

Kirihara s'assit devant le radiateur électrique posé dans un coin de la pièce et y réchauffa ses mains. Il se tourna vers Matsuura.

— Quelque chose de particulier vous amène aujourd'hui ?

— Non, rien de spécial. J'avais envie de te voir encore une fois avant que l'année se termine.

— Dans ce cas, je vais vous raccompagner parce que j'ai encore beaucoup à faire aujourd'hui.

— Ah oui ?

— Ben oui, pour cette histoire de *Mario*.

— D'accord… Bon, je vais te laisser travailler. Tout va comme tu veux ?

— Oui.

— Tant mieux.

Kirihara se leva et remit son écharpe. Matsuura quitta sa chaise.

— La suite au prochain numéro, dit-il à l'intention de Tomohiko.

Hiroe revint peu après. Elle lui dit qu'elle les avait croisés en bas et lui raconta que Kirihara était resté debout sur le trottoir une fois que Matsuura était monté dans un taxi.

— Je ne comprends pas son attachement pour lui. Il dit qu'il lui doit beaucoup, mais qu'a-t-il fait de plus que de continuer à travailler pour sa mère ?

Elle secoua la tête comme pour souligner son incompréhension.

Tomohiko partageait son sentiment et ce qu'il venait d'apprendre le rendait encore plus perplexe. Kirihara était perspicace, il devait s'en rendre compte. Pourquoi éprouvait-il le besoin de se conduire ainsi avec Matsuura ?

N'y avait-il vraiment rien eu entre lui et la mère de Kirihara ? Tomohiko commençait à douter de ce dont il avait été certain quelques minutes plus tôt.

— Il en met du temps à revenir, remarqua Hiroe assise à son bureau, en relevant la tête. Je me demande ce qu'il fait.

— C'est vrai, répondit Tomohiko.

Si Kirihara n'avait fait qu'attendre que le taxi disparaisse de sa vue, il aurait dû être rentré depuis longtemps. Préoccupé, il sortit pour aller voir mais s'arrêta dans l'escalier. Kirihara était debout sur le palier entre le rez-de-chaussée et le premier, immobile. Tomohiko le voyait de dos.

Il y avait une petite fenêtre qui donnait sur la rue. Comme il était presque dix-huit heures, il faisait déjà sombre et les phares des voitures qui passaient dans la rue dessinaient sa silhouette.

Percevant quelque chose d'inhabituel, Tomohiko n'osa pas lui adresser la parole.

C'est comme l'autre jour. Comme lorsque Kirihara a revu Matsuura, se dit-il.

Il retourna devant la porte du magasin en s'efforçant de ne pas faire de bruit, l'ouvrit tout aussi silencieusement et se glissa à l'intérieur.

# 6

Le 31 décembre 1985, Mugen ferma ses portes à dix-huit heures. Tomohiko but un verre avec Kirihara et Hiroe après avoir fini le grand ménage de fin d'année. Hiroe leur demanda ce qu'ils espéraient accomplir en 1986. Tomohiko répondit qu'il aimerait concevoir un jeu sur ordinateur du même niveau que ceux disponibles sur console, et Kirihara qu'il aimerait se promener à la lumière du jour. Tomohiko rit en l'entendant.

— On dirait un souhait de petit garçon, dit-il. Tu vis à des horaires tellement décalés ?

— Non, mais j'ai l'impression que la seule lumière que je connaisse est celle de la nuit.

— La lumière de la nuit ?

— Oublie ce que je viens de dire, dit Kirihara avant de boire une gorgée de bière. Vous ne comptez pas vous marier tous les deux ? demanda-t-il ensuite en les regardant.

— Nous marier ? jeta Tomohiko qui faillit avaler de travers tellement il était surpris. On n'y a pas encore vraiment pensé.

Kirihara tendit le bras et ouvrit le tiroir du bureau. Il en sortit une feuille de papier de format A4 et une petite boîte plate que Tomohiko n'avait jamais vue. Elle paraissait vieille avec son couvercle abîmé.

Kirihara le souleva. La boîte contenait une paire de ciseaux avec des lames pointues, longues d'une dizaine de centimètres. Elles brillaient dans la lumière.

— Quels beaux ciseaux ! s'exclama Hiroe.

— Quelqu'un les a mis en gage chez mon père autrefois. Je crois qu'ils viennent d'Allemagne, dit Kirihara qui les fit claquer deux ou trois fois, ce qui produisit un son agréable.

Il commença à découper la feuille qu'il tenait de la main gauche, avec de petits mouvements précis. Fasciné par l'extraordinaire coordination de ses gestes, Tomohiko ne détachait pas ses yeux des mains de Kirihara.

Il offrit ensuite à Hiroe le résultat de son travail. Elle haussa les sourcils.

— C'est incroyable !

Le papier avait pris la forme d'un garçon et d'une fille qui se donnaient la main. Il portait une casquette, et la fille avait des rubans dans les cheveux.

— Tu m'épates, dit Tomohiko. J'ignorais que tu avais ce talent.

— Disons que c'est votre cadeau d'avant-mariage.

— Merci, répondit Hiroe, qui posa le découpage sur une des étagères en verre.

— Tomohiko, l'avenir appartient aux ordinateurs personnels. Il y a encore beaucoup d'argent à gagner si on sait s'y prendre.

— Oui, mais le magasin t'appartient.

Kirihara secoua la tête.

— Non, son futur dépend de toi.

— Qu'est-ce que tu racontes ? Tu me mets la pression, fit Tomohiko en tentant de plaisanter parce qu'il avait entendu le sérieux de la déclaration de Kirihara.

— Je le pense vraiment.

— Kirihara… souffla Tomohiko en tentant de sourire.

Le téléphone sonna à ce moment précis. Hiroe décrocha, par réflexe et parce qu'elle était la plus proche du combiné.

— Mugen, à votre service, répondit-elle et son visage s'assombrit. C'est M. Kaneshiro, dit-elle en tendant le combiné à Kirihara.

— Que peut-il vouloir à une heure pareille… s'interrogea Tomohiko.

Kirihara prit le combiné. Quelques secondes plus tard, son visage se fit grave. Il se leva et saisit son blouson de la main qui ne tenait pas le combiné.

— D'accord. Je vais m'en occuper. Les boîtes et l'emballage… D'accord, je compte sur vous, dit-il avant de raccrocher et de se tourner vers ses deux employés. Je sors.

— Tu vas où ?

— Je n'ai pas le temps de t'expliquer, jeta-t-il en allant vers l'entrée tout en enroulant son écharpe autour de son cou.

Tomohiko courut après lui mais ne réussit à le rattraper qu'une fois dehors.

— Que se passe-t-il ?

— Rien. Mais ça va commencer, répondit Kirihara en se dirigeant à grands pas vers le parking où était garée la fourgonnette du magasin. La police a découvert la version pirate de *Mario*. Il y aura une perquisition demain matin dans les locaux où on les a entreposés.

— Comment cela est-il possible ?

— Quelqu'un a dû parler.

Ils arrivèrent au parking. Kirihara monta dans la fourgonnette. Le moteur eut du mal à démarrer à cause du froid.

— Je ne sais pas à quelle heure je vais revenir, ne m'attends pas. Ferme bien la porte. Et raconte quelque chose à Hiroe.

— Tu ne veux pas que je t'accompagne ?

— Non, cela ne te regarde pas. Je te l'avais dit, non ?

Il partit en faisant crisser les pneus, et la fourgonnette disparut dans la nuit.

Tomohiko retourna au magasin où l'attendait Hiroe, la mine inquiète.

— Où peut-il aller à cette heure-ci ?

— Chez un fabricant de jeux pour qui nous avons travaillé. Il y a un problème avec un logiciel.

— Mais nous sommes le 31 décembre !

— Le fabricant ne veut pas commencer l'année sans l'avoir résolu.
— Hum.

Hiroe ne le croyait visiblement pas. Mais elle comprenait aussi qu'il ne lui en dirait pas plus. Elle tourna la tête vers la fenêtre sans dissimuler son mécontentement.

Ils passèrent quelque temps à regarder la télévision en silence. Toutes les chaînes offraient des émissions spéciales. Nombre d'entre elles revenaient sur les principaux événements de l'année qui s'achevait. Tomohiko se demanda combien de fois il avait déjà vu l'image de l'entraîneur des Hanshin Tigers porté en triomphe.

Kirihara ne reviendrait sans doute pas de sitôt. Hiroe était aussi muette que Tomohiko qui se rendait compte qu'elle n'accordait pas plus d'attention à la télévision que lui.

— Tu ferais mieux de rentrer, lui dit-il vers vingt et une heures.
— Tu crois ?
— Oui.

Elle hésita quelques secondes, avant de dire qu'elle allait le faire.

— Et toi, tu vas l'attendre ici ?
— Oui.
— Fais attention à ne pas prendre froid.
— Merci.
— On fait comment pour ce soir ? demanda-t-elle, parce qu'ils étaient convenus de passer la soirée ensemble.
— Je viendrai, mais il sera peut-être tard.
— D'accord. Je préparerai les pâtes de sarrasin.

Elle mit son manteau et partit. Resté seul, Tomohiko s'efforça d'envisager toutes les possibilités. Il ne prêtait plus aucune attention à la télévision. Soudain, il se rendit compte que la nouvelle année avait commencé en regardant l'écran. Il appela Hiroe chez elle pour lui dire qu'il n'était plus certain de pouvoir venir la retrouver.

— Kirihara n'est toujours pas rentré ? s'enquit-elle d'une voix tremblante.

— Non, il doit avoir un problème. Je vais attendre encore un peu. Ne m'attends pas pour dormir si tu as sommeil.

— Ne t'en fais pas pour moi. Il y a un film que je veux voir un peu plus tard, répondit-elle d'une voix dégagée, sans doute afin de le rassurer.

Il était trois heures passées lorsque la porte de l'appartement s'ouvrit. Tomohiko qui somnolait devant la télévision tourna la tête vers elle et vit Kirihara debout, l'air grave, le jean couvert de boue, le blouson déchiré. Il avait son écharpe à la main.

— Mais que t'est-il arrivé… demanda-t-il, stupéfait.

Kirihara ne répondit pas et ne fit aucun commentaire sur sa présence. Visiblement épuisé, il s'accroupit, la tête basse.

— Kirihara…

— Va-t'en, souffla Kirihara sans bouger.

— Mais…

— Va-t'en !

— Mais…

— Tire-toi, lâcha Kirihara comme pour lui signifier qu'il n'avait rien d'autre à lui dire.

Tomohiko se résolut à se préparer. Kirihara ne changea pas de position.

— J'y vais.

Kirihara continua à se taire. Tomohiko alla vers la porte.

— Sonomura, l'appela Kirihara.

— Quoi ?

Au moment où il allait répéter sa question, Kirihara lui dit de faire attention à lui.

— D'accord. Toi aussi, tu ferais mieux d'aller dormir chez toi.

Il n'obtint pas de réponse et quitta le magasin, résigné.

# 7

L'édition du 3 janvier du journal contenait un article affirmant que la police avait mis la main sur une grande quantité de copies piratées du jeu *Super Mario* dans le garage d'un vendeur de jeux d'occasion.

Tomohiko eut la conviction qu'il s'agissait de Matsuura. L'article mentionnait son nom et indiquait qu'il avait disparu. Il précisait que la police pensait que les yakuzas étaient mêlés à ce trafic. Le nom de Kirihara n'apparaissait bien sûr pas.

Mugen rouvrit ses portes le 5 janvier, comme prévu. Mais Kirihara ne revint pas. Tomohiko et Hiroe accueillirent les lycéens et collégiens qui y affluèrent.

Tomohiko composa à plusieurs reprises le numéro du domicile de Kirihara, sans qu'il ne décroche une seule fois.

— Je me demande ce que fait Kirihara. Il a dû lui arriver quelque chose, glissa Hiroe d'un ton inquiet à un moment où il n'y avait pas de clients dans le magasin.

— Je ne pense pas qu'il faille se faire du souci, mais je passerai chez lui en rentrant.

— Bonne idée, dit-elle en tournant les yeux vers le siège où Kirihara avait l'habitude de s'asseoir.

L'écharpe qu'il portait le 31 au soir y était accrochée. Il y avait à présent un petit cadre sur le mur un peu au-dessus de sa chaise. Hiroe l'avait mis là. Il contenait le découpage qu'il avait fait pour eux le 31 décembre.

En le voyant, Tomohiko ouvrit impulsivement le tiroir d'où Kirihara avait sorti les ciseaux dans leur boîte. Elle n'y était plus.

Il eut soudain la certitude qu'il ne le reverrait plus.

Il passa par l'appartement de Kirihara après le travail et sonna à la porte, sans succès. Il ne vit pas de lumière à l'intérieur.

Kirihara ne revint ni le lendemain, ni les jours suivants. Bientôt, son numéro de téléphone ne répondit plus. L'abonnement avait dû être interrompu. Le jour où Tomohiko retourna dans l'immeuble où il habitait, des inconnus étaient en train de déménager son appartement.

— Mais qu'est-ce que vous faites ? demanda-t-il à celui qu'il prit pour leur chef.

— Eh bien… nous vidons l'appartement à la demande de la personne qui y habitait. Nous sommes des professionnels, ajouta-t-il en regardant Tomohiko d'un œil soupçonneux.

— Kirihara déménage ?

— On dirait. Il vide son appartement.

— Vous savez où il va s'installer ?

— Non, je l'ignore.

— Et qu'allez-vous faire de ses affaires ?

— Il nous a demandé de nous en débarrasser.

— De vous en débarrasser ? De tout ?

— Oui. Il nous a payés d'avance. Excusez-moi, mais j'ai encore à faire, dit l'homme qui recommença à donner des instructions à ses compagnons.

Tomohiko s'écarta et les regarda transporter les affaires de Kirihara.

Il le raconta à Hiroe.

— Comment ça… Si soudainement… dit-elle, déconcertée.

— Je suis sûr qu'il sait ce qu'il fait et pour l'instant nous devons nous occuper du magasin.

— Tu penses qu'il finira par nous contacter ?

— Bien sûr ! En attendant, à nous de jouer.

Elle acquiesça, sans paraître rassurée pour autant.

Le 10 janvier, un homme d'une cinquantaine d'années vêtu d'un manteau à chevrons qui avait connu des jours meilleurs se présenta au magasin. De haute taille, il avait des épaules larges, et un regard à la fois acéré et doux.

Tomohiko se dit immédiatement qu'il n'était pas venu acheter un ordinateur.

— Vous êtes le responsable ?
— Oui, répondit-il.
— Vous me paraissez bien jeune. Vous avez le même âge que Kirihara, non ?

Tomohiko écarquilla les yeux en l'entendant mentionner ce nom. Cela n'échappa pas à l'inconnu.

— Je peux vous poser quelques questions ?
— Et vous êtes…
— Je ne suis pas un client mais…

Il sortit une carte de policier.

C'était la seconde fois que Tomohiko en voyait une. La fois précédente, il était encore lycéen, lorsque la police l'avait interrogé. L'homme lui rappelait les policiers auxquels il avait eu alors affaire.

Heureusement que Hiroe est sortie, pensa-t-il.

— C'est au sujet de Kirihara ?
— Oui. Je peux m'asseoir ? demanda-t-il en regardant la chaise devant le bureau de Tomohiko.
— Bien sûr.
— Merci, fit l'homme en s'asseyant avant de jeter un regard circulaire sur le magasin. Vous vendez de sacrées machines. Vos clients, ce sont des enfants ?

Il s'exprimait en dialecte d'Osaka.

— Non, surtout des adultes, mais il y a aussi des collégiens.
— Hum… fit l'homme, perplexe. Le monde change trop vite pour moi.
— Vous êtes là pour quoi ? insista Tomohiko, non sans irritation.

— Le gérant de ce magasin est bien Kirihara Ryōji, non ? Il est où maintenant ?

— Vous souhaitez lui parler ?

— Répondez d'abord à ma question, fit l'homme avec un sourire sarcastique.

— Il n'est pas là… pour l'instant.

— Je l'avais remarqué. Il a quitté son appartement et l'a fait vider. C'est pour ça que je suis ici.

Tomohiko soupira et se dit que mentir ne servirait à rien.

— Pour tout vous dire, sa disparition nous met dans l'embarras. Parce que c'est lui le gérant.

— Vous l'avez signalée à la police ?

— Non. Je me dis qu'il finira par nous contacter.

— Quand l'avez-vous vu pour la dernière fois ?

— Le 31 décembre. Nous avons fermé le magasin ensemble.

— Vous lui avez reparlé depuis ?

— Non.

— Il se cache sans vous dire où il est. Est-ce vraiment crédible ?

— Je vous ai dit que nous sommes embarrassés.

— Je vois, fit l'homme en se caressant le menton. La dernière fois que vous l'avez vu, il était comment ? Vous n'avez rien remarqué de spécial ?

— Non. Il était pareil que d'ordinaire, répondit Tomohiko en se demandant pourquoi le policier parlait de Kirihara comme s'il le connaissait.

Son interlocuteur se leva et sortit une photo de sa poche.

— Vous connaissez cet homme ?

La photo représentait Matsuura. Tomohiko se demanda ce qu'il devait répondre. Il décida de dire la vérité.

— Oui. C'est M. Matsuura, n'est-ce pas ? Je crois qu'il travaillait pour le père de Kirihara.

— Il est déjà venu ici ?

— Oui, une ou deux fois.

— Vous savez pourquoi ?

— Eh bien… Il avait envie de voir Kirihara parce que cela faisait longtemps qu'ils ne s'étaient pas rencontrés, en tout cas c'est ce qu'il m'a dit. Je n'en sais pas plus parce que je ne lui ai presque pas parlé.

— Ah bon.

L'homme le fixa d'un regard scrutateur. Tomohiko devina qu'il essayait de décider s'il pouvait le croire. Il résista à l'envie de détourner les yeux.

— Sa visite a-t-elle modifié quelque chose chez Kirihara ? Du moins, pour autant que vous puissiez en juger.

— Non, pas particulièrement. Il a eu l'air content de le revoir.

— Content de le revoir ?

Les yeux de l'homme avaient un nouvel éclat.

— Oui.

— Hum… souffla-t-il en hochant la tête. Vous vous souvenez de quoi ils ont parlé ? J'imagine que c'était du passé, non ?

— Oui, je crois, mais je ne sais pas exactement, parce que j'avais à faire avec des clients.

Tomohiko se souvenait de ce que Matsuura lui avait dit à propos du meurtre du père de Kirihara. Instinctivement, il décida de le taire.

La porte de la boutique s'ouvrit et un lycéen entra. Tomohiko le salua.

— Hum… fit l'homme en se levant. Je reviendrai.

— Euh… Kirihara a fait quelque chose ?

Le policier parut fugitivement perplexe.

— Probablement, mais je ne sais pas encore quoi exactement. C'est ce que je cherche.

— Ce que vous cherchez…

— Oh ! s'exclama l'homme dont le regard s'était arrêté sur le cadre du mur. C'est lui qui a fait ça, non ?

— Oui.

— Il est toujours aussi doué. C'est d'une finesse… On voit leurs mains qui se joignent…

Tomohiko se demanda pourquoi il avait compris que Kirihara l'avait fait. Il eut la conviction que ce policier n'était pas uniquement à la recherche d'un complice dans l'affaire des copies du jeu *Super Mario*.

— Désolé d'être resté si longtemps, dit-il, la main sur la porte.

— Euh… commença Tomohiko. Puis-je avoir votre nom ?

— Oui, dit l'autre en se retournant vers lui. Je m'appelle Sasagaki.

— Monsieur Sasagaki…

— À la prochaine.

Tomohiko se porta la main au front. Sasagaki… Ce nom lui disait quelque chose. Matsuura l'avait mentionné. C'était celui du policier qui avait vérifié et revérifié son alibi.

Il se retourna pour regarder le découpage fait par Kirihara.

IX

1

La plupart des services du siège de Tōzai Densō à Tokyo tiennent des réunions le lundi matin, pendant lesquelles les responsables de chacun présentent les points à l'ordre du jour et fournissent leurs instructions à leurs subordonnés. Elles servent aussi à discuter des différentes informations reçues pendant la semaine précédente.

Ce lundi de mi-avril 1988, le chef du service des brevets spéciaux, Nagasaka, aborda le sujet du Grand Pont de Seto inauguré peu de temps auparavant. Après l'ouverture du tunnel ferroviaire de Seikan le mois précédent, le Japon était à présent plus petit, et cela ne pouvait qu'intensifier la concurrence, expliqua-t-il. Il fallait y être prêt, poursuivit-il, reprenant probablement un des thèmes abordés lors d'une réunion de direction la semaine précédente.

Les employés retournèrent ensuite dans leurs bureaux et se remirent au travail, passant des coups de téléphone, rédigeant des lettres ou allant en rendez-vous à l'extérieur, comme n'importe quel autre lundi.

Takamiya Makoto en fit autant. Il reprit le dossier d'une demande de brevet qu'il n'avait pas terminé la semaine dernière. Il avait pour habitude de commencer sa semaine par des tâches qui n'avaient pas un degré d'urgence élevée. Il les considérait comme une mise en jambes.

Avant qu'il puisse le terminer, Narita, le nouveau responsable de sa section, la "E" pour électronique, convoqua ses cinq subordonnés dans son bureau.

— J'ai une information importante à vous communiquer à propos de notre système expert de technologie de production, déclara-t-il, le visage grave. Vous savez tous ce que c'est, n'est-ce pas ?

Seul Yamano, qui était entré chez Tōzai Densō l'année précédente, répondit par la négative. Narita lui demanda s'il savait ce qu'était l'intelligence artificielle. Les ordinateurs s'étaient rapidement généralisés dans l'industrie et les informaticiens s'efforçaient de leur permettre de fonctionner d'une manière proche de celle du cerveau humain. Lorsqu'un être humain croise un autre être humain, il ne calcule pas précisément la distance qu'il va garder, mais décide ce qu'elle doit être en fonction de sa vitesse et de sa direction. Par intelligence artificielle, on entend les fonctions apportées aux ordinateurs pour leur donner la capacité de penser et de décider d'une manière flexible, comme le font les êtres humains.

— Les systèmes experts sont une application de l'intelligence artificielle, destinée à permettre aux ordinateurs de fonctionner comme des experts, lui expliqua Narita. Les gens qu'on appelle communément "experts" ou "professionnels" ne sont pas seulement intelligents, ils possèdent des connaissances spécifiques dans un domaine donné, n'est-ce pas ? Un système expert est conçu pour apporter à n'importe qui la même faculté de jugement qu'un expert. Aujourd'hui, il en existe par exemple dans le domaine médical ou comptable. Tu me suis ?

— Je crois, répondit Yamano.

— Notre société s'intéresse à ces systèmes depuis deux ou trois ans. Notamment parce qu'elle a connu une croissance très rapide, et qu'elle a beaucoup de nouveaux employés qui n'ont pas les connaissances des anciens qui partent graduellement à la retraite. Nous avons donc moins d'experts, et c'est particulièrement préoccupant dans des domaines comme la métallurgie, le traitement thermique ou chimique, et les technologies de production, qui demandent tous un savoir-faire quasi artisanal. Elle a donc décidé de développer des systèmes experts pour pallier ce manque.

— C'est ce dont vous parliez ?

— Exactement. Chez nous, ces systèmes ont été mis au point conjointement par la division responsable des technologies de production et celle du développement des systèmes. Les utilisateurs de notre système informatique y ont accès. Je ne me trompe pas ? demanda Narita en regardant ses trois autres subordonnés.

— En principe, répondit Makoto. À condition que l'utilisateur soit autorisé et ait reçu un mot de passe.

Étant donné la nature confidentielle des informations, chaque employé devait suivre une procédure particulière pour obtenir un mot de passe. Makoto en avait un, comme les collègues de sa section, afin de pouvoir chercher des informations sur les brevets.

— Maintenant que tout est à peu près clair, je peux vous parler de notre problème, reprit Narita en baissant le ton. Ce que je vous ai dit jusqu'à présent est d'ordre général et ne nous concerne pas vraiment. Ou plutôt quasiment pas, puisque les systèmes experts de technologie de production sont conçus pour être utilisés exclusivement dans notre société et ne sont donc pas concernés par les brevets.

— Mais il s'est passé quelque chose ? demanda un collègue de Makoto.

Narita fit oui de la tête.

— Je viens d'avoir la visite d'un membre de la division développement des systèmes. Il m'a appris que plusieurs PME utilisent un certain logiciel, que l'on pourrait certainement appeler système expert de métallurgie.

— Et il pose problème ? s'enquit Makoto qui le dévisageait comme ses collègues.

Narita se pencha vers eux.

— Quelqu'un de chez nous se l'est procuré et il a été analysé par notre division développement des systèmes et celle des technologies de production. Leur conclusion est que les données utilisées sont quasi identiques à celles de notre système expert de technologie de production métallurgie.

— Ce qui signifie que notre programme a fuité à l'extérieur ? demanda son troisième collègue.

— Pour l'instant, rien n'est certain, mais cela semble possible.

— Et l'identité de l'éditeur de ce logiciel est inconnue ?

La question venait de Makoto.

— Non. C'est une société informatique basée à Tokyo qui l'offre à ses clients potentiels pour se faire connaître.

— Pour se faire connaître ?

— Oui, le logiciel en question ne contient que très peu d'informations, c'est une version d'essai, pour ainsi dire. Pour appâter celui qui l'essaie et le convaincre d'acheter la version complète.

Un peu comme des échantillons de produits de beauté, se dit Makoto.

— En admettant que notre système expert ait fuité à l'extérieur et que ce logiciel ait été conçu en l'utilisant, toute la question est de savoir comment nous pouvons le prouver. Ensuite, si nous y arrivons, de déterminer si nous pouvons légalement demander que ce logiciel ne soit plus vendu.

— Et notre section est chargée de s'en occuper ?

Narita répondit à l'interrogation de Makoto en hochant à nouveau la tête.

— Il existe déjà une jurisprudence qui établit que les logiciels sont protégés par le droit d'auteur. Mais ce n'est pas facile de prouver qu'un contenu a été piraté. C'est aussi difficile que de démontrer qu'un roman a été copié. Définir à partir de quel moment il y a délit est ardu. Mais nous allons essayer.

— Comment le contenu de notre système expert a-t-il pu fuiter ? Toutes nos informations techniques sont protégées, non ?

La question venait de Yamano. Elle fit naître un sourire sur le visage de Narita.

— Je connais une histoire amusante à ce sujet. Elle concerne une société qui n'est pas la nôtre. Elle avait mis au point dans le plus grand secret un turbocompresseur d'un nouveau type. Le jour où le produit a été enfin terminé, deux heures plus tard...

Il s'interrompit pour se pencher vers Yamano.

— Deux heures plus tard, répéta-t-il, le chef du service de développement des turbocompresseurs de son concurrent direct avait le nouveau produit sur sa table.

— Quoi? s'écria Yamano en écarquillant les yeux.

Narita sourit, content de son effet.

— C'est ça, la guerre du développement!

— Vraiment...

Makoto esquissa un sourire en voyant la stupéfaction de son jeune collègue. Il n'avait pas oublié sa propre réaction quand il avait entendu cette histoire pour la première fois.

## 2

Makoto rentra chez lui un peu après vingt heures. Il travaillait tard tous les jours depuis le début de l'enquête sur les systèmes experts.

De retour chez lui, il pensa qu'il aurait mieux fait de rester un peu plus longtemps à son bureau. Aucune lumière n'était allumée dans l'appartement.

Il pressa sur les interrupteurs de l'entrée, du couloir, puis du séjour. On était en avril et il faisait frais car le chauffage était éteint depuis le matin.

Il enleva son veston, s'assit sur le canapé, défit sa cravate, saisit la télécommande posée sur la table basse et alluma la télévision. Quelques secondes plus tard, l'image d'un accident ferroviaire apparut sur l'écran 32 pouces. Il reconnut la collision entre deux trains qui avait eu lieu dans la banlieue de Shanghai le mois précédent, dans laquelle vingt-six lycéens japonais et un de leurs accompagnateurs avaient perdu la vie.

L'émission faisait le point sur les difficiles négociations entre la Chine et le Japon au sujet des dédommagements.

Makoto changea de chaîne en espérant tomber sur un match de base-ball, mais il éteignit la télévision en se souvenant que c'était un lundi, jour où il n'y a jamais de match. Il se sentit encore plus seul et consulta la pendule accrochée au mur, un cadeau de mariage. Il était vingt heures vingt.

Il se releva et déboutonna sa chemise en jetant un coup d'œil vers la cuisine. Elle était parfaitement rangée. Pas une seule assiette sale ne traînait dans l'évier, tous les ustensiles brillaient.

Ce qui l'intéressait pour l'instant n'était pas de savoir si la cuisine était ou non impeccable, mais ce que sa femme avait prévu pour le dîner. Avait-elle préparé quelque chose pour lui parce qu'elle sortait ce soir ? Ou pensait-elle cuisiner à son retour à la maison ? Ce doit être la seconde solution, se dit-il.

Il regarda à nouveau sa montre. Deux minutes avaient passé depuis tout à l'heure.

Il ouvrit un tiroir du buffet de cuisine et y prit un stylo pour écrire un grand X en face de la date du jour sur le calendrier. Cela indiquait les fois où il était revenu avant sa femme. Il avait commencé à les noter sans le lui dire depuis le début du mois et envisageait de lui en parler quand l'occasion se présenterait. La méthode ne le satisfaisait pas, mais il sentait la nécessité d'évaluer objectivement la situation.

À la mi-avril, le calendrier comptait déjà plus de dix X.

Il regretta une fois encore d'avoir accepté que son épouse travaille. Elle accomplissait parfaitement son rôle par ailleurs, avec une mention spéciale pour la cuisine qu'elle maîtrisait comme une professionnelle, qu'il s'agisse de plats japonais, français ou italiens.

"Même si cela me fait mal au cœur de l'admettre, tu es l'homme le plus chanceux que je connaisse. Ton épouse est non seulement belle, c'est aussi un vrai cordon-bleu. Je trouve injuste que tu aies autant de chance", lui avait dit un membre du groupe d'amis qu'il avait invité chez lui peu après son mariage. Sa déclaration avait recueilli l'approbation de tous les présents.

Makoto reconnaissait volontiers que sa femme cuisinait mieux que bien. Il l'avait complimentée presque quotidiennement au début de leur mariage.

407

— Ma mère m'emmenait souvent dans de très bons restaurants. Selon elle, il faut se former le goût dès l'enfance pour comprendre ce qui est vraiment bon. Seuls les gens qui n'ont pas l'habitude des bonnes choses depuis l'enfance se réjouissent de manger de la cuisine médiocre dans des restaurants chers, lui avait-elle expliqué un jour d'un ton modeste. Grâce à elle, je sais reconnaître ce qui est bon et je lui en suis reconnaissante. Tes compliments me font plaisir.

Comblé par les paroles de Yukiho, il l'avait prise dans ses bras.

Cela faisait cependant deux mois qu'il n'avait plus l'occasion de goûter à ses petits plats. Tout avait commencé lorsqu'elle lui avait demandé s'il ne voyait pas d'inconvénient à ce qu'elle investisse à la Bourse. Il avait été pris au dépourvu, car il n'associait pas ce genre de préoccupations à sa femme. Une fois qu'il avait réalisé ce dont elle lui parlait, il avait hésité.

— Tu t'y connais ?
— Oui. J'ai étudié le sujet.
— Comment ça ?

Elle avait sorti plusieurs livres, des manuels destinés aux débutants en Bourse. Makoto qui lisait peu n'avait même pas remarqué leur présence sur l'étagère de style du séjour.

— Pourquoi as-tu envie de te lancer là-dedans ? lui avait-il demandé en choisissant un autre angle d'attaque.

— Je m'ennuie à la maison. Et puis, c'est un bon moment pour les actions et je pense que ça va continuer. Ça rapporte plus que de laisser l'argent à la banque.

— On peut aussi y perdre.

— Je le sais. Ça fait partie du jeu, avait-elle réagi en riant.

Pour la première fois depuis qu'il la connaissait, Makoto avait été mal à l'aise avec elle. Il s'était senti trahi.

Ce qu'elle avait ajouté ensuite avait renforcé son appréhension.

— Ne t'en fais, je te garantis que je ne perdrai pas. Et je n'utiliserai que mon argent.
— Ton argent ?
— J'ai des économies, tu sais !
— Je l'imagine mais…

La distinction qu'elle établissait entre son argent et le sien le contrariait. Puisqu'ils étaient mariés, il pensait qu'il n'y en avait pas.

— Tu veux dire que tu n'es pas d'accord ?

Elle l'avait regardé par en dessous. Il s'était tu. Elle avait poussé un léger soupir.

— Je comprends. Je n'ai pas encore prouvé que je suis une bonne épouse, et je devrais plutôt me concentrer sur cela. Je te demande pardon. Je ne t'en reparlerai pas, avait-elle déclaré d'un ton abattu en rangeant ses manuels.

Makoto s'était dit en regardant son dos menu qu'il était un machiste à l'esprit étroit. Elle ne lui avait jamais fait aucune demande inconsidérée.

— Je veux bien, mais à deux conditions, avait-il commencé pendant qu'elle remettait les livres à leur place, la première que tu ne te laisses pas entraîner trop loin, et la seconde que tu ne t'endettes pas pour cela. Tu pourras les respecter ?

Elle s'était retournée vers lui, les yeux brillants.

— Tu me donnes ton accord ?
— Tu me promets que tu respecteras ces conditions ?
— Oui. Merci, s'était-elle écriée en se jetant dans ses bras.

Makoto l'avait étreinte avec un mauvais pressentiment.

En réalité, Yukiho n'avait pas rompu sa promesse. Le capital qu'elle avait investi ne cessait de croître. Il ne savait pas précisément de quel montant elle disposait au départ, ni ce que cela lui avait rapporté jusqu'à présent, mais d'après ce qu'il l'avait entendue répondre à son courtier au téléphone, il était certain qu'elle disposait de plus de dix millions de yens.

La Bourse était devenue le centre de sa vie. Comme elle avait besoin de suivre de près son évolution, elle parlait à son courtier deux fois par jour. Étant donné qu'il pouvait l'appeler à tout moment, elle passait son temps dans leur appartement. Lorsqu'elle avait à sortir, elle lui téléphonait une fois par heure. Elle était abonnée à six quotidiens, dont deux économiques.

Un jour, il s'était énervé contre elle au moment où elle venait de raccrocher après une conversation avec le courtier. Le téléphone n'avait cessé de sonner depuis le matin. D'ordinaire, il n'était pas à la maison en semaine, mais c'était l'anniversaire du fondateur de sa société, un jour chômé pour lui.

— Je suis en congé, mais nous ne pouvons même pas sortir, parce que tu boursicotes. Je préférerais que tu arrêtes si c'est comme ça, avait-il jeté d'un ton rageur.

C'était la première fois qu'il s'emportait contre elle depuis qu'ils se fréquentaient. Huit mois s'étaient écoulés depuis leur mariage.

Sans doute choquée par sa réaction, Yukiho avait blêmi sans rien dire. Makoto avait regretté ses paroles mais elle ne lui avait pas laissé le temps de s'excuser.

— Je te demande pardon, avait-elle soufflé d'une petite voix. Je n'avais nullement l'intention de te négliger. Je te demande de me croire. Cela marchait si bien que je suis allée trop loin. Pardon. Je ne suis pas une bonne épouse.

— Je ne t'ai pas dit ça.

— Ne t'en fais pas, je le sais, avait-elle dit en prenant le téléphone.

Il l'avait ensuite entendue demander à son courtier de vendre toutes ses actions.

Après avoir raccroché, elle s'était retournée vers lui.

— Pour l'instant, je ne peux pas toucher aux placements à terme. Je te prie de m'en excuser…

— Tu es sûre de ce que tu fais ?

— Oui, c'est mieux comme ça. Je suis vraiment confuse de t'avoir créé de l'embarras.

Elle s'était agenouillée sur la moquette et s'était prosternée devant lui, les épaules agitées de tremblements. Une larme avait coulé sur sa main.

— On parle d'autre chose, d'accord ? avait-il dit en la prenant par l'épaule.

Le lendemain, il ne restait plus un livre sur la Bourse chez eux. Elle n'en avait plus reparlé.

Mais il voyait qu'elle n'était pas en forme. Elle paraissait désœuvrée. Comme elle ne sortait plus, elle ne se maquillait plus et allait rarement chez le coiffeur.

— Je deviens moche, hein... disait-elle souvent en se regardant dans le miroir.

Il lui avait suggéré de suivre des cours quelque part. Mais elle n'avait pas paru intéressée. Il s'était imaginé que c'était peut-être parce qu'elle avait appris la cérémonie du thé et l'ikebana depuis son enfance. De plus, elle parlait bien anglais.

Il savait que le mieux serait d'avoir un enfant. Cela l'occuperait à coup sûr. Mais ils n'y arrivaient pas. Ils n'avaient utilisé des moyens contraceptifs que pendant les six premiers mois de leur mariage, mais Yukiho ne tombait pas enceinte.

La mère de Makoto qui était d'avis qu'il valait mieux avoir des enfants quand on était jeune ne dissimulait pas son insatisfaction à cet égard. Elle lui avait déjà plusieurs fois glissé que si cela ne marchait pas, il fallait consulter rapidement.

Il avait d'ailleurs envie de le faire et avait évoqué cette possibilité à son épouse. Elle avait catégoriquement refusé, à son grand étonnement. Lorsqu'il avait insisté, il avait vu ses yeux rougir.

— Tu sais, il n'est pas impossible que je sois devenue stérile à cause de cette opération. Si c'était le cas, je ne pourrais pas continuer à vivre.

Il avait compris qu'elle parlait de son avortement.

— Moi, je trouve que ce serait mieux d'en avoir le cœur net. Tu pourrais peut-être suivre un traitement.

Elle avait fait non de la tête.

— Rares sont les traitements qui marchent aujourd'hui. Je ne veux pas qu'on me dise que je ne peux pas avoir d'enfants. D'ailleurs, même si c'était le cas, ça ne changerait rien, non ? Ou bien vas-tu me dire que si je suis stérile, tu ne peux pas envisager de continuer à vivre avec moi ?

— Pas du tout. Cela m'est égal. N'en parlons plus.

Makoto ne croyait pas manquer de compréhension au point de blâmer une femme qui ne pouvait pas avoir d'enfants. Il ne lui en avait quasiment plus reparlé depuis cette conversation. Quant à sa mère, il lui avait expliqué qu'ils avaient consulté tous les deux, et que ni elle ni lui n'avait de problème.

Il l'entendait parfois se demander tout haut pourquoi ils n'arrivaient pas à concevoir. Et elle ne manquait jamais d'ajouter : "Je me demande si j'aurais mieux fait de ne pas avorter…"

Il ne pouvait que l'écouter en silence.

3

Il entendit la porte s'ouvrir et se releva du canapé où il s'était allongé. L'horloge indiquait qu'il était un peu après vingt et une heures.

Il y eut un bruit de pas dans le couloir, et elle entra.

— Je suis désolée. Il est tard !

Vêtue d'un tailleur vert foncé, Yukiho tenait d'une main deux sacs qui avaient la marque d'un grand magasin, et de l'autre, deux marqués de celle d'un supermarché. Elle portait aussi son sac en bandoulière.

— Je suis sûre que tu as faim. Je vais tout de suite préparer de quoi manger.

Elle posa les deux sacs de supermarché dans la cuisine et entra dans leur chambre à coucher, laissant derrière elle un sillage parfumé.

Elle ressortit de la chambre, vêtue plus simplement, un tablier de cuisine à la main.

— J'ai acheté quelque chose de tout préparé, tu n'auras pas à attendre. Et je vais nous faire une soupe en boîte, lança-t-elle d'un ton détendu depuis la cuisine.

Makoto sentit l'irritation l'envahir. Il ne comprenait pas exactement pourquoi. Peut-être était-ce le ton léger qu'elle avait utilisé.

Il replia le journal qu'il était en train de lire, se leva et marcha vers la cuisine.

— Ce qu'on va manger ce soir, ce sont des plats tout faits ?

— Quoi ? demanda-t-elle, probablement parce que le bruit du ventilateur l'empêchait d'entendre.

Il n'en fut que plus irrité. Il alla jusqu'à l'entrée de la cuisine. Debout en train de faire chauffer de l'eau, elle le regarda avec une expression étonnée.

— Cela fait plus d'une heure que j'attends, et au final, on va manger des plats tout préparés !

Elle poussa un cri de surprise et arrêta le ventilateur. Le bruit cessa.

— Je suis désolée. Cela ne te plaît pas ?

— Passe encore si c'était de temps en temps. Mais en ce moment, c'est tous les soirs. Tu rentres tard, et on dîne de plats tout préparés. Ce n'est pas vrai, peut-être ?

— Pardonne-moi. Mais sans ça, je te ferai encore plus attendre.

— Pour attendre, j'ai attendu. J'allais me faire des nouilles instantanées. J'aurais dû, parce que ce n'est pas très différent de ce qu'on va manger.

— Toutes mes excuses. Je ne veux pas avoir l'air de justifier ma conduite, mais en ce moment, je suis tellement occupée... Je suis navrée de ne pas faire ce qu'il faut.

— Je suis très content que tes affaires marchent, dit-il, conscient de son ton sarcastique.

— S'il te plaît, ne me parle pas comme ça. Je vais changer, dit-elle en lui adressant une courbette.

— Tu me l'as déjà promis tant de fois, lâcha Makoto en enfonçant ses mains dans les poches de son pantalon.

Yukiho ne releva pas la tête. Elle n'avait probablement aucun argument à lui opposer. Ces derniers temps, il arrivait à Makoto de penser qu'elle adoptait cette attitude en attendant que la tempête se calme.

— Et si tu arrêtais ce travail ? Tu vois bien que tu n'arrives pas à le faire en t'occupant de ton intérieur. Ce ne doit pas être facile pour toi.

Elle continua à se taire. Elle n'avait pas envie de discuter de cette possibilité.

Ses épaules commencèrent à trembler. Elle souleva son tablier et s'en essuya les yeux. Elle sanglotait à présent.

— Pardon, dit-elle. Je ne suis pas à la hauteur. Je ne fais pas ce que je devrais. Tu me laisses faire ce que je veux, mais je ne te rends rien en retour. Peut-être aurais-tu mieux fait de ne pas te marier avec moi, hoqueta-t-elle.

Il n'avait plus rien à ajouter et regrettait à présent de s'être laissé emporter par sa colère qui l'avait fait parler comme un homme étroit d'esprit.

— C'est bon, dit-il d'un ton conciliateur.

Comme elle n'ajouta rien, leur querelle cessa. Il retourna sur le canapé et reprit son journal.

— Euh… reprit Yukiho.
— Quoi?
— Comment on fait pour le dîner? Le frigo est vide, je ne peux rien te préparer.
— Ah… soupira-t-il, en sentant la lassitude l'envahir. Eh bien, nous mangerons ce que tu as acheté.
— Tu es d'accord?
— Je n'ai pas le choix, non?
— Pardon. Ce sera prêt tout de suite, dit-elle avant de repartir vers la cuisine.

Il entendit à nouveau le ventilateur et cela réveilla son irritation.


Treize mois après leur mariage, Yukiho lui avait demandé s'il était d'accord pour qu'elle travaille. Makoto qui ne s'y attendait pas du tout avait hésité.

Une de ses amies qui travaillait dans la confection avait décidé d'ouvrir sa propre boutique et lui avait offert de la tenir avec elle. Il s'agissait d'un commerce de prêt-à-porter d'importation.

Il avait d'abord voulu savoir si elle avait envie de le faire et elle avait répondu oui.

Elle était éteinte depuis qu'elle ne boursicotait plus et il avait remarqué comment ses yeux s'étaient animés en lui parlant de ce projet. Il avait été incapable de lui dire non.

Il avait simplement ajouté qu'il ne voulait pas qu'elle en fasse trop. Elle avait paru très heureuse de sa réponse.

Il était allé plusieurs fois dans la boutique située dans le quartier de Minami-Aoyama, un espace clair et plaisant, avec une devanture entièrement en verre qui laissait voir tous les vêtements et objets qu'il contenait. Makoto avait appris par la suite qu'elle en avait financé l'installation en totalité.

Sa partenaire, Tamura Noriko, une femme dont le visage rond et le corps potelé inspiraient confiance, était apparemment une grande travailleuse. Il avait eu l'impression qu'elles se répartissaient harmonieusement les tâches, Yukiho se chargeant de l'accueil des clients, et Noriko de chercher les vêtements et de tenir la caisse.

La boutique ne recevait ses clientes que sur rendez-vous. Quand elles y venaient, tous les vêtements qui pouvaient les intéresser, à leur taille, les attendaient. La méthode était rationnelle et permettait de limiter les stocks.

Elle exigeait cependant que les deux gérantes aient un bon carnet d'adresses, ce qu'elles avaient visiblement, car la boutique marchait bien.

Makoto avait craint que son épouse ne se laisse dévorer par son travail et n'en oublie ses devoirs, mais cela n'avait pas immédiatement été le cas. Yukiho devait aussi redouter son insatisfaction, car les premiers temps, il avait eu le sentiment qu'elle se donnait encore plus de mal que d'ordinaire. Elle lui faisait la cuisine tous les jours et rentrait toujours avant lui.

Environ deux mois après l'inauguration, elle l'avait à nouveau pris au dépourvu en lui demandant s'il n'avait pas envie de devenir propriétaire de la boutique.

— Propriétaire ? Moi ? Pourquoi ?
— Le propriétaire actuel doit régler des droits de succession et il a besoin d'argent tout de suite. Il nous a demandé si nous n'avions pas envie de l'acheter.
— Et tu aimerais le faire ?
— C'est plutôt que je pense que ce serait une bonne chose. Le prix qu'il nous offre est considérablement plus bas que ceux pratiqués dans le quartier.
— Et si je ne suis pas d'accord ?
— Dans ce cas-là, je n'aurai d'autre choix qu'acheter moi-même.
— Toi ?
— Étant donné l'emplacement, je suis sûre que je pourrai emprunter à la banque.
— Tu t'endetterais ?
— Oui.
— Tu en as envie à ce point ?
— Oui, mais c'est surtout parce que je me dis que c'est une occasion à ne pas rater. Si je dis non au propriétaire, il le vendra à quelqu'un d'autre, et l'acquéreur pourrait nous demander de partir.
— De partir ?
— Oui, il pourrait revendre le terrain à un bon prix si notre boutique fermait.
— Hum, avait grogné Makoto tout en réfléchissant à sa proposition.

Acheter ne lui paraissait pas impossible. Les Takamiya possédaient plusieurs terrains dans le quartier de Seijō, dont Makoto hériterait un jour. Il suffirait d'en vendre un. S'il savait présenter les choses à sa mère, elle ne s'y opposerait pas. Plusieurs de leurs terrains n'étaient pas exploités.

Il ne souhaitait pas que sa femme s'endette car il craignait qu'elle ne travaille trop pour rembourser son emprunt. Et si elle devenait propriétaire des murs, il ne pourrait plus rien lui dire.

Il lui avait demandé deux ou trois jours de réflexion en ayant d'emblée décidé la réponse qu'il lui donnerait.

Quelque temps après, au début de 1987, il était devenu propriétaire du magasin de Minami-Aoyama. Yukiho et son associée lui payaient un loyer chaque mois.

Makoto réalisa rapidement que Yukiho ne s'était pas trompée. La forte demande pour des immeubles de bureau au cœur de Tokyo avait engendré une rapide augmentation des prix du terrain, si forte qu'ils doublaient ou même triplaient de valeur en peu de temps. Makoto reçut plusieurs offres pour la boutique à des prix qui lui semblaient quasiment insensés.

C'est à cette époque que commença à naître en lui un léger complexe d'infériorité vis-à-vis de son épouse. Il se demandait si elle ne lui était pas supérieure en matière de vitalité, de flair commercial et d'audace. Il ne savait pas exactement à quel point la boutique prospérait. Mais il était certain que tout allait bien. Yukiho préparait en ce moment l'ouverture d'un deuxième magasin, dans le quartier de Daikanyama.

Sa propre trajectoire lui paraissait moins remarquable. Il n'aurait jamais eu le courage de lancer une affaire. Je préfère être employé qu'employeur, se disait-il, conscient de son incapacité à rentabiliser les terrains dont il allait hériter, et du fait qu'il vivait dans un appartement que lui avait donné sa mère.

Le boom boursier le faisait se sentir encore plus incapable. Depuis la privatisation de NTT en février 1986, le cours des actions s'était emballé. Chacun disait qu'il fallait investir à la Bourse si on le pouvait.

Les Takamiya ne le faisaient pas et elle ne lui en avait jamais reparlé depuis qu'il avait critiqué l'enthousiasme de Yukiho à cet égard. Mais lorsqu'il imaginait ce qu'elle devait penser de lui, il était mal à l'aise.

4

Le même soir, Yukiho lui fit une déclaration inattendue juste avant de s'endormir, alors qu'elle était en train de se démaquiller devant sa coiffeuse.

— Tu veux qu'on prenne des cours de golf? répéta-t-il, stupéfait.

— Oui. On pourrait y aller ensemble le samedi en fin d'après-midi, dit-elle en lui tendant une brochure.

— Hum… L'école est homologuée par la Fédération japonaise de golf. Ça fait longtemps que tu as envie d'en faire?

— Assez, oui. De plus en plus de femmes en font aujourd'hui. Et puis c'est un sport qu'on pourra faire ensemble quand on sera vieux tous les deux.

— Quand on sera vieux, hein… Moi, je ne pense pas si loin.

— Dis-moi que tu es d'accord. Ce serait bien d'y aller ensemble.

— Ce n'est pas faux.

Makoto pensa à son père. Il aimait beaucoup le golf et en faisait chaque week-end. Il paraissait toujours heureux de mettre son gros sac de golf dans le coffre de la voiture. Ce ne devait pas être facile pour lui d'avoir pris le nom de sa femme, songea-t-il.

— L'école organise une présentation des cours samedi prochain. Si on y allait? demanda-t-elle en se couchant dans son propre lit.

Ils dormaient séparément depuis leur mariage, lui dans le grand lit, et elle dans un lit à une personne, dans la même chambre.

— D'accord.

— Que je suis contente !

— Dis, tu ne veux pas venir me retrouver ?

— Euh… oui, répondit-elle en se relevant pour se glisser à ses côtés.

Makoto tourna le modulateur de lumière pour diminuer l'éclairage, la prit dans ses bras et effleura ses seins sous son négligé blanc. Ils étaient doux à sa main, et plus volumineux qu'ils n'en avaient l'air.

Aujourd'hui, ça devrait marcher, se dit-il. Ces derniers temps, il arrivait souvent que ce ne soit pas le cas, pour une raison précise.

Après lui avoir caressé la poitrine de la main et de la bouche, il la déshabilla posément. Il se débarrassa ensuite de son pyjama. Son pénis était dur.

Nu à présent, il serra à nouveau contre lui son corps souple. Il lui caressa les hanches, et elle frissonna comme si cela la chatouillait. Il lui embrassa le cou puis les seins.

Il tendit ensuite la main vers son slip qu'il fit descendre sur ses jambes. Il procédait toujours ainsi.

Il posa ensuite la main sur son sexe et frôla l'intérieur du doigt.

La déception s'empara de lui. Aucune moiteur. Il tenta de stimuler son clitoris. Cela ne changea rien.

Il ne pensait pas que sa façon de faire n'était pas bonne. Jusqu'à il y a peu, elle fonctionnait parfaitement.

Il essaya d'enfoncer le majeur dans son vagin serré. Lorsqu'il le força, elle poussa un cri de douleur. Il devina qu'elle grimaçait.

— Pardon. Je t'ai fait mal ?

— Ce n'est rien. Vas-y quand même, ce n'est pas grave.

— Oui, mais si je te fais mal à ce point avec mon doigt…

— Ne t'en fais pas, je peux le supporter. Mais vas-y vite, car quand tu vas doucement, c'est encore plus douloureux, répondit-elle en ouvrant largement les cuisses.

Il lui obéit.

Elle cria à nouveau. Il vit qu'elle serrait les dents. Il ne sut que faire, car il n'avait pas l'impression de l'avoir forcée.

Il réessaya encore, y parvint, et elle commença à émettre un étrange grondement.

— Que se passe-t-il?
— J'ai mal au ventre.
— Au ventre?
— Oui, du côté de l'utérus.
— De nouveau? demanda-t-il avant de pousser un soupir.
— Pardon. Mais ne t'en fais pas pour moi, ça va aller.
— Non, ce n'est pas la peine. Tant pis pour aujourd'hui, dit-il en ramassant son slip pour le remettre.

"Pour aujourd'hui" lui paraissait superflu. Les choses se passaient toujours ainsi ces derniers temps.

Yukiho se rhabilla à son tour et regagna son lit.

— Pardon, répéta-t-elle. Je dois avoir un problème.
— Mieux vaudrait que tu ailles voir le médecin, non?
— Oui, je vais le faire. Mais…
— Quoi?
— J'ai entendu dire que cela pouvait arriver après un avortement.
— Tu veux dire que cela expliquerait ta sécheresse et tes douleurs?
— Oui.
— Je n'ai jamais rien entendu de pareil.
— Parce que tu es un homme.
— Tu as peut-être raison.

Comme la manière dont la conversation progressait ne lui plaisait pas, il lui tourna le dos et se recouvrit de sa couette. Son pénis était redevenu flasque, mais le désir le tenaillait encore. S'ils ne pouvaient pas avoir de rapport sexuel, elle aurait au moins pu le caresser ou le prendre dans sa bouche. Elle ne le faisait jamais et il n'osait pas le lui suggérer.

Bientôt, il l'entendit sangloter.

Comme il n'avait aucune envie de la consoler, il se recouvrit la tête de la couette et fit semblant de ne pas l'avoir remarqué.

# 5

Le practice Eagle Golf se trouvait au cœur d'un lotissement. Un panneau annonçait qu'il avait deux cents yards de longueur et était équipé de machines de la dernière génération. De petites balles blanches volaient sans arrêt dans son haut filet vert.

Il se trouvait à vingt minutes de chez eux en voiture. Ils y arrivèrent avant quatre heures et demie. La réunion de présentation du cours commençait à dix-sept heures.

— Tu vois, on est en avance. Je t'avais dit qu'on n'avait pas besoin de partir si tôt, dit Makoto pendant qu'il cherchait une place pour sa voiture.

— J'avais peur des embouteillages. Nous n'avons qu'à attendre en regardant les gens s'entraîner, cela ne peut pas nous nuire, répondit Yukiho.

— Je ne vois pas ce qu'observer des gens qui jouent mal nous apportera.

Le golf était très à la mode, et le parking était quasiment plein.

Il finit par trouver un espace vide et se gara. Ils descendirent de voiture et marchèrent vers l'entrée. Yukiho s'arrêta en route à côté de la cabine téléphonique du parking et sortit un carnet de son sac.

— Tu permets que je passe un coup de fil?
— D'accord, je t'attendrai à l'intérieur.
— Merci, dit-elle en soulevant le combiné.

Vaste et lumineux, le hall du practice lui rappela l'entrée d'un restaurant. Une file s'était formée devant le comptoir d'accueil où deux jeunes femmes vêtues d'un uniforme de couleur claire accueillaient les nouveaux arrivants.

— Je vous remercie de bien vouloir écrire votre nom ici. Nous vous appellerons dès qu'un poste sera libre, disait l'une d'entre elles à un homme d'âge moyen qui n'avait pas l'air d'un sportif et tenait un sac de bonbons à la main.

— Si je comprends bien, vous êtes pris d'assaut, réagit-il avec mauvaise humeur.

— Il y a du monde, et je pense que vous devrez attendre vingt ou trente minutes.

— Je n'ai pas le choix, soupira-t-il en écrivant son nom.

Makoto comprit que tous ces gens attendaient leur tour et se dit que décidément, le golf était en vogue. Très peu de ses collègues en faisaient, probablement parce qu'ils ne travaillaient pas dans un secteur où ils avaient à rencontrer des clients.

Il s'approcha du comptoir et expliqua qu'il était là pour assister à la réunion de présentation des cours de golf. La jeune femme lui sourit et le pria d'attendre jusqu'à ce que l'annonce à ce sujet soit diffusée.

Yukiho entra au même moment. Il remarqua immédiatement que son expression n'était plus la même que tout à l'heure.

— Je suis désolée, mais je ne vais pas pouvoir rester.
— Comment ça ?
— Il y a un petit problème au magasin, et il faut que j'y passe.

La boutique était fermée le dimanche, et Tamura Noriko la tenait avec une vendeuse le samedi.

— Tout de suite ?

Le ton de Makoto reflétait sa mauvaise humeur.

— Oui.

— Mais comment vas-tu faire pour la présentation des cours ? Tu n'y assisteras pas ?

— Puis-je te demander d'y participer sans moi ? Je vais prendre un taxi pour aller au magasin.

— Tu veux que j'y aille tout seul ? Bon, d'accord, fit-il de mauvais gré.

— Je suis vraiment désolée, fit-elle d'un ton implorant. Si la présentation ne t'intéresse pas, tu n'as qu'à rentrer à la maison après.

— Ça va de soi !

— Je te prie de m'excuser. À tout à l'heure, dit-elle avant de trottiner vers la porte.

Il la regarda partir et poussa un nouveau soupir. Il fit un effort pour chasser sa colère, parce qu'il savait qu'elle se retournerait contre lui. Ce n'était pas la première fois que les choses se passaient ainsi.

Il décida de jeter un coup d'œil au pro-shop qui occupait un coin de l'espace d'accueil. Il y découvrit des rangées de clubs de golf et d'accessoires dont il ne comprenait pas l'utilisation. Il ne connaissait du golf que les règles de base et savait aussi que le premier objectif d'un débutant est de réussir un score inférieur à cent, même si la signification de ce chiffre lui échappait.

Il posa les yeux sur une série de fers et sentit que quelqu'un le regardait. Il se retourna et vit une jeune femme en pantalon. Leurs regards se croisèrent.

Au bout d'une seconde ou deux, le temps qu'il lui fallut pour la reconnaître, penser qu'elle n'avait aucune raison d'être là et finir par admettre la réalité, il poussa un petit cri de surprise.

Misawa Chizuru était dans le hall. Ses cheveux étaient à présent coupés court, elle avait un peu changé, mais il était sûr de ne pas se tromper.

— Mademoiselle Misawa… Que faites-vous ici ?

— Je suis des cours de golf, répondit-elle.

Il remarqua le sac de golf posé à ses pieds.

— Je vois, je vois, dit-il en se grattant le front qui ne le démangeait pas.

— Vous aussi, monsieur Takamiya ?

— Euh oui... enfin... fit-il, heureux qu'elle n'ait pas oublié son nom. Vous êtes seule ?

— Oui. Et vous ?

— Moi aussi. Asseyons-nous donc.

Presque tous les sièges du hall étaient occupés, mais ils eurent la chance d'en trouver deux l'un à côté de l'autre, le long du mur.

— Quelle surprise de se rencontrer ici !

— Oui, vraiment. Je n'en crois pas mes yeux.

— Vous habitez où, maintenant ?

— À Shimo-Kitazawa, et je travaille dans une entreprise de BTP à Shinjuku.

— Toujours pour le compte d'une agence d'intérim ?

— Oui.

— Il me semble que vous aviez dit à la fin de votre mission chez nous que vous alliez retourner chez vos parents à Sapporo.

— Vous vous en souvenez ! s'exclama-t-elle avec un sourire.

Les cheveux courts lui vont bien, pensa Makoto.

— Vous n'êtes pas repartie à Sapporo ?

— Si, mais je n'y suis pas restée.

— Ah, répondit-il en regardant sa montre.

Il était seize heures quarante-cinq. La réunion de présentation commencerait dans un quart d'heure, pensa-t-il, avec un sentiment proche de la panique.

Il n'avait pas oublié ce qui s'était passé un peu plus de deux ans auparavant, la veille de son mariage, quand il avait attendu Chizuru dans le lobby de l'hôtel où elle avait réservé une chambre.

Il était amoureux d'elle et il avait l'intention de lui déclarer sa flamme, même au risque de devoir annuler la cérémonie du lendemain. Il était intimement persuadé que son destin était lié à celui de Misawa Chizuru.

Mais elle n'était pas venue. Il n'avait jamais compris pourquoi. Il en avait conclu qu'il s'était trompé sur leur destin.

En la revoyant, il prit conscience du fait que sa flamme n'était pas complètement éteinte. Être à côté d'elle lui procurait un sentiment proche de l'ivresse. Il était submergé par une douce émotion qu'il n'avait pas éprouvée depuis longtemps.

— Et où habitez-vous à présent ?
— À Seijō.
— À Seijō… Oui, je me souviens que vous en aviez parlé. C'était il y a deux ans et demi, non ? Vous avez des enfants ?
— Non, pas encore.
— Vous n'en voulez pas ?
— Non, ce n'est pas ça, mais… ce n'est pas si simple, expliqua-t-il avec un sourire embarrassé.
— Je comprends, dit-elle.

Il devina qu'elle se demandait si elle devait lui exprimer sa sympathie.

— Et vous, vous êtes mariée ?
— Non, je suis toujours célibataire.
— Ah bon… mais vous n'envisagez pas de… s'enquit-il en scrutant son visage.

Elle rit et secoua la tête.

— Non, je n'ai aucun candidat disponible !
— Vraiment ? s'écria-t-il, conscient du soulagement qu'il éprouvait, en s'interrogeant sur la raison de ce sentiment. Vous venez ici souvent ?
— Une fois par semaine. Je suis des cours.
— Ah bon !

Elle ajouta qu'elle avait commencé deux mois auparavant, tous les samedis, à partir de dix-sept heures, dans la classe des débutants, celle où Makoto et Yukiho comptaient s'inscrire.

Il lui expliqua qu'il était venu pour assister à la réunion de présentation.

— Je comprends. Les cours commencent tous les deux mois. Ce qui veut dire que nous nous verrons désormais une fois par semaine.

— Exactement.

Il n'arrivait cependant pas à s'en réjouir complètement, car Yukiho devait aussi y participer. Il n'avait aucune envie que les deux femmes se rencontrent. De plus, il n'osait lui dire que sa femme comptait aussi s'inscrire.

C'est à ce moment-là qu'une voix convia par le haut-parleur les personnes intéressées par la réunion de présentation à se rassembler devant le comptoir.

— Je vais aller prendre mon cours, dit Chizuru en se levant.

— Je viendrai voir ce que vous faites tout à l'heure.

— Si vous voulez, mais je ne suis pas douée, répondit-elle avec un sourire qui plissa son nez.

# 6

Les chaussures de Yukiho dans l'entrée furent la première chose que Makoto remarqua en rentrant chez lui. Il entendit qu'elle était en train de faire revenir quelque chose dans la cuisine.

Il alla dans le séjour et vit sa femme debout devant la cuisinière, un tablier sur les hanches, une poêle à la main.

— Bonsoir, dit-elle. Tu en as mis du temps !

Il était un peu après vingt heures trente.

— Tu es rentrée à quelle heure ? demanda-t-il depuis le seuil de la cuisine.

— Il y a à peu près une heure. Je me suis dépêchée, pour préparer le dîner.

— Ah bon.

— Ce sera tout de suite prêt.

— Écoute... dit-il, debout à côté d'elle. J'ai rencontré une vieille connaissance là-bas.

— Ah oui ? Quelqu'un que je ne connais pas ?

— Exactement.

— Hum. Et alors ?

— Comme cela faisait longtemps que nous ne nous étions pas vus, nous avons décidé de dîner ensemble. J'ai déjà mangé, autrement dit.

Yukiho interrompit ses préparatifs et porta une main à son cou.

— Vraiment...

— Je me suis dit que tu rentrerais tard, puisque tu m'avais dit qu'il y avait eu un problème au magasin.

— Il s'est vite réglé, répondit-elle en se frottant le cou, avant d'esquisser un sourire triste. Je comprends, tu sais. D'habitude, tu ne peux pas compter sur moi.

— Écoute, je m'excuse. J'aurais dû te prévenir.

— Ne t'en fais pour ça. De toute façon, c'est prêt, si jamais tu as encore un peu faim.

— D'accord.

— Et alors, la présentation t'a intéressé ?

— Oui, répondit-il d'un ton neutre. Elle était simple, tu sais. Il y a un programme, et ils s'engagent à le respecter, en gros.

— Ça t'a plu ?

— Oui, plutôt, répondit-il en réfléchissant à la manière dont il pourrait présenter les choses.

Maintenant qu'il savait que Misawa Chizuru fréquentait le cours de golf, il n'avait pas envie d'y retourner avec sa femme. Il avait déjà renoncé à l'idée de le faire mais il n'avait pas encore décidé de la façon dont il le lui annoncerait.

— Tu sais, commença-t-il d'un ton hésitant.

— Je suis très ennuyée, le coupa-t-elle. C'est moi qui ai eu cette idée, mais en réalité, je ne sais pas comment faire parce que moi, je ne vais pas pouvoir.

— Hein ? Comment ça ?

— Nous allons ouvrir un second magasin, n'est-ce pas ? Nous avons passé une annonce pour trouver une vendeuse mais nous ne sommes pas encore tombées sur la personne que nous cherchons. Il y a tellement de sociétés qui recrutent en ce moment que très peu de gens ont envie de venir travailler dans un petit magasin comme le nôtre.

— Et alors ?

— J'en ai parlé avec Noriko aujourd'hui, répondit-elle, les épaules en arrière, en le regardant par en dessous.

Il comprit qu'elle craignait qu'il ne se mette en colère. Mais il n'en avait aucune envie. Il pensait à tout autre chose.

— Tu veux dire que tu n'auras pas le temps de suivre des cours de golf.

— Exactement. Et j'en suis vraiment désolée, puisque c'était mon idée. Pardon, dit-elle en lui adressant une profonde courbette.

— Tu ne pourras pas, c'est ça ?

— Oui, fit-elle en hochant la tête.

— Ah bon, dit-il en croisant les bras, position qu'il garda en allant s'asseoir sur le canapé. Dans ce cas, je m'inscrirai tout seul. Puisque je suis allé à la séance de présentation.

— Tu ne m'en veux pas ?

Sa surprise était visible.

— Pas du tout. J'ai décidé de ne plus me fâcher pour ce genre de choses.

— Merci ! J'avais tellement peur que tu le fasses. Mais je ne vois pas comment faire autrement.

— Ne t'en fais pas. N'en parlons plus. Mais si tu t'avisais de changer d'avis, il sera trop tard, tu sais !

— Je comprends.

— Très bien, les choses sont claires.

Il saisit la télécommande et changea de programme. Il choisit une retransmission de base-ball. L'équipe des Tokyo Giants qui jouait dans le stade Tokyo Dome inauguré la même année perdait face à celle des Chūnichi Dragons. Mais ce qui occupait son esprit en la regardant n'était ni de savoir qui pourrait remplacer le lanceur Egawa qui avait pris sa retraite l'année précédente ni le nombre de bases que couvrirait aujourd'hui Hara, le meilleur joueur des Giants.

Non, il se demandait quand il pourrait l'appeler à l'insu de Yukiho.

Il eut du mal à s'endormir ce soir-là. Chaque fois qu'il pensait à Misawa Chizuru, une chaleur soudaine montait en lui. Il revoyait son sourire, entendait sa voix dans son oreille.

À l'issue de la réunion d'information, les participants avaient pu assister à une partie du cours. Il l'avait regardée de dos suivre les instructions du professeur. Peut-être parce qu'elle avait conscience de sa présence, elle ratait tous ses tirs et se retournait chaque fois en tirant la langue.

Il avait osé l'inviter à dîner à la fin du cours.

— Il n'y a rien à manger chez moi et j'avais l'intention de manger dehors. Mais c'est plus agréable de dîner à deux que seul, lui avait-il expliqué.

Elle avait hésité une seconde avant de lui répondre en souriant que, dans ce cas, elle était d'accord.

Il n'avait pas eu l'impression qu'elle avait accepté par obligation.

Comme Chizuru était venue au practice par les transports en commun, il l'avait fait monter dans sa BMW et l'avait emmenée dans un restaurant italien qu'il connaissait et où il n'était jamais venu avec Yukiho.

Il y avait dîné assis en face d'elle dans la lumière discrète. C'était la première fois que cela lui arrivait, car même quand elle travaillait chez Tōzai Densō, ils n'étaient jamais allés ensemble nulle part. Il se sentait parfaitement détendu. Je suis bien avec elle, pensa-t-il. Il avait toujours quelque chose à lui dire et elle lui donnait le sentiment d'être un bon causeur, riant à ses plaisanteries et animant la conversation lorsque c'était nécessaire. Elle lui avait raconté des anecdotes surprenantes sur certaines des sociétés dans lesquelles elle avait été envoyée.

— Qu'est-ce qui vous a décidé à commencer le golf ? C'était pour être en meilleure forme ? lui avait-il demandé.

— C'est difficile à dire. Peut-être est-ce parce que j'ai envie de changer.

— C'est nécessaire ?

— Je le pense parfois. J'ai l'impression de flotter au gré du vent et je ne trouve pas cela bien.

— Hum.

— Et vous, c'est dans quel but ?

— Moi ? fit-il, à court de réponse, car il ne pouvait lui dire que c'était une idée de sa femme. D'abord parce que je manque d'exercice.

Cette justification avait semblé la satisfaire.

Il l'avait ensuite raccompagnée chez elle. Elle avait naturellement commencé par refuser qu'il fasse le détour mais s'était ensuite laissé convaincre sans trop de difficultés.

Elle n'avait pas posé de questions sur son mariage pendant le repas, sans qu'il sache si c'était intentionnel ou non. Pour sa part, il n'avait bien sûr pas parlé de Yukiho. Elle y avait fait allusion une seule fois, dans la voiture.

Elle lui avait demandé d'un ton indifférent, mais légèrement tendu, si sa femme était absente aujourd'hui. Il lui avait répondu qu'il était seul parce qu'elle travaillait. Chizuru avait hoché la tête sans rien ajouter.

Le petit immeuble à deux étages où elle habitait était proche de voies de chemin de fer.

— Merci. Et à la semaine prochaine, lui avait-elle dit avant de descendre de voiture.

— D'accord. Mais je ne suis pas entièrement sûr de suivre ce cours, lui avait-il répondu car à ce moment-là, il pensait ne pas le faire.

— Ah bon. Vous n'avez pas le temps…

Il avait entendu de la déception dans sa voix.

— Peut-être pas. Mais je suis sûr que nous allons nous revoir. Je peux vous téléphoner, n'est-ce pas ?

Il lui avait demandé son numéro pendant le repas.

— Bien sûr, avait-elle dit.

Il avait eu très envie de prendre sa main dans la sienne avant qu'elle ne quitte sa voiture, de l'attirer à lui, et de l'embrasser. Mais il n'en avait rien fait.

Il était reparti en la regardant dans son rétroviseur.

Il enfonça la tête dans l'oreiller en se demandant si elle serait contente d'entendre qu'il allait s'inscrire au cours de golf. Il voulait le lui apprendre au plus vite mais n'avait pu le faire aujourd'hui.

Dorénavant, il la verrait une fois par semaine, pensa-t-il avec l'excitation d'un petit garçon. Vivement qu'on soit samedi, se dit-il.

Il se retourna dans son lit et entendit le souffle régulier de Yukiho.

Il ne la désirait pas du tout aujourd'hui.

# 7

En juillet, Narita demanda inopinément aux membres de sa section de se rassembler. Dehors, il pleuvait une pluie fine, typique de la saison. L'air conditionné fonctionnait, mais Narita avait retroussé les manches de sa chemise.

— Je veux vous parler du système expert, commença-t-il, tenant à la main un rapport. J'ai reçu de nouvelles informations du service développement des systèmes. Ils ont continué à chercher comment quelqu'un avait pu avoir accès au système expert, ce qui était indispensable pour le voler, et ils viennent de trouver une trace de l'intrus.

— Qu'il ait été volé est une certitude ? demanda un collègue de Makoto, plus âgé que lui.

— Apparemment quelqu'un a fait une copie de notre système expert de technologies de production à partir d'un de nos ordinateurs en février de l'année dernière. Le journal informatique l'a noté, mais le rapport avait été trafiqué. C'est la raison pour laquelle il a fallu tant de temps pour le découvrir.

— Autrement dit, c'est bien quelqu'un de chez nous qui l'a fait ?

Makoto posa cette question d'un ton circonspect, par égard pour ses collègues.

— Cela semble la conclusion logique, répondit Narita, le visage grave. Ils vont continuer leur enquête et détermineront bientôt s'ils peuvent ou non porter plainte.

Comme je vous l'ai dit, il est impossible de dire si c'est bien notre programme qui a été copié, car les fraudeurs ont agi très prudemment. Tout ce qu'on peut avancer, c'est que cela paraît de plus en plus certain.

— Pardon mais… fit Yamano, le plus jeune du groupe. Il peut s'agir de quelqu'un d'autre qu'un employé, non ? Quelqu'un aurait pu s'introduire dans nos bureaux un samedi ou un dimanche, et utiliser un de nos ordinateurs, non ?

— À condition d'avoir un nom d'utilisateur, et un mot de passe, ajouta Makoto.

— Je voulais précisément vous parler de cela, dit Narita en baissant la voix. Le service de développement a eu la même idée que Yamano. Il fallait en effet de bonnes connaissances en informatique pour copier le programme. Le travail a été fait par un professionnel. On peut donc envisager deux hypothèses. La première, c'est que le voleur ait eu un complice chez nous. La seconde, qu'il se soit procuré un nom d'utilisateur et un mot de passe. Nous avons tous, moi le premier, tendance à oublier à quel point ils sont importants. Quelqu'un a pu tirer profit de notre négligence.

Makoto vérifia qu'il avait son portefeuille dans la poche arrière de son pantalon. Il y mettait sa carte d'employé où figurait son nom d'utilisateur. Il avait noté son mot de passe au revers.

Il se souvint de la consigne qu'on leur avait communiquée au moment où ils leur avaient été attribués : "Veillez à ne pas l'écrire à un endroit que quelqu'un pourrait voir." Mieux vaudrait effacer le mot de passe, se dit-il.

— Ce genre de choses arrive même chez Tōzai Densō, fit d'un ton songeur Chizuru, serrant une tasse de café dans ses mains.

— Ça arrive aussi ailleurs ?

— Ces derniers temps, c'est fréquent. Aujourd'hui, l'information, c'est de l'argent, et les ordinateurs de toutes les sociétés en contiennent beaucoup, n'est-ce pas ? Ils sont donc très attractifs aux yeux des gens qui souhaitent voler des données. Une disquette suffit, là où, autrefois, il aurait fallu des montagnes de documents. De plus, avec une disquette, il suffit d'effectuer une recherche sur ordinateur pour trouver l'information souhaitée.

— Je vois ce que tu veux dire, répondit Makoto.

— Vous utilisez exclusivement un réseau interne, n'est-ce pas ? Un nombre croissant d'entreprises est relié à des réseaux externes, et cela peut créer des problèmes encore plus complexes car cela permet d'y pénétrer depuis l'extérieur comme on le voit aux États-Unis depuis quelques années. Il y a même un nom pour désigner les gens qui s'introduisent illégalement dans des réseaux informatiques. On les appelle des hackers.

— Hum.

Chizuru qui avait travaillé dans de nombreuses sociétés en savait beaucoup à ce sujet. Il se souvint qu'elle avait participé au transfert informatique des données sur les brevets détenus par Tōzai Densō conservées jusque-là sur microfilm.

Il était presque dix-sept heures. Makoto alla jeter le gobelet en carton de son café. Le hall du practice était bondé, comme toujours. Ils étaient debout l'un à côté de l'autre car ils n'avaient pas trouvé deux places où s'asseoir.

— Tu as pu travailler tes coups d'approche ? demanda-t-il, en passant au golf.

Elle secoua la tête.

— Non, je n'ai pas eu le temps de m'entraîner. Et toi ?

— Moi non plus. Je n'ai pas touché une seule fois à mes clubs depuis la semaine dernière.

— Oui, mais tu es doué, toi ! J'ai commencé avant toi, mais tu m'as déjà dépassée. Je n'ai pas tes aptitudes physiques.

— Je suis moins exigeant que toi, c'est tout ! Je ne cherche pas la perfection, et cela me permet de progresser plus vite.

— Tu dis ça pour me consoler ? Je ne sais pas si j'en suis contente, dit-elle en riant de bon cœur.

Makoto suivait les cours de golf depuis bientôt trois mois. Il n'en avait pas manqué un seul. Le golf lui plaisait, et la compagnie de Chizuru plus encore.

— Et tu as envie d'aller où aujourd'hui ?

Ils avaient pris l'habitude de dîner ensemble après les leçons.

— Où tu voudras, répondit-elle.

— On pourrait retourner dans ce restaurant italien, non ?

— D'accord, approuva-t-elle immédiatement.

— Dis, je voulais te demander quelque chose, reprit-il en baissant le ton. Tu serais d'accord pour qu'on se voie un autre jour que le samedi ? On aurait plus de temps pour se parler.

Il était certain qu'elle ne s'offusquerait pas de cette demande et il espérait qu'elle n'hésiterait pas longtemps. Se rencontrer de cette manière aurait une tout autre signification qu'un dîner ensemble après la leçon de golf.

— Cela me va très bien, répondit-elle immédiatement.

Il n'eut pas l'impression que le ton dégagé qu'elle avait employé était artificiel. Elle continuait d'ailleurs à lui sourire.

— Je t'appellerai sitôt que je sais quel jour je peux.

— D'accord. Si tu me préviens un peu à l'avance, je m'arrangerai avec mon travail.

— OK.

Cet échange procura une intense satisfaction à Makoto. Il avait l'impression d'avoir fait un grand pas.

# 8

Ils convinrent de se voir le troisième vendredi de juillet. Ils ne travaillaient ni l'un ni l'autre le samedi, et Chizuru pouvait quitter son travail de bonne heure ce jour-là.

Cette date était parfaite pour une autre raison : Yukiho partait la veille en Italie pour une semaine, non en voyage d'agrément, mais pour aller acheter des vêtements. Elle y allait plusieurs fois par an.

La veille de son départ, Makoto la trouva en train de préparer sa valise dans le séjour.

— Bonsoir, lança-t-elle sans lever les yeux de son agenda posé sur la table.

— Il y a à manger? demanda-t-il.

— J'ai préparé une blanquette. Sers-toi. Comme tu peux le voir, je n'ai pas le temps de m'en occuper, dit-elle sans le regarder.

Il alla en silence dans la chambre à coucher pour enlever son costume et mettre un tee-shirt et un survêtement.

Elle avait changé. Il y a encore peu, elle pleurait et lui promettait qu'elle allait s'améliorer quand son travail l'empêchait de se conduire comme une bonne épouse. À présent, elle lui disait de se servir comme si cela lui était égal.

Son attitude à son égard reflétait peut-être ses affaires florissantes. Ce doit être aussi parce que je ne lui fais plus de reproches, pensa-t-il. Il ne se mettait plus en colère contre elle. Sa seule préoccupation était d'éviter d'avoir des heurts avec elle.

Ses retrouvailles avec Chizuru avaient tout changé. Yukiho ne l'intéressait plus, et il ne souhaitait plus qu'elle s'intéresse à lui. Nous nous éloignons de plus en plus l'un de l'autre, se dit-il.

— Ah oui, je voulais te dire quelque chose… commença-t-elle lorsqu'il revint dans le séjour. J'ai dit à Natsumi de venir dormir ici ce soir. Ce sera plus pratique pour partir ensemble demain matin.

— Natsumi?

— Tu ne vois pas qui c'est? C'est la vendeuse qui travaille chez nous depuis l'ouverture. Elle m'accompagne cette fois-ci.

— Ah bon. Et elle dormira où?

— Dans la chambre d'amis. J'ai tout préparé.

Il résista à l'envie de lui faire remarquer qu'elle aurait pu le consulter.

Ladite Natsumi, une jolie jeune fille en jean et en tee-shirt rouge, arriva après vingt-deux heures.

— J'espère que tu n'as pas l'intention de t'habiller de cette façon pour le voyage?

— Non, je mettrai un tailleur demain. Le jean et le tee-shirt iront dans ma valise.

— Tu n'en auras pas besoin. Ce n'est pas un voyage d'agrément. Tu n'auras qu'à les laisser ici, ordonna-t-elle d'un ton autoritaire qu'il ne lui connaissait pas.

— Très bien, répondit Natsumi d'une petite voix.

Comme elles commencèrent ensuite à discuter de leur programme, il alla prendre une douche. Elles n'étaient plus dans le salon quand il sortit de la salle de bains et il devina qu'elles étaient dans la chambre d'amis.

Il sortit une bouteille et un verre du buffet, alla chercher de la glace dans la cuisine et s'assit ensuite en face de la télévision. Il n'aimait pas la bière, lui préférant le whisky pour se détendre et il avait l'habitude d'en boire un chaque soir.

Une porte s'ouvrit et Yukiho revint dans le séjour. Il garda les yeux fixés sur l'écran, et le journal des sports.

— Tu pourrais baisser le son ? Natsumi n'arrive pas à dormir.

— On n'entend pas la télé de là-bas.

— Bien sûr que si. C'est pour ça que je te demande de le faire, répondit-elle d'un ton acerbe.

Il en fut irrité mais prit la télécommande pour lui obéir.

Elle ne bougea pas. Il sentit qu'elle le regardait et devina qu'elle allait lui dire quelque chose. Peut-être à propos de Misawa Chizuru, se dit-il. Mais comment l'aurait-elle su ?

— Tu as la belle vie, toi ! cracha-t-elle.

— Comment ça ? demanda-t-il en tournant les yeux vers elle.

— Jour après jour, tu sirotes un whisky en regardant le journal des sports…

— Je ne devrais pas ?

— Je n'ai pas dit ça. Mais tu as la belle vie, répéta-t-elle en se dirigeant vers leur chambre à coucher.

— Attends un peu. Qu'es-tu en train d'essayer de me dire ? Exprime-toi clairement.

— Ne crie pas, je t'en prie. On va nous entendre, fit-elle en fronçant les sourcils.

— C'est toi qui me cherches noise. Je te demande juste de t'exprimer clairement.

— À quoi bon ? répondit-elle en le regardant. Tu n'as aucune ambition, aucune volonté de t'élever. Tu ne fais aucun effort pour rien et tu sembles parfaitement heureux de faire tous les jours la même chose.

Makoto ne put rester indifférent. Il était piqué au vif.

— Parce que toi, de l'ambition, tu en as, ainsi que la volonté de t'élever, c'est ça ? Mais tout ce que tu fais, c'est jouer à la femme d'affaires.

— Je ne joue pas, je suis une femme d'affaires.

— Et ton magasin, il appartient à qui ? C'est moi qui l'ai acheté, pour autant que je sache.

— Je te paie un loyer. Et il n'y a pas de quoi se vanter, parce que ce magasin, tu l'as acheté avec l'argent que t'a donné ta mère en vendant un de ses terrains.

Il se leva et lui jeta un regard mauvais. Elle ne baissa pas les yeux.

— Je vais me coucher. Je dois me lever tôt demain. Tu ferais mieux d'en faire autant, non? Tu as assez bu!

— Fiche-moi la paix.

— Eh bien, bonne nuit, dit-elle en levant un sourcil, avant de partir vers la chambre.

Il se rassit sur le canapé et prit la bouteille pour en remplir son verre.

Le whisky lui parut amer.


Il se réveilla avec un mal de tête épouvantable, fit la grimace et se frotta les yeux. Yukiho était assise à sa coiffeuse.

Il regarda l'heure. Il allait devoir se lever. Son corps était lourd comme du plomb.

Il eut envie de lui dire quelque chose, mais aucun mot ne vint à ses lèvres. Elle lui paraissait très lointaine.

Il vit son visage dans le miroir et sursauta. Un pansement lui cachait un œil.

— Que t'est-il arrivé?

Elle était en train de ranger son rouge à lèvres dans une trousse.

— Que veux-tu dire?

— Ce pansement.

— Tu ne t'en souviens pas?

Il ne répondit pas mais essaya de se rappeler ce qui s'était passé la veille. Il s'était disputé avec elle et avait ensuite bu plus que d'ordinaire. Il ne souvenait pas de la suite, sinon d'avoir eu très sommeil, mais rien de plus. Son mal de tête l'empêchait de réfléchir.

— J'ai fait quelque chose?

— Hier soir, je dormais quand soudain tu as arraché ma couette et... Elle avala sa respiration. Tu étais hors de toi, et tu m'as frappée.

— Hein? s'écria-t-il. Ce n'est pas vrai.

— Comment peux-tu dire ça? Tu m'as donné des coups sur la tête, au visage... D'où ce pansement.

— Je ne m'en souviens pas du tout.

— Tu étais soûl, dit-elle en se levant de sa chaise pour aller vers la porte.

— Attends! lança-t-il. Je n'en ai vraiment aucun souvenir.

— Ah bon. Moi, je ne compte pas l'oublier.

— Yukiho! Si j'ai fait ça, commença-t-il, troublé, je te demande pardon. Pardon...

Elle resta immobile quelques instants, la tête penchée en avant.

— Je serai de retour samedi prochain, dit-elle avant de fermer la porte.

Makoto se rallongea. Il regarda le plafond en essayant de se souvenir de la veille.

Mais il n'y réussit pas.

# 9

Les glaçons tintèrent dans le verre de Chizuru. Ses yeux étaient un peu rouges.

— J'ai passé un très bon moment. C'était bien de pouvoir se parler, et le repas était délicieux, dit-elle en hochant la tête de haut en bas pour souligner ce qu'elle venait de dire.

— Je suis d'accord avec toi. Cela faisait longtemps que je ne m'étais pas senti aussi bien. Il s'interrompit et se pencha vers elle. Je te remercie, dit-il en se disant que si quelqu'un l'entendait, il rougirait à coup sûr, mais le barman était heureusement occupé de l'autre côté du comptoir.

Ils se trouvaient dans le bar d'un hôtel d'Akasaka, où ils étaient venus après avoir dîné ensemble.

— C'est moi qui te remercie. C'est comme si la brume qui m'empêchait de voir les choses nettement depuis des années s'était soudain dissipée.

— Comment ça, la brume ?

— Tu sais, j'ai mes soucis, moi aussi, répondit-elle avant de boire une gorgée de son Singapore Sling.

— Et moi, dit-il en faisant tourner le Chivas Rigal dans son verre, je suis vraiment heureux de t'avoir rencontrée. J'ai envie de rendre grâce aux dieux.

Cela pouvait s'entendre comme une déclaration importante. Elle sourit et baissa les yeux.

— Il faut que je te dise quelque chose.

Elle leva la tête vers lui. Ses yeux paraissaient un peu humides.

— Je me suis marié il y a presque trois ans. Mais la veille de mon mariage, j'ai pris une décision importante, et je suis allé quelque part.

Elle le regarda. Son sourire avait disparu.

— Je veux te parler de cette décision.

— Oui.

— Mais je préfère le faire quelque part où nous serons seuls tous les deux, ajouta-t-il.

Elle écarquilla les yeux et il lui montra ce qu'il tenait dans sa main droite. Elle vit une clé de chambre.

Elle baissa la tête sans rien dire. Makoto comprit qu'elle hésitait.

— L'endroit où je suis allé, reprit-il, c'était le Parkside Hotel. Où tu avais dit que tu passerais la nuit.

Elle leva à nouveau la tête vers lui. Ses yeux étaient rouges.

— On y va?

Elle fit oui de la tête en le regardant droit dans les yeux.

Makoto se répétait qu'il avait raison de faire ce qu'il faisait en se dirigeant vers la chambre à ses côtés. Il avait fait fausse route jusqu'à présent. Mais maintenant, il avait enfin trouvé le bon chemin.

Ils arrivèrent devant la porte de la chambre et il mit la clé dans la serrure.

10

La jeune femme venue la consulter s'appelait Takamiya Yukiho. Elle était belle comme une actrice de cinéma. Mais comme toutes ses clientes, son expression était sombre.

— Donc c'est votre mari qui souhaite le divorce.
— Oui.
— Mais il ne vous a pas précisé pour quelles raisons. Sinon qu'il n'arrive plus à vivre avec vous.
— C'est cela.
— Et vous n'avez pas votre idée là-dessus?

La cliente parut hésiter.

— Il a une autre femme dans sa vie, finit-elle par dire. Je l'ai vérifié.

Elle sortit quelques photos de son sac à main Chanel. On y voyait un homme et une femme ensemble, dans différents lieux. Les cheveux coiffés avec une raie sur le côté, l'homme qui avait l'aspect d'un jeune cadre d'une grande société paraissait heureux avec la jeune femme aux cheveux courts.

— Vous en avez parlé à votre mari?
— Non, pas encore. Je voulais d'abord vous consulter.
— Je comprends. Vous-même, êtes-vous prête à divorcer?
— Oui, parce que je pense que la situation est sans espoir. Je m'en suis rendu compte.
— De quelle manière?

— Depuis qu'il la fréquente, il est parfois violent avec moi… Uniquement quand il a bu.

— C'est inacceptable. D'autres gens que vous sont-ils au courant ? Je veux savoir si vous auriez des témoins potentiels…

— Je n'en ai parlé à personne. Mais c'est aussi arrivé un jour où une vendeuse du magasin dormait chez nous. Elle doit s'en souvenir.

— Très bien.

L'avocate nota ce que la cliente venait de lui dire en pensant aux différentes approches qu'elle pourrait utiliser. Elle détestait plus que tout ce genre d'homme à l'apparence inoffensive qui n'hésite pas à frapper leur épouse.

— Cela me semble tellement incroyable. Il était tellement gentil autrefois, dit Takamiya Yukiho qui commença à sangloter en se couvrant la bouche d'une main.

X

# 1

Arrivé dans le parking, Imaeda Naomi fit une grimace. Presque toutes les places étaient prises. "Moi qui croyais que la bulle avait éclaté…", marmonna-t-il entre ses dents.

Il gara sa Prélude là où il put, et sortit du coffre son sac de golf qui était un peu poussiéreux, car il ne s'en était pas servi depuis deux ans. Imaeda avait commencé à faire du golf à l'incitation de ses collègues. Il ne détestait pas ce sport mais s'en était désintéressé à partir du moment où il s'était établi à son compte, non parce que le temps lui manquait mais parce qu'il n'en avait plus l'occasion. Il savait à présent que ce n'était pas une discipline que l'on pouvait pratiquer seul.

Il entra dans le practice Eagle Golf par le hall qui lui rappela le lobby d'un hôtel bas de gamme, et fut à nouveau irrité. Une petite dizaine de golfeurs attendaient leur tour, les yeux tournés vers la télévision.

Il envisagea de revenir un autre jour mais se dit qu'à moins de venir en semaine, cela ne changerait probablement rien, et il se résigna à prendre un numéro d'attente au comptoir d'accueil.

Assis dans un des fauteuils du hall, il regarda le tournoi de sumo sur l'écran de télévision. À cette heure-ci, les combats opposaient des lutteurs du bas du tableau. Grâce au regain de popularité que connaissait le sumo, même ce niveau-là avait ses fans, probablement parce que les nouvelles stars du sport, comme les frères Wakahanada et Takahanada, ou encore Takatōriki et Mai-no-umi en avaient récemment émergé. Takahanada avait dernièrement battu un des records de Chiyonofuji qui avait annoncé son intention de prendre sa retraite à l'issue de ce tournoi.

Décidément, les temps changent, pensa Imaeda en regardant la télévision. Les médias parlaient sans arrêt de la fin de l'époque de la bulle financière. Tous ceux qui avaient réalisé des profits importants à la Bourse ou dans l'immobilier ne tarderaient pas à perdre leurs grands airs. Ce ne serait pas une mauvaise chose. Que quelqu'un ait dépensé plus de cinq milliards de yens pour acheter un tableau de Van Gogh était à ses yeux une preuve de la folie de l'époque.

Il jeta un regard circulaire sur le hall. Les jeunes femmes n'avaient visiblement pas cessé de dépenser des fortunes pour s'habiller. Il y a quelque temps encore, le golf était un sport masculin, pratiqué avant tout par les hommes qui avaient réussi dans la vie. Aujourd'hui, les jeunes femmes se l'étaient annexé. Elles représentaient la moitié des personnes présentes dans le hall.

Il sourit intérieurement en pensant que s'il avait décidé de se remettre au golf, c'était un peu pour elles. Un ami de ses années à l'université lui avait téléphoné quatre jours plus tôt pour lui demander s'il accepterait d'aller faire un parcours avec deux jeunes hôtesses de bar qu'il avait invitées. Imaeda avait deviné que l'homme initialement prévu s'était désisté.

Il avait accepté. Il avait besoin d'exercice et la perspective de rencontrer ces hôtesses l'attirait.

Conscient de son manque d'entraînement, il s'était souvenu de ce practice. Il avait l'intention de mettre à profit les deux semaines qui lui restait avant le rendez-vous pour ne pas se ridiculiser sur le green.

Au bout d'une demi-heure environ, son tour arriva. Il alla au comptoir où on lui donna le numéro de son poste, le plus à droite, au rez-de-chaussée. Il mit des pièces dans la machine à balles et remplit deux corbeilles.

Après avoir fait quelques étirements, il prit son club. Il décida de se servir de son fer n° 7, parce qu'il se souvenait que c'était celui qu'il préférait. Il ne se lança pas d'emblée dans un *full swing* mais commença par un *half-swing*.

Les premières minutes furent difficiles, mais il sentit ensuite les bons gestes lui revenir. Il atteignit aisément le but qu'il s'était fixé pour la première séance, tirer des coups de soixante yards avec son fer n° 7. Il se félicita d'avoir pris autrefois des cours avec un entraîneur professionnel.

Il était en train de frapper des balles avec son numéro 5 quand il sentit que quelqu'un le regardait. L'homme qui occupait le poste voisin du sien faisait une pause et devait l'observer depuis quelques instants. Il en fut flatté mais eut plus de mal à jouer.

Il jeta un coup d'œil dans sa direction en changeant de fer. L'homme était jeune. Peut-être n'avait-il pas encore trente ans.

Il éprouva une légère surprise car il avait le sentiment de le connaître. Il le regarda à nouveau à la dérobée avec la certitude de l'avoir déjà vu. Mais l'inconnu ne semblait pas partager son sentiment.

Sans parvenir à se souvenir de qui il s'agissait, Imaeda commença à utiliser son bois n° 3, et l'inconnu en fit autant, avec des mouvements puissants et harmonieux. Il se servait d'un bois n° 1 mais ses balles volaient droit dans le filet de protection à plus de deux cents yards.

Lorsqu'il tourna légèrement le visage vers lui, Imaeda vit qu'il avait deux grains de beauté dans la nuque et il faillit pousser un cri. Il venait de se rappeler son nom. Takamiya Makoto. Il travaillait dans le service des brevets de Tōzai Densō.

En réalité, il n'y avait rien d'étrange à ce qu'il se trouve ici. Imaeda avait immédiatement pensé à ce practice quand il s'était dit qu'il devait s'entraîner en raison d'un épisode vieux de trois ans. C'est ici qu'il avait vu Takamiya pour la première fois.

Il se demanda comment sa situation avait évolué depuis. Continuait-il à voir cette femme ?

Comme il n'arrivait pas à faire ce qu'il voulait avec son numéro 3, il décida de s'accorder une pause à son tour. Il alla chercher un Coca au distributeur et s'assit pour regarder Takamiya qui s'entraînait à présent aux coups d'approche lobés, avec pour cible le drapeau signalant les cinquante yards, à proximité duquel ses balles retombaient gracieusement. C'était impressionnant.

Peut-être prit-il conscience de son regard car il se retourna vers lui. Imaeda détourna les yeux et but une gorgée de boisson.

Takamiya s'approcha de lui.

— C'est un Browning, n'est-ce pas ?
— Pardon ?
— Je parle de votre fer. C'est bien un Browning, non ? répéta-t-il en désignant un de ceux qui dépassaient de son sac.
— Ah... fit Imaeda qui vérifia la marque qui y figurait. Oui, vous avez raison. Je ne m'y connais pas beaucoup.

Il l'avait acheté sur une impulsion. Le vendeur du pro-shop qui le lui avait longuement recommandé avait conclu son couplet en disant qu'il était particulièrement approprié à son physique. Mais ce qui avait décidé Imaeda à en faire l'acquisition était le nom du fabricant, Browning. Il s'était un temps passionné pour les armes à feu.

— Pourrais-je le regarder de près ?
— Je vous en prie.

Takamiya le sortit du sac.

— J'ai un ami qui a soudain fait de grands progrès parce qu'il s'est mis à se servir de matériel Browning.
— Vous ne croyez pas qu'il s'était simplement amélioré ?

— Non, son amélioration a coïncidé avec ses nouveaux fers et je me suis dit que je ferais bien d'en chercher qui me conviennent.
— Je comprends. Mais vous êtes déjà très bon.
— Non, sur le green, je perds mes moyens, répondit Takamiya en faisant quelques essais dans l'air avec le fer. Il a un grip très fin...
— Essayez-le, si vous voulez.
— Cela ne vous dérange pas ?
— Non, pas du tout, allez-y.
— Merci, fit Takamiya en retournant à son poste.
Il frappa une ou deux balles lobées qui s'élevèrent gracieusement dans l'air.
— Bravo ! s'écria Imaeda, sincère.
— Il est très agréable, commenta Takamiya d'un ton satisfait.
— Servez-vous-en autant que vous voulez. Aujourd'hui, je m'entraîne avec les bois.
— Vous êtes sûr ? Je vous remercie.
Il recommença. Tous ses coups, ou presque, réussissaient. C'était peut-être dû au Browning, mais plus encore à ses mouvements précis. Imaeda se dit que ses cours de golf lui avaient profité.
Il se souvenait que Takamiya en avait suivi ici, avec une jeune femme avec qui il avait une liaison.
Au bout de quelques secondes, son nom lui revint : Misawa Chizuru.

## 2

Trois ans auparavant, Imaeda travaillait chez Tokyo Sōgō Research, une agence de recherches privées qui avait un réseau de dix-sept bureaux au Japon. Imaeda dépendait de celui de Meguro à Tokyo, spécialisé dans les recherches effectuées pour le compte de grandes sociétés. Elles portaient sur des sujets très variés, allant de la collecte d'informations sur la gestion et les résultats des sociétés avec qui les clients de Tokyo Sōgō Research envisageaient de s'associer à la vérification de l'existence de contacts entre un employé et un chasseur de têtes. Imaeda avait eu un jour pour mission d'établir si un jeune PDG entretenait des relations avec ses employées, et il avait ri jaune quand il avait déterminé que ce dirigeant avait des liaisons avec les quatre secrétaires que comptait son cabinet.

Le bureau de Meguro avait reçu d'un cadre de Tōzai Densō une demande plutôt inhabituelle : enquêter sur Memorix, un fabricant de logiciels, et plus précisément sur un système expert dans le domaine de la métallurgie.

Tōzai Densō était en quête d'informations sur le processus de développement de ce logiciel, le curriculum vitæ de ses analystes-programmeurs, ainsi que le cercle de leurs connaissances.

Le client n'avait pas fourni d'indications sur l'usage qu'il entendait faire de cette étude. Mais quelques fragments avaient permis à Imaeda de se faire une idée à ce sujet. Tōzai Densō soupçonnait probablement Memorix d'avoir utilisé frauduleusement un de leurs logiciels. Comme ses dirigeants comprenaient qu'il ne serait pas facile de le prouver, ils avaient décidé d'identifier lequel de leurs employés avait collaboré avec Memorix. En effet, le logiciel n'avait pu être utilisé qu'avec l'assistance d'une personne de Tōzai Densō. Enquêter sur les analystes-programmeurs de Memorix et leurs fréquentations permettrait peut-être de trouver un contact entre l'un d'entre eux et un salarié de Tōzai Densō.

Le bureau de Meguro de Tokyo Sōgō Research comptait une vingtaine d'enquêteurs, dont la moitié avait été, comme Imaeda, affectée à cette enquête.

Deux semaines après le début de la mission, l'équipe avait une idée précise de ce qu'était Memorix. La firme créée en 1984 par un analyste-programmeur du nom de Yasunishi Tōru comptait douze ingénieurs système, dont certains travaillaient à temps partiel, et elle concevait des logiciels à la demande.

Le système expert en question présentait plusieurs énigmes, dont la principale était l'origine inconnue d'une quantité importante de données relatives à la métallurgie. L'explication officielle était qu'il avait été en partie conçu en coopération avec une PME de métallurgie. Imaeda et ses collègues avaient cependant pu établir que cette PME s'était contentée de vérifier la cohérence du logiciel mis au point par Memorix.

Il était logique de supposer que ce logiciel était celui de Tōzai Densō. L'activité de Memorix la conduisait à collaborer souvent avec des entreprises extérieures, et elle avait donc accès à leurs données. Elle devait compter des sociétés de métallurgie parmi ses clients.

Cette hypothèse paraissait peu vraisemblable. En effet, les contrats que Memorix concluait avec ses clients prévoyaient des pénalités considérables si ses employés utilisaient les données auxquelles ils avaient accès à des fins autres que celles spécifiées dans les contrats, ou s'ils étaient à l'origine de leur fuite à l'extérieur.

Un vol ne pouvait donc être logiquement exclu. Tōzai Densō ne laissait aucune autre société se servir de ses logiciels et n'avait jamais eu de contacts avec Memorix. Par conséquent, même si des similitudes étaient décelées entre les deux logiciels, Memorix pourrait arguer que cela était dû au hasard.

L'attention des enquêteurs avait ensuite été attirée par un employé de Memorix, un certain Akiyoshi Yūichi dont le titre était chargé de développement.

Il était arrivé chez Memorix en 1986, l'année où la firme avait commencé à travailler sur un système expert dans le domaine métallurgique qui avait été quasiment achevé un an plus tard, alors qu'il fallait normalement trois ans de travail pour produire ce genre de logiciel.

Imaeda et ses collègues s'étaient demandé si cet Akiyoshi Yūichi avait pu apporter à Memorix les bases de ce système expert.

Akiyoshi était un homme mystérieux.

Locataire d'un appartement dans l'arrondissement de Toshima, il n'avait pas enregistré son domicile à la mairie. Les enquêteurs avaient obtenu de l'agence immobilière où il l'avait loué son adresse précédente, à Nagoya.

L'enquêteur qui était allé là-bas avait découvert qu'elle correspondait à un gratte-ciel en construction. Il avait posé des questions dans le quartier mais personne ne semblait connaître Akiyoshi qui n'avait jamais été enregistré à la mairie de Nagoya. Le garant figurant sur le bail qu'il avait signé à Tokyo était aussi domicilié à Nagoya, mais l'adresse donnée était celle d'un terrain vague.

Imaeda et ses collègues en avaient conclu qu'Akiyoshi avait vraisemblablement utilisé des documents falsifiés pour louer son appartement à Tokyo et que le nom qu'il avait donné n'était probablement pas son vrai nom.

Ils avaient cherché à établir sa véritable identité en le mettant sous surveillance.

Profitant de son absence, ils avaient placé un dispositif d'écoute sur son téléphone. Ils avaient aussi inspecté presque tout son courrier, sauf les lettres recommandées, en l'ouvrant avant qu'il ne le prenne dans sa boîte aux lettres. Les informations qu'ils s'étaient procurées de cette manière n'auraient pu être utilisées au tribunal, mais ce n'était pas leur intention.

Akiyoshi ne semblait rien faire d'autre que travailler et dormir. Il ne recevait aucune visite et les rares conversations téléphoniques qu'il avait étaient sans intérêt.

— Je me demande ce qu'il a comme plaisir dans la vie, celui-là. C'est un vrai loup solitaire, avait dit le collègue avec qui Imaeda travaillait alors qu'ils visionnaient la vidéo de surveillance, à l'intérieur d'une camionnette sur les côtés de laquelle apparaissait le nom d'une entreprise de nettoyage, et qui était équipée d'une caméra à l'arrière.

— Peut-être est-il en fuite d'une manière ou d'une autre. Cela expliquerait qu'il se cache ainsi.

— Tu penses qu'il a peut-être tué quelqu'un ? demanda son partenaire en souriant.

— Qui sait ?

Quelque temps après, ils découvrirent qu'Akiyoshi était en contact au moins avec une personne. Ils entendirent la sonnerie électronique d'un bipeur chez lui. Imaeda se tendit, se concentra, dans l'attente d'un appel.

Mais Akiyoshi quitta l'appartement et sortit dans la rue. Ils se précipitèrent pour le suivre et le virent jeter un regard circonspect qui les empêcha de se rapprocher de lui avant d'utiliser un téléphone à pièces.

Cela se reproduisit. Chaque fois qu'il était appelé par ce bipeur, il sortait téléphoner. Ils se demandèrent s'il avait remarqué leur dispositif d'écoute, mais se dirent qu'il s'en serait débarrassé dans ce cas. Akiyoshi avait visiblement l'habitude de passer ses appels importants dans des cabines téléphoniques. Il en changeait souvent, ce qui attestait sa prudence.

Le véritable mystère était l'identité de la personne qui utilisait le bipeur.

La situation évolua sans qu'ils puissent le déterminer. Puis il y eut un changement dans la routine d'Akiyoshi.

Tout commença lorsqu'un jeudi après le travail, il alla dans le quartier de Shinjuku, où il entra dans un café, ce qu'il n'avait jamais fait jusqu'alors.

Il y rencontra un homme, d'une quarantaine d'années, maigre, de petite taille, au visage inexpressif. Imaeda éprouva une sorte d'excitation en le voyant.

L'inconnu donna une grosse enveloppe à Akiyoshi qui vérifia son contenu et lui remit une petite enveloppe que l'autre s'empressa de glisser dans la poche de son veston après avoir compté les billets qu'elle contenait. Il tendit ensuite un petit papier à Akiyoshi.

Ce doit être un reçu, se dit Imaeda.

Les deux hommes discutèrent quelques minutes et quittèrent ensemble le café. Imaeda suivit Akiyoshi, qui rentra directement chez lui, pendant que son collègue filait l'inconnu.

Il s'agissait du chef et de l'unique employé d'une agence de détectives privés de Tokyo.

Imaeda n'en fut pas surpris. Il avait immédiatement reconnu une personne exerçant le même métier que le sien.

Il aurait aimé savoir ce sur quoi l'inconnu enquêtait. Cela aurait été possible si Tokyo Sōgō Research avait eu des liens avec lui, mais ce n'était pas le cas et le contacter aurait été trop risqué.

Imaeda et son collègue continuèrent à surveiller Akiyoshi.

Le samedi suivant, il quitta à nouveau son appartement.

Imaeda le vit apparaître en jean et en blouson et lui emboîta le pas. Il devait avoir une raison précise pour sortir.

Akiyoshi prit les transports en commun jusqu'à Shimo-Kitazawa. Il regardait fréquemment autour de lui mais ne sembla pas remarquer leur présence.

Un petit papier à la main, il marchait dans le quartier, visiblement à la recherche d'une adresse.

Bientôt, il s'arrêta devant un immeuble à deux étages, tout près des voies de chemin de fer, mais n'y entra pas. Il traversa la rue et pénétra dans le café qui se trouvait en face. Imaeda hésita puis il demanda à son collègue de l'imiter. Il pensait qu'Akiyoshi y avait peut-être donné rendez-vous à quelqu'un. Il se contenta d'attendre dans une librairie voisine.

Au bout d'une heure, son collègue vint le retrouver.

— Il n'attend personne, mais surveille quelqu'un qui doit habiter dans cet immeuble, expliqua-t-il en désignant celui devant lequel Akiyoshi s'était arrêté.

Imaeda repensa au détective privé et suggéra qu'Akiyoshi devait l'avoir chargé d'enquêter sur un de ses habitants.

— Donc nous aussi devons attendre ici ?
— Oui, répondit son collègue.

Imaeda soupira et chercha des yeux une cabine téléphonique. Il voulait appeler son bureau pour leur demander d'envoyer une voiture.

Akiyoshi quitta le café avant son arrivée, lorsqu'une jeune femme sortit de l'immeuble, un sac de golf à la main. Il la suivit à une dizaine de mètres de distance et Imaeda lui emboîta le pas dans les mêmes conditions.

La jeune femme se rendait à un practice de golf où elle suivit un cours. Akiyoshi y entra et en ressortit, une brochure à la main. Il prit ensuite le métro.

Imaeda et son collègue découvrirent qu'elle s'appelait Misawa Chizuru et travaillait pour une société d'intérim. Elle avait autrefois effectué une mission chez

461

Tōzai Densō. Cela établissait un lien entre cette société et Akiyoshi.

Cette découverte raviva leur intérêt et ils continuèrent à le surveiller, en espérant un contact direct entre eux.

Il ne se produisit pas immédiatement.

Au bout de plusieurs semaines, Akiyoshi se rendit au practice de golf, à l'heure où commençait le cours de la jeune femme.

Il ne fit cependant aucune tentative pour lui parler, se contentant de la suivre de loin.

Bientôt, un autre homme vint s'asseoir près d'elle et lui parla comme s'il la connaissait. Ils donnaient l'impression de former un couple.

Akiyoshi quitta ensuite le practice comme si ce qu'il avait vu le satisfaisait.

Ce fut la dernière fois qu'il s'approcha d'elle. Il ne retourna pas au practice.

Imaeda identifia l'homme avec qui elle semblait si bien s'entendre. Répondant au nom de Takamiya Makoto, il travaillait dans le service des brevets de Tōzai Densō.

Imaeda et son collègue commencèrent à enquêter sur les liens entre Misawa Chizuru, Takamiya Makoto et leur possible connexion à Akiyoshi.

Ils ne réussirent pas à trouver quoi que ce soit qui ait rapport avec le système expert. La seule chose qu'ils purent établir était que Takamiya trompait sa femme avec la jeune femme.

La personne qui avait confié la mission à Tokyo Sōgō Research les informa qu'elle souhaitait y mettre fin. Cela paraissait compréhensible, au regard des frais engagés, car leur enquête n'avait pas permis d'obtenir des informations sur le possible vol du système expert. Ni Imaeda ni ses collègues ne surent si le volumineux rapport envoyé au client lui avait servi. Imaeda était persuadé qu'il avait fini à la déchiqueteuse.

3

Un étrange bruit métallique tira Imaeda de sa réflexion. Il releva la tête, et vit le visage abasourdi de Takamiya, le club brisé à la main.

— Il s'est cassé ! s'exclama Imaeda, en voyant que la tête avait volé à quelque trois mètres de là.

Plusieurs autres personnes qui avaient remarqué l'incident cessèrent de frapper les balles pour regarder Takamiya. Imaeda en profita pour ramasser la tête brisée.

— Je suis confus. Je ne comprends pas ce qui a pu arriver, lâcha Takamiya qui tenait toujours l'autre bout du club.

Il était pâle et paraissait extrêmement embarrassé.

— Ce doit être ce qu'on entend par usure du métal. Ce fer avait beaucoup servi, vous savez.

— Je ne sais comment m'excuser. J'ai frappé normalement mais…

— Je n'en doute pas. Je suis sûr que c'est parce que je l'ai maltraité pendant des années. Il se serait cassé si je m'en étais servi, ne vous inquiétez pas pour ça. Vous n'êtes pas blessé, j'espère ?

— Non, pas du tout… Je veux vous le rembourser. C'est moi qui l'ai cassé.

— Ce n'est pas nécessaire, répondit Imaeda. Cela devait arriver, tôt ou tard. Il est hors de question que j'accepte votre proposition.

— Si, si, j'insiste. Et vous savez, si je vous rembourse, ce n'est pas moi qui paierai, mais l'assurance.

— L'assurance ?

— Oui, j'ai une assurance pour le golf. Je vais faire les démarches nécessaires, et vous serez remboursé.

— Mais ce club est à moi, votre assurance ne le couvre pas, non ?

— Si, je pense. Allons donc demander au magasin de golf.

Imaeda le suivit.

Le pro-shop se trouvait dans un coin du hall d'entrée. Takamiya qui y avait visiblement ses habitudes salua le vendeur au visage bronzé et lui expliqua la situation.

— Cela ne pose aucun problème. Vous êtes couvert. Il faudra simplement que vous rédigiez une lettre pour expliquer ce qui s'est passé et que vous y joigniez une photo du club cassé ainsi que la facture. Nous préparerons les autres documents et je vous demande simplement de prendre contact avec votre assureur.

— Je vous remercie. Ah oui… cela prendra combien de temps ?

— Eh bien… Environ deux semaines, je pense, pour réparer le club.

— Deux semaines… répéta Takamiya avant de se retourner avec embarras vers Imaeda. Cela ne vous dérange pas ?

— Non, pas du tout, répondit-il avec un sourire.

Il se dit qu'il ne l'aurait pas pour le fameux rendez-vous, mais cela ne changerait sans doute pas grand-chose à sa performance. De plus, il ne voulait pas causer plus de soucis à Takamiya.

Ils confièrent le club au magasin, et en sortirent.

— Makoto ! fit une voix féminine au moment où ils s'apprêtaient à retourner vers leurs postes.

En voyant de qui il s'agissait, Imaeda réprima un cri de surprise. Il avait reconnu Misawa Chizuru mais ignorait l'identité de l'homme grand et mince qui l'accompagnait.

— Bonjour, répondit Takamiya.
— Tu as fini ?
— Non, parce que j'ai eu un petit problème.
Il leur expliqua brièvement ce qui lui était arrivé. Elle changea d'expression en l'entendant.
— Ah bon… Je suis désolée, monsieur, dit-elle en se tournant vers Imaeda. Non content de vous emprunter un club, il l'a cassé. Je vous prie d'accepter toutes mes excuses, continua-t-elle en baissant la tête.
— Mais il n'y a pas de quoi, ce n'est pas grave, répondit Imaeda. C'est votre femme ? demanda-t-il ensuite à Takamiya.
— Oui, fit celui-ci, d'un ton timide.
Imaeda se dit que son infidélité s'était bien terminée, ce qui était très rare dans son expérience.
— J'espère que personne n'a été blessé, ajouta l'homme debout derrière Chizuru.
— Non, heureusement, lui répondit Takamiya. Je viens de me rendre compte que je ne vous avais même pas donné ma carte de visite, ajouta-t-il à l'intention d'Imaeda en sortant son portefeuille de son sac. Mon nom est Takamiya, dit-il en lui en tendant une.
— Je vous remercie, fit Imaeda qui l'imita.
Il hésita une seconde. Quelle carte de visite lui donner ? Son portefeuille en contenait plusieurs, avec différents noms.
Il décida d'utiliser celle qui indiquait sa véritable identité. Cela n'aurait eu aucun sens de faire autrement. Takamiya ou son ami aurait peut-être l'occasion de faire appel à ses services.
— Vous êtes détective privé ! s'écria ce dernier en le regardant bizarrement.
— Oui, et si je peux vous être utile un jour… répondit Imaeda en lui adressant une courbette.
— Vous vous occupez aussi des questions d'infidélité ? demanda Chizuru.

— Je pourrais presque dire que c'est mon pain quotidien.

Elle rit.

— Dans ce cas, tu ferais mieux de me confier cette carte, non ?

— Peut-être, répondit son mari en souriant.

Imaeda se retint de dire qu'elle avait sans doute raison.

Il ne le fit pas car il venait de remarquer son ventre arrondi.

4

Le bureau d'Imaeda Naomi, qui lui servait aussi de domicile, était situé au premier étage d'un petit bâtiment qui en comptait quatre, dans le quartier de Nishi-Shinjuku. Le bus qui s'arrêtait à proximité permettait de venir en quelques minutes de la gare de Shinjuku. Mais ses clients trouvaient l'emplacement peu commode. Chaque fois qu'il expliquait au téléphone comment y venir, l'interlocuteur prenait une voix découragée à laquelle il réagissait toujours avec amabilité parce qu'il avait besoin de clients. Il ne pouvait cependant s'empêcher de s'en irriter une fois qu'il avait raccroché.

Il comprenait parfaitement qu'il aurait eu avantage à s'installer plus près d'une station de métro ou d'une gare. La plupart de ses clients finissaient par arriver à sa porte, mais il devinait que ceux qui ne le faisaient pas renonçaient peut-être à faire appel à ses services dans le bus.

L'inflation des prix de l'immobilier affectait les loyers, et Imaeda n'avait aucune envie de dépenser une somme indue pour louer un bureau minuscule mais mieux placé. Un loyer plus élevé l'aurait conduit à augmenter le prix de ses prestations, or il avait ouvert son bureau avec la volonté de les proposer au prix le plus raisonnable possible.

Shinozuka Kazunari l'appela un mercredi à la fin de juin. Imaeda se disait que la pluie fine qui tombait ne manquerait pas de décourager les clients.

Lorsqu'il comprit que c'était Shinozuka, il devina que l'appel était de nature professionnelle. Les clients utilisaient tous le même ton particulier.

Comme il s'y attendait, il lui expliqua qu'il voulait lui parler d'une affaire complexe et préférerait le faire de vive voix. Pouvait-il passer aujourd'hui ? Imaeda répondit qu'il l'attendait.

Il raccrocha, perplexe. Pour autant qu'il le sache, Shinozuka était célibataire. Une histoire d'adultère était donc exclue. Il ne lui avait pas non plus fait l'impression d'être homme à engager un détective pour s'assurer de la fidélité d'une petite amie.

C'était lui qui était debout derrière Chizuru, la femme de Takamiya, le jour où il l'avait rencontré par hasard au practice de golf. Ils avaient prévu de dîner ensemble ce jour-là et s'étaient donné rendez-vous là-bas. Imaeda ne les avait pas accompagnés mais ils avaient bavardé autour d'un café du distributeur dans le hall d'entrée du practice. Shinozuka lui avait donné sa carte de visite.

Il l'avait ensuite revu deux fois là-bas. Shinozuka aussi était bon golfeur.

Ils avaient parlé de son travail à cette occasion. Shinozuka n'avait pas paru particulièrement intéressé, mais peut-être avait-il déjà réfléchi à ce qu'il voulait lui demander.

Imaeda prit une Marlboro dans son paquet et l'alluma avec un briquet jetable. Il posa ses pieds sur son bureau couvert de papiers, et la fuma tranquillement. Une fine colonne de fumée grise monta vers le plafond.

Shinozuka Kazunari n'était pas un employé banal. Il était destiné à devenir un des dirigeants de la firme pharmaceutique Shinozuka que dirigeait son oncle. Peut-être allait-il lui demander d'enquêter sur un sujet lié à son travail.

Cette perspective fit battre son cœur plus vite. Cela ne lui était pas arrivé depuis longtemps.

Il s'était établi à son compte deux ans auparavant. Il en avait assez d'être exploité pour un salaire de misère et avait la conviction qu'il pouvait faire ce métier seul. Il disposait en outre d'un bon réseau de contacts.

Ses affaires n'étaient d'ailleurs pas mauvaises. Il gagnait assez pour vivre correctement seul et il avait aussi quelques économies. Il pouvait se permettre de jouer au golf une fois par mois.

Mais il était loin d'être satisfait du contenu de son activité qui tournait autour de l'adultère. Lorsqu'il était chez Tokyo Sōgō Research, il s'occupait essentiellement d'enquêtes sur des sociétés, une tâche sans aucun rapport avec son quotidien actuel sur lequel flottait une lourde odeur d'amour et de haine. Il ne le détestait pas mais se rendait compte qu'à force de toujours faire la même chose, sa vigilance avait diminué.

Il avait voulu devenir policier quand il était jeune. Il avait réussi l'examen d'entrée à l'école de police et y avait commencé ses études avant d'abandonner en cours de route, dégoûté par la stricte discipline qui lui paraissait vide de sens. Il n'avait pas encore vingt-cinq ans.

Il avait ensuite fait divers petits boulots jusqu'au jour où il était tombé sur une annonce de Tokyo Sōgō Research à laquelle il avait répondu en pensant que s'il ne pouvait devenir policier, peut-être serait-il heureux d'être détective privé. Sa candidature avait été retenue et il avait été embauché, d'abord à temps partiel. Au bout de six mois, il avait obtenu un CDI.

Il s'était rendu compte que ce métier qui n'avait quasiment rien à voir avec les personnages de détective privé des films et des téléfilms lui convenait. C'était un travail répétitif et solitaire, qui nécessitait de savoir entrer dans tous les secteurs par la porte arrière, puisque, à la différence des policiers, un détective privé n'est investi d'aucune autorité officielle. Protéger le secret des clients était impératif : dans la mesure du possible, les enquêtes devaient être les plus complètes possible et se faire sans laisser aucune trace. Quand il mettait la main sur les informations qu'il recherchait, il ressentait une joie et un sentiment d'accomplissement pour lui sans égal.

Peut-être allait-il à nouveau les connaître grâce à Shinozuka, se dit-il après avoir raccroché. Il avait un bon pressentiment.

Il écrasa sa cigarette dans le cendrier en secouant la tête. De trop grandes attentes ne pouvaient conduire qu'à la déception. Shinozuka lui demanderait probablement d'enquêter à propos d'une femme. Oui, il en était convaincu.

Il se leva pour aller faire du café. L'horloge murale indiquait quatorze heures.

# 5

Shinozuka Kazunari arriva dans son bureau vingt minutes plus tard, vêtu d'un complet gris clair. La pluie ne l'avait pas décoiffé et il paraissait quatre ou cinq ans plus vieux qu'en tenue de golf. Imaeda se demanda si c'était dû à son appartenance à l'élite.

— Je ne vous vois plus beaucoup au practice, remarqua Shinozuka après s'être assis.

— Je n'arrive pas à y aller quand je n'ai pas de sortie prévue sur un parcours, répondit Imaeda en remplissant sa tasse de café.

Il n'y était retourné qu'une seule fois après avoir joué avec son ami et les deux entraîneuses de bar, pour aller chercher le club qui s'était brisé aux mains de Takamiya une fois qu'il avait été réparé.

— Dans ce cas, pourquoi n'irions-nous pas faire un parcours ensemble un de ces jours ? Je connais plusieurs terrains où cela pourrait se faire.

— Très bonne idée ! Je vous remercie d'avance de penser à moi.

— Je demanderai aussi à Takamiya de venir, dit Shinozuka en portant sa tasse à ses lèvres.

Imaeda vit qu'il était tendu, à l'instar de la plupart de ses clients.

Shinozuka reposa sa tasse et soupira avant de se remettre à parler.

— Je voudrais vous demander quelque chose d'un peu étrange.

— C'est ce que me disent en général mes clients. De quoi s'agit-il ?

— D'une femme. Je voudrais vous demander d'enquêter à son sujet.

Imaeda éprouva une légère déception. Il s'était trompé, comme il l'avait craint.

— Vous avez une relation avec elle ?

— Non, elle n'a aucun rapport direct avec moi, répondit Shinozuka en tirant une photo de la poche de son veston pour la poser sur le bureau. C'est elle.

— Permettez-moi… fit Imaeda en la prenant en main.

Il vit un beau visage. La photo avait été prise devant une splendide demeure. La femme portait un manteau de fourrure, ce devait être en hiver. Elle souriait avec autant de naturel qu'un mannequin professionnel.

— Elle est belle, dit-il avec sincérité.

— Elle fréquente mon cousin.

— Euh… Vous voulez dire le PDG de votre société ?

— Non, son fils, qui occupe la fonction de directeur général.

— Quel âge a-t-il ?

— Quarante-cinq ans, je crois.

Imaeda éprouva un sentiment d'accablement. Un employé normal n'arrive pas à un rang aussi élevé à cet âge-là.

— Votre cousin est marié ?

— Non, veuf. Sa femme est morte dans un accident d'avion il y a six ans.

— Un accident d'avion ?

— Oui, celui de l'avion de la JAL qui s'est écrasé dans la montagne alors qu'il volait vers Osaka.

— Je vois. Elle était dans cet avion ? La pauvre. Y avait-il d'autres membres de sa famille avec elle ?

— Non, elle était seule.

— Elle avait des enfants ?

— Oui, une fille et un garçon qui par chance n'étaient pas avec elle.

— Elle a eu de la chance dans son malheur, en quelque sorte.

— Vous avez raison, répondit Shinozuka.

Imaeda regarda à nouveau la photo. Ses grands yeux en amande lui faisaient penser à un chat.

— Si votre cousin est veuf, cela ne devrait pas vous poser de problème qu'il fréquente quelqu'un.

— Vous avez raison. Tout le monde dans la famille lui souhaite de trouver quelqu'un de bien le plus vite possible. C'est lui qui va bientôt reprendre la direction de la société.

— Dois-je comprendre que vous avez un problème avec elle ?

Shinozuka se redressa sur sa chaise avant de se pencher vers lui.

— Pour dire les choses clairement, oui.

— Vraiment ?

Imaeda reprit la photo en main. La femme était réellement très belle. Sa peau ressemblait à de la porcelaine.

— Si cela ne vous dérange pas, pourriez-vous m'en dire un peu plus ?

Shinozuka fit oui de la tête, et croisa les bras sur le bureau.

— Cette femme est divorcée. Mais là n'est pas le problème. Ce qui est plus gênant, c'est l'homme avec lequel elle était mariée.

— De qui s'agit-il ? demanda Imaeda en baissant la voix malgré lui.

Son interlocuteur soupira profondément avant de lui répondre.

— De quelqu'un que vous connaissez bien.

— Pardon ?

— Takamiya.

— Quoi ? s'écria Imaeda en se redressant pour scruter Shinozuka. Vous voulez dire, Takamiya du golf ?

— Oui. Elle était mariée avec Makoto.
— Eh bien... bredouilla-t-il avant de secouer la tête. Quelle surprise !
— Je comprends, répondit son interlocuteur avec un sourire peiné. Je vous l'ai peut-être déjà dit, mais j'ai fait connaissance avec lui au club de danse de mon université. La femme de la photo faisait partie du club de danse de l'université féminine avec lequel nous nous entraînions. C'est de cette manière qu'ils ont fait connaissance.
— Et ils ont divorcé quand ?
— En 1988... cela doit faire trois ans.
— Parce que Makoto avait fait connaissance avec Chizuru ?
— Je ne suis pas au courant des détails, mais j'imagine que c'est ce qui est arrivé, répondit-il en souriant du coin des lèvres.

Imaeda croisa les bras en pensant à ce qui s'était passé trois ans auparavant. Takamiya s'était apparemment séparé de celle qui était alors sa femme juste après la fin de l'enquête qu'il menait.

— Et son ex-femme fréquente aujourd'hui votre cousin.
— Oui.
— Pensez-vous qu'il s'agisse d'un hasard ? Je veux dire, que votre cousin l'a rencontrée à votre insu, et a commencé à la fréquenter ?
— Non, il ne s'agit pas d'un hasard. C'est moi qui les ai présentés l'un à l'autre.
— Comment cela ?
— J'ai emmené mon cousin dans le magasin qu'elle tient.
— Le magasin ?
— Une boutique dans le quartier d'Aoyama.

Shinozuka lui expliqua qu'elle avait déjà plusieurs boutiques quand elle était mariée avec Takamiya. Il était allé dans l'une d'entre elles pour la première fois après leur divorce, à la requête de son ami, lorsqu'il avait reçu un carton d'invitation à une vente privée.

— Je crois qu'il tenait à l'aider même après leur divorce. C'est lui qui l'avait demandé et je pense qu'il n'arrive pas à se débarrasser d'un sentiment de culpabilité.

Imaeda hocha la tête. Il avait déjà entendu des histoires de ce genre. Il ne pouvait s'empêcher de penser que les hommes sont trop bons. Il en connaissait qui adoptaient cette attitude même lorsque leur femme les avait quittés. Les femmes, elles, ne s'intéressaient généralement pas à ce qui arrivait aux hommes qu'elles avaient abandonnés.

— Je suis allé à cette vente privée parce que moi aussi, je voulais m'assurer qu'elle s'en sortait. Lorsque j'en ai parlé à mon cousin, il a insisté pour m'accompagner. Je crois que c'était parce qu'il avait besoin de vêtements un peu habillés. Nous y sommes allés ensemble.

— Et c'est ainsi qu'ils ont fait connaissance ?

— Oui.

Il n'avait absolument pas remarqué que son cousin, Yasuharu, était tombé sous le charme de Karasawa Yukiho. Mais Yasuharu lui avait avoué quelque temps plus tard, non sans un certain embarras, qu'il avait eu un coup de foudre pour elle. Il était persuadé que c'était la femme qu'il lui fallait.

— Il ignore qu'elle a été l'épouse d'un de vos amis proches ?

— Non, il le sait. Je lui en ai parlé au moment de cette vente privée.

— Et cela n'a rien changé pour lui.

— Non. Mon cousin est quelqu'un qui s'enflamme facilement et qui ne change ensuite pas d'avis. J'ai appris récemment qu'il est aujourd'hui un client attitré de la boutique. Sa gouvernante m'a confié que ses placards sont pleins d'affaires qu'il ne met jamais.

Imaeda pouffa.

— Je n'ai aucun mal à me l'imaginer. Et votre cousin a donc réussi à faire sa conquête ? Vous m'avez bien dit qu'ils se fréquentaient, n'est-ce pas ?

— Oui, et il veut se marier avec elle. Mais je ne crois pas qu'elle lui ait déjà dit oui. Yasuharu attribue ses hésitations à la différence d'âge et à ses deux enfants.

— C'est possible, mais on peut aussi penser que c'est parce qu'elle a déjà connu un échec.

— Peut-être.

— Et donc… commença Imaeda en décroisant les bras pour les poser sur son bureau. Que voulez-vous que je cherche à propos de cette femme ? D'après ce que vous m'avez dit, vous en savez déjà beaucoup sur elle.

— Non, je ne suis pas d'accord. Elle garde beaucoup de zones d'ombre à mes yeux.

— C'est normal, non, puisque vous ne la connaissez pas de si près. Cela vous gêne ?

Shinozuka fit non de la tête.

— Le problème porte sur la nature de ces zones d'ombre.

— Que voulez-vous dire ?

Shinozuka prit la photo de Karasawa Yukiho.

— Je n'ai rien contre ce mariage, s'il peut faire le bonheur de mon cousin. Bien sûr, j'aurais préféré qu'elle n'ait pas été autrefois mariée à un ami proche, mais je suis persuadé qu'avec le temps, je m'y ferai. Mais…
Il s'interrompit pour regarder la photo. Je ressens un malaise indéfinissable à son égard. Je ne suis absolument pas convaincu que cette femme soit digne d'éloges.

— Vous croyez qu'il en existe, des femmes comme ça ?

— C'est pourtant l'impression qu'elle procure aux gens qui la rencontrent pour la première fois. Elle a surmonté toutes sortes de difficultés sans jamais perdre le sourire, du moins c'est l'air qu'elle se donne. Mon cousin m'a dit que ce qui l'attire chez elle, plus encore que sa beauté, c'est son éclat intérieur.

— Et vous le croyez factice.
— C'est ce sur quoi je voudrais vous demander d'enquêter.
— Ce ne sera pas facile. Vous avez une raison concrète pour douter d'elle de cette manière ?

Shinozuka baissa la tête et réfléchit quelques instants avant de répondre.
— Oui.
— Laquelle ?
— Tout d'abord, l'argent.
— Hum, lâcha Imaeda en s'appuyant à son dossier pour scruter à nouveau le visage de son interlocuteur. Pouvez-vous être plus précis ?

Shinozuka prit une inspiration.
— Takamiya lui-même était intrigué par l'opacité de ses ressources financières. Elle a par exemple pu ouvrir sa boutique sans aucune aide de sa part. Il m'a dit qu'elle boursicotait à l'époque, mais il paraît difficile de croire qu'un amateur ait pu accumuler autant d'argent aussi rapidement.
— Ses parents sont riches ?
— Je ne crois pas, d'après ce que m'a dit Takamiya. Elle n'a que sa mère qui enseigne la cérémonie du thé, ce qui lui procure un revenu qui vient compléter sa retraite.

Imaeda hocha la tête. Cette histoire commençait à l'intéresser.
— De quoi la soupçonnez-vous exactement ? D'avoir derrière elle un protecteur qui la finance ?
— Je n'en sais rien. Il me paraît difficile d'imaginer qu'elle en ait eu un alors qu'elle était mariée… Mais je n'arrive pas à me débarrasser de l'idée qu'elle a un autre visage que celui qu'elle montre d'ordinaire.
— Un autre visage que celui qu'elle montre d'ordinaire… répéta Imaeda en se grattant le nez du petit doigt.
— Il y a autre chose qui me préoccupe.
— Autre chose ?

— Cela concerne les gens qui lui sont proches, expliqua Shinozuka en baissant le ton. Il leur arrive à tous des malheurs, sous une forme ou une autre.

— Quoi ? s'exclama Imaeda en levant les yeux vers lui. Vraiment ?

— Prenez par exemple Takamiya. Aujourd'hui, il a trouvé le bonheur avec Chizuru, mais pour moi, un divorce, c'est un genre de malheur.

— Oui, mais c'est lui qui le voulait, non ?

— Du moins en apparence. Personne ne peut en être sûr.

— Hum… C'est possible. Vous avez d'autres exemples ?

— La jeune fille dont j'étais amoureux, dit Shinozuka avant de serrer les lèvres.

— Ah bon ? fit Imaeda avant de prendre une gorgée de son café qui était froid. Que lui est-il arrivé, si cela ne vous gêne pas de me le dire ?

— Quelque chose de terrible. Une des pires choses qui puissent arriver à une jeune fille. Et c'est pour cela que nous nous sommes quittés. Je fais donc partie de ceux qui ont été affectés par leur proximité avec elle, continua-t-il.

# 6

Sa Prélude un peu sale était garée assez loin de la boutique. Il ne voulait pas prendre le risque de gâcher la bonne impression produite par le complet de grande marque et la montre de luxe que lui avait prêtés Shinozuka en étant vu dans une vieille voiture ordinaire.

— Tu ne plaisantes pas quand tu dis que tu ne m'achèteras rien? Et si je trouve quelque chose de pas cher? demanda Sugawara Eri qui marchait avec lui, vêtue de ses plus beaux vêtements.

— Je ne pense pas qu'il y ait des choses pas chères dans la boutique. D'après ce que je sais, les prix y sont exorbitants.

— Mais s'il y a quelque chose qui me plaît vraiment, comment je vais faire?

— Tu n'auras qu'à te l'acheter, mais ne compte pas sur moi.

— Tu es radin, dis donc!

— Tu ne trouves pas que tu exagères un peu, non? Je te paierai, comme toujours.

Ils arrivèrent bientôt à la boutique R & Y, dont la devanture entièrement en verre permettait de voir les vêtements féminins et les sacs présentés à l'intérieur.

— Dis donc... s'exclama Eri d'un ton admiratif. Tout a l'air hors de prix ici.

— Je te prie de parler correctement, dit Imaeda en lui donnant un coup de coude.

Sugawara Eri travaillait dans un restaurant proche de son bureau. Elle suivait des cours dans une école pendant la journée, mais il ignorait ce qu'elle étudiait. Il savait qu'il pouvait lui faire confiance et l'employait parfois comme extra quand une enquête exigeait qu'il ait l'air d'être en couple. Elle aimait d'ailleurs lui donner un coup de main.

Il poussa la porte en verre et entra dans la boutique. La climatisation fonctionnait, et il flottait dans l'air une odeur plaisante et raffinée.

Une jeune femme en tailleur blanc leur souhaita la bienvenue avec le sourire d'une hôtesse de l'air. Ce n'était pas Karasawa Yukiho.

— Mon nom est Sugawara, et j'ai rendez-vous, dit Imaeda.

— Un instant s'il vous plaît, répondit la jeune femme.

Lorsqu'il était avec Eri, il se servait généralement de son nom de famille, parce qu'elle ne réagissait pas si on l'appelait par un autre nom.

— Et que souhaitez-vous voir aujourd'hui ?

— Quelque chose qui lui irait, répondit Imaeda. Un vêtement d'été-automne, chic, mais qu'elle puisse mettre pour aller travailler, qui ne soit pas voyant. Elle a commencé à travailler en avril, il ne faut pas qu'elle se fasse remarquer.

— Je vois, répondit la jeune femme en blanc. Je crois que j'ai ce qu'il vous faut. Un instant, s'il vous plaît.

Elle partit vers l'arrière du magasin et Eri regarda dans sa direction. Il fit discrètement oui de la tête. Immédiatement après, une autre jeune femme apparut. Imaeda se retourna vers elle.

Karasawa Yukiho s'approchait d'un pas tranquille, un sourire parfaitement naturel aux lèvres. Ses yeux avaient une expression très douce. Son désir de bien accueillir les clients émanait d'elle comme une aura.

— Bienvenue chez nous, dit-elle en leur accordant toute son attention.

Imaeda lui répondit en baissant la tête.

— Vous êtes monsieur Sugawara ? Et vous venez de la part de M. Shinozuka, n'est-ce pas ?

— C'est cela.

Quand il avait téléphoné pour prendre rendez-vous, il avait dû indiquer le nom de la personne qui lui avait parlé du magasin.

— De M. Shinozuka… Kazunari ?

Elle posa cette question en penchant légèrement la tête de côté.

— Oui, répondit Imaeda en se demandant pourquoi elle avait d'abord mentionné ce prénom et nom celui de Yasuharu.

— Vous cherchez quelque chose pour votre épouse aujourd'hui ?

— Non, répondit-il en secouant la tête. C'est ma nièce. Elle a terminé ses études cette année, et je lui avais promis un cadeau pour célébrer son entrée dans la vie active.

— Toutes mes excuses, dit Yukiho avec un sourire, en baissant les paupières, ce qui fit tomber une mèche de cheveux dans ses yeux.

Elle la releva du médius, d'un geste élégant, qui rappela à Imaeda une actrice jouant le rôle d'une femme noble dans un film occidental.

Il savait qu'elle venait d'avoir vingt-neuf ans, et son raffinement lui paraissait incompatible avec sa jeunesse. Il n'avait aucun mal à comprendre que Shinozuka Yasuharu ait eu un coup de foudre pour elle. Elle ne pouvait que séduire.

La jeune femme en blanc revint avec plusieurs vêtements qu'elle présenta à Eri.

— Tu devrais écouter ses conseils et te trouver quelque chose qui te plaît, lui recommanda-t-il.

Un sourire intrigué parut sur le visage de sa jeune assistante. Quand elle fronça les sourcils, il lut dans ses yeux qu'elle n'avait pas oublié qu'il ne comptait rien acheter.

— M. Shinozuka va bien ? s'enquit Yukiho.
— Très bien, mais il est toujours aussi occupé.
— Puis-je me permettre de vous demander comment vous le connaissez ?
— C'est un ami. Nous jouons au golf ensemble.
— Au golf… je vois, glissa-t-elle en tournant ses yeux en amande vers sa montre. Vous avez une très belle montre.
— Pardon ? Ah… dit-il en la cachant de sa main gauche. C'est un cadeau.

Elle hocha la tête. Mais il eut l'impression que son sourire avait changé. Imaeda se demanda si elle avait deviné qu'il l'avait empruntée à Shinozuka. Il l'avait assuré qu'elle ne l'avait jamais vue à son poignet. Elle ne pouvait donc l'avoir reconnue.

— Votre boutique est magnifique. J'ai du mal à croire que quelqu'un d'aussi jeune que vous puisse réussir à montrer tant de belles choses.
— Je vous remercie. Vous savez, ce n'est pas facile de répondre aux attentes de nos clients.
— Vous êtes trop modeste.
— Pas du tout. Mais laissez-moi vous apporter une boisson fraîche. Un thé glacé, un café glacé ? Je peux aussi vous offrir quelque chose de chaud si vous préférez.
— Je vous remercie. Je préférerais un café chaud.
— Je vais vous le chercher et je reviens tout de suite. Asseyez-vous donc en m'attendant, suggéra-t-elle en lui montrant le canapé qui était dans un coin du magasin.

Il s'assit sur le sofa en cuir, probablement italien. Des colliers et des bracelets étaient posés sur les présentoirs de la table basse. Aucun d'entre eux n'avait d'étiquette de prix, mais ils étaient probablement tous à vendre, destinés à attirer l'attention des clients fatigués qui venaient se reposer ici quelques instants.

Imaeda sortit de sa poche son paquet de Marlboro et un briquet qu'il avait aussi emprunté à Shinozuka. Il alluma sa cigarette et inspira profondément. Ses nerfs étaient à vif. Il ne comprenait pas pourquoi une simple femme éveillait autant de tension en lui.

Il se demandait d'où lui venaient sa distinction et son élégance, et comment elle était arrivée à ce niveau de raffinement.

Il se souvint de l'immeuble à un étage en bois qu'il avait découvert la semaine précédente, vieux de trente ans, si branlant que c'était presque un miracle qu'il tienne encore debout.

Il était allé à Osaka afin de s'informer sur les origines de Karasawa Yukiho. La première chose qu'il avait eu envie de faire après avoir écouté Shinozuka était de voir d'où elle venait.

Le petit immeuble se trouvait dans un quartier de maisons basses dont la plupart dataient probablement d'avant-guerre. Quelques personnes se souvenaient encore de la jeune femme qui vivait dans l'appartement 103 avec sa fille.

La mère et la fille s'appelaient alors Nishimoto. Karasawa Yukiho était née sous le nom de Nishimoto.

Son père était mort quand elle était toute petite et elle était restée seule avec sa mère qui gagnait sa vie en occupant des emplois à temps partiel.

Yukiho avait douze ans lorsque Nishimoto Fumiyo était morte d'une intoxication au gaz. Officiellement, il s'agissait d'un accident, mais une ménagère du quartier lui avait appris que selon la rumeur qui avait couru dans le quartier à l'époque, cela aurait en réalité été un suicide.

"On m'a dit qu'elle avait ingéré une grande quantité de médicaments. Et il y avait d'autres éléments bizarres. Elle n'avait pas eu la vie facile après la mort prématurée de son mari. Mais la sienne a été considérée comme accidentelle, parce que personne ne pouvait être sûr que ce n'était pas le cas", lui avait confié en parlant à mi-voix son informatrice, une femme qui habitait le quartier depuis trente ans.

Quand il était retourné regarder l'immeuble de plus près, il était allé en voir l'arrière. Il avait pu apercevoir par une fenêtre ouverte un modeste intérieur, une petite cuisine et une minuscule pièce à tatamis meublées sommairement d'une vieille commode et d'une table basse sur laquelle étaient posés des lunettes et des sachets de médicaments. Un panier usagé pendait à un clou dans la cuisine. Selon son informatrice, il ne restait plus que des vieilles personnes dans l'immeuble.

Il avait imaginé la petite fille et sa mère âgée d'une trentaine d'années dans cet espace où l'enfant faisait probablement ses devoirs à même la table basse, pendant que sa mère préparait le dîner, les traits tirés par la fatigue.

Il en avait eu le cœur serré.

Les questions qu'il avait posées dans le quartier lui avaient fait découvrir une étrange histoire.

Une affaire de meurtre.

Quelqu'un qui n'habitait pas très loin de là avait été assassiné à peu près un an avant la mort de Fumiyo. Elle avait été entendue par la police à l'époque. La victime était un prêteur sur gages, aux services duquel elle faisait fréquemment appel, d'où la visite des policiers. Elle avait probablement été blanchie car elle n'avait pas été arrêtée.

"Tout le monde savait dans le quartier qu'elle avait été questionnée, et je crois qu'elle a eu du mal à trouver du travail ensuite. Cela a dû lui compliquer considérablement la vie", lui avait expliqué un vieux buraliste, d'un ton navré, avec un fort accent d'Osaka.

Imaeda avait consulté les journaux de l'époque. Le meurtre avait eu lieu à l'automne 1973, un an avant la mort de Fumiyo.

Il n'avait pas eu de mal à trouver des articles à ce sujet. La victime, un certain Kirihara Yōsuke, gisait dans un immeuble inachevé du quartier d'Ōe. La mort résultait de coups portés avec un instrument tranchant à petite lame. Kirihara avait disparu de son domicile depuis l'après-midi du jour précédent et sa femme s'apprêtait à prévenir la police quand elle avait appris sa mort. Comme on n'avait pas retrouvé sur lui la somme de un million de yens qu'il avait retirée le même jour à la banque, la police avait conclu que le meurtre avait un mobile crapuleux et avait concentré ses efforts sur les personnes qui pouvaient savoir qu'il avait cette somme sur lui.

Imaeda n'avait pas vu d'articles sur l'élucidation de l'affaire. Le vieux buraliste lui avait d'ailleurs appris que l'assassin n'avait jamais été identifié.

La police n'avait probablement pas eu tort de s'intéresser à Nishimoto Fumiyo si elle avait eu fréquemment recours aux services de ce prêteur sur gages. L'homme ne se serait pas méfié de quelqu'un qu'il connaissait, et une femme aurait probablement pu lui porter les coups mortels.

Il n'y avait rien non plus de surprenant à ce que les gens du quartier ne regardent plus du même œil quelqu'un qui avait été interrogé par la police. D'une certaine façon, Fumiyo et sa fille avaient aussi été les victimes de cette affaire.

# 7

Il prit conscience de la présence de quelqu'un. Puis il perçut une agréable odeur de café. Une jeune fille d'une vingtaine d'années, les hanches ceintes d'un tablier, venait de lui apporter une tasse de café sur un plateau. Elle portait un tee-shirt moulant.

— Merci, dit-il en tendant la main vers la tasse.

L'odeur de café lui paraissait plus lourde que d'ordinaire.

— Vous travaillez à trois dans cette boutique ?

— Oui, en général. Mais Mme Karasawa va souvent dans l'autre magasin, répondit la jeune fille.

— L'autre magasin ?

— Oui, celui de Daikanyama.

— Hum. Elle est si jeune et elle a déjà deux boutiques…

— Oui, et elle prépare l'ouverture d'un magasin pour enfants à Jiyūgaoka.

— Un troisième ? Eh bien dites donc ! Tout ce qu'elle touche se transforme en or, apparemment.

— Elle travaille beaucoup, vous savez. Parfois, je me demande quand elle trouve le temps de dormir, glissa-t-elle tout bas avant de tourner un instant la tête vers le fond du magasin. Mettez-vous à l'aise, ajouta-t-elle avant de repartir.

Il but son café noir. Il était meilleur que celui de la plupart des cafés.

Karasawa Yukiho était peut-être plus motivée par l'argent qu'elle n'en donnait l'impression. C'est indispensable pour réussir en affaires, se dit-il. Vivre dans un immeuble comme celui qu'il avait vu à Osaka avait dû lui insuffler l'ambition de devenir riche.

Karasawa Reiko, une cousine de son père, l'avait recueillie après la mort de sa mère.

Il était allé voir sa maison. De style japonais, elle n'était pas grande, mais son petit jardin lui apportait de l'élégance. Un panneau indiquait qu'on y enseignait la cérémonie du thé de l'école Urasenke.

C'est chez elle que Yukiho avait appris cet art, ainsi que l'ikebana. Cela ne pouvait pas nuire à une jeune fille. Peut-être était-ce une des choses qui la faisaient paraître si raffinée.

Il n'avait pas pu poser beaucoup de questions dans le quartier, parce que Karasawa Reiko y habitait encore. Yukiho y avait apparemment vécu une vie sans histoires. Les gens du voisinage se souvenaient d'elle comme d'une jolie jeune fille bien élevée.

Il releva la tête en entendant Eri l'appeler : "Tonton !" Elle se tenait devant lui, vêtue d'une robe plutôt courte, qui mettait en valeur ses jambes fines.

— Tu pourrais la mettre pour aller travailler ?

— Non, probablement pas.

— Et que pensez-vous de ceci ? demanda la jeune femme en blanc en lui montrant un autre vêtement, une veste bleue avec un col blanc. Elle va aussi bien avec un pantalon qu'avec une jupe.

— Hum… J'en ai déjà une qui lui ressemble beaucoup.

— Dans ce cas-là, ce n'est pas la peine, lâcha Imaeda qui regarda sa montre.

Il était l'heure de partir.

— Tonton, on pourrait revenir ? Il faut que je réfléchisse à ce que j'ai à la maison, ou plutôt que je vérifie parce que je ne suis plus sûre de rien, dit Eri comme ils en étaient convenus d'avance.

— Je n'ai pas vraiment le choix. D'accord.

Eri remercia la jeune femme en blanc.

Imaeda se releva et attendit qu'Eri sorte de la cabine d'essayage. Karasawa Yukiho revint vers lui.

— Votre nièce n'a pas réussi à trouver quelque chose à son goût ?

— Non, toutes mes excuses. Elle est capricieuse.

— Ne vous en faites pas pour cela. Ce n'est pas facile de trouver ce qu'on cherche.

— Vous avez raison.

— Pour moi, les vêtements et les parures ne servent pas à cacher une personne mais à la mettre en valeur, et j'ai besoin de comprendre mes clients pour les conseiller.

— C'est intéressant.

— Quelqu'un qui a une bonne éducation rendra élégant tout ce qu'il porte. L'inverse est aussi vrai, ajouta-t-elle en plongeant ses yeux dans les siens.

Il fit oui de la tête sans la regarder.

Il se demandait si elle parlait de lui. Le costume ne devait pas lui aller. Ou peut-être faisait-elle allusion à Eri qui sortit au même moment de la cabine d'essayage.

— Je suis prête.

— Pourriez-vous me laisser votre adresse, afin que nous puissions vous envoyer des informations ? demanda Yukiho en lui tendant une feuille de papier.

Eri lui adressa un regard inquiet.

— Mieux vaut que tu donnes la tienne, non ?

Elle lui obéit.

— Votre montre est vraiment magnifique, commenta Yukiho les yeux fixés sur son poignet gauche.

— J'ai l'impression qu'elle vous plaît.

— Oui, c'est une Cartier, d'une série limitée. Je ne connais qu'une seule autre personne qui ait la même.

— Vraiment... souffla Imaeda en luttant contre l'envie de la dissimuler à sa vue.

— J'espère avoir le plaisir de vous revoir bientôt, conclut Yukiho.
— Merci, répondit Imaeda.


Il raccompagna ensuite Eri en voiture jusqu'à son lieu de travail et lui donna dix mille yens pour la dédommager.
— Tu as pu essayer des vêtements de luxe et tu as gagné dix mille yens. Tu dois être contente.
— Non, mais je sais ce qu'a supporté Tantale. La prochaine fois, je compte sur toi pour m'acheter quelque chose.
— S'il y a une prochaine fois, répondit Imaeda qui démarra la voiture en pensant qu'il n'y en aurait probablement pas.
Il ne pensait pas apprendre grand-chose en allant dans la boutique mais il avait eu envie de voir de ses propres yeux qui était Karasawa Yukiho.
À présent, il se disait que retourner dans la boutique serait prendre un risque inutile. Il l'avait trouvée plus dangereuse qu'il ne se l'était imaginé.
De retour au bureau, il appela Shinozuka.
— Que se passe-t-il ? lui demanda-t-il sitôt qu'il reconnut la voix d'Imaeda.
— Je comprends un peu mieux ce que vous m'avez dit.
— Que voulez-vous dire ?
— Quand vous parliez de son autre visage.
— Ah...
— Elle est très belle et il n'y a rien d'étonnant à ce que votre cousin soit tombé amoureux d'elle.
— Ce n'est pas faux.
— Je continue mes recherches.
— Je compte sur vous.
— Il y a une chose que je voulais vous demander, à propos de la montre que vous m'avez prêtée.

— Oui ?
— Elle ne l'a jamais vue sur vous ?
— Non, je ne crois pas. Pourquoi ? Elle vous a dit quelque chose ?
— Non, pas directement, mais…

Il lui expliqua pourquoi il lui avait posé cette question. Shinozuka poussa un grognement.

— J'ai du mal à y croire mais… reprit-il. Sauf si…
— Sauf si ?
— Le fait est que je l'ai eue au poignet une fois en sa présence. Mais je suis quasiment certain qu'elle n'a pas pu la voir. D'ailleurs, même si elle l'avait vue, je ne crois pas qu'elle puisse s'en souvenir.
— C'était à quelle occasion ?
— Le jour de son mariage.
— De son mariage ?
— J'avais mis cette montre pour aller à leur banquet.
— Ah…
— Mais j'étais assis du côté de Takamiya, et je ne suis pas allé vers elle. Le seul moment où elle aurait pu la remarquer était lorsqu'elle et lui sont allés allumer les bougies de chaque table. Voilà pourquoi j'ai du mal à croire qu'elle puisse s'en souvenir.
— Hum. Quand ils ont allumé les bougies… J'ai dû me tromper.
— Oui, je pense.

Imaeda hocha la tête, le combiné à la main. Shinozuka était loin d'être un idiot et sa mémoire ne le trompait probablement pas.

— Je suis désolé de vous avoir chargé d'une mission aussi complexe, dit son client.
— Non, cela fait partie de mon travail. Elle m'intéresse à présent. Ne vous méprenez pas, je ne veux pas dire qu'elle me plaît. Mais moi aussi, j'ai l'impression qu'elle a un secret.
— C'est votre instinct de détective ?

— Peut-être.

Shinozuka ne répondit rien. Peut-être réfléchissait-il à la nature de ce secret. Il finit par ajouter qu'il comptait sur Imaeda.

— Je ferai de mon mieux, répondit ce dernier avant de raccrocher.

## 8

Deux jours plus tard, Imaeda repartit pour Osaka, dans le but d'y rencontrer une jeune femme dont il avait appris l'existence en parlant à des habitants du quartier où habitait Karasawa Reiko.

— La fille des Motooka sait peut-être quelque chose à propos de la fille de Mme Karasawa. Je crois qu'elles étaient ensemble au lycée, lui avait appris la femme qui tenait la petite boulangerie du quartier.

Imaeda lui avait demandé quel âge avait la fille des Motooka.

— Le même que la fille de Mme Karasawa, il me semble, avait-elle répondu d'un ton peu assuré.

La jeune Motooka qui s'appelait Kuniko continuait à venir à la boulangerie. Elle travaillait aujourd'hui comme décoratrice dans une agence immobilière.

De retour à Tokyo, Imaeda avait téléphoné à plusieurs agences immobilières d'Osaka pour la trouver et il l'avait ensuite appelée.

Il s'était présenté à elle comme un journaliste free-lance et lui avait expliqué qu'il préparait un article pour un magazine féminin.

— Je fais une enquête sur les carrières suivies par les anciennes d'établissements scolaires privés de qualité. Cela m'a amené à prendre des contacts, et quelqu'un m'a parlé de vous, d'où mon appel.

Motooka Kuniko n'avait pas dissimulé sa surprise. Elle lui avait dit d'un ton humble que son parcours professionnel n'avait rien de glorieux, mais il avait aussi entendu qu'elle était plutôt flattée.

— Mais qui a pu mentionner mon nom ?

— Au risque de vous décevoir, je ne peux pas dévoiler l'identité de cette personne. Permettez-moi de vous poser une question. En quelle année avez-vous quitté le lycée féminin Seika ?

— Eh bien… c'était en 1981.

Il avait eu envie de battre des mains. C'était la même année que Karasawa Yukiho.

— Vous connaissiez Mlle Karasawa ?

— Karasawa… Yukiho ?

— Exactement. Donc vous la connaissez.

— Oui, nous n'avons jamais été dans la même classe, mais… Vous vous intéressez à elle ? s'était-elle enquise, d'un ton soupçonneux.

— J'ai aussi l'intention de l'interviewer. Elle dirige plusieurs boutiques à Tokyo.

— Ah bon…

— Eh bien… avait-il repris de son ton le plus persuasif. Accepteriez-vous de m'accorder un entretien ? Cela prendra moins d'une heure. Je souhaiterais vous poser des questions sur votre vie, et sur la profession que vous exercez actuellement.

Elle avait un peu hésité avant de répondre qu'elle n'y voyait pas d'inconvénient, à condition que cela ne dure pas longtemps.


L'entreprise où elle travaillait était à quelques minutes à pied de la station Honmachi sur la ligne de métro Midōsuji, dans le quartier de Semba, au centre de la ville, où sont installés de nombreuses banques et des grossistes. Les rues étaient pleines d'hommes et de femmes qui marchaient d'un pas pressé.

Le bureau de Motooka Kuniko se trouvait au vingtième étage d'une tour qui appartenait à une agence immobilière. Elle lui avait donné rendez-vous à treize heures dans un café qui se trouvait au premier sous-sol.

Une jeune femme qui portait une veste blanche y entra un peu après treize heures cinq. Elle était grande, avec des lunettes. Cela correspondait à la manière dont elle s'était décrite au téléphone. Elle ne lui avait pas précisé qu'elle était belle et avait des jambes magnifiques.

Imaeda se leva pour aller à sa rencontre, se présenta et lui tendit une carte de visite où il était écrit qu'il était journaliste indépendant. Son véritable nom n'y figurait pas. Quand elle s'assit à sa table, il lui offrit un paquet de gâteaux qui venait d'une pâtisserie de Tokyo. Elle l'accepta et commanda un thé au lait.

— Je vous remercie de prendre le temps de me rencontrer.

— Mais je vous en prie. Je ne suis pas sûre d'avoir des choses intéressantes à vous raconter, ajouta-t-elle avec l'accent du Kansai.

— Ne vous en faites pas à ce sujet. J'ai de nombreuses questions à vous poser.

— Allez-vous utiliser mon nom dans votre article?

— Non, en principe, nous modifions les noms. Mais si vous le souhaitez, je peux me servir de votre vrai nom.

Elle s'empressa de faire non de la main et dit qu'un pseudonyme lui convenait parfaitement.

— Eh bien, allons-y, fit Imaeda en sortant un calepin de sa poche.

Il avait réfléchi dans le Shinkansen aux questions appropriées pour ce faux reportage. Elle y répondit avec sérieux, ce qui fit naître de la gêne en lui, et il l'écouta avec une attention redoublée. Elle lui expliqua d'une manière plaisante qu'utiliser une décoratrice était dans l'intérêt non seulement du client mais aussi de l'agence immobilière.

Elle avait épuisé le sujet au bout d'une trentaine de minutes et but ensuite son thé avec plaisir.

Imaeda attendait le bon moment pour lancer le sujet de Karasawa Yukiho. Il voulait que cela parût le plus naturel possible. Elle le surprit en lui demandant :

— L'autre jour, vous m'avez dit que vous avez l'intention d'interviewer Karasawa Yukiho, n'est-ce pas ?

— Oui, répondit-il en lui lançant un regard étonné.

— Elle tient une boutique de mode ?

— C'est cela, à Aoyama, à Tokyo.

— Hum… Belle réussite, commenta la jeune femme, les yeux dans le vague, le visage un peu tendu.

Imaeda eut une intuition : Motooka Kuniko ne pensait pas de bien d'elle. Cela l'arrangeait. Il préférait de loin parler avec quelqu'un qui se montrerait franc avec lui.

Il sortit ses cigarettes de sa poche et lui demanda si la fumée la dérangeait. Elle répondit que non.

Il alluma une Marlboro dans le but de lui indiquer que l'interview était terminée, et qu'ils allaient désormais bavarder.

— En fait, à propos de Mlle Karasawa, j'ai un petit problème et je suis un peu embarrassé.

— Et lequel ? demanda-t-elle, en paraissant soudain intéressée.

— Rien de grave, mais… Il s'interrompit pour faire tomber sa cendre dans le cendrier. Elle ne fait pas l'unanimité.

— Elle ne fait pas l'unanimité ?

— Oui, elle a déjà tellement bien réussi malgré son jeune âge que cela peut susciter des jalousies. Je ne suis pas non plus certain qu'elle ne se soit servie que de méthodes honorables. Il s'arrêta pour boire une gorgée de café. Oui, selon certaines personnes à qui j'ai parlé, elle n'hésite pas à utiliser les gens qu'elle connaît… Elle n'est pas toujours fair-play.

— Ah bon ?

— J'aimerais la présenter comme une jeune femme qui a réussi, mais si ses qualités humaines ne font pas l'unanimité, je me demande si je ne ferais pas mieux de ne pas parler d'elle. Voilà ce qui me préoccupe.

— Je comprends. Vous devez penser au magazine.

— Exactement, fit-il en hochant la tête sans la quitter des yeux.

Elle n'avait pas eu l'air gêné de l'entendre médire de son ancienne camarade.

Il écrasa son mégot dans le cendrier et alluma une autre cigarette, en prenant garde à ne pas souffler de fumée dans sa direction.

— Vous étiez avec elle au collège et au lycée, n'est-ce pas?

— Oui.

— Et quel souvenir avez-vous gardé d'elle?

— Comment cela?

— Ces critiques vous paraissent-elles justifiées? Ne vous en faites pas, je n'en parlerai pas dans l'article.

— Eh bien… fit-elle, avec une expression pensive, en jetant un coup d'œil discret à sa montre, ce qui lui fit comprendre qu'elle n'avait guère de temps. Comme je vous l'ai dit au téléphone, nous n'avons jamais été dans la même classe. Mais elle était célèbre au collège et au lycée. Auprès des filles de la même année qu'elle, mais aussi des autres. Je pense que tout le monde la connaissait.

— Et pourquoi?

— Eh bien… on la remarquait, cela se comprend, non? Elle avait même une espèce de fan-club masculin, ajouta-t-elle en battant des paupières.

— Un fan-club… répéta-t-il en repensant au visage de Yukiho.

Cela lui paraissait crédible.

— Et puis je crois que c'était une très bonne élève. En tout cas, c'est ce que m'a dit une amie qui était dans sa classe au collège.

— Vous voulez dire qu'elle était douée?

— Oui, mais je ne sais rien de son caractère ni de ses qualités. Je ne crois pas lui avoir jamais parlé, d'ailleurs.

— Et vous savez ce qu'en pensait votre amie qui était dans la même classe qu'elle ?

— Elle ne m'en a jamais dit de mal. Même si elle devait en être un peu envieuse. Je me souviens qu'elle la trouvait chanceuse d'être née aussi belle.

Les nuances de ce qu'elle lui disait n'échappèrent pas à Imaeda.

— Oui, mais à part votre amie, il y avait des gens pour dire du mal d'elle ? Ou qui ne pensaient pas du bien d'elle ?

Elle frissonna légèrement, et il comprit qu'elle ne lui disait pas toute la vérité.

— Il y avait une rumeur qui circulait sur elle, quand nous étions au collège, dit-elle en baissant considérablement la voix.

— Et que disait-elle ?

Elle leva vers lui un regard soupçonneux.

— Vous n'en parlerez pas ?

— Bien sûr que non.

Elle inspira avant de rouvrir la bouche.

— Qu'elle mentait sur ses origines.

— Qu'elle mentait ?

— Oui, parce qu'elle faisait comme si elle était de bonne famille mais en réalité elle venait d'une famille très pauvre.

— Attendez... Vous parlez du fait qu'elle a été adoptée quand elle était enfant ?

Si c'était le cas, elle ne lui apprenait rien.

Motooka Kuniko se pencha vers lui.

— Oui, mais pas seulement. La rumeur concernait sa vraie famille. Ou plutôt sa vraie mère. Elle aurait gagné sa vie grâce à ses relations masculines.

— Ah... fit Imaeda qui n'était pas particulièrement étonné. Autrement dit, elle était la maîtresse de quelqu'un ?

— Peut-être. Mais selon la rumeur, il n'y avait pas qu'un seul homme, dit-elle en mettant l'accent sur le mot "rumeur". Et l'un de ces hommes aurait été assassiné.

— Quoi ? s'écria-t-il. Et c'est vrai ?

Elle fit oui de la tête.

— Oui. C'est la raison pour laquelle sa vraie mère a été interrogée par la police.

Imaeda oublia de répondre et contempla le bout de sa cigarette.

Elle parle de ce prêteur sur gages, pensa-t-il. Si la police s'était intéressée à Nishimoto Fumiyo, ce n'était pas seulement parce qu'elle avait recours à ses services. Si la rumeur était avérée, ajouta-t-il mentalement.

— Surtout ne répétez à personne ce que je viens de vous dire.

— Vous pouvez compter sur moi, répondit-il en lui adressant un sourire. Mais cette rumeur a dû faire du bruit ? poursuivit-il, le visage redevenu sérieux.

— Non, pas tant que cela. J'ai dit rumeur, mais en réalité, très peu de filles étaient au courant. D'ailleurs, tout le monde savait qui l'avait lancée.

— Vraiment ?

— Oui, il s'agissait d'une fille qui venait du même quartier que celui où Karasawa Yukiho avait grandi. Ce n'était pas une de mes amies, mais je l'ai appris de quelqu'un qui la connaissait bien.

— Elle aussi fréquentait l'institut Seika.

— Oui, nous étions dans la même année.

— Comment s'appelle-t-elle ?

— Ça, je ne peux pas... bredouilla Motooka Kuniko en baissant la tête.

— Bien sûr, pardonnez-moi de vous avoir posé la question, dit Imaeda en faisant tomber sa cendre dans le cendrier, embarrassé car il ne souhaitait pas éveiller sa suspicion. Mais quand même, qu'est-ce qui peut amener quelqu'un à faire circuler une telle rumeur ? Elle ne s'est pas doutée que la personne concernée finirait par l'entendre ?

— En fait, je crois qu'elle voyait Yukiho comme une ennemie. Ou comme une rivale, car on disait d'elle qu'elle aussi était douée pour les études.

— C'est bien une histoire de filles.

Elle sourit en l'entendant.

— Avec le recul, je suis d'accord avec vous.

— Et comment s'est terminée cette rivalité entre elles ?

— Eh bien... commença-t-elle pour s'interrompre et reprendre ensuite doucement : Il s'est passé quelque chose qui a fait qu'elles sont devenues amies.

Elle jeta un bref coup d'œil autour d'elle. Les tables voisines de celle qu'ils occupaient étaient vides.

— La fille qui avait lancé la rumeur a été agressée.

— Agressée ? répéta Imaeda en se penchant vers elle. Comment cela ?

— Elle n'est pas venue en cours pendant longtemps. On nous a dit qu'elle avait été renversée par une voiture mais en réalité elle avait été agressée en revenant de l'école, et il lui a fallu du temps pour se remettre du choc psychologique qu'elle avait subi.

— Vous voulez dire qu'elle a été violée ?

Motooka Kuniko fit non de la tête.

— Je ne sais pas exactement. On l'a dit, mais je me souviens aussi d'avoir entendu qu'elle ne l'avait pas été. Ce qu'il y a de sûr, c'est qu'elle a été victime d'une agression. Des gens qui habitaient le quartier m'ont raconté qu'ils avaient vu la police enquêter.

Quelque chose intriguait Imaeda, qui voulait en savoir plus.

— Vous m'avez dit que cette jeune fille est ensuite devenue amie avec Mlle Karasawa, n'est-ce pas ?

Elle fit oui de la tête.

— C'est elle qui l'a découverte dans la rue. Et elle lui a ensuite rendu visite et s'est occupée d'elle.

L'histoire intéressait Imaeda. Il feignit le calme malgré l'excitation qu'il ressentait.

— Mlle Karasawa était seule quand elle a trouvé la victime ?

— Non, d'après ce que je sais, elle était avec une amie.

Il hocha la tête à son tour et écouta la réponse de Motooka Kuniko en avalant sa salive.

Il rédigea le compte rendu de sa conversation avec elle en la réécoutant sur son enregistreur dans la chambre de son hôtel à proximité de la station de métro d'Umeda. Il ne croyait pas qu'elle l'avait remarqué dans la poche de son veston.

Elle allait probablement acheter pendant quelque temps le magazine féminin dans lequel il lui avait dit que l'article paraîtrait. Tant pis pour elle, pensa-t-il mais il se donna meilleure conscience en pensant qu'au moins il l'aurait fait rêver un peu. Une fois qu'il eut terminé, il tendit la main vers le téléphone et composa un numéro en regardant son carnet.

Son interlocuteur répondit à la troisième sonnerie.

— Allô... Monsieur Shinozuka ? Oui, c'est moi, Imaeda. Je suis à Osaka... Oui, pour l'enquête que vous m'avez confiée. J'aimerais beaucoup rencontrer une certaine personne, et je vous appelais pour vous demander si vous connaissiez ses coordonnées.

Il lui donna ensuite un nom.

# 9

La sonnerie retentit au moment où elle commençait à sortir la lessive du sèche-linge. Eriko déposa les draps et les sous-vêtements qu'elle avait à la main dans la corbeille.

L'interphone était fixé au mur de la salle à manger. Elle le souleva et répondit.

— Oui ?
— Madame Tezuka ? Je suis M. Maeda, de Tokyo.
— Euh... D'accord, j'arrive tout de suite.

Eriko ôta son tablier et alla dans l'entrée. Le plancher de la maison qu'ils venaient d'acheter grinçait par endroits. Elle avait dit à son mari qu'il faudrait le réparer, mais il n'en avait encore rien fait. Elle lui en voulait un peu de sa paresse.

Elle ouvrit la porte sans défaire la chaîne de sécurité et vit un homme aux traits réguliers. Âgé d'une trentaine d'années, il portait une chemise à manches courtes avec une cravate bleue.

— Pardonnez-moi de ne pas vous avoir appelée, commença-t-il en s'inclinant. Votre mère vous a parlé de moi ?
— Oui.
— Très bien, fit-il avant de lui tendre en souriant une carte de visite. Voilà qui je suis. Ravi de vous rencontrer.

Elle lut qu'il s'appelait Maeda Kazuo et était enquêteur dans une société qui s'appelait Heart Wedding Services.

— Une seconde, s'il vous plaît, dit-elle en refermant la porte pour enlever la chaîne avant de la rouvrir plus largement. Je suis désolée, la maison est en désordre, ajouta-t-elle car elle n'avait aucune intention de laisser entrer un inconnu chez elle.

— Cela me va très bien, dit Maeda en sortant un calepin de sa poche.

Sa mère l'avait appelée ce matin. Elle avait chez elle un enquêteur d'une société spécialisée dans les services autour du mariage, qui souhaitait lui poser des questions au sujet de Yukiho. Eriko avait été surprise, car elle était au courant du divorce de son amie. Sa mère avait dit qu'elle allait probablement se remarier et que cet enquêteur était employé par l'homme qui souhaitait l'épouser.

"Ce monsieur est venu chez nous car il souhaite parler à des amies de Yukiho. Quand je lui ai dit que tu étais mariée et que tu n'habitais plus ici, il m'a demandé ton adresse, et je t'appelle pour te demander si tu es d'accord pour le rencontrer", avait expliqué sa mère pendant qu'elle le faisait attendre.

Eriko avait d'abord hésité, mais elle avait fini par accepter que l'homme passe chez elle dans l'après-midi.

D'ordinaire, elle aurait refusé. Elle n'aimait pas rencontrer des inconnus mais elle avait fait une exception car il s'agissait de Yukiho. Elle était curieuse de savoir ce que son amie devenait.

Elle était un peu étonnée qu'un enquêteur d'une société de ce genre travaille à visage découvert. Elle croyait que de telles enquêtes étaient menées plus discrètement.

Debout dans l'entrebâillement de la porte, le dénommé Maeda commença à lui poser des questions sur son amitié avec Yukiho. Elle lui raconta qu'elles étaient devenues amies quand elles s'étaient retrouvées dans la même classe en troisième au collège Seika, et qu'elles l'étaient restées au lycée et à l'université. L'enquêteur nota tout cela.

— Et… puis-je vous demander avec qui elle va se marier ? demanda Eriko quand il sembla avoir terminé les préliminaires.

Maeda parut d'abord surpris, puis il esquissa un sourire embarrassé.

— Je suis navré mais je ne peux pas vous le dire pour le moment.

— Pour le moment ?

— Si le mariage se confirme, je suis sûr que vous serez informée de son identité, mais au stade actuel, rien n'est encore décidé, et je ne peux vous la donner.

— Dois-je comprendre que ce monsieur ne s'intéresse pas qu'à elle ?

Maeda parut hésiter.

— Libre à vous de le penser.

Elle se dit que l'homme en question devait être une personnalité éminente.

— Mieux vaut que je ne parle pas à Yukiho de votre visite, n'est-ce pas ?

— Oui, cela serait préférable, de mon point de vue. Personne n'aime savoir que quelqu'un enquête sur lui. Vous êtes encore en contact avec elle ?

— Très peu. Nous nous envoyons des cartes de vœux, c'est à peu près tout.

— Je vois. Puis-je vous demander depuis combien de temps vous êtes mariée ?

— Cela fait deux ans.

— Votre amie est venue à votre mariage ?

— Non, car nous n'avons invité que nos deux familles. Je lui ai envoyé une carte pour le lui annoncer. Mais elle habite à Tokyo, elle est très occupée et je n'ai pas osé lui demander de venir, d'autant plus que le moment était un peu malheureux...

— Le moment était malheureux ? demanda-t-il, avec une expression exagérément perplexe. Ah, vous voulez dire qu'elle venait de divorcer.

— Oui, elle l'avait écrit sur la carte qu'elle m'avait envoyée au début de l'année. Voilà pourquoi j'ai hésité.

— Je comprends.

Quand elle l'avait appris, elle avait eu envie d'appeler Yukiho pour en savoir plus. Mais elle n'en avait rien fait, car sa propre curiosité lui paraissait malsaine. Elle ignorait donc la cause de ce divorce. Yukiho s'était contentée d'indiquer sur sa carte de vœux qu'elle le voyait comme un nouveau départ dans la vie.

Jusqu'à leur deuxième année à l'université, elles étaient restées aussi proches qu'au collège ou au lycée. Elles faisaient du shopping ensemble, allaient au concert ensemble… Ce qui lui était arrivé en première année l'avait rendue craintive et elle n'aimait pas rencontrer des gens qu'elle ne connaissait pas, particulièrement du sexe masculin. Yukiho était la seule personne qui lui permettait de garder des contacts avec l'extérieur.

Eriko savait mieux que personne que cela ne pouvait évidemment pas durer toujours. Elle ne voulait pas abuser de la gentillesse de son amie même si celle-ci ne s'était jamais plainte de sa timidité. Eriko savait qu'elle sortait avec Takamiya Makoto et comprenait qu'elle ait envie de passer plus de temps avec lui.

Ce n'était pas tout. Lorsque Yukiho avait commencé à fréquenter Makoto, cela lui avait rappelé l'époque où elle voyait Shinozuka Kazunari.

Yukiho ne mentionnait jamais Makoto devant elle mais Eriko entendait parfois des allusions dans ce qu'elle lui racontait. Elle avait chaque fois l'impression qu'un voile gris tombait sur elle et une tristesse insurmontable la submergeait.

Eriko avait fait un effort conscient pour espacer leurs rencontres à partir de la moitié de leur deuxième année à l'université. Yukiho en avait d'abord paru troublée puis elle avait graduellement cessé de la solliciter. Elle était intelligente, et elle avait probablement compris pourquoi Eriko agissait ainsi. Peut-être s'était-elle dit qu'il fallait en passer par là pour que son amie retrouve son indépendance.

Elles étaient néanmoins restées en bons termes, même si elles se voyaient moins souvent. Elles bavardaient quand elles se croisaient à l'université et se téléphonaient de temps à autre.

Leur relation s'était distendue plus encore à la fin de leurs études. Eriko avait trouvé un emploi dans une petite banque, grâce à la recommandation d'un parent ; Yukiho s'était mariée avec Makoto et l'avait suivi à Tokyo.

— J'aimerais vous demander de définir Yukiho telle que vous la voyez, demanda Maeda. Par exemple, pour vous, est-ce une personne introvertie, nerveuse, ou au contraire, extravertie et qui ne fait pas très attention aux détails ?

— Si je devais la définir en un mot, je dirais qu'elle est forte, répondit Eriko après un court instant de réflexion. Elle n'est pas particulièrement entreprenante, mais quand on est avec elle, on perçoit sa force.

— Vous voulez dire à la manière d'une aura ?

— Exactement, l'approuva-t-elle, le visage grave.

— Et à part ça ?

— Eh bien... Je dirais qu'elle sait tout.

— Vraiment... fit Maeda en écarquillant les yeux. C'est intéressant. Elle sait tout. Vous voulez dire qu'elle a beaucoup de connaissances.

— Non, pas seulement, je veux dire qu'elle me fait l'effet de comprendre la nature humaine, ou ce que les gens ont dans la tête. Et quand on est avec elle... Elle s'interrompit pour chercher ses mots. On apprend beaucoup.

— On apprend beaucoup, dites-vous. Mais cela ne l'a pas empêchée d'échouer dans son mariage. Vous en pensez quoi ? rebondit-il.

Eriko comprit le sens de sa question. Cet enquêteur voulait comprendre pourquoi son amie avait divorcé. Il craignait que cela ne soit dû à un défaut inhérent à sa personne.

— Ce mariage a peut-être été une erreur.

— Que voulez-vous dire par là ?

— J'ai l'impression que pour une fois, elle s'est laissé porter, sans vraiment réfléchir à ce qu'elle faisait. Je ne suis pas sûre qu'elle se serait mariée si elle l'avait fait.

— Vous voulez dire que c'est son fiancé qui tenait absolument à l'épouser et qui lui a en quelque sorte forcé la main ?

— Non, je ne dirais pas cela, répondit-elle en choisissant prudemment ses mots. Quand on fait un mariage d'amour, il faut que les deux personnes soient à peu près au même niveau, mais je ne sais pas si…

— Vous voulez dire qu'elle n'était pas aussi amoureuse que M. Takamiya ?

Maeda n'hésita pas à utiliser le nom de Makoto. Étant donné que sa prétendue enquête ne portait pas sur lui, il pouvait le faire sans surprendre Eriko.

— J'ai du mal à formuler ce que je pense, fit-elle avant d'ajouter : Je ne crois pas qu'elle l'ait aimé plus que tout.

— Ah… dit-il.

Elle regretta immédiatement ce qu'elle venait de dire. Elle n'aurait pas dû. Non, elle avait mal fait d'affirmer cela.

— Je viens de me rendre compte que ce que j'ai dit ne repose sur rien. Oubliez-le, s'il vous plaît.

Elle ne comprit pas le silence de Maeda qui scrutait son visage. Il prit conscience de son attitude et commença à sourire.

— Ne vous faites pas de souci pour cela. Je vous ai demandé de me dire vos impressions, c'est tout.

— Je n'ai plus rien à ajouter. Je ne veux pas la mettre dans l'embarras en affirmant des choses qui n'ont ni rime ni raison. Je suis sûre que vous pourrez trouver beaucoup de gens qui la connaissent mieux que moi.

Elle tendit la main vers la poignée de la porte.

— Un instant, s'il vous plaît. Je voudrais vous poser une dernière question, dit-il en levant l'index. À propos de vos années de collège.

— De collège ?

— De quelque chose qui s'est produit à cette époque. Quand vous étiez toutes les deux en troisième, une de vos camarades a été agressée, n'est-ce pas ? Est-ce vrai que c'est vous et Mlle Karasawa qui l'avaient découverte ?

Eriko se sentit pâlir.

— Que voulez-vous savoir ?

— Pourriez-vous me dire quel souvenir vous avez gardé d'elle à l'époque ? Si par hasard vous vous souvenez de quelque chose en particulier ?

Elle fit vivement non de la tête avant même qu'il ait terminé sa phrase.

— Non, je n'ai rien à vous dire là-dessus. Je vous en prie, restons-en là. J'ai des choses à faire.

L'enquêteur s'écarta de la porte, peut-être convaincu par sa gravité.

— Très bien. Je vous remercie d'avoir pris le temps de me parler.

Eriko referma la porte sans rien répondre. Elle ne réussit pas à cacher son émotion, malgré l'effort qu'elle faisait pour ne pas montrer son trouble.

Elle se laissa tomber sur le paillasson de l'entrée. Elle avait très mal à la tête et se tenait le front de la main droite.

De sinistres souvenirs l'envahissaient. Malgré les années, sa blessure n'était pas cicatrisée. Elle avait seulement réussi à en oublier l'existence.

C'était parce que cet enquêteur lui avait parlé de Fujimura Miyako. Mais même avant qu'il ne le fasse, elle avait senti remonter en elle la réminiscence de cet événement terrible, pendant qu'elle parlait de Yukiho.

À partir d'un certain moment, Eriko avait commencé à imaginer quelque chose. Cela n'avait été qu'une vague idée au début, mais elle s'était avec le temps transformée en une véritable histoire.

Il ne fallait surtout pas qu'elle en parle. Il ne fallait pas que quelqu'un s'en rende compte, parce qu'elle la croyait pernicieuse. Elle cherchait à l'oublier en maudissant sa bêtise.

Mais l'histoire avait pris racine en elle. Elle ne pouvait pas la chasser de son cerveau et elle s'en voulait pour cela. Elle se trouvait abjecte quand elle était en compagnie de Yukiho qui était si gentille avec elle,

Une autre partie d'elle-même savourait cette histoire. Correspondait-elle à la vérité ? Ou n'était-elle que le fruit de son imagination ?

C'était à cause de cette histoire qu'elle avait décidé de prendre ses distances avec Yukiho. Elle n'arrivait pas plus à supporter le doute qui grandissait en elle que le dégoût qu'elle ressentait pour elle-même.

Elle se releva en s'appuyant au mur. Elle était au bord de la nausée. Elle avait l'impression d'être remplie de souillure.

Quand elle releva la tête, elle vit que le verrou n'était pas mis. Elle se hâta de le tourner et de remettre la chaîne de sécurité en place.

XI

1

Le café où ils avaient rendez-vous se trouvait sur l'avenue Chūo-dōri à Ginza. Il était dix-sept heures quarante-trois. Les trottoirs étaient remplis d'hommes et de femmes qui sortaient du bureau ou qui étaient venus faire du shopping. Ils avaient tous l'air satisfait. Les gens ordinaires ne souffrent pas encore de l'éclatement de la bulle spéculative, se dit Imaeda.

Il venait de voir descendre d'une BMW le jeune homme et la jeune femme d'une vingtaine d'années, qui marchaient devant lui. La veste d'été du garçon était sans doute une Armani. L'enquêteur serait heureux de voir s'achever cette période où de jeunes blancs-becs pouvaient s'offrir des berlines allemandes.

À dix-sept heures cinquante, un peu plus tard que prévu, il entra dans le café qui se trouvait au premier étage au-dessus de la pâtisserie du rez-de-chaussée. Il avait pour principe d'arriver à ses rendez-vous avec quinze à trente minutes d'avance. Cette technique lui procurait un avantage psychologique dont il n'avait au demeurant pas besoin avec l'homme qu'il allait rencontrer aujourd'hui.

Il regarda autour de lui, ne vit pas Shinozuka Kazunari et s'assit à une table qui donnait sur l'avenue. Seule la moitié des sièges du café était occupée.

Le serveur qui vint prendre sa commande venait visiblement d'Asie du Sud-Est. La bulle spéculative avait entraîné une inflation du coût du travail, et de nombreux patrons avaient recours à des travailleurs étrangers. Ce café n'avait peut-être pas d'autres choix pour survivre. Cela arrangeait Imaeda qui n'aimait pas l'arrogance si fréquente chez les jeunes Japonais d'aujourd'hui.

Il alluma une Marlboro et regarda l'avenue. La foule était encore plus dense que tout à l'heure. On entendait souvent dire que la crise avait raboté les budgets de repas et de représentation, mais cela ne concernait visiblement pas tout le monde. Ou bien était-ce le dernier sursaut d'une économie à bout de souffle ?

Il remarqua dans la foule un homme qui marchait à grands pas, le veston de son complet beige à la main. Six heures moins cinq. Décidément, les gens bien ne sont jamais en retard, se dit-il.

Shinozuka Kazunari lui fit un signe de la main et s'approcha de la table presque au moment où le serveur lui apportait son café. Il lui commanda un café glacé.

— Quelle chaleur ! s'exclama-t-il en s'éventant de la main.

— Oui, il fait chaud.

— Vous prenez des congés en août pour la fête des Morts ?

— Non, répondit Imaeda en souriant. Quand je n'ai pas de travail, c'est comme si j'étais en vacances, vous savez. Et puis la fête des Morts, c'est une très bonne période pour un certain type d'enquêtes.

— Lequel ?

— L'adultère. Si une femme me demande d'enquêter sur son mari parce qu'elle le soupçonne de la tromper, je lui suggère de dire à son mari qu'elle veut absolument rentrer chez ses parents pour la fête des Morts. S'il répond que cela sera difficile, je lui dis de répondre qu'elle est prête à y aller seule…

— Je vois. Si le mari a une maîtresse…

— Il ne va pas laisser passer une telle occasion. Pendant que l'épouse est chez ses parents, rongée par la jalousie, je peux prendre des photos du mari en train de se promener en voiture avec sa maîtresse, et au moment où ils entrent dans un hôtel.

— Cela vous est vraiment arrivé ?

— Oui, et pas qu'une fois. C'est un piège qui marche à tous les coups.

Shinozuka rit discrètement. Il semblait à présent plus détendu qu'à son arrivée.

Le serveur lui apporta son café glacé. Il en but sans utiliser la paille et n'ajouta ni lait ni sucre. Puis il finit par poser la question qui le taraudait.

— Et vous avez appris quelque chose ?

— J'ai appris diverses choses, mais je ne suis pas certain que mon rapport vous satisfasse pleinement.

— Je peux le voir ?

— Bien sûr, répondit-il en le sortant de sa serviette pour le poser devant Shinozuka qui l'ouvrit immédiatement.

Imaeda l'observa tout en buvant son café. Il était convaincu d'avoir atteint son objectif de fournir toutes les informations sur les origines de Karasawa Yukiho, sa formation, et ce qu'elle faisait aujourd'hui.

— J'ignorais que sa mère s'était suicidée, remarqua Shinozuka quand il eut fini de le lire.

— Ce n'est pas ce que j'ai écrit. Sa mort a pu être un suicide, mais rien ne le prouve.

— Mais les circonstances rendent l'hypothèse plausible.

— C'est exact.

— Elle donne l'impression d'être bien née et d'avoir eu une bonne éducation mais par moments, on perçoit aussi autre chose chez elle. Comment dire…

— On sent qu'elle n'est pas si bien élevée que ça ? demanda Imaeda en souriant.

— Non, ce n'est pas ce que je veux dire. Elle produit non seulement l'effet d'être distinguée, mais aussi de ne pas avoir de failles. Vous avez déjà eu un chat, monsieur Imaeda ?

— Non.

— Quand j'étais enfant, j'en ai eu quatre, non pas des chats de race mais des chats que j'avais trouvés dans la rue. Je me suis aperçu que selon le moment où je les avais recueillis, leur comportement avec les humains n'était pas du tout le même. Un chat adopté quand il n'est encore qu'un chaton, qui a bénéficié tout petit de la protection de son maître, se méfiera très peu des êtres humains. Il sera doux et affectueux car il leur fait confiance. Mais un chat qu'on a ramené chez soi quand il était déjà adulte ne se libérera jamais complètement de sa méfiance. Il vivra chez celui qui le nourrit en restant toujours sur ses gardes, comme s'il se disait qu'il ne peut pas vous faire entièrement confiance.

— Et Karasawa Yukiho vous fait la même impression ?

— Elle se fâcherait comme un chat si elle savait que j'ai fait cette comparaison, conclut Shinozuka en esquissant un sourire.

— Cette caractéristique peut aussi la rendre plus attirante, le contra Imaeda en pensant au regard acéré de Karasawa Yukiho que lui avaient rappelé ces propos sur les chats.

— Tout à fait. C'est ce qui rend les femmes terrifiantes.

— Je suis bien d'accord avec vous, dit Imaeda en vidant son verre d'eau. Vous avez lu la section sur ses transactions boursières ?

— Seulement en diagonale. Vous avez réussi à trouver son courtier, bravo !

— M. Takamiya avait gardé quelques papiers, et cela m'a facilité le travail.

— Takamiya ?

La mine de Shinozuka s'assombrit légèrement comme s'il était soudain préoccupé.

— Vous lui avez parlé de la mission que je vous ai confiée ?

— Très brièvement. En disant que je faisais une enquête à la demande de la famille d'un homme qui aimerait épouser Karasawa Yukiho. Je n'aurais pas dû ?

— Non, c'est très bien comme ça. Si le mariage se fait, il comprendra. Comment a-t-il réagi ?

— Il espère qu'elle trouvera quelqu'un de bien.

— Vous ne lui avez pas dit qu'il s'agissait de quelqu'un de ma famille ?

— Non, mais je crois qu'il se doute que c'est vous qui m'avez chargé de cette mission. Cela se comprend. Comment aurais-je pu venir le trouver sans vous connaître ?

— Ce n'est pas faux. Il serait peut-être bien que je trouve un moment pour lui en parler, murmura Shinozuka comme pour lui-même tout en retournant son attention vers le dossier. D'après vous, elle a gagné beaucoup d'argent à la Bourse.

— Oui. Malheureusement, la jeune femme qui s'occupait de son compte a quitté l'agence au printemps dernier, et elle n'avait plus accès à son dossier. Elle a dû faire appel à sa mémoire, expliqua Imaeda en pensant *in petto* que si cela n'avait pas été le cas, elle n'aurait jamais accepté de lui confier des informations sur une ancienne cliente.

— J'ai entendu dire qu'elle y a fait des gains importants jusqu'à l'année dernière. Elle a vraiment investi vingt-cinq millions de yens dans les actions Ricardo ?

— Apparemment, oui. Cela avait frappé sa chargée de portefeuille.

La société Ricardo, un fabricant de semi-conducteurs, avait annoncé deux ans auparavant qu'elle avait mis au point un substitut pour le fréon. Après l'adoption par les Nations unies en septembre 1987 d'une réglementation visant à interdire ce gaz à terme, de nombreuses firmes s'étaient livrées une concurrence acharnée pour en trouver un. Ricardo avait été la première à le faire, et ses actions connaissaient une courbe ascendante depuis la promulgation en mai 1989 de la déclaration d'Helsinki dont l'objectif était de bannir le fréon d'ici à la fin du siècle.

La chargée de portefeuille n'était pas revenue de sa stupéfaction, car non seulement Karasawa Yukiho en avait acheté avant même que cette société publie des informations sur l'avancement de ses travaux, mais à un moment où très peu de gens étaient au courant des recherches de Ricardo dans ce domaine. Le public n'avait découvert que Ricardo avait débauché plusieurs chercheurs de Pacific Glass, un des seuls fabricants japonais de fréon, qu'après la conférence de presse pendant laquelle la société avait annoncé le résultat de ses efforts.

— Elle m'a aussi confié que Mlle Karasawa avait fait preuve d'un flair étonnant à d'autres occasions. Elle ne comprenait pas comment les actions que sa cliente lui disait d'acheter voyaient généralement leur cours grimper en flèche quelque temps plus tard. Et cela dans presque cent pour cent des cas.

— Elle aurait eu accès à des informations confidentielles ?

Shinozuka baissa la voix pour poser cette question.

— Cette femme l'a envisagé. Elle savait que le mari de sa cliente travaillait chez un fabricant, et elle s'est demandé si cela lui permettait d'avoir accès à ce genre de sources mais elle ne lui en a naturellement jamais parlé.

— Mais Takamiya a un poste dans le service des…

— Des brevets. Il est donc dans une position où il a accès à des informations sur les technologies d'autres sociétés, mais uniquement celles qui sont publiques. Il ne devrait pas en principe avoir accès à des informations non encore publiées et encore moins à des renseignements sur les recherches en cours au sein d'autres entreprises.

— Elle aurait donc un flair extraordinaire ?

— Elle en a beaucoup, c'est certain. Son ancienne chargée de portefeuille m'a dit qu'elle avait un instinct peu commun pour savoir quand il fallait vendre et qu'elle n'hésitait pas à le décider au moment où l'on s'attendait à ce que la hausse continue encore quelque temps, ce que les amateurs ne savent généralement pas faire. Mais cela ne suffit pas à tout expliquer dans ce domaine.

— Vous voulez dire qu'il y aurait quelqu'un derrière elle?

— Je n'ai pas de certitude à ce sujet, mais j'en ai le sentiment, répondit Imaeda en rentrant la tête dans les épaules. Je suis prêt à reconnaître que je n'ai rien d'autre que mon flair pour avancer cela.

Shinozuka regarda à nouveau le rapport. Son expression se fit perplexe.

— Il y a autre chose qui me paraît un peu étrange.
— Quoi donc?
— D'après votre rapport, elle a effectué de nombreuses transactions jusqu'à l'année dernière, et elle continue à présent à un rythme moins soutenu.

— C'est exact. Peut-être fait-elle moins d'opérations parce qu'elle est trop occupée par ses magasins, mais elle a gardé un fonds d'actions sûres.

Shinozuka parut encore plus intrigué.

— C'est bizarre.
— Comment ça? Mon rapport vous paraît erroné?
— Non, ce n'est pas ce que je veux dire. C'est juste que cela ne correspond pas à ce que Takamiya m'a raconté.
— Ah oui?
— Je sais qu'elle a reconnu qu'elle boursicotait quand ils étaient encore mariés. Mais selon lui, elle avait décidé d'arrêter complètement et de tout vendre parce qu'il lui avait reproché de négliger ses devoirs d'épouse.

— De tout vendre? Et il l'a vérifié?
— Je n'en sais rien. Peut-être que non.
— Sa chargée de portefeuille m'a dit en tout cas qu'elle n'avait jamais arrêté.
— Ce doit être la vérité.

Il serra les lèvres, l'air contrarié.

— Je pense avoir réussi à appréhender la manière dont elle gère son argent. Mais je n'ai pas réussi à apporter une réponse à la question fondamentale.

— À savoir l'origine des fonds… C'est cela ?

— Exactement. Comme je n'ai pas eu accès aux documents eux-mêmes, je ne peux pas les évaluer, mais d'après son ancienne chargée de portefeuille, elle disposait dès le départ d'une somme conséquente, de loin supérieure à l'argent de poche d'une femme mariée.

— Plusieurs millions de yens ?

— Probablement plus.

Shinozuka croisa les bras et émit un grognement.

— Je me souviens d'avoir entendu Takamiya dire qu'il ne se l'expliquait pas.

— Comme vous me l'aviez indiqué, sa mère, Mme Karasawa Reiko, ne semble pas riche. En tout cas pas au point de pouvoir fournir une somme de cet ordre à sa fille.

— Vous pourriez creuser cette question ?

— J'en ai l'intention. Mais il me faudra un peu plus de temps.

— Très bien. Je vous fais confiance. Je peux garder ce rapport ?

— Bien sûr. J'en ai un autre exemplaire.

Shinozuka le mit dans son attaché-case.

— Ah oui… Il faut que je vous rende cela, dit Imaeda en sortant de son sac le paquet qui contenait la montre et le posa sur la table. Merci de me l'avoir prêtée l'autre jour. Je vous ai envoyé les vêtements par livreur, et vous devriez les recevoir demain.

— Vous auriez dû mettre la montre dans une des poches.

— Non, c'était hors de question. Je n'aurais pas pu la remplacer s'il y avait eu un problème. C'est une édition Cartier limitée !

— Vraiment ? C'était un cadeau et je l'ignorais, déclara Shinozuka en jetant un coup d'œil au cadran avant de la mettre dans sa poche.

— C'est en tout cas ce que m'a dit Mlle Karasawa.
— Ah bon. Il fixa un point dans le vague puis reprit : Il est normal qu'elle connaisse ce genre de détails étant donné le métier qu'elle exerce.
— Je ne pense pas que ce soit la seule raison, dit Imaeda en adoptant intentionnellement un ton lourd de sous-entendus.
— Que voulez-vous dire ?
Imaeda se rapprocha de la table et y posa les coudes.
— Elle n'a pas encore dit oui à votre cousin, n'est-ce pas ?
— Non. Et alors ?
— J'ai réfléchi à la raison qui l'en empêche et je me suis fait mon idée là-dessus.
— Laquelle ? J'aimerais la connaître.
— Je pense qu'elle éprouve des sentiments pour un autre homme, expliqua-t-il en le regardant droit dans les yeux.
Le sourire disparut du visage de Shinozuka, remplacé par une expression détachée, celle d'un scientifique, pensa Imaeda. Il hocha plusieurs fois la tête avant de recommencer à parler.
— J'y ai réfléchi aussi. Sans raison particulière. Mais vous me faites l'impression d'avoir aussi une idée sur l'identité de cet homme.
— Oui, c'est vrai.
— Qui est-ce ? Quelqu'un que je connais ? Dites-le-moi, si cela ne vous dérange pas.
— Cela ne me dérange pas, mais vous peut-être... répondit Imaeda en buvant une gorgée d'eau avant de scruter à nouveau le visage de Shinozuka. C'est à vous que je pense.
— Quoi ?
— Je crois que l'homme qu'elle aime n'est pas votre cousin mais vous.
Shinozuka fronça les sourcils, comme s'il était intrigué par ce qu'il venait d'entendre. Puis il haussa les épaules, et esquissa un sourire. Il fit un signe de dénégation.

— Vous n'êtes pas drôle.

— Je ne suis pas un homme aussi occupé que vous mais je n'ai pas non plus de temps à perdre. Surtout pas pour faire des plaisanteries oiseuses.

Son ton parut surprendre Shinozuka dont le visage se ferma. Il n'avait probablement pas pris ce qu'Imaeda venait de dire comme une plaisanterie de mauvais goût, mais ne savait comment y réagir.

— Qu'est-ce qui vous conduit à le croire ?

— Si je vous dis que c'est mon instinct, vous ne me prendrez pas au sérieux, n'est-ce pas ?

— Si, mais je ne vous croirai pas. Je ne m'y arrêterai pas.

— Je m'y attendais.

— C'est donc votre instinct qui vous fait dire cela ?

— Non, j'ai d'autres raisons. D'abord cette montre. Mlle Karasawa se souvenait très bien à qui elle appartenait. Elle ne l'a probablement aperçue qu'un instant à votre poignet mais elle ne l'a pas oubliée. Cela pourrait s'expliquer par ses sentiments pour la personne qui la portait.

— Moi je pense plutôt que c'était par déformation professionnelle.

— Le jour où elle l'a vue sur vous, elle n'avait pas encore de boutique.

— Eh bien... commença Shinozuka à court d'arguments.

— Et ce n'est pas tout. Quand je suis allé dans son magasin, elle m'a demandé qui me l'avait recommandé. J'ai répondu : "M. Shinozuka." Elle m'a aussitôt demandé si c'était de vous qu'il s'agissait. Normalement, vous ne pensez pas qu'elle aurait dû d'abord prononcer le nom de votre cousin ? Il est plus vieux que vous, et il occupe un rang plus élevé. De plus, ces derniers temps, c'est un client assidu chez elle, non ?

— Ce n'était qu'un hasard. Elle n'a pas osé mentionner le nom de mon cousin. Puisqu'il l'a demandée en mariage.

— Je ne la crois pas timide à ce point. Et surtout pas dans son travail. Puis-je me permettre de vous demander combien de fois vous êtes allé là-bas ?

— Deux fois… je crois.

— Et à quand remonte votre dernière visite ?

Shinozuka réfléchit avant de répondre.

— C'était il y a plus d'un an ? le relança Imaeda.

Il fit oui de la tête.

— Cela va dans mon sens. Votre cousin, lui, y va souvent. Si elle n'avait pas de sentiments particuliers à votre égard, elle n'aurait pas parlé de vous.

— Mais enfin… fit Shinozuka avec un sourire peiné.

Imaeda sourit à son tour.

— Vous trouvez que j'y vais fort ?

— Oui.

Imaeda prit sa tasse de café, but une gorgée et s'adossa à son siège. Il soupira, et se redressa.

— Vous m'avez dit que vous la connaissiez depuis l'université, n'est-ce pas ?

— Oui, j'ai fait connaissance avec elle au club de danse.

— Si vous repensez à cette époque, vous ne voyez rien qui aille dans ce sens ? Je veux dire une chose qui puisse confirmer ce que je soupçonne ?

Le visage de Shinozuka se fit soupçonneux, sans doute parce qu'il était question du club de danse.

— Vous êtes allé la voir, non ? demanda-t-il avant d'ajouter : Vous avez rencontré Kawashima Eriko ?

— Oui. Mais ne vous faites pas de souci, je n'ai pas mentionné votre nom, ni rien qui puisse faire penser à vous.

Shinozuka soupira à son tour. Il hocha la tête.

— Elle va bien ?

— Oui. Elle s'est mariée il y a deux ans avec un homme qui travaille dans une entreprise d'électricité. C'était un mariage arrangé.

— Je suis heureux de savoir qu'elle va bien.

Il baissa un instant la tête avant de lui demander si elle lui avait dit quelque chose de particulier.

— Elle n'était pas convaincue que Karasawa Yukiho ait été profondément amoureuse de M. Takamiya. Ce qui revient à dire qu'elle pense qu'il y avait quelqu'un qu'elle lui préférait.

— Et vous en déduisez que c'est moi ? Je trouve ça idiot, déclara-t-il en faisant un geste de dénégation de la main, en riant.

— C'est pourtant ce qu'elle pensait, fit Imaeda.

— Comment ça ? demanda Shinozuka, à nouveau sérieux. Elle vous l'a dit ?

— Non, mais c'est ce que son attitude m'a fait comprendre.

— Je trouve que vous vous fiez trop à votre instinct.

— J'en suis conscient et c'est la raison pour laquelle je n'en parle pas dans le rapport. Mais cela ne fait aucun doute à mes yeux.

Il se souvint de l'expression qu'avait eue Kawashima Eriko après lui avoir dit que Takamiya n'était pas l'homme que Karasawa Yukiho aimait plus que tout au monde. Elle avait soudain regretté ce qu'elle venait de dire. Et son regard s'était fait craintif. En le voyant, il avait compris pourquoi. Elle avait peur qu'il ne lui demande le nom de celui qu'elle aimait plus que tout au monde. Les pièces du puzzle s'étaient mises en place dans son esprit à cet instant.

Shinozuka soupira puis reprit son verre de café glacé. Il but d'une traite la moitié de ce qui restait dans le verre. Les glaçons tintèrent.

— Libre à vous de le penser, mais je n'ai aucun souvenir qu'elle l'ait jamais exprimé. Elle ne m'a jamais fait de déclaration, ni fait de cadeaux pour mon anniversaire ou pour Noël. Certes, elle m'a donné des chocolats pour la Saint-Valentin, comme à tous les garçons du club de danse.

— Peut-être vous les a-t-elle offerts avec une intention particulière.

— Non. Certainement pas, répondit Shinozuka en secouant la tête.

Imaeda sortit la dernière cigarette de son paquet de Marlboro et l'alluma avec son briquet jetable. Il écrasa le paquet vide de la main gauche.

— Je n'en parle pas non plus dans le rapport, mais un événement qui s'est produit quand elle était au collège me préoccupe un peu.

— De quoi s'agit-il ?

— D'un viol. Non, j'ai tort d'utiliser ce mot. Il n'y a peut-être pas eu viol.

Il lui raconta qu'une de ses camarades de classe avait été agressée, qu'elle avait été découverte par Yukiho et Eriko, et que la victime de l'agression était quelqu'un qui voyait Yukiho comme une rivale. Shinozuka changea d'expression en l'écoutant. Imaeda s'y attendait.

— Et pourquoi cet incident vous préoccupe-t-il ? demanda-t-il d'une voix tendue.

— Vous ne voyez pas de similitude avec ce qui est arrivé quand vous étiez étudiant ?

— Et alors ? rétorqua-t-il d'un ton qui exprimait son malaise.

— Cet incident a permis à Karasawa Yukiho d'amadouer une rivale. Il me semble possible qu'elle ait décidé d'utiliser la même méthode pour se débarrasser d'une rivale en amour.

Shinozuka fixa le visage d'Imaeda. Plus exactement, il le regarda d'un air mauvais.

— Votre hypothèse fantaisiste ne m'amuse pas. Eriko était censément sa meilleure amie.

— C'est ce qu'elle croyait, en effet. Mais qu'en pensait Karasawa Yukiho ? Je la soupçonne d'être aussi derrière cette agression qui s'est produite quand elle était au collège. Si j'ai raison, l'histoire se tient.

523

Shinozuka fit non de la main.

— Restons-en là. Je suis en quête de faits.

Imaeda hocha la tête.

— C'est noté.

— J'attends votre prochain rapport.

Il se leva et tendit la main vers l'addition posée sur un coin de la table, mais Imaeda s'en empara avant lui.

— Si je trouve des preuves de ce que j'avance, qui montrent qu'il ne s'agit pas d'une hypothèse fantaisiste, vous aurez le courage d'en parler à votre cousin ?

— Naturellement. Si c'est la vérité.

— Je ne l'oublierai pas.

— Je compte sur votre prochain rapport. Je veux des faits.

Shinozuka s'éloigna, l'addition à la main.

2

Sugawara Eri l'appela deux jours après sa rencontre avec Shinozuka. Il avait fait le guet devant un hôtel de rendez-vous du quartier de Shibuya jusque très tard, dans le cadre d'une autre enquête qu'il menait, et n'était rentré chez lui qu'après minuit. Le téléphone sonna au moment où il s'apprêtait à prendre une douche.

Elle l'appelait parce qu'il lui était arrivé quelque chose d'un peu étrange, expliqua-t-elle d'un ton inquiet.

— J'ai trouvé sur mon répondeur plusieurs messages sans paroles. Ça m'a fait un peu peur, et je voulais m'assurer que ce n'était pas toi.

— Non, ce n'est pas mon genre. Tu ne crois pas qu'ils pourraient venir d'un client du restaurant à qui tu as tapé dans l'œil ?

— Non, il n'y en a pas, des comme ça. De toute façon, je ne leur donne jamais mon numéro de téléphone.

— Un numéro de téléphone, cela se trouve facilement.

Il suffisait par exemple de relever dans la boîte aux lettres une facture de téléphone et de recopier le numéro, une méthode qu'il utilisait souvent mais dont il ne parla pas à Eri pour ne pas l'inquiéter.

— Il y a autre chose.

— Quoi donc ?

— Je me fais peut-être des idées, dit-elle en baissant la voix, mais j'ai l'impression que quelqu'un est venu chez moi.

— Quoi ?

— J'y ai pensé à l'instant où j'ai ouvert ma porte en revenant du restaurant.

— Qu'est-ce qui t'a donné cette idée ?

— Eh bien… d'abord mes sandales à talons étaient tombées.

— Comment ça ?

— Mes sandales à talons sont dans l'entrée, et l'une d'entre elles était sur le côté. Je déteste quand elles sont comme ça et je les redresse toujours, même quand je suis pressée. Et puis il y a aussi le téléphone.

— Le téléphone ?

— Le combiné n'était pas posé de la même façon. Je le laisse toujours de manière à pouvoir le saisir de la main gauche quand je suis assise, un peu de travers, mais il n'était plus dans la même position.

— Tu es sûre de ne pas l'avoir déplacé ?

— Quasiment.

Une idée vint immédiatement à l'esprit d'Imaeda mais il ne lui en dit rien.

— Bon. Eri, écoute-moi bien. Est-ce que je peux venir chez toi maintenant ?

— Maintenant ? Euh… Oui, d'accord.

— Ne t'en fais pas, je ne te ferai pas de mal. Mais ne te sers pas du téléphone jusqu'à ce que j'arrive. D'accord ?

— D'accord… Mais pourquoi ?

— Je te le dirai une fois sur place. Encore une chose. Je frapperai à ta porte, mais ne m'ouvre qu'après t'être assurée que c'est moi.

— D'accord, fit-elle d'une voix encore plus inquiète que celle qu'elle avait quand il avait décroché.

Il se rhabilla, rassembla quelques outils dans un sac de sport, enfila ses tennis et quitta son appartement.

Une pluie fine tombait. Il pensa aller chercher son parapluie mais décida que ce n'était pas nécessaire. Il couvrit d'un bon pas les quelques centaines de mètres qui séparaient leurs appartements.

Son immeuble se trouvait dans une petite rue à l'écart de l'avenue et donnait sur un parking. Il monta l'escalier extérieur et frappa à la porte de l'appartement 205. Elle s'ouvrit, et le visage inquiet d'Eri apparut.

— Qu'est-ce qui m'arrive ? demanda-t-elle, en fronçant les sourcils.

— Je n'en sais rien. Tout ce que j'espère, c'est que tu te fais du souci pour rien.

— Je suis sûre de ce que j'avance. J'étais encore plus inquiète après avoir raccroché. Je ne me sens plus chez moi.

Imaeda pensa que ce n'était qu'une impression mais il hocha la tête et entra dans l'appartement.

Il y avait trois paires de chaussures dans l'entrée, des tennis, des escarpins, et une paire de sandales à talons. Il suffirait d'en effleurer une pour qu'elles tombent.

Il se déchaussa et entra dans l'unique pièce. Il vit un petit évier. De l'autre côté du rideau qui séparait l'espace en deux, de manière à ce que l'on ne voie pas tout depuis l'entrée, il y avait un lit, une table et un poste de télévision. Le climatiseur vieillot accroché au mur soufflait bruyamment de l'air frais.

— Où est le téléphone ?

— Ici, répondit-elle en le lui montrant du doigt.

Il était posé sur une étagère. Ce n'était pas un modèle sans fil comme on en voyait tant. La taille de l'appartement ne le justifiait pas.

Imaeda tira de son sac un petit appareil noir de forme rectangulaire, d'où sortait une antenne, avec un cadran et plusieurs boutons.

— C'est quoi ? Un talkie-walkie ?

— Non, un genre de jouet.

Il l'alluma et tourna le bouton de fréquence. L'aiguille du cadran monta jusqu'à la zone des 100 mégahertz. Une lampe s'alluma pour signaler que l'appareil détectait quelque chose. Il approcha l'appareil du téléphone puis l'en éloigna. L'aiguille du cadran se déplaça.

Il éteignit l'appareil et souleva le téléphone pour en regarder la base. Il sortit ensuite un jeu de tournevis en plastique et en prit un pour dévisser le fond. Il y arriva aisément, comme il s'y attendait. Quelqu'un l'avait fait récemment.

— Tu fais quoi? Tu casses mon téléphone?
— Pas du tout, je le répare.
— Hein?

Une fois les vis enlevées, il retira prudemment le fond, regarda et aperçut immédiatement une petite boîte blanche scotchée à un des côtés. Il la détacha.

— C'est quoi, ça? On peut l'enlever?

Sans répondre à sa question, il dévissa le couvercle de la petite boîte avec un autre tournevis. Elle contenait une petite pile plate au mercure, qu'il délogea avec un tournevis.

— OK, c'est bon maintenant.
— Je n'y comprends rien. Tu peux m'expliquer?
— Ce n'est rien, juste un dispositif d'écoute, expliqua-t-il en revissant le fond du téléphone.
— Quoi? s'exclama-t-elle en écarquillant les yeux avant de prendre la petite boîte qu'il avait détachée. Ce n'est pas rien. Pourquoi quelqu'un a-t-il mis ça sur mon téléphone?
— C'est ce que je voudrais te demander. Tu es sûre que ce n'est pas une de tes connaissances?
— Absolument!

Imaeda remit en route son appareil de détection et marcha dans la pièce en changeant les fréquences. Cette fois-ci, il ne se produisit rien.

— La personne qui l'a installé n'a pas jugé nécessaire de mettre en place de dispositif de sécurité, dit-il en l'éteignant avant de le ranger dans son sac ainsi que son jeu de tournevis.

— Comment as-tu deviné que quelqu'un avait mis ça sur mon téléphone ?

— Je te le dirai si tu me donnes quelque chose à boire. Tous ces efforts m'ont donné soif.

— D'accord.

Elle sortit deux boîtes de bière du petit réfrigérateur, en posa une sur la table, et tira la languette de l'autre.

Imaeda s'assit en tailleur et but d'abord une gorgée de bière qui le désaltéra et le fit transpirer.

— J'y ai pensé tout de suite à cause de mon expérience, commença-t-il, la bière à la main. Tu m'as dit que quelqu'un était entré chez toi et que ton téléphone avait changé de place, et cela m'a paru l'explication la plus évidente.

— Je comprends. C'était plutôt simple, alors ?

— J'ai envie de te répondre, "Pas tant que ça", mais c'est idiot. Il s'interrompit pour boire une autre gorgée et reprit après s'être essuyé la bouche du dos de la main : Tu ne vois vraiment pas qui pourrait avoir fait ça ?

— Absolument pas, répondit Eri qui s'était assise sur son lit.

— Ce qui veut probablement dire que c'est moi qui étais visé.

— Toi ? Pourquoi ?

— Tu m'as dit que quelqu'un avait appelé plusieurs fois sans laisser de messages. Cela t'a inquiétée, et tu m'as téléphoné. Peut-être était-ce précisément le but recherché. La personne qui a mis ton téléphone sur écoute voulait que tu m'appelles. Parce que c'était plutôt prévisible.

— Mais ça lui servait à quoi ?

— À savoir qui tu appelles quand tu as un problème.

— Mais je ne comprends pas ce que cela lui apporte. Si quelqu'un veut le savoir, il n'a qu'à me le demander et je le lui dirai. Ce n'est la peine de mettre mon téléphone sur écoute.

— Il ne voulait pas que tu saches ce qu'il cherchait. Récapitulons. La personne qui a fait cela cherche à identifier quelqu'un. Il a un indice pour cela, toi. La seule chose qu'il devait savoir était que tu me connaissais bien.

Il vida sa boîte de bière et l'écrasa d'une main.

— Cela évoque quelque chose pour toi ?

— La boutique d'Aoyama où nous sommes allés l'autre jour ?

— Quelle clairvoyance ! Tu leur as laissé ton adresse. Mais moi, je ne l'ai pas fait. Il fallait passer par toi pour savoir qui j'étais.

— Tu penses que ces gens voulaient connaître ton identité ? Pourquoi ?

— On peut envisager plusieurs explications, sourit Imaeda. Que tu n'as pas besoin de connaître.

Il pensait à la montre de Shinozuka. Karasawa Yukiho avait deviné qu'elle lui appartenait, il en était certain. Qu'elle ait eu envie de savoir qui était l'homme qui la portait n'était pas étonnant. Il était fort possible qu'elle ait fait appel aux services de quelqu'un exerçant la même profession que la sienne pour le découvrir grâce à Sugawara Eri.

Il se rappela leur conversation au téléphone. Elle l'avait appelé par son nom. La personne qui avait installé le dispositif d'écoute ne manquerait pas de découvrir rapidement qu'il y avait dans le quartier un détective privé qui s'appelait ainsi.

— Oui, mais je n'ai pas donné ma véritable adresse l'autre jour. Puisque je faisais semblant d'être une jeune fille riche, j'ai mis une adresse un peu plus chic, sans numéro d'appartement. Et j'ai aussi modifié mon numéro de téléphone.

— Vraiment ?

— Oui. Je me suis dit que ce serait mieux puisque je te donnais un coup de main dans ton travail.

Il repensa à leur visite dans la boutique. Était-il tombé dans un piège ?

— Ce jour-là, tu avais ton portefeuille sur toi ?
— Oui.
— Il était dans ton sac, n'est-ce pas ?
— Oui.
— Tu as essayé plusieurs vêtements, et chaque fois, tu me les as montrés sur toi. Ton sac était où pendant ce temps-là ?
— Euh… Dans la cabine d'essayage, je pense.
— Tu l'y as laissé ?
— Oui, fit-elle en hochant la tête, l'air contrarié.
— Tu veux bien me montrer ton portefeuille ?
— Oui. Il ne contient pas beaucoup d'argent.
— Ce n'est pas ça qui m'intéresse mais le reste.

Elle ouvrit le sac en bandoulière qu'elle avait suspendu au-dessus de son lit et en sortit un portefeuille noir, long et fin, de marque Gucci.

— Il est chic, dis donc !
— C'est un cadeau. Du patron du restaurant.
— Celui qui a une petite moustache ?
— Oui.
— Eh bien… Bon.

Il l'ouvrit pour regarder les cartes qu'il contenait. Il y en avait plusieurs, ainsi que son permis de conduire, qu'il sortit. L'adresse qui y figurait était celle de l'appartement où ils se trouvaient.

— Tu veux dire que quelqu'un en a inspecté le contenu ? demanda-t-elle, étonnée.
— C'est possible. Je dirais que c'est sûr à soixante pour cent.
— C'est dégoûtant ! Qui peut faire une chose pareille ? Dans ce cas, nous leur avons paru louches d'emblée ?
— Exactement.

Karasawa Yukiho s'était doutée qu'il y avait anguille sous roche dès qu'elle avait vu la montre à son poignet. Elle était parfaitement capable d'inspecter le contenu d'un portefeuille, se dit-il en pensant à ses yeux de chat.

— Mais dans ce cas, pourquoi m'a-t-on demandé d'écrire mon nom et mon adresse avant de quitter la boutique, en disant que c'était pour m'envoyer une invitation ?

— Probablement à titre de vérification.

— Comment ça ?

— Pour vérifier si tu avais donné la même adresse. Ce que tu n'as pas fait.

Elle fit oui de la tête, avec une expression embarrassée.

— Je l'ai modifiée un tout petit peu.

— Et elle a été certaine que nous n'étions pas venus pour acheter des vêtements.

— Pardon. J'aurais mieux fait de ne pas prendre d'initiative.

— Ce n'est pas grave. Elle doutait de nous dès le départ.

Il se leva, et ramassa son sac de sport.

— Veille à bien fermer ta porte. Tu le sais probablement, mais une serrure ne pose aucun problème à un professionnel. Quand tu es chez toi, mets toujours la chaîne de sécurité.

— D'accord.

— Bon, à la prochaine, dit-il en enfilant ses tennis.

— Tu ne crains pas que quelqu'un t'attaque ?

Il pouffa en l'entendant.

— Je ne suis pas James Bond, moi ! Ne t'en fais pas pour moi. J'aurai peut-être la visite d'un tueur peu qualifié, mais ça ne me fait pas peur.

— Quoi ? lança-t-elle, le visage sombre.

— Bonne nuit. Ferme bien ta porte.

Il sortit et la tira derrière lui. Mais il resta jusqu'à ce qu'il entende le verrou tourner et le bruit de la chaîne.

Qu'allait-il se passer à présent ?

Il leva les yeux vers le ciel. La pluie continuait à tomber.

# 3

Le lendemain, il pleuvait plus fort. Mais en contrepartie, il faisait moins étouffant et la matinée était plutôt plaisante.

Imaeda ouvrit les yeux vers neuf heures et sortit de chez lui en jean et en tee-shirt. S'abritant sous un parapluie dont une baleine était cassée, il alla jusqu'au Boléro, le café en face de chez lui. La petite clochette accrochée au-dessus de la porte tinta quand il l'ouvrit. Il avait l'habitude d'y venir chaque matin pour consommer le menu petit-déjeuner en lisant un journal sportif.

Deux des quatre tables que comptait le Boléro étaient occupées, et il y avait une personne au comptoir. Le patron, un homme moustachu, le salua de la tête.

Imaeda hésita, puis alla s'asseoir à une table du fond. Ce n'était pas une heure de grande affluence, et il pouvait occuper une table seul. Il était prêt à changer de place et à s'installer au comptoir si nécessaire.

Il n'avait pas besoin de commander. Quelques secondes plus tard, le patron lui servirait son café et le hot-dog du menu du petit-déjeuner.

Le client du comptoir lisait le journal sportif et il ne restait plus parmi les journaux offerts à la lecture que l'*Asahi* et le *Yomiuri*, deux quotidiens du matin ainsi qu'un quotidien économique. Il prit l'*Asahi*, car il était abonné à l'autre.

Au moment où il allait se rasseoir, la clochette tinta et il tourna par réflexe les yeux vers la porte. Le nouvel arrivant était du sexe masculin.

Âgé d'une soixantaine d'années, des cheveux poivre et sel coupés court, les épaules larges, il se tenait aussi droit qu'un samouraï d'autrefois et portait une chemise à manches courtes qui laissait voir des bras musclés.

Plus encore que sa stature, Imaeda remarqua le regard pénétrant qu'il dirigea vers lui, comme s'il savait qu'il le trouverait ici.

L'homme détourna presque immédiatement les yeux et alla s'asseoir au comptoir. Il commanda un café.

Imaeda releva la tête, surpris par son accent du Kansai. L'inconnu tourna à nouveau les yeux vers lui. Leurs regards se croisèrent.

Il n'y perçut ni agressivité ni hostilité, mais une grande expérience des rapports humains. Leur éclat froid et acéré le fit frissonner.

Cela ne dura qu'une seconde. Imaeda se mit à lire les faits divers. Un camion avait causé un grave accident sur une autoroute. Il avait du mal à se concentrer sur sa lecture, car il s'interrogeait sur l'identité du nouveau venu.

Le patron lui apporta son petit-déjeuner. Imaeda mordit dans son hot-dog après y avoir ajouté de la moutarde et du ketchup. Il aimait la sensation de la saucisse lorsqu'elle craquait sous ses dents.

Il s'efforça de ne pas regarder dans la direction de l'inconnu en mangeant car il avait l'impression que leurs regards se croiseraient à nouveau.

Après avoir avalé la dernière bouchée, il souleva sa tasse de café en jetant un coup d'œil dans sa direction. L'inconnu était en train de boire et ne le regardait pas.

Il était certain qu'il venait de détourner les yeux.

Il finit son café, se leva, sortit un billet de mille yens de la poche de son jean, le tendit au patron et empocha les quatre cent cinquante yens que celui-ci lui rendit.

L'homme l'observait en buvant son café, le dos bien droit, quasiment immobile. Ses gestes paraissaient presque mécaniques et il ne regardait pas dans sa direction.

Imaeda quitta le café et traversa la rue. Il monta l'escalier de son immeuble. Avant d'ouvrir sa porte, il regarda depuis la coursive le café, mais ne vit pas l'inconnu en sortir.

Il alluma la ministéréo placée sur une étagère métallique et pressa sur le bouton du lecteur de CD. La voix de Whitney Houston emplit l'espace.

Il ôta son tee-shirt car il voulait prendre une douche. Il se sentait poisseux car il n'avait pas eu le temps de se laver hier avant de se coucher.

La sonnette résonna au moment où il descendait la fermeture éclair de son jean.

Elle prit une signification particulière à ses oreilles. Comme il ne répondit pas immédiatement, elle retentit une seconde fois.

Il se rhabilla et alla vers l'entrée en se demandant quand il trouverait le temps de se laver. Il défit le verrou et ouvrit la porte.

L'inconnu était devant lui.

Il n'en fut pas surpris. Il avait deviné qui était là dès la première sonnerie.

L'homme lui adressa un sourire. Il tenait un parapluie dans sa main gauche, et une petite sacoche dans la droite.

— Que puis-je pour vous ?

— Vous êtes monsieur Imaeda, n'est-ce pas ? demanda l'inconnu qui avait décidément l'accent du Kansai. Monsieur Imaeda Naomi, n'est-ce pas ?

— Oui.

— J'aimerais vous poser quelques questions, si vous avez un peu de temps à me consacrer.

Sa voix était profonde. Deux rides verticales barraient son front. Imaeda remarqua que l'une était une cicatrice, probablement laissée par une blessure au couteau.

— Et qui êtes-vous ?

— Mon nom est Sasagaki. Je suis venu d'Osaka.

— Ce n'est pas la porte à côté. Je suis désolé mais j'ai à faire et je dois sortir.

— Je n'ai que deux ou trois questions à vous poser, si vous voulez bien y répondre.

— Revenez un autre jour, aujourd'hui, je ne peux pas.

— Vous n'aviez pas l'air si pressé au café, remarqua l'homme d'un ton sarcastique.

— J'utilise mon temps comme je l'entends. Je ne peux pas vous recevoir, répondit Imaeda en tirant la porte à lui, mais l'homme l'en empêcha en y glissant son parapluie.

— Vous travaillez dur, et c'est très bien. Il se trouve que moi aussi, je travaille, dit l'homme en sortant de la poche de son pantalon gris une carte noire sur laquelle il était écrit "Préfecture d'Osaka".

Imaeda émit un petit sifflement.

— Vous auriez dû me dire que vous apparteniez à la police.

— Tout le monde n'aime pas clamer son identité sur le pas d'une porte. Je peux vous parler ?

— Bien sûr, répondit Imaeda.

Il le fit s'asseoir sur le fauteuil qu'il réservait aux clients, et prit place en face de lui. Sa chaise était un peu plus haute, ce qui lui permettait de surplomber ses clients. Cela n'aurait probablement aucun effet sur ce vieux routier, pensa-t-il.

Il lui demanda ensuite sa carte de visite, mais l'homme répondit qu'il n'en avait pas. Ce ne devait pas être vrai, mais Imaeda n'avait pas envie de se disputer avec lui. Il le pria cependant de lui laisser voir sa carte de police.

— J'en ai le droit, je pense. Je veux m'assurer que vous êtes bien ce que vous dites que vous êtes.

— J'en conviens volontiers. Prenez votre temps, répliqua l'homme en dialecte d'Osaka.

Il s'appelait Sasagaki Junzō et avait un peu forci depuis le jour où la photo avait été prise.

— Vous êtes convaincu ? Je travaille à présent au commissariat de Fuse-Ouest, à la direction de la police judiciaire.

— Vous vous occupez donc d'homicides ?

Imaeda ne s'y attendait pas.

— Exactement.

— Je ne comprends pas très bien. Pour autant que je sache, je ne m'occupe d'aucun homicide.

— Des homicides, il y en a de toutes sortes. On parle de certains, mais pas de tous. Mais il s'agit bien d'un homicide.

— Quand et où s'est-il produit ? Qui était la victime ?

Sasagaki rit, ce qui fit apparaître de petites rides sur son visage.

— Si vous le permettez, monsieur Imaeda, je voudrais vous demander de répondre d'abord à quelques questions. Je vous rendrai la pareille ensuite.

Imaeda regarda le policier d'Osaka se balancer d'avant en arrière. Son visage était sérieux.

— D'accord. Que voulez-vous savoir ?

Sasagaki mit les deux mains sur le parapluie qu'il avait près de lui.

— Il y a deux semaines environ, vous êtes allé à Osaka, n'est-ce pas ? Et vous avez passé pas mal de temps dans l'arrondissement d'Ikuno, non ?

Imaeda fut piqué au vif. Sitôt qu'il avait su que Sasagaki venait d'Osaka, il avait pensé à son voyage là-bas. Il se souvenait de la gare de Fuse.

— Alors ? demanda Sasagaki qui paraissait connaître la réponse à sa question.

— J'y suis allé, reconnut Imaeda. Vous êtes bien informé.

— Dans ce quartier, pas une chatte n'est grosse sans que je le sache.

Il s'arrêta pour rire silencieusement. Puis il referma la bouche.

— Qu'êtes-vous allé faire là-bas ?

— J'y étais pour mon travail, répondit Imaeda en réfléchissant au sens de cette question.

— Pour votre travail. Et quel était ce travail ?

Imaeda rit à son tour. Il voulait lui montrer qu'il ne craignait rien.

— Monsieur Sasagaki, vous connaissez mon métier, n'est-ce pas ?

— Oui, et il me paraît fort intéressant, répondit-il en regardant les étagères remplies de dossiers. J'ai un ami à Osaka qui fait la même chose que vous. Je ne sais pas si cela lui rapporte.

— Je suis allé à Osaka dans le cadre de ce travail.

— Et votre travail là-bas était d'enquêter à propos de Karasawa Yukiho ?

Imaeda comprit la raison de la visite de Sasagaki. Il se demanda comment il était arrivé à lui en repensant au dispositif d'écoutes téléphoniques qu'il avait découvert la veille.

— J'aimerais savoir pourquoi vous avez enquêté sur les origines de Karasawa Yukiho et le quartier où elle a grandi, demanda-t-il d'un ton insistant, en le regardant du coin de l'œil.

— Comme vous le savez sans doute de votre ami qui fait le même métier que moi, nous ne pouvons pas divulguer le nom de nos clients.

— Ce qui veut dire que vous enquêtez sur elle à la demande d'un de vos clients.

— C'est exact, répondit Imaeda en réfléchissant au fait que Sasagaki avait dit "Karasawa Yukiho" et non pas "Mlle Karasawa".

Devait-il en conclure qu'il la connaissait bien ? Ou avait-il une autre raison ?

— C'est lié à son possible remariage ? lança le policier.

— Pardon ?

— J'ai entendu dire qu'elle allait peut-être se remarier. Je comprends parfaitement que la famille d'un homme qui envisage de se marier avec une intrigante ait envie d'en savoir plus sur ses origines.

— À quoi faites-vous référence ?

— C'est bien de mariage qu'il s'agit, non ? demanda-t-il avec un sourire déplaisant en regardant le bureau d'Imaeda. Je peux fumer ? ajouta-t-il en pointant le cendrier du doigt.

— Je vous en prie.

Sasagaki sortit un paquet de Hi-Lite de la poche de sa chemise. Il s'y était aplati, sa cigarette était légèrement tordue. Il l'alluma avec une allumette. La pochette venait du Boléro.

Il fumait tranquillement, comme s'il avait tout son temps. La fumée montait à la verticale puis se dissipait dans l'air.

Imaeda comprit qu'il lui accordait du temps pour réfléchir. Il lui avait montré plusieurs cartes de son jeu et croyait peut-être préférable de lui laisser à présent la main. Il était probablement venu au café dans le même but, lui faire comprendre qu'il en savait beaucoup sur lui, afin d'établir sa supériorité. Son regard était décidément rusé.

Imaeda aurait beaucoup aimé connaître le reste de son jeu. Pourquoi un policier qui travaillait dans la police judiciaire poursuivait-il Karasawa Yukiho ? Non, il se trompait. Il n'avait aucune preuve qu'il la poursuivait. Mais il savait décidément beaucoup de choses sur elle.

— Je suis au courant de ce possible remariage de Mlle Karasawa. Mais je ne peux pas vous dire si mon travail est ou non lié à cela.

Sasagaki hocha la tête avec une expression satisfaite, la cigarette à la main. Il l'écrasa ensuite lentement dans le cendrier.

— Monsieur Imaeda, vous vous souvenez de *Mario* ?

— Mario ?

— *Super Mario Bros.*, le jeu vidéo pour enfants. Enfin, aujourd'hui, il y a aussi apparemment beaucoup d'adultes qui y jouent.

— Oui, je m'en souviens, bien sûr.

— Il y a quelques années, il a eu un succès fulgurant. Les gens faisaient la queue devant les magasins qui en vendaient.

— C'est vrai, répondit Imaeda en se demandant où Sasagaki voulait en venir.

— À Osaka, quelqu'un a voulu en lancer une version pirate. Il l'a fabriquée, elle était prête à être mise en vente. Mais la police a réussi à l'empêcher à la dernière minute. Elle a saisi les copies piratées. Mais elle n'a jamais pu arrêter l'homme à l'origine de la falsification. Il a disparu.

— Il est parvenu à s'enfuir.

— C'est ce que nous nous sommes dit, à la police. D'ailleurs, nous continuons à le penser. Nous avons émis un avis de recherche.

Il ouvrit sa sacoche et en sortit un prospectus qu'il montra à Imaeda. On y voyait un homme d'une cinquantaine d'années, les cheveux coiffés en arrière. Sous son nom, Matsuura Isamu, figurait la demande de contacter la police.

— Puis-je vous demander si ce visage vous dit quelque chose ?

— Non, rien.

— Cela ne m'étonne pas, fit Sasagaki qui le replia et le remit dans son sac.

— Vous êtes à la recherche de ce Matsuura ?

— Oui, on peut aussi dire ça.

— "Aussi" ? releva Imaeda en regardant Sasagaki qui souriait d'un air entendu.

Il réalisa au même moment qu'un policier qui s'occupait d'homicide n'avait aucune raison d'être à la recherche d'un faussaire en jeux vidéo. Le policier devait penser que Matsuura avait été assassiné. Il voulait trouver son corps et la personne qui l'avait assassiné.

— Quel est le rapport entre cet homme et Mlle Karasawa ?

— Il se peut qu'il n'y ait aucun rapport direct.

— Mais alors…

— Une autre personne a disparu en même temps que Matsuura. Elle a très probablement participé à la fabrication du jeu. Et cet homme… Il s'interrompit comme pour réfléchir à la formulation la meilleure. Et cet homme se trouve certainement non loin de Karasawa Yukiho.

— Non loin d'elle ? Comment cela ?

— Comme cela sonne. Il doit se cacher non loin d'elle. Vous savez ce qu'est une crevette pistolet ?

Imaeda se demanda où il voulait en venir.

— Une crevette pistolet ? Non.

— Une crevette pistolet vit dans un trou qu'elle partage avec une autre créature, le gobie, qui monte en général la garde devant leur trou. Lorsqu'un ennemi approche, le gobie le lui fait savoir. C'est une remarquable combinaison. Une symbiose.

— Attendez, fit Imaeda en levant la main gauche. Vous êtes en train de me dire qu'il y a un homme avec qui Mlle Karasawa a une relation de ce type ?

Il n'était pas prêt à le croire, car il n'en avait trouvé aucun signe.

Sasagaki sourit.

— C'est ce que je suppose. Je n'en ai cependant aucune preuve.

— Mais vous avez vos raisons pour le supposer, j'imagine ?

— Oui et non. C'est surtout mon instinct de policier, qui n'est pas infaillible. Je ne peux pas m'y fier entièrement.

Imaeda se dit qu'il mentait. Il devait avoir de solides raisons pour le penser. Sinon il ne serait pas venu seul à Tokyo.

Sasagaki rouvrit son sac et en sortit une photo.

— Avez-vous jamais vu cet homme ?

Imaeda tendit la main pour la prendre et vit un homme d'une trentaine d'années, au menton pointu. Il s'agissait probablement de l'agrandissement d'une photo de permis de conduire.

Il se rappelait l'avoir croisé. Il fouilla dans ses souvenirs en prenant garde à ne pas montrer que ce visage lui disait quelque chose. Il était fier de sa mémoire des physionomies et il était certain que cela lui reviendrait.

Le brouillard se dissipa pendant qu'il la contemplait. Il se rappelait à présent clairement cet homme, son nom, sa profession et son adresse, comme s'il les lisait sur une feuille de papier. Il faillit pousser un cri de surprise. Il aurait aimé pouvoir exprimer son étonnement. Mais il réussit à le dissimuler.

— C'est cette personne qui vit en symbiose avec Mlle Karasawa ? demanda-t-il d'une voix différente.

— Peut-être. Il vous dit quelque chose ?

— Oui et non, répondit-il. Je voudrais vérifier quelque chose dans la pièce à côté. Comparer la photo avec un de mes dossiers.

— Quel dossier ?

— Je vais vous l'apporter. Un instant, s'il vous plaît.

Il se leva sans attendre la réponse de Sasagaki, passa dans l'autre pièce qu'il ferma à clé.

C'était sa chambre à coucher, mais il s'en servait aussi comme chambre noire pour développer des photos en noir et blanc. Il prit un Polaroïd parmi ses appareils photo.

Il posa la photo que lui avait confiée Sasagaki sur le sol et dirigea sur elle l'objectif du Polaroïd. Cela lui prit un peu de temps.

Il appuya sur l'obturateur lorsqu'il fut satisfait. Le flash brilla.

Il sortit le film et remit l'appareil à sa place. Tout en le secouant, il saisit un dossier épais qui contenait les photos prises dans le cadre de son enquête sur Karasawa Yukiho. Il vérifia qu'il pouvait toutes les montrer à Sasagaki.

Il consulta sa montre, vit que la photo serait développée dans quelques secondes, et enleva le papier protecteur. Elle était excellente.

Il la plaça dans un tiroir et revint dans son bureau avec le dossier et le cliché que lui avait confié Sasagaki.

— Toutes mes excuses pour avoir été si long, dit-il en posant le dossier sur la table. Je pense que je me suis trompé. Je ne l'ai pas retrouvé.

— Et ce dossier, c'est…

— Le matériel que j'ai rassemblé à propos de Mlle Karasawa. Il y a peu de photos.

— Puis-je y jeter un œil ?

— Bien sûr. Mais ne me posez pas de questions sur les photos, s'il vous plaît.

Sasagaki les inspecta l'une après l'autre. On y voyait les alentours de la maison de sa mère, ou encore sa chargée de portefeuille, qu'il avait prise en cachette.

— Elles sont intéressantes.

— Elles vous plaisent ?

— Elles me paraissent surprenantes pour une enquête liée à un mariage. J'ai du mal à comprendre pourquoi on la voit entrer dans une banque.

— Je me fie à votre imagination.

Elle louait un coffre-fort dans cette banque. Il l'avait compris en la filant car il l'avait photographiée à son entrée et à sa sortie, afin de voir si rien dans son apparence n'avait changé. Si par exemple elle en ressortait avec un collier qu'elle ne portait pas à son arrivée, il saurait qu'elle y avait un coffre-fort. Il se servait de cette méthode qui demandait un certain effort quand il voulait se renseigner sur les biens de quelqu'un.

— Je peux vous demander de me promettre quelque chose, monsieur Imaeda ?

— Quoi donc ?

— Si dans le cadre de votre enquête, vous retrouvez cet homme, commença-t-il en lui montrant la photo de tout à l'heure, faites-le-moi savoir. Immédiatement.

Imaeda regarda successivement le cliché et le visage ridé de Sasagaki.

— Dans ce cas, je voudrais vous poser une question.
— Laquelle ?
— Son nom. Comment s'appelle-t-il ? Et sa dernière adresse connue.

Sasagaki parut hésiter pour la première fois.

— Si vous le trouvez, je vous donnerai tellement d'informations sur lui que vous en aurez trop.

— Je voudrais connaître son nom et son adresse maintenant.

Sasagaki scruta son visage quelques secondes avant de hocher la tête. Il arracha une page de son calepin et y écrivit quelque chose avant de la placer en face d'Imaeda.

— Kirihara Ryōji, Nihonbashi, Osaka. MUGEN.
— Mugen, c'est quoi ?
— Le magasin d'informatique qu'il tenait.
— Ah bon ?

Sasagaki prit une autre feuille de papier et se remit à écrire. Cette fois-ci, Imaeda lut : "Sasagaki Junzō", suivi d'un numéro de téléphone.

— Je vous ai pris plus de temps que prévu. Vous m'avez dit que vous aviez à faire. Désolé de vous avoir retardé.

— Pas du tout, répondit Imaeda en se disant qu'il avait très bien compris qu'il n'avait rien de précis à faire. Je voulais juste vous demander comment vous avez su que j'enquêtais sur Karasawa Yukiho.

Sasagaki sourit.

— Ce genre d'informations, je les obtiens en me promenant.

— En vous promenant ? Ce n'est pas à la radio ? demanda Imaeda en faisant le geste de tourner un bouton.

— À la radio ? Je ne comprends pas de quoi vous parlez, fit Sasagaki avec une expression soupçonneuse si prononcée qu'Imaeda se dit que ce ne pouvait être de la comédie.

— Ce n'est pas grave.

Sasagaki se dirigea vers la porte en s'appuyant sur son parapluie comme sur une canne. Il se retourna une derrière fois avant de l'ouvrir.

— Au risque de me mêler de ce qui ne me regarde pas, j'ai un conseil pour la personne qui vous a chargé d'enquêter sur Karasawa Yukiho.

— Lequel ?

Sasagaki sourit.

— Il ferait mieux de ne pas l'épouser. C'est plus qu'une intrigante.

— Oui, répondit Imaeda. Je m'en suis rendu compte.

Sasagaki le salua de la tête, ouvrit la porte et sortit.

# 4

Un groupe de femmes qui sortaient sans doute d'un cours dans un centre culturel occupait deux tables du café. Il était trop tard pour changer le lieu du rendez-vous, car la personne qu'il attendait avait probablement déjà quitté son bureau. Imaeda s'assit le plus loin possible de ces femmes âgées d'une quarantaine d'années qui déjeunaient en jacassant. Il s'était dit qu'à treize heures trente, le café serait presque vide, mais il s'était lourdement trompé. Ce déjeuner devait être le meilleur moment de la semaine pour ces femmes.

Masuda Hitoshi arriva alors qu'il buvait sa deuxième gorgée de café. Un peu plus maigre que lorsqu'ils travaillaient ensemble, il portait une chemise à manches courtes et une cravate bleu marine.

— Cela fait un bail, lui dit-il en s'asseyant à sa table avant de dire à la serveuse venue prendre la commande qu'il ne voulait rien car il n'allait pas rester.

— Toujours aussi occupé, je vois.

— On peut dire ça, lâcha-t-il, visiblement de mauvaise humeur. Cela te convient comme ça ? demanda-t-il en posant sur la table une enveloppe brune.

Imaeda la prit et regarda ce qu'elle contenait. Il lut en diagonale quelques pages de la vingtaine qui s'y trouvait et hocha la tête. Il avait reconnu des choses qu'il avait écrites lui-même.

— C'est parfait. Je te remercie.

— Ne me demande plus jamais ce genre de services. Tu as travaillé assez longtemps chez nous pour savoir le risque que je prends en montrant à quelqu'un d'extérieur un tel document.

— Je te remercie. Cela ne se reproduira pas.

Masuda se leva, mais ne s'éloigna pas immédiatement.

— Pourquoi voulais-tu cela maintenant ? Tu as trouvé la pièce manquante du puzzle ? demanda-t-il en le regardant de haut.

— Hélas non. Mais je voulais vérifier quelque chose.

— Hum. Enfin, peu importe, conclut-il en s'éloignant.

Il n'a aucune raison de me croire, se dit Imaeda. Mais il ne semblait pas non plus avoir envie de se mêler d'une affaire sans rapport avec son travail.

Une fois que son ancien collègue eut quitté le café, il lut les documents. C'était une copie du rapport sur l'enquête faite à la demande d'un cadre de Tōzai Densō. Imaeda s'en souvenait très bien.

Elle n'avait abouti à rien car lui et ses collègues n'avaient pas réussi à percer l'identité d'Akiyoshi Yūichi, l'employé de Memorix. Ils n'avaient jamais découvert son vrai nom.

Il l'avait appris fortuitement de la bouche de Sasagaki, lorsqu'il lui avait tendu la photo de Kirihara Ryōji en qui il avait reconnu l'homme qu'il avait filé autrefois.

Le fait qu'il ait tenu un magasin d'informatique et la date de sa disparition d'Osaka collaient avec le personnage, ainsi que le moment où il avait commencé à travailler chez Memorix.

Imaeda avait d'abord cru à un hasard. La découverte de la véritable identité d'une personne sur laquelle il avait enquêté des années auparavant dans le cadre d'une nouvelle investigation pouvait n'être qu'une simple coïncidence.

Il avait compris en réfléchissant qu'il commettait une erreur grossière. Il en était venu à penser que les deux enquêtes avaient en réalité les mêmes racines.

Si Shinozuka lui avait confié cette enquête sur Karasawa Yukiho, c'était d'abord parce qu'il avait fait connaissance avec Takamiya Makoto dans ce practice de golf dont il avait découvert l'existence en filant Akiyoshi. Takamiya, qui était alors marié à Karasawa Yukiho, était devenu intime avec Misawa Chizuru, la jeune femme que suivait Akiyoshi.

Sasagaki avait qualifié de symbiotique la relation qui existait entre Kirihara Ryōji et Karasawa Yukiho. Imaeda était convaincu que le vieux policier ne parlait pas en l'air et devait disposer de preuves qui l'établissaient. Il avait ensuite réfléchi à l'enquête à laquelle il avait participé trois ans plus tôt, en supposant qu'il existe entre eux un lien secret. Cela modifiait-il la donne ?

La réponse était évidemment oui. Celui qui était alors son mari travaillait dans le service des brevets de Tōzai Densō, une position qui lui donnait accès aux informations internes de la société, et même aux plus confidentielles. Il disposait certainement d'une identification et d'un code confidentiel qui lui permettaient de les consulter, avec l'obligation de ne les montrer à personne. Takamiya s'y était certainement conformé. Mais sa femme n'aurait-elle pas pu les obtenir ?

Trois ans plus tôt, Imaeda et ses collègues avaient en vain cherché le rapport entre Akiyoshi Yūichi et Takamiya Makoto. Il n'y en avait pas, et ils auraient dû concentrer leurs efforts sur celle qui s'appelait alors Takamiya Yukiho.

Cette réflexion avait conduit Imaeda à se préoccuper d'un autre aspect du problème, celui qui concernait Misawa Chizuru et Takamiya Makoto. Pourquoi Akiyoshi, ou plutôt Kirihara, avait-il épié cette dernière ?

La première idée qui lui était venue à l'esprit était que Yukiho lui avait demandé de s'assurer que son mari ne la trompait pas. Mais l'explication était peu vraisemblable. Elle aurait pu faire appel aux services d'un détective privé.

Mais si elle l'avait chargé de cette mission, la logique aurait voulu qu'il suive Takamiya. Lui avait-elle demandé de filer Misawa Chizuru parce qu'elle savait qu'elle était la maîtresse de son époux ? Dans ce cas, elle n'avait pas besoin d'enquêter à ce sujet.

Telles étaient ses pensées en lisant le rapport que lui avait remis Masuda.

C'était en avril, trois ans auparavant, que Kirihara avait suivi pour la première fois Misawa Chizuru jusqu'au practice de golf. Takamiya Makoto n'y était pas. Deux semaines plus tard, Kirihara y était retourné. C'est à cette occasion que Takamiya était apparu pour la première fois aux yeux d'Imaeda et de ses collègues. Ils l'avaient vu parler avec Misawa Chizuru.

Kirihara n'était plus retourné au practice. Mais Imaeda et les siens avaient continué à chercher à savoir quels étaient les liens entre Misawa et Takamiya. Le dossier faisait état de leur intimité croissante. L'enquête avait pris fin au début du mois d'août. Ils étaient alors amants.

L'histoire était étrange. Pourquoi Yukiho n'avait-elle rien fait alors qu'elle devait savoir que son mari avait une liaison avec une autre femme ? Comment imaginer que Kirihara ne lui en ait pas parlé ?

Imaeda but son café qui avait eu le temps de refroidir. Il se rappela la dernière fois qu'il en avait bu, lorsqu'il avait donné rendez-vous à Shinozuka à Ginza.

Au même moment, une idée lui traversa l'esprit. Pourquoi ne pas considérer la situation sous un autre angle ?

Et si Yukiho voulait se séparer de Takamiya Makoto ?

Ce n'était pas invraisemblable. Pour reprendre les mots de Kawashima Eriko, Takamiya Makoto n'était pas l'homme qu'elle aimait plus que tout au monde.

L'époux dont elle souhaitait se séparer était fort heureusement tombé amoureux d'une autre femme. Elle n'avait plus qu'à attendre qu'il la trompe. Ne serait-ce pas ce que Yukiho avait prévu ?

Non, se dit Imaeda. Cette femme n'est pas du type à attendre que les choses aillent dans son sens.

Et si elle avait entièrement planifié la rencontre entre Misawa Chizuru et son mari, et ce qui se passerait ensuite ?

Quand même pas, pensa-t-il. Ou bien… Dans le cas d'une femme comme Karasawa Yukiho, exclure cette possibilité n'était pas raisonnable.

Son hypothèse ne le convainquait pas entièrement. Pouvait-on vraiment contrôler à ce point les sentiments des autres ? Même si Misawa Chizuru avait été la plus belle femme du monde, tous les hommes n'en seraient pas tombés amoureux.

S'ils avaient autrefois eu des sentiments l'un pour l'autre, toute l'histoire devenait plausible.

Imaeda sortit du café et entra dans une cabine téléphonique. Il composa un numéro en regardant son carnet, celui de Tōzai Densō. Il demanda à parler à Takamiya Makoto.

Il attendit quelques instants avant d'entendre la voix de Makoto.

— Bonjour, c'est Imaeda. Je suis désolé de vous déranger en plein travail.

— Ah, répondit-il d'un ton hésitant.

Personne n'aime recevoir un appel d'un détective privé sur sa ligne professionnelle.

— Je vous remercie de votre aide l'autre jour, dit-il en faisant référence aux questions qu'il lui avait posées sur les transactions boursières de Karasawa Yukiho. J'ai encore une question à vous poser.

— À quel sujet ?

— Je préférerais vous en parler de vive voix, expliqua-t-il car il ne s'imaginait pas lui dire au téléphone qu'il souhaitait savoir à quelle occasion il avait fait connaissance de celle qui était aujourd'hui sa femme. Auriez-vous le temps de me voir ce soir ou demain ?

— Demain soir, ce serait possible.

— Très bien, je vous rappellerai demain.

— D'accord. Ah oui, je voulais vous dire quelque chose.
— Quoi donc ?
— Eh bien, commença-t-il en baissant le ton. J'ai eu la visite d'un policier il y a quelques jours. Un policier assez âgé, qui venait d'Osaka.
— Et alors ?
— Comme il m'a demandé si quelqu'un m'avait posé des questions sur mon ex-femme ces derniers temps, j'ai mentionné votre nom. Je n'aurais pas dû ?
— Ah… Je comprends mieux…
— Je n'aurais pas dû ?
— Non, non, ne vous en faites pas pour cela. Vous lui avez parlé de ma profession ?
— Oui.
— Ah bon. Eh bien à demain alors, conclut-il avant de raccrocher.

Tout était clair à présent. Sasagaki n'avait eu aucun mal à le trouver.

Mais alors, qui était responsable de cette histoire d'écoutes téléphoniques ?


Il revint tard chez lui ce soir-là. Il était passé dans le restaurant où travaillait Sugawara Eri après s'être occupé d'une autre mission qu'il menait.

Elle lui avait dit qu'elle mettait à présent toujours la chaîne de sécurité quand elle était chez elle, mais qu'elle n'avait pas l'impression d'avoir reçu la visite d'un quelconque intrus depuis l'autre jour.

En rentrant chez lui, il remarqua qu'une camionnette blanche qu'il ne se souvenait pas d'avoir jamais vue dans le quartier était garée devant chez lui. Il la contourna pour entrer dans son immeuble et gravit l'escalier d'un pas lourd de fatigue. Arrivé devant sa porte, il chercha sa clé dans sa poche et aperçut un carton plié, assez grand pour contenir une machine à laver, ainsi qu'un diable posé un peu plus loin dans le couloir. Il se demanda fugitivement qui avait pu les laisser là. Les habitants de l'immeuble étaient mal élevés, et ils laissaient parfois des sacs-poubelles dans les parties communes. Imaeda lui-même n'était pas un modèle.

Il sortit sa clé et l'introduisit dans la serrure. Elle s'ouvrit plus facilement que d'ordinaire.

Cela lui parut étrange. Il réfléchit une ou deux secondes avant de pousser la porte en se disant qu'il se faisait des idées.

Il alluma la lumière et jeta un regard circulaire. Son appartement était aussi vide que d'habitude, et poussiéreux. Il respira le désodorisant qu'il utilisait pour chasser les mauvaises odeurs.

Il posa sa serviette sur une chaise et se dirigea vers les toilettes. Agréablement ivre, il avait envie de dormir et marchait d'un pas incertain.

Au moment où il alluma la lumière des toilettes, il remarqua que le ventilateur était en route. Cela lui parut bizarre. Aurait-il oublié de l'arrêter ce matin ? Il était près de ses sous, cela ne lui arrivait jamais.

Il poussa la porte. L'abattant de la cuvette était baissé. Il ne s'y attendait pas non plus. Ce n'était pas dans ses habitudes. Il laissait généralement la lunette relevée.

Il referma la porte et souleva l'abattant.

Au même moment, un signal d'alarme se déclencha dans son cerveau.

Il perçut un danger incommensurable. Il tenta de rabaisser l'abattant. Il fallait qu'il sorte au plus vite.

Mais son corps ne lui obéissait plus. Il n'arrivait plus à respirer. Ses poumons refusaient de faire leur travail.

La tête lui tourna. Il sentit son corps heurter quelque chose. Mais il n'eut pas mal. Il ne ressentait plus rien. Il essaya de remuer les bras et les jambes. Mais il ne réussit même pas à lever un seul doigt.

Il eut l'intuition qu'il y avait quelqu'un près de lui. Peut-être se trompait-il. Il ne voyait plus rien.

XII

# 1

La pluie de septembre était encore plus tenace que celle de la saison des pluies. La météo avait prévu des éclaircies en fin de journée, mais une bruine pénétrante recouvrait la ville.

Kurihara Noriko commença à marcher à l'abri des auvents de la rue commerçante devant la gare de Nerima sur la ligne Seibu-Ikebukuro. Elle habitait à dix minutes à pied de la gare.

La télévision du magasin d'électroménager montrait une vidéo de Chage & Aska dont la chanson *Say Yes*, reprise dans un feuilleton en vogue, connaissait un large succès. Les collègues qu'elle venait de quitter lui avaient dit que le dernier épisode serait diffusé ce soir-là. Elle regardait peu la télévision.

Une fois la rue commerçante finie, plus rien ne la protégeait de la pluie. Elle sortit un mouchoir à carreaux gris et bleus de son sac et le mit sur sa tête. Elle s'arrêta dans une supérette pour acheter du tofu et des poireaux, mais décida de ne pas prendre de parapluie. Ils lui paraissaient trop chers.

Son appartement proche de la voie de chemin de fer, un deux-pièces cuisine pour lequel elle payait un loyer de quatre-vingt mille yens, était presque trop vaste pour une personne seule. Elle l'avait loué quand elle avait l'intention d'y vivre avec un homme. D'ailleurs, il était venu y dormir quelquefois. Sans y emménager. Maintenant qu'il ne le faisait plus, elle trouvait son appartement trop grand mais continuait à y habiter car elle n'avait pas l'énergie de déménager.

Elle regrettait de s'y être installée.

Le mur détrempé par la pluie avait la couleur de la boue. Elle grimpa l'escalier en prenant garde à ne pas le frôler. Le bâtiment en bois comptait quatre appartements au rez-de-chaussée, et quatre au premier où se trouvait le sien.

Elle introduisit la clé dans la serrure et ouvrit la porte. L'entrée était sombre. Il n'y avait de lumière ni dans la cuisine ni dans la pièce à tatamis du fond.

— Bonsoir, dit-elle en allumant le plafonnier de la cuisine.

Elle avait compris qu'elle n'était pas seule en voyant ses chaussures dans l'entrée, des vieilles tennis un peu sales. Il n'en possédait pas d'autres.

La porte de la seconde pièce était fermée. Elle l'ouvrit. La pénombre qui y régnait n'était trouée que par la lumière de l'écran de l'ordinateur devant lequel il était assis en tailleur.

— Bonsoir, répéta-t-elle.

Il s'arrêta de pianoter sur le clavier et tourna la tête vers elle après avoir regardé le réveil posé sur l'étagère.

— Tu rentres tard.

— J'ai dû rester. Tu dois avoir faim. Je vais tout de suite faire à manger. Du tofu, cela te va ?

— Très bien.

— Bon, ça ne sera pas long.

— Noriko.

Il l'appela au moment où elle allait quitter la pièce. Elle se retourna. Il se leva et s'approcha d'elle. Mit une main sur son cou.

— Tu t'es fait saucer.

— Un peu, ce n'est rien.

Il ne sembla pas l'entendre. Sa main quitta son cou pour se poser sur son épaule en exerçant une vive pression.

Il l'attira à elle, l'embrassa dans l'oreille. Il connaissait ses points faibles et savait se servir de sa langue. Elle frissonna. Elle avait du mal à tenir debout.

— Je vais tomber, murmura-t-elle, déjà pantelante.

Il ne lui répondit pas mais l'empêcha de s'asseoir.

Bientôt il la fit tourner sur elle-même, releva sa jupe, descendit son collant et son slip jusqu'à ses genoux puis les fit glisser du pied jusqu'au sol.

Comme il la tenait par les hanches, elle ne pouvait pas se baisser. Elle se pencha en avant et posa les deux mains sur la poignée de porte. Le métal grinça.

Sans lâcher ses hanches de la main gauche, il commença à caresser sa partie la plus sensible de la droite. Le sang de Noriko battit plus vite dans ses tempes. Elle se renversa en avant.

Elle comprit qu'il enlevait son pantalon et son slip, sentit une chose dure et chaude faire pression sur elle puis une douleur vive. Elle serra les dents. Elle savait qu'il aimait cette position.

La douleur persista quand il fut tout entier en elle. Elle s'intensifia quand il commença à bouger. Mais elle serra plus fort les dents et comme elle s'y attendait, le plaisir la remplaça, avec une telle intensité qu'elle eut de la peine à croire qu'elle avait eu mal.

Il releva son pull, lui enleva son soutien-gorge et caressa ses tétons. Elle entendait sa respiration. Chaque fois qu'il expirait, elle percevait une onde de chaleur dans son cou.

Elle sentit l'orgasme arriver comme un grondement lointain du tonnerre qui se rapprocherait. Son corps se tendit. L'homme accéléra ses mouvements qui éveillaient en elle des vagues d'un plaisir qui ne cessait de devenir plus intense. Elle cria en tremblant de tout son corps. Sa tête lui tourna, elle allait perdre l'équilibre.

Ses mains se détachèrent de la poignée de porte. Elle ne tenait plus debout. Ses jambes tremblaient trop.

Il se retira. Noriko se laissa tomber à terre. Les deux mains posées sur le sol, elle haleta. Ses oreilles sifflaient.

Il ramassa ses vêtements. Son pénis était encore raide mais il se rhabilla et remonta la fermeture éclair de son pantalon. Puis il se rassit en tailleur devant son ordinateur et se remit à taper, au même rythme que tout à l'heure.

Noriko se redressa à son tour. Elle remit son soutien-gorge, descendit son pull, puis elle ramassa ses sous-vêtements et son collant.

— Je vais faire à manger, chuchota-t-elle en se relevant.

Il s'appelait Akiyoshi Yūichi. Elle ignorait si c'était son vrai nom. Puisqu'il lui avait dit qu'il s'appelait ainsi, elle ne pouvait que le croire.

Elle l'avait rencontré à la mi-mai, par une journée fraîche. Il était accroupi au bord de la rue, tout près de chez elle. Âgé d'une trentaine d'années, maigre, il portait un jean noir et un blouson en cuir de la même couleur.

Elle s'était approchée de lui et lui avait demandé ce qui lui arrivait. Le visage tordu de douleur, des cheveux collés au front, il se tenait le ventre d'une main. Il lui fit signe de l'autre que tout allait bien. Mais il n'en donnait nullement l'impression.

D'après l'endroit où sa main était posée, elle conclut qu'il avait mal à l'estomac.

— Vous voulez que j'appelle une ambulance ?

Il fit un signe de dénégation et agita la tête.

— Cela vous arrive souvent ?

Il avait continué à faire non de la tête.

Elle hésita et lui dit de l'attendre. Elle monta l'escalier, rentra chez elle, remplit d'eau tiède une chope et l'apporta à l'inconnu.

— Buvez cela, dit-elle en la lui tendant. Cela vous nettoiera l'estomac.

Il ne fit aucun geste pour la prendre.

— Vous n'avez pas d'alcool ?

— Quoi ?

— De l'alcool, de préférence du whisky. Si j'en bois pur, ça passera sans doute. C'est ce que je fais dans ces cas-là.

— Ne dites pas de bêtises. L'alcool vous ferait du mal à l'estomac. Buvez plutôt cela, insista-t-elle en lui offrant à nouveau la chope.

Il lui adressa un regard peu amène mais finit par l'accepter, le visage fermé, peut-être parce qu'il se disait qu'il valait mieux boire cela que rien. Puis il avala une gorgée d'eau chaude.

— Il faut tout boire. Pour vous nettoyer l'estomac.

Il la regarda avec lassitude. Mais il avala toute l'eau d'un trait.

— Vous n'avez pas envie de vomir ?

— Si, un peu.

— Vous feriez mieux de vomir alors. Vous y arriverez ?

Il fit oui de la tête, se releva lentement et se dirigea vers l'arrière du bâtiment, en se tenant l'estomac.

— Vous pouvez vomir ici. Ne vous en faites pas pour moi, j'ai l'habitude.

Il dut l'entendre mais disparut quand même de sa vue. Il mit du temps à revenir. Elle entendit ses hoquets et attendit son retour.

Il revint bientôt, l'air un peu plus détendu que tout à l'heure. Il s'assit sur une poubelle qui était restée sur le trottoir.

— Alors ?

— Je me sens un peu mieux, répondit-il d'un ton brusque.

— C'est bien.

Le visage encore tendu, il croisa les jambes et mit la main dans une des poches de son blouson pour en sortir un paquet de cigarettes. Il en prit une et l'alluma avec un briquet jetable.

Elle se rapprocha de lui et la lui ôta des mains. Il la dévisagea avec surprise, le briquet à la main.

— Si vous tenez à votre santé, vous feriez mieux de ne pas fumer. Vous savez que fumer multiplie par dix les sécrétions de suc gastrique ? C'est pour ça qu'on a envie d'une cigarette après avoir mangé. Mais si vous êtes à jeun, la fumée abîme la paroi de l'estomac. Et favorise l'ulcère.

Elle brisa sa cigarette en deux puis chercha où la jeter.

— Levez-vous, ordonna-t-elle.

Il lui obéit et elle la mit dans la poubelle. Elle se tourna vers lui et tendit la main droite.

— Donnez-moi le paquet.

— Le paquet ?

— De cigarettes.

Il esquissa un sourire, enfonça sa main dans sa poche et le lui offrit. Elle l'accepta et souleva à nouveau le couvercle de la poubelle pour le refermer une fois qu'elle s'en était débarrassée. Elle tapa ensuite dans ses mains.

— Vous pouvez vous rasseoir.

Il le fit. Il tourna vers elle un regard légèrement intrigué.

— Tu es médecin ?

— Non, répondit-elle en riant. Mais tu ne t'es pas entièrement trompé. Je suis pharmacienne.

— D'accord, je comprends mieux.

— Tu habites près d'ici ?

— Oui.

— Tu peux rentrer seul ?

— Oui. Grâce à toi, je n'ai plus mal, dit-il en se levant.

— Tu ferais mieux d'aller voir un médecin si tu as le temps. Les gastrites aiguës peuvent être dangereuses.

— Dans quel hôpital ?

— Eh bien… par ici, je recommanderai la clinique de Hikarigaoka.

Il secoua la tête.

— Je te demande dans quel hôpital tu travailles.

— Ah… Celui de l'université Teito, à Ogikubo.
— D'accord, dit-il.

Il commença à marcher mais s'arrêta au bout de quelques pas pour se retourner vers elle.

— Merci.
— Porte-toi bien, répondit-elle.

Il leva la main, se remit en route et disparut de sa vue.

Elle n'avait pas cru qu'elle le reverrait. Pourtant dès le lendemain, elle n'avait pu s'empêcher de penser à lui pendant qu'elle était à l'hôpital. Allait-il venir ? Préoccupée par cette question, elle alla de temps en temps jeter un coup d'œil sur la salle d'attente. Quand elle préparait une ordonnance pour des problèmes d'estomac et que le patient était masculin, elle se demandait si par hasard…

Mais il ne vint pas là-bas. Il refit son apparition au même endroit que la première fois, précisément une semaine plus tard.

Ce jour-là, elle revint chez elle un peu après vingt-trois heures. Dans son travail, elle était tantôt du matin, tantôt du soir.

Il était assis sur la même poubelle que l'autre jour. Elle ne le remarqua pas tout de suite car il faisait sombre et elle faillit passer devant lui sans le voir. À dire vrai, elle ne se sentait pas bien ce jour-là.

— L'hôpital de l'université Teito exploite son personnel, on dirait, lança une voix masculine.

Elle la reconnut, releva la tête et poussa un cri de surprise.

— Que fais-tu là ?
— Je t'attendais. Je voulais te remercier pour l'autre jour.
— Tu m'attends depuis quand ?
— Eh bien… Euh… fit-il en consultant sa montre. J'ai dû arriver ici vers six heures.
— Six heures ? Tu veux dire que tu m'as attendue cinq heures ? demanda-t-elle en écarquillant les yeux.

— L'autre jour, il était autour de six heures quand on s'est rencontrés.

— Oui, j'étais du matin.

— Du matin ?

— Cette semaine, je suis du soir, répondit-elle avant de lui expliquer qu'elle alternait entre des horaires du matin et du soir.

— Je vois. L'important c'est que j'aie pu te voir, conclut-il en se levant. Allons dîner.

— Tout est fermé par ici à cette heure-ci.

— En taxi, on est à vingt minutes de Shinjuku.

— Je n'ai pas envie d'aller si loin. Je suis fatiguée.

— Dans ce cas… Il leva la main. On se reverra une autre fois.

Il commença à s'éloigner et elle le regarda avec un sentiment d'inquiétude.

— Attends ! lança-t-elle.

Il se retourna.

— Là-bas, c'est encore ouvert, dit-elle en pointant du doigt un immeuble de l'autre côté de la rue.

Il s'agissait d'un restaurant qui faisait partie d'une chaîne, un Denny's.

Il annonça en buvant sa bière qu'il n'y avait pas mis les pieds depuis au moins cinq ans. Il avait commandé une saucisse et du poulet frit et Noriko, un menu japonais.

Il lui avait dit qu'il s'appelait Akiyoshi Yūichi. C'était le nom écrit sur la carte de visite qu'il lui avait tendue. À ce moment-là, l'idée qu'il pouvait s'agir d'un nom d'emprunt n'avait pas effleuré son esprit.

Elle avait lu qu'il travaillait pour une société du nom de Memorix. Elle ignorait bien sûr que son employeur avait pour activité l'informatique.

— C'est un prestataire de services informatiques, précisa-t-il.

Il ne lui en dit jamais plus, mais lui posa beaucoup de questions sur son travail à elle. Il lui demanda des précisions sur ses fonctions, son salaire, ses primes, et le contenu détaillé de ses journées. Elle eut peur de l'ennuyer, mais il ne la quitta pas des yeux tant qu'elle parla.

Ce n'était pas la première fois qu'elle dînait avec un homme. Mais jusqu'à présent, elle avait généralement été celle qui écoutait, n'ayant aucune idée de ce qui pouvait intéresser son interlocuteur et étant peu bavarde de nature. Akiyoshi, lui, voulait qu'elle parle. Ce qu'elle disait le fascinait. Ou du moins, elle en avait l'impression.

— Je t'appellerai, lui dit-il quand ils quittèrent le restaurant.

Il le fit trois jours plus tard et lui donna rendez-vous à Shinjuku. Elle parla de beaucoup de choses dans le café-bar où ils entrèrent, en réponse à ses nombreuses questions sur la région d'où elle était originaire, sa famille, ses études.

Quand elle lui demanda à son tour où habitaient ses parents, il lui répondit qu'il n'en avait pas, en montrant un peu de mauvaise humeur. Elle préféra ne pas insister. Mais elle avait compris à son accent qu'il était originaire du Kansai.

Il la raccompagna chez elle. Lorsqu'ils arrivèrent à proximité de son appartement, elle n'arrivait pas à décider si elle devait lui dire au revoir dans la rue ou l'inviter chez elle.

Il lui fournit l'occasion de trancher lorsqu'il s'arrêta devant un distributeur de boissons.

— Tu as soif ?

— J'ai envie d'un café, répondit-il en introduisant une pièce dans le monnayeur.

Il regarda ensuite la machine et s'apprêta à appuyer sur le bouton de son choix.

— Attends ! Du café, je peux t'en faire.

Son doigt s'arrêta. Sans montrer aucune surprise, il fit pression sur le levier du monnayeur. La pièce retomba. Il la ramassa.

Une fois chez elle, il observa attentivement la pièce. Noriko prépara un café, remplie d'appréhension. Elle craignait qu'il ne découvre une trace de son ex.

Il but son café avec délectation. Puis il la complimenta sur l'ordre qui régnait chez elle.

— Mais je ne fais pas beaucoup le ménage en ce moment.

— Ah bon. C'est pour ça qu'il y a de la poussière sur le cendrier qui est sur l'étagère ?

Elle sursauta et tourna les yeux vers cet objet. Son ex fumait.

— Non, ce n'est pas pour ça…
— Hum.
— J'étais en couple jusqu'à il y a deux ans environ.
— Ce genre de confessions ne m'intéresse pas.
— Ah… Pardon.

Il se leva de sa chaise. Elle l'imita parce qu'elle croyait qu'il allait partir. Il tendit le bras vers elle et l'étreignit sans lui laisser le temps de parler.

Elle ne lui opposa aucune résistance et ferma les yeux quand il l'embrassa.

## 2

La lumière du rétroprojecteur illuminait par en bas le profil de l'homme qui faisait la présentation. Âgé de trente-cinq ans environ, il appartenait à la division des produits OEM, avec le rang de chef de section.

— ... Tout cela fait que nous sommes certains d'obtenir l'agrément de la Food and Drug Administration pour notre médicament anticholestérol Mebaron. Et comme vous pourrez le lire dans les documents qui vous ont été distribués, nous avons l'intention de le vendre aux États-Unis, déclara l'homme d'un ton plutôt raide en se redressant pour regarder son auditoire.

Shinozuka remarqua la manière dont il se lécha les lèvres du bout de la langue. La présentation des nouvelles perspectives pour les médicaments Shinozuka avait lieu dans la salle de réunion n° 201 du siège de la firme à Tokyo. Dix-sept personnes y participaient, pour la plupart des membres de la direction des ventes mais il avait aussi reconnu le responsable de la division du développement et celui de celle des technologies de production. Le senior était son cousin Yasuharu, directeur général, qui avait quarante-cinq ans. Assis au milieu du côté le plus court des tables disposées en U, il dirigeait son regard perçant sur le présentateur qu'il avait écouté attentivement. Kazunari trouvait qu'il en faisait un peu trop, mais peut-être n'avait-il pas le choix. Son cousin savait probablement qu'on murmurait qu'il ne devait son poste qu'au prestige paternel. Un seul bâillement de sa part nuirait à son image.

Son cousin leva la tête et prit ensuite la parole en fixant le présentateur d'un regard acéré.

— Je vois que vous êtes en retard de deux semaines sur le planning annoncé lors de la dernière réunion pour le contrat de licence avec Slott Meyer. À quoi est-ce dû ?

— Il a fallu un peu plus de temps que prévu pour décider de la forme des exportations, répondit d'un ton précipité non le présentateur, mais un homme de petite taille assis non loin de son cousin.

— Pourquoi ? Ce ne sera pas de la poudre en vrac, comme nous le faisons vers l'Europe ?

— Si, mais il y a eu quelques malentendus sur le traitement de cette poudre.

— Je n'en ai pas été informé. Vous pourriez m'adresser un rapport à ce sujet ? demanda-t-il en ouvrant son porte-documents.

Peu de directeurs généraux apportaient leurs propres documents à ce genre de présentations. Il était plus exact de dire que Kazunari ne connaissait que son cousin pour le faire.

— Je vous le ferai parvenir sans délai.

— Très bien. Je l'attends, répondit Yasuharu en consultant à nouveau ses documents. Tout est clair pour Mebaron, mais où en êtes-vous pour notre antibiotique et l'antidiabétique ? Les demandes d'homologation ont-elles été déposées ?

— Les deux produits sont actuellement en cours d'essais thérapeutiques. Les conclusions à ce sujet devraient nous parvenir au début du mois prochain.

— Ne perdez surtout pas de temps. Nos concurrents redoublent d'efforts pour lancer leurs nouveaux produits.

Tous les participants exprimèrent leur approbation en hochant la tête.

La réunion s'acheva au bout d'une heure et demie. Yasuharu s'approcha de son cousin qui était en train de ranger ses affaires pour lui souffler à l'oreille de passer dans son bureau. Il avait à lui parler. Kazunari acquiesça à voix basse.

Son cousin quitta la salle de réunion. Ils avaient tous les deux reçu de leurs pères la consigne de ne pas parler de sujets privés au travail.

Kazunari revint à la direction de la stratégie, dont il était directeur adjoint, un poste créé sur mesure pour lui. Jusqu'à l'année dernière, il était passé par la division des ventes, des affaires financières et des ressources humaines. C'était le parcours suivi par les membres de la famille Shinozuka quand ils entraient dans la société. Kazunari aurait pour sa part préféré travailler comme n'importe quel employé de sa génération plutôt que de se retrouver dans cette direction qui supervisait l'ensemble des activités. Quand il l'avait dit à son père avant d'entrer dans la société familiale, celui-ci lui avait répondu que c'était hors de question. Il avait vite compris que sa requête était impossible et qu'il aurait nui à la machine s'il l'avait fait, parce que ses supérieurs auraient été incapables de le traiter de la même manière que ses collègues.

Il indiqua sur le tableau noir de son service qu'il serait dans le bureau du directeur général et quitta le sien.

Il frappa à la porte de son cousin qui lui dit d'entrer. Kazunari le trouva occupé à lire un livre.

— Merci d'être venu, dit-il en tournant la tête vers lui.

— Il n'y a pas de quoi, répondit Kazunari en faisant le tour de la pièce des yeux, afin de s'assurer qu'il n'y avait personne d'autre dans le bureau de son cousin qui comportait un espace occupé par un canapé et deux fauteuils.

Yasuharu lui adressa un sourire.

— Je les ai étonnés, les gens de la division des produits OEM. Ils ne s'attendaient pas à ce que je me souvienne du planning du contrat de licence.

— Tu les as certainement pris au dépourvu.

— Mais ils y allaient fort, ceux-là, à croire qu'ils pouvaient ne pas me tenir au courant de quelque chose d'aussi important.

— Ils doivent comprendre à présent que ce n'est pas parce que tu es jeune qu'il ne faut pas avoir peur de toi.

— Je l'espère en tout cas, répondit son cousin avec un sourire en coin.

Kazunari avait appris cette modification du planning d'un collègue qui travaillait dans cette division et il en avait informé son cousin. Tenir son cousin au courant des informations de chaque division faisait partie de son travail. Ce n'était pas particulièrement agréable, mais son oncle, qui était le père de Yasuharu et le PDG de l'entreprise, le lui avait demandé.

— Et c'est à quel sujet que tu m'as convoqué ?

Son cousin prit un air peiné.

— Ne me parle pas comme cela lorsque nous sommes seuls tous les deux, s'il te plaît. Et ce dont je veux te parler ne concerne pas le travail, mais ma vie privée.

Kazunari serra le poing droit, saisi d'un mauvais pressentiment.

— Allons donc nous asseoir là-bas, reprit son cousin en désignant le canapé et les deux fauteuils.

Kazunari s'assit sur l'un d'entre eux une fois que son cousin s'était installé sur le sofa.

— En fait, j'étais en train de lire ça, expliqua-t-il en montrant le livre posé sur la table.

L'ouvrage était intitulé *Manuel de savoir-vivre – Mariages et obsèques*.

— Tu vas m'annoncer un heureux événement ?

— Non, malheureusement il s'agit du contraire.

— Du contraire ? Quelqu'un est mort ?

— Non, pas encore. Mais cela peut arriver à tout moment.

— De qui s'agit-il ? Si tu veux bien me le dire…

— À condition que tu ne le répètes pas. De sa mère à elle.

— À elle ?

Kazunari avait deviné mais il préféra s'assurer d'avoir bien compris.

— Je parle de la mère de Yukiho, répondit son cousin sans aucune hésitation, mais avec un certain embarras.

Il avait vu juste. Cela ne le surprit pas.

— Et qu'arrive-t-il à sa mère ?

— Yukiho m'a appelé pour me dire qu'elle avait eu un malaise hier.

— Un malaise ?

— Elle a eu une hémorragie méningée. Une élève de sa mère qui était venue la voir pour préparer une cérémonie du thé l'a trouvée inconsciente dans le jardin et elle l'a prévenue hier matin.

Kazunari savait que la mère de Karasawa Yukiho vivait seule à Osaka.

— Elle a immédiatement été transférée à l'hôpital, et c'est de là que Yukiho m'a appelé.

— Je comprends. Et comment va-t-elle ? demanda Kazunari tout en sachant sa question inutile.

Si elle allait bien, son cousin n'aurait pas lu ce manuel de savoir-vivre. La réponse de Yasuharu ne le surprit pas.

— Elle m'a rappelé tout à l'heure pour me dire que sa mère était encore dans le coma. Les médecins ne lui ont pas donné beaucoup d'espoir. Elle m'a dit qu'elle s'attendait au pire, avec une voix atone que je ne lui connaissais pas.

— Quel âge a sa mère ?

— Euh... autour de soixante-dix ans, il me semble. Tu te souviens que ce n'est pas sa mère biologique, n'est-ce pas ?

Kazunari fit oui de la tête. Il ne l'ignorait pas.

— Et qu'est-ce qui amène le directeur général à lire ce manuel ? demanda-t-il, le regard posé sur l'ouvrage dont il parlait.

— Je ne te parle pas en tant que directeur général, alors cesse de parler de moi ainsi, s'il te plaît, lança son cousin d'un ton las.

— Je suis pas sûr que ce soit à toi de te préoccuper des obsèques de sa mère.

— Tu veux dire que le moment n'est pas encore venu de le faire puisqu'elle n'est pas encore morte ?

Kazunari secoua la tête.

— Non, je veux dire que ce n'est pas à toi de le faire.

— Comment cela ?

— Je sais que tu lui as proposé le mariage. Mais pour l'instant, elle ne t'a pas encore répondu. Et donc… Il s'interrompit en se demandant quelle formulation choisir et décida de s'exprimer franchement. Pour l'instant, elle n'est rien pour toi. Et je ne vois pas pourquoi le directeur général de Shinozuka devrait s'occuper d'organiser les obsèques de sa mère.

Yasuharu avait sursauté en l'entendant dire que Yukiho n'était rien pour lui. Les yeux levés au ciel, il grimaça un sourire. Bientôt il dirigea ses yeux vers son cousin.

— Je suis étonné de t'entendre dire qu'elle n'est rien pour moi. Tu as raison, elle ne m'a pas encore dit oui. Mais elle ne m'a pas non plus dit non. Si je devais n'avoir aucun espoir, elle m'aurait déjà envoyé promener, je pense.

— Si elle était intéressée, elle t'aurait déjà dit oui.

Son cousin secoua la tête en agitant la main.

— C'est ce que tu penses parce que tu es encore jeune et que tu n'as jamais été marié. Elle et moi l'avons été. Et quand on est dans ce cas, on y pense à deux fois avant de s'engager à nouveau. D'autant plus qu'elle n'est pas veuve, elle.

— Je suis au courant.

— D'ailleurs, continua Yasuharu en levant un doigt. Est-ce qu'on appelle un parfait étranger pour lui annoncer que sa mère est au plus mal ? Le fait qu'elle se tourne vers moi dans ces circonstances a pour moi valeur de réponse.

Voilà pourquoi tu es de si bonne humeur aujourd'hui, pensa Kazunari.

— Et il me semble normal de tendre la main à une amie dans l'embarras. D'abord en tant qu'être humain.

— Parce qu'elle est dans l'embarras ? C'est ce qui l'a amenée à t'appeler ?

— Elle est forte, et elle ne m'a pas appelé en pleurant ni en me demandant de l'aide. Elle m'a simplement informé de ce qui se passait. Mais je n'ai aucun mal à imaginer qu'elle est dans l'embarras. Réfléchis ! Elle est à Osaka, d'où elle est certes originaire mais où elle n'a pas de famille. Si sa mère devait mourir, il est possible que son chagrin soit tel qu'elle n'arrive pas à tout organiser.

— De nos jours, commença Kazunari, les yeux fixés sur son cousin, les services de pompes funèbres s'occupent de tout, si bien que les familles endeuillées n'ont même plus le temps d'être peinées. Elle n'a qu'à passer un coup de fil. Ensuite, elle n'aura plus rien à faire, sinon à signer les papiers là où on le lui demandera et faire un chèque. Et si elle en a le temps, pleurer devant la dépouille. C'est tout.

Yasuharu fronça les sourcils, comme pour montrer son incompréhension.

— Comment peux-tu t'exprimer ainsi ? Yukiho a fait ses études avec toi, pourtant.

— Non, elle est entrée dans le club de danse dont je m'occupais, c'est tout.

— Ce genre de détails est sans importance. De plus, je l'ai rencontrée grâce à toi, fit son cousin en scrutant son visage.

Kazunari faillit lui dire qu'il le regrettait.

— Bon, fit Yasuharu qui croisa les jambes en s'appuyant au dossier du canapé. J'ai peut-être tort de tout préparer à l'avance, mais je me dois d'envisager le cas où sa mère ne survivrait pas. Comme tu l'as justement souligné tout à l'heure, je dois penser à ma fonction. Je ne suis pas sûr de pouvoir immédiatement partir à Osaka si cela devait arriver. Donc, dit-il en tendant le doigt vers

Kazunari, je te demanderai peut-être d'y aller à ma place. Tu connais Osaka. Et ta présence rassurerait certainement Yukiho.

Kazunari changea de mine.

— Yasuharu, ne me demande pas ça, s'il te plaît.
— Pourquoi ?
— Parce que cela revient à mélanger le public et le privé. Et qu'il y a déjà des gens ici qui murmurent que mon vrai rôle est d'être ton secrétaire particulier.
— Assister les dirigeants fait partie des attributions de la direction de la stratégie, lança son cousin en lui lançant un regard mauvais.
— Mais ce que tu me demandes n'a aucun rapport avec la société.
— Il sera toujours temps de le déterminer plus tard. La seule chose dont tu dois te souvenir est que l'ordre vient de moi, déclara-t-il avec une expression un peu plus amène. Je me trompe ?

Kazunari soupira. Il faillit lui demander qui avait suggéré de ne pas se préoccuper de hiérarchie quand ils étaient seuls tous les deux.

De retour à son bureau, il souleva le combiné du téléphone d'une main et sortit son agenda d'un tiroir de l'autre. Il ouvrit le répertoire intégré et chercha le nom d'Imaeda.

Il composa ensuite son numéro. Il entendit une première sonnerie, puis une seconde en tapotant des doigts de la main droite.

Il y eut un déclic après la sixième sonnerie. Mais ce n'était que le répondeur qui se déclenchait.

Il raccrocha sans écouter jusqu'au bout le message formulé non par la voix grave d'Imaeda mais une voix féminine synthétique, qui parlait du nez.

Le *tss* désapprobateur qu'il ne put réprimer fut peut-être plus sonore qu'il ne le croyait, car l'employée assise un peu plus loin sursauta.

Il n'avait pas vu Imaeda Naomi depuis la mi-août. Cela faisait plus d'un mois qu'il était sans nouvelles de lui. Il lui avait téléphoné à plusieurs reprises, sans jamais le trouver et avait laissé deux messages sur son répondeur, en lui demandant de le rappeler. Imaeda ne l'avait jamais fait.

Kazunari pensait qu'il était peut-être en voyage. Dans ce cas, l'enquêteur se montrait peu professionnel. Il lui avait pourtant demandé de le tenir informé régulièrement quand il avait fait appel à ses services.

Ou bien était-il parti à Osaka pour découvrir plus de choses sur Karasawa Yukiho ? Ce n'était pas invraisemblable, mais il aurait dû lui donner plus de nouvelles.

Il aperçut un document posé sur un coin de son bureau et le prit. Il s'agissait du compte rendu d'une réunion à laquelle il avait assisté deux jours plus tôt, relative à l'élaboration d'un système informatique de décision pour l'automatisation de la fabrication de médicaments. Le sujet l'intéressait mais il le lut sans parvenir à se concentrer. Il était préoccupé par autre chose. Yasuharu. Karasawa Yukiho.

Il regrettait ardemment d'avoir emmené son cousin dans sa boutique. Il l'avait fait sans aucune arrière-pensée, parce que Takamiya le lui avait demandé. Il n'aurait jamais dû inviter Yasuharu à l'accompagner.

Kazunari se souvenait de leur rencontre. Il n'avait nullement eu l'impression que son cousin ait eu un coup de foudre. Non, il l'avait cru de mauvaise humeur. Lorsque Yukiho était venue leur parler, il lui avait répondu sans sourire. À y repenser, son manque d'expression était destiné à dissimuler son profond trouble.

Il n'avait rien contre l'idée que son cousin ait trouvé une femme pour partager sa vie. À quarante-cinq ans, il était seul avec ses deux enfants. Rien ne le condamnait à être célibataire pendant le restant de ses jours. Il avait parfaitement le droit de se marier s'il rencontrait quelqu'un qui lui convienne.

Mais la partenaire qu'il avait choisie ne lui plaisait pas.

Il était prêt à reconnaître qu'il ne savait pas précisément pourquoi. Comme il l'avait expliqué à Imaeda, les mystérieuses transactions financières qui l'entouraient l'indisposaient. Mais il les voyait plutôt comme une raison secondaire. Il lui fallait admettre que son opposition était avant tout liée à la première impression qu'elle lui avait produite lorsqu'ils avaient fait connaissance au club de danse.

Il souhaitait que son cousin renonce à ce mariage. Pour cela, il lui fallait des arguments. Lui répéter qu'elle était dangereuse et qu'il ferait mieux de ne pas l'épouser ne servirait à rien, sinon à susciter son courroux.

Voilà pourquoi l'enquête d'Imaeda comptait tant pour lui. Il lui faisait confiance pour dévoiler le vrai visage de Karasawa Yukiho.

Il repensa à ce que Yasuharu venait de lui demander. Il lui faudrait aller à Osaka si la mère de Yukiho venait à mourir. Afin d'aider Karasawa Yukiho.

De qui se moque-t-on, maugréa-t-il pour lui-même. Il se souvint aussi de ce qu'Imaeda lui avait dit.

En réalité, elle n'était pas amoureuse de son cousin, mais de lui.

— De qui se moque-t-on ? répéta-t-il tout bas cette fois.

# 3

— Je vais partir deux ou trois jours, déclara soudain Akiyoshi, au moment où Noriko, qui venait de sortir du bain, allait vers la commode.
— Tu vas où ?
— C'est pour mon travail.
— Tu peux quand même me dire où tu vas, non ?
Akiyoshi hésita quelques instants puis finit par lancer de mauvais gré :
— À Osaka.
— À Osaka ?
— Je pars demain.
— Attends, dit-elle en s'asseyant près de lui. Je vais venir avec toi.
— Tu travailles, non ?
— Je n'ai qu'à prendre un congé. Je n'ai pas pris un seul jour depuis l'année dernière.
— Je n'y vais pas pour m'amuser.
— Je sais. Je ne te dérangerai pas. Je me promènerai pendant que tu travailles.

Akiyoshi fronça les sourcils et réfléchit quelques instants. Sa perplexité était visible. Noriko ne s'était jamais montrée aussi insistante. Mais quand il avait mentionné Osaka, elle avait décidé qu'elle devait y aller. D'abord parce que c'était de là qu'il venait. Il ne lui avait jamais parlé de sa famille, mais elle avait déduit de leurs conversations qu'il était né là-bas.

Elle avait une autre raison. Instinctivement, elle s'était dit que cela lui apprendrait quelque chose sur lui.

— Je n'y vais pas avec un programme précis. Il se peut qu'il y ait des changements imprévus. Pour dire les choses clairement, je n'ai pas encore décidé de la date de mon retour.

— Cela ne fait rien.

— Si tu y tiens absolument, jeta-t-il d'un ton ennuyé.

Elle le regarda assis devant son ordinateur en ressentant une telle excitation qu'elle avait du mal à respirer. Elle avait l'impression que quelque chose d'irréversible allait se produire. Mais son envie de tenter de le suivre était encore plus forte. Si elle n'agissait pas, tout finirait entre eux, elle en avait la conviction, alors que cela ne faisait que deux mois qu'ils habitaient ensemble.

Il était venu chez elle parce qu'il avait cessé de travailler pour Memorix.

Il ne lui avait rien dit de ce qui avait motivé ce changement, sinon qu'il avait besoin de s'arrêter un peu.

— J'ai des économies, de quoi vivre quelque temps. Je réfléchirai à la suite plus tard.

Depuis qu'elle le connaissait, elle avait compris qu'il n'avait dans sa vie personne sur qui compter. Elle était triste qu'il ne lui demande jamais conseil. Son désir de l'aider n'en était que plus vif. Elle voulait qu'il ait besoin d'elle.

C'est elle qui lui avait proposé de vivre ensemble. Il n'avait pas accepté tout de suite. Mais au bout d'une semaine, il était venu s'installer chez elle avec ses affaires qui tenaient en six cartons et son ordinateur.

Le rêve de Noriko, vivre avec un homme qu'elle aimait, s'était réalisé. Chaque matin en se réveillant à ses côtés, elle se disait qu'elle voulait que son bonheur dure toujours.

Elle ne tenait pas particulièrement au mariage. Elle aurait cependant menti si elle avait dit qu'elle ne le souhaitait pas. Mais elle craignait qu'en parler ne conduise à un changement de leur relation.

Puis il y avait eu cet incident qui lui parut funeste.

C'était arrivé après un rapport qu'ils avaient eu. Noriko avait joui deux fois. Lui le faisait toujours après elle, selon le modèle qui s'était établi entre eux.

Akiyoshi n'avait jamais utilisé de préservatifs avec elle. Il se retirait puis éjaculait dans un mouchoir en papier. Elle ne lui en avait jamais parlé.

Elle aurait été incapable de dire pourquoi elle s'y était arrêtée cette fois-ci, sinon qu'elle avait soudain eu une intuition. Ou peut-être avait-elle remarqué quelque chose dans son expression.

Il était allongé sur le côté après l'amour. Elle avait tendu sa main vers son entrejambe, vers son pénis.

— Arrête, lui dit-il avec un haut-le-corps avant de lui tourner le dos.

— Yūichi, tu n'as… commença-t-elle en se relevant à moitié pour voir son visage. Tu n'as pas joui, non ?

Il ne lui répondit pas. Son expression resta la même mais il ferma les yeux.

Elle se leva et mit la main dans la corbeille à papier, à la recherche du mouchoir qu'il y avait jeté.

— Arrête !

Son ton était sec. Elle se retourna vers lui. Il la regardait.

— Ne fais pas d'idioties.

— Pourquoi ?

Il ne dit rien mais se gratta le menton. Elle avait l'impression qu'il boudait.

— Depuis quand ?

Elle n'eut pas plus de réponse. Elle eut soudain une certitude.

— Depuis le début… Cela a toujours été comme ça pour toi ?

— Qu'est-ce que ça peut faire ?

— Ce n'est pas bien, répondit-elle en s'asseyant nue devant lui. Ça veut dire quoi ? Que je ne le mérite pas ? Que tu n'as pas de plaisir avec moi ?

— Non, ce n'est pas ça.
— Mais alors quoi ? Je veux que tu m'expliques.

Elle était en colère, elle avait l'impression d'avoir été trompée. Elle ressentait de la peine et de la tristesse. Quand elle repensait à leurs ébats, elle avait envie de disparaître sous terre. Le cri hystérique qu'elle poussa était aussi destiné à cacher sa honte.

Akiyoshi soupira, puis il fit non de la tête.

— Ce n'est pas qu'avec toi.
— Hein ?
— Je n'ai encore jamais réussi à jouir à l'intérieur d'une femme. Je n'y arrive pas, même si je le veux.
— Tu souffres d'éjaculation retardée ?
— Ce doit être grave.
— Je n'arrive pas à y croire. Tu ne plaisantes pas ?
— Je t'ai convaincue ?
— Tu en as parlé à un médecin ?
— Non.
— Pourquoi ?
— Parce que ça ne me dérange pas.
— Ça devrait.
— Ça suffit. Je te dis que ça ne me dérange pas. Laisse-moi tranquille, dit-il avant de lui tourner le dos à nouveau.

Elle s'était dit qu'il ne lui ferait peut-être plus l'amour, mais trois jours plus tard, il était venu à elle. Elle s'était laissé faire en se disant qu'elle n'allait rien ressentir mais son corps lui avait répondu. Elle en avait été embarrassée et attristée.

— Je suis content comme ça, avait-il dit d'une voix douce qu'elle ne lui connaissait guère, en caressant ses cheveux.

Il lui avait demandé une seule fois d'essayer avec sa bouche et ses mains. Elle lui avait bien sûr obéi. Elle avait fait de son mieux. Il avait eu une érection, mais pas d'éjaculation.

— Ça suffit. Arrête. Merci.

— Pardon.
— Ce n'est pas ta faute.
— Mais pourquoi ça ne marche pas…

Il n'avait rien répondu. Il avait regardé sa main sur son sexe.

— Elles sont petites, avait-il lâché.
— Quoi?
— Tu as de petites mains.

Elle les avait regardées puis avait frémi.

Il les comparait avec celles d'une autre. D'une autre femme qui l'avait caressé de la même façon.

Et qui sait, peut-être arrivait-il à éjaculer avec cette autre femme.

Son pénis était devenu flasque.

Tout cela avait éveillé l'inquiétude et le doute en elle. Et Akiyoshi lui avait demandé une chose inattendue.

Pouvait-elle se procurer du cyanure de potassium?


Il avait précisé que c'était pour son roman.

— Je veux écrire un roman policier. Je n'ai rien à faire en ce moment, ça m'occuperait. Et dans ce roman, il sera question de cyanure de potassium. Mais je n'en ai jamais vu, je ne sais pas à quoi ça ressemble. Voilà pourquoi j'aimerais en avoir. Il y en a dans ton hôpital, non?

Elle était stupéfaite. Elle ne l'imaginait pas écrire un roman.

— Je ne sais pas. Il faut que je me renseigne, répondit-elle.

Elle savait fort bien que ce genre de produits étaient conservés dans une armoire spéciale, non parce qu'ils étaient utilisés pour la préparation de remèdes mais parce que l'hôpital en conservait des échantillons à des fins de recherches. Un nombre restreint de personnes y avait accès.

— Il te suffirait d'en voir?

— Je voudrais juste en emprunter un peu.
— En emprunter…
— Je n'ai pas encore décidé comment je l'utiliserai dans le roman, et j'aimerais bien en voir du vrai. Je voudrais que tu m'en procures. Si tu me dis que c'est hors de question, je n'insisterai pas. J'essaierai une autre approche.
— Tu en as une ?
— Je travaillais avec toutes sortes de sociétés chez Memorix. Si je contactais les gens que je connais, je devrais y arriver.

Elle lui aurait peut-être dit non s'il ne lui avait pas parlé de cette autre possibilité. Mais elle avait accepté, parce qu'elle ne voulait pas qu'il reçoive de quelqu'un d'autre quelque chose d'aussi dangereux.

À la mi-août, elle lui avait remis une petite fiole de cyanure de potassium qui venait de l'hôpital.

— Tu ne vas pas t'en servir, n'est-ce pas ? Tu voulais juste en voir, c'est ça ? s'était-elle assurée.
— Oui. Ne te fais pas de souci, avait-il répondu en prenant la bouteille.
— Ne l'ouvre pas. Tu n'en as pas besoin, si c'est juste pour regarder à quoi ça ressemble.

Il ne lui avait pas répondu, parce qu'il fixait des yeux la poudre blanche.

— Quelle est la dose mortelle ?
— D'après ce que je sais, cent cinquante à deux cents milligrammes.
— Ça veut dire quoi ?
— Une pincée ou deux.
— C'est violent. C'est soluble dans l'eau ?
— Oui, mais si tu comptes le mêler à un jus de fruits, il en faudra plus.
— Pourquoi ?
— Parce que si quelqu'un en boit une gorgée, il lui trouvera un goût bizarre. À ce qu'il paraît, ça irrite la langue. Mais je n'en ai jamais goûté.

— Donc si on veut que ça marche dès la première gorgée, il faut en mettre beaucoup. Mais dans ce cas, le goût sera encore plus prononcé, et la victime risque de le recracher, non ?

— En plus, le cyanure a une odeur caractéristique. Quelqu'un qui a le nez fin la remarquera.

— Une odeur d'amandes, n'est-ce pas ?

— Oui, mais pas de beignets aux amandes. L'odeur des amandes elle-même.

— J'ai lu dans un roman que le verso d'un timbre avait été enduit de cyanure dilué dans l'eau…

Elle avait secoué la tête et esquissé un sourire.

— Ce n'est pas réaliste. Une quantité si minime ne suffirait pas à tuer quelqu'un.

— Dans un autre roman, il avait été mélangé à du rouge à lèvres.

— Ça non plus, ça ne peut pas tuer. Et si l'on en met beaucoup, cela sera irritant pour les lèvres. Et d'abord, cela ne marcherait pas car le cyanure doit être ingéré pour faire son effet.

— Comment ça ?

— Le cyanure de potassium lui-même est un produit stable. Ce n'est qu'en contact avec le suc gastrique qu'il devient gazeux et toxique.

— Donc il suffirait de faire respirer à quelqu'un ce gaz, sans lui en faire boire ?

— Oui, mais dans la pratique, c'est difficile. Le tueur pourrait y perdre la vie. Comme le gaz est absorbé par la peau, il ne suffit probablement pas de simplement retenir son souffle.

— Je vois. Bon, je vais y réfléchir, avait-il ajouté.

Pendant les deux jours suivants, il avait réfléchi assis devant son ordinateur.

— Admettons que la personne qui doit être tuée ait des toilettes à l'occidentale, dit-il soudain pendant le dîner, et que l'assassin s'introduise dans son logement avant qu'elle rentre chez elle, verse dans la cuvette des WC du cyanure et de l'acide sulfurique, et rabaisse l'abattant. S'il le fait immédiatement, il ne sera pas intoxiqué, non ?

— Probablement pas, répondit Noriko.

— Puis la victime revient. Elle va aux toilettes. La réaction chimique s'est produite, et continue. La personne soulève l'abattant, respire le gaz… Qu'en penses-tu ?

Elle réfléchit quelques instants et dit que l'idée ne lui paraissait pas mauvaise.

— Je pense que c'est une bonne base. Dans un roman, cela marcherait. Parce que si on commence à discuter des détails, on n'a pas fini.

Cette réflexion parut contrarier Akiyoshi. Il posa ses baguettes et alla chercher un stylo et un carnet.

— Je veux faire les choses bien. Si tu vois des problèmes, dis-moi où ils sont. C'est pour ça que je te demande conseil.

Elle eut l'impression d'avoir été giflée. Elle se redressa.

— Je ne vois pas de problèmes. Ta méthode pourrait marcher. Mais il n'est pas entièrement sûr qu'elle cause la mort.

— Pourquoi ?

— Le gaz de cyanure pourrait fuir. Un abattant n'est pas complètement étanche. Le gaz finirait par fuir hors des toilettes. Et la personne visée pourrait remarquer quelque chose de bizarre avant d'y entrer. Non, ce n'est pas juste. Elle pourrait plutôt subir une légère intoxication, et la remarquer. On ne peut pas être certain qu'elle en mourrait.

— Tu veux dire que la quantité respirée ne suffirait pas à la tuer ?

— Théoriquement, non.

— Tu as peut-être raison, dit Akiyoshi en croisant les bras. Il faudrait renforcer l'étanchéité du couvercle.

— Et peut-être faire marcher le ventilateur, suggéra-t-elle.

— Le ventilateur ?

— Le ventilateur des toilettes. Le gaz serait rejeté à l'extérieur, et il ne fuirait pas dans l'appartement.

Il se tut puis fit oui de la tête en la regardant.

— OK, je ferai comme ça. Merci de tes conseils.

— J'espère que tu écriras un bon roman.

La légère inquiétude qu'elle avait éprouvée en lui rapportant le cyanure disparut, remplacée par la joie de lui avoir été utile.

Tout changea une semaine plus tard. Akiyoshi n'était pas à la maison quand elle revint du travail. Elle s'était dit qu'il était allé boire un verre, mais les heures passèrent sans qu'il ne rentre. Il ne l'appela pas non plus. Elle commença à se faire du souci, et pensa partir à sa recherche. Elle prit alors conscience qu'elle ne savait pas par où commencer. Elle ne connaissait aucun de ses amis, et elle n'avait aucune idée de l'endroit où il pouvait se trouver. Elle ne le connaissait que chez elle, assis devant son ordinateur.

Le jour se levait quand il revint. Elle ne s'était ni couchée, ni démaquillée. Elle n'avait rien mangé.

— Tu étais où ? lui demanda-t-elle pendant qu'il enlevait ses chaussures dans l'entrée.

— Je faisais des recherches pour le roman. Quelque part où il n'y avait pas de téléphone.

— J'étais très inquiète.

Il était vêtu d'un jean et d'un tee-shirt blanc maculé de taches. Il posa le sac de sport qu'il tenait à la main à côté de son ordinateur, et enleva son tee-shirt. Son torse luisait de sueur.

— J'ai envie de prendre une douche.

— Je peux te faire couler un bain, si tu veux.

— Une douche me suffira, dit-il en entrant dans la salle de bains, le tee-shirt à la main.

Elle alla dans l'entrée ranger ses tennis. Elle remarqua qu'elles étaient couvertes de boue, comme s'il s'était promené en montagne.

Où avait-il bien pu aller ?

Elle devinait qu'il ne le lui dirait pas. Et qu'il n'avait pas envie qu'elle lui pose de questions. Elle avait instinctivement compris qu'il mentait.

Elle pensa à son sac de sport. Si elle regardait ce qu'il contenait, peut-être en saurait-elle plus.

Elle entendait l'eau couler dans la salle de bains. Il lui fallait faire vite. Elle alla dans la pièce du fond et ouvrit le sac sans hésiter.

Elle vit d'abord plusieurs classeurs et sortit le plus gros. Il était vide comme les autres, constata-t-elle. Elle remarqua que l'un d'entre eux portait une étiquette : "Bureau d'enquêtes Imaeda".

Perplexe, elle se demanda ce que cela signifiait. Pourquoi Akiyoshi avait-il en sa possession des classeurs d'un bureau d'enquêtes, vides ? S'était-il débarrassé de leur contenu ?

Elle retourna son attention vers le sac et eut le souffle coupé en voyant la fiole de cyanure tout au fond.

Elle la prit en craignant le pire. Il restait encore de la poudre à l'intérieur, mais il en manquait la moitié.

Elle se sentit mal. Son cœur battait à grands coups.

Le bruit de l'eau cessa. Elle remit en toute hâte les classeurs dans le sac et le referma.

Comme elle s'y attendait, il ne lui dit rien de ce qu'il avait fait pendant la nuit. Il sortit de la salle de bains, alla s'asseoir près de la fenêtre et regarda longtemps dehors. Son profil avait une expression sombre qu'elle ne lui avait jamais vue.

Elle n'osa pas lui poser de questions, parce qu'elle pensait qu'il ne lui dirait pas la vérité, s'il lui répondait. Elle ne voulait pas non l'entendre dire des choses dont elle comprendrait qu'il s'agissait de mensonges. Il s'était probablement servi du cyanure. Quand elle essaya de s'imaginer comment, elle crut qu'elle allait s'évanouir.

Il vint vers elle et lui fit l'amour avec une rage nouvelle, comme s'il cherchait à se perdre.

Il n'éjacula pas cette fois-ci non plus. Il s'arrêta une fois qu'elle eut joui.

Ce jour-là, pour la première fois, elle fit semblant.

4

Trois jours après cet entretien avec Yasuharu au sujet de la mère de Yukiho, le téléphone de Kazunari sonna au moment où il revenait d'une réunion de ventes. Le signal lumineux indiquait que l'appel venait de l'extérieur.

Son correspondant se présenta, il s'appelait Sasagaki, un nom qui ne lui disait rien. Il avait l'accent du Kansai, et la voix d'un homme assez vieux.

Kazunari fut encore plus perplexe lorsque l'inconnu lui annonça qu'il appartenait à la police d'Osaka.

— M. Takamiya m'a donné votre nom. Je vous prie de m'excuser de vous appeler au travail, précisa-t-il d'un ton opiniâtre.

— Et c'est à quel sujet ? demanda Kazunari, légèrement tendu.

— Je voudrais vous rencontrer, à propos d'une affaire sur laquelle j'enquête. Cela ne vous prendra pas longtemps, une demi-heure, si cela vous est possible.

— De quelle affaire s'agit-il ?

— Je préférerais vous le dire de vive voix.

Il crut l'entendre rire et il s'imagina un homme d'âge mûr, madré, comme il y en a tant à Osaka.

Savoir que ce policier était venu d'Osaka l'inquiétait un peu. L'affaire devait être importante.

— En fait, cela a aussi à voir avec M. Imaeda. Vous le connaissez, n'est-ce pas ? demanda-t-il, comme s'il lisait dans ses pensées.

Kazunari serra plus fort le combiné. Il sentit la tension et l'angoisse l'envahir.

Pourquoi connaissait-il Imaeda ? Était-il au courant des liens entre Imaeda et lui ? Même si un détective privé prenait contact avec la police dans le cadre d'une enquête, il ne l'informait probablement pas de l'identité de son client.

Une seule idée lui vint à l'esprit.

— Il est arrivé quelque chose à M. Imaeda ?

— C'est une bonne question. Je voudrais vous parler de ça et d'autres choses. Vous croyez que c'est possible ?

Son ton était plus insistant encore.

— Où vous trouvez-vous ?

— Tout près de votre bureau. C'est un immeuble blanc de six étages, n'est-ce pas ?

— Dites à l'hôtesse d'accueil que Shinozuka Kazunari de la direction de la stratégie vous attend. Je vais la prévenir.

— La direction de la stratégie ? D'accord. Je vous remercie. J'arrive.

— Je vous attends.

Il raccrocha, composa le numéro de l'accueil et leur demanda d'envoyer M. Sasagaki dans le salon n° 7. Les dirigeants de la société s'en servaient surtout pour des réunions à caractère privé.

L'homme qui l'y attendait avait belle prestance pour son âge. Ses cheveux poivre et sel étaient coupés en brosse. Bien qu'il fît encore chaud, il portait un complet-veston et une cravate. L'accent du Kansai avait conduit Kazunari à l'imaginer comme un sans-gêne impudent, mais peut-être s'était-il trompé.

— Je vous remercie de prendre le temps de me voir, dit l'homme en lui tendant sa carte de visite.

Kazunari en fit autant. Il lut celle du policier avec une légère surprise. Elle n'indiquait que son nom et son adresse. Ni son rang ni celui du commissariat dont il relevait n'y figurait.

— J'ai pour habitude d'éviter d'utiliser ma carte de visite professionnelle, expliqua son interlocuteur avec un sourire. Depuis que quelqu'un en a fait mauvais usage autrefois.

Kazunari hocha la tête en silence. Sasagaki devait vivre dans un monde qui exigeait de la prudence.

Il mit sa main dans la poche intérieure de son veston et lui présenta son livret de police ouvert à la page où apparaissait sa photo.

— Je vous en prie, assurez-vous que cela corresponde.

Kazunari s'exécuta et lui dit de s'asseoir en montrant le canapé. Sasagaki grimaça légèrement en pliant les genoux. Il n'était plus jeune.

Une fois qu'ils furent tous les deux installés, on frappa à la porte et une jeune femme entra avec un plateau. Elle le posa sur la table et quitta la pièce.

— Votre société est impressionnante, dit Sasagaki en tendant la main vers le gobelet de thé. Comme l'est d'ailleurs cet espace de réception.

— Je vous remercie, fit Kazunari qui ne lui trouvait rien d'impressionnant.

Il était semblable aux autres salons de réception, à une différence près : il était insonorisé car réservé aux dirigeants.

Il le regarda, l'air interrogateur.

— Et de quoi vouliez-vous me parler ?

— Hum… commença Sasagaki en reposant son gobelet sur la table. Vous avez confié une mission à M. Imaeda, n'est-ce pas ?

Kazunari fit oui de la tête en se demandant comment il le savait.

— Je comprends votre méfiance. Mais je vous demande d'être franc avec moi. M. Imaeda ne m'a pas parlé de vous. Pour tout vous dire, il a disparu.

— Quoi ? s'écria Kazunari. C'est vrai ?
— Oui.
— Quand ?

— Eh bien… répondit Sasagaki en se passant la main dans les cheveux. Ce n'est pas clair. La seule chose certaine, c'est qu'il a appelé M. Takamiya le 20 du mois dernier en lui demandant s'il pouvait le voir le jour même ou le lendemain. M. Takamiya lui avait dit qu'il préférait le lendemain, et M. Imaeda devait le rappeler, mais il ne l'a pas fait.

— Il a donc disparu depuis le 20 ou le 21…

— Oui, c'est tout ce que nous savons.

— Mais… lâcha Kazunari en croisant les bras et en poussant un grognement sans même en être conscient. Qu'est-ce qui a pu lui arriver ?

— Il se trouve que je l'ai rencontré peu de temps avant, parce que je voulais lui poser des questions à propos d'une certaine affaire. J'ai essayé de le recontacter ensuite et je lui ai laissé plusieurs messages sans que jamais il ne me rappelle. Cela m'a paru bizarre et je suis venu à Tokyo hier. Je suis allé dans son bureau.

— Et vous n'y avez trouvé personne ?

— J'ai vu que sa boîte aux lettres était pleine de courrier. Cela m'a inquiété et j'ai demandé au gardien de m'ouvrir son bureau.

— Et qu'y avez-vous trouvé ?

— Rien de particulier. Tout paraissait en ordre. J'ai prévenu le commissariat le plus proche, mais il est fort possible qu'aucune recherche ne soit entreprise pour l'instant.

— Parce qu'on pense qu'il aurait pu disparaître de sa propre initiative ?

— Sans doute. Mais… Sasagaki s'interrompit pour se frotter le menton. Cela me semble peu vraisemblable.

— Et pourquoi ?

— Il me paraît plus raisonnable d'envisager qu'il lui soit arrivé quelque chose.

Kazunari essaya en vain d'avaler sa salive. Un goût âcre avait envahi sa bouche. Il prit son gobelet de thé et en but une gorgée.

— Vous croyez qu'il s'occupait d'une affaire dangereuse ?

— C'est la question, répondit Sasagaki en mettant à nouveau la main dans sa poche. Cela vous dérange si je fume ?

— Non, pas du tout, répondit Kazunari en rapprochant le cendrier qui se trouvait sur la table.

Le policier sortit un paquet de Hi-Lite. Kazunari se dit que peu de gens en fumaient encore aujourd'hui.

Sasagaki l'alluma et souffla un nuage de fumée blanche.

— Lorsque je l'ai rencontré, j'ai eu l'impression que pour le moment sa principale occupation était d'enquêter à propos d'une femme. Vous savez naturellement de qui il s'agit.

Le regard que le policier lui adressa perdit soudain sa bienveillance pour prendre un éclat reptilien.

Kazunari eut immédiatement le sentiment qu'il ferait mieux d'être honnête avec lui et il admira la manière dont le policier faisait sentir son autorité.

Il hocha lentement la tête.

— Oui, je le sais.

Sasagaki fit tomber la cendre de sa cigarette dans le cendrier, l'air satisfait.

— C'est vous qui lui avez confié cette mission au sujet de Karasawa Yukiho, n'est-ce pas ?

Sans répondre directement, Kazunari posa à son tour une question.

— Vous avez eu mon nom par Takamiya, n'est-ce pas ? Je ne saisis pas le rapport.

— Pourtant, ce n'est pas compliqué. Je ne pense pas que vous devez vous en préoccuper.

— Mais ce n'est pas clair pour moi.

— Ma question vous pose problème ?

— Oui, reconnut Kazunari, qui le regarda droit dans les yeux en se disant que cela ne servirait à rien de fixer d'un air mauvais ce policier expérimenté.

Sasagaki esquissa un sourire et tira sur sa cigarette.

— Je m'intéresse beaucoup à Karasawa Yukiho pour une certaine raison. C'est de cette façon que je me suis récemment aperçu que quelqu'un enquêtait à son sujet. Je me suis bien sûr demandé qui était cette personne. C'est ce qui m'a amené à rencontrer son ex-mari, M. Takamiya. C'est à cette occasion que j'ai découvert l'existence de M. Imaeda. M. Takamiya m'a expliqué qu'il était question que son ex-femme se remarie et que la famille de l'homme qui souhaite l'épouser avait chargé M. Imaeda d'enquêter sur elle.

Kazunari se rappela qu'Imaeda lui avait dit qu'il avait répondu à ses questions en toute sincérité.

— Et alors ?

En guise de réponse, Sasagaki posa sur ses genoux une serviette en cuir qui avait déjà beaucoup servi et en ouvrit la fermeture éclair. Il en sortit un petit magnétophone. Il lui adressa un sourire énigmatique et appuya sur la touche "marche".

Kazunari entendit le signal sonore d'un répondeur, puis : "Bonjour, c'est Shinozuka. Y a-t-il du nouveau dans votre enquête sur Karasawa Yukiho ? Merci de me rappeler."

Le policier appuya sur la touche "arrêt" et remit le magnétophone dans son sac.

— J'ai pu écouter le répondeur de M. Imaeda hier. C'est bien vous qui avez laissé ce message, n'est-ce pas ?

— Oui, je lui en ai laissé plusieurs au début du mois, admit Kazunari avec un soupir.

Évoquer la loi sur la protection de la vie privée ne servirait à rien, pensa-t-il.

— Une fois que je l'eus écouté, j'ai rappelé M. Takamiya pour lui demander s'il connaissait un dénommé Shinozuka.

— Et il vous a immédiatement donné mon nom ?

— Exactement. Comme je vous l'ai dit, ce n'est pas compliqué.

— Je vois. Vous avez raison, il n'y a là rien de difficile.

— Je vous repose donc ma question. Vous avez demandé à M. Imaeda d'enquêter à propos de Karasawa Yukiho ?
— Oui.
— La personne qui envisage de l'épouser est…
— Un parent à moi. Mais rien n'est encore décidé pour l'instant. Mon parent souhaite ce mariage.
— Pouvez-vous me donner son nom ?
Sasagaki ouvrit son carnet, le crayon à la main.
— Vous avez besoin de le savoir ?
— Je ne sais pas. Nous autres policiers, nous aimons savoir le plus de choses possible. Si vous ne me le dites pas, je chercherai à obtenir l'information en parlant à d'autres personnes. En leur demandant qui souhaite épouser Karasawa Yukiho.
Kazunari serra les lèvres. Qu'il pose ce genre de questions lui serait insupportable.
— Il s'agit de mon cousin, Shinozuka Yasuharu.
Le policier en prit note.
— Il travaille ici aussi, j'imagine ?
Sasagaki écarquilla les yeux et hocha la tête en entendant qu'il était directeur général, puis il l'écrivit dans son calepin.
— Puis-je vous poser quelques questions sur certaines choses qui ne sont pas claires pour moi ? demanda Kazunari.
— Je vous en prie mais je ne vous garantis pas que je serai capable de répondre à toutes.
— Vous m'avez dit que vous vous intéressiez beaucoup à Karasawa Yukiho pour une certaine raison. Laquelle ?
Sasagaki esquissa un demi-sourire et se tapota la nuque deux fois.
— J'en suis tout à fait navré mais je ne peux pas vous expliquer cela ici et maintenant.
— Parce que cela fait partie du secret de l'enquête ?
— Libre à vous de le penser, mais la première raison est qu'il y a encore trop de zones d'ombre pour que je puisse

en parler. D'abord parce que c'est lié à quelque chose qui s'est produit il y a dix-huit ans.

— Dix-huit ans… répéta Kazunari en réfléchissant à ce que cela signifiait, à ce qui avait pu se passer. Et que s'est-il passé il y a dix-huit ans ? Peut-être pouvez-vous me le dire.

Une expression dubitative apparut sur le visage de son interlocuteur. Puis, au bout de quelques secondes, il cligna des yeux.

— Un assassinat.

Kazunari se redressa et soupira.

— Qui était la victime ?

— Je ne peux pas vous le dire, répondit-il avec un mouvement de la main, en lui montrant une de ses paumes.

— Elle, je veux dire, Mlle Karasawa, a à voir avec cela ?

— Disons qu'il est possible qu'elle détienne la clé du mystère.

— Mais… commença Kazunari qui prit soudain conscience d'un fait important. Si cela s'est passé il y a dix-huit ans, il y a prescription.

— C'est exact.

— Vous continuez cependant votre enquête ?

Le policier sortit une nouvelle cigarette de son paquet. Kazunari ne se souvenait pas de l'avoir vu éteindre la première.

Il l'alluma avec son briquet jetable, en prenant tout son temps. C'était probablement intentionnel de sa part.

— C'est une longue histoire qui a commencé il y a dix-huit ans. Elle n'est pas encore terminée. Pour la conclure, il faut revenir au début. Je ne peux pas vous en dire plus.

— Et vous ne voulez pas me la raconter ?

— Non, je préfère ne pas le faire, répondit Sasagaki avec un sourire, en soufflant de la fumée. D'ailleurs, je n'ai pas aujourd'hui le temps considérable qu'il faudrait pour tout raconter.

— J'espère que vous pourrez le faire un jour.

— Oui, répondit le policier en le regardant droit dans les yeux, en hochant la tête. Oui, je vous raconterai tout, en prenant le temps.

Kazunari tendit la main vers son gobelet, et s'aperçut qu'il était vide. Sasagaki aussi avait vidé le sien.

— Voulez-vous encore un peu de thé ?

— Non merci. Mais puis-je vous demander de répondre à mes questions ?

— Oui.

— Je voudrais connaître la vraie raison pour laquelle vous avez demandé à M. Imaeda d'enquêter sur elle.

— Vous la connaissez déjà. Ce n'est pas un mensonge. Que la famille de quelqu'un qui envisage une union enquête sur la personne qu'il souhaite épouser n'a rien d'exceptionnel, il me semble.

— Certes, et c'est particulièrement vrai dans les familles éminentes comme la vôtre. Cela me semblerait plus compréhensible si l'initiative venait de ses parents. Il est plus rare qu'elle soit entreprise par le cousin du futur marié.

— En soi, ce n'est pas inacceptable, non ?

— Il y a d'autres points qui me paraissent peu naturels. Tout d'abord, je trouve bizarre que vous souhaitiez enquêter à propos de Karasawa Yukiho. Vous êtes un ami de longue date de M. Takamiya, à qui elle a été mariée. Si l'on remonte encore plus loin, vous apparteniez au même club de danse qu'elle à l'université. Vous savez donc beaucoup de choses sur elle sans avoir à enquêter sur elle. Pourquoi avez-vous ressenti le besoin de faire appel à un détective privé ?

Sasagaki avait parlé plus fort, avec un accent d'Osaka plus prononcé. Kazunari se félicita fugitivement d'avoir choisi une pièce insonorisée.

— J'ai parlé d'elle sans dire "mademoiselle", ajouta le policier lentement, les yeux posés sur le visage de son interlocuteur. Mais je n'ai pas l'impression que cela vous ait choqué. Ni surpris.

— Euh… vous avez raison, je n'y ai pas fait attention.

— Je ne pense pas que cela vous gêne. D'ailleurs, vous le faites vous-même, continua Sasagaki en tapotant sur sa serviette. Voulez-vous réécouter l'enregistrement ? Vous avez dit : "Bonjour, c'est Shinozuka. Y a-t-il du nouveau dans votre enquête sur Karasawa Yukiho ? Merci de me rappeler."

Kazunari songea à dire que c'était parce qu'il était président du club de danse quand elle y était entrée. Sasagaki ne lui en laissa pas le temps.

— J'ai perçu dans la manière dont vous parlez d'elle une grande méfiance à son égard. Je l'ai remarqué tout de suite. Ce doit être mon instinct de policier. Cela m'a donné envie de vous parler.

Il écrasa sa cigarette dans le cendrier, se pencha en avant et mit les deux mains sur la table.

— Vous n'avez pas envie de me dire la vérité ? Quelle était votre véritable intention en confiant cette enquête à M. Imaeda ?

Il regardait Shinozuka avec sérieux, mais l'éclat menaçant avait disparu de ses yeux, remplacé par quelque chose de magnanime. Peut-être usait-il de ce regard quand il interrogeait un suspect, se dit-il en comprenant le but de sa visite aujourd'hui. En réalité, peu lui importait l'identité de la personne qui voulait épouser Karasawa Yukiho.

— Monsieur Sasagaki, ce que vous dites correspond à la moitié de la vérité. Mais seulement à la moitié.

— Hum, fit le policier en serrant les lèvres. Dites-moi d'abord dans quelle mesure je me trompe.

— Si j'ai demandé à M. Imaeda d'enquêter sur elle, c'était vraiment pour mon cousin. S'il n'avait pas la volonté de l'épouser, je n'aurais aucun désir de savoir qui elle est et ce qu'elle a fait dans sa vie.

— Je comprends. Et à quel égard ai-je raison ?

— Il est exact que je me méfie d'elle.

— Ah... Et pourquoi ? demanda-t-il en prenant appui sur le dossier du canapé, les yeux fixés sur le visage de Kazunari.
— Pour des raisons hautement subjectives, et assez floues. Cela ne vous gêne pas ?
— Pas du tout. J'aime les histoires peu claires, répondit Sasagaki en lui adressant un grand sourire.

Kazunari fournit à Sasagaki à peu près les mêmes explications que celles qu'il avait données à Imaeda quand il lui avait confié l'enquête : son sentiment qu'il y avait derrière Karasawa Yukiho une personne qui lui apportait un soutien qui n'était pas seulement financier et qu'il arrivait des malheurs aux personnes qui lui étaient proches. Cela lui paraissait très subjectif, et assez flou, mais Sasagaki l'écouta le visage sérieux, en fumant une troisième cigarette.
— Je comprends mieux à présent, et je vous remercie de m'avoir raconté tout cela.
— Vous ne pensez pas qu'il s'agit de chimères insignifiantes ?
— Absolument pas, répondit Sasagaki en faisant non de la main. Pour être tout à fait franc avec vous, je suis plutôt surpris par votre perception précise de la situation. Surtout à votre âge.
— Vous trouvez qu'elle est précise ?
— Oui. Vous percevez la vraie nature de cette femme, ce qui n'est pas facile. La plupart des gens n'en ont pas la capacité. Je dois reconnaître que pendant longtemps je ne l'ai pas vue pour ce qu'elle est véritablement.
— Vous voulez dire qu'à votre avis, mon intuition est bonne ?
— Oui. Il n'arrive rien de positif aux gens qui ont affaire à elle. Je m'intéresse à elle depuis dix-huit ans, et c'est la conclusion à laquelle je suis arrivée.

— J'aimerais vous faire rencontrer mon cousin.

— Je partage ce sentiment. Mais je ne pense pas qu'il m'écouterait. Vous êtes la première personne avec qui j'ai pu m'exprimer aussi franchement.

— Ce serait bien de pouvoir mettre la main sur une preuve définitive. Je misais beaucoup sur l'enquête de M. Imaeda, dit Kazunari en croisant les bras.

— Quels éléments vous a-t-il apportés ?

— Son enquête n'était pas encore très avancée. Il m'a fourni des informations sur les transactions boursières qu'elle a menées.

Il décida de ne pas lui dire que selon Imaeda, c'était de lui qu'elle était vraiment amoureuse.

— Ce n'est qu'une supposition de ma part, reprit le policier en baissant le ton, mais il est possible que M. Imaeda ait découvert une chose importante.

— Vous voulez dire qu'il aurait mis la main sur une preuve ?

— Oui, répondit-il. Hier, quand je suis allé dans son bureau, j'ai remarqué qu'il n'y avait aucun document sur elle. Même pas une seule photo.

— Ah bon ? s'exclama Kazunari. Ce qui voudrait dire que…

— M. Imaeda n'avait aucune raison de disparaître sans vous prévenir. La seule supposition raisonnable que l'on puisse faire par conséquent est que quelqu'un l'a fait disparaître. Et que cette personne craignait le résultat de l'enquête qu'il menait pour vous.

Kazunari comprit le sens de ce que Sasagaki venait de lui dire. Sa supposition était logique mais elle lui paraissait irréelle.

— Ce n'est pas possible, murmura-t-il. Que cela aille si loin…

— Vous voulez dire qu'elle n'est pas malfaisante à ce point ?

— Vous ne pensez pas qu'il a pu disparaître accidentellement ? Je veux dire, qu'il ait eu un accident.

— Non, j'exclus cette possibilité, répondit Sasagaki d'un ton définitif. M. Imaeda était abonné à deux journaux. J'ai contacté les porteurs qui m'ont dit avoir reçu un appel le 21 selon lequel il s'absenterait pendant quelque temps à partir du 21 du mois dernier. La personne à qui ils ont parlé était un homme.

— Un homme. Ce pourrait donc être M. Imaeda lui-même.

— Bien sûr. Mais je n'y crois pas. Je pense que la personne qui a fait disparaître M. Imaeda voulait éviter que sa disparition n'attire l'attention. Des journaux entassés devant sa porte n'auraient pas manqué d'alerter ses voisins et le gardien de l'immeuble.

— Mais si vous avez raison, la personne en question est un criminel redoutable. Vous voulez dire qu'il est possible que M. Imaeda ne soit plus de ce monde ?

Sasagaki changea d'expression en l'écoutant. Son visage devint parfaitement neutre, comme s'il voulait exclure toute émotion.

— La probabilité qu'il soit vivant me semble très faible.

Kazunari lâcha un long soupir et regarda de côté. Il se sentait nerveusement épuisé. Son cœur battait plus vite.

— Puisque c'est un homme qui a téléphoné aux porteurs de journaux, Karasawa Yukiho n'a peut-être rien à voir avec tout cela ?

Il trouvait sa propre attitude bizarre. C'était lui qui avait voulu établir qu'elle n'était pas seulement ce que son apparence donnait à croire, mais maintenant qu'il était question de vie et de mort, il ne cessait de la défendre.

Sasagaki mit à nouveau la main dans la poche intérieure de son veston, mais cette fois-ci, celle du côté opposé. Il en sortit une photo.

— Avez-vous déjà vu cet homme ?

— Vous permettez ? dit-il en la prenant.

Elle représentait un jeune homme au visage mince. Il avait des épaules larges et un blouson sombre qui lui allait bien, et paraissait froid.

Kazunari ne l'avait jamais vu et il le dit à Sasagaki.

— Ah bon. C'est dommage.

— Qui est-ce ?

— L'homme que je recherche. Puis-je vous emprunter un instant la carte de visite que je vous ai donnée ?

Kazunari la lui tendit. Le policier écrivit quelque chose au dos et la lui rendit. Kazunari lut : "Kirihara Ryōji."

— Et qui est-il ?

— Un genre de fantôme.

— De fantôme ?

— Je voudrais vous demander de ne pas oublier son visage et son nom. Et si jamais vous l'apercevez quelque part, de m'appeler, quel que soit le jour ou l'heure.

— Mais où est-il, cet homme ? Si vous ne le savez pas, cela fait le même effet qu'un avis de recherche, dit Kazunari en levant les deux mains, paumes vers le ciel.

— Je n'en ai pas la moindre idée. Mais je suis sûr qu'il apparaîtra.

— Où ?

— Eh bien… commença Sasagaki en se passant la langue sur les lèvres. À proximité de Karasawa Yukiho. De la même manière que le gobie ne s'éloigne pas de la crevette.

Kazunari ne comprit pas immédiatement ce que le vieux policier venait de dire.

## 5

Un paysage de rizières monotone défilait par la fenêtre, semé des panneaux publicitaires érigés en plein champ. Cela aurait été plus intéressant de voir la ville, mais quand le train à grande vitesse en traversait une, les murs antibruit faisaient qu'il n'y avait rien à voir.

Le coude posé sur la fenêtre, Noriko tourna les yeux vers son voisin. Les yeux fermés, Akiyoshi Yūichi était immobile. Elle savait qu'il ne dormait pas mais ignorait ce à quoi il réfléchissait.

Elle regarda à nouveau dehors. Elle se sentait tellement oppressée qu'elle avait du mal à respirer. Elle n'arrivait pas à se défaire de l'idée que quelque chose de funeste allait se produire pendant ce voyage à Osaka.

C'est ma dernière chance de comprendre qui est Akiyoshi, se disait-elle. Elle était consciente de ne presque rien savoir de lui. Ce n'était pas parce que son passé ne l'intéressait pas, mais plutôt parce qu'elle s'était jusqu'à présent concentrée sur le présent. Akiyoshi était très vite devenu irremplaçable à ses yeux.

Le paysage changea un peu. Ce devait être la préfecture d'Aichi. Elle lut le panneau d'un fabricant d'automobiles. Elle pensa à la maison de ses parents, à Niigata, à proximité de laquelle se trouvait une petite usine de pièces automobiles.

Elle était arrivée à Tokyo à dix-huit ans. Elle n'avait pas étudié la pharmacie par vocation mais parce que le seul examen d'entrée à l'université qu'elle avait réussi était celui d'une faculté de pharmacie.

Son diplôme en poche, elle avait trouvé du travail dans l'hôpital où elle était encore grâce à la recommandation d'une de ses connaissances. L'époque où elle était étudiante et les cinq premières années de sa vie active lui paraissaient les plus belles de son existence.

Elle avait rencontré quelqu'un la sixième année, un homme de trente-cinq ans, qui travaillait dans l'administration de l'hôpital. Elle avait rêvé de l'épouser. Mais il y avait un obstacle. Il était marié et père de famille. Il lui avait assuré qu'il allait quitter sa femme. Elle l'avait cru. C'est pour cela qu'elle s'était installée dans l'appartement où elle vivait, afin qu'il eût un endroit où venir une fois qu'il aurait divorcé, un endroit où il pût se réfugier.

Comme souvent dans ce genre d'histoires, il n'avait pas su faire preuve de la même détermination qu'elle. Il s'était justifié de diverses manières. Il devait penser à ses enfants, s'il partait maintenant, il devrait payer à sa femme une énorme prestation compensatoire, mieux valait attendre et laisser les choses mûrir...

Elle ne s'attendait pas à une séparation mais un jour, il disparut de l'hôpital. Une de ses collègues lui avait appris qu'il avait démissionné.

— D'après ce que je sais, il détournait l'argent que lui remettaient les patients, lui avait expliqué cette femme en baissant la voix, visiblement ravie de propager cette rumeur.

Elle ignorait bien sûr la liaison qu'avait Noriko avec lui.

— Il détournait de l'argent...

— Toute la comptabilité est informatisée ici, n'est-ce pas ? Lorsque les patients le payaient, il enregistrait leur paiement, puis faisait la même manipulation que s'il s'était trompé. Cela effaçait le montant perçu, qu'il empochait. La fraude a été découverte lorsque plusieurs patients se sont étonnés d'avoir reçu des mises en demeure.

— Et il faisait ça depuis quand ?

— Je ne sais pas exactement mais il a été établi que cela remontait à plus d'un an. Parce que c'est à cette époque que nous avons remarqué que beaucoup de patients tardaient à nous payer et que le nombre de ceux qui nous réglaient juste avant que nous leur envoyions une mise en demeure avait augmenté. En fait, il utilisait en partie l'argent qu'il détournait pour combler les trous qu'il avait creusés, afin que nous ne le découvrions pas. Mais il en a tellement fait qu'il n'a plus réussi à dissimuler ses détournements.

Les yeux fixés sur les lèvres rouges de cette femme qui lui racontait toute l'affaire avec délectation, Noriko avait l'impression de vivre un cauchemar. Elle n'arrivait pas à y croire.

— Et il a détourné à peu près combien ? réussit-elle à demander d'une voix neutre, au prix d'un énorme effort.

— Il serait question de deux millions de yens.

— Qu'est-ce qu'il a bien pu en faire ?

— Il s'en est servi pour rembourser son crédit immobilier. Il a acheté son appartement quand les prix étaient au plus haut, ajouta la femme, les yeux brillants.

Elle lui confia aussi que l'hôpital avait dit à l'homme qu'aucune plainte ne serait déposée s'il remboursait ce qu'il avait détourné, parce que la direction ne tenait pas à en informer la police. La réputation de l'hôpital souffrirait si l'affaire venait à s'ébruiter.

Elle n'eut pas de nouvelles de lui pendant plusieurs jours. Ses collègues remarquèrent qu'elle était distraite et avait du mal à se concentrer sur son travail. Elle n'osait pas l'appeler chez lui, de peur d'entendre une autre voix que la sienne.

Son téléphone sonna une nuit. Elle devina que c'était lui. Elle décrocha : elle ne s'était pas trompée, mais sa voix était sans énergie.

Il commença par lui demander comment elle allait. Pas très bien, répondit-elle. Il dit qu'il n'en était pas surpris. Elle imagina son sourire.

— Je pense que tu as entendu toute l'histoire. Je ne peux plus travailler là-bas.

— Et comment vas-tu faire pour l'argent ?

— Je vais le rembourser. Mais à tempérament. On s'est mis d'accord.

— Tu vas y arriver ?

— Eh bien… je n'ai pas le choix. Au pire, je peux vendre l'appartement.

— Il s'agit de deux millions de yens ?

— Oui, à peu près.

— Tu veux que je t'aide ?

— Hein ?

— J'ai des économies. Et je peux réunir deux millions.

— Ah bon…

— Mais si je paie, ta femme, euh…

Il l'interrompit avant qu'elle ne dise qu'elle voulait qu'il divorce.

— Tu n'as pas à faire ça.

— Comment ça ? s'exclama-t-elle, surprise.

— Je ne veux pas être ton obligé. Je vais me débrouiller tout seul.

— Mais…

— J'ai emprunté de l'argent à mon beau-père quand nous avons acheté l'appartement.

— Combien ?

— Dix millions.

Elle eut l'impression d'avoir reçu un coup de poing et sentit la sueur couler sous ses aisselles.

— Si je divorçais, il faudrait que je lui rende.

— Mais tu ne m'en as jamais parlé !

— Cela n'aurait servi à rien.

— Et que dit ta femme ? À propos de ce qui s'est passé.

— Pourquoi me demandes-tu une chose pareille ? répondit-il avec mauvaise humeur.

— Parce que je me fais du souci pour toi. Elle est fâchée ?

Noriko caressait l'espoir que cette affaire lui donne envie de divorcer. Elle ne s'attendait pas du tout à la réponse qu'il lui donna.

— Elle m'a demandé pardon.
— Ta femme ?
— C'est elle qui voulait acheter l'appartement. Moi, j'étais contre, parce que les mensualités à rembourser me paraissaient trop élevées. Elle a dû comprendre que c'est ce qui m'a conduit à faire ce que j'ai fait.
— Ah bon…
— Elle va trouver du travail pour m'aider à rembourser.

Elle se retint de lui dire qu'il avait une bonne épouse. Mais un goût amer envahit sa bouche.

— Si je comprends bien, rien ne changera pour l'instant. Je veux dire, pour notre relation, réussit-elle à dire.

Il garda le silence quelques instants puis elle l'entendit soupirer.

— Ne me dis pas des choses pareilles.
— Des choses pareilles ?
— Des choses désagréables. Tu avais très bien compris, non ?
— Compris quoi ?
— Que je ne pouvais pas divorcer. Toi aussi, tu voyais notre histoire comme une simple aventure.

Noriko en resta bouche bée. Elle faillit hurler qu'elle y croyait, elle. Mais au moment d'ouvrir la bouche, elle fut saisie d'accablement. Elle se résigna à garder le silence. Il avait probablement dit ce qu'il avait dit pour éveiller son orgueil.

Elle entendit une voix, sans doute celle de sa femme, demander à qui il parlait en pleine nuit. Il répondit qu'un ami l'avait appelé parce qu'il se faisait du souci pour lui.

— C'est ce que je voulais te dire, reprit-il un peu plus tard de la même voix dépourvue d'énergie.

Elle ne répondit rien mais fut saisie d'une telle tristesse qu'elle ne trouva plus la force de parler. Son silence dut le satisfaire, car il raccrocha.

Il va sans dire que ce fut leur dernière conversation. Elle ne l'avait jamais revu.

Elle se débarrassa de tout ce qui lui appartenait chez elle : sa brosse à dents, son rasoir, sa mousse à raser, et ses préservatifs.

Elle oublia de jeter le cendrier qui resta sur l'étagère. Voir la poussière s'entasser dessus lui faisait penser que sa blessure sentimentale se cicatrisait.

Noriko ne fréquenta personne après lui. Loin d'avoir décidé de rester seule, elle avait de plus en plus envie de se marier. Elle aspirait à une vie de famille ordinaire, avec un homme qui lui conviendrait, qu'elle épouserait, avec qui elle aurait des enfants.

Un an environ après cette rupture, elle était allée dans une agence matrimoniale qui lui avait plu parce qu'elle avait recours à l'informatique pour combiner les candidats masculins et féminins. Elle avait décidé de renoncer à l'amour et de concentrer ses efforts sur la recherche d'un partenaire avec qui passer le restant de ses jours.

Une femme d'âge mûr qui lui parut très sympathique lui posa plusieurs questions et enregistra ses réponses sur son ordinateur en l'assurant qu'elle allait lui trouver quelqu'un de bien.

L'agence lui avait présenté plusieurs hommes. Noriko en rencontra six. Cinq d'entre eux la déçurent dès le premier regard. Il y en avait un qui ne ressemblait nullement à la photo qu'il avait fournie, et un autre qui avait indiqué n'avoir jamais été marié mais lui parla de son fils dès la première minute.

Elle revit deux fois un employé d'une grande société, âgé d'un peu plus de quarante ans, à l'apparence sérieuse. Elle commença à se dire qu'il était peut-être l'homme qu'il lui fallait. Mais lors de leur troisième rencontre, il lui apprit qu'il vivait avec sa mère atteinte de démence sénile, et ajouta qu'il avait le sentiment qu'elle serait capable de l'aider. Elle comprit qu'il cherchait avant tout quelqu'un qui s'occuperait de sa mère. Elle se souvenait qu'il avait informé l'agence matrimoniale de sa préférence pour une femme qui travaillait dans le domaine de la santé.

Elle l'avait quitté en lui souhaitant bon courage et ne l'avait bien sûr plus jamais revu. Elle eut l'impression qu'il se moquait non seulement d'elle mais de toutes les femmes.

Elle mit fin à son contrat avec l'agence matrimoniale après ces six rencontres, avec l'impression d'avoir perdu son temps.

Six mois plus tard, elle fit connaissance avec Akiyoshi Yūichi.

Ils arrivèrent à Osaka en fin de journée. Ils déposèrent leurs affaires dans la chambre d'hôtel et Akiyoshi fit visiter la ville à Noriko. Lorsqu'elle avait exprimé le désir de l'accompagner à Osaka, il n'avait pas immédiatement accepté, mais ce jour-là, il était gentil avec elle. Peut-être est-ce parce qu'il est revenu dans sa ville natale, se dit-elle.

Ils se promenèrent dans le quartier de Shinsaibashi et dînèrent dans un restaurant proche de la rivière Dōtonbori. C'était la première fois qu'ils voyageaient ensemble. Noriko continuait à être inquiète pour la suite, mais elle essaya de profiter de l'instant. Elle n'était jamais venue à Osaka.

— Nous sommes loin de la maison où tu es né ? lui demanda-t-elle alors qu'ils buvaient une bière dans une taverne.

— C'est à cinq stations de métro d'ici.

— Ce n'est pas loin, alors.

— Osaka n'est pas si grand, répondit Akiyoshi en regardant l'énorme enseigne lumineuse de Glico.

— Dis, continua-t-elle après une courte hésitation, tu ne veux pas m'y emmener maintenant ?

Il la dévisagea en fronçant les sourcils.

— J'aimerais beaucoup voir le quartier où tu as habité.
— Je ne suis pas venu ici pour m'amuser.
— Mais…
— J'ai des choses à faire, lâcha-t-il en détournant les yeux.

Elle comprit qu'il était de mauvaise humeur.

— Pardon, glissa-t-elle en baissant la tête.

Ils finirent leurs bières en silence. Elle observa les gens qui passaient le long de la rivière. Il était un peu après vingt heures. La nuit ne faisait que commencer à Osaka.

— Le quartier ne présente aucun intérêt, dit-il soudain.

Elle tourna les yeux vers lui. Il continuait à observer le spectacle de la rue.

— Ce n'est pas un bon quartier. Il est sale, poussiéreux, et grouille de monde. Tous les gens là-bas ont les yeux brillants et il faut toujours être sur ses gardes. Il s'interrompit pour vider son verre. Tu as envie de voir un endroit pareil ?

— Oui.

Akiyoshi ne répondit pas, mais reposa son verre sur la table et sortit un billet de dix mille yens de la poche de son pantalon.

— Va payer.

Elle prit le billet et se dirigea vers la caisse.

Ils quittèrent le bar et il héla un taxi. Noriko ne connaissait pas le nom de leur destination qu'il annonça au chauffeur avec un fort accent d'Osaka qui l'intrigua. Elle ne l'avait jamais entendu l'utiliser.

Il ne dit presque rien pendant la course mais regarda le paysage. Noriko se demanda s'il regrettait ce qu'il venait de faire.

La voiture s'engagea dans des rues étroites. Akiyoshi donna des indications au chauffeur, toujours en dialecte d'Osaka. La voiture s'arrêta à proximité d'un petit espace vert dans lequel Akiyoshi pénétra quand il descendit du taxi. Noriko le suivit. Le square était juste assez grand pour qu'on puisse y jouer au base-ball. C'était un petit parc à l'ancienne avec une balançoire, un toboggan, et un bac à sable. Il n'y avait pas de fontaine.

— Je venais souvent jouer ici quand j'étais enfant.

Avec elle, il utilisait le parler de Tokyo.

— Tu faisais du base-ball ?
— Oui. On jouait aussi à la balle au prisonnier et au foot.
— Tu as des photos de cette époque ?
— Non.
— Ah bon. C'est dommage.
— Il n'y a pas d'autres endroits où jouer par ici, et ce petit parc comptait beaucoup pour nous. Mais nous avions un autre lieu qui nous était cher. Ici, dit-il en se retournant.

Elle l'imita et vit un bâtiment vétuste.

— Ce bâtiment ?
— Oui, on venait y jouer.
— Mas à quoi ?
— Au tunnel du temps.
— À quoi ?
— Quand j'étais enfant, l'immeuble n'était pas terminé. Sa construction a été arrêtée un long moment. Seuls les rats et nous les gosses du quartier y entrions.
— Ce n'était pas dangereux ?
— Si cela ne l'avait pas été, cela ne nous aurait pas attirés, répondit-il en riant.

Il reprit immédiatement son sérieux, soupira, et leva les yeux vers l'immeuble.

— Mais un jour, un gamin y a trouvé un cadavre. Celui d'un homme.

Il ajouta que l'homme avait été assassiné. Noriko l'écouta en ressentant une douleur à la poitrine.

— Tu le connaissais ?
— Seulement un peu, répondit-il. Ce n'était pas un homme honnête, personne ne l'aimait. Moi non plus, d'ailleurs. À mon avis, tout le monde pensait qu'il n'avait eu que ce qu'il méritait. La police a soupçonné tous les gens du

quartier. Il pointa l'immeuble du doigt : Tu vois l'endroit où il y a quelque chose de dessiné sur le mur ?

Elle fronça les sourcils en s'efforçant de le distinguer. L'inscription était presque effacée, mais il restait la trace de quelque chose sur le mur gris. La silhouette d'un homme et d'une femme enlacés. Ce n'était pas une image artistique.

— Après cet assassinat, l'accès à l'immeuble a été strictement interdit. Malgré cela, quelqu'un l'a loué un peu plus tard, et les travaux ont repris au rez-de-chaussée. Ses murs ont été recouverts d'une bâche qui a été enlevée quand ils ont été terminés. Et cette image porno est apparue.

Il mit la main dans la poche de sa veste et en sortit une cigarette qu'il alluma avec une allumette de la pochette du café où ils avaient bu une bière.

— Cela n'a pas tardé à attirer des hommes louches qui entraient dans le bâtiment en regardant d'un air inquiet autour d'eux. Au début, je n'ai pas compris ce qu'il y avait à l'intérieur. Mes copains ne le savaient pas non plus. Les adultes refusaient de nous le dire. Mais bientôt l'un d'entre nous a réussi à le savoir. C'était un endroit où les hommes pouvaient acheter des femmes, nous a-t-il dit. Il a raconté que si on payait dix mille yens, on pouvait faire ce qu'on voulait aux femmes qu'il y avait dedans. Même ce qui était dessiné sur le mur. Je ne l'ai pas cru tout de suite. Parce que dix mille yens, à l'époque, c'était beaucoup d'argent, et en plus je ne croyais pas que des femmes pouvaient se vendre comme ça. Il tira sur sa cigarette et ricana. Ça veut sans doute dire que j'étais pur. J'étais encore à l'école primaire, d'ailleurs.

— Moi aussi, j'aurais été choquée d'apprendre une chose pareille à l'école primaire.

— Je n'étais pas particulièrement choqué, moi. Non, j'ai appris quelque chose. Ce qui compte le plus dans la vie, répondit-il en jetant la cigarette qu'il n'avait même pas fumée à moitié avant de l'écraser. Je te raconte des choses sans intérêt.

— Dis… commença Noriko. L'assassin, il a été arrêté ?
— L'assassin ?
— Oui, celui qui avait tué l'homme retrouvé mort ici.
— Ah… Je ne sais pas.
— Hum…
— Allez, on y va, dit-il en commençant à marcher.
— On va où ?
— Prendre le métro. La station n'est pas loin.

Elle marcha à ses côtés dans des rues étroites et sombres, bordées de petites maisons décrépies, collées les unes aux autres. Leurs entrées donnaient directement sur la rue. Elle se demanda si la construction dans ce quartier n'était pas réglementée.

Quelques minutes plus tard, il s'arrêta et regarda une maison de l'autre côté de la rue. Elle était plus grande que les autres, et avait un étage. Ce devait être un commerce mais elle ne put deviner lequel car le rideau de fer était fermé.

Elle tourna les yeux vers l'étage et lut sur un panneau "Kirihara Prêts sur gages".

— Tu connais cette maison ?
— Un peu, ou plutôt un tout petit peu, répondit-il avant de se remettre à marcher.

Une dizaine de mètres plus loin, une grosse femme sortit d'une maison devant laquelle étaient posées plusieurs jardinières, dont la moitié débordait sur la rue. Un arrosoir à la main, elle s'apprêtait sans doute à leur donner de l'eau.

Le couple qu'ils formaient dut attirer son attention, car elle les dévisagea sans pudeur et sans crainte.

Elle s'intéressa plus encore à Akiyoshi et réagit d'une manière inexplicable. Alors qu'elle était penchée vers ses jardinières, elle se redressa soudainement.

— C'est toi, Ryō ? demanda-t-elle sans le quitter des yeux.

Mais il ne lui accorda pas un regard. Il semblait ne même pas avoir remarqué qu'elle lui avait parlé. Il ne ralentit pas et continua à avancer au même rythme. Noriko en fit autant. Bientôt, ils l'avaient dépassé. Noriko vit qu'elle continuait à le fixer des yeux.

Elle l'entendit marmonner dans leur dos qu'elle avait dû se tromper. Akiyoshi continua à ne montrer aucune réaction.

Mais Noriko garda longtemps dans les oreilles le nom qu'elle avait prononcé. Ou plutôt, la voix de la femme s'amplifia graduellement dans son cerveau.

Elle dut passer le deuxième jour seule. Akiyoshi était parti le matin en lui disant qu'il aurait à faire toute la journée et ne reviendrait à l'hôtel que le soir.

Comme elle n'avait aucune envie de rester à l'hôtel, elle retourna se promener dans le quartier où il l'avait emmenée la veille, celui de Shinsaibashi. Elle y trouva des boutiques de luxe, comme dans les rues de Ginza à Tokyo, à la seule différence qu'ici, elles côtoyaient des salles de pachinko et d'arcade. Peut-être était-ce parce qu'à Osaka, tous les commerces se valent.

Elle fit quelques achats mais il lui restait encore beaucoup de temps jusqu'à la nuit. Elle décida de retourner dans le quartier où il l'avait emmenée la veille. Elle voulait revoir le parc et le prêteur sur gages.

Elle prit le métro à Namba. Elle n'avait pas oublié le nom de sa destination et elle pensait être capable de retrouver son chemin là-bas.

Après avoir pris son billet, elle eut soudain l'idée d'acheter un appareil photo jetable.

Elle descendit à la station d'où ils étaient repartis la veille et refit en sens inverse le trajet qu'ils avaient fait. Le quartier lui procura une tout autre impression de jour. Certains magasins étaient ouverts, il y avait du monde dans les petites rues. Les gens avaient un regard particulier. Il n'était pas seulement intense, il avait aussi quelque chose d'agressif comme s'ils étaient tous prêts à prendre avantage de la moindre défaillance d'autrui. Il avait raison sur ce point, pensa-t-elle.

Elle arriva devant le prêteur sur gages. L'échoppe était fermée et semblait l'être depuis longtemps. Elle ne l'avait pas remarqué hier soir.

Elle la prit en photo.

Elle prit aussi l'immeuble. Des enfants jouaient au football dans le parc adjacent. Elle les photographia en les écoutant crier. Elle tourna aussi discrètement son objectif sur l'illustration vulgaire du mur. Elle alla ensuite voir l'entrée du bâtiment. Elle n'eut pas l'impression qu'il abritait de commerces louches. Il ressemblait à tous les immeubles laissés à moitié vacants par l'explosion de la bulle spéculative, même s'il était un peu plus ancien.

Elle retourna sur l'avenue et prit un taxi pour rentrer à l'hôtel.

Il était plus de vingt-trois heures lorsque Akiyoshi revint, visiblement épuisé et de très mauvaise humeur.

— Tu as pu faire tout ce que tu voulais ? lui demanda-t-elle timidement.

Depuis le lit où il s'était jeté, il poussa un profond soupir.

— Oui. Tout, absolument tout est fini.

Elle aurait voulu lui dire : "Tant mieux." Mais elle n'y réussit pas, sans comprendre ce qui l'en empêchait.

Ils dormirent ce soir-là chacun dans leur lit et ne se parlèrent quasiment pas.

# 6

Il avait du mal à dormir. Shinozuka Kazunari se retourna dans son lit. La conversation qu'il avait eue avec Sasagaki l'autre jour continuait à le préoccuper. L'idée qu'il était dans une situation inextricable s'imposait à lui et l'oppressait.

Même si le vieux policier ne l'avait pas énoncé clairement, il avait laissé entendre qu'Imaeda avait probablement été assassiné. Étant donné sa disparition et l'état de son bureau, cela paraissait une conclusion logique. Il avait hoché la tête pour l'approuver, avec le sentiment d'écouter l'intrigue d'un roman policier ou d'une série télévisée. Il comprenait qu'il s'agissait d'une chose qui s'était produite dans son entourage, mais rien ne lui paraissait réel. Voilà pourquoi il ne s'était pas senti concerné lorsque Sasagaki lui avait dit avant de le quitter : "Ne croyez pas que vous n'ayez pas besoin d'être vigilant."

Mais maintenant qu'il était seul chez lui, allongé dans son lit, les yeux fermés dans son appartement où toutes les lumières étaient éteintes, il était gagné par une sorte d'énervement qui le faisait transpirer.

Il savait que Karasawa Yukiho n'était pas une femme ordinaire. C'était précisément la raison pour laquelle il n'acceptait pas l'idée qu'elle devienne l'épouse de son cousin. Il n'avait cependant pas du tout imaginé qu'il mettait Imaeda en danger en lui confiant cette enquête.

Il s'interrogeait sur la vraie nature de cette femme.
Et qui était ce Kirihara Ryōji ?
Sasagaki ne lui en avait rien dit. Il avait comparé la relation qu'elle avait avec cet inconnu à celle qui existe entre une crevette et un gobie. Ce qui voulait dire qu'ils existaient en symbiose.

— J'ignore où il se cache mais cela fait presque vingt ans que je le cherche, avait-il ajouté en riant comme pour se moquer de lui-même.

Kazunari n'y comprenait goutte. Pourquoi une chose arrivée à Osaka presque vingt ans auparavant exerçait-elle une influence sur lui et ses proches ?

Il chercha des yeux dans l'obscurité la télécommande du climatiseur, la trouva et le mit en route. De l'air frais commença immédiatement à circuler dans la chambre.

Au même instant, le téléphone sonna. Surpris, il alluma la lumière. Il était presque une heure du matin. L'espace d'une seconde, il se demanda s'il était arrivé quelque chose à ses parents. Kazunari habitait seul à Mita dans un appartement qu'il avait acheté l'année précédente.

Il se racla la gorge et répondit au téléphone.

— Allô ?
— Kazunari ? Désolé de t'appeler à une telle heure.

Il reconnut la voix de son cousin et fut envahi d'un mauvais pressentiment. Ou plutôt d'une certitude.

— Que se passe-t-il ?
— C'est à propos de ce dont je t'ai parlé l'autre jour. Elle vient de m'appeler.

Si son cousin parlait à voix basse, ce n'était pas seulement à cause de l'heure tardive. La conviction de Kazunari se renforça.

— Sa mère…
— Elle est morte. Sans reprendre connaissance.
— Ah bon…

Il lui présenta ses condoléances, plutôt par réflexe que mû par la sincérité.

— Demain, il n'y a pas de problèmes, n'est-ce pas ? demanda-t-il d'un ton qui excluait la discussion.

Kazunari s'assura néanmoins d'avoir bien compris.

— Tu veux dire que je dois aller à Osaka ?

— Je ne peux pas me libérer demain. Je dois rencontrer les gens de Slott Meyer.

— Je suis au courant. Ils sont là pour parler du Mebaron. Je devais participer à cette réunion.

— Plus maintenant. Tu n'as pas besoin de venir au bureau demain. Prends le train pour Osaka dès que tu pourras. Je ne suis pas sûr d'arriver à y être demain soir, car j'ai un dîner, mais j'y serai au plus tard après-demain matin.

— Et le PDG…

— Je lui en parlerai demain. Mieux vaut ne pas le réveiller en pleine nuit à l'âge qu'il a.

Le PDG, c'est-à-dire le père de Yasuharu, habitait comme lui dans l'arrondissement de Setagaya.

— Tu lui as déjà présenté Karasawa Yukiho ? demanda Kazunari en se disant que cela ne le regardait pas.

— Non, pas encore. Mais je lui ai dit qu'il y avait quelqu'un avec qui j'envisageais de me remarier. Tu le connais, il n'a pas paru particulièrement désireux de savoir de qui il s'agissait. De toute façon, il ne va pas se mêler de la vie sentimentale de son fils de quarante-cinq ans.

Shinozuka Sōsuke, le père de Yasuharu, avait la réputation d'être un homme franc et ouvert. Kazunari savait qu'il ne se mêlait pas de la vie privée des autres. Mais il était parfaitement conscient du fait que cela ne s'appliquait qu'à ce qui ne concernait pas son entreprise.

Kazunari imaginait qu'il ne ferait aucun obstacle à la fiancée de son fils tant qu'elle ne risquait pas de souiller la réputation de la famille.

— Tu iras bien à Osaka demain ? s'assura son cousin.

Kazunari aurait aimé dire non. Il aurait préféré ne pas avoir de contact avec Karasawa Yukiho si peu de temps après avoir rencontré Sasagaki. Mais il n'avait aucune raison valable pour refuser. La femme que son cousin comptait épouser venait de perdre sa mère, et il lui demandait d'aller l'aider à organiser ses obsèques, une demande qui en soi n'avait rien d'anormal.

— Et que dois-je faire une fois que je serai à Osaka ?
— Elle a rendez-vous avec les pompes funèbres le matin, et elle compte aller dans la maison de sa mère l'après-midi. J'ai reçu un fax avec toutes les informations, je vais te le renvoyer. C'est le même numéro que celui auquel je t'appelle, n'est-ce pas ?
— Oui.
— Dans ce cas, je vais raccrocher pour le faire. Téléphone-moi une fois que tu auras reçu la télécopie, d'accord ?
— D'accord.

Son cousin raccrocha.

Kazunari se leva. Il alla prendre une bouteille de cognac Rémy Martin et un verre à liqueur sur l'étagère et se versa une rasade. Il le but lentement, savourant son bouquet et son goût. Une sensation d'ivresse l'envahit et il sentit ses nerfs se détendre.

Depuis que Yasuharu lui avait confié les sentiments qu'il avait pour Karasawa Yukiho, il avait envisagé à plusieurs reprises d'en parler à son père, Shigeyuki, en se disant que s'il lui faisait part de ses doutes, son père en parlerait à son oncle. Mais les arguments qu'il avait pour s'opposer au mariage de son cousin qui allait reprendre les rênes de l'entreprise familiale étaient trop vagues et inconsistants. Dire à Shigeyuki que cette femme était louche ne ferait qu'embarrasser son père. Kazunari risquait de s'entendre dire qu'il ferait mieux de s'occuper de ses affaires plutôt que de se mêler de celles de son cousin. De plus, Shigeyuki avait pris la tête l'année dernière d'une des filiales du groupe Shinozuka et il n'était pas bien placé pour contrarier les plans matrimoniaux de son neveu.

Le téléphone sonna alors qu'il avalait la deuxième gorgée de cognac. Il ne répondit pas et laissa la machine se mettre en route automatiquement. Un ruban de papier commença à sortir du télécopieur.

Il arriva à la gare d'Osaka un peu avant midi. La chaleur et la moiteur de l'air le frappèrent sitôt qu'il descendit du train. Il faisait encore très chaud en cette mi-septembre. Il se souvint que les étés à Osaka sont plus longs qu'à Tokyo.

Il sortit de la gare et se dirigea vers la station de taxis. Il avait l'intention d'aller d'abord à l'entreprise de pompes funèbres.

Une voix féminine appela son nom. Il s'arrêta et regarda autour de lui. Une jeune femme d'une vingtaine d'années, vêtue d'un tailleur bleu marine et d'un tee-shirt blanc, venait vers lui au petit trot. Ses longs cheveux étaient noués en queue de cheval.

— Merci d'être venu aussi vite, dit-elle en s'inclinant poliment devant lui, ce qui fit voleter ses cheveux comme une véritable queue de cheval.

Son visage lui disait quelque chose. Elle travaillait dans la boutique d'Aoyama.

— Et vous êtes…

— Hamamoto, répondit-elle en lui tendant sa carte de visite où il lut que son prénom était Natsumi.

— Vous êtes là pour moi ?

— Oui.

— Comment saviez-vous que j'allais venir ?

— Mlle Karasawa m'avait dit que vous arriveriez sans doute avant midi, mais il y avait beaucoup de circulation et j'étais un peu en retard. Je suis désolée.

— Il n'y a pas de quoi. Où est-elle en ce moment ?

— En rendez-vous avec les gens des pompes funèbres.

— Dans la maison de sa mère ?

— Oui. Je dois vous y emmener.
— Ah…
Elle se dirigea vers la station de taxis. Kazunari la suivit.
Il s'était dit dans le train que Yasuharu avait sans doute prévenu Yukiho de son arrivée, et qu'il lui avait probablement suggéré de ne pas hésiter à lui donner des ordres.
Hamamoto Natsumi demanda au chauffeur de taxi d'aller dans la direction de Tennōji. La télécopie qu'il avait reçue dans la nuit avait appris à Kazunari que la maison de Karasawa Reiko était située dans le quartier du temple Makō, mais il ne savait pas exactement où cela se trouvait.
— Ce sont de bien tristes circonstances, lui dit-il quand la voiture démarra.
— Oui, répondit-elle. Elle allait très mal hier, mais je ne m'attendais pas à ce que cela aille si vite.
— Quelle heure était-il ?
— L'hôpital nous a appelées vers neuf heures hier soir pour nous dire que son état s'était soudain détérioré. Mais quand nous y sommes arrivées, elle ne respirait déjà plus, expliqua posément Hamamoto Natsumi.
— Et comment va Mlle Karasawa ?
— Eh bien… commença-t-elle avant de s'interrompre pour secouer la tête. Elle faisait peine à voir. Vous savez comme elle est, elle n'a pas sangloté très fort, mais elle a enfoui son visage dans la couverture de sa mère et elle est restée longtemps sans bouger. Elle luttait contre le chagrin, et je n'ai même pas osé poser mon bras sur ses épaules.
— J'imagine qu'elle n'a pas beaucoup dormi.
— Non, probablement pas. Je dors à l'étage dans la maison de sa mère, et quand je suis descendue au rez-de-chaussée pendant la nuit, il y avait encore de la lumière en bas. J'ai entendu qu'elle pleurait.
— Ah bon.
Quels que soient son passé et ses secrets, elle ne pouvait pas ne pas être affectée par la mort de sa mère, se dit Kazunari. D'après ce qu'avait pu découvrir Imaeda, Yukiho avait

obtenu en devenant la fille adoptive de Karasawa Reiko de bonnes conditions de vie et une excellente éducation.

Lorsqu'ils arrivèrent dans le quartier où elle habitait, Hamamoto Natsumi guida le chauffeur dans les petites rues. Kazunari devina à son accent qu'elle était elle-même originaire d'Osaka. Ce devait être la raison pour laquelle Karasawa Yukiho lui avait demandé de l'accompagner ici.

Le taxi passa devant un vieux temple et s'arrêta en face d'une petite maison du quartier résidentiel. Kazunari voulut payer la course mais Hamamoto Natsumi l'en empêcha.

— J'ai pour consigne de ne vous laisser payer à aucun prix, dit-elle d'un ton sans réplique, tout en lui adressant un sourire.

La maison était une petite demeure japonaise à l'ancienne, entourée d'une palissade, avec un joli portail. Kazunari se dit que Yukiho avait dû le franchir tous les jours quand elle était enfant. La vision lui parut plaisante. Il avait envie de s'en souvenir.

Hamamoto Natsumi appuya sur l'interphone du portail. Une voix répondit presque immédiatement. Il reconnut celle de Yukiho.

— Je suis là avec M. Shinozuka, dit Natsumi.

— Eh bien, conduis-le à l'intérieur. La porte est ouverte.

— Très bien, répondit-elle avant de se tourner vers lui. Suivez-moi.

Elle le précéda dans le jardin. Il se dit que cela faisait longtemps qu'il n'avait pas vu de maisons à l'ancienne comme celle-ci.

Il entra dans un couloir dont le plancher luisait de l'éclat produit par de longues années d'entretien soigneux, tout comme les piliers. Il eut l'impression de mieux connaître le caractère de la défunte en les voyant. C'est une femme de cette trempe qui a élevé Yukiho, pensa-t-il.

Quelque part dans la maison, des gens parlaient. Natsumi se tourna vers une porte coulissante.

— Puis-je entrer ? demanda-t-elle sans l'ouvrir.

— Bien sûr, répondit Yukiho.
Son assistante poussa la cloison sur une trentaine de centimètres.
— M. Shinozuka est ici.
— Fais-le venir.
Elle lui obéit et Kazunari vit une petite pièce au sol de tatamis, recouvert par un tapis persan et meublée de fauteuils à l'occidentale. Yukiho, qui y était assise en compagnie d'un homme et d'une femme, se leva pour l'accueillir.
— Merci d'être venu de si loin.
Elle lui parut plus mince dans sa robe grise que dans son souvenir. Les derniers jours avaient sans doute été une épreuve pour elle. Elle n'était presque pas maquillée mais malgré sa fatigue apparente, son visage était ravissant. Elle était en d'autres termes véritablement belle.
— Toutes mes condoléances.
— Merci, répondit-elle tout bas.
Le couple assis en face d'elle paraissait embarrassé. Elle le remarqua et fit les présentations. Elle expliqua aux employés des pompes funèbres qu'il était une de ses relations professionnelles. Kazunari échangea avec eux les salutations d'usage.
— Vous êtes arrivés au bon moment. Nous discutions de ce qu'il fallait faire et vous allez pouvoir nous aider à décider, dit Yukiho une fois qu'elle se fut rassise.
— Je n'ai aucune expérience dans ce domaine !
— Peut-être, mais votre présence à tous les deux me rassure. Je n'aurai pas à décider de tout seule.
— Je serai heureux si je peux être utile.
Il était presque deux heures lorsque le rendez-vous s'acheva. Kazunari avait compris que les préparatifs de la veillée funèbre étaient déjà entamés. Elle aurait lieu, comme les obsèques, dans un centre funéraire situé à dix minutes de là en voiture.
Hamamoto Natsumi repartit avec les employés des pompes funèbres. Yukiho resta dans la maison de sa

mère car elle attendait un appel de quelqu'un qui devait lui livrer quelque chose.

— De quoi s'agit-il? s'enquit Kazunari.

— Des vêtements de deuil. J'ai demandé à une employée du magasin de me les apporter. Elle ne devrait pas tarder à arriver à Osaka, répondit-elle en regardant la pendule murale.

Elle n'avait probablement pas pensé qu'elle en aurait besoin quand elle avait quitté Tokyo. Ou peut-être n'avait-elle pas voulu envisager cette possibilité.

— Tu vas prévenir tes camarades de faculté?

— Ah… Non, je ne pense pas que ce soit nécessaire. Je n'ai presque plus de contacts avec elles.

— Ni avec les membres du club de danse?

Elle le fixa abruptement avec une expression surprise qui s'effaça presque aussitôt. Elle secoua la tête.

— Ce n'est pas la peine.

— Bien, répondit-il, en rayant un des points de la liste des choses à faire qu'il avait préparée dans le train.

— Mais je ne t'ai encore rien offert à boire, dit-elle en se levant. Veux-tu un café ou préfères-tu une boisson fraîche?

— Je ne veux rien, merci.

— Je suis vraiment désolée. Je peux aussi t'offrir une bière.

— Dans ce cas, je prendrai du thé, froid, de préférence.

— Du oolong conviendra?

Elle sortit de la pièce.

Resté seul, il se leva et fit le tour du salon. Les meubles de style occidental formaient un ensemble plaisant avec la commode à thé japonaise.

Les splendides étagères en bois massif étaient chargées de livres traitant de cérémonie du thé et d'arrangement floral avec quelques ouvrages de référence pour collégiens et des manuels de piano. Sans doute ceux de Yukiho, se dit-il. Il l'imagina en train d'étudier dans cette pièce. Il devait y avoir un piano dans la maison.

Il ouvrit la cloison de bois et de papier qui donnait sur la galerie d'où il vit le jardin. Des magazines étaient empilés dans un coin.

Le jardin agencé à la japonaise avec une lanterne en pierre n'était pas grand. La pelouse était envahie de mauvaises herbes. Kazunari se dit que Mme Karasawa avait dû avoir du mal à l'entretenir à cause de son âge.

Plusieurs jardinières disposées à proximité de la maison contenaient presque toutes des cactus, en majorité de forme ronde.

— Le jardin est dans un triste état, n'est-ce pas ? Elle ne l'entretenait plus, fit une voix derrière lui.

Yukiho était de retour, un plateau avec deux verres entre les mains.

— Il suffirait de très peu pour qu'il redevienne agréable. La lanterne est belle.

— Oui, mais plus personne n'habite ici, répondit-elle en posant le plateau.

— Que va devenir la maison ?

— Je ne sais pas encore, fit-elle avec une expression triste et gaie à la fois.

— Ah bon…

— Je voudrais la garder. J'y ai tant de souvenirs… répondit-elle en caressant nerveusement une petite égratignure qu'elle avait à la main. Merci d'être venu, lui dit-elle soudain. J'avais peur que tu ne le fasses pas.

— Pourquoi ?

— Parce que… commença-t-elle avant de baisser les yeux pour les relever à nouveau vers lui, pleins de larmes. Je réalise que tu ne me portes pas dans ton cœur.

Il sursauta.

— Comment ça ?

— Je ne sais pas. Peut-être m'en veux-tu d'avoir été mariée à Makoto, ou peut-être est-ce autre chose. J'en ai le sentiment en tout cas. Tu m'évites, tu ne veux pas me voir.

— Ce n'est pas vrai, dit-il d'un ton convaincu.
— Tu en es sûr ? Je peux te croire ?
Elle se rapprocha de lui.
— Je n'ai aucune raison de t'en vouloir.
— Me voilà soulagée, s'écria-t-elle en fermant les yeux pour pousser un soupir.
Le parfum sucré qui émanait d'elle le paralysa une seconde.
Elle rouvrit les yeux. Ils n'étaient plus rouges. Ses iris à la couleur insondable et profonde s'imposèrent à Kazunari.
Il détourna les yeux et s'éloigna un peu d'elle, avec l'impression que s'il restait près d'elle, il serait happé par une force invisible.
— Ta mère aimait les cactus, commenta-t-il en regardant le jardin.
— Ils ne conviennent pas au jardin, n'est-ce pas ? Mais elle les aimait, et en offrait souvent.
— Que va-t-il leur arriver, à tous ces cactus ?
— Je ne sais pas. Ils ne demandent pas beaucoup de soin, mais il faut quand même s'en occuper.
— Il faudrait trouver quelqu'un que cela intéresse.
— C'est vrai. Tu n'aimes pas les cactus ?
— Non, ça ne me dit rien.
— Je comprends, dit-elle avant de sourire. Pauvres petits, plus personne ne veut s'occuper de vous, reprit-elle après s'être accroupie à leur hauteur.
La seconde suivante, ses épaules furent agitées de tremblements. Bientôt, ils gagnèrent tout son corps. Elle sanglotait.
— Il n'y a pas qu'eux qui sont tout seuls. Moi aussi…
Kazunari fut troublée par sa voix étranglée. Il vint derrière elle et posa sa main gauche sur son épaule.
Elle la couvrit de sa main blanche dont il remarqua la froideur. Il sentit qu'elle se calmait graduellement.
Une émotion qu'il ne s'expliquait pas monta soudain en lui, comme si le fond de son cœur cessait soudain d'être

obstrué par un bouchon hermétique. Il n'avait jamais rien ressenti de pareil. Une impulsion naquit en lui. Il ne pouvait détacher les yeux de la nuque blanche de Yukiho.

Le téléphone sonna au moment où une digue allait se rompre en lui. Kazunari reprit le contrôle de lui-même. Il retira sa main de son épaule.

Elle resta immobile quelques instants comme si elle hésitait, puis elle se releva d'un bond. Le téléphone était posé sur la table basse.

— Allô. Ah, c'est toi, Junko. Tu es arrivée ? Oui, merci. Bon, est-ce que tu veux bien venir ici en taxi ?

Non sans surprise, il l'écouta parler d'un ton plein d'entrain.

# 7

Le salon funéraire, vaste comme un studio, était au quatrième étage. Quelques rangées de chaises métalliques étaient déjà disposées devant l'estrade du fond.

Hirota Junko qui avait apporté les vêtements de Tokyo les y attendait. Hamamoto Natsumi s'était déjà changée.

Yukiho annonça qu'elle allait en faire de même lorsque sa vendeuse lui remit les siens, et elle disparut dans le vestiaire.

Kazunari s'assit sur une des chaises et observa l'autel.

Yukiho avait dit qu'elle voulait faire honneur à sa mère, sans se préoccuper de ce que cela coûterait. Kazunari regarda l'ensemble en se demandant ce qui le rendait inhabituel.

Repenser à ce qui s'était produit dans la maison de la disparue lui donnait des sueurs froides. Sans la sonnerie du téléphone, il aurait pris Yukiho dans ses bras. Il ne s'expliquait pas l'impulsion qui avait failli lui faire perdre le contrôle de lui-même. Alors qu'il ne cessait de penser qu'il devait faire preuve de la plus grande circonspection à son égard, il avait été tout près d'oublier la prudence la plus élémentaire.

Il se répétait qu'il devait être vigilant et ne pas céder à ses charmes tout en commençant à se dire qu'il se fourvoyait peut-être entièrement à son sujet. Les larmes qu'elle avait versées, les tremblements qui avaient secoué son corps lui paraissaient authentiques. L'émotion qui l'avait bouleversée devant les cactus ne coïncidait nullement avec l'image qu'il se faisait d'elle.

Qui était-elle vraiment ?

La femme éplorée qu'il venait d'apercevoir ? Ne se serait-il pas trompé du tout au tout à son sujet ? Se serait-il fabriqué une image fausse d'elle ? Son cousin et Makoto auraient-ils saisi dès le départ sa vraie personnalité ?

Quelque chose bougea dans un coin de son champ de vision. Il tourna les yeux dans cette direction. Vêtue de noir, Yukiho venait vers lui.

Sa bouche se détendit un instant quand elle remarqua qu'il la regardait. Mais ses yeux étaient humides. De la rosée sur des pétales noirs, se dit-il.

Elle s'approcha lentement de la table de l'accueil située à l'arrière du salon. Ses deux employées étaient en train de discuter de quelque détail. Elle se joignit à leur conversation et il comprit en les observant qu'elle leur donnait des instructions précises.

Les participants à la veillée funéraire commencèrent à arriver, en majorité des femmes d'âge mûr, probablement des élèves de la défunte qui enseignait chez elle la cérémonie du thé et l'arrangement floral. Elles s'arrêtèrent chacune devant le portrait de la défunte, joignant les mains et lui adressant une courbette. Presque toutes pleuraient.

Des larmes coulaient sur le visage de celles qui serraient les mains de Yukiho dans les leurs et lui parlaient longuement. Elles devaient la connaître. Yukiho les écoutait l'une après l'autre avec une telle gentillesse que l'on ne savait plus qui consolait qui.

Maintenant que les détails de la cérémonie étaient réglés, Kazunari n'avait plus rien à faire. Des rafraîchissements et une collation avaient été apportés dans la pièce voisine, mais il ne pouvait s'y installer seul.

Il se promena dans les couloirs de l'étage et remarqua un distributeur de café près de l'escalier. Il sortit une pièce de sa poche bien qu'il n'eût pas particulièrement soif.

Pendant qu'il attendait son café, il entendit des voix de femmes à proximité. Il reconnut celles des employées de Yukiho. Elles devaient être dans l'escalier. Elles aussi prenaient une pause.

— Enfin, je trouve que c'est très bien comme ça. Bien sûr, c'est triste qu'elle soit morte, dit Natsumi.

— Je suis d'accord. Elle aurait pu vivre longtemps dans le coma, non ? Ça aurait été pire, répondit Hirota Junko.

— Il faut penser au magasin de Jiyūgaoka. Impossible d'en retarder l'ouverture !

— Je me demande comme elle aurait fait si sa mère n'était pas morte.

— Je ne sais pas. Peut-être serait-elle juste rentrée pour l'inauguration avant de revenir ici. Pour être tout à fait honnête, c'est ce que je craignais le plus. Les clients n'auraient pas été contents de ne pas la voir.

— Heureusement que cela a pu être évité.

— C'est vrai. Mais il n'y a pas que ça, c'est aussi mieux pour elle. Parce qu'elle aurait dû continuer à s'en occuper si elle avait survécu. Et ça, c'est horrible.

— Tu as raison.

— Elle avait plus de soixante-dix ans. Je dois reconnaître que je me disais que l'aider à mourir ne serait pas une mauvaise chose.

— Dis donc !

— N'en parle à personne.

— Tu n'as pas besoin de me le dire.

Il les entendit rire et ramassa son gobelet plein. Il retourna dans le salon et le posa sur la table de l'accueil.

Il n'arrivait pas à oublier ce qu'avait dit Hamamoto Natsumi. "L'aider à mourir."

Il refusait d'y croire, mais il ne put s'empêcher d'envisager que cela ait été le cas.

Plusieurs faits lui revinrent à l'esprit. Karasawa Reiko était morte immédiatement après l'arrivée de Hamamoto

Natsumi à Osaka. L'hôpital les avait prévenues quand elles étaient ensemble toutes les deux.

Cela signifiait que Yukiho avait un alibi. On pouvait aussi dire qu'elle l'avait fabriqué en convoquant son assistante dans sa ville natale. Quelqu'un d'autre aurait pu pendant ce temps s'introduire à l'hôpital pour manipuler les dispositifs qui maintenaient Karasawa Reiko en vie.

L'hypothèse paraissait tirée par les cheveux. Il n'était pas excessif de la qualifier de soupçon injustifié. S'il l'envisageait, c'était à cause d'un nom que lui avait appris Sasagaki, le policier.

Kirihara Ryōji.

Hamamoto Natsumi lui avait dit avoir entendu un bruit de voix pendant la nuit qu'elle avait passée avec Yukiho dans la maison. Elle l'avait attribué aux sanglots de sa patronne, mais était-ce vraiment cela ? N'aurait-elle pas plutôt répondu au téléphone ?

Le gobelet à la main, il observa Yukiho qui parlait à un couple âgé et hochait la tête en les écoutant.

Le flot des visiteurs se tarit après vingt-deux heures. Les gens qui connaissaient la défunte viendraient probablement aux obsèques le lendemain.

Yukiho ordonna à ses deux employées de retourner à leur hôtel.

— Et comment allez-vous faire ce soir ? lui demanda Hamamoto Natsumi.

— Je vais passer la nuit ici. C'est cela, une veillée mortuaire.

Il y avait en effet une chambre à côté du salon funéraire.

— Cela ne vous dérange pas d'être seule ?

— Non, pas du tout. Merci pour aujourd'hui.

Les deux jeunes femmes lui souhaitèrent une bonne nuit et s'éloignèrent.

L'air sembla plus dense à Kazunari après leur départ. Il consulta sa montre. Il voulut lui dire qu'il allait aussi partir mais elle ne lui en laissa pas le temps.

— On peut boire un thé ensemble ? Il n'est pas si tard.
— Euh… Oui, pourquoi pas.

Elle le précéda vers la chambre qui ressemblait à une chambre d'hôtel de style japonais. Elle prépara du thé vert grâce à la théière et à la thermos posées sur la table basse.

— Cela me paraît étrange que nous soyons ensemble de cette façon, dit-elle.
— À moi aussi.
— On dirait un de ces stages que nous faisions avant les compétitions.
— Ce n'est pas faux.

Le club de danse en organisait avant chaque événement de ce genre afin de répéter un peu plus.

— Je me souviens que nous les filles, nous nous demandions toujours ce qui se passerait si les garçons nous attaquaient. Nous plaisantions, bien sûr.

Kazunari but une gorgée de thé et rit.

— Il y en avait toujours parmi nous qui envisageaient de le faire. Mais à ma connaissance, aucun n'a jamais mis son plan à exécution, dit-il. Jamais personne ne parlait de s'en prendre à toi. Tu sortais déjà avec Takamiya, à l'époque.

Elle baissa la tête en souriant.

— J'imagine que Makoto a parlé de moi.
— Non, pas particulièrement.
— Ce n'est pas la peine de me le cacher. Je n'ai pas bien agi à beaucoup d'égards. Je crois que c'est pour cela qu'il est tombé amoureux de quelqu'un d'autre.
— Il s'attribue l'entière responsabilité de ce qui est arrivé.
— Vraiment ?
— C'est ce qu'il m'a dit. Mais vous êtes les seuls à savoir ce qu'il en est véritablement, ajouta-t-il en serrant le gobelet de thé dans ses mains.

Elle soupira.

— Il y a quelque chose que je ne comprends pas, dit-elle.
— Quoi donc ? demanda-t-il en relevant la tête.

— Comment aimer, répondit-elle en le regardant droit dans les yeux. Comment aimer un homme.

— Il n'existe pas de méthode, enfin, je ne crois pas, fit-il en détournant les yeux.

Il porta le gobelet à ses lèvres. Il ne restait presque pas de thé.

Ils se turent tous les deux. L'air lui parut devenir plus dense. Il avait du mal à respirer.

— Je m'en vais, dit-il en se relevant.

— Désolée de t'avoir retenu.

Il enfila ses chaussures et se retourna vers elle.

— Bon, à demain.

— Merci.

Il mit la main sur la poignée de la porte et s'apprêtait à la tourner lorsqu'il sentit une présence derrière lui.

Il n'eut pas besoin de se retourner pour savoir qu'elle était presque collée à lui. Sa main à elle toucha son dos.

— J'ai peur. Vraiment. J'ai peur de rester seule.

Kazunari en fut ébranlé. Il résista à l'impulsion de se retourner vers elle. Mais il avait conscience que son signal d'alarme intérieur était passé au rouge. Il savait qu'il ne pourrait lui résister s'il la regardait dans les yeux.

Il ouvrit la porte et lui souhaita bonne nuit sans se retourner.

Ce fut comme si le sortilège était dissipé. Il ne la sentit plus si proche de lui.

— Bonne nuit, répondit-elle de la voix calme qu'elle avait eue avant de lui déclarer sa peur.

Kazunari commença à marcher dans le salon. Ce n'est que lorsqu'il entendit la porte de la chambre se refermer qu'il osa se retourner.

Il perçut le bruit du verrou et contempla quelques instants la porte.

— Es-tu vraiment seule ? murmura-t-il sans ouvrir la bouche.

Il repartit. Le bruit de ses pas résonna dans le couloir.

XIII

# 1

Le vent fit voler son manteau quand il descendit du bus. Il avait fait assez chaud jusqu'à la veille mais à présent la température avait baissé. Ou bien peut-être fait-il tout simplement plus froid à Tokyo qu'à Osaka, se dit Sasagaki.

Il suivit le chemin qu'il connaissait bien à présent et arriva devant l'immeuble qui était son objectif. Il était seize heures. C'était à peu près ce qu'il avait prévu. Il avait perdu un peu de temps en s'arrêtant dans un grand magasin de Shinjuku mais elle aurait été déçue s'il ne lui avait pas apporté ce qu'elle voulait.

Il monta au premier étage de l'immeuble. Son genou droit lui faisait mal et il se demanda depuis combien d'années il ressentait cette douleur à chaque changement de temps.

Il s'arrêta devant une porte sur laquelle une plaque indiquait : "Bureau d'enquêtes Imaeda". Elle était si bien astiquée qu'un visiteur aurait pu croire que l'agence fonctionnait encore.

Il appuya sur l'interphone et perçut du bruit à l'intérieur. Elle devait regarder qui était là.

La clé tourna dans la serrure et la porte s'ouvrit. Sugawara Eri lui souriait.

— Bonjour. Vous arrivez un peu tard, non ?
— Acheter ça m'a pris du temps, répondit-il en lui tendant une boîte à gâteaux.

— Oh, merci ! Je suis touchée, s'exclama-t-elle en l'acceptant des deux mains avant de l'ouvrir pour vérifier ce qu'elle contenait. Vous m'avez acheté une tarte aux cerises comme je vous l'avais demandé !

— J'ai eu du mal à trouver le stand. Mais je me suis dit que c'était le bon en voyant des jeunes filles faire la queue devant. Pourtant ce gâteau n'a rien de spécial, *a priori*.

— Les tartes aux cerises sont à la mode cette année. Grâce à *Twin Peaks*.

— Je ne sais pas ce que c'est. D'ailleurs je ne comprends jamais ce qui est à la mode ou non. J'en suis resté au tiramisu.

— Ne vous en faites pas pour ce genre de choses. On va le goûter tout de suite. Je vais faire du café.

— Je ne prendrai pas de gâteau, mais je veux bien un café.

— D'accord, répondit Eri qui partit vers la cuisine.

Sasagaki enleva son manteau et s'assit sur une des chaises. Le bureau n'avait presque pas changé. L'armoire métallique était la même. Mais il y avait çà et là des objets indéniablement féminins, qui appartenaient à Eri.

— Et vous allez rester ici combien de temps cette fois-ci ?

— Je n'ai pas encore décidé. Trois ou quatre jours, je pense. Je ne peux pas rester parti trop longtemps, répondit-il avec l'accent d'Osaka.

— Vous vous faites du souci pour votre femme ?

— Pas du tout. Ça m'est complètement égal.

— Comme vous y allez ! Vous ne pourrez pas faire grand-chose en trois ou quatre jours, non ?

— Ce n'est pas faux. Mais je n'ai pas le choix.

Sasagaki sortit une cigarette et l'alluma avec une allumette qu'il jeta dans le cendrier en verre qui se trouvait sur le bureau d'Imaeda. Il avait été épousseté récemment. Si Imaeda revenait, il pourrait immédiatement se remettre au travail. Le calendrier de table était encore à la page du mois d'août de l'année précédente. Treize mois s'étaient écoulés depuis qu'il avait disparu.

Sasagaki regarda Eri qui coupait le gâteau en fredonnant une mélodie, battant la mesure du pied. Elle paraissait toujours gaie et optimiste mais il eut le cœur serré en pensant à la tristesse et à l'inquiétude qu'elle cachait. Elle devait savoir qu'Imaeda n'était certainement plus de ce monde.

Ils se connaissaient depuis à peu près un an. Un jour qu'il était passé voir si rien n'avait changé dans le bureau du détective privé, il avait découvert qu'une jeune femme l'occupait à présent. C'était Eri.

Elle s'était d'abord montrée méfiante à son égard, mais une fois qu'elle avait appris qu'il était policier et qu'il avait rencontré Imaeda peu de temps avant sa disparition, elle avait graduellement baissé la garde.

Même si elle ne le lui avait pas déclaré, Imaeda et elle formaient probablement un couple. Ou du moins voyait-elle les choses ainsi. Et elle le cherchait avec l'énergie du désespoir. Son emménagement dans ce qui avait été le bureau d'Imaeda était pour elle la seule manière de garder un lien avec lui. Habiter ici lui permettait aussi de lire le courrier qui lui était adressé et de rencontrer les gens qui venaient le voir. Le propriétaire de l'appartement ne s'y était heureusement pas opposé. Cela lui offrait d'ailleurs une solution préférable à l'obligation de devoir déterminer que faire d'un appartement abandonné par un locataire disparu sans laisser de trace.

Depuis que Sasagaki l'avait rencontrée, il passait la voir chaque fois qu'il venait à Tokyo, parce que sa bonne connaissance de la capitale et de ce qui s'y passait lui était précieuse, mais plus encore parce qu'il appréciait sa conversation.

Elle revint avec un plateau sur lequel étaient posées deux chopes et des petites assiettes, qu'elle mit sur le bureau.

Elle plaça une des chopes en face du policier qui la remercia et but avec plaisir une gorgée du liquide brûlant. Elle s'assit sur la chaise d'Imaeda et goûta au gâteau. Comme elle avait la bouche pleine, elle lui signala qu'il était délicieux en formant un rond de l'index et du pouce.

— Et il y a du neuf depuis la dernière fois qu'on s'est vus ? demanda-t-il un peu timidement.

Le visage d'Eri s'assombrit légèrement. Elle posa la fourchette à gâteaux avec laquelle elle s'apprêtait à prendre une autre bouchée.

— Non, rien que je puisse vous raconter. Je ne reçois presque plus de courrier pour lui, et les seuls appels viennent de gens qui voudraient lui confier une enquête.

La ligne d'Imaeda fonctionnait encore parce qu'Eri payait l'abonnement. Comme son nom figurait toujours dans les pages jaunes, il n'y avait rien d'étonnant à ce que des clients potentiels l'appellent.

— Il y a encore des gens qui viennent ici pour le voir ?

— Jusqu'au début de cette année, il y en avait encore, mais maintenant…

Elle ouvrit un tiroir du bureau et en sortit un carnet. Sasagaki savait qu'elle notait toutes ces informations.

— Quelqu'un est venu cet été, et puis de nouveau en septembre. Dans les deux cas, c'étaient des femmes. La femme qui est venue en été le connaissait.

— Comment ça ?

— Elle avait fait appel à ses services autrefois. Cette Mme Kawakami a eu l'air déçue d'apprendre qu'Imaeda était hospitalisé et qu'il ne reprendrait pas le travail dans l'immédiat. J'ai vérifié dans les dossiers et j'ai vu qu'elle l'avait chargé d'enquêter sur l'infidélité de son mari il y a deux ans. Apparemment, il n'avait pas réussi à trouver d'éléments décisifs. J'imagine que c'est pour la même raison qu'elle a rappelé. Son mari qui s'était assagi a dû de nouveau faire des siennes, expliqua Eri d'un ton amusé.

Elle lui avait raconté qu'elle aimait connaître les secrets d'autrui et qu'elle avait pris du plaisir à assister Imaeda dans ses enquêtes.

— Et celle de septembre, elle était comment ? Elle aussi, elle voulait lui demander quelque chose ?

— Non. Elle voulait savoir si quelqu'un qu'elle connaissait avait déjà fait travailler Imaeda.

— Quoi ? Comment ça ?

— Eh bien… commença Eri en relevant la tête de son carnet. Elle m'a demandé si quelqu'un du nom d'Akiyoshi n'était pas passé ici il y a exactement un an pour demander à Imaeda de mener une enquête.

— Hum… fit Sasagaki à qui ce nom disait quelque chose. Drôle de question…

— Pas si drôle que ça, dit Eri avec un sourire.

— Pourquoi ?

— Imaeda m'a expliqué qu'il y a des femmes qui se doutent que leur mari a fait appel à un détective privé et qui en ont peur. Je me suis dit que ce devait être le cas de celle qui est venue en septembre. Elle a dû trouver dans les affaires de son mari le nom d'Imaeda. Et elle est venue pour vérifier.

— Quelle assurance !

— J'ai de l'instinct pour ce genre de choses. Quand je lui ai dit qu'il me faudrait du temps pour en être sûre, elle m'a demandé de la rappeler non pas chez elle mais au travail. C'est bizarre, non ? Ce doit être parce qu'elle avait peur que son mari prenne l'appel.

— Je comprends. Et comment s'appelait-elle ?

— Akiyoshi, j'imagine. Mais elle m'a dit qu'elle s'appelait Kurihara. Elle utilise probablement son nom de jeune fille au travail. C'est fréquent, aujourd'hui.

Il la regarda avec un sourire et secoua la tête.

— Tu m'épates. Tu as déjà envisagé d'entrer dans la police ?

Elle sourit à son tour, l'air ravie.

— Je vais faire encore une supposition, dans ce cas. Cette dame Kurihara est pharmacienne à l'hôpital Teito, et elle doit tromper son mari avec un médecin. Qui est probablement marié et a des enfants. Du moins c'est ce que j'imagine. Donc ils sont deux à tromper les leurs. Ça se fait beaucoup de nos jours.

— Ah bon ? J'ai l'impression que ce n'est plus de la déduction, mais de l'imagination, répliqua Sasagaki en riant.

2

Quand il quitta le bureau d'Imaeda, le policier alla dans son hôtel situé dans une partie calme de Shinjuku. Il y arriva vers dix-neuf heures.

L'hôtel assez mal éclairé était presque désert. Il n'avait pas de comptoir d'accueil, mais un simple bureau où était assis un homme d'âge mûr au visage peu aimable. S'il voulait passer plusieurs jours ici, Sasagaki ne pouvait s'offrir un hôtel plus cher. Ces voyages à Tokyo coûtaient déjà beaucoup à son porte-monnaie et à son corps. Il avait passé une nuit dans un capsule-hôtel lors d'un de ses précédents voyages mais n'avait aucune envie de renouveler l'expérience. Il préférait avoir une chambre, même petite, pour se détendre.

L'employé de la réception lui dit qu'il avait un message et lui remit une enveloppe en même temps que la clé de sa chambre.

Sasagaki ne cacha pas sa surprise mais l'employé s'occupait déjà d'autre chose.

Il ouvrit l'enveloppe et lut : "Une fois que vous serez dans votre chambre, appelez la 308."

Intrigué, il pencha la tête de côté. Il ne voyait pas du tout de qui il pouvait s'agir et se dit que l'employé bougon de l'hôtel s'était peut-être trompé.

Il prit l'ascenseur pour sa chambre, la 321. C'était le même étage que la personne qui lui avait écrit. Il en descendit et passa devant la 308. Après une seconde d'hésitation, il frappa à la porte.

Il y eut un bruit de pas, et la porte s'ouvrit. Sasagaki ne s'attendait pas du tout à voir son occupant ici.

— Vous venez d'arriver ? Il est tard, lui reprocha Koga Hisashi avec un sourire.

— Mais qu'est-ce que tu fais ici ?

— C'est une longue histoire. Je vous attendais. Vous avez dîné ?

— Non, pas encore.

— Eh bien, allons-y ensemble. Laissez donc votre bagage ici pour l'instant, dit Koga qui prit son manteau dans le placard.

Quand il lui demanda où il voulait manger, Sasagaki répondit qu'il n'avait pas de souhait particulier à condition que ce soit de la cuisine japonaise. Koga l'emmena dans un petit restaurant qui avait un espace à tatamis où étaient disposées quatre tables basses. Ils s'installèrent de part et d'autre de l'une d'entre elles et Koga lui expliqua qu'il y venait souvent quand il avait à faire à Tokyo, parce qu'on y mangeait bien.

Ils trinquèrent en buvant une bière.

— Mais qu'est-ce qui t'amène ici ? demanda ensuite Sasagaki.

— Une réunion à l'agence nationale de police. Mon chef aurait dû y aller, mais il ne pouvait pas, et il m'a demandé de le remplacer. Je n'ai pas eu le choix.

— Tu fais vraiment une belle carrière. Tu devrais t'en réjouir, dit Sasagaki en saisissant de ses baguettes une belle tranche de thon cru.

Koga qui était entré dans la police plusieurs années après lui dirigeait aujourd'hui la police judiciaire de la préfecture d'Osaka. Sasagaki savait que le dynamisme avec lequel il avait passé des examens internes et ainsi obtenu de belles promotions était critiqué par certains de ses collègues, mais à ses yeux, Koga s'était toujours bien comporté. Il avait consciencieusement accompli son travail en se donnant la peine de préparer des examens difficiles. Cela nécessitait une énergie peu commune.

— Ce que je ne comprends pas, c'est que quelqu'un comme toi fréquente un restaurant bas de gamme comme celui-ci. Et tu pourrais aussi te prendre un meilleur hôtel, non ?

— Ce n'est pas faux. Mais vous aussi, vous pourriez le faire, non ?

— Qu'est-ce que tu racontes ? Je ne suis pas là pour m'amuser.

— C'est bien là le problème, dit Koga en remplissant de bière le verre de Sasagaki. Si vous étiez là pour le plaisir, personne n'y trouverait à redire. Vous avez travaillé dur jusqu'au printemps dernier, et vous méritez de vous reposer. Mais quand je pense à ce qui vous amène ici, je ne trouve pas ça drôle. Votre femme se fait du souci pour vous.

— C'est donc Katsuko qui t'a mis au courant. Elle m'embête, celle-là. Elle ne se rend pas compte de ce que tu es aujourd'hui.

— Je ne suis pas ici parce qu'elle m'a demandé de venir mais parce que j'ai entendu parler de ce que vous faites, et que je me fais du souci pour vous.

— Ça revient au même. Elle s'est plainte de moi. Ou alors, Orie s'en est chargée.

— Le fait est que tout le monde se fait du souci.

— Je n'y peux rien.

Koga et Sasagaki étaient aujourd'hui parents, Koga ayant épousé Orie, une nièce de la femme de Sasagaki. Il ne s'agissait pas d'un mariage arrangé, mais Sasagaki soupçonnait sa femme d'avoir discrètement organisé leur rencontre. Cela s'était passé il y avait près de vingt ans, et Sasagaki en voulait toujours un peu à son épouse de ne pas l'avoir tenu au courant.

Ils burent deux bouteilles de bière puis Koga commanda du saké. Sasagaki mangeait avec plaisir les plats accommodés au goût de Tokyo.

— Vous n'avez pas encore oublié cette histoire ? demanda soudain Koga en remplissant sa coupelle de saké.

— Non, je m'en veux encore.

— Mais ce n'est pas la seule affaire non élucidée. D'ailleurs, je ne suis pas sûr qu'il soit correct de parler d'affaire non élucidée. Il se peut que l'homme qui s'est tué en voiture ait été le coupable, non ? C'est ce que tout le monde pensait, à l'époque.

— Terasaki n'était pas le coupable, réagit Sasagaki avant de vider sa coupelle.

Dix-neuf ans s'étaient écoulés depuis cette affaire, mais il n'avait pas oublié son nom.

— Nous n'avons pas réussi à retrouver le million de yens qu'avait Kirihara sur lui. Il y a des gens pour dire qu'il l'avait caché, mais je ne l'ai jamais cru. Terasaki avait des dettes, et il peinait à les rembourser. S'il avait eu un million de yens, il s'en serait servi. La seule raison pour laquelle il ne l'a pas fait est qu'il n'avait pas cet argent. Ce qui revient à dire que ce n'est pas lui qui a tué Kirihara, expliqua-t-il.

— Je suis d'accord. Et je l'étais déjà à l'époque puisque nous avons continué à chercher ensemble même après la mort de Terasaki. Mais quand même, tout ça s'est passé il y a près de vingt ans.

— Je sais qu'il y a prescription. Mais je ne voudrais pas mourir avant d'avoir tiré cette histoire au clair.

Koga voulut à nouveau remplir la coupelle de Sasagaki qui l'en empêcha de la main. Il s'empara du carafon de saké et en versa d'abord dans la coupelle de Koga puis dans la sienne.

— Tu as raison, il y a d'autres affaires non élucidées. Je reconnais que certaines d'entre elles concernent des crimes plus sordides, plus cruels. Elles m'affectent toutes.

Je trouve lamentable que nous n'ayons rien pu faire. Mais j'ai une raison pour me préoccuper particulièrement de ce prêteur sur gages. J'ai l'impression que plusieurs personnes ont souffert parce que nous n'avons pas réussi à trouver qui l'avait tué.

— Comment ça ?

— Nous aurions dû arracher une mauvaise herbe qui sortait tout juste de terre à ce moment-là. Nous ne l'avons pas fait, et elle a grandi. Grandi, et fleuri. D'une fleur néfaste.

Sasagaki fit une grimace et but du saké. Koga desserra sa cravate et défit un bouton de sa chemise.

— Vous parlez de Karasawa Yukiho ?

Sasagaki mit la main dans la poche intérieure de sa veste. Il en sortit un papier plié en quatre et le posa devant Koga.

— C'est quoi ?

— Lis-le.

Koga déplia le papier et le lut en fronçant les sourcils.

— "Ouverture prochaine de R & Y Osaka…" Et c'est quoi…

— La nouvelle boutique de Karasawa Yukiho. Ses affaires marchent très bien, et elle va ouvrir un magasin à Osaka. Dans le quartier de Shinsaibashi. L'article dit que l'inauguration aura lieu au moment de Noël.

— C'est elle, la fleur néfaste ? demanda Koga en repliant l'article avant de le rendre à Sasagaki.

— Je dirais plutôt que c'est son fruit.

— Quand avez-vous commencé à la soupçonner ? Il me semble que c'était quand elle s'appelait encore Nishimoto Yukiho, non ?

— Oui. Nishimoto Fumiyo est morte un an après l'assassinat de Kirihara Yōsuke. J'ai commencé à la voir d'un autre œil à partir de ce moment-là.

— La mort de sa mère a été classée comme accidentelle, n'est-ce pas ? Mais vous avez toujours affirmé que ce n'était pas vrai.

— Ce n'est pas tout à fait comme ça. Sa mort n'a pas été définitivement classée comme accidentelle. Le rapport d'enquête expliquait que la victime avait absorbé beaucoup d'alcool, et qu'elle avait pris une dose de médicament pour le rhume cinq fois supérieure à la posologie habituelle. Ça ne ressemble pas à un accident. Malheureusement, nous ne nous sommes pas occupés de cette affaire, et je n'ai rien pu faire.

— Ils ont dû envisager un suicide. Mais au final… lâcha Koga en croisant les bras pour chercher à se souvenir.

— Le témoignage de Yukiho a été décisif. Elle a raconté que sa mère avait le rhume, et que dans ces cas-là, elle buvait du saké pour se réchauffer. Cela a eu pour effet de repousser la possibilité d'un suicide.

— C'est vrai qu'en général, on n'imagine pas qu'une petite fille puisse mentir.

— Personne d'autre qu'elle n'a dit que Fumiyo était enrhumée. On ne peut exclure qu'elle ait menti.

— Pourquoi aurait-elle fait ça? Que sa mère se soit suicidée ou qu'il s'agisse d'un accident ne changeait rien pour elle, non? Passe encore si sa mère avait contracté une assurance vie dans l'année précédant son décès, avec elle pour bénéficiaire. Mais ce n'était pas le cas. D'ailleurs, elle était encore à l'école primaire, trop jeune pour penser à ce genre de choses. Il s'interrompit et une expression surprise parut sur son visage. Vous ne voulez quand même pas dire que ce serait elle qui a tué sa mère? demanda-t-il sur le ton de la plaisanterie.

Sasagaki ne rit pas.

— Non, je ne dis pas ça, mais je pense qu'elle y était peut-être pour quelque chose.

— Pour quelque chose?

— Elle aurait pu remarquer que sa mère était suicidaire et ne rien faire pour l'en empêcher.

— Ce qui signifie qu'elle aurait souhaité sa mort?

— Peu de temps après, elle a été adoptée par Karasawa Reiko. Peut-être en avait-il été vaguement question du vivant de sa mère. Fumiyo l'aurait refusé, mais on peut parfaitement envisager que Yukiho, elle, en ait eu envie.

— Oui, mais de là à imaginer qu'elle n'ait rien fait pour sa mère…

— Elle en est parfaitement capable. Elle avait aussi une bonne raison pour cacher le suicide de sa mère, qui était peut-être encore plus importante à ses yeux. Sa propre image. Tout le monde a eu pitié d'elle parce que sa mère était décédée accidentellement. Si elle s'était suicidée, les gens n'auraient pas manqué de jaser, de dire qu'elle devait avoir eu une bonne raison pour cela. De telles rumeurs auraient nui à son avenir.

— Je comprends ce que vous voulez dire mais… toute l'histoire me semble difficile à avaler, commenta Koga qui commanda deux nouveaux carafons de saké.

— Moi aussi au début, je n'ai pas vu cette possibilité. Mais je suis venu à y croire en la poursuivant. Dis donc, elle est bonne cette tempura ! dit-il en prenant un morceau dans ses baguettes pour le contempler.

— Vous savez ce que c'est ? demanda Koga en souriant.

— Non, mais j'aimerais bien le savoir. Je ne reconnais pas ce goût.

— Eh bien, c'est du haricot fermenté.

— Des haricots pourris ?

— Oui, répliqua Koga qui sourit en portant sa coupelle de saké à ses lèvres. Je sais que vous n'aimez pas les haricots fermentés, mais je me suis dit que préparé de cette manière, cela vous plairait.

— Hum… Je n'en reviens pas, lâcha Sasagaki qui renifla un autre morceau avant de le mettre dans sa bouche. C'est délicieux, ajouta-t-il ensuite.

— Encore une preuve qu'il faut se garder des préjugés.

— C'est vrai, reconnut-il avant de boire une autre gorgée de saké. Les préjugés… C'est parce que nous en avions que nous nous sommes si lourdement trompés. Lorsque j'ai commencé à comprendre que cette petite Yukiho n'était pas une enfant ordinaire, j'ai repensé à l'assassinat du prêteur sur gages, et je me suis dit que nous avions commis plusieurs graves erreurs.

— Lesquelles ? demanda Koga, en le regardant, le visage grave.

— D'abord, les empreintes de pas, répondit Sasagaki sans détourner les yeux.

— Les empreintes de pas ?

— Les traces de pas près du corps. Il y en avait beaucoup puisque le sol était couvert de poussière. Nous ne nous y sommes quasiment pas intéressés. Tu te rappelles pourquoi ?

— Parce que nous n'en avons pas trouvé de l'assassin, non ?

Sasagaki fit oui de la tête.

— Hormis les traces laissées par les chaussures de la victime, il n'y avait que des traces de pas d'enfants. Nous avons pensé qu'elles s'expliquaient, parce que les enfants venaient jouer dans cet immeuble et que c'est un petit garçon de l'école primaire d'Ōe qui a trouvé le corps. Nous nous sommes fait avoir.

— Vous voulez dire que l'assassin portait des chaussures d'enfant ?

— Tu ne crois pas qu'on aurait dû au moins l'envisager ?

Koga fit la grimace en l'entendant. Il remplit de saké sa coupelle et la vida d'un seul trait.

— Un enfant n'aurait pas pu commettre ce crime.

— On peut voir les choses autrement : seul un enfant aurait pu le faire et la victime ne s'en est pas méfiée.

— Mais…

— Et nous avons ignoré d'autres choses, fit Sasagaki qui posa ses baguettes et leva l'index. Les alibis.

— Comment ça ?

— Lorsque nous nous sommes intéressés à Nishimoto Fumiyo, nous avons vérifié son alibi puis nous nous sommes dit qu'elle devait avoir eu un complice. C'est à ce moment-là que nous avons parlé de Terasaki, mais il y avait une autre personne à qui nous aurions dû penser avant lui.

— Yukiho était à la bibliothèque ce jour-là, il me semble, dit Koga en se caressant le menton, les yeux tournés vers le plafond.

Sasagaki le dévisagea.

— Quelle mémoire !

Koga sourit avec embarras.

— Vous pensiez qu'elle ne me servait qu'à passer des examens ?

— Non, pas du tout. C'est juste que je croyais qu'aucun d'entre nous ne s'était intéressé à ce qu'elle avait fait ce jour-là. Mais tu as raison, elle était à la bibliothèque. Et je me suis ensuite aperçu que cette bibliothèque était très proche de l'immeuble. Ou plutôt qu'il était situé entre la bibliothèque et l'appartement où elle habitait.

— Je vois où vous voulez en venir, mais elle était au CM2 à l'époque. Elle avait donc…

— Onze ans. On sait déjà beaucoup de choses à cet âge-là, dit Sasagaki en sortant une cigarette de son paquet, avant de chercher des allumettes.

Koga lui tendit son briquet, un objet coûteux qui fit un bruit sourd en produisant une flamme.

— Ce n'est pas faux, dit-il.

Sasagaki le remercia et alluma sa cigarette.

— C'est un Dunhill ?

— Non, un Cartier.

— Hum, souffla Sasagaki en rapprochant le cendrier. On a retrouvé un briquet Dunhill dans la voiture de Terasaki après sa mort. Tu t'en souviens ?

— Et on a dit que ça pouvait être celui du prêteur sur gages qui avait été assassiné. Sans qu'on puisse le prouver.

— Moi, je pense que c'était effectivement celui du prêteur sur gages. Mais je ne crois pas que Terasaki était l'assassin. Celui qui voulait que nous le pensions s'est arrangé, d'une manière ou d'une autre, pour que Terasaki l'ait chez lui.

— Et Yukiho aurait pu le faire ?

— Cela semble raisonnable. Plutôt que de supposer que Terasaki avait par hasard le même briquet que le prêteur sur gages.

Koga soupira si longuement que son soupir se transforma en grognement.

— Je respecte l'ouverture d'esprit dont vous témoignez en soupçonnant Yukiho et je reconnais volontiers que nous avons fait une erreur en ne pensant pas à elle parce qu'elle n'était encore qu'une enfant. Mais vous devez reconnaître qu'il ne s'agit que d'une hypothèse, non ? Ou bien avez-vous une preuve de sa culpabilité ?

— Une preuve…

Sasagaki tira sur sa cigarette et souffla lentement une bouffée de fumée qui monta au-dessus de la tête de Koga avant de se dissiper.

— Si tu me demandes si j'en ai, je ne peux que répondre par la négative.

— Dans ce cas, vous ne croyez pas que vous devriez reconsidérer votre approche ? Et puis il y a prescription, même si je ne peux que le regretter. Même si vous parveniez à trouver le vrai coupable, nous ne pourrions rien contre lui.

— J'en suis parfaitement conscient.

— Donc…

— Écoute-moi plutôt, l'interrompit-il en faisant tomber la cendre de sa cigarette dans le cendrier. Tu te méprends sur un point essentiel, ajouta-t-il après s'être assuré que personne ne l'écoutait. Mon but n'est pas de retrouver l'assassin du prêteur sur gages. Et permets-moi d'ajouter que ce n'est pas seulement à elle que je m'intéresse.

— Vous voulez dire qu'il y a autre chose ? l'interrogea Koga, le regard brillant, avec l'expression du responsable de la police judiciaire qu'il était.
— Oui, répondit Sasagaki avec un sourire. Je cherche à la fois la crevette et le gobie.

3

Comme les consultations commençaient à neuf heures du matin dans l'hôpital où travaillait Kurihara Noriko, elle prenait son service à huit heures cinquante. Il y a en effet un laps de temps assez long entre le moment où les premiers patients voient le médecin et celui où ils déposent leurs ordonnances à la pharmacie de l'hôpital*.

Chaque ordonnance était remplie par deux pharmaciens, l'un préparant les médicaments, et l'autre vérifiant que le contenu de chaque sachet correspondait à la prescription. Celui qui vérifie appose son sceau sur le sachet.

Les pharmaciens de l'hôpital étaient chargés non seulement des ordonnances des patients des consultations mais aussi de celles des malades hospitalisés sur place.

Ce jour-là, un homme passa la journée dans la pharmacie de l'hôpital pendant que Noriko et sa collègue faisaient leur travail. C'était un jeune professeur adjoint de médecine. Il ne quitta quasiment pas des yeux l'écran d'un ordinateur.

---

* Au Japon, les médicaments ne sont pas achetés en pharmacie mais délivrés sur le lieu de la consultation, non sous forme de boîtes, mais uniquement dans la quantité prescrite par le médecin.

Cela faisait deux ans que l'université Teito se servait d'ordinateurs pour intensifier ses échanges avec les autres organismes de recherche, et elle disposait à cette fin d'une liaison informatique avec les laboratoires pharmaceutiques. Cela lui permettait de se procurer en temps réel toutes les informations nécessaires sur les médicaments.

N'importe qui pouvait en principe y avoir accès, à condition d'être reconnu comme utilisateur et d'avoir obtenu un mot de passe. Noriko en avait un mais elle ne s'en était jamais servie. Lorsqu'elle avait besoin d'informations sur un médicament donné, elle procédait comme autrefois en contactant le fabricant. La plupart de ses collègues en faisaient autant.

Elle savait comme eux que le jeune professeur adjoint présent dans son service ce jour-là menait un projet de recherche conjointement avec une firme pharmaceutique. Noriko se disait que l'ordinateur devait être très pratique pour lui, mais elle n'ignorait pas que ce système n'était pas sans poser certains problèmes. Un technicien était venu l'autre jour pour vérifier quelque chose, et il avait longuement discuté avec les médecins de la possibilité qu'un hacker se soit introduit dans leur réseau. Noriko ignorait la signification de ce mot étranger.

Pendant l'après-midi, son travail devint un peu plus varié : elle expliqua à certains patients comment prendre les médicaments qui leur étaient prescrits et discuta de posologie avec des médecins et des infirmiers, avant de revenir ensuite dans son bureau. Elle finissait son service à dix-sept heures.

Elle était en train de se changer lorsqu'une collègue l'informa que quelqu'un cherchait à la joindre par téléphone. Son cœur battit plus vite. Peut-être l'appel venait-il de lui.

— Allô? Kurihara à l'appareil, dit-elle, la voix légèrement voilée.

— Kurihara Noriko?

La question lui était posée par une voix masculine qui ne ressemblait malheureusement pas du tout à celle qu'elle espérait entendre. Elle se rappelait avoir déjà entendu cette voix chétive.

— Oui, c'est moi.

— Je ne sais pas si vous souvenez de moi. Je suis Fujii Tamotsu.

— Monsieur Fujii…

Cela lui revint au moment où elle prononçait ce mot. C'était un des hommes que lui avait présentés l'agence matrimoniale. Le seul qu'elle avait rencontré trois fois.

— Ah… fit-elle. Vous allez bien ?

— Oui, merci, et vous ?

— Oui…

— Il se trouve que je suis tout près de l'hôpital. Tout à l'heure j'y étais et je vous ai aperçue. J'ai l'impression que vous avez un peu maigri.

— Vraiment… dit-elle en se demandant ce qu'il lui voulait.

— Est-ce que vous auriez le temps de boire un café avec moi tout de suite ?

Noriko éprouva un sentiment de lassitude. Elle se demanda que répondre.

— Je suis désolée, mais j'ai quelque chose de prévu aujourd'hui et…

— Je ne serai pas long, mais j'ai quelque chose d'important à vous dire. Si vous aviez une demi-heure à me consacrer, cela suffirait.

Noriko poussa un soupir intentionnellement audible.

— Je vous ai déjà demandé de ne plus m'appeler ici. Je vais raccrocher.

— Attendez ! Je vous demande juste de répondre à une question. Vous vivez toujours avec le même homme ?

— Quoi ?

— Si c'est le cas, j'ai quelque chose d'important à vous communiquer.

Elle cacha le combiné de la main.

— De quoi s'agit-il ? demanda-t-elle en parlant moins fort.

— Je voudrais vous l'expliquer de vive voix, répliqua l'homme d'un ton plus assuré, sans doute parce qu'il avait perçu son intérêt.

Elle hésitait. Mais sa curiosité l'emporta.

— Très bien. Où dois-je aller ?

Il lui donna le nom d'un café à quelques minutes de l'hôpital, à proximité de la gare d'Ogikubo.

Il leva la main vers elle quand elle y entra. Elle reconnut sa silhouette maigre qui lui rappelait une mante religieuse. Le costume gris qu'il portait pendait sur lui.

— Bonsoir, dit-elle en s'asseyant en face de lui.

— Désolé de vous avoir appelée au travail.

— Et de quoi s'agit-il ?

— Vous ne voulez pas d'abord commander quelque chose ?

— Non merci. Je ne compte pas rester ici longtemps.

— Mais ce que j'ai à vous raconter est un peu compliqué.

Il appela la serveuse et commanda un thé au lait.

— C'est ce que vous aimez, n'est-ce pas ? lança-t-il ensuite en lui adressant un sourire.

Elle se souvint qu'elle en avait bu chaque fois qu'ils s'étaient rencontrés. Qu'il ne l'ait pas oublié lui déplaisait vaguement.

— Comment va votre mère ? s'enquit-elle en espérant qu'il comprendrait que sa question était sarcastique.

Le visage de Fujii s'assombrit et il secoua la tête.

— Elle est morte il y a six mois.

— Ah, je l'ignorais. Je vous présente mes condoléances. Elle était souffrante ?

— Non, c'était un accident. Elle s'est étouffée en mangeant.

— Au moment du Nouvel An ? En mangeant du riz gluant* ?

— Non, de la ouate.

— De la ouate ?

— Oui, je l'ai laissée seule quelques instants, et elle a mis une poignée de ouate de sa couette dans la bouche. Je ne sais pas pourquoi elle a fait ça. Elle en avait mangé beaucoup, une boule de la taille d'une balle de base-ball. C'est incroyable, non ?

Ce fut au tour de Noriko de secouer la tête. Cela lui paraissait en effet incroyable.

— J'étais tellement choqué, triste, que pendant toute une période, je n'arrivais plus à rien faire. Mais pour être tout à fait honnête, je ressens à présent un certain soulagement. Parce que je n'ai plus à la changer et ce genre de choses, soupira Fujii.

Noriko comprenait car elle rencontrait souvent, par son métier, les soignants familiaux de personnes atteintes de démence sénile.

Elle espéra qu'il n'allait pas lui exprimer son ressentiment.

La serveuse apporta son thé au lait dont elle but une gorgée sous les yeux de Fujii.

— Cela faisait longtemps que je ne vous avais pas vue en boire, dit-il.

Elle détourna les yeux, ne sachant que répondre.

— Et je dois aussi vous avouer une indiscrétion que j'ai commise après la mort de ma mère, poursuivit-il. Je me suis dit qu'une femme accepterait peut-être à présent de me voir. Vous devinez de qui je parle, n'est-ce pas ?

— Pourtant cela faisait déjà longtemps que...

---

* Le riz gluant fait partie des mets du Nouvel An et chaque année plusieurs personnes âgées meurent étouffées parce qu'elles ont fait une fausse route en en mangeant.

— Je n'arrivais pas à vous oublier et je suis allé près de chez vous. C'était environ un mois après la mort de ma mère. J'ai découvert que vous viviez avec un homme. Pour être tout à fait honnête avec vous, cela m'a bouleversé. Mais il y a une autre chose qui m'a sidéré.

Noriko le regarda.

— Et quoi donc ?

— Cet homme, je l'avais déjà vu.

— Vraiment…

— Oui. Je ne connais pas son nom mais je me rappelais très bien son visage.

— Et où l'aviez-vous rencontré ?

— Près de chez vous.

— Quoi ?

— Ce devait être en avril de l'année dernière. Je dois vous confesser qu'à cette époque, sitôt que j'avais un peu de temps, j'allais à l'hôpital pour vous apercevoir, et aussi près de votre appartement. Je ne pense pas que vous l'ayez remarqué.

— Absolument pas, répondit Noriko.

Qu'il l'ait fait la dégoûtait. Elle en avait la chair de poule.

— Mais vous savez, continua Fujii sans se rendre compte de sa réaction, je n'étais pas le seul à vous observer de cette façon à ce moment-là. Il y avait un autre homme qui en faisait autant, à l'hôpital et près de chez vous. Je trouvais ça louche, et j'ai eu envie de vous en parler. Mais ensuite, j'ai été tellement pris par mon travail et par ma mère que je n'ai plus eu une minute à moi. L'attitude de cet homme continuait à me préoccuper mais au final, je n'ai rien fait.

— Et cet homme, c'était…

— Celui qui vivait avec vous.

— Mais enfin ! s'exclama-t-elle avec colère. Vous devez vous tromper.

— Non, je suis sûr de ce que j'avance. J'ai une très bonne mémoire des visages. C'était le même homme, déclara Fujii avec conviction.

Noriko prit sa tasse à thé. Elle n'avait plus envie de boire. La tempête faisait rage sous son crâne.

— Ne croyez pas que je sois convaincu que cela signifie que cet homme avait de mauvaises intentions. Il avait peut-être des sentiments similaires aux miens à votre égard. Mais comme j'ai déjà essayé de vous le dire, je lui ai trouvé quelque chose de louche. Et quand j'ai su que vous viviez avec lui, je me suis fait beaucoup de souci pour vous. Mais je comprenais aussi que ma position ne me permettait pas de vous en parler, et c'est pour cela que je ne vous en ai rien dit jusqu'à aujourd'hui. Mais l'autre jour, je vous ai croisée par hasard et depuis, l'idée de vous en parler m'obsède. C'est ce qui m'a décidé à vous appeler.

Elle n'écouta presque pas la fin de son discours. Elle n'arrivait même pas à penser à la manière dont elle allait répondre à ce qu'il lui demandait en lui racontant tout cela, à savoir son désir de la revoir, non parce qu'elle trouvait cela stupide, mais parce qu'elle était trop troublée pour y songer.

Plus tard, elle fut incapable de se souvenir comment leur entretien s'était terminé. Elle se rendit soudain compte qu'elle marchait seule dans la nuit.

Avril, avait-il dit. Avril de l'année dernière.

Cela ne pouvait être vrai. Noriko avait rencontré Akiyoshi en mai. Et leur rencontre avait été accidentelle. Ou du moins elle le croyait.

Se tromperait-elle ?

Elle se souvint de la manière dont cela s'était passé, du visage tordu de douleur d'Akiyoshi. L'aurait-il attendue ? Aurait-il joué la comédie pour qu'elle s'approche de lui ?

Pourquoi aurait-il agi ainsi ?

Même en admettant qu'il s'était approché d'elle avec un but, quel pouvait-il être ? Pourquoi l'avoir sélectionnée ? Elle n'était pas particulièrement belle. Il ne l'avait certainement pas choisie pour son apparence.

Quelle condition remplissait-elle à ses yeux? Était-ce son métier? Son statut de célibataire? Son lieu de travail?

Elle sursauta. Elle venait de se souvenir que lorsqu'elle s'était inscrite à l'agence matrimoniale, elle leur avait fourni une grande quantité d'informations à son sujet. Quelqu'un ayant accès à leur système informatique aurait probablement pu trouver sans trop de mal une personne correspondant à des critères précis. Akiyoshi avait peut-être les connaissances nécessaires pour s'y introduire. Il travaillait chez un prestataire informatique, une société du nom de Memorix. Et si Memorix avait conçu le système informatique de l'agence matrimoniale?

Elle se rendit compte qu'elle était presque arrivée chez elle. Elle monta son escalier d'un pas chancelant, alla jusqu'à sa porte, sortit sa clé, et l'ouvrit.

Les mots de Fujii, "et quand j'ai su que vous viviez avec lui, je me suis fait beaucoup de souci pour vous", résonnaient dans ses oreilles.

S'il savait qu'il avait travaillé pour Memorix, Fujii aurait été moins inquiet, murmura-t-elle en entrant dans son appartement obscur.

4

Quelqu'un tapait au marteau dans sa tête. Les coups résonnaient.

Elle entendait aussi des rires lointains qui lui firent ouvrir un œil. Un rayon de soleil tombait sur le papier à fleurs du mur. La lumière matinale filtrait par les interstices du rideau opaque.

Shinozuka Mika tourna la tête pour regarder le réveil sur sa table de nuit. Son père le lui avait acheté à Londres et il avait un petit carrousel qui tournait lorsqu'il sonnait. Mika l'avait réglé sur sept heures trente et sa mélodie harmonieuse retentirait dans quelques minutes. Elle tendit la main et pressa sur le bouton pour annuler le réveil.

Elle se leva et ouvrit les rideaux. Le soleil pénétra par la large baie vitrée à travers le rideau en dentelle, emplissant sa chambre de clarté. Elle regarda son reflet dans le miroir de l'armoire et vit une jeune fille aux cheveux en désordre, vêtue d'une chemise de nuit froissée, qui avait l'air de mauvaise humeur. Elle entendit de nouveau un bruit sourd. Puis des voix. Elle ne comprenait pas ce qu'elles disaient. Cela lui était égal. Ça ne l'intéressait pas.

Elle alla à la fenêtre et regarda la pelouse encore verte. Elle avait deviné juste : son père apprenait à Yukiho à jouer au golf.

Elle s'apprêtait à frapper une balle. Son père vint se placer derrière elle et posa sa main sur la sienne. On aurait dit un marionnettiste et sa marionnette. Il lui fit lever son bras en lui chuchotant quelque chose à l'oreille. Leurs deux bras bougèrent lentement. Les lèvres de son père étaient presque sur le cou de Yukiho. Il devait faire exprès.

Ils répétèrent ce manège plusieurs fois puis Yasuharu s'éloigna de Yukiho. Yukiho frappa enfin la balle sous son regard attentif. Elle y arrivait parfois, mais généralement pas. Dans ces cas-là, elle esquissait un sourire gêné et Yasuharu lui donnait des conseils. Puis il vint à nouveau se placer derrière elle. La leçon durait une demi-heure environ.

Cela faisait plusieurs jours qu'ils le faisaient. Mika ne savait pas si c'était Yukiho qui avait exprimé le désir d'apprendre à jouer au golf ou si c'était une idée de son père. Mais ils souhaitaient apparemment avoir une occupation qu'ils puissent apprécier à deux.

Elle n'avait pas oublié la manière avec laquelle il avait vivement critiqué sa mère quand elle avait voulu faire du golf.

Mika s'éloigna de la fenêtre et se mit debout devant l'armoire. Son corps était toujours celui d'une petite fille malgré ses quinze ans, fluette, avec des jambes et des bras longs et maigres.

Elle se compara à Yukiho qu'elle avait vue nue une seule fois lorsqu'elle avait ouvert la porte de la salle de bains sans se rendre compte que sa belle-mère s'y trouvait.

Elle avait un vrai corps de femme avec de magnifiques courbes, aussi parfaites que si un ordinateur les avait dessinées, et d'une forme si simple qu'elles paraissaient sorties du tour d'un potier. Sa poitrine ample était ferme, des gouttes d'eau brillaient sur sa peau d'un blanc qui tirait sur le rose. Elle n'était pas grasse, mais ses rondeurs servaient à souligner ses courbes voluptueuses. Mika en avait eu le souffle coupé. Cela n'avait duré que quelques secondes mais cette image s'était gravée dans son cerveau.

La réaction de Yukiho l'avait stupéfiée. Elle n'avait montré aucune trace de déplaisir mais lui avait demandé si elle voulait prendre son bain. Elle n'avait pas non plus fait de geste pour cacher sa nudité.

Mika, elle, était gênée. Elle avait couru dans sa chambre et s'était jetée sur son lit, le cœur battant.

Elle fit la grimace en se souvenant de cet épisode pénible. Son reflet dans le miroir en fit autant. Elle prit sa brosse à cheveux et commença à se peigner. Ses cheveux étaient tellement emmêlés que sa brosse se bloqua dans un nœud. Elle tira fort et s'arracha quelques cheveux.

Au même moment, on frappa à sa porte.

— Mika ? Tu es réveillée ? Bonjour !

Comme elle ne répondit pas, la porte s'ouvrit, et le visage de Kasai Taeko apparut timidement.

— Mais tu es déjà debout !

Elle entra et commença immédiatement à faire le lit. C'était une femme solidement bâtie, au visage rond. Ses larges hanches étaient ceintes d'un tablier et elle avait relevé les manches de son pull. Mika pensait depuis toujours qu'elle avait l'apparence d'une domestique britannique comme on en voit dans les films anglais.

— J'aurais bien voulu dormir plus longtemps mais le bruit dehors m'a réveillée.

— Dehors ? Taeko parut surprise puis elle hocha la tête. Monsieur se lève tôt ces derniers temps.

— C'est incroyable, non ? De jouer au golf si tôt le matin…

— Ils sont tellement occupés tous les deux que c'est le seul moment où ils peuvent le faire. Mais c'est bien de faire du sport.

— Papa ne faisait jamais ça à l'époque de maman.

— On change avec les années.

— C'est pour ça qu'il s'est marié avec une femme si jeune ? Elle a dix ans de moins que maman.

— Mika, ton père est encore jeune. Tu n'aurais pas voulu qu'il passe le reste de sa vie seul, non ? Tu te marieras un jour, ton frère aussi.

— Il faudrait savoir ce que vous dites. Il vieillit et il change, ou il est encore jeune ?

Taeko parut contrariée par ce que venait de lui dire la jeune fille qu'elle connaissait depuis sa naissance. Elle se tut et se dirigea vers la porte de la chambre.

— Le petit-déjeuner est servi, dépêche-toi de descendre. Tu sais que ton père a dit qu'il ne t'emmènera plus à l'école en voiture si tu es en retard.

— Pff… souffla Mika. Ça aussi, c'est sa faute.

Taeko s'apprêta à quitter la pièce sans répondre.

— Attendez s'il vous plaît, l'arrêta Mika.

Taeko s'immobilisa.

— Vous êtes de mon côté, n'est-ce pas ?

— Je ne suis du côté de personne, répondit la gouvernante en refermant la porte.

Lorsque Mika descendit au rez-de-chaussée, les trois autres membres de la maisonnée étaient déjà à table, Yasuharu et Yukiho assis d'un côté, et Masahiro, le petit frère de Mika, de l'autre.

— Je ne me sens pas du tout prête. Si au moins je maîtrisais mon driver… J'ai peur de gêner tout le monde.

— Ne te fais pas tant de souci. Maîtriser le driver est justement ce qu'il y a de plus difficile. Seuls les joueurs professionnels y arrivent à tous les coups. Il faut vraiment que tu te lances sur un green. Il n'y a que ça de vrai.

— J'ai quand même peur, dit Yukiho qui pencha la tête et tourna ensuite les yeux vers Mika. Bonjour !

Mika s'assit à table sans lui répondre. Son père la salua à son tour, le regard sévère. Elle lui répondit : "bonjour" d'une toute petite voix.

Elle vit dans son assiette des œufs au jambon, de la salade et un croissant.

— Mika, je t'apporte de la soupe, fit Taeko depuis la cuisine où elle préparait quelque chose.

En réponse, Mika se leva et lui dit qu'elle irait la chercher elle-même, avant de changer d'avis. Elle ne voulait pas de soupe. Elle prit son croissant, en mangea un morceau puis vida d'un seul trait le verre de lait de son frère qui protesta. Elle attaqua ensuite son omelette et vit un bol de soupe apparaître. Yukiho le lui avait apporté.

— J'ai dit que je n'en voulais pas, lâcha-t-elle sans lever la tête.

— Ça ne devrait pas t'empêcher de dire merci, la réprimanda son père.

— Ce n'est pas grave, chuchota Yukiho à l'intention de son époux.

Un silence pénible s'installa autour de la table. Mika se dit que plus rien n'avait de goût, même pas les œufs au jambon de Taeko qu'elle adorait autrefois. Les repas en famille étaient devenus une corvée.

— Tu as quelque chose de prévu ce soir ? demanda Yasuharu à Yukiho en buvant son café.

— Ce soir ? Non, rien de spécial.

— Dans ce cas-là, allons dîner ensemble tous les quatre. Un de mes amis vient d'ouvrir un restaurant italien à Yotsuya, et j'ai envie de l'essayer.

— Un restaurant italien ? Quelle bonne idée !

— Vous aussi, les enfants, vous êtes libres, n'est-ce pas ? S'il y a quelque chose que vous voulez voir à la télévision, vous n'aurez qu'à l'enregistrer et le regarder plus tard.

— Super ! Je ferai attention à ne pas trop manger au goûter, s'exclama Masahiro.

Mika lui jeta un regard dépité et annonça qu'elle ne viendrait pas. Son père et sa belle-mère la dévisagèrent.

— Pourquoi ? Tu n'as rien ce soir, non ? Pas de leçon de piano, ni de cours particulier.

— Je n'ai pas envie d'y aller, c'est tout. D'ailleurs, si je ne viens pas, ça ne vous dérange pas, non ?

— Pourquoi ne veux-tu pas venir avec nous ?

— Je n'ai pas envie, un point c'est tout.

— Comment ça ? Si tu as des choses à dire, exprime-toi clairement.

— Euh... intervint Yukiho. Tout bien réfléchi, ce soir, je ne suis pas tout à fait libre.

Yasuharu, interloqué, la regarda puis fixa sa fille d'un air mauvais. Il ne faisait aucun doute que Yukiho cherchait à arranger les choses pour Mika, ce qui irritait encore plus l'adolescente. Elle posa son couvert et se leva.

— Bon, je m'en vais.
— Mika !

Elle ignora son père, prit son sac et sa veste, et quitta la salle à manger. Elle était en train de mettre ses chaussures quand Taeko et Yukiho arrivèrent dans l'entrée.

— Fais attention aux voitures. Ne te presse pas trop, lui recommanda cette dernière en lui tendant sa veste.

Mika la prit sans un mot.

— Il est joli, ton pull, dit Yukiho pendant qu'elle enfilait sa veste. N'est-ce pas ? ajouta-t-elle en se tournant vers Taeko.

— Très joli, acquiesça Taeko avec un sourire.

— Aujourd'hui, les uniformes sont bien plus élégants que de mon temps, commenta Yukiho.

Mika fut soudain saisie d'une colère plus forte qu'elle. Elle enleva sa veste et son pull sous les yeux ébahis de Yukiho et Taeko.

— Mais qu'est-ce que tu fais, Mika ? s'écria la gouvernante.

— Rien. Je ne veux pas de ce pull.
— Il fait froid, tu sais.
— Ça m'est égal.

Yasuharu qui se demandait pourquoi Yukiho ne revenait pas arriva.

— Et qu'as-tu trouvé à faire maintenant ?
— Rien. Au revoir.
— Mika, enfin...

Elle entendit la voix de Taeko, suivie par celle de son père qui lança d'un ton rageur : "Elle est insupportable" alors qu'elle courait vers le portail. D'ordinaire, elle aimait traverser le jardin, avec tous ses arbres et ses fleurs. Il lui arrivait de marcher lentement pour en profiter. Mais aujourd'hui, la distance lui parut infinie.

Elle ne comprenait pas elle-même ce qui l'irritait à ce point. Quand elle se voyait faire, elle s'interrogeait sur sa propre conduite sans trouver de réponse. Elle était incapable d'expliquer sa colère.

Elle avait fait connaissance avec Yukiho au printemps, lorsque Yasuharu l'avait emmenée avec son frère dans une boutique d'Aoyama. Une jeune femme d'une beauté éblouissante les avait accueillis. C'était Yukiho. Son père avait expliqué qu'il voulait acheter des vêtements à ses enfants, et la jeune femme avait demandé à la vendeuse de leur en présenter toute une série. Mika s'était alors rendu compte qu'ils étaient les seuls clients présents.

Mika et son frère s'étaient transformés en mannequins, essayant une tenue après l'autre. Au bout d'un moment, Masahiro s'était lassé et avait pleurniché qu'il en avait assez.

L'expérience avait été bien plus agréable pour Mika, étant donné son âge. Elle s'était cependant demandé qui était cette femme, parce qu'elle avait immédiatement perçu la relation entre elle et son père.

Elle venait de passer une robe habillée lorsqu'elle avait eu le sentiment que cette femme allait peut-être prendre une importance particulière dans sa vie.

— Il vous arrive de sortir en famille, n'est-ce pas ? Avec cette robe, Mika sera certainement la plus belle. Et pour des parents, cela n'a pas de prix ! avait-elle lancé à Yasuharu d'un ton qui lui avait paru trop familier.

Elle avait discerné deux messages : le premier, qu'elle aussi serait là à cette occasion, et le second, que Mika lui servirait de faire-valoir.

Une fois l'essayage terminé, son père lui avait demandé quels vêtements elle voulait acheter. Mika n'avait pas su répondre : tout ce qu'elle avait essayé lui plaisait.

— Je te laisse décider, papa. Ils me plaisent tous.

Il avait répondu qu'elle ne lui simplifiait pas la vie et il avait commencé à en sélectionner certains. Elle avait reconnu son goût pour les-petites-filles-bien-habillées. Son choix portait sur des vêtements qui avaient quelque chose d'enfantin. Mika avait souvent l'impression de servir de poupée à sa mère qui l'habillait de cette façon. Elle avait cependant été contente de voir que sa mère continuait ainsi à être présente dans l'esprit de son père.

Mais elle l'avait ensuite entendu demander à Yukiho ce qu'elle pensait de son choix.

— À mon avis, il lui faudrait aussi des choses un peu plus actuelles, avait-elle déclaré.

— Ah oui ? Lesquelles par exemple ?

Yukiho s'était mise à choisir des vêtements plus adultes, avec quelque chose de provocant. Pas un seul ne faisait penser à une petite fille.

— Elle est encore au collège. Elle n'est pas trop jeune pour porter ce genre de choses ?

— Non. Elle est jeune, mais ce n'est plus une petite fille.

— Ah bon... avait répondu Yasuharu en se grattant la tête. Tu en penses quoi ? avait-il ensuite demandé à sa fille.

— C'est comme tu veux, papa.

Son père s'était alors tourné vers Yukiho.

— Bon, je vais tout prendre. Si ça ne lui va pas, ce ne sera pas ma faute.

— Je n'ai pas peur, avait répondu Yukiho qui s'était ensuite tournée vers Mika. Dorénavant, tu n'auras plus l'air d'une poupée.

Mika avait ressenti son commentaire comme une intrusion dans son intimité, car elle y avait entendu du mépris pour sa mère disparue qui prenait du plaisir à l'habiller comme une poupée. En y repensant, peut-être était-ce à cet instant qu'était née son antipathie pour Yukiho.

À partir de ce jour-là, Mika et Masahiro l'avaient souvent revue en compagnie de leur père, à l'occasion de sorties au restaurant ou de promenades à la campagne. Yasuharu était bien plus animé que d'ordinaire en sa présence. Mika se souvenait que du vivant de sa mère il ne se montrait guère expansif en famille, mais avec Yukiho, il devenait bavard, lui demandait son avis à propos de tout et de rien, et s'y rangeait toujours. Aux yeux de Mika, il se transformait en un pantin que Yukiho manipulait.

Début juillet, il leur avait abruptement annoncé qu'il allait se marier avec elle. Ils auraient ainsi une nouvelle maman, avait-il ajouté.

Masahiro avait pris une expression éberluée. Il n'avait pas eu l'air content, mais il ne paraissait pas non plus hostile à l'idée d'avoir une belle-mère. Il est encore trop jeune pour réfléchir, il n'avait que quatre ans quand maman est morte, s'était dit Mika.

Mika s'était montrée franche : cela ne lui plaisait guère, et personne ne pourrait jamais remplacer sa mère qu'elle avait perdue sept ans plus tôt.

Il lui avait répondu que c'était tout à fait normal et que personne ne lui demandait de l'oublier, mais que leur famille compterait désormais une personne de plus.

Mika s'était tue. Elle avait baissé la tête, en criant intérieurement que cette femme ne ferait jamais partie de sa famille.

Rien n'avait pu arrêter le processus une fois qu'il avait été enclenché. Elle avait eu le sentiment que tout allait contre elle. La perspective de ce remariage ravissait visiblement son père. Elle ressentait du mépris pour son excitation. Et elle en voulait encore plus à Yukiho de l'avoir transformé à ce point.

Elle aurait cependant été en peine de dire ce qu'elle n'aimait pas chez Yukiho. Ce devait être une question d'instinct. Elle reconnaissait volontiers sa gentillesse, sa beauté, son intelligence. Ce devait être une femme talentueuse, sinon elle n'aurait pas pu avoir autant de magasins. Pourtant, en sa présence, Mika était en permanence sur ses gardes, comme si une sonnette d'alarme retentissait en elle pour l'inciter à la prudence. Elle avait l'impression que Yukiho dégageait une aura singulière, une lumière particulière qui éclairait sa vie et celle de son frère d'un jour différent. Son sentiment était que cette lumière ne leur serait pas bénéfique.

Parfois elle se demandait si tout cela n'était pas le fruit de son imagination. Elle était aussi prête à admettre que ces pensées étaient au moins en partie influencées par quelqu'un.

Elle pensait à Shinozuka Kazunari, le cousin germain de son père.

Il s'était mis à venir souvent les voir après l'annonce du remariage de Yasuharu. Il était le seul membre de la parenté à avoir déclaré son hostilité à cette union. Mika l'avait entendu plaider contre elle chez eux.

— Tu ne sais pas qui elle est vraiment. Elle n'est certainement pas du genre à placer le bonheur de sa famille avant son propre intérêt. Je t'en supplie, réfléchis encore un peu.

Son père faisait la sourde oreille sans même essayer de dissimuler son irritation. Il avait pris ses distances avec son cousin, et Mika l'avait vu à plusieurs reprises demander à Taeko de dire qu'il n'était pas là lorsque son cousin s'était présenté à sa porte.

Trois mois plus tard, Yasuharu et Yukiho s'étaient mariés, dans une cérémonie discrète, suivie d'un banquet restreint à la famille proche. Ils paraissaient aussi heureux l'un que l'autre, et les invités ne cachaient pas leur joie.

Mika ne la partageait pas. Elle comprenait que le point de non-retour avait été dépassé. Non, ce n'était pas vrai. Elle n'était pas seule, puisque Shinozuka Kazunari était présent.

Leur nouvelle vie avait commencé. À première vue, rien ne semblait avoir changé. Mais Mika ne voyait pas les choses de cette façon. La présence de sa mère s'estompait, de nouvelles habitudes remplaçaient les anciennes. Son père n'était plus le même.

Sa mère aimait les fleurs. Il y en avait toujours chez eux, dans l'entrée, dans le couloir, dans toutes les pièces, différentes selon les saisons. Maintenant, il y en avait d'autres dans la maison. Plus belles encore, elles attiraient le regard de tous ceux qui les voyaient.

Mais ce n'étaient pas de vraies fleurs. Elles étaient toutes artificielles.

Mika se disait parfois que sa famille était en passe de devenir aussi artificielle qu'elles.

5

Il descendit du métro à la station d'Urayasu et prit ensuite l'avenue du pont de Kasai en direction de Tokyo. On lui avait dit de prendre à gauche lorsqu'il arriverait à la rivière Kyu-Edogawa. Des constructions cubiques blanches bordaient la rue étroite. Sasagaki franchit le portail de la société "SH Huiles et Graisses". Il n'y avait pas de gardien.

Il arriva dans le bâtiment après avoir traversé le parking rempli de camions. Une femme d'une quarantaine d'années était assise au comptoir de l'accueil qui se trouvait sur la droite. Elle releva la tête du document qu'elle écrivait et lui adressa un regard soupçonneux.

Il lui tendit sa carte de visite et dit qu'il souhaitait rencontrer Shinozuka Kazunari. Elle ne changea pas d'expression, sans doute parce que la carte de visite ne mentionnait pas de nom de société.

— Vous avez rendez-vous avec le directeur?
— Le directeur?
— Oui, c'est sa fonction ici.
— Ah… Oui, je l'ai appelé avant de venir.
— Un instant.

Elle décrocha son téléphone et échangea quelques mots, sans doute avec Shinozuka, raccrocha et le regarda.

— Il vous demande de monter dans son bureau.
— Très bien. Et où se trouve-t-il?
— Au deuxième étage.

Elle se remit immédiatement à son travail. Elle écrivait des cartes de vœux. En voyant son carnet d'adresses ouvert sur le bureau, il devina que ses cartes relevaient du domaine privé.

— Et je vais comment au deuxième étage ?

La femme lui adressa un regard irrité et lui montra du stylo qu'elle avait à la main l'intérieur du hall d'entrée.

— Prenez l'ascenseur là-bas, et descendez au deuxième. Prenez le couloir, et cherchez la porte sur laquelle il est écrit : "Directeur".

Elle avait déjà recommencé à écrire lorsqu'il la remercia d'un signe de tête.

Il comprit en arrivant au deuxième pourquoi elle avait fait preuve de mauvaise grâce. Il n'y avait qu'un seul couloir en U, sur lequel donnaient tous les bureaux. Il avança en lisant les panneaux de chaque porte et trouva rapidement celle qu'il cherchait. Il frappa et une voix lui dit aussitôt d'entrer.

Le dos à la fenêtre, Shinozuka qui portait un costume croisé marron se leva à sa rencontre.

— Bonjour, cela faisait longtemps, lui dit-il en souriant.

— Je suis content de vous voir, répondit Sasagaki. Vous allez bien ?

— Bien, je ne sais pas, mais je survis.

Un petit canapé et deux fauteuils étaient placés au milieu du bureau. Kazunari invita le visiteur à s'asseoir et en fit autant.

— Je ne sais plus à quand remontre notre dernière rencontre, dit-il.

— C'était en septembre, l'année dernière, dans un salon de réception du siège.

— Vous avez raison. Cela fait plus d'un an. Le temps passe vite.

Ils s'étaient parlé au téléphone dans l'intervalle.

— L'autre jour, j'ai voulu vous joindre. J'ai appelé le siège et on m'a appris que vous aviez été transféré ici.

— Oui, en septembre dernier, expliqua Kazunari qui baissa les yeux comme s'il ne savait comment continuer.

— J'ai été surpris d'entendre que vous étiez à présent directeur. Belle réussite pour quelqu'un d'aussi jeune que vous, commenta Sasagaki.

Kazunari releva la tête, avec un sourire forcé.

— Vous trouvez ?

— Oui. Je me trompe ?

Kazunari se leva sans répondre et alla jusqu'à son bureau. Il décrocha son téléphone.

— Apportez deux cafés. Oui, immédiatement.

Il reposa le combiné mais ne revint pas se rasseoir tout de suite.

— Je crois vous l'avoir dit au téléphone, mais mon cousin s'est remarié.

— Le 10 octobre, le jour de la fête du Sport, n'est-ce pas ? J'imagine que cela a été une belle fête.

— Non, elle a été très discrète. Le mariage a été célébré à l'église, et il y a eu un banquet dans un restaurant, mais uniquement pour la famille et les proches. Comme ce n'était le premier mariage ni pour elle ni pour lui, ils ne voulaient pas faire plus. Et mon cousin a des enfants.

— Vous y étiez ?

— Oui, parce que je fais partie de la famille, mais je ne pense pas qu'il tenait à m'inviter, ajouta-t-il après s'être rassis et avoir poussé un soupir.

— Je me souviens que vous m'aviez dit que vous lui aviez exprimé vos réserves.

Kazunari acquiesça de la tête et regarda Sasagaki avec une expression grave et triste.

Les deux hommes avaient été fréquemment en contact jusqu'au printemps précédent. Kazunari était à la recherche d'informations sur la véritable nature de Karasawa Yukiho, et Sasagaki souhaitait savoir si Kirihara Ryōji s'était manifesté. Mais ils n'avaient ni l'un ni l'autre obtenu d'éléments décisifs. Dans l'intervalle, Shinozuka Yasuharu et Karasawa Yukiho s'étaient fiancés et mariés.

— J'ai échoué à dévoiler la vraie personnalité de Karasawa Yukiho, même après notre rencontre. Et je n'ai pas pu convaincre mon cousin de renoncer à cette union.

— Ça ne m'étonne pas. Elle a déjà trompé plusieurs hommes, moi inclus.

— C'était il y a dix-neuf ans, n'est-ce pas ?

— Oui, fit Sasagaki qui sortit un paquet de cigarettes et demanda s'il pouvait fumer.

— Je vous en prie, répondit Kazunari en plaçant un cendrier en cristal à sa portée. Monsieur Sasagaki, pourriez-vous cette fois-ci me raconter toute l'histoire ? Je vous ai déjà dit que j'aimerais savoir tout ce qui s'est passé depuis dix-neuf ans.

— Je suis ici pour le faire, répondit-il en allumant sa cigarette.

On frappa à la porte.

— Voilà nos cafés. C'est parfait, dit Kazunari en se levant.

Sasagaki entama son récit en s'interrompant pour boire le café servi dans des chopes disgracieuses. Il commença en lui racontant, tantôt en détail, tantôt à grands traits, la découverte du cadavre dans l'immeuble en construction, les différents suspects, la mort accidentelle de Terasaki que la police soupçonnait, et la fin *de facto* de l'enquête. Shinozuka Kazunari l'écouta d'abord la chope à la main, puis il la reposa et croisa les bras. Chaque fois qu'il entendait le nom de Karasawa Yukiho, il croisait et décroisait les jambes.

— Je pense vous avoir résumé ce que nous savons du meurtre du prêteur sur gages, conclut Sasagaki avant de boire une gorgée de son café qui avait eu le temps de refroidir.

— L'enquête s'est terminée de cette manière ?

— Pas tout à fait, mais comme nous avions de moins en moins d'éléments nouveaux, il était clair qu'elle serait bientôt close et que le meurtre ne serait pas élucidé.

— Mais vous, vous n'avez pas renoncé.

— Pour être tout à fait franc, je dirais que j'avais à moitié renoncé.

Sasagaki reposa sa tasse et reprit son récit.

Il s'était intéressé à ce témoignage un mois environ après le décès accidentel de Terasaki, à un moment où les enquêteurs commençaient à se lasser de ne faire aucun progrès : ils n'avaient rien trouvé qui établisse la culpabilité de Terasaki, et n'avaient pas non plus identifié d'autres suspects. Il était question de dissoudre la cellule d'enquête. Le Japon était très affecté par le choc pétrolier qui se traduisait, pour la police, par une recrudescence de la criminalité. Les dirigeants de la police de la préfecture d'Osaka devaient se dire qu'ils ne pouvaient se permettre de continuer à mobiliser autant de personnel autour d'un simple meurtre. D'autant plus qu'il paraissait vraisemblable que son auteur ait déjà quitté ce monde.

Sasagaki lui-même commençait à se dire que l'enquête ne pouvait probablement plus progresser. Depuis qu'il était policier, il avait connu trois affaires non élucidées et il avait compris qu'elles présentaient des caractéristiques communes, dont la principale était que tout comme le meurtre du prêteur sur gages, elles ne paraissaient pas d'emblée difficiles, mais simples à résoudre.

Il avait pris presque fortuitement la décision de relire l'ensemble du dossier, avant tout parce qu'il ne voyait pas quoi faire d'autre.

Il avait parcouru en diagonale le volumineux dossier qui contenait un grand nombre de pièces, mais peu d'indices. Peut-être parce que l'enquête n'avait pas de direction précise, de nombreux éléments semblaient dépourvus de signification.

Lorsqu'il avait relu la déposition mentionnant le petit garçon qui avait découvert le corps, il s'était arrêté sans immédiatement passer à la page suivante. Âgé de neuf ans, il s'appelait Kikuchi Michihiro et avait d'abord parlé de sa découverte à son grand frère qui avait deux ans de plus que lui. Celui-ci était allé voir le cadavre de ses propres yeux, puis il en avait parlé à sa mère. Comme c'était elle qui avait contacté la police, son nom figurait au bas de la déposition.

Sasagaki connaissait les détails de la manière dont le corps avait été découvert. Michihiro s'était perdu dans les conduits du bâtiment en construction en jouant avec ses camarades à un jeu qu'ils appelaient "le tunnel du temps", et il était arrivé dans une pièce qu'il ne connaissait pas. Un homme y gisait. Cela lui avait paru bizarre, et en regardant bien, il avait vu du sang. Il avait compris à ce moment que l'homme était probablement mort. Il s'était dit qu'il fallait le faire savoir et il avait essayé de sortir du bâtiment au plus vite.

Ce qui faisait problème était la suite : "J'ai pris peur et j'ai voulu sortir de la pièce par la porte. Mais je n'ai pas réussi à l'ouvrir car elle était obstruée par des gravats et des parpaings. Au bout d'un moment, j'y suis arrivé, et j'ai cherché mes amis. Mais comme je ne les ai pas trouvés, je me suis dépêché de rentrer chez moi."

Cette partie du récit lui avait paru bizarre, ou plus exactement le fait que la porte ait été obstruée par des gravats et des parpaings.

Il revit la porte. Elle s'ouvrait vers l'intérieur. Comme le petit garçon avait dit qu'il n'avait pas réussi à l'ouvrir, cela signifiait que les gravats étaient disposés à un endroit qui gênait son ouverture.

Auraient-ils été placés là par l'assassin ? Afin de retarder la découverte du corps ?

C'était impossible. Il n'aurait pas pu sortir de la pièce et ensuite placer tout cela de l'autre côté pour empêcher qu'on puisse l'ouvrir. Comment interpréter le témoignage du petit garçon ?

Il décida immédiatement de s'en assurer. La déposition avait été prise par un brigadier du commissariat de Fuse-Ouest du nom de Kosaka.

Ce dernier se rappelait très bien cette section du document. Mais ses explications manquaient de clarté.

— Ah, je vois ce dont vous parlez. C'est un peu ambigu, lui avait-il répondu en fronçant les sourcils. Le petit garçon ne s'en souvenait pas très bien. Il a senti du côté de ses pieds des choses qui l'empêchaient d'ouvrir la porte, mais il n'a pas pu me dire s'il était complètement impossible d'ouvrir la porte, ou s'il ne pouvait l'ouvrir qu'un tout petit peu. Cela se comprend, parce qu'il devait être drôlement ému.

Il avait ajouté que puisque l'assassin était passé par là, la porte n'était sans doute pas complètement fermée.

Sasagaki avait ensuite lu le rapport des techniciens qui ne parlait pas de l'emplacement des gravats, probablement parce que le petit garçon les avait déplacés.

Il avait alors renoncé à poursuivre cette question, parce que, comme Kosaka, il s'était dit que la porte ne pouvait avoir été complètement fermée, puisque l'assassin avait dû y passer. Aucun autre enquêteur ne s'était posé de questions à ce sujet.

Environ un an plus tard, lorsqu'il avait commencé à s'interroger sur Yukiho après la mort de sa mère, Sasagaki s'était souvenu de ce détail. En admettant que des gravats empêchaient l'ouverture complète de la porte, la manière dont elle pouvait s'ouvrir déterminait la taille de la personne qui pouvait y passer. Cela réduisait donc le nombre de suspects. Il pensait à ce moment-là à Yukiho. Elle aurait pu se glisser même si l'espace n'était pas grand.

Il avait décidé de rencontrer Kikuchi Michihiro en pensant qu'il ne se souviendrait sans doute pas de grand-chose.

Le petit garçon lui avait fait une confession étonnante.

Il n'avait pas oublié ce qui était arrivé un an auparavant et il était capable de mieux expliquer les choses qu'alors. Sasagaki avait trouvé cela compréhensible, car au moment où l'affaire s'était produite, il était moins mûr, et sous le coup de l'émotion.

Lorsqu'il avait demandé au petit garçon s'il se rappelait la porte, celui-ci avait immédiatement fait oui de la tête. Le policier l'avait prié de lui raconter les choses de la manière la plus détaillée possible. Le petit garçon avait réfléchi quelques instants avant d'affirmer qu'il n'avait pas pu l'ouvrir du tout.

— Comment ça ? avait réagi Sasagaki, surpris.

— Je me suis dit qu'il fallait vite prévenir quelqu'un et j'ai tout de suite essayé d'ouvrir la porte. Mais elle n'a pas bougé du tout. J'ai regardé par terre, et j'ai vu qu'il y avait des parpaings devant.

Sasagaki avait douté de ses oreilles.

— Tu en es sûr ?

Le petit garçon avait hoché plusieurs fois la tête de haut en bas.

— Pourquoi n'en as-tu pas parlé alors ?

— C'est ce que j'ai dit d'abord, mais comme le policier n'arrêtait pas de dire que c'était bizarre, j'ai perdu confiance en moi, et après, je ne savais plus. Mais quand j'y ai repensé tout seul, j'ai été certain de ne pas être arrivé à l'ouvrir du tout.

Sasagaki avait presque grincé des dents en l'écoutant. Un an auparavant, il avait fait un témoignage important mais l'enquêteur qui l'avait interrogé n'en avait pas fait état parce qu'il ne le croyait pas.

Il en avait immédiatement avisé son supérieur mais celui-ci n'en avait pas fait grand cas. Nakatsuka ne dirigeait plus la cellule d'enquête car il avait été muté peu de temps auparavant. Plutôt que de s'intéresser à l'assassinat du prêteur sur gages, une affaire mal engagée, son successeur, un homme ambitieux, voulait se faire remarquer en traitant des dossiers plus prestigieux.

Sasagaki avait continué à être affecté à cette enquête, mais ce n'était pas sa principale occupation. Son chef voyait néanmoins son entêtement d'un mauvais œil.

Sasagaki s'était résolu à poursuivre seul ses recherches car il entrevoyait à présent une direction. D'après ce que lui avait dit le jeune Kikuchi, l'assassin de Kirihara Yōsuke n'avait pas pu ouvrir la porte. De plus, toutes les fenêtres étaient fermées de l'intérieur. La construction de l'immeuble avait été interrompue mais aucune de ses fenêtres n'était cassée, et il n'y avait pas non plus de trous dans ses murs. Cela ne laissait qu'une seule possibilité.

L'assassin avait quitté la pièce de la même manière que le petit Kikuchi y était arrivé, par les conduites.

Une telle idée ne serait jamais venue à l'idée d'un adulte. Seul un enfant qui avait l'habitude d'y jouer aurait pu y penser.

Sasagaki avait alors concentré son attention sur Yukiho.

Son enquête n'avait pourtant pas progressé comme il l'espérait. Il s'était heurté à un mur quand il avait d'abord cherché à savoir si elle avait jamais joué au "tunnel du temps". Tous les enfants qui la connaissaient lui dirent qu'elle ne l'avait jamais fait. Ceux qui utilisaient l'immeuble comme terrain de jeu lui affirmèrent qu'ils n'y avaient jamais vu de fille.

— Vous croyez vraiment qu'une fille accepterait de mettre les pieds dans un endroit aussi dégoûtant ? Il y a des souris mortes et toutes sortes d'insectes dedans. Et les conduites, ça salit les vêtements, lui avait expliqué l'un d'entre eux en utilisant le dialecte d'Osaka.

Sasagaki n'avait pu qu'acquiescer. Un autre garçon qui avait parcouru les conduites des dizaines de fois avait ajouté que les filles n'étaient pas capables de jouer à leur jeu parce que grimper les conduites qui avaient par endroits de fortes pentes exigeait de la force et de l'adresse. Il avait précisé : "Plus qu'en ont les filles, en tout cas."

Il avait demandé à ce garçon de sortir par les conduites de la pièce où le corps avait été trouvé. Au bout d'une quinzaine de minutes, il avait émergé d'un tuyau d'aération situé à l'opposé de l'entrée du bâtiment.

— C'était vachement difficile, avait commenté l'enfant. Il y a un endroit où il faut drôlement grimper. Il faut être rudement fort. Jamais une fille n'y arriverait.

Sasagaki n'avait pas pu ne pas tenir compte de cette opinion. Certaines écolières sont aussi fortes que des garçons, et aussi bonnes pour le sport, mais il ne pouvait imaginer Nishimoto Yukiho en train de se déplacer comme un singe dans les conduites. D'après ce qu'il avait pu apprendre, elle n'était pas non plus particulièrement douée pour les sports.

Il s'était mis à douter de son idée selon laquelle elle aurait été l'auteur de ce crime. Dans ce cas-là, tous les enfants interrogés se trompaient.

— Je ne sais pas à quoi ressemblent ces tuyaux, mais j'ai du mal à croire que des filles aient joué à ce genre de jeux. Surtout quelqu'un comme Karasawa Yukiho, commenta Shinozuka Kazunari, le visage songeur.

Sasagaki ne comprit pas s'il continuait à l'appeler par son nom de jeune fille par habitude ou parce qu'il n'avait pas envie d'associer son propre nom de famille à ce prénom.

— J'étais donc dans une impasse.
— Mais vous avez trouvé une sortie.

— Je n'en suis pas absolument sûr, répondit Sasagaki en allumant une deuxième cigarette. Je suis reparti de zéro, j'ai reconsidéré toute l'affaire d'un œil neuf. Cela m'a permis de voir un fait qui m'avait jusqu'alors échappé.
— Lequel ?
— C'est très simple. Une fille n'aurait pas pu passer par les conduites. Par conséquent, ce devait être un garçon qui était sorti du bâtiment de cette façon.
— Un garçon...
Shinozuka réfléchit quelques instants.
— Kirihara Ryōji aurait tué son père ?
— Oui. C'est la seule possibilité.

# 6

Cette solution ne s'était pas immédiatement imposée à lui. Un événement mineur l'avait conduit à voir le jeune garçon sous un autre jour.

Il était retourné dans la maison du prêteur sur gages où il n'était pas allé depuis longtemps. Il avait parlé de choses et d'autres avec Matsuura dans le but d'en savoir plus sur Kirihara Yōsuke. Matsuura n'avait pas cherché à dissimuler son déplaisir, répondant du bout des lèvres à ses questions. Sasagaki n'en était pas surpris car cela faisait plus d'un an que cet homme recevait la visite de policiers.

Matsuura venait de lui déclarer qu'il ne devait pas s'attendre à découvrir quelque chose de neuf ici lorsque Sasagaki remarqua un livre posé sur un coin du comptoir. Il le prit en main et demanda ce que c'était à Matsuura.

— Ça? C'est à Ryōji. Il a dû le poser là tout à l'heure et l'oublier.

— Ah bon. Il aime lire, ce garçon?

— Oui, beaucoup. Ce livre-ci est à lui, mais il allait souvent à la bibliothèque, avant.

— Il y allait souvent?

— Oui, répéta Matsuura avec une expression qui montrait qu'il se demandait quelle importance cela pouvait avoir.

Sasagaki hocha la tête, en cachant l'excitation qu'il ressentait.

Le titre du livre était *Autant en emporte le vent*. Sasagaki se souvenait que c'était le roman que Nishimoto Yukiho lisait lorsqu'il avait rendu visite à sa mère.

Il n'était pas convaincu que cela établissait un lien entre eux deux. Que deux enfants qui aiment la lecture aient lu le même livre était naturellement possible. De plus, le fils du prêteur sur gages et Yukiho ne le lisaient pas au même moment, puisqu'il l'avait vu chez elle un an auparavant.

Mais cette coïncidence l'intriguait. Sasagaki décida d'aller à la bibliothèque. Elle se trouvait à environ deux cents mètres du bâtiment où le corps de Kirihara avait été retrouvé, dans un petit immeuble gris.

Il montra une photo de Nishimoto Yukiho à la jeune bibliothécaire à lunettes qui lui fit l'impression d'avoir été une grande lectrice enfant. Elle hocha immédiatement la tête.

— Cette petite fille venait souvent avant. Elle empruntait beaucoup de livres, je me souviens bien d'elle.

— Elle venait seule?

— Oui, toujours. Euh… reprit-elle après une seconde d'hésitation. Non, parfois, elle était avec quelqu'un.

— Un garçon.

— Oui, je pense qu'ils étaient dans la même classe.

Il s'empressa de lui montrer une autre photo, celle de Kirihara Ryōji.

— Ce ne serait pas lui, par hasard.

— Si, je crois. Mais je n'en suis pas absolument certaine.

— Ils venaient toujours ensemble?

— Non, pas toujours. De temps en temps. Ils regardaient les livres ensemble. Et ils jouaient ici, à faire des découpages en papier.

— Des découpages?

— Oui, ce garçon était très doué et il lui montrait ce qu'il faisait. Je me souviens de leur avoir dit de faire attention à ne pas laisser tomber des bouts de papier par terre. Au risque de paraître insistante, je répète que je ne suis pas absolument sûre que c'était lui. Enfin, il ressemblait à la photo que vous m'avez montrée.

Peut-être craint-elle d'incriminer quelqu'un à tort, se dit Sasagaki qui était pour sa part quasiment certain qu'il s'agissait du fils du prêteur sur gages. Il n'avait pas oublié l'extraordinaire découpage qu'il avait vu dans sa chambre. Les deux enfants se retrouvaient ici. Ils l'avaient fait le jour du meurtre.

Pour lui, cela changeait tout. Sa vision de l'affaire n'était plus la même.

Cela renforça sa conviction que l'assassin avait pris la fuite par les conduites.

Kirihara Ryōji en était capable. Un garçon qui avait été dans sa classe en troisième et quatrième année à l'école primaire d'Ōe lui avait dit qu'ils avaient souvent joué au tunnel du temps dans le bâtiment. Selon lui, son camarade adorait ce jeu.

Avait-il un alibi pour le moment du crime ? Il aurait été chez lui, en compagnie de sa mère et de Matsuura. Qu'ils aient tous les deux menti pour le couvrir lui paraissait vraisemblable. L'enquête ne s'était à aucun moment intéressée à cette possibilité.

Mais…

Un enfant pouvait-il tuer son père ? Sasagaki savait que cela s'était produit à de multiples reprises dans la longue histoire du crime. Cela n'arrivait cependant que dans des circonstances extraordinaires, dans des cas réunissant des conditions et des mobiles précis. En réfléchissant à Kirihara et à son fils, Sasagaki fut forcé d'admettre qu'il ne les voyait pas. Personne n'avait jamais mentionné que le père et le fils étaient en mauvais termes. Au contraire, de nombreux témoignages soulignaient que la victime adorait son fils.

Sasagaki continua à enquêter à ce sujet, mais ne trouva rien qui étaie sa supposition. Faisait-il fausse route ?

Serait-ce sa frustration devant le manque de progrès qui avait enflammé son imagination ?

— J'ai compris que si j'en parlais à quelqu'un, je ne serais pas pris au sérieux. Et je n'ai fait part de cette idée à aucun de mes collègues. Parce que je savais que le faire m'exposerait à être considéré comme dérangé, et à être exclu de la cellule d'enquête, expliqua le vieux policier avec un sourire embarrassé, comme s'il cherchait à rire de lui-même.

— Mais quel mobile envisagiez-vous ? Vous aviez réfléchi à quelque chose ?

Sasagaki secoua la tête.

— Non, je dois avouer qu'à ce moment-là, ce n'était pas le cas. Je ne pouvais supposer que le fils avait tué le père simplement parce qu'il voulait le million de yens que son père avait sur lui.

— Vous avez dit "à ce moment-là". Aujourd'hui, vous avez changé d'avis ? demanda Kazunari en se penchant en avant.

Sasagaki leva les deux mains devant son visage pour lui signifier de garder son calme.

— Je vous demande un peu de patience. Mon enquête m'avait de nouveau conduit à un cul-de-sac, mais j'ai continué à suivre ces deux-là de loin. Ce qui ne veut pas dire que j'ai toujours gardé un œil sur eux. Non, quand j'avais le temps, j'allais poser des questions à leur sujet, pour savoir où ils continuaient leur scolarité, comment ils grandissaient, et je ne les ai jamais perdus de vue. J'étais persuadé que d'une façon ou d'une autre ils conservaient un lien entre eux.

— Et qu'en était-il ?

Sasagaki réagit à cette question de Kazunari en soupirant ostensiblement.

— Je ne l'ai jamais trouvé. De quelque manière que je regarde, ils étaient devenus de parfaits étrangers l'un pour l'autre. Si rien n'avait changé, j'aurais fini par me décourager.

— Et il s'est produit quelque chose ?

— Oui, quand ils étaient tous les deux en dernière année de collège, répondit Sasagaki en cherchant en vain une troisième cigarette dans son paquet vide.

Kazunari le remarqua et ouvrit le couvercle de la boîte en cristal qui se trouvait sur la table. Elle était remplie de cigarettes Kent.

— Je vous en prie, dit-il et Sasagaki se servit.

— En dernière année de collège… Serait-ce lié à l'agression subie par une des camarades de classe de Karasawa Yukiho ? demanda Kazunari en lui offrant du feu.

Sasagaki lui décocha un regard surpris.

— Vous êtes au courant ?

— M. Imaeda m'en a parlé.

Il lui expliqua qu'Imaeda lui avait dit qu'une camarade de classe de Yukiho avait été violée, et que Yukiho avait été la première à la trouver. Il ajouta qu'il avait alors raconté à Imaeda que cette agression ressemblait à celle qu'avait subie une jeune fille qu'il connaissait quand il était étudiant, et qu'Imaeda estimait que Yukiho faisait partie des similitudes entre les deux incidents.

— C'était un vrai enquêteur. Je ne savais pas qu'il était allé si loin. J'allais vous parler de ce deuxième viol.

— Vous aussi ?

— Oui, mais je ne voyais pas tout à fait les choses comme lui. Dans le cas de la première agression, le coupable n'a pas été arrêté, mais il y avait un suspect. Un autre garçon du même âge. Mais ce suspect avait un alibi qui l'a tiré d'affaire. Non, mon problème, c'était le suspect et la personne qui a confirmé son alibi, expliqua Sasagaki qui fumait la cigarette étrangère avec un plaisir visible. Le suspect s'appelait Kikuchi Fumihiko. C'était le grand frère du petit garçon qui avait découvert le cadavre du prêteur sur gages. Et son alibi a été confirmé par Kirihara Ryōji.

— Quoi ? lâcha Kazunari en sursautant légèrement. Sa réaction satisfit Sasagaki.

— C'est une histoire incroyable, n'est-ce pas ? Ce ne pouvait être une simple coïncidence, commenta-t-il.

— Comment s'explique-t-elle ?

— En réalité, j'ai entendu parler de cette agression plus d'un an après les faits. C'est Kikuchi Fumihiko lui-même qui me l'a racontée.

— Lui-même ?

— Oui, nous nous connaissions de vue depuis le meurtre. Je l'ai rencontré par hasard un jour, nous avons parlé, et il m'a raconté toute l'affaire en me disant qu'on l'avait soupçonné d'être l'auteur de l'agression.

Il l'avait croisé devant un sanctuaire shintō proche de l'école primaire d'Ōe. Kikuchi était lycéen à l'époque. Il lui avait parlé de son lycée, et soudain, comme si cela lui était revenu à l'esprit, il s'était mis à lui raconter l'affaire du viol.

— Voici comment les choses s'étaient passées. Au moment où a eu lieu l'agression, Kikuchi était au cinéma. Mais il était dans l'embarras car il n'avait pas de témoin. Il se trouve que Kirihara s'est alors manifesté : il était allé dans une librairie juste en face du cinéma, avec un autre camarade, et il avait vu Kikuchi y entrer. La police a interrogé son camarade, qui était lui aussi allé à l'école avec Kikuchi et qui a confirmé les dires de Kirihara. C'est ce qui a tiré Kikuchi d'affaire.

— Vous voulez dire, qui a permis sa mise hors de cause.

— Oui. Kikuchi s'est dit qu'il avait eu de la chance. Mais quelque temps après, Kirihara a pris contact avec lui pour lui dire de ne pas faire de bêtises s'il se sentait une dette à son égard.

— Ne pas faire de bêtises ?

— Kikuchi m'a expliqué qu'à ce moment-là, il était en possession d'une photo que lui avait remise un ami. Elle montrait la mère de Kirihara avec Matsuura, l'homme qui travaillait pour son mari. Sur la photo, ils sortaient ensemble d'un hôtel. Kikuchi l'avait montrée à Kirihara.

— Ce qui signifie qu'elle avait une liaison avec Matsuura ?

— Probablement. Mais laissons de côté cette histoire pour l'instant, répondit Sasagaki en faisant tomber sa cendre dans le cendrier. Kikuchi a remis la photo à Kirihara qui lui a fait jurer qu'il ne reparlerait à personne de l'assassinat de son père.

— Un prêté pour un rendu, en d'autres termes.

— Exactement. Par la suite, Kikuchi s'est rendu compte que les choses n'étaient peut-être pas aussi simples, et je crois que c'est ce qui l'a conduit à me parler de tout cela, expliqua Sasagaki en se souvenant du visage boutonneux de Kikuchi Fumihiko.

— Les choses n'étaient pas aussi simples ? Comment ça ?

— Il s'est dit qu'il était tombé dans un piège, répondit-il en tirant sur ce qui restait de sa cigarette. Kikuchi avait été soupçonné parce qu'on avait trouvé sur les lieux de l'agression son porte-clés. Mais il m'a assuré qu'il n'était pas allé là-bas, et que son porte-clés n'aurait pas pu tomber de sa poche.

— Il pensait que Kirihara le lui avait dérobé et l'avait placé là-bas pour le compromettre ?

— Exactement, et il croyait que Kirihara était le véritable coupable. Après l'avoir croisé devant le cinéma, il aurait commis l'agression sur cette jeune fille, et aurait fait en sorte d'incriminer Kikuchi.

— Kirihara savait-il que Kikuchi devait aller au cinéma ? demanda Kazunari d'un ton où s'entendait le doute.

— C'est tout le problème, fit Sasagaki en levant l'index. Il n'avait aucun souvenir d'en avoir parlé à Kirihara.

— Dans ce cas, Kirihara n'aurait pas pu lui tendre ce piège, non ?

— Vous avez raison. Et Kikuchi en était conscient.

Sasagaki n'avait pas oublié à quel point Kikuchi semblait mortifié d'être incapable de prouver ce qu'il affirmait.

— Toute cette histoire m'a intrigué, et j'ai lu le dossier concernant cette agression après cette conversation avec lui. Cela m'a conduit à une découverte stupéfiante.

— L'implication de Karasawa Yukiho.

— Exactement, dit-il en hochant la tête. C'est elle qui avait découvert la victime, une jeune fille du nom de Fujimura Miyako. Je me suis dit que ce ne pouvait être un hasard. Et je suis retourné voir Kikuchi pour m'assurer d'un détail.

— Lequel?

— Les circonstances qui avaient fait qu'il était allé au cinéma ce jour-là. C'est là que l'affaire se corse. Il s'interrompit pour finir le café froid qui restait dans sa chope. La mère de Kikuchi travaillait alors dans une pâtisserie du marché, et elle avait reçu ce jour-là un billet gratuit pour le cinéma. Plus précisément pour le film que Kikuchi mourait d'envie de voir, *Rocky*, valable uniquement le jour même. C'est pour cela qu'il y était allé.

Kazunari avait deviné la suite.

— Qui avait donné ce billet à sa mère?

— Sa mère se souvenait très bien de l'élégante jeune fille, à peu près du même âge que son fils, qui le lui avait donné, mais elle ignorait son nom.

— Karasawa Yukiho…

— Cela me semble raisonnable. Si l'on considère que toute cette agression avait été montée par Kirihara Ryōji et Karasawa Yukiho pour s'assurer du silence de Kikuchi, l'histoire se tient, non? Mais l'idée qu'ils ont pour cela sacrifié une jeune fille innocente me glace le sang.

— Cette demoiselle Fujimura n'avait peut-être pas été choisie au hasard.

Sasagaki le dévisagea.

— Que voulez-vous dire ?
— Elle avait été choisie pour une raison précise. C'est ce que M. Imaeda m'a dit.

Kazunari lui expliqua qu'elle avait fait preuve d'hostilité vis-à-vis de Yukiho, et qu'elle avait informé certaines de leurs camarades de classe de ses origines. Après l'agression, elle avait changé complètement d'attitude à son égard, ajouta-t-il. Sasagaki admit qu'il ignorait cet aspect de l'agression.

— Je n'étais pas au courant. Si je comprends bien, ils ont fait d'une pierre deux coups, gronda Sasagaki qui leva ensuite les yeux vers Kazunari. Je voudrais vous parler d'un sujet plutôt délicat, cette agression sur une jeune fille dont vous m'aviez parlé quand vous étiez étudiant. Vous croyez vraiment qu'il s'agit d'un hasard ?

Kazunari soutint son regard.

— Vous pensez que Karasawa Yukiho l'a voulue ?
— On ne peut pas l'exclure, non ?
— C'était aussi l'avis de M. Imaeda.
— Vraiment ? Cela ne m'étonne pas.
— Mais si c'est le cas, dans quel but ?
— Parce qu'ils croient qu'agir ainsi est le moyen le plus expéditif de ravir l'âme de la personne agressée.
— Ravir son âme…
— Oui. À l'origine de cette croyance qu'ils partagent, il y a probablement le mobile qui les a poussés à tuer le prêteur sur gages.

Le téléphone posé sur le bureau de Kazunari sonna alors qu'il écarquillait les yeux en regardant le vieux policier.

# 7

Shinozuka Kazunari claqua de la langue.
— Je vous prie de m'excuser, dit-il avant de se lever.
Il répondit au téléphone, échangea quelques mots à voix basse avec son correspondant, et revint très vite s'asseoir à côté de Sasagaki.
— Toutes mes excuses.
— Vous avez le temps de continuer ?
— Oui, tout à fait. L'appel ne concernait pas mon travail, mais une enquête que je mène à titre personnel.
— Une enquête ?
— Oui, fit Kazunari en hochant la tête, avec une expression pensive. Tout à l'heure, vous m'avez complimenté sur ma réussite, n'est-ce pas ? reprit-il immédiatement.
— Oui, acquiesça Sasagaki en se demandant s'il n'aurait pas dû.
— En réalité, j'ai plutôt été mis sur une voie de garage.
— Sur une voie de garage ? Vous plaisantez ! s'écria le vieux policier en riant. Vous, un Shinozuka ?
Kazunari ne partagea pas son hilarité.
— Vous avez entendu parler d'Unix, la firme pharmaceutique ?
— Oui.
— Il se passe des choses étranges depuis l'année dernière. Unix est notre concurrent, mais il semble certain qu'il a bénéficié de fuites d'informations de chez nous.

— Ah bon ?

— Une source interne à Unix l'a confirmé. Même si Unix ne le reconnaît pas officiellement, expliqua Kazunari avec un léger sourire.

— Je sais que ces histoires de recherche sont complexes. Mais en quoi cela vous concerne-t-il ?

— Selon cette source interne de chez Unix, ce serait moi qui leur aurais fourni ces informations.

Sasagaki le regarda, éberlué.

— C'est un mensonge, n'est-ce pas ?

— Bien sûr. C'est totalement faux, répondit Kazunari en secouant la tête. Je n'y comprends rien. Je n'ai même pas pu identifier cette source interne de notre concurrent. Il nous a uniquement contactés par téléphone et par courrier. Le seul élément certain, c'est qu'Unix est en possession d'informations internes à notre société. Lorsque nos chercheurs ont vu lesquelles, ils ont blêmi.

— Mais vous n'avez aucune raison de faire une chose pareille.

— Je pense que quelqu'un a voulu me piéger.

— Vous soupçonnez quelqu'un ?

— Non, personne, répondit immédiatement Kazunari.

— Je comprends. Mais de là à vous mettre sur une voie de garage… lâcha Sasagaki, pensif.

— Heureusement, les membres du conseil d'administration n'y croient apparemment pas. Mais la société ne pouvait pas rester sans rien faire. Et en général, on pense que s'il y a eu piège, il doit aussi y avoir une raison pour cela.

Sasagaki ne trouva rien à lui répondre.

— Et ce n'est pas tout, reprit Kazunari. Parmi les membres du conseil d'administration, il y en a un qui souhaite me mettre à l'écart.

— Et c'est…

— Mon cousin, Yasuharu.

— Ah…

Sasagaki eut l'impression de mieux comprendre.

— Il y a vu une bonne occasion de se débarrasser de moi, parce que j'avais osé m'opposer à son mariage. Bon, il m'a dit que cette mutation serait temporaire mais je n'en suis pas si sûr.

— Et quel est l'objet de votre enquête ?

— De déterminer comment Unix a eu accès à ces informations.

— Vous en savez plus à ce sujet ?

— Jusqu'à un certain point. Le voleur s'est introduit dans notre système informatique.

— Dans votre système informatique ?

— Nous sommes en avance sur le plan informatique. Toute notre société est en réseau, et nous avons aussi une connexion directe avec plusieurs établissements de recherche. C'est de cette manière que le voleur a pénétré dans notre système. Il s'agissait de ce qu'on appelle un hacker.

Sasagaki se tut à nouveau. C'était un domaine qu'il ne maîtrisait pas.

Kazunari dut le deviner car il esquissa un sourire.

— C'est moins compliqué que cela n'en a l'air. Le hacker est entré dans notre système grâce à une ligne téléphonique. L'enquête a permis d'établir où a eu lieu cet accès. Il s'agit d'un terminal informatique de la faculté de pharmacie de l'université Teito. Ce hacker s'est introduit dans leur système, et de là dans le nôtre. Mais il est extrêmement difficile de trouver à partir d'où il l'a fait.

— L'université Teito…

Ce nom lui disait quelque chose. Il réfléchit quelques instants et se rappela sa conversation avec Sugawara Eri. Elle lui avait dit que la femme qui était venue voir Imaeda était pharmacienne à l'hôpital de cette université.

— Vous avez mentionné la faculté de pharmacie, n'est-ce pas ? Est-ce qu'une pharmacienne de cet hôpital aurait accès à cette connexion ?

— Oui, en principe. Mais même si ce réseau est connecté au nôtre, il ne permet pas l'accès à toutes nos données. Notre système comporte des protections multiples. Ce hacker est quelqu'un qui possède à fond l'informatique. C'est probablement un professionnel.

— Un professionnel de l'informatique, dites-vous…

Sasagaki pensa à nouveau que cela lui rappelait quelque chose. Il ne connaissait qu'un expert dans ce domaine. Il y avait d'une part cette pharmacienne, et d'autre part ce hacker qui avait tendu un piège à Shinozuka Kazunari. Pouvait-il s'agir d'un hasard ?

— Que se passe-t-il ? s'enquit Kazunari d'un ton soupçonneux.

— Rien, répondit le vieux policier en faisant un geste de dénégation de la main. Rien du tout.

— Cette histoire nous a fait perdre le fil de notre conversation, remarqua Kazunari en se redressant. Vous voulez bien continuer ?

— Oui. Où en étions-nous ?

— Nous parlions du mobile, de ce qui les poussait tous les deux à agir.

— Oui, c'est vrai, répondit Sasagaki en se redressant à son tour.

## 8

Mika vécut ce moment comme un trou d'air.

C'était un samedi après-midi. Elle lisait un magazine dans sa chambre en écoutant de la musique, comme elle le faisait souvent. Une tasse de thé vide et une assiette où il restait quelques petits gâteaux étaient posées sur la table. Taeko les lui avait apportées une vingtaine de minutes auparavant.

— Mika, je dois sortir maintenant. Je te confie la maison.
— Vous fermerez la porte à clé, n'est-ce pas?
— Oui, bien sûr.
— Dans ce cas, d'accord. Je n'ouvrirai à personne, déclara Mika allongée sur son lit.

Son père jouait au golf, Yukiho était au travail. Son petit frère qui était parti chez ses grands-parents ne reviendrait que le lendemain.

Depuis la mort de sa mère, elle était souvent seule à la maison. Au début, elle avait souffert de la solitude, mais à présent, elle l'appréciait. Elle la préférait à la compagnie de Yukiho.

Au moment où elle se leva pour changer de disque, le téléphone sonna. Elle fit la grimace. Elle aurait aimé que ce soit une amie qui l'appelle, mais elle n'y croyait pas. La maison avait trois lignes de téléphone, une pour son père, une pour sa belle-mère, et la troisième pour toute la famille. Elle avait demandé à son père d'avoir la sienne, mais il n'avait pas accepté.

Elle sortit de sa chambre pour aller répondre. Il y avait un téléphone dans le couloir. Elle décrocha et entendit une voix masculine qui demanda à parler à Shinozuka Mika.

— C'est moi.

— Je dois vous livrer un paquet de la part de Mlle Hishikawa Tomoko. Ce serait possible maintenant ?

Qu'un service de livraison s'annonce de cette manière lui parut étrange. Mais elle se dit que cela pouvait se produire et n'y pensa plus, heureuse d'entendre le nom d'une camarade de classe qui avait déménagé à Nagoya quelques mois plus tôt.

— Oui, répondit-elle.

L'homme lui dit qu'il arrivait et raccrocha.

Quelques minutes plus tard, la sonnette retentit. Mika était descendue dans la salle à manger. Elle vit sur l'écran de l'interphone un homme habillé en livreur, un grand carton dans les bras.

— Bonjour, c'est le livreur.

— Je vous ouvre, dit-elle en appuyant sur le bouton qui ouvrait la porte de service sur la rue.

Elle prit son sceau et alla dans l'entrée. Quelques instants plus tard, la sonnette retentit à nouveau. Elle ouvrit la porte. L'homme était là.

— Où puis-je le déposer ? C'est assez lourd.

— Laissez-le là, s'il vous plaît, répondit-elle en montrant le sol du vestibule.

Il entra et fit comme elle le lui avait demandé. Il portait des lunettes et une casquette sur la tête.

— Pouvez-vous apposer votre sceau ici ? demanda l'homme en lui tendant un papier.

— Où exactement ?

— Ici, dit-il en s'approchant d'elle qui avait fait un pas dans sa direction.

Elle s'exécuta.

Au même instant, il retira la feuille.

Elle n'eut pas le temps de pousser un seul cri. L'homme avait mis quelque chose sur sa bouche. Ce doit être un chiffon, eut-elle le temps de penser avant de perdre conscience.

Elle avait perdu la notion du temps. Ses oreilles sifflaient, mais uniquement quand elle était consciente. Parfois, elle n'entendait ni ne sentait plus rien. Elle n'arrivait pas à bouger, comme si ses bras et ses jambes ne lui appartenaient plus.

La seule chose qu'elle ressentait en permanence était une douleur si violente qu'elle n'arrivait pas à identifier son origine. Son corps était comme engourdi par la souffrance.

L'homme était tout près d'elle. Elle ne le voyait pas mais entendait sa respiration rauque.

Elle avait la certitude qu'il était en train de la violer mais elle était incapable de lutter contre lui. Étrangement, elle avait aussi l'impression de voir toute la scène se dérouler sous ses yeux.

Sa panique était plus forte que ce qu'elle avait jamais vécu, elle avait le sentiment de tomber dans un abîme sans fond, qui lui paraissait infernal.

Peut-être était-elle encore inconsciente lorsque la tourmente prit fin. La vue fut le premier sens qui lui revint. Elle distinguait des pots de fleurs. Des cactus. Elle comprit que c'était ceux que Yukiho avait apportés de la maison de sa mère à Osaka.

Puis elle perçut un bruit de voiture et le murmure du vent. Elle entendait à nouveau.

Elle était dehors. Dans le jardin, allongée sur la pelouse. Elle voyait un filet, celui que son père utilisait quand il s'entraînait au golf.

Elle se releva à moitié. Son corps était douloureux, couvert d'égratignures et de bleus. Mais la douleur qu'elle ressentait dans ses organes était plus forte encore, comme si on avait voulu les lui arracher.

Le vent était froid. Cette pensée lui fit découvrir qu'elle était presque nue. Ou plutôt couverte de haillons. C'était tout ce qui restait de ce chemisier qu'elle aimait tant. Elle avait encore sa jupe, mais plus sa culotte. Le ciel rougissait.

— Mika ! cria une voix.

Elle tourna la tête vers son origine. Yukiho venait vers elle en courant. Elle la regarda comme si elle était irréelle.

9

Les poignées du sac plastique qui contenait des bouteilles d'eau minérale et son repas s'enfonçaient dans la chair de ses doigts. Elle ouvrit la porte de son appartement.

Elle aurait aimé dire : "bonjour". Mais elle savait que personne ne l'entendrait.

Kurihara Noriko déposa ses courses devant le réfrigérateur et ouvrit la porte de la pièce du fond. La silhouette blanche de l'ordinateur était visible dans la pénombre. Autrefois, son écran luisait, et son ventilateur tournait en émettant un ronronnement.

Elle retourna dans la cuisine et rangea les produits frais dans le réfrigérateur et les surgelés dans le compartiment congélation. Puis elle prit une canette de bière.

Elle alla dans la pièce à tatamis, alluma la télévision et mit en route le radiateur électrique. Pendant qu'elle attendait que la pièce se réchauffe, elle se couvrit les genoux d'une couverture roulée en boule dans un coin de la pièce et tourna les yeux vers l'écran. Un duo de comiques se lançait des défis. Celui qui perdrait devrait faire un saut à l'élastique. Une émission stupide, se dit-elle. Autrefois, elle ne l'aurait pas regardée, mais aujourd'hui, cela lui convenait mieux que quelque chose de sérieux qui lui aurait fait utiliser son cerveau. Elle n'en avait surtout pas envie, seule dans son appartement sombre et froid.

Elle tira sur la languette de la canette et but une gorgée de bière. Le liquide froid coula de sa gorge à son estomac. Elle eut la chair de poule et frissonna. Mais la sensation était plaisante. Voilà pourquoi il y avait toujours de la bière chez elle, même en plein hiver. Comme il y en avait l'hiver dernier. Il aimait en boire, surtout en hiver. Il disait que cela apaisait ses nerfs.

Noriko serra ses genoux entre ses bras. Il fallait qu'elle mange quelque chose. Elle avait acheté un plat tout préparé à la supérette et n'avait qu'à le réchauffer, une tâche qui lui paraissait quasiment insurmontable. Elle ne s'en sentait pas l'énergie. D'ailleurs, elle n'avait pas faim.

Elle augmenta le volume de la télévision. Le bruit lui donnait l'impression qu'il faisait moins froid. Elle se rapprocha du radiateur.

Autrefois, elle n'était pas comme ça. Elle préférait la solitude. C'est d'ailleurs pour cela qu'elle avait mis fin à son contrat avec l'agence matrimoniale.

Mais Akiyoshi Yūichi avait tout changé pour elle. Il lui avait fait découvrir le plaisir de vivre avec un être cher. Maintenant que ce cadeau lui avait été retiré, elle était incapable de revenir à sa vie d'avant.

Elle but la bière en s'efforçant de ne pas penser à lui. Mais elle ne réussit pas à chasser de sa tête la vision qui occupait son esprit, Akiyoshi, assis devant son ordinateur. Pendant l'année qui venait de s'écouler, il avait toujours été là.

Lorsque la canette fut vide, elle l'écrasa entre ses mains et la posa sur la table basse. Il y en avait déjà deux autres, celle d'hier et celle d'avant-hier. Ces derniers temps, elle négligeait le ménage.

Bon, je vais me faire à manger, se dit-elle et elle se releva. Au même moment, on sonna à sa porte.

Elle alla ouvrir et vit un homme d'une soixantaine d'années. Grand, le regard vif, il portait un manteau fatigué. Elle devina instinctivement sa profession et eut un mauvais pressentiment.

— Vous êtes Kurihara Noriko, n'est-ce pas ?

Il avait l'accent du Kansai.

— Oui, et vous ?

— Mon nom est Sasagaki, je viens d'Osaka, répondit-il en lui tendant une carte de visite où elle lut son nom, Sasagaki Junzō, et rien d'autre. J'ai pris ma retraite de la police ce printemps, ajouta-t-il comme pour la compléter.

Son intuition ne l'avait pas trompée.

— Je voudrais vous poser quelques questions. Auriez-vous du temps à m'accorder ?

— Maintenant ?

— Oui. Il y a un café tout près, nous pourrions y aller.

Noriko hésita. Elle n'avait pas envie de laisser entrer chez elle un homme qu'elle ne connaissait pas mais sa réticence à sortir l'emporta.

— Vos questions sont à quel sujet ?

— Diverses choses. Et en particulier, ce qui vous a amenée à vous rendre au bureau de M. Imaeda.

— Ah ! lâcha-t-elle malgré elle.

— Vous êtes allée dans son bureau qui se trouve à Shinjuku, n'est-ce pas ? Je voudrais d'abord vous parler de cela, expliqua-t-il en lui adressant un sourire poli.

L'angoisse envahit Noriko. Que voulait-il savoir ? Elle avait cependant le sentiment qu'elle pourrait apprendre quelque chose de lui. Peut-être obtiendrait-elle quelques indices sur Akiyoshi.

Elle hésita quelques secondes, puis ouvrit largement la porte.

— Entrez, je vous prie.

— Je ne vous dérange pas ?

— Non, mais je vous préviens, mon appartement est en désordre.

— Je vous remercie, dit-il.

Elle perçut une odeur de vieille personne quand il passa à côté d'elle.

Noriko était passée au bureau d'Imaeda en septembre, deux semaines après la disparition d'Akiyoshi. Il était parti soudainement, sans aucun signe avant-coureur. Elle avait immédiatement été convaincue qu'il n'avait pas été la victime d'un accident, car elle avait trouvé dans sa boîte aux lettres une enveloppe contenant la clé de l'appartement. Il avait laissé la plupart de ses affaires, peu nombreuses au demeurant, et rien de précieux.

La seule chose qui montrait qu'il avait vécu ici était son ordinateur. Mais Noriko ne savait pas s'en servir. Après avoir mûrement réfléchi, elle avait fini par inviter chez elle une amie qui s'y connaissait dans ce domaine et lui avait demandé de lui dire ce que l'ordinateur contenait, consciente des soupçons que cela éveillerait. Son amie, qui était journaliste free-lance, l'avait examiné, ainsi que toutes les disquettes qu'il avait laissées, et lui avait dit que tout avait été effacé, jusqu'au système d'exploitation.

Noriko s'était ensuite demandé si elle avait un moyen de retrouver son adresse et avait pensé au classeur vide qu'il avait rapporté un jour. Elle se rappelait ce qu'elle y avait lu : "Bureau d'enquêtes Imaeda".

Le lendemain, elle était allée à l'adresse qu'elle avait trouvée dans l'annuaire, dans l'espoir de découvrir quelque chose.

Mais cela n'avait pas été le cas. La jeune fille qui l'avait accueillie lui avait dit qu'il n'y avait aucun dossier établi au nom d'Akiyoshi.

Noriko se disait qu'elle avait exploré toutes les pistes dont elle disposait. Elle ne s'attendait pas du tout à ce que cette visite fasse venir chez elle ce dénommé Sasagaki.

Il commença par lui poser des questions à ce sujet. Noriko hésita avant de lui expliquer brièvement les raisons de sa visite. Sasagaki parut légèrement étonné d'apprendre que l'homme qui vivait avec elle avait soudainement disparu.

— Cela semble étrange qu'il ait eu un classeur vide avec le nom d'Imaeda dessus. Mais vous n'aviez pas d'autres indices ? Vous avez contacté ses amis, ses connaissances, sa famille ?

Elle fit non de la tête.

— Je ne pouvais pas. Je ne sais rien de lui.

— C'est une histoire étrange, commenta-t-il, perplexe.

— Mais vous, monsieur Sasagaki, sur quoi porte votre enquête ?

— Pour tout vous dire, M. Imaeda lui-même a disparu d'une manière mystérieuse, répondit-il après une brève hésitation.

— Quoi ?

— C'est une histoire assez compliquée, trop longue à vous raconter, mais je le cherche et je n'ai aucun indice. Et je suis venu vous voir parce que je ne voyais pas quoi faire d'autre. Toutes mes excuses, dit-il inclinant sa tête presque blanche devant elle.

— Ah vraiment… Et ce M. Imaeda, il a disparu quand ?

— Pendant l'été de l'année dernière. En août.

— En août…

Elle essaya de se rappeler cette époque et retint son souffle. C'était en août qu'Akiyoshi était allé quelque part en emportant avec lui le cyanure et qu'il était revenu avec ce classeur vide où le nom d'Imaeda apparaissait.

— Vous vous sentez mal ? demanda l'ancien policier à qui sa réaction n'avait pas échappé.

— Euh… non… ce n'est rien, s'empressa de répondre Noriko en faisant un geste de dénégation.

— À ce propos… reprit Sasagaki en sortant une photo de sa poche. Auriez-vous déjà vu cet homme ?

Elle prit la photo, et faillit pousser un cri en voyant qui elle représentait. Akiyoshi était plus jeune, mais il s'agissait sans aucun doute de lui.

— Alors ?

Le cœur de Noriko battait si fort qu'elle avait du mal à respirer. Différentes suppositions tournoyaient dans son esprit. Devait-elle lui dire la vérité ? Mais le fait qu'il ait la photo sur lui l'inquiétait. Akiyoshi était-il soupçonné de quelque chose ? D'avoir tué Imaeda ? Elle ne voulait pas y croire.

— Je n'ai jamais vu cet homme, répondit-elle avant de lui rendre la photo.

Ses doigts tremblaient, et elle devinait qu'elle était toute rouge. Sasagaki scruta son visage, avec le regard d'un policier. Elle ne put s'empêcher de détourner les yeux.

— Vraiment ? C'est dommage, dit-il calmement en remettant la photo dans sa poche. Eh bien, je vais vous quitter. Il se leva. Ah... pourrais-je vous demander de me montrer ce que l'homme que vous cherchez a laissé ici ? demanda-t-il comme s'il venait d'y penser. Cela pourrait peut-être m'aider.

— Vous voulez dire, des choses à lui ?
— Oui. Vous vous y opposez ?
— Non, pas du tout.

Noriko le conduisit dans la pièce à l'occidentale. Il s'approcha de l'ordinateur.

— M. Akiyoshi utilisait cet ordinateur ?
— Oui, il était en train d'écrire un roman.
— Un roman ?

Il s'approcha de l'ordinateur et le regarda sous tous les angles.

— Auriez-vous par hasard une photo de lui ?
— Euh... non.
— Même si elle n'est pas de lui, une photo où on le voit ?
— Je suis désolée, mais je n'en ai pas. Nous n'en avons pas pris.

Elle ne mentait pas. Elle aurait bien voulu, mais il avait refusé chaque fois qu'elle l'avait proposé. C'était pour cela qu'elle n'arrivait plus à se souvenir précisément de ses traits.

Sasagaki fit oui de la tête mais elle perçut le scepticisme de son regard. Elle essaya avec anxiété de deviner ce qu'il pouvait penser.

— Vous n'auriez pas par hasard quelque chose que M. Akiyoshi aurait écrit à la main? Une note, ou son journal?

— Non, je ne pense pas. Même s'il en avait tenu un, il ne l'a pas laissé ici.

— Bon, fit Sasagaki en faisant encore une fois le tour de la pièce des yeux. Je vous remercie.

— Je suis désolée de ne pas avoir pu vous aider, dit-elle.

Les pensées défilaient à toute vitesse dans la tête de Noriko pendant que le vieux policier enfilait ses chaussures dans l'entrée. Il devait savoir quelque chose au sujet d'Akiyoshi. Elle avait envie de lui demander quoi. Mais elle redoutait que cela n'ait des conséquences néfastes pour Akiyoshi si elle lui disait qu'il était l'homme de la photo. Même si elle s'était résignée à l'idée de ne plus jamais le revoir, il demeurait pour elle la personne la plus importante au monde.

Sasagaki se tourna à nouveau vers elle, une fois qu'il eut remis ses chaussures.

— Je vous remercie de votre accueil.

— Je vous en prie, répondit-elle, la voix embarrassée.

Sasagaki fit à nouveau le tour de la pièce des yeux. Son regard s'arrêta sur un objet précis.

— Et c'est quoi, ça? demanda-t-il en désignant du doigt un petit carnet posé à côté du téléphone. Un album de photos, non?

— Oui, répondit-elle en tendant la main pour prendre le petit album qui lui avait été offert par le photographe. Ce n'est rien de bien intéressant. Il date d'un voyage à Osaka l'année dernière.

— À Osaka? répéta Sasagaki, les yeux brillants. Pourrais-je le voir?

— Je veux bien, mais ce ne sont que des photos de bâtiments, répondit-elle en le lui remettant.

Elle ne les avait pas prises quand ils étaient allés ensemble dans son quartier, mais quand elle y était retournée seule. On y voyait le vieux bâtiment, des maisons individuelles, des choses qui ne pouvaient intéresser personne, qu'elle avait photographiées, poussée par une certaine malice. Elle ne les avait jamais montrées à Akiyoshi.

La réaction de Sasagaki la prit au dépourvu. Il regarda les photos en écarquillant les yeux, bouche bée.

— Euh… cela vous dit quelque chose ? demanda-t-elle.

Il ne lui répondit pas immédiatement, tant l'album l'intéressait. Puis il le lui tendit, ouvert.

— Vous êtes allée devant l'échoppe de ce prêteur sur gages, mais pourquoi l'avez-vous prise en photo ?

— Euh… Il n'y a pas de raison particulière.

— Et ce bâtiment m'intrigue. Il vous plaisait pour que vous le preniez en photo ?

— Mais pourquoi me demandez-vous cela ?

Sasagaki remit la main dans sa poche et en ressortit la photo de tout à l'heure.

— Je vais vous apprendre quelque chose d'intéressant. Vous voyez ce panneau sur la photo que vous avez prise de cette échoppe ? Il y a marqué "Kirihara", n'est-ce pas ? C'est le vrai nom de cet homme. Kirihara Ryōji, pour être tout à fait précis.

# 10

Le bout de ses orteils était glacé. Elle était allongée dans son lit depuis quelque temps, mais elle avait toujours aussi froid. La tête enfoncée dans l'oreiller, elle était roulée en boule comme un chat.

Elle claquait des dents, incapable de contrôler les tremblements de son corps.

Elle ferma les yeux et essaya en vain de trouver le sommeil. Chaque fois qu'elle s'assoupissait, elle revoyait son agresseur sans visage et se réveillait, terrifiée, couverte de sueur, le cœur battant si fort qu'elle avait l'impression qu'il allait exploser.

Depuis combien d'heures était-elle allongée dans son lit? Finirait-elle par s'endormir?

Elle ne voulait pas croire que ce qui lui était arrivé aujourd'hui était réel. Elle aurait voulu que ce soit un jour comme les autres. Mais elle n'avait pas rêvé. La douleur qu'elle ressentait au bas-ventre en était la preuve.

Elle se souvenait de la voix de Yukiho qui lui disait de lui faire confiance, qu'elle allait s'occuper de tout. Mais elle n'arrivait pas à se rappeler comment elle était soudain apparue à côté d'elle. Elle ne savait plus ce qu'elle lui avait raconté. D'ailleurs, elle ne croyait pas avoir parlé du tout. Mais Yukiho avait semblé comprendre instantanément ce qui s'était passé. Lorsqu'elle avait pleinement repris conscience, elle était habillée et assise dans la BMW de Yukiho. Celle-ci téléphonait tout en conduisant. Elle n'avait pas compris de quoi sa belle-mère parlait, parce que son débit était très rapide, et que son esprit à elle ne fonctionnait pas encore très bien. Mais elle se souvenait que Yukiho avait répété à plusieurs reprises qu'elle exigeait le secret absolu.

Elle l'avait conduite dans un hôpital dans lequel elles n'étaient pas entrées par la grande porte mais par l'arrière. Sur le moment, elle ne s'était pas demandé pourquoi. Elle n'était pas encore redevenue elle-même.

Elle ignorait quels examens on lui avait fait subir et quels soins on lui avait prodigués. Elle avait gardé les yeux fermés pendant tout le temps qu'elles avaient passé là-bas.

Elles avaient quitté l'hôpital au bout d'une heure.

— Tu n'as plus de souci à te faire pour ta santé, lui avait doucement déclaré Yukiho dans la voiture.

Elle ne se souvenait pas de ce qu'elle lui avait répondu. Peut-être s'était-elle simplement tue.

Yukiho n'avait mentionné la police à aucun moment. Elle ne lui avait pas non plus posé de questions sur les circonstances de l'agression. Cela ne semblait pas avoir d'importance pour elle. Mika lui en avait été reconnaissante. Elle n'était pas capable d'en parler, et elle avait peur que cela se sache.

La voiture de son père était dans le garage lorsqu'elles étaient arrivées à la maison. Elle avait frémi en la voyant. Que devait-elle lui dire ?

Yukiho lui avait immédiatement expliqué que ce n'était pas grave de mentir à un moment pareil. "Je vais dire à ton père que je t'ai emmenée chez le médecin parce que tu avais de la fièvre. Taeko t'apportera ton repas dans ta chambre."

Mika avait compris que tout resterait un secret entre elles. Elle partagerait un secret avec cette femme qu'elle détestait le plus au monde…

Yukiho avait remarquablement joué la comédie devant son père. Elle lui avait exactement dit ce qu'elle avait dit qu'elle dirait. Yasuharu avait paru inquiet mais elle l'avait rassuré en lui disant que le médecin lui avait donné ce qu'il fallait. Il n'avait pas du tout semblé préoccupé de voir Mika dans un état si différent de l'ordinaire. Au contraire, il avait paru satisfait en apprenant que Mika s'était laissé conduire à l'hôpital par Yukiho malgré l'aversion qu'elle lui manifestait d'ordinaire.

Depuis, Mika était dans sa chambre. Taeko lui avait apporté son dîner. Elle avait fait semblant de dormir pendant qu'elle le disposait sur la table.

Elle n'avait pas faim du tout. Elle avait cependant essayé d'avaler un peu de soupe et du gratin mais avait vite arrêté car cela lui avait donné la nausée. Elle s'était recouchée.

Sa terreur s'accentuait au fil des heures. Toutes les lampes de sa chambre étaient éteintes. Elle avait peur dans le noir, mais craignait encore plus d'être visible si la lumière était allumée. Elle ne voulait plus qu'on la voie, elle souhaitait devenir un petit poisson qui nage à l'abri des rochers.

Quelle heure pouvait-il être? Combien de temps allait-elle devoir attendre jusqu'au lever du jour? Connaîtrait-elle d'autres nuits comme celle-ci? Elle se mordit l'index, submergée par l'angoisse.

Au même moment, elle entendit un bruit du côté de la porte.

Elle tourna les yeux et comprit qu'elle s'ouvrait dans l'obscurité. Quelqu'un entrait.

— Qui est là? demanda-t-elle d'une voix rauque à la silhouette vêtue d'un déshabillé argenté.

— Je pensais bien que tu ne dormais pas, fit la voix de Yukiho.

Mika détourna les yeux. Elle ne savait quelle conduite adopter avec cette femme qui partageait son abominable secret.

— Partez! Laissez-moi tranquille!

Yukiho ne répondit pas. Elle ôta son déshabillé en silence. Son corps blanchâtre apparut dans l'obscurité.

Elle se glissa si rapidement dans le lit que Mika n'eut même pas le temps de protester. Elle voulut partir mais Yukiho la retint avec une force inattendue.

Elle était allongée au-dessus d'elle en la maintenant, les bras en croix. Ses deux seins voluptueux se balançaient au-dessus des siens.

— Arrêtez !

— C'est ce qu'il t'a fait ? C'est comme ça qu'il t'a maintenue ?

Mika tourna la tête de côté. Mais Yukiho attrapa son visage par le menton pour qu'elle la regarde.

— Ne détourne pas les yeux. Regarde-moi. Dans les yeux.

Mika s'exécuta craintivement. Les grands yeux en amande de Yukiho étaient fixés sur elle. Son visage était si proche du sien qu'elle sentait son haleine.

— Quand tu essaies de dormir, ce qui s'est passé te revient, n'est-ce pas ? Tu as peur de fermer les yeux, et de dormir parce que tu pourrais en rêver. C'est ça, hein ?

— Oui, fit Mika d'une toute petite voix.

Yukiho hocha la tête.

— Regarde-moi bien. Quand tu penses au visage de cet homme, mets mon visage à la place. Pense à ce que je te fais maintenant, dit-elle en pesant de tout son poids sur elle, ce qui immobilisa Mika complètement. Ou bien préférerais-tu revoir le visage de ton agresseur plutôt que le mien ?

Mika fit non de la tête et Yukiho esquissa un sourire.

— Tu es une bonne petite. Ne t'en fais pas, tu te remettras vite. Je veillerai sur toi.

Elle mit ses deux mains autour du menton de Mika et commença à le caresser doucement.

— Moi aussi, j'ai subi ce que tu as subi. Non, j'ai subi pire.

Mika ouvrit la bouche pour pousser un cri, mais Yukiho lui mit l'index sur les lèvres.

— J'étais bien plus jeune que toi, j'étais encore une enfant. Mais même les enfants peuvent se faire attaquer par un démon. Et il n'y en a pas eu qu'un seul.

Ce n'est pas vrai, voulut dire Mika sans y réussir.

— Je te plains, et je me plains d'avoir subi cela, continua-t-elle en serrant la tête de Mika dans ses bras.

Cela rompit une digue à l'intérieur de la jeune fille. Elle eut le sentiment que quelque chose comme un nerf venait de claquer en elle. Toutes les émotions que cette chose retenait jaillirent comme une inondation et envahirent son cœur.

Elle se mit à sangloter dans les bras de Yukiho.

## 11

Sasagaki et Shinozuka Kazunari décidèrent d'aller chez Shinozuka Yasuharu un dimanche à la mi-décembre. Sasagaki était monté à Tokyo dans ce but.

— Vous croyez qu'il acceptera de nous voir ? demanda le vieux policier dans la voiture.

— J'ai du mal à imaginer qu'il nous chasse.

— Pourvu qu'il soit chez lui.

— Ne vous en faites pas pour cela. J'ai un informateur chez lui.

— Un informateur ?

— La gouvernante.

La Mercedes conduite par Kazunari arriva là-bas juste après deux heures de l'après-midi. Il la gara dans l'espace prévu pour les visiteurs à côté de l'entrée.

— Impossible de voir la maison de l'extérieur, commenta Sasagaki en levant les yeux vers le portail et le mur qui entourait la propriété.

Kazunari appuya sur l'interphone du porche.

— Bonjour, monsieur Kazunari. Cela faisait longtemps, répondit immédiatement la voix de la gouvernante.

Sasagaki se dit qu'il devait y avoir une caméra de surveillance.

— Bonjour Taeko. Mon cousin est là ?

— Oui. Un instant s'il vous plaît.

Une ou deux minutes plus tard, une voix sortit à nouveau de l'interphone.

— Passez par le jardin, s'il vous plaît.
— Très bien.

Immédiatement, la petite porte de service émit un bruit métallique. Elle était ouverte.

Sasagaki suivit Kazunari à l'intérieur. Le chemin dallé qui menait à la maison et le jardin lui firent penser à un film occidental.

Deux femmes sortirent de la maison. Il n'eut pas besoin que Kazunari lui dise qu'il s'agissait de Yukiho et de Shinozuka Mika.

— On fait quoi ? chuchota Kazunari.
— Présentez-moi comme vous voulez, lui répondit tout bas Sasagaki.

Les deux hommes marchaient lentement. Yukiho leur adressa un sourire, et ils s'arrêtèrent tous les quatre au milieu du chemin.

— Bonjour, fit Kazunari.
— Cela faisait longtemps, tu vas bien ? lui demanda Yukiho.
— Très bien, merci. Et toi ?
— Bien, merci.
— La boutique d'Osaka ne va pas tarder à ouvrir. Tout se passe bien là-bas ?
— Oui et non… Rien ne se déroule jamais comme prévu. Il faudrait que je puisse me dédoubler. D'ailleurs, j'ai un rendez-vous à ce sujet plus tard.
— Ah bon… Ce n'est pas simple. Et tu vas bien, Mika ? demanda-t-il en se tournant vers la jeune fille.

Elle répondit d'un hochement de tête. Sasagaki lui trouvait quelque chose de transparent. Il n'avait nullement l'impression qu'elle ne s'entendait pas avec sa belle-mère comme le lui avait dit Kazunari, et cela l'étonnait.

— J'emmène Mika avec moi parce que je veux lui trouver de quoi s'habiller pour Noël, ajouta Yukiho.
— Ah… Très bien.

— Et ce monsieur, c'est…? demanda Yukiho en regardant Sasagaki.
— Quelqu'un avec qui je travaille.
— Enchanté, fit Sasagaki en baissant la tête.

Ses yeux croisèrent ceux de Yukiho quand il la releva. Dix-neuf ans s'étaient écoulés depuis leur dernière rencontre. Il l'avait aperçue de loin plusieurs fois depuis qu'elle était adulte, mais ne l'avait jamais regardée face à face. Il se souvint de leur rencontre dans le vieil appartement d'Osaka. Elle avait déjà ces yeux, se dit-il.

"Tu te souviens de moi? lui demanda-t-il intérieurement. Cela fait dix-neuf ans que je te poursuis. Parfois, je rêve de toi. Mais je ne pense pas que tu te souviennes de moi. D'autant plus que j'ai vieilli. Tu dois me prendre pour un des nombreux idiots que tu as si bien trompés."

Elle lui sourit et lui demanda s'il venait d'Osaka. Il en fut surpris. Ce devait être son accent.

— Oui, répondit-il, légèrement hésitant.
— Je ne m'étais pas trompée! J'ouvre un nouveau magasin à Shinsaibashi très bientôt. J'espère que vous y viendrez.

Elle ouvrit son sac et lui tendit une invitation.

— Je vous remercie. Je la donnerai à ma femme, répondit-il.
— Vous me rappelez le passé, s'exclama-t-elle en le dévisageant.

Le sourire avait disparu de son visage. Elle semblait regarder le lointain.

Puis elle retrouva une expression souriante.

— Mon mari est dans le jardin. Il est mécontent de son résultat au golf hier et il a décidé de s'entraîner, dit-elle en se tournant vers Kazunari.
— Nous n'en aurons pas pour longtemps.
— J'espère au contraire que vous prendrez votre temps, répondit-elle.

Elle fit un signe de tête à Mika et elles repartirent vers le portail.

Sasagaki les regarda s'éloigner en pensant qu'elle l'avait peut-être reconnu.

Comme l'avait dit Yukiho, Yasuharu s'entraînait au golf dans la partie sud du jardin. Lorsqu'il aperçut Kazunari, il posa son club et lui sourit. Rien sur son visage ne laissait deviner qu'il avait impitoyablement expédié son cousin dans une filiale de peu d'importance.
Mais lorsque Kazunari lui présenta Sasagaki, son expression se fit plus méfiante.
— Vous êtes un ancien policier d'Osaka? Ah…
— Oui, et il voudrait te parler de quelque chose.
Son visage se ferma.
— Dans ce cas, allons à l'intérieur.
— Non, ce n'est pas la peine. Il fait bon aujourd'hui, et nous serons brefs.
— Vraiment… Bon, d'accord, ajouta-t-il après les avoir dévisagés. Je vais demander à Taeko de nous apporter quelque chose de chaud à boire.
Ils s'assirent à la table de jardin. En buvant le thé que la gouvernante leur avait servi, Sasagaki imagina la famille en train de déjeuner agréablement au soleil.
La conversation qu'ils eurent n'avait rien de plaisant. L'expression de Yasuharu se fit de plus en plus hostile en écoutant son cousin.
Il lui raconta de ce qu'il savait de Yukiho. Sasagaki et lui s'étaient entendus pour lui parler de ce qui motivait leurs soupçons à son égard. Le nom de Kirihara Ryōji apparut à plusieurs reprises.
Comme ils s'y attendaient, Yasuharu manifesta son irritation.
— Quel tissu de bêtises! Je n'en crois pas mes oreilles.
— Yasuharu, écoute jusqu'au bout, s'il te plaît.
— Pourquoi? Je n'ai pas de temps à perdre avec ces niaiseries. Et toi, si tu en as pour t'occuper de ça, je

préférerais que tu le passes à redresser la société que tu diriges.

— J'ai des choses à dire là-dessus, lança Kazunari à l'intention de son cousin qui s'était levé et lui tournait le dos. J'ai identifié la personne qui m'a fait tomber.

Yasuharu se retourna, les lèvres serrées.

— Tu ne vas quand même pas me dire que Yukiho est mêlée à cela.

— Tu sais probablement qu'un hacker s'est introduit dans le réseau de notre société ? Il est passé par un ordinateur de l'hôpital de l'université Teito. Il se trouve que Kirihara Ryōji, dont nous t'avons amplement parlé, vivait jusqu'à il y a peu avec une pharmacienne de cet hôpital.

Yasuharu écarquilla les yeux. Il ouvrit la bouche, mais aucun son n'en sortit.

— C'est la vérité, ajouta Sasagaki. La pharmacienne l'a reconnu, c'est un fait avéré.

Le vieux policier entendit Yasuharu dire tout bas que cela n'avait aucun rapport et il sortit une photo de sa poche.

— Pourriez-vous regarder cette photo ?
— Elle représente quoi ?
— L'immeuble où a eu lieu il y a vingt ans le crime dont vous a parlé votre cousin. À Osaka. La pharmacienne dont je vous ai parlé l'a prise quand elle était à Osaka avec ce Kirihara.

— Et alors ?

— Je lui ai demandé la date de ce voyage : du 18 au 20 septembre dernier. Je suis certain que vous vous souvenez de cette période.

Il fallut un peu de temps à Yasuharu pour le faire. Mais cela lui revint, comme le montra le petit cri qu'il poussa.

— Oui, reprit Sasagaki. Karasawa Reiko est morte le 19 septembre. L'hôpital n'a pas compris pourquoi elle avait soudain cessé de respirer.

— Comment ça ? cria Yasuharu en jetant la photo. Kazunari, pars immédiatement d'ici avec ce vieux fou.

Sache que si jamais tu oses à nouveau aborder ce sujet, tu n'auras plus de place dans la société. N'oublie pas que ton père ne fait plus partie des administrateurs.

Il ramassa une balle de golf et la lança de toutes ses forces vers le filet. Elle heurta le poteau auquel il était attaché et fit un écart avant de retomber sur une des jardinières de la terrasse. Il y eut un bruit de bris. Mais il n'y fit aucune attention et rentra dans la maison en fermant rageusement la porte.

Kazunari soupira, regarda Sasagaki et fit un sourire contraint.

— Je m'y attendais à moitié.

— Il est probablement très amoureux d'elle. Son charme est son arme.

— Mon cousin est furieux, mais je suis convaincu qu'il réfléchira à ce que nous venons de lui dire une fois qu'il se sera calmé. Il ne reste plus qu'à attendre.

— J'espère que vous ne vous trompez pas.

Ils s'apprêtaient à repartir lorsque la gouvernante accourut.

— Que s'est-il passé? J'ai entendu un bruit et…

— La balle qu'a lancée Yasuharu a dû casser quelque chose.

— Vous n'êtes pas blessé, j'espère.

— Non, elle a touché un pot de fleurs, c'est tout.

— Ah, réagit la gouvernante qui regarda les jardinières. Mon Dieu, le cactus de madame…

— Le cactus de madame?

— Elle l'a rapporté d'Osaka. Oh… le pot est cassé.

Kazunari s'approcha de ce qu'elle regardait.

— Elle aime les cactus?

— Non, c'était sa mère qui…

— Je me souviens qu'elle m'en a parlé, au moment de la mort de sa mère, dit Kazunari en se retournant.

— Mais… s'exclama la gouvernante.

— Qu'y a-t-il?

— Regardez ce qu'il y avait dans la terre, dit-elle en lui tendant quelque chose.

— C'est un morceau de verre, on dirait. Un verre de lunettes de soleil, je crois, dit-il en regardant ce qu'elle tenait dans sa paume.

— Je crois que vous avez raison. Il devait être mélangé à la terre, répondit la gouvernante en le posant.

— Que se passe-t-il ? demanda Sasagaki qui venait vers eux, intrigué.

— Rien de grave. Il y avait un morceau de verre dans la terre du pot, expliqua Kazunari en le lui montrant du doigt.

Sasagaki tourna les yeux dans cette direction et aperçut le morceau de verre plat, qui ressemblait à la moitié d'un verre de lunettes de soleil. Il le prit précautionneusement en main.

L'instant suivant, il frémit de tout son corps. Il venait de se souvenir de quelque chose. Cela faisait à présent sens pour lui.

— Vous avez bien dit que ce cactus venait d'Osaka, n'est-ce pas ? demanda-t-il d'une voix artificiellement calme.

— Oui. De la maison de sa mère à elle.

— Cette jardinière se trouvait dans son jardin ?

— Oui. Je l'ai vue là-bas. Cela vous rappelle quelque chose, monsieur Sasagaki ? s'enquit Kazunari qui avait remarqué la gravité du vieux policier.

— Oui et non. Il faut que je vérifie, répondit-il en faisant briller le verre dans le soleil.

Il était de couleur vert clair.

## 12

Les derniers préparatifs de l'ouverture de la première boutique R & Y à Osaka s'achevèrent vers vingt-trois heures. Hamamoto Natsumi parcourut une dernière fois le magasin, en suivant Shinozuka Yukiho. La boutique était bien plus grande et mieux achalandée que celles de Tokyo, la publicité avait été soigneusement organisée. Il ne restait plus qu'à attendre son effet.

— Tout est prêt à quatre-vingt-dix-neuf pour cent, déclara Yukiho, une fois sa dernière inspection terminée.

— Quatre-vingt-dix-neuf pour cent ? Nous n'avons donc pas encore atteint la perfection, s'étonna Natsumi.

— S'il ne manque qu'un pour cent, nous réussirons à atteindre notre but demain, répondit Yukiho avec un sourire. Bon, maintenant, nous devons nous reposer. Ce soir, mieux vaut s'abstenir de boire.

— Oui, on fera la fête demain.

— Exactement.

Il était vingt-trois heures trente quand elles montèrent dans la Jaguar rouge que conduisait Natsumi. Yukiho, assise à côté d'elle, inspira profondément.

— Nous allons tout faire pour réussir. Je suis convaincue que tu en es capable.

— J'espère que vous avez raison, répondit Natsumi d'une voix qui manquait de confiance.

C'est elle qui était responsable du nouveau magasin.

— Fais-toi confiance ! Pense que tu es la meilleure, répondit Yukiho en lui caressant l'épaule.

Elle lui répondit oui, et poussa un petit cri.

— Mais pour être tout à fait honnête, j'ai peur. Je ne suis pas du tout sûre d'arriver à vous imiter. Vous, vous n'avez jamais peur ?

Yukiho regarda droit devant elle sans répondre.

— Tu sais, Natsumi, il y a le jour, quand le soleil brille, puis la nuit, quand il n'est plus là. La vie, c'est pareil, il y a le jour et la nuit. Sauf que l'alternance n'est pas du tout aussi régulière. Dans la vie, certaines personnes vivent en permanence sous le soleil. D'autres n'ont d'autre choix que de vivre en permanence dans la nuit la plus noire. Ce dont les gens ont peur, c'est que le soleil disparaisse. Oui, que ce soleil bénéfique disparaisse. C'est ton cas en ce moment.

Natsumi hocha la tête car elle avait l'impression de vaguement comprendre ce qu'elle venait d'entendre.

— Moi, continua Yukiho, je n'ai jamais vécu sous le soleil.

Natsumi éclata de rire.

— Comment ça ? Vous vivez en permanence au soleil, non ?

Yukiho secoua la tête. Natsumi cessa de rire, car elle avait remarqué le sérieux de ses yeux.

— Je n'ai jamais connu le soleil au-dessus de ma tête. J'ai toujours été dans la nuit. Mais il n'y faisait pas sombre. Il y avait quelque chose qui remplaçait le soleil, quelque chose de moins brillant, mais qui me suffisait. Grâce à cette lumière de la nuit, j'ai réussi à vivre en pensant que la nuit était le jour. Tu me suis, n'est-ce pas ? Comme je n'ai jamais connu le soleil, je n'ai jamais eu peur de le perdre.

— Mais ce qui remplaçait le soleil, c'était quoi ?

— C'est difficile à dire. Peut-être le comprendras-tu un jour, dit Yukiho avant de se remettre à regarder droit devant elle. Bon, mettons-nous en route.

Natsumi démarra.

Yukiho était descendue dans un hôtel de Yodoyabashi. Natsumi, elle, louait un appartement dans le quartier de Kita-tenma.

— Osaka est une ville de la nuit, tu ne trouves pas… lâcha Yukiho en regardant dehors.

— C'est vrai. Il y a tellement d'endroits où aller. J'en ai bien profité quand j'étais jeune.

Yukiho s'esclaffa en l'entendant.

— Tu sais que tu as l'accent d'Osaka quand tu es ici ?

— Oh… je suis désolée…

— Tu n'as pas à t'excuser ! Nous sommes à Osaka. Moi aussi, je peux me laisser aller quand je suis ici, dit-elle avec l'accent.

— Excellente idée !

— Vraiment ?

Yukiho souriait. Elles arrivèrent à l'hôtel. Yukiho descendit de voiture.

— À demain matin.

— Oui. Si tu as besoin de me parler avant, appelle-moi sur mon portable.

— Très bien.

— Natsumi, fit Yukiho en lui tendant la main. Tout commence demain, ajouta-t-elle en utilisant le dialecte d'Osaka.

Natsumi la serra en disant oui.

# 13

La porte en bois s'ouvrit en grinçant au moment où elle se disait qu'elle allait fermer puisqu'il était minuit passé. Un homme d'une soixantaine d'années qui portait un manteau gris foncé entra.

Kirihara Yaeko le reconnut et lui adressa un sourire de façade. Elle poussa aussi un léger soupir.

— Monsieur Sasagaki ! Et moi qui attendais le dieu du bonheur, dit-elle en dialecte d'Osaka.

— Comment ça ? Je ne suis pas le dieu du bonheur ?

Il défit son cache-nez et son manteau et s'assit au centre de la dizaine de sièges qui faisaient face au bar. Il était vêtu d'un costume marron qui avait connu des jours meilleurs. La retraite n'a rien changé à son apparence, se dit-elle.

Yaeko posa un verre devant lui et le remplit de bière car elle savait que c'était ce qu'il commandait ici. Il en but une gorgée avec plaisir et tendit la main vers l'assiette de biscuits apéritifs.

— Et comment vont les affaires ? C'est bientôt la saison des fêtes de fin d'année, non ?

— Vous savez, cela fait des années que la bulle a éclaté ici. D'ailleurs, en réalité, elle n'est jamais venue jusqu'ici.

Elle prit un verre pour elle, le remplit de bière avec la bouteille qu'elle avait placée devant lui et le vida en silence.

— Du côté de la descente, je vois que ça va toujours aussi bien, constata Sasagaki en prenant la bouteille pour remplir le verre de Yaeko.

— Merci, dit-elle. C'est mon seul plaisir dans la vie.
— Ça fait combien de temps que vous avez ce bar ?
— Euh… fit-elle en comptant sur ses doigts. Quatorze ans, je crois. Oui, cela fera exactement quatorze ans en février prochain.
— Pas mal… Finalement, c'est ce qui vous convient le mieux.
— Peut-être. Le café que j'avais avant n'a pas tenu trois ans.
— Et les prêts sur gages, vous ne vous en occupez plus du tout ?
— Non, je déteste ça. Je ne suis absolument pas faite pour ça.

Les treize ans pendant lesquels elle avait été l'épouse d'un prêteur sur gages lui paraissaient à présent la plus grande erreur de sa vie. Si elle était restée dans le bar où elle travaillait dans le quartier de Kita au lieu de se marier avec Kirihara, le sien serait bien plus grand aujourd'hui.

Matsuura s'était occupé de l'affaire pendant quelque temps après l'assassinat de son mari. Mais il avait été décidé, lors d'un conseil de famille des Kirihara, que l'échoppe serait désormais confiée à un cousin de Yōsuke. Les Kirihara étaient prêteurs de père en fils, et il y avait à Osaka plusieurs boutiques de ce nom. Yaeko n'était pas libre de faire ce qu'elle voulait de celle que tenait son mari.

Matsuura était parti peu de temps après le changement. Selon le cousin qui avait repris le contrôle, il avait détourné des sommes non négligeables. Yaeko n'avait pas la tête faite pour les chiffres, et même si c'était vrai, cela lui était parfaitement égal.

Elle avait cédé l'affaire et la maison au cousin de son mari, et avait utilisé l'argent que cela lui avait rapporté pour ouvrir un café dans le quartier d'Uehonmachi. Elle avait été surprise d'apprendre à cette occasion que le terrain sur lequel était située la maison où elle habitait avec son mari ne lui appartenait pas. Son frère en était propriétaire.

Le café avait eu du succès au début, mais au bout d'environ six mois, les clients s'étaient faits plus rares, et bientôt, elle n'en eut presque plus. Elle n'avait pas compris pourquoi. Ses efforts pour changer de menu, redécorer les lieux, n'avaient pas suffi à redresser la barre. Tout était allé de mal en pis, et elle avait dû se résigner à le fermer au bout d'à peine trois ans.

Une de ses anciennes collègues entraîneuse de bar lui avait alors parlé d'un petit bar à Tennōji, sans pas-de-porte, qu'elle pouvait louer en l'état. Elle avait sauté sur l'occasion. Elle y était encore. C'était son gagne-pain depuis bientôt quatorze ans. Elle préférait ne pas penser à ce qui lui serait arrivé si elle ne l'avait pas trouvé, tout en admettant volontiers qu'elle regrettait de ne pas avoir gardé son café. Le boom des consoles de jeux avait commencé immédiatement après sa fermeture. Pendant un temps, tous les cafés avaient été en permanence remplis de gens venus y jouer.

— Et votre fils, que devient-il ? Il ne vous donne toujours pas de nouvelles ?

Elle sourit, et secoua la tête.

— Non, et je n'en attends plus.

— Ça lui fait quel âge, aujourd'hui ? Trente ans, non ?

— Euh… J'ai oublié.

Sasagaki avait débarqué dans son bar pour la première fois il y avait une dizaine d'années et il y venait assez rarement. Elle l'avait reconnu : c'était un des policiers qui s'étaient occupés du meurtre de son mari, mais ils n'en parlaient quasiment jamais. Par contre, il ne manquait jamais de mentionner Ryōji.

Son fils avait continué à vivre dans la maison de son père jusqu'au collège, un arrangement qui convenait à Yaeko qui était à l'époque trop prise par le café.

À peu près au moment où elle avait repris le bar, il était venu vivre avec elle, mais cela ne les avait pas rapprochés.

Le bar fermait tard, et elle allait ensuite se coucher pour se réveiller en début d'après-midi. Elle se cuisinait alors quelque chose, prenait son bain, se maquillait, et préparait le bar pour la soirée. Elle n'avait jamais servi de petit-déjeuner à son fils et prenait généralement son dîner dehors. En général, ils passaient ensemble une heure par jour au maximum.

Son fils avait pris l'habitude de découcher. Quand elle lui demandait où il avait passé la nuit, il lui donnait des réponses évasives. Elle ne s'en préoccupait guère, car son quotidien l'épuisait.

Le matin de la cérémonie de fin d'études du lycée, il s'était préparé à partir comme d'habitude. Ce jour-là, exceptionnellement, elle ne dormait pas et lui avait dit au revoir quand il était sorti de la maison.

Lui qui partait d'ordinaire en silence s'était retourné vers elle.

— Bon, j'y vais, lui avait-il lancé.

— Oui, au revoir, avait-elle répondu d'une voix ensommeillée.

Cela avait été leur dernière conversation. Quelques heures plus tard, elle avait remarqué le message qu'il avait laissé sur sa coiffeuse. "Je ne reviendrai pas", avait-il écrit, sans aucune autre indication. Et il n'était jamais revenu.

Elle aurait bien sûr pu le chercher. Pourtant elle n'en avait rien fait. Elle était triste, mais elle n'était pas non plus étonnée que les choses se passent ainsi. Elle savait qu'elle ne s'était jamais conduite d'une façon maternelle avec lui et qu'il ne la reconnaissait pas comme sa mère.

Yaeko craignait de ne pas avoir la fibre maternelle. Elle avait donné naissance à son fils non parce qu'elle désirait un enfant mais parce qu'elle n'avait aucune raison d'avorter. Elle s'était mariée avec Yōsuke dans l'espoir de ne plus avoir à travailler. Mais elle s'était vite rendu compte que la position d'épouse et de mère de famille était plus faible et ennuyeuse qu'elle ne l'avait imaginé. Elle tenait à rester d'abord femme plutôt qu'être une épouse et une mère.

Trois mois environ après le départ de son fils, elle avait entamé une liaison sérieuse avec un homme qui s'occupait d'import-export. Elle se sentait moins seule avec lui et il la satisfaisait en tant que femme.

Ils avaient vécu ensemble pendant près de deux ans et s'étaient séparés lorsque cet homme avait dû retourner chez son épouse.

Elle avait eu d'autres amants après lui, mais jamais aussi longtemps. Il n'y avait personne dans sa vie aujourd'hui. C'était plus facile, mais la solitude lui pesait parfois. Dans ces moments-là, elle pensait à Ryōji. Mais elle ne s'autorisait pas à avoir envie de le voir. Elle savait qu'elle n'en avait pas le droit.

Sasagaki sortit une cigarette et Yaeko l'alluma avec son briquet jetable.

— Ça fait combien de temps déjà que votre mari a été assassiné ? demanda-t-il en fumant.

— Vingt ans, je crois…

— Non, dix-neuf, pour être précis. Le temps passe, hein…

— C'est bien vrai. Vous êtes à la retraite, et moi je suis vieille.

— Puisque cela fait si longtemps, peut-être que vous pouvez parler de ça maintenant.

— Que voulez-vous dire ?

— Il me semble qu'il y a des choses que vous n'avez pas pu raconter à l'époque.

Yaeko eut un petit rire et sortit une cigarette de son paquet. Elle l'alluma, tourna les yeux vers le plafond sombre, et souffla de petites bouffées grises.

— Vous en dites de drôles, vous ! Je n'ai jamais rien caché, moi.

— Vraiment ? Pourtant, je me pose des questions.

— Vous pensez encore à cette histoire ? Quelle obstination… répondit Yaeko, la cigarette au bec, en s'appuyant contre l'étagère derrière elle.

La musique de fond devint plus audible.

— Le jour du meurtre, vous étiez censément chez vous avec Matsuura et votre fils. C'est la vérité ?

— Oui, fit-elle en prenant un cendrier dans lequel elle fit tomber la cendre de sa cigarette. Vous l'avez vérifié, et plutôt deux fois qu'une.

— C'est vrai. Mais le seul alibi vérifiable était celui de Matsuura.

— Vous pensez que c'est moi qui l'ai tué ? demanda-t-elle en crachant de la fumée par les narines.

— Non, je crois que vous étiez avec Matsuura. Mais ce dont je doute, c'est que vous ayez été ensemble tous les trois. Il n'y avait que Matsuura avec vous, non ?

— Où voulez-vous en venir, monsieur Sasagaki ?

— Vous aviez une liaison avec Matsuura, non ? Il finit son verre et empêcha Yaeko de le reremplir, préférant le faire lui-même. Ce n'est plus la peine de cacher quoi que ce soit. Il s'est passé tellement de temps que personne n'a plus rien à redire là-dessus.

— Pourquoi vous intéressez-vous encore à cette vieille histoire ?

— Pour rien. C'est juste que je n'arrive pas à croire ce que vous avez raconté. Une cliente qui voulait venir dans le magasin au moment où le crime a été commis a déclaré que la porte du magasin était fermée à clé. Matsuura affirmait qu'il était dans le coffre-fort, et vous, que vous regardiez la télévision avec votre fils. Mais ce n'est pas vrai. En réalité, vous étiez dans l'arrière-boutique, en train de fricoter avec Matsuura. Je me trompe ?

— Allez savoir…

— J'ai mis dans le mille, hein ?

Sasagaki sourit et but un peu de bière. Elle continuait à tirer sur sa cigarette, et regardait monter la fumée tout en réfléchissant.

Elle n'avait pas été amoureuse de Matsuura. Mais elle n'avait rien d'autre à faire et elle avait l'impression que si sa vie continuait de cette façon, elle cesserait d'être une femme. C'était pour cela qu'elle avait facilement cédé à Matsuura quand il lui avait exprimé son désir. D'ailleurs, il avait dû deviner qu'elle accepterait.

— Votre fils était à l'étage ?
— Quoi ?
— Je parle de Ryōji. Vous étiez avec Matsuura au rez-de-chaussée, et lui, il était en haut, c'est ça ? Et vous aviez fermé à clé la porte en bas de l'escalier pour éviter qu'il ne vous surprenne.
— Oui, on l'avait fermée, confirma-t-elle en hochant la tête. Vous avez raison, il y avait un verrou sur la porte en bas de l'escalier. Je l'avais presque oublié, ce verrou, mais vous avez meilleure mémoire que moi.
— Parce que je suis policier. Mais votre fils, il était en haut, à ce moment-là ? C'est ce que vous nous avez raconté parce que vous ne vouliez pas que nous sachions que vous aviez une liaison avec Matsuura. Je me trompe ?
— Libre à vous de le croire. Je ne vous contredirai pas, répondit-elle en écrasant sa cigarette dans le cendrier. Vous voulez une autre bière ?
— Oui, pourquoi pas.

Il but et croqua quelques cacahuètes. Yaeko en prit aussi. Ils se taisaient tous les deux. Elle pensait au jour où son mari était mort. Sasagaki avait vu juste. Elle était dans les bras de Matsuura au moment où son mari avait été assassiné, et son fils à l'étage. La porte de l'escalier était fermée à clé.

Matsuura avait suggéré de dire à la police que le petit garçon était avec eux si la police demandait s'ils avaient un alibi. C'était préférable parce que cela éviterait des questions inutiles. Ils étaient convenus de dire qu'elle et son fils regardaient une série pour enfants à la télévision, un dessin animé de science-fiction dont elle et Ryōji avaient lu le résumé détaillé dans un de ses magazines.

— Et Miyazaki, alors ? demanda soudain Sasagaki.

— Miyazaki ?
— Miyazaki Tsutomu.
— Ah… fit-elle en passant la main dans ses cheveux.
Elle en vit un blanc, l'arracha et le fit tomber par terre pour que Sasagaki ne le remarque pas.
— Il va être condamné à la peine de mort, celui-là.
— L'autre jour, dans le journal, j'ai lu un article sur son procès. Il aurait dit que depuis la mort de son grand-père, trois mois avant ses crimes, il se sentait seul au monde.
— Ça n'excuse rien, non ? Ça ne lui donnait pas le droit de tuer comme il l'a fait, commenta Yaeko en allumant une autre cigarette.
Elle aussi avait appris en regardant la télévision que le procès de cet homme qui avait tué quatre petites filles dans la région de Tokyo entre 1988 et 1989 venait de commencer. Ses avocats n'étaient pas d'accord avec les résultats de l'expertise psychiatrique, mais elle ne trouvait pas particulièrement étrange qu'il s'en soit pris à des petites filles. Elle était bien placée pour savoir qu'il n'était pas le seul homme dans ce cas.
— Si seulement j'avais entendu parler de cette histoire plus tôt… murmura Sasagaki.
— De quelle histoire ?
— Des goûts de votre mari.
— Ah… fit-elle en essayant de sourire sans y parvenir.
Elle comprit pourquoi il avait mentionné le nom de Miyazaki.
— Cela vous aurait servi à quelque chose ?
— Et comment ! Si je l'avais su au début de l'enquête, elle aurait pris un tout autre tour.
— Vraiment ? fit-elle en soufflant de la fumée. Même si vous me le dites maintenant…
— En tout cas, vous n'en avez pas parlé à ce moment-là.
— C'est vrai.

— Si seulement vous l'aviez fait, fit Sasagaki en portant la main à son front dégarni. Nous n'en serions pas là dix-neuf ans plus tard.

Yaeko résista à son envie de lui demander ce qu'il voulait dire par là. Il avait sans doute une idée précise, mais elle n'avait aucune envie de la connaître.

Il y eut un autre silence. Sasagaki se leva quand la seconde bouteille de bière fut vide aux deux tiers.

— Bon, je vais y aller.

— Merci d'être venu malgré ce froid. Revenez quand vous voulez.

— D'accord, je reviendrai, dit-il avant de régler la note, remettre son manteau et son écharpe. C'est un peu tôt, mais je vous souhaite une bonne année.

— À vous aussi, répondit-elle avec un sourire artificiel.

Il mit la main sur la porte mais se retourna avant de l'ouvrir.

— Il était vraiment à l'étage ?
— Quoi ?
— Votre fils. Il était vraiment en haut.
— Qu'est-ce que vous racontez ?
— Rien. Au revoir, dit-il en poussant la porte pour sortir.

Elle la fixa quelques instants des yeux avant de se rasseoir. Elle avait la chair de poule, et ce n'était pas seulement à cause de l'air froid que la porte avait laissé entrer.

Elle entendait encore Matsuura allongé au-dessus d'elle lui dire : "Ryōji est de nouveau sorti." Des gouttes de sueur perlaient sur ses tempes.

Il venait d'entendre un bruit de pas sur les tuiles de la toiture. Elle aussi avait déjà remarqué que son fils sortait à sa guise de sa chambre en passant par les toits. Elle ne lui en avait cependant jamais parlé car elle préférait qu'il ne soit pas là quand elle était avec Matsuura.

Ce jour-là, il était sorti. Elle l'avait entendu revenir en faisant le même bruit.

Mais...
Qu'avait voulu dire Sasagaki ? Que son fils avait fait quoi ?

## 14

Un père Noël distribuait des cartes près de l'entrée, et des chansons de Noël sortaient des haut-parleurs. Le magasin était si plein de la foule venue profiter de la vente promotionnelle organisée pour l'ouverture du magasin qu'il était difficile de s'y frayer un chemin. Sasagaki constata qu'il s'agissait en écrasante majorité de jeunes femmes. Elles lui faisaient penser à des insectes attirés par des fleurs.

C'était aujourd'hui qu'ouvrait la première succursale à Osaka de R & Y, la chaîne de magasins de Shinozuka Yukiho. Elle avait deux étages, et offrait non seulement des vêtements mais aussi des bijoux fantaisie, des sacs et des chaussures. Sasagaki connaissait mal le domaine de la mode, mais il avait entendu dire que le magasin ne vendait que des produits de luxe. La bulle avait peut-être éclaté, mais on pouvait gagner de l'argent en faisant comme si elle continuait, se dit-il.

Il y avait près de l'escalator à l'étage du haut un espace café où les clients pouvaient se reposer en buvant quelque chose. Assis à une de ses tables depuis environ une heure, il observait la foule au rez-de-chaussée. La queue à l'entrée du magasin était toujours aussi longue. Il commanda un deuxième café en espérant que les employés du magasin ne trouvaient pas sa présence suspecte.

De l'extérieur, il avait sans doute l'air d'être le père de l'homme ou de la femme du jeune couple assis en face de lui. D'ailleurs, le jeune homme venait de lui dire : "Il n'est pas venu aujourd'hui non plus." Sasagaki avait répondu oui, sans quitter le rez-de-chaussée des yeux.

Le jeune homme et la jeune femme assis à sa table appartenaient tous les deux à la police d'Osaka, plus précisément à la police judiciaire.

Sasagaki consulta sa montre. Le magasin n'allait pas tarder à fermer.

— Il peut encore venir, murmura-t-il pour lui-même.

L'homme qu'ils attendaient était bien sûr Kirihara Ryōji qu'ils interpelleraient immédiatement s'ils le voyaient. Il ne serait cependant pas placé en état d'arrestation. Sasagaki qui était à la retraite les accompagnait pour les assister car il connaissait le suspect. Le responsable de la police judiciaire de la préfecture d'Osaka, Koga, avait décidé qu'il en serait ainsi.

Kirihara était soupçonné de meurtre.

Sasagaki avait eu une illumination en voyant le morceau de verre qui était sorti de la terre de la jardinière du cactus. La fiche de recherche de Matsuura mentionnait des lunettes de soleil, parce que les gens qui le connaissaient avaient indiqué qu'il portait généralement des Ray-Ban.

Sasagaki avait demandé à Koga de faire examiner ce verre. Son intuition ne l'avait pas trompé. Le verre venait de lunettes Ray-Ban, et portait une trace d'empreinte digitale qui correspondait à plus de quatre-vingt-dix pour cent à celles de Matsuura.

Comment un fragment de ces lunettes était-il arrivé dans la terre du pot de fleurs ? La seule explication était qu'il se trouvait dans la terre dont Karasawa Reiko avait rempli sa jardinière. D'où pouvait venir cette terre ? Il était probable qu'elle l'ait prise dans son jardin, à moins qu'elle n'ait acheté du terreau.

Il fallait cependant un mandat de perquisition pour remuer la terre du jardin de la maison où elle avait habité.

Ce morceau de verre n'était pas suffisant pour en solliciter un. Mais Koga avait réussi à l'obtenir. La démarche avait été facilitée par le fait que la maison était actuellement inhabitée. Sasagaki avait interprété cela comme une preuve de la confiance que lui accordait Koga.

La perquisition avait été effectuée la veille. Il y avait un endroit du jardin où la terre était nue. Les techniciens avaient commencé à creuser.

Deux heures plus tard, ils avaient trouvé un squelette, sans vêtements, qui devait avoir passé sept ou huit ans sous terre.

La police s'efforçait d'établir son identité. Elle disposait pour cela de plusieurs méthodes, mais confirmer qu'il s'agissait de Matsuura Isamu ne devrait pas être difficile.

Sasagaki était certain que c'était lui depuis qu'il avait appris que l'auriculaire de la main droite du squelette portait un anneau en platine. Il se souvenait parfaitement d'en avoir vu un à la main de Matsuura.

Plusieurs cheveux avaient aussi été retrouvés sur cette main droite, probablement ceux qu'il avait arrachés à son agresseur.

Serait-il possible de les identifier comme venant de Kirihara Ryōji ? Jusqu'à récemment, les éléments utilisés pour identifier un cheveu étaient sa couleur, son éclat, sa dureté, son épaisseur, la répartition de la mélanine, ou encore l'absence ou la présence de sang. Les cheveux retrouvés sur le squelette avaient passé plusieurs années dans la terre, et une telle analyse serait peut-être impossible. Koga en était naturellement conscient.

— Si nous avons un problème, nous demanderons à l'Institut national de recherche scientifique de la police, avait-il déclaré.

Koga envisageait de faire une recherche ADN, une méthode que la police utilisait depuis un ou deux ans. L'Agence nationale de police japonaise prévoyait d'équiper les polices de toutes les préfectures du Japon de ces appareils dans les quatre ans à venir. Pour l'instant, seul l'Institut en avait un.

Sasagaki pensa que presque tout avait changé dans les dix-neuf ans qui s'étaient écoulés depuis le meurtre du prêteur sur gages, y compris les moyens d'enquête.

Le problème demeurait : il fallait d'abord trouver le suspect. Rassembler des preuves ne servirait à rien sans lui.

Le vieux policier avait alors suggéré de mettre Shinozuka Yukiho sous surveillance. Elle et Kirihara vivaient dans une sorte de symbiose, du moins le croyait-il.

— Il viendra certainement le jour de l'inauguration du magasin. Pour eux, Osaka a une signification particulière. Yukiho viendra probablement peu ici, à cause de ses magasins de Tokyo. Mais elle y sera pour l'ouverture, avait-il expliqué à Koga.

Koga avait bien voulu se laisser persuader. Depuis le matin, des policiers s'étaient relayés dans le magasin. Sasagaki les avait accompagnés toute la journée. Jusqu'à il y a une heure environ, il était resté dans le café qui se trouvait de l'autre côté de la rue. Comme son attente avait été vaine, il avait résolu de venir à l'intérieur.

— Kirihara se fait-il encore appeler Akiyoshi Yūichi ? chuchota le jeune policier.

— Je ne connais pas la réponse à votre question. Mais il se peut qu'il utilise un autre nom.

Sasagaki pensait à tout autre chose. D'où venait ce nom d'Akiyoshi Yūichi ? Cela faisait longtemps qu'il se disait qu'il lui rappelait quelque chose, et il avait découvert ce que c'était quelques jours auparavant.

Kikuchi Fumihiko lui en avait parlé.

Ce lycéen avait été soupçonné d'être l'auteur de l'agression sur la collégienne et sauvé par le témoignage de Kirihara. Pourquoi la police s'était-elle intéressée à lui à ce moment-là ?

Quelqu'un leur avait appris que le porte-clés retrouvé sur les lieux de l'agression appartenait à Kikuchi. Ce "traître" s'appelait Akiyoshi Yūichi, lui avait révélé Kikuchi.

Pourquoi Kirihara avait-il choisi d'utiliser son nom ? Il aurait fallu le lui demander, mais Sasagaki avait une hypothèse.

Kirihara estimait probablement que sa vie tout entière n'était que trahison. Voilà pourquoi il avait décidé de prendre le nom d'un traître.

En réalité, cela n'avait plus guère d'importance.

Sasagaki était quasiment convaincu de comprendre pourquoi Kirihara avait voulu piéger Kikuchi. Celui-ci possédait une photo qui était éminemment dangereuse pour lui. On y voyait sa mère et Matsuura sortir d'un hôtel de rendez-vous. Que se serait-il passé si Kikuchi l'avait montrée à la police ? L'enquête aurait peut-être été relancée. Kirihara craignait que son alibi pour le jour du crime ne soit détruit. Si la police découvrait que Yaeko était alors dans les bras de Matsuura, elle comprendrait aussi que son fils était seul à ce moment-là. La probabilité qu'elle en vienne à soupçonner l'écolier qu'il était alors était faible, mais il n'aurait en tout cas pas pu continuer à dissimuler le fait qu'il n'était pas avec sa mère.

Sa rencontre avec Kirihara Yaeko avait renforcé la conviction de Sasagaki. Kirihara Ryōji était seul dans sa chambre le jour du crime. Mais il n'y était pas resté. Les maisons étaient collées les unes aux autres dans le quartier où il habitait, comme pour faciliter l'entrée d'un cambrioleur par le toit. Il était sorti de chez lui par les toits et revenu de la même façon.

Qu'avait-il fait pendant son absence ?

Un haut-parleur annonça que le magasin allait bientôt fermer. Le flot des gens commença à changer de direction.

— C'est raté, fit le policier à sa collègue qui observait les alentours, l'air contrarié.

Si la police ne trouvait pas Kirihara aujourd'hui, la prochaine étape était d'interroger avant la fin de la journée Shinozuka Yukiho. Sasagaki y était opposé. Il ne pensait pas qu'elle leur dirait quoi que ce soit d'intéressant. Elle prendrait une mine ébahie et déclarerait : "Comment, un squelette dans le jardin de ma mère ? Je n'arrive pas à y croire. Ce n'est pas vrai, n'est-ce pas ?" ou quelque chose du même genre. Et la police ne pourrait rien faire. Sasagaki avait appris de Takamiya Makoto que Karasawa Reiko avait passé le Nouvel An, le moment où Matsuura avait probablement été assassiné, avec sa fille qui était alors sa femme, à Tokyo. Et il n'avait aucune preuve des contacts de Yukiho avec Kirihara.

— Monsieur Sasagaki, c'est… souffla discrètement la policière en pointant quelqu'un du doigt.

Sasagaki ouvrit plus grands les yeux. Yukiho faisait le tour du magasin, vêtue d'un tailleur blanc, le sourire aux lèvres. Sa beauté, ou plutôt son éclat, était si grande que tous les yeux se tournèrent vers elle. Les gens se retournaient sur son passage, échangeaient des propos à son sujet. D'autres lui lançaient des regards énamourés.

— C'est la reine ici, chuchota le jeune policier.

Dans le cerveau de Sasagaki, une autre image de Yukiho se superposait à celle qu'il avait sous les yeux, la petite fille qu'il avait rencontrée dans le minuscule appartement. Cette petite fille fermée aux autres, qui refusait qu'on l'approche.

Si seulement il avait su tout cela plus tôt, se dit-il en pensant à la conversation de la veille.

Yaeko lui en avait parlé pour la première fois près de cinq ans auparavant. Elle avait beaucoup bu ce jour-là. C'était d'ailleurs la raison pour laquelle elle le lui avait raconté.

— Je peux le dire aujourd'hui, mais mon mari n'était pas du tout porté sur la chose. Enfin, au début ça allait encore, mais petit à petit, ça s'est gâché. En fait, c'est parce qu'il s'est mis à avoir des goûts comment dire, bizarres. Il était de plus en plus attiré par les petites filles.

Il avait plein de photos où on en voyait, qu'il achetait à des gens qui avaient les mêmes goûts que lui. Je les ai toutes brûlées après sa mort.

Ce qu'elle avait ajouté avait stupéfié Sasagaki.

— Matsuura m'a raconté un truc bizarre à la même époque. Il m'a dit que mon mari achetait des petites filles. Je lui ai demandé ce qu'il voulait dire et il m'a appris qu'on pouvait payer pour coucher avec des petites filles. Quand il m'a dit que ça existait, j'ai eu du mal à le croire, mais il s'est moqué de moi, parce que moi aussi, je venais du monde de la nuit mais je ne savais pas qu'il y avait des parents qui vivaient de ce que leurs petites filles leur rapportaient.

Cette histoire avait soulevé une tempête sous son crâne. Il avait tout remis en question. Mais lorsque le calme était revenu dans son esprit, il avait eu le sentiment que le brouillard qui l'aveuglait s'était dissipé.

L'histoire de Yaeko ne s'était pas arrêtée là.

— Mon mari s'est ensuite lancé dans un drôle de projet. Il a demandé à un avocat de sa connaissance la marche à suivre pour adopter une petite fille. Quand je l'ai interrogé là-dessus, que j'ai insisté pour comprendre où il voulait en venir, il s'est mis dans une colère incroyable, en me disant que cela ne me regardait pas, et que si je continuais à lui poser des questions, il divorcerait. Je me suis dit qu'il était en train de perdre la boule.

Pour Sasagaki, cela avait été l'élément décisif.

Kirihara Yōsuke ne fréquentait pas l'appartement de Nishimoto Fumiyo pour la voir, mais pour sa fille. Sasagaki avait la conviction qu'il avait payé la mère à plusieurs reprises pour abuser de sa fille. Le vieil appartement minuscule servait de lieu de rendez-vous.

Il avait ensuite eu un doute compréhensible.

Kirihara Yōsuke en était-il le seul client?

Qu'en était-il de Terasaki Tadao, mort dans un accident de voiture? Les enquêteurs le considéraient comme l'amant de Nishimoto Fumiyo. Mais il était impossible d'affirmer qu'il ne souffrait pas de la même perversion que Kirihara Yōsuke.

Sasagaki était malheureusement dans l'incapacité de le prouver. Et s'il y avait eu d'autres clients, la police ne pourrait pas non plus les identifier.

Kirihara Yōsuke était le seul à propos de qui Sasagaki pouvait avoir une certitude.

Le million de yens qu'il avait retiré à la banque était destiné à payer Nishimoto Fumiyo, non pour qu'elle devienne sa maîtresse mais pour qu'elle accepte qu'il adopte sa fille. À force de l'utiliser, il avait certainement décidé qu'il la voulait pour lui seul.

Nishimoto Fumiyo s'était longuement balancée sur une balançoire après son entrevue avec Kirihara Yōsuke. À quoi pouvait-elle alors penser ?

Après leur conversation, il était allé à la bibliothèque, à la rencontre de la petite fille qui avait pris possession de son esprit.

Sasagaki pouvait très bien se représenter ce qui était ensuite arrivé. Kirihara était entré dans l'immeuble inachevé avec la petite fille. Lui avait-elle opposé une résistance ? Sasagaki ne le croyait pas. En effet, Kirihara avait dû lui dire qu'il l'avait achetée à sa mère pour un million de yens.

Imaginer ce qui s'était passé dans cette pièce poussiéreuse était abject. Mais il y avait peut-être eu un spectateur.

Sasagaki ne pouvait pas croire que Ryōji soit venu jouer dans les conduites de l'immeuble par hasard. Il s'était glissé hors de chez lui pour aller à la bibliothèque où il avait probablement l'habitude de retrouver Yukiho. C'est là qu'il lui montrait son art du découpage. La bibliothèque était leur unique refuge.

Mais ce jour-là, Ryōji avait été surpris en apercevant son père dans la rue aux côtés de Yukiho. Il avait dû les suivre et les voir entrer dans l'immeuble inachevé.

Saisi d'une angoisse indicible, il s'était probablement demandé ce qu'ils allaient y faire. Il n'y avait qu'un seul moyen de le savoir. Il avait commencé à ramper dans les conduites.

C'est sans doute ainsi qu'il avait assisté à l'inimaginable.

Son père n'avait pu que lui paraître monstrueux. Sa tristesse et son dégoût l'avaient certainement conduit à se jeter sur lui. Sasagaki n'avait pas oublié les coups qui avaient entraîné la mort. Les blessures correspondaient à celles subies par le cœur du petit garçon.

Après avoir tué son père, Ryōji avait aidé Yukiho à s'enfuir. Le petit garçon qu'il était avait pensé à mettre des gravats et des parpaings derrière la porte pour retarder la découverte du crime. Puis il était reparti comme il était arrivé. Sasagaki avait le cœur serré quand il essayait de s'imaginer ce qu'avait pu ressentir le petit garçon en rampant dans les conduites.

Il ignorait comment les deux enfants s'étaient arrangés ensuite mais il ne pensait pas qu'ils aient échafaudé de scénario compliqué. Ils voulaient juste assurer le salut de leur âme. C'était la raison pour laquelle Yukiho n'avait jamais montré à personne ce qu'elle était vraiment, pour laquelle Ryōji avait continué à errer sans fin dans un monde obscur.

Il avait probablement tué Matsuura parce qu'il connaissait la vérité sur son alibi. Peut-être ce dernier avait-il à un moment ou à un autre compris que l'assassin de son employeur n'était autre que Ryōji. Il avait dû y faire allusion pour le convaincre de l'aider à fabriquer des copies illégales du jeu vidéo.

Sasagaki croyait qu'il avait sans doute un second mobile. Rien ne lui disait que le goût de Yōsuke pour les petites filles n'était pas lié à l'infidélité de Yaeko. Le petit garçon avait dû surprendre les ébats de sa mère et de Matsuura à leur insu. Il en avait peut-être déduit que Matsuura était la cause de la mésentente entre ses parents.

— Monsieur Sasagaki, allons-y !

Il revint à lui en entendant la voix du jeune policier. Le café était presque vide.

Kirihara n'était pas venu.

Cette constatation fit naître en lui du désespoir. Il avait le sentiment que si la police n'arrivait pas à l'interpeller aujourd'hui, elle n'en aurait plus jamais l'occasion. Mais cela ne changeait rien au fait qu'il fallait quitter le café.

— Allons-y, dit-il à son tour en se levant.

Le petit groupe sortit du café et prit l'escalator. Les clients quittaient peu à peu le magasin. Les employés paraissaient comblés par le succès de l'inauguration. Le père Noël qui avait distribué des cartes à l'entrée du magasin était sur l'escalator qui montait à l'étage. Lui aussi semblait fatigué et content.

Une fois arrivés en bas, Sasagaki et ses compagnons jetèrent un dernier coup d'œil sur le magasin. Yukiho n'était plus là. Peut-être était-elle en train de calculer la recette du jour.

— Merci pour aujourd'hui, chuchota le jeune policier à son oreille avant qu'ils ne quittent le magasin.

— Merci, murmura Sasagaki. Il n'avait d'autre choix que de s'en remettre à lui et ses collègues, aux jeunes.

D'autres clients quittèrent le magasin. Deux jeunes policiers qui avaient fait semblant d'être un jeune couple et qui avaient surveillé la boutique d'un autre côté arrivèrent à l'entrée du magasin. Peut-être étaient-ils là pour interroger Yukiho.

Sasagaki referma son manteau et se mit à marcher. Une mère et sa fille le précédaient. Elles aussi venaient du magasin.

— Tu en as de la chance d'avoir reçu quelque chose d'aussi joli ! N'oublie pas de le montrer à papa quand on rentre, dit la mère à sa fille.

— Oui, fit la petite qui devait avoir trois ou quatre ans.

Elle tenait quelque chose à la main, quelque chose de long.

Sasagaki écarquilla les yeux en voyant le papier rouge qui formait un chapelet de rennes.

— Dis… qui t'a donné ça ? demanda-t-il en la prenant par le bras.

La mère lui lança un regard apeuré et essaya de protéger sa fille.

— Que voulez-vous ?

La petite fille était au bord des larmes. Les passants regardaient la scène.

— Toutes mes excuses. Pouvez-vous me dire qui lui a donné cela ? répéta-t-il en montrant les rennes en papier.

— Quelqu'un ? Pourquoi ?

— Où était-ce ?

— Dans ce magasin.

— Qui le lui a donné ?

— Le père Noël, répondit la petite fille.

Sasagaki fit demi-tour. Il courut de toutes ses forces dans le froid malgré son genou qui lui faisait mal.

Les portes du magasin étaient fermées. Mais les policiers étaient restés devant. Ils pâlirent en voyant Sasagaki. L'un d'entre eux lui demanda ce qui se passait.

— Le père Noël, hurla Sasagaki. C'est lui !

Les policiers réagirent immédiatement. Ils forcèrent les deux battants de la porte à s'ouvrir, se ruèrent dans le magasin. Ignorant les employés qui leur disaient d'arrêter, ils grimpèrent l'escalator.

Sasagaki essaya de les suivre. Mais au même moment, une autre idée lui traversa l'esprit. Il alla dans la ruelle qui longeait le magasin sur un côté.

Quel idiot je fais, moi qui le poursuis depuis tant d'années ! Je savais pourtant qu'il observait Yukiho sans être vu…

Un escalier métallique à l'arrière du magasin menait à une autre porte. Sasagaki le gravit et l'ouvrit. Un homme était devant lui, vêtu de noir. L'irruption de Sasagaki parut le déconcerter.

L'instant fut étrange. Le vieux policier savait que Kirihara Ryōji était devant lui. Mais il ne parvint pas à faire le moindre geste. Aucun son ne sortit de sa bouche. Il n'avait cependant pas perdu son sang-froid car il comprenait que Kirihara l'avait aussi reconnu.

Cela dura moins d'une seconde. Le jeune homme pivota sur lui-même et se mit à courir dans la direction opposée.

— Arrêtez-vous ! cria le vieux policier en le suivant.

Le couloir menait au magasin où il vit les policiers. Kirihara courait le long des rayons où s'alignaient les sacs. C'est lui, hurla Sasagaki.

Ses jeunes collègues se mirent en mouvement. Kirihara, lui, allait vers l'escalator qui ne fonctionnait plus. Nous allons l'arrêter, pensa le vieux policier.

Mais Kirihara ne prit pas l'escalator. Il s'arrêta juste avant et sauta au rez-de-chaussée sans aucune hésitation.

Les vendeuses hurlèrent. Il y eut un fracas terrible, comme si quelque chose venait de se briser. Les policiers firent demi-tour sur l'escalator pour redescendre.

Sasagaki y arriva une ou deux secondes plus tard. Son cœur lui faisait mal. Il le descendit lentement, en se tenant la poitrine.

Le gigantesque sapin de Noël s'était renversé. Kirihara Ryōji était juste à côté. Les bras en croix, allongé sur le ventre, il ne bougeait pas.

Un policier s'approcha de lui, fit mine de le relever. Mais il s'arrêta et se retourna vers Sasagaki.

— Que se passe-t-il ?

Il n'obtint pas de réponse à sa question. Arrivé près de Kirihara, il voulut le retourner et poussa un cri.

Kirihara avait quelque chose d'enfoncé dans la poitrine. L'objet était couvert de sang, mais Sasagaki devina immédiatement ce que c'était. Les ciseaux pointus qui étaient son trésor, qui avaient changé sa vie.

Il faut l'emmener à l'hôpital, dit quelqu'un. Mais Sasagaki savait qu'il était trop tard. Il avait vu beaucoup de morts dans sa vie.

Sentant une présence à ses côtés, le vieux policier se retourna et vit Yukiho, le visage blafard.

— Qui est cet homme ? lui demanda-t-il en la regardant droit dans les yeux.

— Je ne sais pas. Je ne l'ai jamais vu. C'est la responsable du magasin qui l'a embauché.

Avant même qu'elle finisse de parler, une autre jeune femme apparut. Elle était très pâle. Elle se présenta, elle s'appelait Hamamoto et dirigeait le magasin.

Les policiers s'agitaient. L'un d'entre eux s'occupait de sécuriser la scène du suicide, un autre interrogeait la responsable du magasin. Un troisième mit sa main sur l'épaule de Sasagaki et voulut l'éloigner du cadavre.

Le vieux policier s'écarta de ses jeunes collègues. Il regarda autour de lui et vit Yukiho qui montait l'escalator. Il crut voir une ombre blanche derrière elle.

Elle ne se retourna pas une seule fois.

# BABEL NOIR

*Extrait de catalogue*

100. CLARO
 Les Souffrances du jeune ver de terre

101. PETER MAY
 Le Braconnier du lac perdu

102. LARS KEPLER
 Le Pacte

103. KYLIE FITZPATRICK
 Une fibre meurtrière

104. WALTER MOSLEY
 Le Vertige de la chute

105. OLIVIER BARDE-CABUÇON
 Messe noire

106. DAVID BELL
 Fleur de cimetière

107. SHAUGHNESSY BISHOP-STALL
 Mille petites falaises

108. PERCIVAL EVERETT
 Montée aux enfers

109. INDREK HARGLA
 L'Énigme de Saint-Olav

110. LUIZ ALFREDO GARCIA-ROZA
 L'Étrange Cas du Dr Nesse

111. CAMILLA LÄCKBERG
 L'Oiseau de mauvais augure

112. LOUISE PENNY
    Le Mois le plus cruel

113. RYAN DAVID JAHN
    Emergency 911

114. TOVE ALSTERDAL
    Femmes sur la plage

115. MONICA KRISTENSEN
    Opération Fritham

116. PETER GUTTRIDGE
    Le Dernier Roi de Brighton

117. ERIK AXL SUND
    Persona

118. ALEX BERG
    Zone de non-droit

119. URBAN WAITE
    La Terreur de vivre

120. JOSÉ CARLOS SOMOZA
    L'Appât

121. CAMILLA LÄCKBERG
    L'Enfant allemand

122. JULIA LATYNINA
    Gangrène

123. LARS KEPLER
    Incurables

124. NELE NEUHAUS
    Vent de sang

125. WALTER MOSLEY
    Les Griffes du passé

126. CARLOS SALEM
    Un jambon calibre 45

127. MARTTI LINNA
    Le Royaume des perches

128. KEIGO HIGASHINO
    La Prophétie de l'abeille

129. ANDREA MARIA SCHENKEL
    Un tueur à Munich

130. JAN COSTIN WAGNER
    L'Hiver des lions

131. INDREK HARGLA
    Le Spectre de la rue du Puits

132. ERIK AXL SUND
    Trauma

133. CAMILLA LÄCKBERG
    La Sirène

134. SÉBASTIEN RUTÉS
    Mélancolie des corbeaux

135. LOTTE ET SØREN HAMMER
    Le Cercle des cœurs solitaires

136. COLIN NIEL
    Ce qui reste en forêt

137. BRUCE DESILVA
    Pyromanie

138. LOUISE PENNY
    Défense de tuer

139. ROGER ALAN SKIPPER
    Le Baptême de Billy Bean

140. JOSÉ LUIS MUÑOZ
    Babylone Vegas

141. PETER MAY
    Scène de crime virtuelle

142. ERIK AXL SUND
    Catharsis
143. VÍCTOR DEL ÁRBOL
    La Maison des chagrins
144. GUSTAVO MALAJOVICH
    Le Jardin de bronze
145. DÉMOSTHÈNE KOURTOVIK
    La Nostalgie des dragons
146. KJELL ERIKSSON
    Les Cruelles Étoiles de la nuit
147. NICOLAS MATHIEU
    Aux animaux la guerre
148. NELE NEUHAUS
    Méchant loup
149. WALTER MOSLEY
    En bout de course
150. OLIVIER BARDE-CABUÇON
    Tuez qui vous voulez
151. MONICA KRISTENSEN
    Vodka, pirojki et caviar
152. MAURICE G. DANTEC
    Les Résidents
153. ALEX BERG
    La Marionnette
154. DAN WADDELL
    La Moisson des innocents
155. EDWARD CONLON
    Rouge sur rouge
156. CORNELIA READ
    L'Enfant invisible

157. KEIGO HIGASHINO
     L'Équation de plein été

158. CAMILLA LÄCKBERG
     Le Gardien de phare

159. INDREK HARGLA
     Le Glaive du bourreau

160. JAN COSTIN WAGNER
     Lumière dans une maison obscure

161. LOUISE PENNY
     Révélation brutale

162. HÉLÈNE CLERC-MURGIER
     Abbesses

163. PETER MAY
     L'Île du serment

164. KELLY BRAFFET
     Sauve-toi !

OUVRAGE RÉALISÉ
PAR L'ATELIER GRAPHIQUE ACTES SUD
REPRODUIT ET ACHEVÉ D'IMPRIMER
EN DÉCEMBRE 2016
PAR NORMANDIE ROTO IMPRESSION S.A.S.
À LONRAI
POUR LE COMPTE DES ÉDITIONS
ACTES SUD
LE MÉJAN
PLACE NINA-BERBEROVA
13200 ARLES

DÉPÔT LÉGAL
1re ÉDITION : JANVIER 2017
N° impr. : 1604178
*(Imprimé en France)*